*Im Knaur Taschenbuch Verlag sind bereits
folgende Bücher der Autoren erschienen:*
Die Wanderhure
Die Kastellanin
Das Vermächtnis der Wanderhure
Die Tochter der Wanderhure
Töchter der Sünde
Die Rache der Wanderhure
Die Goldhändlerin
Die Kastratin
Die Tatarin
Die Löwin
Die Pilgerin
Die Feuerbraut
Die Rose von Asturien
Die Ketzerbraut
Feuertochter
Dezembersturm
Aprilgewitter
Juliregen
Das goldene Ufer

Band 3 und 4 der Auswanderersaga werden im Frühjahr 2015
bzw. im Frühjahr 2016 erscheinen.

Im Knaur HC ist erschienen:
Flammen des Himmels

Über die Autoren:
Hinter dem Namen Iny Lorentz verbirgt sich ein Münchner Autorenpaar, dessen erster historischer Roman *Die Kastratin* die Leser auf Anhieb begeisterte. Mit der *Wanderhure* gelang ihnen der Durchbruch; der Roman erreichte ein Millionenpublikum. Seither folgt Bestseller auf Bestseller. Die Romane von Iny Lorentz wurden in zahlreiche Länder verkauft. Die Verfilmungen ihrer *Wanderhuren*-Romane haben Millionen Fernsehzuschauer begeistert.
Besuchen Sie auch die Homepage der Autoren:
www.inys-und-elmars-romane.de

Iny Lorentz

Der weiße Stern

Roman

Besuchen Sie uns im Internet:
www.knaur.de

Originalausgabe April 2014
Knaur Taschenbuch
© 2014 Knaur Taschenbuch
Ein Imprint der Verlagsgruppe
Droemer Knaur GmbH & Co. KG, München
Alle Rechte vorbehalten. Das Werk darf – auch teilweise –
nur mit Genehmigung des Verlags wiedergegeben werden.
Redaktion: Regine Weisbrod
Umschlaggestaltung: ZERO Werbeagentur, München
Umschlagabbildung: Wooded river landscape with a cottage and a horse
drawn cart, Watts, Frederick Waters (1800–62) / Roy Miles / Fine Paintings /
The Bridgeman Art Library; © Richard Jenkins
Satz: Adobe InDesign im Verlag
Druck und Bindung: CPI books GmbH, Leck
ISBN 978-3-426-51170-1

Der weiße Stern

ERSTER TEIL

Der Komantsche

1.

Mexiko, Bundesstaat Coahuila y Tejas im Jahr 1830 am Rio Colorado.
Die beiden Reiter auf der Anhöhe wirkten wie Standbilder. Selbst ihre gescheckten Pferde regten kein Schwanzhaar, um die Stechmücken zu vertreiben. Walther Fichtner spürte, wie ihm die Hände feucht wurden. Er empfand es wie ein lautloses Duell um die Frage, wer als Erster die Nerven verlor und zur Waffe griff. Seiner Büchse war er sicher, doch er verfügte nur über einen mit einer Kugel geladenen Lauf. Damit konnte er einen der beiden Indianer niederschießen. Für den zweiten, mit Schrot gefüllten Lauf waren die beiden Reiter zu weit entfernt – zudem standen sie zwischen ihm und seiner Farm. Gisela hielt sich dort allein auf, da er seinen Knecht zu Diego Jemelins Hacienda geschickt hatte, um Eisennägel zu besorgen. Seine drei Viehhirten bewachten die Herde und würden zwar seinen Schuss hören, aber niemals rechtzeitig das Haus erreichen, um seiner Frau beistehen zu können.
Nach diesen Überlegungen legte Walther seine Büchse so über die Schulter, dass die Indianer nicht fürchten mussten, er wolle sofort schießen, und ging auf sie zu. Dabei versuchte er, der Angst Herr zu werden, sie könnten ihre Pferde antreiben und zum Farmhaus reiten. Denn so schnell er auch rannte, er würde zu spät kommen.

Zu seiner Erleichterung machten die beiden keine Anstalten, ihren Platz zu verlassen. Sie hielten zwar ihre Bögen in der Hand, zielten aber nicht auf ihn. Dies wertete er als gutes Zeichen. Während er den Hang hochstieg, rief er sich in Erinnerung, was er über die Eingeborenen dieser Gegend wusste. Viel war es nicht. Seine mexikanischen Freunde teilten diese in zwei Gruppen ein, in jene Indios, die sich ihnen angepasst hatten und in ihren Dörfern lebten, und die Wilden, deren größte Freude es angeblich war, einem Mexikaner einen Pfeil in den Leib zu schießen. Die beiden Indianer vor ihm gehörten zur letzteren Gruppe.

Etwa zehn Schritte von ihnen entfernt hielt Walther an und hob die Rechte zum Friedensgruß. »*Buenos días!*«, sagte er. Der Jüngere der beiden Reiter, ein untersetzter, kräftiger Mann mit rabenschwarzem Haar, in dem zwei Adlerfedern steckten, musterte ihn von oben herab. »Du Mann aus dem Norden?«

Walther wusste, dass Männer aus den Vereinigten Staaten, von denen bereits etliche in Tejas siedelten, von den Mexikanern nicht gerne gesehen wurden, und auch dieser Indianer schien sie nicht zu mögen.

»Nein!«, antwortete er. »Ich bin über das große Wasser gekommen und habe von der mexikanischen Regierung dieses Land hier erhalten, um es zu bebauen.«

Der Indianer musterte ihn grimmig. »Ich Po'ha-bet'chy vom Volk der Nemene. Ich kämpfe gegen weiße Männer aus Norden. Ich nehme deinen Skalp!«

»Was hast du davon?«, fragte Walther angespannt. »Ich habe dir nichts getan.«

Po'ha-bet'chy warf einen Blick auf Walthers Büchse. Es war eine für diese Gegend ungewöhnliche Waffe mit zwei Läufen unterschiedlichen Kalibers und feinen Gravuren auf den Me-

tallbeschlägen. Graf Renitz hatte sie vor mehr als dreißig Jahren Walthers Vater zur Hochzeit geschenkt. Später hatte Holger Stoppel sie benützt, bis sie schließlich in Walthers Hände gelangt war. Einst gemacht, um in deutschen Forsten Wild zu schießen, erfüllte sie nun in der Wildnis von Tejas ihre Dienste.
»Du schönes Gewehr«, sagte der Nemene. »Du zeigen!«
Damit brachte er Walther in die Klemme. Wenn er dem Indianer die Büchse gab, war er selbst waffenlos und ein leichtes Opfer. Weigerte er sich jedoch, zeigte er, dass er dem anderen misstraute. Tausend Gedanken schossen ihm durch den Kopf, während er langsam auf den Reiter zutrat und ihm schließlich die Büchse hochreichte.
»Hier! Sie stammt aus der Stadt Suhl in Thüringen. Dort leben die besten Büchsenmacher Deutschlands.«
Die drei Begriffe sagten Po'ha-bet'chy nichts, aber die Waffe gefiel ihm. Er musterte den eingravierten Hirsch auf dem Beschlag und die unbekannten Schriftzüge. Danach roch er an den Mündungen der beiden so unterschiedlichen Läufe. Kurz legte er die Waffe auf Walther an und lachte, als dieser zurückzuckte.
»Gutes Gewehr. Will schießen!« Noch während er es sagte, entdeckte er ein Kaninchen, das knappe hundert Schritt entfernt aus seinem Bau herauskam. Er zielte darauf und drückte ab. Der Schuss knallte, und noch während das Kaninchen sich überschlug und liegen blieb, stoben mehrere Präriehühner aus einem Gebüsch auf. Aus einem Reflex heraus feuerte Po'ha-bet'chy darauf und sah staunend, wie bei zweien davon Federn davonwirbelten und sie zu Boden stürzten.
»Hol die Tiere, Ta'by-to'savit«, sagte er in seiner Sprache zu seinem Gefährten. Dieser jagte im Galopp zu der Stelle, an der das Kaninchen lag, beugte sich im Vorbeireiten nieder

und hob es mit einem schrillen Ruf auf. Ebenso verfuhr er mit den beiden Präriehühnern.

Walther sah staunend zu. Einen so geschickten Reiter hatte er noch nie gesehen.

Unterdessen betrachtete Po'ha-bet'chy nachdenklich die Büchse. Die Waffe war gut, und er hätte sie gerne gehabt. Dann aber schüttelte er den Kopf und gab sie Walther zurück.

»Du kein Mann aus dem Norden. Sonst Gewehr du mir nicht gegeben. Haben du Salz?«

»Ja, auf meiner Farm«, antwortete Walther zögernd.

Es drängte ihn, die Büchse wieder zu laden, um sich nicht länger wehrlos zu fühlen. Doch um den beiden Nemene keinen Grund zum Misstrauen zu geben, ließ er sich dabei Zeit und zeigte Po'ha-bet'chy die kleinen Schrotkugeln. Dieser nahm eine in die Hand und schüttelte ungläubig den Kopf.

»Präriehühner weit weg. Kein Gewehr mit vielen kleinen Kugeln so weit schießen!«

»Du hast es doch selbst erlebt. Oder sehe nur ich die beiden Vögel, die dein Freund in der Hand hält?«, antwortete Walther lächelnd.

Po'ha-bet'chy forderte seinen Begleiter auf, ihm die Präriehühner zu geben, und sah nun selbst, dass jedes davon von mehreren Schrotkugeln getroffen worden war. »Das besonderes Gewehr«, sagte er staunend und wies dann in Richtung der Farm. »Jetzt Salz holen!«

Es gefiel Walther wenig, dass die Nemene zur Farm wollten. Um sie daran zu hindern, hätte er sie jedoch über den Haufen schießen müssen, und das wollte er nicht.

»Es ist nicht weit«, sagte er und schritt neben Po'ha-bet'chys Schecken her.

2.

Gisela fühlte sich nicht wohl. Es war ihr kein Trost, dass ihre Nachbarin Rosita Jemelin erklärt hatte, Schwangerschaften würden solche Beschwerden mit sich bringen. Am liebsten wäre sie den ganzen Tag über im Bett geblieben und hätte geweint. Gerade das konnte sie sich aber nicht leisten. Walther und Pepe benötigten etwas zu essen, und sie musste sich dringend um die Gemüsepflanzen kümmern. Jetzt bedauerte sie doppelt, dass Gertrude Schüdle, die in den ersten Wochen bei ihnen gewohnt und ihr geholfen hatte, zu den Poulains gezogen war. Dort wurde sie allerdings dringender gebraucht als hier. Charlotte Poulain war durch einen Schlangenbiss schwer erkrankt und die achtjährige Cécile noch zu klein, um den Haushalt zu führen. Durch Gertrudes Abreise war einiges liegengeblieben. Wenigstens versorgten die drei Hirten sich selbst und kamen nur alle paar Tage zur Farm, um Vorräte zu holen.
»Ich darf Walther nicht im Stich lassen, nachdem er so viel für mich getan hat«, sagte sie stöhnend zu sich selbst und kämpfte sich hoch. Es fiel ihr schwer, sich zu waschen und anzuziehen. Danach musste sie das Feuer auf dem Herd entzünden, Wasser vom Bach holen und einen Kochtopf über die Flamme hängen.
Während sie die Graupen für die Suppe abmaß, sehnte sie sich in die gut eingerichtete Küche im Renitzer Forsthaus zurück. Doch der Weg dorthin war ihr für immer versperrt.
»Stell dich nicht so an!«, rief sie sich zur Ordnung. »Du lebst jetzt hier und musst mit dem auskommen, was du hast!« Sie sagte sich, dass es Walther und ihr weitaus besser ging als vielen anderen Auswanderern, die in die Dienste fremder

Leute hatten treten müssen, um nicht zu verhungern. Sie hingegen besaßen Land und ein eigenes Haus, auch wenn es kleiner war als das Forsthaus im Wald von Renitz. Draußen weideten mehrere Kühe und ein Bulle. Auch hatte Walther mit Hilfe ihrer Freunde Thierry Coureur und Thomé Laballe und dem Zugochsen, der ihnen gemeinsam gehörte, das erste Getreide ausgesät.

»Nächstes Jahr wird alles besser«, sagte sie laut, um sich selbst Mut zu machen. Dann war sie auch die Last in ihrem Leib los, von der sie noch immer nicht wusste, ob sie sie nun lieben oder verdammen sollte. Wäre sie sicher gewesen, dass es Walthers Kind war, hätte sie die Beschwerden der Schwangerschaft mit Freuden auf sich genommen. Doch wenn sie in den Nächten schlaflos neben ihrem Mann lag, erlebte sie in Gedanken immer wieder, wie Diebold von Renitz sich ihrer bemächtigt und sie vergewaltigt hatte.

Sie hatte den jungen Renitz erschießen müssen, als dieser ihren Mann töten wollte, und seit jenem Tag klebte Blut an ihren Händen. Zu manchen Zeiten glaubte sie, es immer noch daran zu sehen. Auch jetzt eilte sie zum Wassereimer, um die Hände zu waschen, und kämpfte gegen das Gefühl an, Diebold von Renitz' Blut würde sie zeichnen wie ein Kainsmal.

Niedergeschlagen, weil sie sich an diesem Tag schon wieder mit der Vergangenheit beschäftigte, widmete sie sich ihrer Arbeit und blickte zwischendurch zu einem der kleinen Fenster hinaus, um zu sehen, ob Walther schon von seinem Kontrollgang zurückkam. Mit einem Mal entdeckte sie zwei Reiter und zuckte zusammen. Es waren Indianer – ihrem Aussehen nach Wilde, wie die Mexikaner sie bezeichneten.

So rasch sie konnte eilte sie zur Tür und schob den Riegel vor. Anschließend nahm sie die Pistole, die ihr Mann zurückgelassen hatte, damit sie während seiner Abwesenheit nicht wehrlos war, und schüttete mit zitternden Händen Pulver auf die Zündpfanne.

Erst als die Waffe schussfertig war, wagte sie erneut einen Blick ins Freie. Nun erst entdeckte sie bei den Indianern auch Walther, der wohl von einem Pferd verdeckt gewesen war. Er trug seine Büchse über der Schulter und unterhielt sich mit ihnen. Gisela atmete auf. Zwar wusste sie nicht, welchem Stamm die Reiter angehörten, aber sie schienen friedlich zu sein. Trotzdem blieb sie auf der Hut und wartete, bis die Männer vor dem Haus anhielten.

Walther sah den Rauch, der aus dem einfachen Kamin aufstieg, und nahm an, dass seine Frau im Haus war. Da er sich vorstellen konnte, wie sie sich ängstigte, beschloss er, laut zu rufen: »Gisela, es ist alles in Ordnung! Die beiden wollen nur ein wenig Salz eintauschen!«

Da er es auf Deutsch sagte, verstand Po'ha-bet'chy ihn nicht. Allerdings konnte der Nemene genug Englisch, um den Unterschied zu bemerken.

»Du wirklich kein Mann aus dem Norden«, erklärte er. »Weiter oben am Fluss sind welche.«

»Flussaufwärts gibt es amerikanische Siedlungen?« Walther wunderte sich, denn davon hatte er bislang nichts erfahren. Gleichzeitig dachte er, wie unsinnig es war, die Bewohner der Vereinigten Staaten Amerikaner zu nennen, da ja auch die Mexikaner auf demselben Kontinent lebten.

Po'ha-bet'chy nickte zufrieden. Die Amerikaner, die er bisher kennengelernt hatte, sprachen anders als dieser Mann. Sie kauten die Worte beinahe, so dass man sie kaum verstand. Der Fremde aber sprach deutlich und mit merkbaren Pausen zwischen den einzelnen Worten.

»Amerikaner so weit entfernt, wie ein Nemene an einem halben Tag reitet.«

»Danke für die Auskunft!«, antwortete Walther nachdenklich.
Bis jetzt hatte er geglaubt, die Siedler auf Ramón de Gamuzanas Landlos wären die einzigen im weiten Umkreis. Er fragte sich, weshalb Ramón de Gamuzanas Bruder Hernando oder Diego Jemelin nichts von anderen Ansiedlungen in der Gegend gesagt hatten.
Während des kurzen Gesprächs hatte Gisela ihre Pistole in einer Tasche ihres Kleides versteckt und öffnete die Tür.
»Guten Tag!«, grüßte sie unwillkürlich auf Deutsch.
Die beiden Nemene beachteten sie nicht, sondern sahen Walther an.
»Salz!«, forderte Po'ha-bet'chy.
Walther trat ins Haus und öffnete die Kiste mit dem grobkörnigen Salz, das an einigen Stellen der Küste gewonnen wurde. Er füllte zwei Handvoll in einen Lederbeutel und reichte diesen dem Nemene, der ihm ins Haus gefolgt war.
»So viel kann ich dir mit gutem Gewissen geben!«
Po'ha-bet'chy musterte den Beutel, blickte sich dann in dem einen Raum um, aus dem das Bauwerk bestand, und sah zuletzt Gisela an. Ihr schwarzes Haar ließ ihre bleichen Züge schärfer hervortreten, und ihre Schwangerschaft war unübersehbar. Allerdings roch sie nicht gesund. Daher wahrte er Abstand von ihr, nahm den Beutel mit dem Salz und ging wieder hinaus. Mit einem einzigen Satz saß er auf seinem Pferd und lenkte es allein mit den Schenkeln. Bevor er losritt, nahm er seinem Freund eines der beiden Präriehühner ab und warf es Walther zu.
»Für Salz«, sagte er und trieb sein Pferd fast ansatzlos in den Galopp. Ta'by-to'savit folgte ihm mit schrillen Rufen. Innerhalb kürzester Zeit waren die beiden außer Schussweite und verschwanden wenig später hinter den Hügeln.

Walther blickte ihnen nach, bis sie am Horizont verschwunden waren, und atmete dann erleichtert auf. Gott sei Dank war alles gutgegangen, aber ihm war klar, dass nicht jeder Besuch eines Indianers so friedlich enden würde wie dieser.

Nun lobte er Gisela wegen ihrer Beherztheit und zog sie an sich. »Ich bin so glücklich, dich zu haben!«

»Ich bin auch glücklich!« Trotz dieser Versicherung kamen Gisela die Tränen.

Walther sah sie erschrocken an. »Was ist mit dir, mein Liebes?«

»Nichts! Nur eine Laune, wie sie schwangere Frauen überfällt. Rosita Jemelin hat mich davor gewarnt. Sie sagt, man bricht in Tränen aus, nur weil man sich freut.«

»Es wäre besser, du hättest mehr weibliche Gesellschaft«, antwortete Walther nachdenklich. »Du triffst dich nur alle ein, zwei Wochen mit Rosita und hast sonst niemanden. Wie wäre es denn, wenn ich bei meinem nächsten Besuch von Hernando de Gamuzana in San Felipe eine der Frauen dort frage, ob sie als Magd zu uns kommen möchte?«

Der Vorschlag klang im ersten Moment verlockend, fand Gisela, denn dann würde sie der Magd die schwerste Arbeit im Haushalt überlassen können. Doch dieser Umstand sprach letztlich auch dagegen. Keine der anderen Siedlerfrauen hatte eine Magd, und als Walthers Ehefrau musste sie in der Lage sein, diese Pflichten selbst zu erfüllen. Zwar ging es ihr in diesem Stadium ihrer Schwangerschaft nicht gut, aber das sollte sich Rosita Jemelin zufolge bald wieder bessern. Daher schüttelte sie den Kopf.

»Das bisschen, was zu tun ist, schaffe ich schon allein. Aber jetzt verzeih, ich muss mich um die Suppe kümmern. Was soll ich übrigens mit diesem Vogel machen, den der Indianer für das Salz hiergelassen hat? Möchtest du ihn gebraten, oder

soll ich das Fleisch klein schneiden und damit die Pfannkuchen füllen, wie es hier üblich ist? Bohnen hätte ich noch.«
Der Gedanke an ein gebratenes Huhn ließ Walther das Wasser im Mund zusammenlaufen. »Ich glaube, am Spieß macht es sich am besten. Wir können es uns heute Abend teilen.«
»Dann sollten wir aber auch Pepe ein Stückchen geben, damit er nicht nur Suppe essen muss!«
»Wenn er heute noch zurückkommt. Vielleicht bleibt er auch über Nacht bei Jemelin.«
Gisela runzelte die Stirn. »Das wäre mir nicht so recht! Er hat nämlich versprochen, meinen Gemüsegarten zu vergrößern. Rosita Jemelin wollte ihm Kürbiskerne für mich zum Aussäen mitgeben. Du magst doch Kürbis?«
Walther nickte. »Ich mag alles, was du mir kochst!«
»Die Suppe! Nicht, dass sie überkocht.« Mit diesen Worten eilte Gisela an den Herd und griff nach dem Kochlöffel.
Einen Augenblick lang sah Walther ihr zu, dann sagte er sich, dass er selbst damit beginnen konnte, ein paar neue Beete für Gisela auszuheben. Doch zunächst würde er nach den drei Hirten schauen müssen und ihnen sagen, dass Indianer in der Nähe waren.
»Gisela, kann ich dich eine Stunde allein lassen?«, fragte er.
»Aber natürlich! Ich werde die Tür verschließen, damit kein ungerufener Besucher hereinkommt, und zum anderen habe ich deine Pistole!« Damit zog Gisela die Waffe aus ihrem Kleid und zeigte sie Walther.
Dieser trat auf sie zu und legte die Arme um sie. »Du bist so mutig und hättest ein besseres Leben verdient.«
Gisela sah ihn kurz an und lehnte sich dann gegen ihn. »An deiner Seite habe ich das schönste Leben der Welt!«

3.

Walther traf seine drei Vaqueros unversehrt an. Diese hatten die beiden Nemene nicht bemerkt. Stattdessen wies Quique, mit vierzehn Jahren der Jüngste von ihnen, stolz auf ein Kälbchen, das neben seiner Mutter lag und fest schlief.
»Es ist heute Nacht geboren worden, Señor. Es ist ein Kuhkalb und wird später einmal selbst viele Kälber bekommen.«
»Sehr schön! Das habt ihr gut gemacht.«
Walthers Lob freute die Burschen. Bis jetzt hüteten sie nur seine drei Kühe und den Bullen sowie ein halbes Dutzend weiterer Kühe, die Thierry Coureur, Thomé Laballe, Albert Poulain und einigen anderen Überlebenden der *Loire* gehörten. In ihren Träumen aber sahen sie sich bereits als Vormänner über viele andere Vaqueros, denen eine riesige Herde anvertraut war.
»Die zweite Kuh wird auch bald kalben. Die anderen brauchen länger«, erklärte Julio, ihr Anführer.
»Passt auf, dass die Kühe und die Kälber keinem Raubtier zum Opfer fallen, und gebt auf Indianer acht!«, wies Walther die Vaqueros an, die selbst zum Teil indianischer Abstammung waren.
Er behandelte sie nicht anders als die Knechte in seiner Heimat. Das hatten Julio, Lope und Quique verdient. Ihre Arbeit war nicht ungefährlich, denn Kühe stellten für streitende Indianer eine ständige Versuchung dar. Anders als Wildtiere konnte man sie leicht erjagen, und sie lieferten Fleisch für eine ganze Sippe.
Nachdenklich betrachtete Walther die Waffen der drei. Julio besaß als Einziger ein Gewehr, das den Namen auch verdien-

te. Die anderen beiden hatten Pistolen ehrwürdigen Alters in den Gürteln stecken, mit denen er selbst keinen Schuss mehr gewagt hätte.

»Wenn ich wieder nach San Felipe komme, werde ich bessere Waffen für euch kaufen«, versprach er.

»Unsere Waffen sind gut!«, rief Quique. »Diese Pistole hier hat Don Alfonso de Gamuzana, der Großvater von Don Hernando, meinem Großvater geschenkt. Sie hat ihm und meinem Vater gute Dienste geleistet, und jetzt besitze ich sie.«

»Ich werde euch trotzdem neue Gewehre besorgen. Du kannst ja das deine später einmal an einen Sohn und Enkel vererben.« Walther klopfte dem Jungen lachend auf die Schulter und verabschiedete sich.

»*Adiós*, Señor!«, riefen die Hirten ihm nach.

Sie waren in einem anderen Land als er geboren und hatten von ihren Müttern eine andere Sprache gelernt, dennoch fühlte Walther sich stärker mit ihnen verbunden als mit den meisten Menschen, die er in seiner Heimat gekannt hatte. Während er zu seiner Farm zurückritt, dachte er auch über die beiden Indianer nach, die er getroffen hatte. Noch immer wusste er nicht, was er von ihnen halten sollte. Waren sie gekommen, um zu prüfen, ob sich ein Überfall lohnte?

Bei dem Gedanken fiel ihm ein, dass er in Kürze zur Küste würde reiten müssen, um Neusiedler in San Felipe de Guzmán abzuholen. In dieser Zeit musste Gisela mit Pepe allein auf der Farm bleiben. Dem Knecht traute er jedoch nicht den Mut und die Entschlossenheit zu, um sich gegen eine Gruppe wilder Indianer zu behaupten.

Und doch würde er den Auftrag erfüllen müssen, den Hernando de Gamuzana ihm im Namen seines Bruders Ramón erteilt hatte. Immerhin hatte er das größte Stück Land von allen Überlebenden der *Loire* erhalten und war dafür zum

Verwalter des Nordteils jenes Gebiets ernannt worden, das Ramón de Gamuzana im Auftrag der Republik Mexiko besiedeln sollte.

Kurz bevor er seine Farm erreichte, sah er, dass zwei Pferde vor dem Haus angepflockt waren. Sofort trieb er seinen Hengst an und war kurz darauf zutiefst erleichtert, als er Diego Jemelins Rotschimmel erkannte. Jemelin war nicht nur sein nächster Nachbar, sondern auch der Verwalter des südlichen Teils des Siedlungsgebiets. Der andere Gaul war ein Schecke, den er schon bei Jemelin gesehen hatte.

Noch während Walther sein Pferd neben Jemelins Hengst anband, trat dieser auch schon aus dem Haus. Auch er war zum Teil indianischer Abstammung, einen guten halben Kopf kleiner als Walther, untersetzt und so zäh, dass er drei Tage lang durchreiten konnte, ohne Pause zu machen. Da er einen scharfen Verstand besaß, war er für Ramón de Gamuzana der ideale Mann, die Ansiedlung in diesem Gebiet zu leiten.

»*Buenos días*, Señor Jemelin«, begrüßte Walther ihn.

»*Buenos días*, Señor Waltero!« Jemelin hatte es aufgegeben, Walthers Nachnamen Fichtner aussprechen zu wollen, und nannte ihn Waltero, wie es den Vorgaben der mexikanischen Behörden entsprach, die eine Angleichung der Vornamen an die spanische Schreibweise verlangten.

»Ich habe von Ihrer Señora gehört, dass sich hier Indios herumtreiben sollen. Gab es Probleme mit Ihren Rindern?«

»Zum Glück keine! Eine Kuh hat heute Nacht gekalbt«, antwortete Walther aufgeräumt.

»Es wird nicht das einzige Kalb bleiben. In fünf Jahren haben Sie mindestens zwanzig Rinder und in zehn hundert«, prophezeite Jemelin, um dann wieder auf die Indianer zurückzukommen. »Was waren das für Indios? Karankawa? Die

schweifen in letzter Zeit wieder arg herum, seit sie weiter im Osten mit Americanos aneinandergeraten sind.«
Walther zuckte mit den Schultern. »Ich kenne mich mit den verschiedenen Indianerstämmen nicht so aus wie Sie, Señor Jemelin. Die beiden Männer sagten, sie wären Nemene!«
»*Madre de Dios!*« Jemelin wurde bleich und schlug das Kreuz. »Wissen Sie, was das sind? Komantschen! Die Schlimmsten von allen! Danken Sie der Heiligen Jungfrau von Guadalupe dafür, dass Sie noch leben. Bei Gott, wenn ich daran denke, dass diese Wilden hier durch unsere Gegend schweifen! Ich werde sofort nach Hause reiten und meine Leute warnen. Auch muss ich Botschaft an Don Hernando schicken, damit er uns Soldaten schickt. Wir brauchen sie dringend.«
Walther wunderte sich. So gefährlich hatte dieser Po'ha-sonst-was in seinen Augen nicht gewirkt. Allerdings war Jemelin in diesem Land aufgewachsen und besaß Erfahrung mit den Indianern.
»Meinen Sie wirklich, dass diese Leute gefährlich sind?«, fragte er schließlich.
»Und wie! Sie überfallen unsere Dörfer und töten jeden, der ihnen in die Hände fällt. Es sind Räuber, Banditen, Mörder und was nicht noch alles. Ich bete zu Gott, dem Herrn, dass ich nie auf einen Komantschen treffe. Ihre Esposa hat mich zum Essen eingeladen. Aber das kann ich nicht mehr annehmen, denn ich muss sofort nach Hause reiten. *Hasta la vista,* Señor Waltero! Gebe die Heilige Jungfrau, dass die Komantschen weiterziehen.«
Damit eilte Jemelin zu seinem Pferd, löste die Zügel vom Balken und schwang sich in den Sattel. Er winkte noch einmal, gab dem Gaul die Sporen und preschte noch schneller los, als die beiden Komantschen es getan hatten.

Walther sah ihm kopfschüttelnd nach und betrat dann das Haus. »Bis jetzt habe ich Jemelin für einen besonnenen Mann gehalten. Aber er scheint mir nicht sonderlich mutig zu sein.«
»Das hat nichts mit Mut zu tun«, rief Pepe, der sich ebenfalls bekreuzigte. »Komantschen sind Teufel! Ich kann es kaum glauben, dass Sie und die Señora unbeschadet davongekommen sind.«
Der junge Bursche saß am Tisch und zitterte so sehr, dass er den Löffel kaum zum Mund führen konnte.
»Wie Teufel sahen mir die beiden nicht aus. Sie wollten nur ein wenig Salz eintauschen, und dafür haben sie uns dieses Huhn überlassen.« Gisela zeigte auf den knusprig glänzenden Vogel, der auf einem Bratspieß über dem Herd steckte.
Pepe starrte sie an, als zweifle er an ihrem Verstand. Mit bleicher Miene zählte er ihnen eine Reihe schrecklicher Taten auf, welche die Komantschen begangen haben sollten. Insgeheim dachte er, dass in den Adern des Alemán und dessen Ehefrau anstatt warmen Blutes das Eiswasser ihrer kalten Heimat fließen musste. Jeder Mexikaner in den nördlichen Bundesstaaten fürchtete die Räuber der Prärie. Bislang hatten die Komantschen weiter im Norden und Westen gejagt. Doch wie es aussah, kamen sie nun auch in diese Gegend. Daher beschloss Pepe, der Heiligen Jungfrau von Guadalupe eine Kerze zu stiften, wenn er dieses Jahr lebend überstehen sollte.

4.

Da Diego Jemelin so überraschend aufgebrochen war, hatte Walther nicht mit ihm über die Nordamerikaner sprechen können, die nach Auskunft des Komantschen weiter nördlich am Fluss siedeln sollten. Er hielt diese Information jedoch für so wichtig, dass er am nächsten Morgen zu Jemelins Farm aufbrach.

Unterwegs musterte er die Landschaft um sich herum, die ihm immer noch fremd erschien. Während nahe dem Fluss Büsche und das Wäldchen standen, aus dem er und seine Nachbarn ihr Bauholz gewonnen hatten, wurde es mit zunehmendem Abstand zum Wasser trockener, und dort wuchsen Pflanzen, die er nicht kannte. Doch auch dieses Land müsste sich nutzen lassen. Wo es Wasser gab, konnte man die Erde umpflügen und in Äcker verwandeln. Gut die Hälfte seines eigenen Besitzes war dafür geeignet. Der Rest ließ sich als Weideland für Rinder verwenden. Um aber an den Tieren und den Feldfrüchten zu verdienen, benötigte er Menschen, die diese kauften.

Walther musste über sich selbst lachen. Das alles waren noch Hirngespinste. Zuerst galt es, die nächsten Monate zu überleben. Mit diesem Gedanken ritt er über ein Stück sandigen Bodens, auf dem nur ein paar Agaven und einige Bäume wuchsen, die ihn an Bilder von Palmen erinnerten, welche er in einem Buch gesehen hatte. Auch dieses Gebiet gehörte zu seinem Grund und Boden und bildete die Grenze zu Jemelins Besitz. Bald traf Walther wieder auf Grasland und sah wenig später das Wäldchen vor sich, in dessen Nähe Jemelin seine Farm oder – wie dieser es nannte – seine Hacienda errichtet hatte. Wäre er dem Fluss gefolgt, hätte er fast einen ganzen Tag reiten

müssen, um hierherzugelangen. So hatte er die Flussschleife abgekürzt und weniger als ein Viertel der Zeit gebraucht.
Auf den ersten Blick war zu sehen, dass Diego Jemelin schon länger hier lebte als Gisela und er. Die Felder in der Nähe des Flusses trugen Mais, und in dem großen Garten am Haus rankten sich Bohnen an den Stangen hoch. Auch gab es Gurken, Tomaten und andere Pflanzen, die nur hier in Amerika wuchsen und anscheinend gerne gegessen wurden.
Auch Gisela und er würden sich an die Früchte und das Gemuse dieses Landes gewöhnen müssen, dachte er, als er auf die buschartige Einfriedung zuritt, welche die Farmgebäude umgab. Jemelin besaß nicht nur ein weit größeres Wohnhaus als er, sondern dazu noch einen Stall, zwei Schuppen und eine Unterkunft für das halbe Dutzend Vaqueros und die Peones, die für ihn arbeiteten. So ähnlich, hoffte Walther, würde seine Farm in zwei, drei Jahren ebenfalls aussehen.
Als er durch das Tor der Einfriedung ritt, vernahm er einen schrillen Pfiff. Sofort eilte Jemelin mit dem Gewehr in der Hand aus dem Haus, stellte die Waffe aber ab, als er Walther erkannte. Dieser stieg aus dem Sattel und drückte die Zügel einem herbeieilenden Knecht in die Hand.
»*Buenos días!*«, grüßte er.
»Willkommen, Señor Waltero! Was führt Sie zu mir?« Jemelin übergab sein Gewehr einem seiner Leute und trat mit ausgestreckter Hand auf Walther zu.
Inzwischen war auch Jemelins Ehefrau Rosita aus dem Haus gekommen und sah Walther verwundert an. »Sie haben Ihre Frau allein zu Hause gelassen, obwohl hier wilde Horden von Komantschen herumstreifen? Ich würde mich zu Tode ängstigen und hätte zudem Sorge um meine Kinder!« Sie wies dabei auf das Mädchen und den Jungen, die, von einer Magd beaufsichtigt, in der Nähe spielten.

»Ganz allein ist Gisela nicht, denn Pepe ist bei ihr«, antwortete Walther.
Rosita, eine stämmige, vor Gesundheit strotzende Frau, schüttelte den Kopf. »Pepe wird ihr keine Hilfe sein. Der stirbt vor Angst, wenn er einen Komantschen auch nur von weitem sieht.«
»Rosita, jetzt mach Señor Waltero nicht bange«, wies ihr Mann sie zurecht und führte Walther ins Haus. »Sie sollten nichts auf das Gerede meiner Frau geben, mein Freund. So feige ist Ihr Peon auch wieder nicht. Ihre Frau ist zudem beherzt genug, einem wilden Indianer eine Kugel aufzubrennen!«
»Sorgen macht man sich natürlich«, bekannte Walther. »Aber wir siedeln nun einmal am Rande der Zivilisation.«
»Eher ein wenig darüber hinaus«, antwortete Jemelin lachend. »Die nächste Stadt ist San Felipe de Guzmán, und die liegt viele Meilen entfernt. Im Grunde ist der Ort nur ein größeres Dorf, und nicht anders ist es mit San Antonio de Bexár und den meisten Orten, die wir von hier aus erreichen können. In die Provinzhauptstadt brauchen wir zu Pferd schon drei Wochen und mit einem Wagen fast dreimal so lang.«
»Wir sollten in diesem Land Städte bauen, damit wir unsere Erzeugnisse verkaufen können«, erklärte Walther.
»Sicher, das müssen wir! Aber vorher sollten wir einen Tequila trinken.« Jemelin holte die Flasche aus einem Schrank. »Sie haben sicher auch Hunger«, meinte er dann zu Walther.
»Ein wenig schon«, antwortete dieser und nahm das Glas zur Hand.
A su salud! « Jemelin stieß mit ihm an und bat ihn, am Tisch Platz zu nehmen. »Meine Rosita backt gleich ein paar Tortillas mit Bohnen, Mais und Hackfleisch.«
Als Walther sah, dass die Frau die kleinen, scharfen Schoten,

die hier so geliebt wurden, klein schnitt und in die Masse tat, mit denen die Tortillas gefüllt werden sollten, bedauerte er seinen Gaumen und seinen Magen. Ablehnen aber konnte er das Essen nicht, wenn er die Jemelins nicht tödlich beleidigen wollte.
Auch der Schnaps war scharf. Lieber hätte Walther Bier getrunken, doch das gab es in der ganzen Gegend nicht. Auch Wein war selten, weil er aus dem Süden in das Siedlungsgebiet gebracht werden musste. Bei diesem Gedanken erinnerte er sich an den Grund seines Kommens und sah Diego Jemelin scharf an.
»Wissen Sie, dass sich weiter im Norden Amerikaner angesiedelt haben sollen?«
»Es gibt im Land etliche Siedlungen der Americanos. Sie sind wie eine Pest, die sich überall ausbreitet. Deshalb hat die Regierung der Republik Mexiko auch den weiteren Zuzug aus den Vereinigten Staaten verboten.« Jemelin machte eine angewiderte Geste und fragte dann, woher Walther von diesen Amerikanern erfahren habe.
»Sie werden es nicht glauben, aber die Komantschen haben es mir erzählt.«
Jemelin lachte leise auf. »Und denen glauben Sie?«
»Das tue ich.« Walther tippte mit dem Zeigefinger in sein Schnapsglas und zeichnete in etwa den Flusslauf auf die Tischplatte. »Hier sind Sie und hier wir. Laut dem Komantschen müsste sich die Siedlung etwa hier befinden.«
Jetzt wurde Diego Jemelin nachdenklich. »Die Leute müssen den Behörden entgangen sein. Ich weiß nichts von ihnen, und ich schwöre beim Leben meiner Frau, dass Hernando und Ramón de Gamuzana es auch nicht wissen.«
»Wir sollten sie uns einmal anschauen«, erklärte Walther. »Die Amerikaner rücken unserem Siedlungsgebiet ziemlich

nahe. Es ist kaum verwunderlich, dass sie uns bisher entgangen sind, denn so weit flussaufwärts sind wir noch nicht gekommen. Ich frage mich nur, wie sie es geschafft haben, so weit nach Norden zu gelangen. Von Süden aus hätten sie Ihr und unser Siedlungsgebiet weiträumig umgehen müssen.«
»Sie könnten aus dem Osten gekommen sein«, wandte Jemelin ein. »Dort gibt es eine Siedlung namens Nacogdoches, in der auch Americanos leben. Von dort ist es nicht weit nach Louisiana, und das gehört zu den Vereinigten Staaten von Amerika.«
»Auf jeden Fall müssen wir mit den Leuten Kontakt aufnehmen. Vielleicht können wir uns gegenseitig unterstützen«, schlug Walther vor.
Jemelin schüttelte sofort den Kopf. »Das sollten wir den Männern des Gouverneurs überlassen! Ich glaube nicht, dass diese Americanos die Erlaubnis besitzen, hier zu siedeln, sonst hätte ich es erfahren. Doch wenn diese Leute glauben, sie können einfach nach Tejas kommen und sich ein Stück Land nehmen, so haben sie sich getäuscht.«
Derart verärgert hatte Walther seinen Nachbarn noch nie erlebt. Jemelins Abneigung gegen die Nordamerikaner übertraf sogar noch die, die Hernando de Gamuzana gezeigt hatte. Solange sich die Siedler an die mexikanischen Gesetze hielten, musste es doch gleichgültig sein, aus welchem Land sie stammten, sagte er sich. Aber er wollte sich nicht mit Jemelin streiten und behielt seine Meinung für sich. Stattdessen wies er nach draußen, wo der Sonnenstand bereits den Nachmittag anzeigte.
»Wenn ich heute noch nach Hause kommen will, sollte ich jetzt aufbrechen.«
»Sie haben doch noch gar nichts gegessen«, wandte Jemelin ein. »Rosita hat extra Tortillas für Sie gebacken.«

»Dann bleibe ich natürlich noch ein Weilchen. Auf Señora Rositas Tortillas habe ich mich schon die ganze Zeit gefreut«, antwortete Walther nicht ganz wahrheitsgemäß und wartete, bis Jemelins Frau ihm die erste Portion vorlegte. Die Füllung war derart scharf, dass ihm die Tränen in die Augen traten. Jemelin bemerkte es und schenkte ihm rasch ein großes Glas Tequila ein. »Hier, trinken Sie!«
»Danke!« Walther schüttete den scharfen Schnaps wie Wasser hinunter und spürte dabei weder dessen Geschmack noch den Biss des Alkohols. Mit einem Rest von Galgenhumor dachte er, dass Jemelin die Suppe und die Pfannkuchen, die Gisela diesem bei seinen Besuchen vorsetzte, wohl als arg fad empfinden musste.
Das Essen dauerte seine Zeit, und anschließend fragte Jemelin Walther, was er und die anderen Siedler von der *Loire* noch benötigten. »Ich reite morgen nach San Felipe, um Don Hernando mitzuteilen, dass Komantschen in der Gegend gesehen worden sind. Auch muss ich ihm von der Ansiedlung der Americanos berichten. Wenn ich schon dort bin, werde ich mir einige Sachen besorgen und kann auch Ihnen etwas mitbringen«, bot er mit einem auffordernden Lächeln an.
Walther dachte kurz nach und nickte. »Das wäre nett von Ihnen. Wir brauchen noch etwas Saatgut und ein paar Vorräte. Solange wir Häuser bauen und uns einrichten müssen, kommen wir nicht zum Jagen. Dabei gibt es hier genügend Wild. Wir benötigen auch weitere Waffen. Zwar besitzt jeder Siedler ein Gewehr, aber wenn wirklich Indianer angreifen, ist das zu wenig.«
»Da haben Sie recht!«, stimmte Jemelin ihm zu. »Jeder meiner Vaqueros ist bewaffnet, und das ist auch notwendig. Es geht ja nicht nur um die Komantschen, denn deren Jagdgründe liegen weiter im Westen, sondern mehr noch um die Ka-

rankawa und die anderen Stämme in dieser Gegend. Die stehlen zwar meistens nur ein Stück Vieh, aber gelegentlich überfallen sie auch eine Hacienda. Da sollte ihnen schon mehr als eine Kugel entgegenfliegen. Ich werde sehen, was ich in San Felipe ausrichten kann.«
»Herzlichen Dank! Im Grunde benötigen wir alles, was hier draußen gebraucht wird.« Walther ließ zu, dass Jemelin ihm sein Glas noch einmal füllte, und trank in kleinen Schlucken. Nun mischte sich auch Rosita Jemelin ins Gespräch. »Ich habe Gisela versprochen, ihr ein paar Kürbiskerne mitzugeben, damit sie welche ziehen kann.« Lächelnd stellte sie ein kleines Leinensäckchen auf den Tisch. »Ich habe aber auch noch Samen von dem guten Chili, den ich in die Suppe und die Tortillas tue. Gisela wird sich freuen, wenn sie ihn ansäen kann.«
Ohne auf Walthers Antwort zu warten, holte sie einen kleinen Beutel und stellte ihn zu dem mit den Kürbiskernen.
Walther starrte auf die Samensäckchen und überlegte, ob er den Chili nicht unterwegs verlieren sollte. Da Rosita seine Frau aber gewiss danach fragen würde, verwarf er diesen Gedanken sogleich wieder. Stattdessen zwang er sich ein Lächeln auf die Lippen. »Ich sage auch Ihnen herzlichen Dank, Señora. Sie sind sehr liebenswürdig!«
»Ich freue mich doch, wenn ich Ihrer Frau helfen kann, rasch eigenes Gemüse zu ziehen«, erklärte Rosita Jemelin so strahlend, dass Walther sich schlecht fühlte, weil er ihrem Geschenk so wenig Freude entgegenbrachte.
»Sie sollten über Nacht bleiben, denn es ist schon spät«, schlug Diego Jemelin vor. »In der Dunkelheit streifen Indios umher, und ein einzelner Reiter fällt ihnen leicht zum Opfer.« Ein Blick nach draußen zeigte Walther, dass Jemelin recht hatte. Wenn er jetzt aufbrach, würde er erst kurz vor Mitter-

nacht zu Hause sein. Trotzdem zwang ihn seine Unruhe, Jemelins Einladung abzulehnen.
»Wenn ich über Nacht ausbleibe, wird meine Frau sich ängstigen. Daher reite ich lieber zurück.«
Er nahm die Samen an sich, bedankte sich noch einmal und verließ das Haus. Anders als die Häuser in San Felipe de Guzmán war es nicht aus Adobeziegeln errichtet worden, sondern aus Holz wie das seine. Noch gab es hier keine Arbeiter, die Ziegel formen und in der Sonne trocknen lassen konnten. Die würden erst kommen, wenn in dieser Gegend mehr Menschen lebten. Aus Mexiko selbst kamen jedoch zu wenige Siedler, und auch die Einwanderung aus Europa hielt sich in Grenzen, weil die meisten, die den alten Kontinent verließen, in die Vereinigten Staaten strebten.
Vielleicht sind die von Hernando de Gamuzana und Diego Jemelin verachteten Americanos sogar die Lösung, sagte sich Walther. Wenn es weiter oben am Fluss eine Siedlung gab, konnte er mit den Bewohnern Handel treiben und vieles, was Gisela und er brauchten, von ihnen erstehen. Selbst wenn die Waren ins Land gekommen waren, ohne je einen mexikanischen Zollbeamten zu sehen, war es besser, sie zu besitzen, als darauf verzichten zu müssen. Doch das war nichts, worüber er mit Diego Jemelin sprechen durfte.
Walther verabschiedete sich von seinen Nachbarn, stieg auf sein Pferd und ritt nach Norden. Obwohl es viel gab, über das nachzudenken sich lohnte, zwang er sich, aufmerksam zu sein. In diesem Land war es immer von Vorteil, als Erster den anderen zu sehen.

5.

Feindliche Indianer waren nur eine der vielen Gefahren, die hier drohten. Die Wahrscheinlichkeit, von einer Giftschlange gebissen zu werden und elend umzukommen, war im Grunde größer. Auch konnte ein Pferd mit dem Huf in einem Kaninchen- oder Präriehundebau hängenbleiben und sich das Bein brechen. Walther schossen eine Menge Dinge durch den Kopf, die einem vor allem in der Dunkelheit zustoßen konnten, und er erwog einen Augenblick lang, umzudrehen und zu Jemelins Hacienda zurückzukehren. Der Gedanke, vor seinem Nachbarn als Feigling dazustehen, brachte ihn jedoch wieder davon ab. Stattdessen schlug er ein gemäßigtes Tempo an und hoffte, dass sein Pferd mögliche Hindernisse früh genug bemerkte.
Walther wurde rasch klar, dass seine Schätzung, vor Mitternacht zu Hause zu sein, optimistisch gewesen war. Dafür war die Geschwindigkeit, die er seinem Reittier zumuten konnte, zu gering. Andererseits empfand er die vom Licht des fast vollen Mondes erhellte Landschaft als wunderschön.
In der alten Heimat war er als Förster oft des Nachts unterwegs gewesen und hatte den Geräuschen des Waldes gelauscht. Auch in diesem Land vernahm er die Rufe der Tiere und den Wind, der durch die Büsche strich. Doch es wirkte anders auf ihn. Dort war er Herr über die Natur gewesen, hier war er nur ein winziger Splitter in einem unendlich erscheinenden Land, das ihn sowohl mit offenen Armen aufnehmen wie auch innerhalb eines Augenblicks vernichten konnte.
In dieser Nacht dachte Walther viel an Gisela und das Kind, das in wenigen Wochen zur Welt kommen würde. Für ihn war es klar, dass es nur ein Sohn sein konnte, der einmal wei-

terführen würde, was er begonnen hatte. Noch wusste er nicht, welchen Namen er dem Jungen geben sollte. Der Tradition seiner Familie zufolge müsste er Waldemar heißen, nach seinem eigenen Vater, oder besser gesagt Waldemaro, wie es die mexikanischen Behörden verlangten. Vielleicht sollte er seinen Sohn besser Josef nennen, nach Giselas Vater. Rufen würde man ihn dann José, wie es hier üblich war.

»José Fichtner oder Waldemaro Fichtner, was klingt besser?«, fragte er sich und zuckte beim Klang seiner Stimme zusammen. Er musste vorsichtiger sein. Dies hier war nicht der Renitzer Forst, in dem er höchstens auf einen Wilddieb oder ein paar Landstreicher getroffen war. Hier gab es Indianer und wilde Tiere, die ihm und seinem Pferd gefährlich werden konnten.

Der Gedanke brachte Walther dazu, die Zügel nur noch mit einer Hand zu halten und mit der anderen zur Büchse zu greifen, die ihm an einem Riemen über der Schulter hing.

In den nächsten Stunden tat sich jedoch nichts, was Walther hätte beunruhigen müssen. Er sah in der Ferne bereits schattenhaft den Hügel, auf dem seine Farm stand, als plötzlich ein Schuss übers Land hallte.

Gisela!, war sein erster Gedanke.

Dann aber schüttelte er den Kopf. Ihre Pistole klang anders. Es musste bei den Vaqueros geschossen worden sein. Rasch zog er sein Pferd herum und spornte es an. Dabei verdrängte er den Gedanken an Hindernisse, über die sein braver Brauner stolpern konnte. Die kleine Herde war sowohl für ihn wie auch für die anderen Schiffbrüchigen von der *Loire* überlebenswichtig. Im Gegensatz zu ihm besaßen Thierry, Thomé und die anderen jeweils nur eine Kuh, und die durften sie auf keinen Fall verlieren.

Eine kurze Zeit blieb es ruhig, und er dachte schon, einer der

Hirten hätte auf einen Kojoten geschossen, um ihn zu verjagen. Da hörte er erneut einen Schuss, und zwar erschreckend nahe. Walther hielt an und versuchte, im Mondlicht zu erkennen, was sich dort tat. Die Rinder entdeckte er sofort. Zwei der Vaqueros waren bei ihnen und versuchten, sie zu beruhigen. Sie hielten jedoch ihre Waffen in der Hand und sahen sich immer wieder um. Den dritten Vaquero sah er nirgends.

Dafür aber bemerkte er mehrere Schatten, die im Schutz der Büsche auf die kleine Herde zuschlichen. Das mussten Indianer sein. Hatten sie einen seiner Hirten bereits verletzt oder getötet?, fragte Walther sich, während er sein Pferd langsam weitergehen ließ und die Büchse schussbereit machte.

Da knallte ein weiterer Schuss, und zwar jenseits der Hügel. Jetzt ahnte Walther, was die Indianer vorhatten. Während einer von ihnen einen oder zwei Vaqueros weglockte, wollten die anderen Tiere aus der Herde wegtreiben. Wie viele Viehdiebe es waren, konnte er nicht erkennen, begriff aber, dass seine Leute in höchster Gefahr schwebten.

Walther schwang sich aus dem Sattel, um beim Schuss nicht durch eine Bewegung des Pferdes behindert zu werden, und legte an. Im Mondlicht entdeckte er drei Indianer, die der Herde bereits ziemlich nahe gekommen waren. Er zielte auf einen davon und wollte den Kugellauf abfeuern. Dann aber schreckte er davor zurück, einen Menschen einfach niederzuschießen. Kurz überlegte er, einen Warnschuss abzugeben. Da fiel ihm eine bessere Lösung ein. Die drei Indianer waren zu weit von ihm entfernt, als dass der Schrot sie schwer verletzen konnte, aber nahe genug, um die kleinen Kugeln zu spüren.

Mit einem zufriedenen Lächeln spannte er den Abzugshahn des Schrotlaufs und drückte ab. Der Knall war lauter, als wenn er die Kugel abgeschossen hätte, und fast im gleichen

Augenblick zuckten die drei Indianer zusammen. Auch wenn die Schrotladung auf die Entfernung ziemlich streute, so musste jeder doch mindestens drei oder vier der kleinen Kügelchen abbekommen haben, dachte Walther und machte den anderen Lauf schussbereit. Doch er brauchte ihn nicht mehr. Der so unerwartet in ihrem Rücken aufgetauchte Feind war für die Indianer zu viel. Zwei rannten los, der dritte folgte ihnen humpelnd, und schließlich gab auch noch ein weiterer, den Walther bisher nicht gesehen hatte, Fersengeld.
Der Anblick brachte Walther zum Lachen. Doch jetzt hatten auch seine beiden Vaqueros die Kerle entdeckt und schossen hinter ihnen her. Eine Waffe knallte besonders laut, daher hielt Walther sie für die Pistole, die vom Großvater über den Sohn auf den Enkel weitervererbt worden war. Schaden richteten die Kugeln bei den Indianern nicht mehr an, sorgten aber dafür, dass diese noch schneller liefen.
Einer der beiden Vaqueros holte ein Stück Holz aus dem Lagerfeuer, das nur an einem Ende brannte, und verwendete es als Fackel. Trotzdem hielt Walther es für besser, sich bemerkbar zu machen.
»Ich bin es, Walther Fichtner!«, rief er seinen Männern zu.
»Señor? Ihr seid gerade zur rechten Zeit gekommen«, antwortete Quique treuherzig. »Wir dachten, Julio hätte die Kerle mit seinen Schüssen verscheucht. Dass welche zurückgeblieben sind, haben wir gar nicht bemerkt!«
»Waren es Komantschen?«, wollte Walther wissen.
Quique schüttelte heftig den Kopf. »Wo denken Sie hin, Señor! Komantschen wären nicht nach einem Schuss von Ihnen davongerannt, sondern hätten uns alle massakriert.«
»Das waren Karankawa oder einer der anderen Küstenstämme«, warf Lope ein. »Ich schätze, die werden nicht eher zu rennen aufhören, bis sie in ihrem Lager sind. Wenn wir Glück

haben, finden wir sogar ihre Pferde. Wir könnten sie gut brauchen!«
»Ihr sucht aber erst morgen«, mahnte Walther ihn und fragte dann nach Julio.
»Er hat einen Indio entdeckt und wollte ihn verjagen. Da kommt er ja!« Quique wies nach Süden. Dort führte Julio zwei Pferde am Zügel und winkte schon von weitem mit der freien Hand. »Nicht schießen, Muchachos! Ich bin es nur. Schaut her! Mir sind ein paar prachtvolle Gäule über den Weg gelaufen. Vier der Karankawa werden jetzt zu zweit auf einem Pferd sitzen müssen, es sei denn, ihr habt einen davon erwischt.«
»Haben wir nicht«, rief Quique ihm zu. »Ein paar der Indios wollten sich anschleichen. Doch unser Señor ist im rechten Augenblick gekommen und hat sie verjagt!«
»Das ist gut! Ich hätte euch ungern tot und ohne Haare auf dem Kopf wiedergefunden.«
Julio führte die Pferde heran und sah Walther grinsend an. »Den Kerlen haben wir es gezeigt, nicht wahr, Señor?«
»Señor Waltero hat es ihnen gezeigt«, wies Quique seinen Freund zurecht. »Ohne ihn hätte es schlecht für uns ausgesehen.«
»Jetzt stellt euer Licht nicht unter den Scheffel. Ihr habt gut aufgepasst und hättet die Indianer sicher früh genug entdeckt«, antwortete Walther erleichtert, weil alles gut ausgegangen war.
Dann aber dachte er an Gisela und bekam Angst, die Indianer könnten versuchen, die Farm zu überfallen. Er wollte schon einen der Vaqueros auffordern, mit ihm zu kommen, sah dann aber, dass die kleine Herde sich zu zerstreuen begann, und wies auf die Tiere.
»Ihr solltet die Kühe zusammentreiben, sonst läuft doch

noch eine den Karankawa vor die Füße. Ich reite jetzt zur Farm.«
Walther wandte sich bereits ab, da rief Julio hinter ihm her. »Jetzt, da wir Pferde haben, können uns die Kühe nicht mehr davonlaufen. Auf, Muchachos, wir wollen uns die Viecher holen!«
Als Walther auf sein Pferd stieg und losritt, blickte er noch einmal kurz zurück. Julio und Quique saßen bereits auf den Indianergäulen und ritten hinter den Rindern her, die in Richtung des nächsten Buschwerks streben. Ob sie die Tiere vorher einfangen konnten oder sie aus dem Dornengestrüpp heraustreiben mussten, konnte er nicht mehr erkennen.

6.

Die Farm lag nicht mehr fern, da färbte sich der Himmel im Osten zuerst rosa und dann blutig rot. Der Anblick verstärkte Walthers Sorge um Gisela, und er ritt schneller, als er es bei den Sichtverhältnissen eigentlich verantworten konnte. Zu seiner Erleichterung sah er bald das Haus vor sich. Weder war die Tür eingeschlagen noch irgendetwas zerstört. Walther wollte schon aufatmen, erinnerte sich aber daran, dass Gisela die Pistole besaß und im Schreck auf ihn schießen konnte, wenn er einfach auf die Farm zuritt. Daher nahm er seinen Hut in die Hand und schwenkte ihn. »Gisela, ich bin es! Ist alles in Ordnung bei dir?«
»Walther? Gott sei Dank! Ich bin halb gestorben vor Sorge, nachdem heute Nacht so viele Schüsse gefallen sind«, kam es erleichtert zurück.

Walther lachte fröhlich auf. »Ein paar Indianer haben versucht, sich an unserer Herde gütlich zu tun. Aber wir haben sie verscheucht.«
»Waren es Po'ha-bet'chys Leute?«, fragte Gisela.
Ein wenig schämte Walther sich, weil seine Frau sich den Namen des Komantschen hatte merken können, während ihm nur die ersten beiden Silben im Gedächtnis geblieben waren. Dann aber schüttelte er den Kopf. »Nein! Julio meinte, es wären Karankawa gewesen. Ich selbst habe sie nur von hinten gesehen. Einigen von denen dürften meine Schrotkugeln im Pelz stecken! Statt etwas zu erbeuten, sind sie selbst zu Schaden gekommen. Julio hat zwei ihrer Pferde gefunden und mitgenommen.«
Bei dem Gedanken hob sich Walthers Laune wieder. Er stieg etwas steif aus dem Sattel und führte den Gaul erst einmal zum Wasser, damit er saufen konnte.
Unterdessen war Gisela aus dem Haus gekommen und eilte ihm nach. »Ich bin so froh, dass du unversehrt zurückgekommen bist!«, rief sie und schlang die Arme um ihn.
Walther streichelte ihr übers Haar und hielt sie einige Augenblicke fest. »Du weißt doch, Unkraut vergeht nicht. Immerhin habe ich die Schlacht von Waterloo überlebt, und das können nicht alle von sich behaupten, die dabei gewesen sind.«
»Erinnere mich nicht daran! Damals ist mein Vater gefallen, und meine Mutter wurde ermordet.«
Gisela liefen Tränen über die Wangen, und Walther schalt sich insgeheim einen Narren. »Es tut mir leid! Ich weiß doch, wie sehr es dich immer noch schmerzt«, flüsterte er ihr ins Ohr.
Gleichzeitig steckte ihre Traurigkeit ihn an. Sein eigener Vater war in Russland gefallen, als Napoleon in seinem Grö-

ßenwahn auch dieses Land hatte erobern wollen. Viele Erinnerungen an ihn hatte er nicht, weil sein Vater in Graf Renitz' Regiment als Wachtmeister gedient hatte und nur selten nach Hause gekommen war. Dafür schmerzte der Gedanke an den Tod der Mutter umso mehr. Direkt nach ihrer Beerdigung hatte man ihn zu den Soldaten gesteckt, und er war als Trommelbub bei dieser schrecklichsten aller Schlachten dabei gewesen. Das galt allerdings auch für Gisela, die als Soldatenkind nichts anderes gekannt hatte als endlose Märsche, Feldlager und Schlachtengetöse.
»Das ist alles vorbei«, sagte er mehr für sich als für sie. »Komm! Der Gaul hat genug gesoffen und kann jetzt fressen.«
»Wenn Sie mir die Zügel geben, pflocke ich ihn an, Señor«, erbot sich Pepe.
Walther reichte ihm die Zügel, legte einen Arm um Gisela und führte sie aufs Haus zu. »Rosita Jemelin hat mir Kürbissamen für dich mitgegeben und auch Samen für diese entsetzlich scharfen Schoten, mit denen sie ihr Hackfleisch würzt. Ich sage dir, du wirst diese Dinger nur dann verwenden, wenn Jemelin uns besucht. Ich selbst will sie nicht in meinem Essen haben!«
Gisela musste lachen. »Ein wenig Chili würzt das Essen, doch Rosita Jemelin übertreibt es wirklich. Bei mir wirst du dich nicht beschweren müssen.«
»Ich musste mich noch nie über dich beschweren.« Walther sah sie liebevoll an. »Du gefällst mir so, wie du bist, und ebenso alles, was du tust.«
»Auch dann noch, wenn ich zu viel Chili in die Tortillas tue?«, fragte Gisela, noch immer lachend.
»Selbst dann!« Walther beugte sich zu ihr hin und küsste ihre Wange. »Ich liebe dich! Ich habe dich immer geliebt.«

Gisela atmete schneller und gab sich einige Augenblicke ganz ihrem Glück hin, mit ihm zusammen zu sein. Dann aber spürte sie, wie das Kind sich bewegte, und sofort überfiel sie ein Anflug von Traurigkeit.

»Ich werde froh sein, wenn unsere Tochter geboren ist und wir wieder mehr tun können, als einander nur zu streicheln!« Vor allem wollte sie bald wieder schwanger werden, und zwar mit einem Kind, von dem sie wusste, dass Walther der Vater war.

»Ich frage mich, weshalb du immer eine Tochter haben willst. Mir wäre ein Sohn viel lieber. Der könnte schon bald auf der Farm mithelfen. Ein Mädchen kann das kaum und wird außerdem irgendwann weggeheiratet«, antwortete Walther ungehalten.

Gisela verzog schmerzhaft den Mund. »Ich habe fast den Eindruck, als wenn du keine Tochter haben wolltest! Du wirst sie gewiss nicht lieben, wenn sie erst einmal da ist.«

»Natürlich werde ich unsere Tochter lieben«, sagte Walther, um seine Frau zu beschwichtigen. »Doch sollten wir jetzt aufhören, uns zu zanken. Wir können ohnehin nichts daran ändern. Wenn wir einmal alt und grau sind und zehn Töchter haben, aber keinen Sohn, werde ich auch zufrieden sein.«

»Das sagst du nur so!« Gisela schniefte und schalt sich selbst eine Gans, weil sie sich so leicht die Laune verderben ließ. Das hatte Walther nicht verdient.

»Verzeih!«, fuhr sie fort. »Ich weiß doch, dass du es gut meinst. Was das Kind betrifft, so entscheidet Gott, ob es ein Mädchen oder ein Junge wird. Wir können es nur als sein Geschenk entgegennehmen.«

»Das, meine Liebe, hast du wunderschön gesagt.«

Mittlerweile hatten sie das Haus erreicht und traten ein. Während Pepe draußen seiner Arbeit nachging, umarmte

Walther Gisela und strich ihr über den prallen Bauch. »Wie lange, meinst du, wird es noch dauern?«
Gisela war sich ein wenig unsicher. Zwar versuchte sie, die Monate zu zählen, seit das Kind gezeugt worden war, dennoch blieben drei Wochen, die entscheidend sein konnten.
»Rosita meint, frühestens in einem Monat.«
Das hatte sie Walther schon ein paarmal gesagt, aber er begriff erst jetzt, wie ungünstig dieser Zeitpunkt für ihn war, und stöhnte auf. »Das ist nicht gut!«
»Weshalb?«, fragte Gisela erschrocken.
»Weil ich wahrscheinlich gerade dann unterwegs nach San Felipe sein werde, um die restlichen Siedler abzuholen. In den nächsten Tagen reitet Diego Jemelin dorthin und wird mir Botschaft bringen, wann genau die Leute erwartet werden. Hernando de Gamuzana hat versprochen, dass auch wir noch einige Waren bekommen, die die Regierung von Mexiko europäischen Siedlern zur Verfügung stellt, und die kann ich gleichzeitig mit dem Treck hierherbringen. Irgendwann will ich mir auch die nordamerikanische Siedlung weiter im Norden ansehen. Vielleicht gibt es dort ja einen Laden, in dem wir einkaufen können. Bis San Felipe de Guzmán ist es arg weit.«
»Die mexikanische Regierung will doch keine Nordamerikaner mehr in Mexiko ansiedeln«, wandte Gisela ein.
»Trotzdem sind die Leute da, und sie werden sich auch nicht so leicht vertreiben lassen. Mexiko ist ein großes Land und die Hauptstadt sehr, sehr weit entfernt. Selbst bis zu der Hauptstadt unserer Provinz ist es eine halbe Weltreise. Ich werde nur dann nach Saltillo reiten, wenn es unbedingt nötig ist.«
Walther sah keinen Grund dafür, wochenlang von seiner Frau und seiner Farm fort zu sein. Das, was er brauchte,

konnte ihm Hernando de Gamuzana besorgen, und den Rest würde er von den Amerikanern kaufen, wenn es irgendwie möglich war.

Gisela wusste nicht so recht, was sie von den Nordamerikanern halten sollte. Zum einen sprachen diese Englisch, also eine Sprache, die sie nicht verstand, und zum anderen hatten Hernando de Gamuzanas Ehefrau Elvira, aber auch Rosita Jemelin die Angehörigen dieses Volkes als ungehobelte und unverschämte Hinterwäldler bezeichnet.

Daran erinnerte sie Walther, doch er winkte nur ab. »Ich mache mir lieber selbst ein Bild von den Menschen, meine Liebe. Ganz so schlimm können sie nicht sein, sonst würden nicht so viele unserer Landsleute in die Vereinigten Staaten auswandern.«

»Da hast du auch wieder recht«, antwortete Gisela nachdenklich. »Aber wenn wir mit ihnen reden wollen, möchte ich ein wenig Englisch können. Wirst du es mich lehren?«

»Aber gerne! Bis das Kind auf der Welt ist und auch einige Wochen danach können wir im Bett ja nichts anderes tun, als miteinander zu reden!«

Walther zwinkerte ihr zu und sagte sich, dass seine Frau bald besser Englisch sprechen würde als er. Ihr Talent, fremde Sprachen zu erlernen, war weitaus größer als das seine. Während sein Spanisch noch holprig klang, vermochte sie sich mittlerweile ohne Probleme mit Rosita Jemelin und den anderen mexikanischen Frauen ihrer Siedlung zu verständigen.

Der Gedanke an Rosita Jemelin erinnerte ihn daran, dass er am Vortag die Hacienda ihres Mannes besucht hatte und die ganze Nacht durchgeritten war. Nun fühlte er seine Müdigkeit doppelt und wies auf das Bett.

»Ich muss mich ein wenig hinlegen. Weck mich aber in zwei oder drei Stunden!«

»Das werde ich tun«, versprach Gisela, beschloss jedoch insgeheim, ihren Mann ausschlafen zu lassen. Er benötigte seine ganze Kraft, um ihnen ein Heim zu schaffen. Dazu gehörte auch ein richtiges Essen, und das würde er ebenfalls bekommen. Vorher aber wollte sie die Samen aussäen, die ihr Rosita Jemelin geschenkt hatte, und trat zur Tür, um Pepe aufzufordern, zwei weitere Beete in ihrem Garten umzugraben.

7.

Die nächsten Tage vergingen, ohne dass etwas Aufregendes geschah. Walther arbeitete zusammen mit Pepe an einem größeren Pferch für die Pferde und plante einen Schuppen, in dem er einen Wagen abstellen konnte. Zwar besaß er noch keinen, aber er hoffte, dass es in der amerikanischen Siedlung einen Wagner gab, der ihm einen fertigen konnte. Falls nicht, würde er sich in San Felipe danach umsehen, wenn er die neuen Siedler abholte, und auch nach einem Pferd, das sowohl den Wagen ziehen als auch vor dem Pflug gehen konnte.

Gisela ging es etwas besser, und sie hoffte, den Rest ihrer Schwangerschaft ohne weitere Probleme durchstehen zu können. Die Hausarbeit machte ihr jedoch zusehends Schwierigkeiten, und so wies Walther Pepe an, Wasser und Feuerholz ins Haus zu bringen, damit seine Frau sich leichter tat.

Mittlerweile muss Diego Jemelin in San Felipe sein, dachte Walther an einem Sonntag und fragte sich, welche Nachrichten dieser mitbringen würde. Um Giselas willen hoffte er,

dass sich die Ankunft der Neusiedler verzögern würde und er die Leute später abholen konnte. Dann würde er bei der Geburt seines ersten Sohnes zugegen sein können. Zwar wusste er, dass Rosita Jemelin und Gertrude Schüdle sich um Gisela kümmern würden. Dennoch hatte er das Gefühl, sie im Stich zu lassen, wenn er während der Zeit der Geburt auf Reisen war.
Da es in der Siedlung noch keinen Priester und keine Kirche gab, hatte er sich angewöhnt, jeden Sonntagmorgen eine Stelle aus der Bibel zu lesen und mit Gisela zusammen ein paar deutsche Kirchenlieder zu singen. Sie stimmten gerade das letzte an, als plötzlich ein Reiter in vollem Galopp herankam und sein Pferd erst vor der Haustür zum Stehen brachte. Es war Quique.
Walther eilte erschrocken hinaus. »Ist etwas mit den Kühen, oder habt ihr Indianer gesehen?« In seiner Erregung fragte er es auf Deutsch und musste es dann auf Spanisch wiederholen.
»Nein, Señor!«, antwortete der Junge. »Mit den Tieren ist alles in Ordnung. Ich bin gestern nur ein wenig nach Norden geritten, um das Gebiet anzusehen, das für die neuen Siedler bestimmt ist. Da habe ich mehrere Wagen entdeckt und Männer, die am Fluss eine Hütte bauen. Es sind Americanos!«
»Bist du sicher?«, fragte Walther ungläubig. Schließlich war das hier das Land, das Ramón de Gamuzana im Auftrag der Regierung von Mexiko besiedeln sollte, und der würde mit Sicherheit keine Nordamerikaner ins Land holen.
»Ich bin mir ganz sicher, Señor. Die Leute hatten andere Kleidung an als wir und komische Hüte auf. Ich habe vier Männer gezählt, drei Frauen und fünf Kinder. Die Männer hatten alle Gewehre.«
Das Letzte fand Walther nicht verwunderlich. Wer in diesem

Land überleben wollte, brauchte gute Waffen, sei es, um Wild zu jagen, oder als Schutz gegen feindliche Indianer. Er fand es jedoch empörend, dass die Menschen sich ohne zu fragen in einem Gebiet einnisteten, das für andere Siedler vorgesehen war. Als Verantwortlicher für den nördlichen Teil der Siedlung war es seine Pflicht, dafür zu sorgen, dass Recht und Ordnung eingehalten wurden. Einen Augenblick lang überlegte er, die anderen Männer von der *Loire* zu rufen und mit diesen zu den Amerikanern zu reiten. Dann aber schüttelte er den Kopf. Er wollte keinen Krieg gegen diese Leute führen, sondern ihnen nur erklären, dass sie sich anderswo niederlassen sollten. Hier hatten sie nichts verloren.
»Pepe, sattle mein Pferd«, sagte er und nahm seine Büchse in die Hand.
»Glaubst du, dass es gefährlich ist, dorthin zu reiten?«, fragte Gisela ängstlich.
Walther schüttelte den Kopf. »Ich hoffe nicht! Außerdem kommt Quique mit mir. Er soll mir zeigen, wo diese Fremden sind, denn ich will sie nicht suchen müssen.«
Zwar traute er der Großvaterpistole des Jungen nicht besonders, aber so waren sie wenigstens zwei gegen vier.
Während Walther sich fertig machte, strahlte Quique über das ganze Gesicht. Julio und Lope werden Augen machen, wenn ich ihnen das erzähle, dachte er und folgte seinem Herrn nach draußen. Als sie losritten, übernahm er wie selbstverständlich die Führung und schnitt eine Schleife des Flusses ab, um keine Zeit zu verlieren.
Walthers Laune schwankte zwischen einem gewissen Ärger über diese Leute und der Hoffnung, dass sich die Sache zu aller Zufriedenheit lösen ließe. Auf jeden Fall wollte er vorsichtig sein und hielt daher auf einem Hügel an, von dem aus er die Fremden beobachten konnte. Diese hatten sich eine

flache Stelle am Ufer ausgesucht und errichteten gerade eine Blockhütte. Nicht weit davon stand ein Wagen, in dessen Nähe mehrere Pferde grasten. Ein Junge hütete zwei Kühe, während die Frauen unter einem Zeltdach kochten.
Die Szenerie wirkte so friedlich, dass es Walther fast leidtat, in sie hineinzuplatzen. Er trieb sein Pferd an und sah im gleichen Augenblick, dass die anderen ihn und Quique bemerkten. Sofort hörten die Männer mit der Arbeit auf und packten ihre Gewehre. Die Frauen und Kinder suchten Deckung hinter der halb fertigen Blockhütte, und der Hütejunge trieb seine Kühe von Walther weg.
Als Walther sich dem Bau näherte, spürte er das Misstrauen, das ihm entgegenschlug. Gute Nachbarschaft, dachte er, sieht anders aus. Er hielt sein Pferd zehn Schritte vor der Hütte an und musterte die Männer. Drei von ihnen waren sehnige Kerle mit vom Wetter gegerbten Gesichtern, die in Baumwollhosen und -hemden steckten und derbe Stiefel trugen. Der vierte Mann hingegen war besser gekleidet. Er hielt auch keine jener langläufigen Büchsen in der Hand wie die anderen, sondern eine neu aussehende Doppelpistole. Er schien der Anführer zu sein, denn er trat einen Schritt vor und sah mit verkniffener Miene zu Walther auf.
Dieser ahnte, dass der Mann ihn nicht einordnen konnte. Mit seinen blonden Haaren und dem hellen Gesicht sah er wie ein Europäer aus, trug aber die schlichte mexikanische Tracht der Grenzbewohner.
»*Buenos días*«, grüßte Walther. Da die anderen ihre Waffen in der Hand behielten, tat er es auch.
»Was sagt der Kerl?«, fragte einer der Hinterwäldler seinen Anführer in einem für Walther kaum verständlichen Englisch.
»Er wünscht uns einen guten Tag, wenn ich das von unserem

Feldzug auf der spanischen Halbinsel richtig in Erinnerung habe.«

Das Englisch dieses Mannes war besser, aber seine Stimme rief bei Walther eine vage Erinnerung wach. Er musterte ihn und fand, dass dessen Gesicht einem Wiesel glich. Nun durchforstete er verzweifelt sein Gedächtnis, an wen ihn dieser Mann erinnerte.

»Kann der Kerl vielleicht auch in einer zivilisierten Sprache reden?«, knurrte ein anderer.

Walther achtete nicht auf ihn, sondern behielt den Anführer im Auge. Dieser war ihm noch unsympathischer als die Hinterwäldler, und so fragte er etwas schärfer, als er es sonst getan hätte: »Wer sind Sie und was wollen Sie hier?«

Da er nun die englische Sprache verwendete, verstanden ihn die anderen.

Einer der beiden Arbeiter begann zu lachen. »Was wir machen wollen, siehst du doch. Wir errichten hier eine Fährstation!«

»Und wer hat Ihnen die Erlaubnis dazu gegeben?«

Obwohl eine Fähre bei ihrer Siedlung gebraucht wurde, wollte Walther diese Leute nicht mitten in seinem Gebiet haben.

»Erlaubnis? Pah! Das hier ist freies Land, und es kann jeder dort siedeln, wo er will!«, bellte der älteste Arbeiter.

Der Wieselgesichtige nickte dazu. »So ist es, Mister. Das hier wird der Kern unserer Siedlung. Schon bald wird es hier eine Stadt geben, die von guten amerikanischen Staatsbürgern bewohnt und nach mir den Namen Spencertown tragen wird.«

In dem Augenblick traf es Walther wie ein Schlag. Plötzlich war er wieder vierzehn und schlug die Trommel auf dem Schlachtfeld von Waterloo. Dort hatte er diesen Mann gesehen, und es war nicht im Guten gewesen.

»Nicodemus Spencer«, murmelte er vor sich hin.

»Das ist mein Name! Woher kennen Sie mich?«, fragte der Mann.

»Ich kenne Sie eben!« Walther konnte es kaum glauben, doch vor ihm stand der englische Soldat, der auf dem Schlachtfeld von Waterloo Giselas Mutter umgebracht hatte. Die Wut, die Walther seit damals unterdrückt hatte, fuhr jäh in ihm hoch, und er hob den Lauf seiner Büchse, um den Kerl einfach niederzuschießen. Doch wenn er dies tat, hatte er die drei anderen gegen sich. Nur mühsam gelang es ihm, sich wieder zu beruhigen. Sein Blick war jedoch wie Eis, als er Spencer und dessen Hinterwäldler musterte.

»Dies hier ist ein von der mexikanischen Regierung vergebenes Landlos, und der Empresario Don Ramón de Gamuzana ist damit beauftragt worden, es zu besiedeln. Die neuen Siedler werden in wenigen Wochen hier eintreffen. Bis dahin sollten Sie und Ihre Leute verschwunden sein. Habe ich mich klar genug ausgedrückt?«

»Wir denken gar nicht daran! Das hier ist gutes Land, und es gehört dem, der es sich als Erster nimmt«, mischte sich der dritte Hinterwäldler ein.

»Ich glaube nicht, dass die mexikanischen Behörden der gleichen Ansicht sind. Wenn Sie nicht freiwillig gehen, werden Ihnen die Soldaten der Garnison von San Felipe de Guzmán Beine machen.«

Zwar gab es in Hernando de Gamuzanas Stadt keine Soldaten, doch Walther hoffte, Spencer und dessen Leute mit dieser Drohung zu verscheuchen.

Während die drei Baumwollhemdenträger wüst drauflosfluchten, hob Spencer begütigend die Hand. »Mister, wir können uns doch sicher einigen. Sie tragen uns hier als Siedler ein, und Ihre neuen Leute können weiter flussaufwärts ihre Farmen errichten!«

Wären ihm die Leute sympathischer und vor allem Spencer nicht bei ihnen gewesen, hätte Walther sich vielleicht darauf eingelassen. So aber schüttelte er den Kopf. »Sie werden von hier verschwinden, und zwar so schnell wie möglich!«
»Verdammt, Mister! So können Sie nicht mit mir reden«, brauste Spencer auf.
»Ich habe Sie gewarnt! Wenn ich mit den Siedlern herkomme, will ich niemanden von Ihnen mehr hier sehen. Und damit *adíos!*« Da Walther den Männern nicht traute, ließ er sein Pferd zuerst ein Stück rückwärtsgehen. Erst dann wendete er es und ritt los. Da gellte auf einmal Quiques Ruf auf.
»Vorsicht, Señor!«
Walther bog sich im Reflex zur Seite und hörte den Knall des Schusses. Im selben Augenblick strich eine Kugel an ihm vorbei und durchschlug den Rand seines Hutes. Wütend drehte er sich um und sah den größten Hinterwäldler mit angelegtem Gewehr, aus dessen Lauf Pulverdampf drang. Seine beiden Kumpane hoben jetzt ebenfalls die Waffen zum Schuss.
Gegen vier Gegner war der Kugellauf zu wenig. Doch noch befanden die Kerle sich in äußerster Schrotreichweite. Bevor sie zum Schuss kamen, zog Walther durch. Zwar tötete er niemanden, dafür schrien alle einschließlich Spencer vor Schmerzen auf. Ein Mann ließ sogar seine Büchse fallen. Diese entlud sich knallend und traf eine Kuh, die laut brüllend losrannte. Die anderen Rinder folgten ihr. Der Junge versuchte zwar noch, sie aufzuhalten, doch es war vergebens.
»Wenn ich wiederkomme, seid ihr verschwunden, sonst werdet ihr etwas erleben!«, rief Walther der Gruppe zu und ließ dann sein Pferd antraben.
Quique kam an seine Seite und sagte nur ein Wort. »Americanos!«

Darin lag alle Verachtung, die der Junge auszudrücken vermochte. Auch Walther verspürte wenig Lust, sich noch einmal mit Einwanderern aus den Vereinigten Staaten abzugeben, und wenn er sich jeden Nagel und jeden Teller aus der Ciudad de Mexico bringen lassen musste.

8.

Vier Tage später meldete Quique, dass Spencers Gruppe verschwunden sei. Allerdings hatten sie vorher noch die halb fertige Blockhütte eingerissen und das Holz in den Fluss geworfen, damit es niemand verwenden konnte. Das entsprach dem Bild, das Walther sich von diesen Leuten gemacht hatte. Am meisten ärgerte ihn, dass er Spencer hatte laufen lassen müssen. Aber es war sinnlos, diesen Mann bei den mexikanischen Behörden als Mörder anzuzeigen. Zum einen war die Tat vor sehr langer Zeit auf einem anderen Kontinent geschehen und zum anderen das Land so weit, dass kein Richter den Mann je zu fassen bekäme.
Um Gisela nicht an jene schrecklichen Tage bei Waterloo zu erinnern, beschloss er, ihr die Begegnung mit dem Mörder ihrer Mutter zu verschweigen. Er erzählte ihr nur, dass die Nordamerikaner rüpelhaft gewesen wären und auf ihn geschossen hätten.
»Ein besonderer Schütze war der Kerl nicht gerade«, fügte er hinzu und tat den Schuss mit einer Handbewegung ab.
Gisela lächelte etwas gezwungen, denn Quique hatte ihr anderes berichtet. In den Augen des Jungen war Walther ein Held, der mit einer ganzen Handvoll schießwütiger Americanos fer-

tig geworden war. In seinen Erzählungen hatte Walther sogar einige davon getötet. Doch was das betraf, glaubte Gisela wiederum ihrem Mann, der ihr grinsend erzählte, dass er den Schrotlauf abgefeuert hätte. Nach dessen Worten hatten die wilden Siedler sich zwar ein paar von den kleinen Kügelchen eingefangen, seien aber nicht gefährlich verletzt worden. Dies beruhigte Gisela, denn sie hätte Walther ungern als einen Menschen gesehen, der andere Leute hemmungslos niederschoss.
Nicht lange, da trat auch diese Begebenheit in den Hintergrund. Gisela ging es wieder schlechter, und sie konnte die Arbeit im Haus kaum mehr bewältigen, obwohl Pepe und Walther ihr vieles abnahmen.
Mit einem müden Lächeln sah sie an diesem Morgen zu Walther auf. »Ich werde froh sein, wenn es vorbei ist. So bin ich einfach viel zu unbeholfen. Auch rast mein Herz, wenn ich mich zu rasch bewege!«
Es raste auch so, doch das wollte sie Walther nicht sagen, um ihn nicht zu beunruhigen.
»Schade, dass Gertrude zu den Poulains gezogen ist, nachdem Charlotte von der Schlange gebissen wurde. Nun könnten wir sie gut brauchen. Ich glaube, ich sollte nun doch zu Jemelins Hacienda reiten und Rosita fragen, ob sie eine Frau kennt, die bei uns bleiben und dir die Arbeit abnehmen kann, bis das Kind geboren ist«, schlug Walther vor.
Gisela wollte zunächst widersprechen, um nicht als faule und schlechte Hausfrau zu gelten. Doch ihr fiel bereits das Aufstehen schwer, und so nickte sie schweren Herzens. »Es wird wohl das Beste sein. Es tut mir so leid, aber ...«
»Kein Aber!«, unterbrach Walther sie und nahm sie in die Arme. »Es wird alles gut werden, mein Lieb.«
»Ja, das wird es«, stimmte Gisela ihm zu, obwohl sie im Augenblick das Gefühl hatte, nie mehr auf die Beine zu kom-

men. Sie nahm all ihre Kraft zusammen und schob Walther zurück. »Ich muss an den Herd! Du wirst doch sicher Kaffee haben wollen. Wenn du nach San Felipe kommst, musst du neuen kaufen. Wir haben nicht mehr viel davon.«
Ein Schatten glitt über Walthers Gesicht. Schon bald würde er nach Süden reiten und Gisela allein mit Pepe zurücklassen müssen, und das gerade in der Zeit, in der seine Frau gebären sollte. Daher erschien es ihm doppelt wichtig, jemanden einzustellen, der ihr im Haus helfen konnte. Noch während er darüber nachdachte, klang Pepes erschrockener Ruf auf.
»Señor, sehen Sie doch!« Der Knecht zeigte zitternd durch das Fenster.
Walther sprang auf und blickte hinaus. Keine hundert Schritt von der Hütte entfernt war ein Reiter zu sehen. Es war der Komantsche Po'ha-bet'chy. Dieser sah herüber und schien zu merken, dass er beobachtet wurde, denn er hob die Hand. Angesichts der Schauergeschichten, die Walther von Diego Jemelin über diesen Stamm gehört hatte, beschloss er, vorsichtig zu sein. Daher nahm er seine Büchse auf, machte sie schussfertig und trat zur Tür.
»Du schließt hinter mir zu und nimmst die Pistole, Pepe«, wies er den Knecht an.
Der aber wich kopfschüttelnd zurück. »Nicht hinausgehen, Señor! Komantschen sind böse Indios. Sicher sind noch andere in der Nähe, um Sie umzubringen, mich umzubringen und die Señora umzubringen.«
»Hier wird niemand umgebracht«, antwortete Walther.
Hinter ihm nahm Gisela die Pistole und spannte sie. »Bleib im Haus. Hier können wir uns verteidigen«, bat sie dabei.
»Dann bringt uns zwar kein Indianer um, aber die eigene Angst!« Mit diesen Worten öffnete Walther die Tür und trat hinaus.

Hinter ihm schloss Pepe sofort zu und schob den Riegel vor. Dann befand er, dass die himmlischen Mächte sie besser schützen konnten als der eigene Mut, und fing an zu beten. Unwillkürlich fiel Gisela mit ein.
Unterdessen ging Walther auf Po'ha-bet'chy zu und hielt die Büchse so, dass sie nicht direkt auf den Komantschen zeigte, er aber sofort schießen konnte.
Der Komantsche und sein Pferd wirkten wie ein Standbild. Nur der Wind, der mit den Haaren des Mannes sowie in der Mähne und den Schweithaaren des Pferdes spielte, ließ erkennen, dass es sich um lebende Wesen handelte.
»Ich grüße dich, Po'ha-bet'chy«, begann Walther.
Der Komantsche nickte. »Du kein Mann aus dem Norden. Die zittern vor Furcht, wenn sehen Nemene.«
Zwar zitterte Walther nicht, aber er war trotzdem besorgt.
»Was führt dich hierher, Häuptling?«
»Ich fragen, ob du wollen handeln mit Nemene. Du geben Decken, Messer, Salz, Glasperlen für Frauen und andere Dinge und bekommen Pferde, getrocknetes Büffelfleisch, Büffelfell und Leder für Kleidung.«
Es war Po'ha-bet'chy ernst damit, durchfuhr es Walther. Auch wenn die Komantschen bei ihren Überfällen auf mexikanische Dörfer und nordamerikanische Siedlungen Beute machten, so mussten sie doch vieles von dem, was sie brauchten, durch Handel erwerben. Er überlegte, ob er sich daran beteiligen sollte. Lohnen würde es sich gewiss. Doch war es das wert, dafür Dinge entgegenzunehmen, für die vielleicht Menschen gestorben waren? Walther schwankte, sagte sich dann aber, dass er, wenn er mit den Komantschen Geschäfte machte, wahrscheinlich vor deren Überfällen sicher war. Daher nickte er.
»Ich werde dir und deinem Stamm die Sachen verkaufen, die

ich entbehren kann. Allerdings muss ich dafür nach San Felipe reiten, um alles zu besorgen. Ich würde jedoch meine Frau und meine Knechte ungern allein hier zurücklassen.«
»Du können reiten. Da ›Medizinträger‹ über deine Leute wachen werden, werden Karankawa sich nicht trauen hierher. Sie zu viel Angst vor Nemene haben!«
»Dann machen wir es so!« Walther spürte, dass er dem Komantschen vertrauen konnte. Am liebsten hätte er ihm die Hand gegeben. Da er aber nicht wusste, ob es bei den Indianern Sitte war, begnügte er sich damit, die Rechte so zu heben, wie Po'ha-bet'chy oder ›Medizinträger‹, wie sein Name auf Deutsch hieß, es eben tat.

9.

Rosita Jemelin war selbst mitgekommen, um Gisela beizustehen. Einesteils war Walther froh um ihr Erscheinen, weil seine Frau endlich Hilfe bekommen hatte. Zum anderen aber wurde er das Opfer von Rositas Kochkünsten. Als er sie bat, etwas weniger Chili zu nehmen, sah sie ihn nur erstaunt an.
»Chili ist gut! Er vertreibt alle schlechten Säfte aus dem Körper!«
Zwar hätte Walther lieber mehr schlechte Säfte im Körper als Chili im Essen gehabt, doch in der Hinsicht war mit Rosita nicht zu reden. Die Mexikanerin fühlte sich sogar noch bestätigt, denn Pepe lobte ihr Essen, und Gisela war zu höflich, um sich über dessen Schärfe zu beschweren.
Die Arbeiten auf der Farm rissen nicht ab. Pepe erweiterte

den Garten, weil Rosita neuen Samen mitgebracht hatte, und auch sonst nahm diese das Heft in die Hand. Dabei erklärte sie Walther, wie er dieses und jenes zu tun habe. Da sie schon länger hier lebte, befolgte er ihre Vorschläge.
Zwischendurch erwog er, ob er nicht mit ein paar Waren zum Lager der Komantschen reiten sollte. Seine Sorge um Gisela verhinderte es jedoch.
Am fünften Tag weckte Rosita Walther in dem Anbau, den er seit ihrer Ankunft mit Pepe teilen musste. »Reiten Sie los, um Gertrude und Arlette zu holen. Ich glaube, es ist so weit.«
Sie wirkte dabei so besorgt, dass Walther erschrak.
Rasch zog er sich an, machte Katzenwäsche und schwang sich in den Sattel. Wieder grämte er sich, nicht darauf bestanden zu haben, dass die Elsässerin Gertrude bei ihm und Gisela geblieben war. Doch als Charlotte Poulain durch einen Schlangenbiss erkrankt war, hatte Gertrude sich erboten, dieser zu helfen. Da Gisela auch der Meinung gewesen war, dass Charlotte Hilfe benötigte, war ihm nichts anderes übriggeblieben, als es zu akzeptieren.
Walther schlug ein scharfes Tempo an. Dennoch dauerte es für sein Empfinden viel zu lange, bis Thomé und Arlette Laballes Farm vor ihm auftauchte. Die beiden waren noch lange nicht so weit wie er und hatten auch die Hütte, die in Gemeinschaftsarbeit errichtet worden war, bisher um keinen Anbau erweitert. Um das Gebäude herum gab es nur ein paar kleine Felder, die mit Gottes Segen genug tragen würden, damit das Paar das Jahr bis zur nächsten Ernte überstand.
Vor dem Haus schwang Walther sich aus dem Sattel und klopfte gegen die Tür. Thomé Laballe öffnete und sah ihn erstaunt an.
»Walther, mein Freund, was führt dich zu so früher Stunde zu uns? Komm doch herein! Vielleicht finden wir noch eine

Flasche Wein aus den Vorräten, die ich aus San Felipe de Guzmán mitgebracht habe.«
»Dafür ist keine Zeit! Rosita Jemelin ist bei uns. Sie meint, bei Gisela wäre es bald so weit. Ich soll Arlette bitten, zu uns zu kommen.«
Thomé Laballe drehte sich um und rief nach drinnen. »Hast du gehört, Arlette? Du sollst zu Gisela kommen!«
»Ich bin doch nicht taub!«, klang es scharf zurück.
Walther war den rauen Ton zwischen den Eheleuten gewöhnt. Daher machte er sich nichts daraus, sondern verabschiedete sich und ritt weiter. Auch wenn er Arlette mochte, so erschien es ihm doch wichtiger, Gertrude Schüdle zu holen, die er für weitaus zuverlässiger hielt.
Auch die zweite Farm wirkte gegenüber seiner eigenen klein und war vorerst nur darauf ausgerichtet, der Familie, die hier wohnte, das Überleben zu sichern. Allerdings hatten die Bewohner hier etwas mehr getan als die Laballes, denn es gab zumindest einen kleinen Schuppen und einen eingezäunten Gemüsegarten. Letzteres schrieb er Gertrude zugute, die dort eben mit einer Schaufel die Erde umgrub. Bei seinem Anblick hielt sie inne und lehnte sich auf den Schaufelstiel.
»Guten Tag, Walther!«, grüßte sie auf Deutsch. »Ist es bei Gisela so weit?«
»Woher weißt du das?«, fragte Walther verblüfft.
»Weil ich dich gut genug kenne, um nicht anzunehmen, dass du nur zu uns gekommen bist, um mit Albert, Charlotte und mir ein wenig zu plaudern.«
»Wie geht es Charlotte? Kann sie dich für ein paar Tage entbehren?«, fragte Walther, ohne auf Gertrudes Bemerkung einzugehen.
»Natürlich! Sie kann zwar noch nicht hüpfen wie ein Reh, aber ich habe Cécile so weit angelernt, dass sie ihre Mutter

unterstützen kann. Sie ist ein braves Kind, wenn auch viel zu still.«
»Kein Wunder bei dem, was das Mädchen alles durchgemacht hat.«
Cécile Poulain war eines der wenigen Kinder, die den Schiffbruch der *Loire* überlebt hatten. In jener schrecklichen Nacht hatte sie miterleben müssen, wie ihre beiden Geschwister ertranken. Walther tat das Mädchen leid, aber er konnte die Zeit nicht zurückdrehen. Jetzt ging es um seine Frau.
»Du wirst hinter mir aufsitzen müssen. Zu Fuß dauert es zu lange«, erklärte er Gertrude.
Diese nickte zustimmend. »Das ist das Beste. Es sind doch einige Meilen zu gehen, und draußen kriechen überall Schlangen herum. Wie schlimm die sind, hat man an Charlotte gesehen. Hätte ihr Mann ihr nicht sofort das Gift aus der Wunde gesaugt, wäre sie gestorben.«
Seit Charlotte Poulain von einer Schlange gebissen worden war, hatten die Frauen Angst davor, sich zu weit von den Hütten und Häusern zu entfernen, und verboten auch den Kindern, dies zu tun. Walther konnte es ihnen nicht verdenken, denn Tejas war ein unbekanntes Land voller Gefahren. Doch es bot ihm, der das Land seiner Geburt hatte verlassen müssen, eine neue Heimat. Er verscheuchte diesen Gedanken schnell wieder, stieg ab und trat in die Hütte der Poulains. Der Hausherr war nicht da, dafür sah er sich Charlotte Poulain gegenüber.
»Bonjour, Monsieur Walther! Kommt das Kind? Rasch, Gertrude, pack zusammen und zieh dich um! Ich bin ja so dankbar, dass Sie Gertrude zu uns geschickt haben, Monsieur Walther. Ohne die Gute wären mein Albert, meine kleine Cécile und ich niemals zurechtgekommen. Gertrude ist so tüchtig! Hoffen wir, dass ihr Mann bald aus La Nouvelle-

Orléans zu uns stößt und das Land übernehmen kann, das ihr der liebe Monsieur de Gamuzana geschenkt hat.«
Die Frau redete wie ein Wasserfall, ohne daran zu denken, dass Walthers Französischkenntnisse zu schlecht waren, um ihr folgen zu können. Daher musste Gertrude übersetzen, und selbst sie tat sich schwer. Mit einem Blick, der deutlich zeigte, dass Charlotte Poulain sehr gerne und sehr oft redete, suchte sie ihre Sachen zusammen und schnürte ein Bündel.
»So, ich bin so weit! Wir sollten aufbrechen, sonst kommt das Kind schneller, als wir bei Gisela sein können.«
»Oh ja, das Bébé! Hoffentlich geht alles gut. Am liebsten würde ich ja mitkommen, aber mir geht es noch nicht so gut, um mich auf einen Wagen setzen zu können«, erklärte Charlotte und schien noch lange nicht am Ende ihrer Rede.
Walther lüftete kurz den Hut und sagte: »Auf Wiedersehen, Madame! Grüßen Sie mir Monsieur Poulain und Cécile!«
Beinahe fluchtartig verließ er das Haus und atmete draußen erst einmal durch. Nach einem tiefen Seufzer drehte er sich zu Gertrude um, die ihm auf dem Fuß gefolgt war.
»Redet Charlotte immer so viel?«
»Seien Sie ihr nicht böse, Herr Fichtner«, antwortete Gertrude lachend. »Wenn man aus einem Dorf kommt, in dem man mit den Nachbarinnen nach Belieben schwätzen konnte, ist es schwer, sich hier in der Einsamkeit zurechtzufinden. Daher freut Charlotte sich über jeden, der sie und ihren Mann besucht.«
»Das verstehe ich«, antwortete Walther und nahm sich vor, die Poulains nach Möglichkeit nicht zu oft aufzusuchen.

10.

Wie er erwartet hatte, war Arlette Laballe noch nicht eingetroffen, als Walther mit Gertrude die Farm erreichte. Aber Rosita Jemelin wartete wie auf heißen Kohlen sitzend auf sie.

»Komm rasch!«, rief sie Gertrude zu und scheuchte Walther fort.

»Das ist nichts für Männer! Wir Frauen müssen das allein machen!«

»Kann ich nicht zu ihr?«, fragte Walther besorgt, doch die Mexikanerin schüttelte den Kopf.

»Nicht jetzt! Erst wenn alles vorbei ist.« Damit schob sie Gertrude ins Haus und schlug Walther die Tür vor der Nase zu.

Der starrte so konsterniert auf das Holz, dass Pepe trotz aller Anspannung lachen musste.

»Señora Jemelin ist eine sehr energische Frau, finden Sie nicht auch, Señor?«

»Das kannst du laut sagen«, knurrte Walther und überlegte, was er tun sollte. Am liebsten hätte er sich neben die Tür gesetzt und gewartet. Doch ein so jämmerliches Bild wollte er nicht abgeben.

Nach einem scharfen Luftholen drehte er sich zu Pepe um.

»Wir werden in den Wald gehen und Holz für Pfähle schlagen, so dass wir einen größeren Pferch bauen können.«

»Einen noch größeren, als wir bereits haben?«, fragte der Knecht verblüfft.

»Irgendetwas müssen wir ja tun«, antwortete Walther.

Er wollte Pepe nicht sagen, dass er hoffte, ein paar Gäule von den Komantschen einhandeln zu können. Zwar besaß er sein eigenes Reittier und die beiden Mustangs, die Julio erbeutet hatte, aber in diesem weiten Land war es dringend notwendig, genug Pferde zu besitzen. Mit diesem Gedanken sattelte er seinen Hengst ab und legte ihm das Kummet um, damit dieser das Holz ziehen konnte.

»Es tut mir leid, dass wir gleich wieder losmüssen, doch während wir das Holz schlagen, kannst du ein wenig fressen und dich ausruhen«, sagte er zu dem Tier.

Als er aufbrach, blickte er noch einmal zum Haus zurück. Dort sah seine Frau ihrer schweren Stunde entgegen, und er durfte nicht bei ihr sein.

Während Walther sich mit Arbeit ablenkte, lag Gisela wimmernd auf ihrem Bett. Nie hätte sie erwartet, dass es so schmerzhaft sein könnte, ein Kind zur Welt zu bringen. Die Wehen raubten ihr beinahe den Verstand, und sie biss die Zähne zusammen, um sie ertragen zu können.

»Wenn du schreien musst, dann schrei!«, forderte Rosita sie auf. Gisela schüttelte den Kopf. »Bei Gott, nein! Wenn Walther das hört, vergeht er vor Angst um mich.«

»Keine Sorge, an dem ist genug dran«, antwortete Gertrude, die von Rosita dazu verdonnert worden war, noch mehr Wasser heiß zu machen.

»Langsam könnte Arlette auftauchen!«, fuhr sie fort. Obwohl sie auch zu zweit gut zurechtkamen, wäre es eine Erleichterung, weitere Unterstützung zu haben.

»Die Arme quält sich so«, sagte Rosita bekümmert.

Gertrude warf Gisela einen forschenden Blick zu. »Es ist das erste Kind! Das ist immer schwerer.«

»Ich habe mir bei meinem ersten Kind nicht so schwergetan.« Rosita trat wieder zu Gisela und fasste ihre Hand. »Es wird sicher alles gut, glaube mir!«

»Das wird es. Ich …« Eine neue Wehe riss Gisela das, was sie

noch sagen hatte wollen, von den Lippen. Diesmal konnte sie den Schmerz nicht mehr stumm ertragen, sondern stieß einen gellenden Schrei aus.
»So ist es richtig!«, lobte Rosita sie und prüfte dann, wie weit die Geburt bereits fortgeschritten war.
Da huschte Arlette Laballe beinahe auf Zehenspitzen herein. »Wie steht es?«, fragte sie, während sie die Tür hinter sich schloss.
»Noch lässt das Kind auf sich warten. Wasch dir die Hände dort in der Schüssel und hilf Gertrude, einen Aufguss aufzubrühen. Ich habe Kräuter mitgebracht, die helfen sollen, dass das Kind schneller kommt. Außerdem muss Gisela viel trinken. Sie schwitzt zu stark!«
Rosita erteilte ihre Anweisungen wie ein befehlsgewohnter General, und die anderen gehorchten ihr ohne Widerspruch. Die nächsten Stunden wurden für alle zur Qual. Gisela durchlebte eine Wehe nach der anderen, ohne dass die Geburt voranging. Längst hatte sie alle Bedenken vergessen und schrie ihren Schmerz aus sich heraus. Besorgt versuchten die drei Frauen, ihr zu helfen, doch sie wussten selbst, dass sie der Natur ihren Lauf lassen mussten.
»Können wir denn gar nichts tun?«, stöhnte Gertrude, der die Situation an die Nieren ging.
Rosita hob in einer hilflosen Geste die Hände. »Wir können nur auf die Jungfrau von Guadalupe vertrauen und auf die heilige Margareta von Antiochia. Etwas anderes bleibt uns nicht übrig!«
Das Letzte klang bereits resignierend, denn es gab Fälle, in denen Kinder den Leib der Mutter nicht hatten verlassen können und beide gestorben waren. Um das zu verhindern, stimmte sie ein Gebet an, in dem sie die genannten Heiligen bat, ihnen beizustehen.

Kurz vor dem Abend erschien Walther und klopfte an die Tür. »Was ist?«, fragte er. »Wie geht es Gisela?«
»Lassen Sie uns in Ruhe, Señor! Reiten Sie zu Ihren Vaqueros und bleiben Sie bei ihnen über Nacht. Wir haben hier alle Hände voll zu tun«, forderte Rosita ihn auf.
Walther stand mit hängenden Schultern vor seinem Haus und wollte nicht weichen. Da fasste Pepe ihn am Arm und führte ihn zu seinem Pferd. »Steigen Sie auf, Señor, und reiten Sie zu Julio und den anderen. Es ist besser für Sie und auch für Ihre Frau. Die will Sie jetzt gewiss nicht bei sich haben.«
»Ich kann doch nicht ...« Ein Schrei Giselas unterbrach Walther, und er wollte wieder zum Haus. Doch Pepe stellte sich ihm in den Weg.
»Sie dürfen Señora Rosita und die anderen Frauen jetzt nicht stören.«
Gegen seinen Willen nickte Walther und stieg aufs Pferd.
»Señor, ich verspreche Ihnen, sofort zu kommen, wenn das Kind da ist!«, rief Pepe ihm noch nach, war aber nicht sicher, ob Walther es gehört hatte.
Danach ging der Knecht zum Haus und klopfte an die Tür. »Señora Rosita, ich habe Señor Waltero dazu gebracht, zu den Vaqueros zu reiten.«
»Sehr gut! Und jetzt verschwinde ebenfalls«, kam es mit einem verzweifelten Unterton zurück.

11.

Die Nacht kam und wich schließlich dem Morgen, ohne dass das Kind geboren wurde. Zuletzt war Gisela so schwach, dass sie nicht einmal mehr schreien konnte. Rosita flößte ihr immer wieder ihren Aufguss ein und gab schließlich Tequila hinzu, damit die Gebärende sich etwas entspannte. Doch es schien alles vergebens.
»Wir werden sowohl Gisela wie auch das Kind verlieren«, prophezeite Arlette düster.
Gisela vernahm ihre Worte und versank in Verzweiflung. War dies die Strafe des Himmels, weil sie Diebold von Renitz erschossen hatte? So grausam konnte Gott doch nicht sein!
Sie hatte es getan, um Walthers Leben und das ihre zu retten. Oder hatte sie sich anderweitig versündigt? Vielleicht hätte sie Walther von der Vergewaltigung durch den jungen Renitz erzählen müssen. War es dessen Kind, das sie nun umbringen wollte? Tausend Gedanken schossen ihr durch den Kopf, während ihr gemarterter Körper sich unter den Wehen aufbäumte.
Bilder aus der Vergangenheit gesellten sich dazu, und sie glaubte, ihre Mutter zu hören. Diese rief ihr zu, dies sei die Strafe dafür, dass sie bei ihrer Heirat mit Walther nach außen hin das katholische Bekenntnis verraten habe. Dann sah sie sich als Kind an der Hand der Mutter durch die weite Schneelandschaft Russlands stapfen, halb wahnsinnig vor Hunger, Erschöpfung und der Angst, die Kosaken könnten auch den Rest des zusammenschmelzenden bayrischen Regiments auslöschen.
Eine Wehe, die schlimmer war als alle anderen, riss Gisela

wieder in die Gegenwart zurück. Ihr Körper spannte sich noch einmal an, und sie hatte das Gefühl, als würde ihr Unterleib entzweigerissen.
Augenblicke später klang Rositas jubelnde Stimme auf. »Sie hat es geschafft! Es ist ein Junge, ein prachtvoller Junge!«
Enttäuschung erfasste Gisela trotz ihrer Mattigkeit. Sie hatte sich so sehr eine Tochter gewünscht, um Walther danach den Sohn gebären zu können, der auch wirklich der seine war. Trotzdem drehte sie den Kopf, um das Kind, das Rosita ihr stolz präsentierte, zu betrachten.
Sie hatte gehofft, es könnte unzweifelhaft Walthers Züge besitzen, doch mit den wenigen dunklen Haaren auf dem Kopf sah es eher ihr ähnlich. Doch wenigstens erinnerte auch nichts an Diebold von Renitz. Zudem war er recht groß, und auch das erleichterte sie. Immerhin fehlten noch fast drei Wochen zu den neun Monaten, die seit ihrer Vergewaltigung durch den Grafensohn vergangen waren. Als Diebolds Sohn müsste er eigentlich kleiner sein, dachte sie und rang sich ein Lächeln ab.
»Er ist wunderschön!«
»Das ist er!«, stimmte Rosita ihr zu. »Es war sehr anstrengend für dich, ihn zur Welt zu bringen. Daher solltest du etwas essen. Ich habe eine Fleischbrühe für dich vorbereitet. Die gibt dir die Kraft, die du brauchst, damit dieser Prachtbursche nicht verhungert.«
Gemeinsam mit Arlette nabelte sie das Kind ab und wusch es, während Gertrude etwas Brühe in eine Schüssel gab und sie Gisela reichte. »Hier. Und jetzt sollten wir Pepe zu Walther schicken, damit dieser erfährt, dass er Vater eines Sohnes geworden ist. Wie soll er denn heißen?«
»Wir haben uns noch nicht geeinigt. Entweder taufen wir ihn Waldemar nach Walthers Vater oder Josef nach dem meinen«,

antwortete Gisela zwischen zwei Löffeln Fleischbrühe. Sie hatte tatsächlich Hunger und war froh, dass Rosita daran gedacht hatte, ihr etwas zu kochen.
Unterdessen öffnete Arlette die Tür und sah Pepe auf dem Vorplatz stehen.
»Was ist geschehen? Man hört gar nichts mehr!«, fragte er angespannt.
In dem Augenblick tat das Kind seinen ersten Schrei. Pepes Gesicht wurde mit einem Schlag weich, und seine Augen leuchteten. »Das Kind ist da! Das muss ich Señor Waltero sofort sagen.«
Er wollte schon losrennen, hielt aber nach zwei Schritten inne und sah Arlette an. »Wie geht es der Señora?«
»Du kannst Monsieur Walther sagen, dass seine Frau es überstanden hat. Sie ist etwas schwach, aber wir sorgen schon dafür, dass sie wieder auf die Beine kommt. Übrigens: Es ist ein Junge!«
Der Knecht kniete nieder und schlug das Kreuz. »Der Heiligen Jungfrau von Guadalupe sei Dank! Diese Nachricht wird Señor Waltero am liebsten hören.«
Mit diesen Worten rannte er los.
Arlette sah ihm kurz nach und kehrte dann kopfschüttelnd ins Haus zurück. »Männer, sage ich da nur! Wenn die nur wüssten, wie viel Mühe es macht, ihresgleichen zur Welt zu bringen.«
Dann trat sie neben Gisela und fasste nach deren Hand. »Jetzt bist du wohl glücklich, was?«
»Vor allem bin ich erleichtert, dass es vorbei ist und das Kind lebt«, flüsterte Gisela mit bleichen Lippen.
»Sobald die Nachgeburt ausgestoßen ist, solltest du ein wenig schlafen. Lange Zeit wirst du dafür aber nicht haben. Lass mal sehen, ob schon Milch kommt.«

Rosita fasste nach Giselas Brüsten und drückte kurz an den Brustwarzen, doch es tat sich nichts.
»Das wird schon noch«, meinte sie dann und begann aufzuräumen.
Gertrude und Arlette halfen ihr dabei. Kurz darauf konnten sie auch die Nachgeburt entfernen. Nach einem letzten Blick auf ihren Sohn schloss Gisela die Augen und spürte, wie der Schlaf sie umgehend erfasste. Die drei anderen Frauen lächelten sich erleichtert zu. Das Schwerste, so sagten sie sich, war erst einmal geschafft.

12.

Pepe rannte, so schnell er konnte, ohne daran zu denken, dass ihn eine giftige Schlange beißen oder streifende Indianer skalpieren könnten. Um zu Walther zu kommen, musste er mehr als drei Meilen zurücklegen, und so keuchte er zuletzt so sehr, dass man ihn auf hundert Schritt hören konnte. Er hatte Seitenstechen, ignorierte es aber und taumelte auf die kleine Rinderherde zu, die von Quique gehütet wurde, während Julio und Lope zusammen mit Walther am Lagerfeuer saßen und ein Kaninchen brieten.
Als Julio den Knecht entdeckte, stieß er Walther an. »Seht dort, Señor!«
Walther drehte sich um, erkannte Pepe und sprang auf. Bevor er jedoch etwas sagen konnte, schwenkte der Knecht seinen Strohhut.
»Sie haben einen Sohn, Señor! Und Ihrer Frau geht es gut, soll ich Ihnen ausrichten.«

»Unserem Herrn im Himmel sei Dank!« Aufatmend eilte Walther dem Knecht entgegen und fing ihn auf, als dieser vor Erschöpfung zu taumeln begann.
»Was hast du mir noch zu sagen?«
Pepe rang nach Atem. Als er schließlich nicht mehr wie ein abgetriebenes Pferd keuchte, hob er in einer hilflosen Geste die Arme. »Nicht mehr als das, Señor! Ich bin sofort losgerannt, um Ihnen die gute Nachricht zu bringen.«
»Ich danke dir!« Walther drückte ihm die Hand und wollte dann zu seinem Hengst, um ihn zu satteln.
Doch Julio war schon dabei, es für ihn zu tun. »Meine Gratulation, Señor! Ihr Sohn ist ein echter Mexicano!«, sagte der Vaquero grinsend.
»Während ich keiner bin, meinst du wohl«, gab Walther gut gelaunt zurück.
»Vielleicht noch kein ganzer, aber auf dem besten Weg dorthin. Und jetzt steigen Sie auf und begrüßen Ihren Sohn. Er wartet schon auf Sie!« Mit diesen Worten reichte Julio Walther die Zügel und trat zurück, damit dieser sich in den Sattel schwingen konnte.
Während Walther losritt, wandte der Vaquero sich an Pepe. »Du bist ja ganz schön gerannt! Es wird Zeit, dass wir mehr Pferde bekommen. Der Señor sollte seinen schönen Hengst nicht auch noch als Zugpferd verwenden müssen.«
Bislang war Pepe nur auf Jemelins zahmstem Pferd geritten. Der Gedanke, sich auf einen wilden Mustang setzen zu müssen, erschreckte ihn, und er wehrte mit beiden Händen ab. »Ich gehe lieber zu Fuß. Pferde beißen vorn, treten hinten und schmeißen dich in der Mitte ab!«
Julio lachte schallend. »Nun weißt du, warum du nur ein Peon bist und kein Vaquero oder gar Señor. Die fürchten sich nämlich nicht vor einem Pferd. Jetzt setzt du dich erst einmal

zu uns. Lope soll dir den Wasserschlauch reichen, und dann bekommst du etwas von unserem Braten ab.«

Während Julio mit Pepe flachste, ritt Walther im scharfen Galopp nach Hause. Auch er achtete nicht auf den Weg und hatte es im Grunde nur seinem Hengst zu verdanken, dass nichts passierte. Bei der Farm angekommen, zügelte er das Pferd und sprang aus dem Sattel, noch bevor es stand. Ohne sich weiter um das Tier zu kümmern, eilte er zur Tür und sah sich Rosita gegenüber.

»Meinen Glückwunsch, Señor! Sie sind Vater eines strammen Sohnes geworden«, begrüßte sie ihn.

Walther schob sich an ihr vorbei ins Haus. »Was ist mit meiner Frau?«

»Sie schläft! Die Geburt hat sie sehr erschöpft. Aber wir werden sie bald wecken, damit der Kleine seine erste Mahlzeit erhält.«

Ohne recht zu begreifen, was sie damit meinte, nickte Walther und trat ans Bett. Gisela schlief tatsächlich. Ihre leisen Atemgeräusche und das stetige Heben und Senken ihres Brustkorbs deuteten darauf hin, dass sie die Geburt recht gut überstanden hatte.

»Es war nicht leicht, Herr Fichtner«, sagte Gertrude jetzt auf Deutsch. »Gisela hat sich sehr gequält. Sie sollten sie in nächster Zeit schonen.«

»Das werde ich! Notfalls muss Pepe den Haushalt machen«, erklärte Walther und nahm Giselas rechte Hand in die seine.

»Ein Mann wie Pepe kann das nicht. Sie brauchen eine Magd, Señor«, warf Rosita ein.

Walther schwirrte der Kopf. Eigentlich wollte er nur bei Gisela sitzen und sie anblicken. Doch auch sein Sohn hatte das Recht, vom Vater betrachtet zu werden. Daher ließ er Giselas Hand los und wandte sich der Wiege zu, die er aus mit der Axt

gespaltenen Brettern zusammengenagelt hatte. Die Schreiner zu Hause hätten beim Anblick des Möbelstücks den Kopf geschüttelt, doch für ihn lag das Zweitwertvollste nach Gisela darin, nämlich sein Sohn. Er wagte nicht, das Kind herauszunehmen, sondern sah es nur aus staunenden Augen an.
»Er ist so klein«, sagte er nach einer Weile.
Rosita fing an zu lachen. »Für ein Neugeborenes ist der Junge sogar recht groß, beinahe zu groß für Gisela. Sie hat sich sehr abgequält, ihn zu gebären.«
Die Geräusche im Raum weckten Gisela aus einem wirren Traum, den sie, als sie die Augen aufschlug, bereits nicht mehr fassen konnte. Sie blickte zur Wiege, sah Walther und lächelte müde. »Es ist geschafft!«
»Ich danke dir!« Walther riss sich von dem Anblick des Neugeborenen los und trat zu ihr.
»Wie soll er heißen?«, fragte sie.
Die Antwort fiel Walther schwer. Doch als er ihr müdes, abgekämpftes Gesicht sah, war die Entscheidung gefallen. »Josef, nach deinem Vater!«
»Dann werden wir unseren zweiten Sohn Waldemar nennen«, versprach Gisela ihm.
Doch jetzt griff Rosita ein. »Bevor Sie über weitere Kinder reden, sollten Sie erst einmal daran denken, dass dieses hier Hunger hat. Darf ich Sie bitten, das Haus zu verlassen, Señor?«
Nach einem kurzen Blickwechsel mit Gisela gehorchte Walther und ging nach draußen.
Drinnen forderte Rosita Gisela auf, ihr Hemd zu öffnen, und drückte prüfend an deren Brüsten herum. Doch die Milch, auf die sie gehofft hatte, blieb aus.
»Das ist nicht gut!«, murmelte Rosita und holte das Kind aus der Wiege. Als sie es Gisela an die Brust legte, schnappte es

nach der Brustwarze und begann zu saugen. Doch Augenblicke später ließ der Junge diese wieder los und begann zu weinen.

»Was ist los?«, fragte Arlette verwundert.

»Sie hat immer noch keine Milch!« Im Grunde war dies das Todesurteil für das Kind. Rosita versuchte daher alles, um den Milchfluss bei Gisela anzuregen. Sie massierte die Brüste und legte das Kind immer wieder an. Doch es war vergebens. Nach mehr als einer Stunde gab sie auf. »Das wird nichts mehr! Oh Heilige Jungfrau, warum lässt du das zu? Sie hat sich bei der Geburt doch so gequält.«

Gisela war noch verzweifelter als ihre Helferinnen. Unter Tränen starrte sie das hungrige Kind an, dann ihre Brüste und haderte mit Gott und der Welt. Plötzlich hob sie den Kopf.

»Eine Kuh hat vor einigen Tagen gekalbt. Vielleicht können wir deren Milch nehmen!«

»Das wäre doch eine Möglichkeit«, rief Gertrude, doch Rosita schüttelte den Kopf.

»Man kann dem Kleinen zwischendurch ein wenig Kuhmilch geben, ihn aber nicht ganz damit füttern. Er würde rasch krank werden und sterben. Nur eine richtige Amme könnte helfen.«

»Es muss doch eine Frau geben, die ein kleines Kind hat!« Gisela weinte noch immer, wischte sich aber die Tränen ab und sah Rosita hoffnungsvoll an. Wenn jemand von einer Frau wusste, die Milch hatte, dann war sie es.

Mit trauriger Miene schüttelte Rosita den Kopf. »Das kleinste Kind in unserer Siedlung ist fast drei Jahre alt und wird nicht mehr gestillt. Bis zur nächsten Geburt werden noch mehrere Wochen vergehen. So lange können wir deinen Sohn nicht mit Kuhmilch füttern.«

»Vielleicht gibt es bei den Nordamerikanern eine solche Frau«, schlug Gisela vor und vergaß dabei ganz, dass Walther die Gruppe um Spencer vertrieben hatte.
Um des Kindes willen war auch Rosita bereit, ihre Abneigung gegen das Volk aus dem Norden zu vergessen. Doch bislang wusste niemand, wo sich die Siedler aus den Vereinigten Staaten niedergelassen hatten. Wenn Walther zu diesen reiten wollte, würde er zu lange suchen müssen.
»Was ist mit den Indianern?«, fragte Gertrude auf einmal. »Es treiben sich doch welche um unsere Siedlung herum. Vielleicht ist eines ihrer Weiber für ein paar Glasperlen bereit, den kleinen Josef zu nähren!«
Rosita überlegte kurz und ging dann zur Tür. »Das sollten wir mit Señor Waltero besprechen. Señor, kommen Sie bitte!«
Als Walther ins Haus kam, trat ihm Rosita mit ernster Miene entgegen. »Es gibt Schwierigkeiten! Ihre Frau kann das Kind nicht nähren.«
»Ich schäme mich so!«, rief Gisela und warf sich verzweifelt auf dem Bett hin und her. Sofort eilten Arlette und Gertrude zu ihr, um sie zu beruhigen, während Walther wie vor den Kopf geschlagen vor Rosita stand und nicht wusste, was er sagen sollte.
»Wir können den Jungen vielleicht einen oder zwei Tage lang mit Kuhmilch durchbringen. Länger geht das jedoch nicht, denn er würde davon krank werden und sterben. Wenn er überleben soll, braucht er eine Amme. Doch in unserer Siedlung gibt es keine Frau, die ein Kind nährt. Sie müssen daher entweder zu den Americanos im Norden reiten oder eine Indianerin finden, die bereit ist, ihre Milch auch Ihrem Sohn zu geben!«
Rosita wusste nicht, welcher Vorschlag ihr selbst besser gefiel.

Walther sah seine Frau an, die wie ein Häuflein Elend auf ihrem Bett kauerte, dann seinen Sohn und versuchte, seine Gedanken zu ordnen. Er wusste nicht, wo genau die Siedlung der Nordamerikaner lag und auch nicht, wie er nach seinem Zusammenprall mit Nicodemus Spencer und dessen Leuten dort empfangen werden würde. Selbst wenn es nicht gleich zu einer Konfrontation kam, erschien es ihm zweifelhaft, dass eine ihrer Frauen bereit wäre, sich seines Sohnes anzunehmen. Po'ha-bet'chys Komantschen hingegen lagerten etwa einen Tagesritt entfernt, und ihr Anführer wollte mit ihm Handel treiben.
Diese Überlegung gab den Ausschlag. Rasch sammelte Walther ein paar Sachen zusammen, die den Indianern gefallen konnten, trat dann zu Gisela und strich ihr sanft über die Wange. »Ich werde jemanden finden, der unseren Sohn nährt. Das verspreche ich dir!«
»Ich wünsche es mir so sehr!« Giselas Stimme war durch ihr Weinen kaum zu verstehen. Trotzdem schöpfte sie Hoffnung. Ihr Mann wollte eine Amme für ihren Sohn finden, und er hatte sie noch nie enttäuscht.

Zweiter Teil

Nizhoni

1.

Der Schmerz war schlimm, doch er ließ sich ertragen. Nizhoni begrüßte ihn sogar als Zeichen, dass ihr Kind ihren Leib verlassen wollte. Stöhnend lehnte sie sich gegen Per'na-pe'ta, die hinter ihr saß und sie festhielt.
»Noch einmal pressen! Das Kind kommt bereits«, hörte sie To'sa-woonits Stimme. Sie gehorchte und hatte für Augenblicke das Gefühl, ihr Unterleib würde zerrissen. Dann war es vorbei. Die erfahrene alte Frau fing das Kind auf und nabelte es ab. Mit einem Mal stutzte sie und versetzte ihm einen Klaps auf den Hintern.
»Es atmet nicht!«
»Nein!« Nizhoni wollte sich aufsetzen und nach dem Kind greifen, doch Per'na-pe'ta hielt sie fest.
»Meine Mutter weiß, was sie tun muss!«
Während Nizhoni die Tränen in die Augen stiegen, versuchte To'sa-woonit, Luft in die Lungen des kleinen Jungen zu blasen. Nach einer Weile hörte sie auf, legte ihr Ohr auf die Brust des Neugeborenen und brummelte etwas vor sich hin, das Nizhoni nicht verstand.
»Was ist mit ihm?«, fragte sie verzweifelt.
»Das Herz schlägt, und er atmet jetzt auch, aber nur schwach. Mal sehen, ob er genug Kraft hat, um zu saugen.«
To'sa-woonit empfand wenig Hoffnung für das Kind der

Diné. Zwar hatte diese sich nach anfänglichem Sträuben den Regeln ihres Stammes unterworfen, doch das Kleine hatte sie schon in sich getragen, als sie von den Kriegern eines anderen Stammes gefangen genommen und für ein Pferd an ihre Sippe verkauft worden war. Die Diné sind Schwächlinge, dachte die alte Frau. Daher würde Nizhonis Kind nie ein echter Nemene werden. Dennoch wollte sie alles tun, um sein Leben zu erhalten. Der Kampf mit ihren Feinden forderte immer wieder Opfer, und da zählte jeder Knabe, der geboren wurde, doppelt.
Unterdessen stand Per'na-pe'ta Nizhoni bei. Diese schied die Nachgeburt aus und aß dann ein wenig Salz und die bitteren Kräuter, welche To'sa-woonit bereitgestellt hatte. Schließlich entblößte die alte Frau Nizhonis Oberkörper und musterte ihre vollen Brüste, auf deren Spitzen bereits weiße Tropfen standen.
»Vielleicht trinkt dein Sohn etwas«, sagte sie und reichte der Fremden das Kind.
Nizhoni nahm den kleinen, warmen Körper mit einem Gefühl in Empfang, als wäre er die ganze Welt für sie. Doch in ihr lauerte die Angst, ihren Sohn wieder zu verlieren. Bitte trink!, flehte sie in Gedanken, während sie den Kleinen an ihre Brust legte. Doch anstatt an der Brustwarze zu saugen, lag das Kind nur still da. Die Verzweiflung der jungen Indianerin wuchs. Sie spritzte dem Jungen Milch in den Mund und flehte ihn an zu schlucken. Doch die Milch rann ihm aus dem Mundwinkel heraus, und er gab noch immer keinen Laut von sich.
»Er wird sterben«, flüsterte To'sa-woonit ihrer Tochter zu. »Er hat nicht die Kraft der Nemene.«
Damit war für sie alles gesagt, und sie begann, die Hütte aufzuräumen, die sie für die Geburt errichtet hatten, und trug

die Nachgeburt ins Freie, um sie zu vergraben. Per'na-pe'ta blieb bei Nizhoni und hielt das Kind, während diese versuchte, es zu füttern. Obwohl sie dem Urteil ihrer Mutter vertraute, wünschte sie sich, dass diese wenigstens ein Mal unrecht hatte. Sie mochte die Diné und hatte Angst, Nizhoni würde den Tod ihres Sohnes nicht überstehen.

2.

Walther ritt so schnell, wie es ihm möglich war, und lobte seinen Hengst, der selbst nach Stunden kaum Anzeichen von Erschöpfung zeigte. Zwei, maximal drei Tage, so hatte Rosita ihm gesagt, würden sie das Kind mit abgekochter Kuhmilch füttern können, falls es diese überhaupt vertrug. Sollte der Junge Durchfall bekommen, war er kaum mehr zu retten.
Dieser Gedanke trieb Walther vorwärts. Selbst als es Nacht wurde, rastete er nur kurz und saß in dem Augenblick wieder im Sattel, in dem der Mond so hell schien, dass er seine Umgebung halbwegs erkennen konnte. Er begriff aber bald, dass ein Komantsche unter einem Tagesritt etwas anderes verstand als ein Mexikaner. Der Bach, an dem die Indianer lagern sollten, kam und kam nicht in Sicht, und er fürchtete zuletzt schon, Po'ha-bet'chy hätte ihn belogen.
Mit einem Mal spürte er, dass er nicht mehr allein war. Er sah sich um, nahm aber in dem seltsamen Zwielicht des Mondes niemanden wahr. Sollte er anhalten und warten?, fragte er sich, entschied sich dann jedoch, weiterzureiten.

Der Morgen kündigte sich mit einem fahlroten Schein im Osten an, und schon bald konnte Walther mehr erkennen als die einzelnen Büsche, die aus dem weiten Grasland emporragten. Bald traf er auf einen Bach und beschloss, dort zu rasten und seinen Hengst zu tränken.
Kaum war er aus dem Sattel gestiegen, erblickte er in der Ferne einen indianischen Reiter. Hoffentlich ist es ein Komantsche, dachte er und winkte. »Hallo! Ich suche Po'ha-bet'chy!«
Der Indianer kam langsam näher. Um seine friedlichen Absichten zu bekunden, streckte Walther ihm beide Hände leer entgegen. Trotzdem blieb der andere vorsichtig. Etwa zwanzig Schritt vor Walther hielt er seinen Schecken an und legte einen Pfeil auf die Sehne seines Bogens.
Quälend lange Augenblicke sah es so aus, als wolle er schießen. Da Walther jedoch keine Anstalten machte, zu seiner Büchse zu greifen, senkte der Komantsche den Bogen wieder.
»Was du wollen von Medizinträger?«
»Ich will mit ihm Handel treiben«, antwortete Walther. »Ich habe gute Sachen für Po'ha-bet'chy in meinen Satteltaschen. Kannst du mich zu ihm führen?«
»Du mir folgen!« Ohne ein weiteres Wort zog der Komantsche sein Pferd herum und ritt los.
Walther schwang sich in aller Eile in den Sattel und folgte ihm. Zuerst ritt der Indianer ein Stück den Bach entlang, bog dann aber ab und spornte seinen Gaul zum Galopp an. Obwohl sein Hengst mittlerweile erschöpft war, trieb Walther ihn ebenfalls hart an.
»Es tut mir leid, aber es muss sein«, entschuldigte er sich bei dem Tier, das widerwillig prustend schneller wurde.
Zu seiner Erleichterung dauerte der Ritt weniger als eine Stunde, dann sah Walther einen schmalen Fluss vor sich, der

an einer Stelle einen kleinen See bildete. Dort waren im Schatten eines spärlichen Gebüsches mehrere Zelte aufgebaut. Sie ragten wie Kegel hoch, hatten bemalte Wände und waren groß genug, um bis zu ein Dutzend Leute zu beherbergen. Bei den Zelten sah Walther etliche Pferde, die von Jungen bewacht weideten, einige Frauen, Kinder, Hunde und nur wenige Männer.

Als sie auf Walther aufmerksam wurden, liefen alle zusammen und starrten mit schrillen Schreien dem Fremden entgegen. Eine ältere Frau verzog das Gesicht und spie aus, während Po'ha-bet'chy aus seinem Zelt herauskam und davor stehen blieb. Auf ein Zeichen von ihm verstummte der Lärm, und seine Leute zogen sich ein wenig zurück.

Der Häuptling wartete, bis Walther herangekommen war und vom Pferd stieg.

»Willkommen!«, grüßte er und beäugte die prallen Satteltaschen. »Du wollen handeln?«

Walther nickte. »Ja, das will ich. Aber in erster Linie bin ich wegen etwas anderem gekommen. Mein Weib hat mir einen Sohn geboren, doch sie kann ihn nicht nähren. Daher frage ich dich, ob es in deinem Stamm ein Weib gibt, das ebenfalls vor kurzer Zeit ein Kind geboren hat und bereit ist, einen Teil ihrer Milch meinem Sohn zu geben. Sie soll es nicht umsonst tun, denn ich werde sie dafür belohnen.«

»Das ist Frauensache. Ich werde fragen!« Po'ha-bet'chy winkte die alte Frau zu sich und übersetzte das, was er von Walther erfahren hatte, in seine eigene Sprache.

To'sa-woonit spuckte erneut aus. »Weshalb sollte eine Nemene das Kind eines weißen Mannes nähren? Soll es doch sterben!«

»Ich will mit dem Mann Handel treiben und Decken, Glasperlen, Messer und einiges andere von ihm kaufen, vielleicht

sogar Feuerwaffen.« Po'ha-bet'chys Blick heftete sich bei diesen Worten an Walthers Büchse, die sich stark von den Waffen der Mexikaner oder Nordamerikaner unterschied.
»Was ist mit der Diné? Ich habe gehört, ihr Kind sei tot, aber ihre Milch wolle nicht aufhören zu fließen«, fragte er.
»Es war ein schwächliches Kind, das nie ein echter Nemene geworden wäre«, erklärte die alte Frau.
Während sie Walther musterte, dachte sie, dass Nizhoni durch den Verlust ihres Kindes halb wahnsinnig geworden war und immer noch einen Fremdkörper in ihrer Gruppe darstellte.
»Wir brauchen die Diné nicht. Der Mann mit der bleichen Haut kann sie haben.«
»Dann hole sie!«, befahl Po'ha-bet'chy, bevor er sich wieder Walther zuwandte.
»To'sa-woonit sehen, ob es Frau gibt, die Kind nähren kann. Was du bezahlen?«
Walther öffnete die Satteltaschen und breitete das, was er mitgebracht hatte, vor Po'ha-bet'chy aus. Dieser ergriff eine der Decken und prüfte sie. Die Qualität war besser als die der Decken, die er von anderen Händlern erhielt oder bei seinen Raubzügen erbeutete. Auch sonst war er mit dem Angebot zufrieden. Dabei ging es ihm nicht um diese Waren, sondern um das eigenartige Gewehr, das am Sattel des Hengstes hing. Er sagte jedoch nichts, sondern wartete, bis To'sa-woonit mit Nizhoni erschien. Obwohl er die Diné nach der Geburt ihres Kindes als eine seiner Frauen in sein Zelt genommen hätte, war er bereit, sie herzugeben. Dafür aber sollte der Fremde ihm den Preis bezahlen, der ihm vorschwebte.

3.

In ihren Schmerz um das verlorene Kind eingesponnen, hatte Nizhoni Walthers Ankunft nicht einmal wahrgenommen. Sie saß neben dem Busch, bei dem To'sa-woonit ihren Sohn begraben hatte, und raufte sich voller Verzweiflung die Haare. Es erschien ihr wie ein Hohn, dass ihr Kind tot war, ihre Milch aber weiterhin ihre Brüste zum Bersten füllte. In dem Augenblick wünschte sie sich, ebenfalls tot zu sein, um alles Leid vergessen zu können. Sie hatte den Tod ihres Mannes erleben müssen, war ihrem Stamm geraubt worden und fühlte nur noch Elend und Schmerz. Als jemand sie hart an der Schulter packte, blickte sie auf und sah To'sa-woonit vor sich.
»Po'ha-bet'chy will, dass du zu den Zelten kommst«, sagte die alte Frau und versetzte Nizhoni einen Schlag, als diese nicht sofort aufstand.
Verwundert folgte Nizhoni der Alten ins Lager. Dort erst bemerkte sie den Fremden. Er sah anders aus als die mexikanischen Händler, die gelegentlich zu ihrem Stamm gekommen waren. Schon seine Hautfarbe war heller als die jener Männer. Aber am meisten erschrak sie beim Anblick seiner durchdringenden Augen, die von der Farbe des wolkenlosen Himmels waren, und den Haaren, die fahler als die eines Greises unter seinem Hut hervorragten.
Walther sah eine junge Frau vor sich, die noch keine zwanzig Jahre zählen konnte. Der in sich gekehrte Ausdruck auf ihrem Gesicht und die tränenverschleierten Augen verrieten jedoch, dass sie bereits viel Leid erfahren hatte. Sie war schlank und steckte in einem Kleid, das mehr einem Sack glich. Ihre schwarzen Haare fielen ihr wirr auf die Schultern,

und sie hatte sich offenbar geraume Zeit nicht mehr gewaschen. Bei dem Gedanken überkamen ihn Zweifel, ob er dieser Frau seinen Sohn anvertrauen konnte.
Ohne auf seine ablehnende Haltung einzugehen, entblößte To'sa-woonit die Brüste der jungen Diné, tippte ein wenig gegen die Brustwarzen und sah zufrieden, dass sofort Milch herauskam.
»Das sein Nizhoni, eine Diné oder Navajo, wie Mexicanos sagen. Po'ha-bet'chy haben sie von anderen Stamm eingetauscht. Sie vor zwei Tagen ihr Kind verloren, doch ihre Milch fließen noch. Du können haben«, sagte Po'ha-bet'chy.
»Danke!« Walther hätte sich eine andere Amme für den kleinen Josef gewünscht, doch er durfte wahrlich nicht wählerisch sein.
»Du müssen Preis zahlen, den Po'ha-bet'chy haben will«, fuhr der Häuptling fort. »Da dein erster Sohn, wollen ich keine Decken und Messer, sondern dein Feuerrohr!«
Walther zuckte zusammen. Die Waffe war das Vermächtnis seines Vaters an ihn, und er wollte im ersten Impuls ablehnen. Dann musterte er die Brüste der jungen Frau, von denen es weiß tropfte, und dachte an Gisela. Sie würde ihm niemals verzeihen, wenn ihr Sohn starb, weil er die einzige Amme, die ihm angeboten worden war, zurückgewiesen hatte. Mit einer müden Bewegung nahm er die Waffe vom Sattel, dazu das Pulverhorn und den Beutel mit den Kugeln und dem Schrot und reichte beides dem Häuptling.
Zufrieden ergriff Po'ha-bet'chy die Büchse, musterte sie kurz und ließ sich dann von Walther in deren Handhabung einweisen. Zuletzt zeigte er auf den Kugelbeutel. »Du mir Pulver und Kugeln verkaufen?«
Mit starrem Gesicht nickte Walther. Der Gedanke, dass er mit diesem Tausch möglicherweise etliche Leute zum Tod

verurteilte, wenn der Komantsche sie erschoss, quälte ihn fast ebenso wie der, dass sein Sohn sterben würde, wenn er die Indianerin nicht mit zur Farm brachte.
»Für Decken und Messer du bekommen zwei Mustangs für dich und die Frau. Dein Pferd zu müde, um dich tragen zu können«, sagte Po'ha-bet'chy.
Auch Walther war müde, doch er sagte sich, dass er erst schlafen durfte, wenn er die junge Indianerin zu seiner Farm gebracht hatte und sein Sohn ihre Milch trinken konnte.
»Ich danke dir!« Ihn bedruckte zusätzlich der Gedanke, dass er den ganzen Rückweg nur mit einem Messer bewaffnet zurücklegen musste. Er hoffte nur, dass der Ruf der Komantschen ausreichte, um andere Stämme von dieser Gegend fernzuhalten.
Nizhoni hatte zwar ihren Namen gehört, von dem Gespräch aber nichts verstanden. Jetzt wandte Po'ha-bet'chy sich ihr zu und wies auf Walther.
»Dieser Mann hat dich eben gekauft. Du wirst mit ihm reiten und tun, was er von dir verlangt. Sein Weib hat geboren, aber keine Milch für ihren Sohn. Du hast deinen Sohn verloren, aber Milch, mit der du jetzt das andere Kind nähren wirst!«
Der Schreck fuhr Nizhoni in alle Glieder. Auch wenn sie eine Gefangene der Komantschen war, so war dies doch ihre gewohnte Welt. Der Mann mit dem fahlen Haar aber würde sie an einen Ort mitnehmen, der ihr vollkommen fremd war. Einen Augenblick erwog sie, Po'ha-bet'chy zu bitten, es nicht zu tun. Dann bemerkte sie den stolzen Blick, mit dem er seine neue Büchse betrachtete, und begriff, dass ihr nichts anderes übrigblieb, als sich in ihr Schicksal zu fügen.
Auf einen Befehl des Häuptlings hin brachten die Komantschen zwei Mustangs, die zwar kleiner waren als Walthers Hengst, aber zäher wirkten. Nizhoni wusste, wie man darauf

ritt, während Walther sich schwertat, nur mit einer ledernen Decke als Unterlage und zwei an den Seiten herabhängenden Lederschlaufen als Steigbügel zurechtzukommen.
»Ich bringen dein Pferd, wenn es erholt«, versprach Po'habet'chy noch, dann hob er die Hand zum Abschiedsgruß.
Walther winkte zurück, nahm dann die Zügel von Nizhonis Mustang, den ihm ein Komantsche reichte, und ritt an. Das andere Tier lief gehorsam nebenher, während die junge Frau sich verzweifelt fragte, welche Geister sie erzürnt haben mochte, weil diese ihr ein solches Schicksal auferlegten.

4.

Der Ritt war hart, und Nizhoni hoffe vergebens, dass Fahles Haar ihr eine Pause gönnen würde. Auch versuchte er nicht, Kontakt zu ihr herzustellen, sondern saß mit grimmiger Miene auf seinem Mustang und trieb beide Tiere immer wieder zu einer schnelleren Gangart an. Zwar hatte sie schon oft zu Pferde gesessen, aber noch nie so lange an einem Stück reiten müssen.
Als Fahles Haar am Abend die Pferde bei einem Bach anhielt, hoffte sie schon, er wolle ein Nachtlager aufschlagen. Er ließ jedoch nur die Pferde saufen und forderte sie anschließend mit Gesten auf, sich wieder auf ihre Stute zu setzen.
»Ich muss ins Gebüsch«, sagte sie in ihrer Sprache, merkte aber sofort, dass er sie nicht verstand. Daher ging sie auf eine kleine Buschgruppe zu. Er eilte ihr jedoch nach und hielt sie fest. Nizhoni kamen die Tränen, denn sie wollte allein sein,

um sich erleichtern zu können. Verzweifelt versuchte sie, es ihm begreiflich zu machen, doch anscheinend war er ein Dummkopf, der die Zeichensprache nicht begriff, mit der sich die verschiedenen Stämme verständigten. Erst als sie sich hinhockte und andeutete, was sie wollte, schien er es zu verstehen.

Walther schwankte, ob er die Indianerin wirklich allein in das Gebüsch gehen lassen sollte. Wenn sie in die beginnende Nacht hinein floh, hatte er sowohl sie wie auch seine Büchse verloren und würde vor Gisela als Versager dastehen. Sein Blick blieb schließlich auf dem Lederseil haften, das an der Satteldecke seines Mustangs befestigt war. Kurz entschlossen schleifte er Nizhoni hinter sich her, wand ihr ein Ende des Seils um den Leib und verknotete es. Danach rollte er das Seil zehn Schritte weit ab und wies mit dem Kinn auf das Buschwerk.

»So, jetzt kannst du dort hinein!«

Obwohl Nizhoni seine Sprache nicht verstand, begriff sie, was er meinte, und verkroch sich mit hängendem Kopf im Gebüsch. Fahles Haar war noch schlimmer, als sie befürchtet hatte. Nicht einmal die Komantschen hatten sie je mit einem Seil festgebunden. Für ihren neuen Herrn war sie jedoch kein Mensch, sondern nur ein Tier, das zufällig wie ein Mensch aussah. Da sie Angst hatte, er würde sie wieder herausziehen, wenn sie zu lang ausblieb, beeilte sie sich und folgte dann dem Seil wieder nach draußen. Mittlerweile schmerzte sie von dem scharfen Ritt jeder Knochen, und sie war zu schwach, um sich auf den Pferderücken zu ziehen.

Da packte Fahles Haar sie kurzerhand bei den Hüften, hob sie hinauf und schwang sich danach auf seinen eigenen Mustang. Noch während sie die Finger in die Mähne der Stute verkrallte, um in ihrer Müdigkeit nicht herabzufallen, ging es

weiter. Zum Glück konnte der Mann in der Nacht nicht mehr so rasch reiten wie am Tag. Doch wie ein Geist der Prärie strebte er vorwärts, ohne die geringste Rücksicht auf sie zu nehmen.
Wie lange der Ritt schließlich dauerte, hätte Nizhoni nicht zu sagen vermocht. Sie merkte kaum, wie sich im Osten der neue Morgen erhob und einen sonnigen Tag versprach. Nur einmal legte Fahles Haar eine kurze Pause ein, damit die Tiere saufen und ein wenig Gras fressen konnten. Dabei forderte er sie auf, sich erneut ins Gebüsch zu begeben. Sie war zu müde und zerschlagen, um mehr als zwei Schritte weit eindringen zu können, und schlief beinahe im Hocken ein.
Ein heftiges Zerren an der Leine riss sie wieder hoch. Sie wankte ins Freie, ließ sich von Fahles Haar auf die Stute heben und starrte mit tränenblinden Augen vor sich hin. Erneut vergingen Stunden, in denen ihr Herr die Pferde immer wieder vom Trab zu einem leichten Galopp antrieb. Irgendwann kam ein hässliches Gebilde aus Holz in Sicht, und genau darauf hielt Fahles Haar zu.
Walther war erleichtert, als er die Farm vor sich sah. Der Ritt hatte ihm alles abverlangt, und die Indianerin wirkte ebenfalls restlos erschöpft. Für einen Moment bedauerte er, dass er nicht mehr Rücksicht auf sie hatte nehmen können. Doch es ging um Gisela und um seinen Sohn. Hoffentlich lebt der Kleine noch!, dachte er voller Unruhe, als er die Pferde vor dem Haus anhielt und mit steifen Bewegungen aus dem Sattel stieg.
Die Tür ging auf, und Rosita und Arlette stürmten heraus. »Haben Sie eine Indianerin gefunden, die unseren Kleinen stillen kann?«, fragte die Mexikanerin zu Walthers Erleichterung.
Dann sah Rosita Nizhoni und rümpfte die Nase. Die junge Frau hatte sich seit der Geburt ihres Kindes nicht mehr ge-

waschen und war nach dem harten Ritt von einer dicken Staubkruste bedeckt.

»Bei Gott, ist die dreckig!«, stieß Rosita hervor. »So können wir ihr unseren Kleinen nicht anvertrauen. Komm, Arlette, wir waschen sie! Dann holst du aus Giselas Sachen einen Kittel, den wir ihr überstreifen können.«

Ehe Nizhoni sich versah, zerrten die beiden Frauen sie vom Mustang herab und schleppten sie zu dem hölzernen Trog, in dem Gisela sonst die Schmutzwäsche einweichte. Obwohl die junge Indianerin sich sträubte, zogen sie ihr das Lederhemd über den Kopf, nahmen ihr die Halskette aus Gräsersamen und ihr Stirnband ab und begannen, sie von oben bis unten abzuschrubben.

Walther sah ihnen einen Augenblick lang zu, schämte sich dann aber, die nackte Indianerin anzustarren, und ging ins Haus. Er wusste, dass er nicht weniger schmutzig aussah als Nizhoni, aber er wollte Gisela beruhigen.

Diese lag noch immer im Bett und wirkte so bleich und schmal, dass es ihm das Herz zusammenzog. »Was ist mit dir, mein Liebes?«, fragte er besorgt.

»Walther! Wie schön, dass du wieder hier bist.« Zu fragen, ob er eine Amme für den kleinen Josef gefunden hätte, wagte Gisela nicht. Dann aber erinnerte sie sich an seine Frage und lächelte schmerzlich.

»Ich bin noch ein wenig schwach nach der schweren Geburt, doch werde ich bald wieder auf den Beinen sein. Rosita und Arlette versorgen mich sehr gut. Leider musste Gertrude wieder zu den Poulains zurück, weil Charlotte sich die Hand mit heißem Wasser verbrüht hat und es wohl einige Zeit dauern wird, bis sie wieder ihre Arbeiten erledigen kann. Die Arme ist wirklich zu bedauern, zuerst der Schlangenbiss – und nun das.«

Walther war zu müde, um die Poulains zu bemitleiden. »Schade«, meinte er daher und wies nach draußen. »Ich habe eine Indianerin mitgebracht und hoffe, sie kann den kleinen Josef nähren. Wie geht es unserem Kleinen denn?«
Über Giselas Gesicht huschte ein Schatten. »Er verträgt die Kuhmilch nicht und ist sehr schwach. Ich hoffe, die Amme kommt nicht zu spät.«
»Ich bin so schnell geritten, wie ich konnte«, sagte Walther hilflos. »Auch habe ich mich bei den Komantschen nicht lange aufgehalten, sondern dem Häuptling sofort meine Büchse überlassen, als er sie von mir forderte.«
Betroffen sah Gisela ihn an. »Das tut mir leid!«
»Für den Jungen und dich würde ich noch viel mehr opfern.« Walthers Lächeln tat Gisela gut. Als dann auch noch das Kind, das ermattet eingeschlafen war, erwachte und mit lauter Stimme verkündete, dass es hungrig sei, schöpfte sie Hoffnung.
»Es wird alles gut werden!«, sagte sie und streckte die Hände nach Walther aus. »Lass dich umarmen!«
Er schüttelte den Kopf. »Lieber nicht! Ich bin schrecklich schmutzig und muss mich erst waschen. Dann möchte ich schlafen. Ich habe kein Auge zugetan, seit ich von hier losgeritten bin.«
Nun erst bemerkte Gisela die Spuren, die die Erschöpfung in sein Gesicht gegraben hatte, und ihr Herz machte einen Sprung. »Einen Mann wie dich kann es nur einmal geben!«
»Stelle mich nur nicht auf ein Podest, sonst bekommst du mich nicht mehr herunter.« Walther lachte leise, sah sich dann aber Arlette gegenüber, die hereinkam, um für Nizhoni etwas zum Anziehen zu besorgen.
Die Französin suchte das Kleid heraus, welches Gisela bereits bei der Überfahrt auf der *Loire* getragen hatte.
»Gleich kriegst du was zum Essen, mein Schatz«, sagte sie in

Richtung des Säuglings und wandte sich Gisela kurz zu. »Die Wilde kommt genau richtig. Ihre Brüste strotzen nur so vor Milch!«

Mit den Worten huschte sie hinaus.

Gisela wollte fragen, wie die Indianerin denn wäre, da schleppten Rosita und Arlette die junge Frau auch schon herein. Mit einem scharfen Blick musterte Gisela die Amme und fand sie jünger, als sie erwartet hatte. Ihre Haut war von der Sonne gedunkelt, das Haar glänzte nach dem Bad feucht und schwarz, und in den Augen las sie Angst.

Sofort wallte Mitleid in ihr auf, und sie lächelte Nizhoni freundlich an. »Sei mir willkommen!«

Verwundert über die freundliche Stimme wandte Nizhoni sich ihr zu. Das ist also das Weib von Fahles Haar, stellte sie fest. Die Frau war auch für eine Weiße viel zu bleich und ihr Gesicht eingefallen. Auch glänzten Schweißperlen auf ihrer Stirn. Dann aber zog das Greinen des Kindes ihre Aufmerksamkeit auf sich. Vorsichtig trat sie auf die Wiege zu und sah den Jungen an. Er war recht kräftig und schlug mit seinen kleinen Fäusten um sich. Unzweifelhaft hatte er Hunger.

Deswegen hatte Fahles Haar sie geholt, fuhr es Nizhoni durch den Sinn. Sie beugte sich über die Wiege, hob das Kind heraus und sprach beruhigend auf es ein. Das Schreien steigerte sich jedoch. Daher wollte sie ihre Brüste freilegen, kam aber mit dem ungewohnten Gewand nicht zurecht.

Rosita half ihr und legte ihr den Jungen an die Brust. Prompt schnappte der Kleine nach der Brustwarze und begann misstrauisch, daran zu saugen. Als er die warme Milch spürte, entspannte er sich und trank sich unter gelegentlichem Schmatzen voll.

»Das haben Sie gut gemacht, Señor!«, lobte Rosita Walther. Dieser nickte erleichtert und fühlte gleichzeitig die Müdig-

keit wie eine riesige Woge über sich zusammenschlagen. »Ich werde mich draußen waschen und dann hinlegen. Weckt mich, wenn etwas Besonderes sein sollte.«
»Danke!«, sagte Gisela nur und sah ihm nach, bis er das Haus verlassen hatte. Dann wandte sich ihr Blick der Indianerin und dem Jungen zu. Einen Augenblick lang empfand sie Neid, weil die Frau das Kind nähren konnte und ihr dies verwehrt blieb. Dann aber sah sie Rosita fragend an.
»Wo ist denn das Kind der Indianerin?«
»Es war keines dabei. Vielleicht hat sie es einer anderen Frau überlassen.«
Gisela musterte die Indianerin und erkannte den traurigen Ausdruck auf deren Gesicht. Gewiss war das Kind der jungen Frau gestorben, sagte sie sich, und ihr Mitleid wuchs. Als Josef schließlich satt war und Arlette ihn neu wickelte, stand Gisela mühsam auf, ging auf Nizhoni zu und fasste nach deren Händen.
»Ich danke dir, dass du gekommen bist!«
Erneut nahm Nizhoni wahr, dass die Frau von Fahles Haar freundlich zu ihr sprach, auch wenn sie deren Worte nicht verstand. In ihrem Herzen war noch immer die Trauer um ihr eigenes Kind. Dennoch spürte sie, wie es sie zu dem Kleinen hinzog, der von der anderen Frau eben wieder in diesen Kasten aus Holz gelegt wurde. Sie streckte die Hand aus und strich ihm über den Kopf. Du bist zwar nicht mein Sohn, dachte sie, aber du brauchst mich. Und ich brauche dich, wenn mein Herz je wieder Freude empfinden soll.
Nun, da sie das Kind gestillt hatte, merkte Nizhoni, wie hungrig sie war. Sie sagte es den drei Frauen zuerst in ihrer eigenen Sprache und dann in der der Komantschen. Da die anderen sie jedoch nur verständnislos ansahen, deutete sie ihnen mit Gesten an, dass sie etwas essen wollte.

»Ah, sie hat Hunger!«, rief Rosita aus und holte ein paar Tortillas, die sie auf Vorrat gebacken hatte. Bevor sie diese füllen konnte, packte die Indianerin die Teigfladen und schlang sie heißhungrig hinunter.

»Wie es aussieht, hat Monsieur Walther auf dem Weg keine Pause gemacht, um etwas zu essen«, meinte Arlette.

Gisela nickte nachdenklich. »Er wollte so schnell wie möglich zurückkommen und hat dabei weder sich noch die Indianerin geschont. Wie heißt du eigentlich?«

Das Letzte galt Nizhoni, die sie aber nur aus großen Augen ansah.

»Wie es aussieht, kann sie nur ihre Stammessprache. Du wirst ihr wohl beibringen müssen, wie ein richtiger Mensch zu sprechen«, spottete Rosita und goss Nizhoni noch einen Becher Kaffee ein, den diese aber nach einem ersten Schluck mit einer Geste des Abscheus wegstellte.

Da Gisela den Namen der Indianerin wissen wollte, um sie damit ansprechen zu können, deutete sie jetzt auf sich. »Ich heiße Gisela, das ist Rosita und das Arlette!« Sie wiederholte die Namen noch einmal allein und deutete dabei jeweils auf sich und die beiden anderen.

Jetzt begriff Nizhoni, was die Frau von Fahles Haar meinte. Sie zeigte auf diese und sprach den ungewohnten Namen aus. »Gi'se'la!«

Gisela nickte. »So ist es gut. Und wie heißt du?«

»Nizhoni!«

»Ein hübscher Name«, antwortete Gisela und lächelte. Dann wanderte ihr Finger weiter zu dem Kind in der Wiege. »Das ist Josef. Josef! Verstehst du?«

»Jo'sef!«, wiederholte Nizhoni, und zum ersten Mal stahl sich der Anflug eines Lächelns auf ihr Gesicht.

5.

Arlette blieb noch einen Tag auf der Farm, dann kehrte sie zu ihrem Mann zurück. Es tat Gisela leid, sie scheiden zu sehen, denn die Französin war von fröhlichem Gemüt und hatte sie immer wieder aufgemuntert und aus ihrer Trübsal gerissen. Dies konnte Rosita nicht, obwohl sie die bessere Hausfrau war und sich alle Mühe gab, ihr noch einiges beizubringen. Nizhoni hatte sich in erster Linie um den kleinen Josef zu kümmern, wurde aber von Rosita auch Wasser oder Holz holen geschickt.
Zu aller Zufriedenheit gehorchte die junge Indianerin anstandslos. Trotzdem hätte Gisela sich gewünscht, mit ihr allein zu sein, um sie die spanische Sprache zu lehren. Rosita war viel zu ungeduldig und schalt Nizhoni, wenn diese etwas nicht auf Anhieb verstand.
»Die Wilde ist so dumm, wie man es ihrem Volk nachsagt«, erklärte sie einige Tage später beim Abendessen. Der Grund dafür war, dass Nizhoni sich nicht an einen Stuhl gewöhnen wollte, sondern in einer Ecke des Hauses auf einer Decke kauerte und dort missmutig in dem Eintopf herumstocherte, der ihr viel zu scharf war.
Walther hatte sich längst wieder erholt und arbeitete mit Pepe zusammen auf der Farm. Um Nizhoni kümmerte er sich nicht, denn seiner Meinung nach war dies die Aufgabe seiner Frau. Im Gegensatz zu ihm starrte Pepe die junge Indianerin hie und da verdrießlich an. Der Knecht wusste nicht, was er von ihr halten sollte. Zwar war er froh, dass der Junge mit ihr eine Amme hatte, dennoch misstraute er der Wilden und warnte Walther, sie würde irgendwann einmal in der Nacht alle ermorden und mit ihren Skalps zu ihrem Stamm

zurückkehren. Da sein Herr sich nicht um diese Warnung scherte, verschloss er die Tür des Anbaus, in dem er schlief, jede Nacht mit einem festen Riegel.
Als er Rositas Bemerkung hörte, nickte er zustimmend. »Sie ist wirklich dumm!«
»Wie könnt ihr nur so reden?«, schalt Gisela die beiden. »Nizhoni betreut Josef, als wäre er ihr eigenes Kind, und hilft auch noch im Haushalt mit. Eine Amme in Deutschland würde das nicht tun. Die würde gutes Essen verlangen und den ganzen Tag faul sein, um ihre Milch nicht zu verlieren. Das sagst du doch auch, Walther?«
»Was wolltest du wissen?« Walthers Gedanken waren nach San Felipe de Guzmán gewandert und zu den Siedlern, die er dort abholen sollte.
»Ich schimpfe mit Rosita und Pepe, weil sie Nizhoni dumm heißen. Dabei ist nur unsere Art zu leben für sie ungewohnt. Wir würden uns auch nicht auf Anhieb in einem Indianerlager zurechtfinden.«
»Gott bewahre mich davor!« Rosita schlug das Kreuz, denn auf ihren Raubzügen entführten die Komantschen Frauen und Kinder, die sie entweder zwangen, sich ihrem Stamm anzuschließen, oder als Sklaven an andere Stämme verkauften.
Walther sah kurz zu Nizhoni hinüber und bemerkte, wie die Indianerin unter seinem Blick förmlich schrumpfte. Unwillkürlich ärgerte er sich darüber. »Sie soll Josef nähren und kleine Arbeiten erledigen. Wenn sie zu viel tun muss, kommt sie vielleicht von der Milch.«
Damit war für ihn alles gesagt, und er wandte sich wieder seinem Teller zu. An diesem Tag kostete es ihn besonders viel Überwindung, alles aufzuessen, denn Rosita hatte sich beim Abmessen des Chilis noch weniger zurückgehalten als sonst. Sein Kampf mit dem brennenden Gaumen fiel auch Nizhoni

auf. Wie es aussieht, schmeckt es auch Fahles Haar nicht, dachte sie, und sie fragte sich, weshalb er die ältere der beiden Frauen so kochen ließ. Ein Nemene hätte die Frau schon längst zurechtgewiesen. Irgendwie waren Fahles Haar und sein Weib eigenartige Leute. Dann aber zuckte sie mit den Achseln. Was ging sie das an? Sie war in diesem Lager nicht mehr wert als ein Pferd, das Fahles Haar gekauft hatte. Ihre Milch gehörte einem fremden Kind, ihr Leben fremden Menschen, und ihr blieben nur die Träume von einer Zeit, in der sie glücklich gewesen war.
Sie hatten noch nicht fertig gegessen, als draußen Hufschläge erklangen. Walther griff zu der Pistole, die ihm als einzige Schusswaffe geblieben war, und eilte zum Fenster. Als er hinaussah, atmete er auf.
»Es ist Ihr Mann, Señora Jemelin! Wie es aussieht, ist er aus San Felipe de Guzmán zurückgekommen.«
Rosita nahm die Nachricht zum Anlass, die Reste im Kochkessel in eine Schale zu tun, damit ihr Mann auch etwas essen konnte. Außerdem legte sie Holz nach, um ein paar Tortillas zu backen, falls sein Hunger größer sein sollte.
Unterdessen trat Walther hinaus und begrüßte seinen Nachbarn. »Willkommen, Señor Jemelin. Was gibt es Neues von Don Hernando oder Don Ramón?«
»*Buenas noches*, Señor Waltero!«, antwortete Diego Jemelin munter. »Ich soll Ihnen Grüße von beiden ausrichten. Das erste Schiff mit den neuen Einwanderern ist am letzten Tag, an dem ich in San Felipe de Guzmán war, in den Hafen eingelaufen. Don Ramón de Gamuzana fordert Sie auf, in die Stadt zu kommen und sich der Leute anzunehmen. Er hofft, dass auch das zweite Schiff bald eintreffen wird und Sie die Siedler hierherbringen können. Außerdem will er Sie kennenlernen!«

»Ich freue mich darauf!« Bis jetzt kannte Walther nur Hernando de Gamuzana, den älteren Bruder des Empresarios ihres Siedlungsgebiets, und war nun auf ihn selbst gespannt.
»Wann soll ich aufbrechen?«
»Am besten bereits morgen früh. Don Ramón hat es eilig, weil er bald wieder nach Saltillo reiten will, um mit seinem Schwager, dem Gouverneur, zu sprechen.«
Diese Auskunft gefiel Walther wenig, hieß dies doch, seine Frau mit der Indianerin zurücklassen zu müssen. Auf Pepe konnte er sich nicht verlassen, denn der würde sich im Notfall hinter Gisela verstecken. Außerdem gab es ein Problem.
»Ich würde ja gerne aufbrechen, doch ich habe meine Büchse verloren. Wenn ich jetzt die Pistole mitnehme, ist keine Schusswaffe mehr im Haus, falls Indios es überfallen wollen. Lasse ich sie aber hier, habe ich nur mein Messer für diesen Ritt!«
Jemelin winkte ab. »Keine Sorge, Señor Waltero. Ich habe eine Flinte für Sie übrig!«
»Danke!« Zwar gefiel es Walther nicht, so von Jemelin abhängig zu sein, doch er sah keine andere Lösung.
Unterdessen trat Jemelin ins Haus, umarmte seine Frau und entdeckte dann Nizhoni mit dem Kleinen auf dem Schoß.
»Meinen Glückwunsch, Señor Waltero. Was ist es, eine Muchacha oder ein Sohn?«
»Ein Junge«, antwortete Walther.
»Ein Prachtkerl!« Jemelin grinste und wies auf Nizhoni. »Eine Indiomagd haben Sie auch schon. Sehr gut! Da wird meine Rosita ja nicht länger gebraucht, und wir können morgen in aller Frühe losreiten. Meine Frau hat dann genug männlichen Schutz auf dem Heimweg.«
Walther nickte zaghaft. Ihm wäre es lieber gewesen, wenn Rosita bis zu seiner Rückkehr bei Gisela geblieben wäre. Er

fragte sich, wie sie mit der Indianerin zurechtkommen würde. Immerhin konnte er diese nicht mit zivilisierten Maßstäben messen. Daher wandte er sich zweifelnd an seine Frau.
»Was meinst du, Gisela? Schaffst du es allein?«
»Aber natürlich!«, antwortete sie lächelnd. »Es geht mir schon viel besser als in den letzten Tagen. Die schweren Arbeiten kann Pepe für mich erledigen, und bei allen anderen hilft mir Nizhoni.«
»Dann ist alles in Ordnung«, erklärte Diego Jemelin und begann, von seinem Aufenthalt in San Felipe de Guzmán zu berichten.
Als er seiner Frau erklärte, er habe mehrere schöne Stücke Stoff für ein neues Kleid gekauft, wäre Rosita am liebsten sofort aufgebrochen, um sie sich anzusehen. Damit aber war ihr Mann nicht einverstanden.
»Es ist schon zu spät. Wir müssten in die Nacht hineinreiten, und das ist zu gefährlich.«

6.

Während die drei Frauen im Haus schliefen, zogen Walther und Jemelin sich mit Pepe in den Anbau zurück und schlugen dort ihr Lager auf. Am nächsten Morgen brachen sie nach einem raschen Frühstück auf. Da Rosita mit ihnen ritt, mussten sie die Pferde den größten Teil der Strecke im Schritt gehen lassen und erreichten Jemelins Hacienda erst am Nachmittag.

Die Kinder hatten hinter dem Haus gespielt. Als sie ihre Mutter sahen, eilten sie zu ihr hin und schmiegten sich an sie, kaum dass sie abgestiegen war. Mit einem versonnenen Lächeln ließ Walther dieses Bild auf sich wirken und dachte, dass er es in einigen Jahren bei Gisela wohl ähnlich erleben würde.
»Wollen Sie nicht lieber bei uns übernachten?«, fragte Jemelin Walther nach einem prüfenden Blick zur Sonne.
Die Bemerkung riss Walther aus seinen Gedanken, und er schuttelte den Kopf. »So leid es mir tut, aber ich kann heute noch ein paar Stunden reiten. Ich möchte so rasch wie möglich in San Felipe de Guzmán eintreffen, um Don Ramón de Gamuzana nicht warten zu lassen.«
»Und um wieder nach Hause zu Ihrer Frau und Ihrem Sohn zu kommen, nicht wahr, Señor Waltero?« Jemelin zwinkerte Walther grinsend zu und ging dann ins Haus, um die versprochene Flinte zu holen.
Als Walther diese in der Hand hielt, fühlte er sich an Quiques Großvaterpistole erinnert. Die Waffe wies ein ehrwürdiges Alter auf, und der Kolben war an ein paar Stellen zerschrammt, doch an Lauf und Schloss war kein Rost zu sehen. Walther lud die Waffe und feuerte einen Probeschuss auf einen etwa einhundert Schritt entfernten Baum ab. Mit dem Ergebnis war er zufrieden. Zwar zog die Flinte ein wenig nach rechts, aber einen Mann hätte er damit getroffen.
Er lud sie erneut, steckte das Pulverhorn und die Munition ein, die Jemelin ihm ebenfalls gegeben hatte, und verabschiedete sich von seinen Gastgebern. »*Adiós,* Señora, Señor. Auf ein baldiges Wiedersehen!«
»Reiten Sie mit Gott, Señor Waltero«, rief Jemelin gut gelaunt.
Er war froh, dass er die Aufgabe, die Siedler aus San Felipe

de Guzmán hierherzubegleiten, an jemand anders hatte übergeben können. Dauerte der Ritt dorthin bereits etliche Tage, so waren sie mit den Ochsenkarren und den zu Fuß gehenden Neusiedlern mehrere Wochen unterwegs. Jemelin hatte den Weg schon mehrmals zurücklegen müssen und wollte nun die Zeit nutzen, auf seiner eigenen Hacienda zu arbeiten.

Er sah Walther nach, der auf dem Mustang nach Süden ritt, und schlang dabei einen Arm um Rosita. »Ich bin froh, dass ich wieder bei dir bin, meine Gute. Es war doch etwas einsam ohne dich.«

»Darum habe ich auch nichts gesagt, als du gestern meintest, ich solle mit nach Hause kommen. Gisela wird gewiss auch ohne mich zurechtkommen. Außerdem hat sie nicht so viel Arbeit am Hals wie ich.«

Rosita lehnte sich einen Augenblick an ihren Mann und sah ihn strahlend an. Früher war er weiter im Süden ein Vaquero auf der großen Hacienda von Ramón de Gamuzana gewesen und sie die Köchin. Nun aber waren sie angesehene Leute und würden ihren Kindern einen ansehnlichen Besitz vererben können.

»Das Leben ist wirklich schön«, fuhr sie fort, erinnerte sich dann an den Kleiderstoff und eilte ins Haus, um ihn zu begutachten.

7.

Die Arbeit ging Gisela nicht so leicht von der Hand, wie sie gehofft hatte. Obwohl bereits einige Tage seit ihrer Niederkunft vergangen waren, fühlte sie sich noch sehr schwach, und ihr wurde immer wieder schwindlig. Dazu kam der Ärger mit Pepe, der es aus Angst, Nizhoni könnte ein Messer nehmen und ihn ermorden, kaum wagte, der Indianerin den Rücken zuzukehren.
»Nimm dich zusammen!«, fuhr Gisela ihn an, als er wieder einmal behauptete, der Indiofrau sei nicht zu trauen. »Nizhoni ist ein Mensch wie du und ich mit einem Kopf, einem Rumpf, zwei Armen und zwei Beinen – und kein Ungeheuer, das Menschen frisst!«
»Sie ist eine Komantschin«, antwortete der Peon. »Komantschen fallen wie der Sturmwind über einen her und massakrieren einen.«
Jetzt wurde Gisela zornig. »Ich will nichts mehr davon hören, verstanden? Sieh zu, dass du deine Arbeit erledigst!«
»Si, Señora!« Pepe verschwand gekränkt nach draußen und brummelte dort vor sich hin, dass die Herrin schon sehen werde, wo ihre Arglosigkeit hinführe.
Zwar bemerkte Nizhoni die schlechte Laune des Mannes, achtete aber nicht darauf, sondern kümmerte sich um den Jungen. Als Nizhoni Josef jetzt aus der Wiege hob, fand sie, dass er bereits ein wenig gewachsen war. Das hatte er ihrer Milch zu verdanken, und in dieser Hinsicht war sie zufrieden. Es erleichterte sie auch, dass Fahles Haar sein Lager verlassen hatte und den Gesten und wenigen Worten ihrer Herrin zufolge, die sie bisher verstand, wohl auch nicht so rasch zurückkommen würde. So schnell würde sie ihm nicht ver-

gessen, dass er sie auf dem Ritt hierher wie eine Stute an die Leine gelegt hatte.

Die Frau von Fahles Haar war da ganz anders. Sie lächelte und sprach mit sanfter Stimme. Vor allem aber freute sie sich, dass ihr Sohn ausreichend zu trinken hatte. Nizhoni sah jedoch auch, dass Gisela sich bei der Arbeit schwertat, und half ihr mit immer mehr Handreichungen.

Dafür erhielt sie ausreichend zu essen, und seit die andere Frau fort war, brannte auch nicht mehr jeder Bissen im Mund. Am meisten freute Nizhoni sich, wenn Gisela ihr Worte in ihrer Sprache beizubringen versuchte. So einfach war es nicht, da es meist zwei Begriffe für ein und dasselbe Ding gab. So hießen die flachen Fladen, die sie sehr oft zum Essen buk, sowohl »Pfannkuchen« wie auch »Tortillas«. Ebenso war es bei »Messer« und »Cuchillo« sowie »Pferd« und »Caballo«. Erst nach einigen Tagen begriff Nizhoni, dass es sich um Ausdrücke verschiedener Sprachen handelte, die so unterschiedlich waren wie die ihres Volkes und der Komantschen.

Gelegentlich dachte sie an ihre Heimat und wünschte, einfach auf ein Pferd steigen und so lange reiten zu können, bis sie wieder zu Hause war. Doch das war unmöglich. Zwischen diesem Ort und jenem lagen unzählige Tagesritte und vor allem das Jagdgebiet der Komantschen, und denen wollte sie nicht noch einmal in die Hände fallen. Es war angenehmer, Gisela zu gehorchen, als von To'sa-woonit geschlagen zu werden.

Nizhoni tat daher alles, damit es dem Kind gutging, denn dann war auch Gisela zufrieden. Als sie gerade neu wickelte, nahm diese ihr das Kind ab und drückte es an sich. Dabei flossen Tränen aus ihren Augen.

»Du haben was?« Diese Worte hatte Nizhoni bereits gelernt,

vermochte aber noch nicht, sie in der richtigen Reihenfolge auszusprechen.

»Ach, nichts!«, antwortete Gisela ausweichend.

Sie liebte ihr Kind und wäre gerne sicher gewesen, dass es auch von Walther stammte. Doch außer der Tatsache, dass es bei der Geburt recht groß gewesen war und mehr als zwei Wochen vor den neun Monaten nach ihrer Vergewaltigung geboren worden war, hatte sie keinen Beweis dafür. Mit einem gezwungenen Lächeln reichte sie Josef zurück und sah zu, wie die Indianerin dem Jungen Windeln aus Gras und Moos anlegte. Dabei ging Nizhoni so umsichtig vor, als wäre es ihr eigenes Kind.

»Ich bin froh, dass Walther dich mitgebracht hat«, sagte sie unwillkürlich.

Einen ganzen Satz verstand Nizhoni noch nicht, begriff aber, dass es um Fahles Haar und sie ging. Ein Schatten huschte über ihr Gesicht. Gisela mochte zwar lieb sein, aber vor dem Mann hatte sie Angst. Was würde er mit ihr tun, wenn das Kind sie nicht mehr brauchte? Brachte er sie dann zu den Komantschen zurück oder verkaufte er sie an weiße Männer, die, wie sie gehört hatte, ihre Sklaven auf den Feldern mit Peitschen zur Arbeit antrieben?

Gisela bemerkte den Stimmungsumschwung der Amme und wusste nicht so recht, wie sie sich dazu stellen sollte. Gewiss fiel es Nizhoni schwer, fern von ihren eigenen Leuten zu leben. Daher erschien es ihr am besten, wenn Walther die junge Frau wieder zu den Komantschen brachte, sobald Josef ihre Milch nicht mehr brauchte.

8.

Walther ritt so rasch nach Süden, wie er es dem zähen, ausdauernden Mustang zumuten konnte. Mit diesem Tier kam er besser zurecht als mit dem Hengst, den Hernando de Gamuzana ihm geschenkt hatte und der nun mit den Gäulen der Komantschen zusammen irgendwo in der Prärie weidete. Gelegentlich sah er unterwegs andere Reiter, und einmal übernachtete er sogar auf einer kleinen Hacienda, die früher einmal zu einer mittlerweile aufgegebenen Missionsstation gehört hatte. Zumeist aber musste er unter freiem Himmel schlafen, mit den Sternen als Zudecke und dem Rauschen des Windes in den Büschen als Schlaflied.
Dabei stellte er fest, dass er sich zum ersten Mal in seinem Leben richtig frei fühlte. In diesem Land galt nur der Mensch und nicht der Stand, wie es zu Hause der Fall war. Bei dem Gedanken lachte er leise auf. Dies hier war jetzt sein Zuhause. Das Land, in dem er geboren war, lag weit jenseits des Ozeans, und er würde es niemals wiedersehen. Es tat ihm nicht einmal leid, auch wenn er Freunde hatte zurücklassen müssen. Doch dort war auch die Heimat eines Diebold von Renitz und dessen Mutter, die nur ihresgleichen gelten ließen und Menschen in weniger glücklichen Umständen kaum besser als Vieh behandelten.
Walther wusste selbst, dass Tejas und auch ganz Mexiko keine Insel der Seligen darstellten. Hier war der Unterschied zwischen einem reichen Mann wie Hernando de Gamuzana und einem Tagelöhner gewaltig. Doch dieses Land bot ihm und Gisela die Möglichkeit, aus eigener Kraft aufzusteigen, und hier würden sie niemals vor einem Grafen Renitz oder einer Frau von Techan den Rücken krümmen müssen.

Zufrieden damit, wie es gekommen war, erreichte Walther schließlich San Felipe de Guzmán und ritt in den Ort ein. Seit er das letzte Mal in der kleinen Stadt gewesen war, hatte sich nichts verändert. Noch immer beherrschten der Amtssitz des Alcalden und die Kirche das kleine Städtchen. Die Häuser und Werkstätten der Handwerker und die einfachen Hütten der Lohnarbeiter und Tagelöhner gliederten sich in respektvollem Abstand um den Marktplatz und die beiden großen Gebäude.
Etwas außerhalb von San Felipe de Guzmán entdeckte Walther ein Lager mit etlichen Zelten, ein paar großen Wagen, einigen Karren und an der Leine hängender Wäsche. Hier herrschte das Leben, das er in San Felipe de Guzmán ein wenig vermisste.
Bei den Menschen im Lager schien es sich um die Neusiedler zu handeln, um die er sich kümmern musste. Es waren weitaus mehr als die Überlebenden der *Loire,* und er hoffte, dass er unter ihnen jemanden finden würde, der bereit war, eine Fähre über den Fluss einzurichten. Der Gedanke erinnerte ihn an Spencer und dessen Leute. Mehr denn je war er der Meinung, richtig gehandelt zu haben, als er sie vertrieb. Auch wenn die Nordamerikaner das anscheinend glaubten, war dies hier kein gesetzloses Land, das sie sich einfach nehmen konnten, sondern eine Provinz der Republik Mexiko und damit deren Verwaltung unterworfen.
Vor dem Sitz des Alcalden stieg Walther vom Pferd, reichte einem Jungen, der blitzschnell auf ihn zuschoss, die Zügel, und trat zur Tür. Als er öffnete, blickte ein älterer Mann aus einer der Kammern heraus. Es war einer von Don Hernandos Schreibern.
Dieser erkannte ihn zuerst nicht, doch dann weiteten sich seine Augen. »Señor Waltero! So früh haben wir Sie nicht erwartet.«

»Ich bin gut durchgekommen und weder einer Giftschlange noch einem Indianer begegnet«, antwortete Walther lachend. »Doch wo finde ich Don Hernando und Don Ramón?«

»Da müssen Sie zur Hacienda reiten, Señor. Die beiden Herren kommen heute nicht mehr in die Stadt. Heute hat Señorita Mercedes Geburtstag, müssen Sie wissen. Da findet eine große Feier statt.«

»Für ein Fest bin ich nicht gerade angezogen, und ich habe auch keine Ersatzkleidung bei mir!« Walther überlegte bereits, in der Stadt zu bleiben und sich die neuen Siedler anzusehen. Dann aber sagte er sich, dass Hernando de Gamuzana und dessen Tochter es als Brüskierung auffassen könnten, wenn er sich nicht in die Schar der Gratulanten einreihte. Mit dieser Überlegung verabschiedete er sich von dem Schreiber. Draußen reichte er dem Jungen ein paar Centavos, weil dieser auf seinen Mustang aufgepasst hatte, und stieg wieder in den Sattel.

Als er losritt, lief der Junge ganz aufgeregt neben ihm her. »Señor, ist das ein echtes Indiopferd?«

Walther nickte. »Das ist es.«

»Haben Sie den Indio, dem es gehörte, erschossen?«, fragte der Junge weiter.

Diesmal schüttelte Walther den Kopf. »Nein, ich habe es für ein paar Decken und ein Messer eingetauscht.«

»Schade!«, entfuhr es dem Jungen.

»Warum schade?«

»Weil es dann einen Indio weniger auf der Welt geben würde«, antwortete das Bürschlein treuherzig.

»Du hast wohl Angst vor den Indios?«

»Oh ja, sehr, Señor!«

Lachend spornte Walther seinen Mustang an, und der Kleine blieb hinter ihm zurück. Bis zu Hernando de Gamuzanas

Hacienda war es noch eine ordentliche Wegstrecke, und so fühlte er sich ganz zerschlagen, als das Anwesen in Sicht kam. Im Gegensatz zu Jemelins Besitz strahlte die Hacienda etwas Feudales aus. Das mochte an der hohen Mauer liegen, die mehr als ein halbes Dutzend Gebäude umgab. Selbst der Pferch für die Pferde befand sich innerhalb der Umwallung sowie ein großer Platz, auf dem nun etliche gelangweilte Kutscher mit ihren Gespannen darauf warteten, dass ihre Herrschaft das Fest wieder verließ.

Ein Peon kam auf Walther zu, um ihm das Pferd abzunehmen. Gleichzeitig stiefelte ein untersetzter Mann in der Phantasieuniform eines Haushofmeisters heran.

»Was willst du hier?«, fragte er streng, da er Walther wegen seiner schlichten, staubbedeckten Kleidung für einen Vaquero hielt.

»Ich will mit Don Hernando und Don Ramón de Gamuzana sprechen«, antwortete Walther gelassen.

»Dann komm morgen wieder! Heute wird gefeiert«, beschied ihm der Mann.

In Walther stieg der Zorn auf. »Ich bin nicht fast hundert Leguas geritten, um mich von einem Lakaien abwimmeln zu lassen! Entweder du meldest mich jetzt bei den Herren an, oder ich werde es selbst tun.«

Der andere kniff verblüfft die Augen zusammen und versuchte, Walther abzuschätzen. Mit dem blonden Haar und den hellen Augen konnte dieser kein Mexikaner sein. Ein Americano war er seiner Aussprache nach auch nicht, obwohl seine Manieren ähnlich ruppig waren.

»Und wen soll ich Don Hernando und Don Ramón melden?«, fragte er mit einer Mischung aus Nachgiebigkeit und Trotz.

»Walther Fichtner, im Auftrag von Don Ramón Verwalter des nördlichen Siedlungsbereichs.«

Der Uniformierte hatte von den Siedlern gehört, die den Schiffbruch der *Loire* vor der Küste überlebt hatten. Dennoch war er nicht bereit, Walther einen höheren Stellenwert einzuräumen als Diego Jemelin, der kurz zuvor hier gewesen war. Dieser wäre auch nicht zu Señorita Mercedes' Geburtstagsfeier eingeladen worden.
»Ich bedauere, doch ich kann Sie nicht einlassen. Ich werde jedoch den Herren melden, dass Sie angekommen sind.«
Die Blasiertheit des Mannes ärgerte Walther gewaltig. Er wusste jedoch selbst, dass er keine weiteren Zugeständnisse erwarten konnte. Außerdem kamen bereits mehrere Vaqueros heran, und einer fragte sogar, ob er Schwierigkeiten machen würde.
»Noch mache ich keine, aber schon bald, wenn dieser Hanswurst Don Hernando nicht unverzüglich mitteilt, dass ich angekommen bin!«
Dem Vaquero dämmerte, wer vor ihm stand. »Sie sind es, Señor! Kommen Sie in unsere Hütte und essen Sie etwas. Juanito wird sich um Ihr Pferd kümmern. Und du meldest endlich Don Hernando, dass der Alemán gekommen ist.«
Das Letzte galt dem Haushofmeister, der den Befehl erhalten hatte, die Gäste zu begrüßen. Sichtlich wütend, weil ein einfacher Vaquero ihn zurechtgewiesen hatte, verschwand er im Haus, während Walther dem Hirten in eine Hütte folgte. Sein Gastgeber schenkte ihm sofort einen Tequila ein, und kurz darauf stand ein großer Teller mit einem prachtvollen Stück Fleisch und etlichen Tortillas vor ihm.
Da Walther unterwegs nur von seinem Proviant gelebt hatte, griff er beherzt zu, unterhielt sich mit den Vaqueros und fragte, wie es hier in San Felipe de Guzmán so stehe.
»Wir haben gestern zwei Karankawa erwischt, die ein paar Rinder stehlen wollten, und sie gleich aufgeknüpft«, erklärte

der Anführer. »Das bringt mich darauf, dass Sie einen ausgezeichneten Mustang reiten. Der sieht aus, als wäre er ein Komantschenpferd.«

»Er ist auch eines«, gab Walther zu. »Ich habe das Tier für zwei Decken und ein Messer eingetauscht.«

Die Büchse, die er Po'ha-bet'chy gegeben hatte, wollte er lieber nicht erwähnen.

Der Vaquero riss vor Staunen die Augen weit auf. »Sie handeln mit den Komantschen? Aber das wagt sonst niemand! Nur diese dreckigen Americanos tun es und tauschen Schnaps und Feuerwaffen gegen Pferde ein.«

Langsam wurde Walther das Gespräch zu heikel, und so war er froh, als Hernando de Gamuzana mit langen Schritten auf die Hütte zueilte und kurz darauf eintrat.

»Willkommen, Señor Waltero! Es tut mir leid, dass ausgerechnet heute so viel bei uns los ist. Aber ein Mädchen wird eben nur einmal in seinem Leben achtzehn, und das wollen wir feiern. Haben Sie schon etwas zu essen bekommen?«

Dann sah er den noch halb vollen Teller und lachte.

»So ist es richtig! Durch Ihr Leben in der Wildnis müssen Sie doch auf einiges verzichten. Haben Sie Wein? Nein? Pedro, lauf ins Haus und hole ein paar Flaschen. Übrigens, mein Bruder kommt auch gleich. Er will sich nur noch von Señorita Carmen de Vicario verabschieden. Vielleicht wird sie seine Braut.«

Walther hatte Hernando de Gamuzana etwas weniger lebhaft in Erinnerung. Wie es aussah, hatte dieser dem Wein bereits kräftig zugesprochen. Er selbst sagte kaum etwas, sondern hörte zu, wie der Alcalde von der Geburtstagsfeier seiner Tochter schwärmte.

Schließlich vollzog Gamuzana eine bedauernde Geste. »Wie schade, dass Ihre Gattin nicht mitgekommen ist. Meine Frau und Mercedes hätten sich gewiss gefreut, sie begrüßen zu dürfen. Wollen Sie mit mir hinübergehen, sobald Sie mit meinem Bruder gesprochen haben?«

»Ich danke Ihnen für die Einladung, Don Hernando, doch für ein solches Fest bin ich unpassend gekleidet. Überbringen Sie Ihrer Tochter meine aufrichtigsten Glückwünsche zu ihrem Geburtstag.«

»Das werde ich, Señor Waltero. Doch sagen Sie, wie geht es Ihnen in der Wildnis?«, antwortete Gamuzana.

»Ganz gut! Meine Frau hat vorletzte Woche einen Sohn geboren und ...«

Zu mehr kam Walther nicht, denn Gamuzana unterbrach ihn erregt. »Sie Glücklicher! Sie nennen einen Sohn Ihr Eigen! Meine Frau hat mir leider nur diese eine Tochter geboren. Nun habe ich die ganzen Nichtsnutze am Hals, die sie unbedingt heiraten wollen. Einige sind sogar aus der Ciudad de Mexico hierhergekommen.«

Trotz der etwas spöttischen Worte merkte Walther, dass es den Alcalden schmeichelte, Gäste aus der Hauptstadt begrüßen zu dürfen. Dabei entging ihm Gamuzanas unterschwelliger Neid nicht. Wie es aussah, hatte der Alcalde sich einen Sohn als Erben gewünscht und würde sich nun mit einem Schwiegersohn zufriedengeben müssen.

Gamuzana fing sich jedoch rasch wieder und wies mit einer ausladenden Geste auf sein prachtvolles Haus, das durch das Fenster der Hütte gut zu sehen war. »Wir haben heute auch einen ganz besonderen Gast bei uns, Señor Waltero, einen echten Helden, nämlich General Antonio López de Santa Ana.«

»Das freut mich für Sie!« Walther wollte nicht sagen, dass er nicht einmal den Namen des genannten Generals kannte, um Gamuzana nicht zu verärgern.

Dieser lachte jedoch nur. »Ich sage Ihnen, Santa Ana ist der kommende Mann in Mexiko. Zu gegebener Zeit werde ich Sie daran erinnern!«

Die Rückkehr des Vaqueros mit zwei Flaschen Wein unterbrach Gamuzanas Rede, und er schenkte Walther eigenhändig ein.

»Auf Ihren Sohn!«, sagte er, als er sein Glas erhob.

»Auf Ihre Tochter und auf General Santa Ana!« Das Letzte setzte Walther hinzu, weil er annahm, sein Gastgeber würde dies erwarten. Er täuschte sich nicht, denn Gamuzana lächelte wohlwollend.

»Sie werden den General gleich kennenlernen, Señor, denn ich sehe, dass er mit meinem Bruder herüberkommt.«

Tatsächlich näherten sich zwei Männer in Uniform der Hütte. Der Jüngere war Don Hernando auffallend ähnlich. Das muss sein Bruder sein, dachte Walther. Er war gut einen halben Kopf größer als der General und trug seinen Zweispitz unter dem Arm. Obwohl Ramón de Gamuzana in seiner Paradeuniform prachtvoll aussah, stellte Santa Ana ihn in den Schatten. Zwar war der Mann eher klein gewachsen, wirkte aber so, als gäbe es niemanden auf der Welt, der ihm das Wasser reichen konnte. Der mit Goldborte und Federn geschmückte Zweispitz saß leicht schräg auf seinem Kopf, und auf seiner Uniform blitzten unzählige Orden.

Bevor die beiden die Tür erreichten, riss ein Vaquero sie auf. Ramón de Gamuzana ließ dem General den Vortritt, und dieser baute sich sofort mit eisiger Miene vor Walther auf.

»Es war sehr unbedacht von Don Hernando, einen Americano zum Vize-Empresario zu ernennen.«

Der Alcalde schrumpfte bei diesen tadelnden Worten sichtlich. Im Gegensatz zu ihm war Walther jedoch nicht bereit, klein beizugeben.

»Ich muss Ihre Exzellenz berichten, denn ich bin kein Nordamerikaner.«

Santa Ana kniff kurz die Augen zusammen. »Auch wenn Sie mexikanische Tracht tragen, sehen Sie trotzdem nicht wie ein Mexicano aus!«

»Ich bin Deutscher«, erklärte Walther ruhig. »Ich wollte mit meiner Frau in die Vereinigten Staaten auswandern, doch ein Sturm verschlug unser Schiff an diese Küste, und Don Hernando war so freundlich, den überlebenden Auswanderern anzubieten, auf Don Ramóns Landlos zu siedeln.«

»Sind die anderen auch Deutsche?«, fragte der General.

Walther schüttelte den Kopf. »Nein, Euer Exzellenz! Bei den meisten handelt es sich um Franzosen.«

»Frankreich ist mir zu gut Freund mit den sogenannten Vereinigten Staaten von Amerika«, antwortete Santa Ana kühl. »Sie wissen, dass Sie, wenn Sie in Mexiko bleiben wollen, katholischen Glaubens sein und Ihren Namen auf mexikanische Weise führen müssen?«

»Das hat Don Hernando mir als Erstes erklärt«, gab Walther zurück.

»Dies ist auch geschehen, Euer Exzellenz«, mischte sich nun Don Hernando ein. »So steht dieser Herr als Señor Waltero in unseren Listen und wird von seinen Nachbarn und Peones auch so genannt.«

»Dann will ich hoffen, dass Sie ein echter Mexikaner werden und sich nicht auf die Seite dieser unverschämten Americanos schlagen. Hat deren Präsident es doch gewagt, uns anzubieten, unsere Provinz Tejas für ein paar lumpige Dollars an sie zu verkaufen. Glauben die Americanos, der geheiligte Boden Mexikos sei eine Ware, die auf dem Markt ausliegt?«

»Das wusste ich nicht.« Walther schwirrte der Kopf. Die Vereinigten Staaten wollten Tejas kaufen! Im Augenblick

hätte er nicht zu sagen vermocht, ob er dies wünschen sollte.
Die Amerikaner, die er bisher kennengelernt hatte, waren nicht die Nachbarn, die ihm gefallen würden. Anderseits trat ihm General Santa Ana viel zu großspurig auf. Er war mit Gisela über den Atlantik gekommen, um hier als freier Mensch zu leben und nicht, um vor einem Grafen buckeln oder vor einem General strammstehen zu müssen.
Antonio López de Santa Ana erweckte jedoch den Anschein, als würde er dies von allen Menschen um ihn herum erwarten. Auch Ramón de Gamuzana machte auf Walther keinen so guten Eindruck wie dessen Bruder. Mit einem Mal bedauerte er es, dass die *Loire* hier und nicht vor der Küste der Vereinigten Staaten gestrandet war. Sicher waren nicht alle Amerikaner solche Hinterwäldler wie die Männer um Nicodemus Spencer.
Da er sich jedoch in Mexiko angesiedelt hatte und mit dem Land zurechtkommen musste, sprach er Gamuzanas Bruder an. »Ich freue mich, Sie kennenzulernen, Don Ramón.«
»Jemelin sagte, Sie seien tüchtig. Dies erleichtert mich, denn ich befürchte, dass er mit den neuen Siedlern nicht zurechtkommen würde.«
Diese Worte nahmen Walther noch mehr gegen Ramón de Gamuzana ein. Diego Jemelin die Bezeichnung »Señor« zu versagen war unhöflich, und ihn für unfähig zu erklären, sich um die Neusiedler zu kümmern, eine glatte Unverschämtheit. Immerhin war es Jemelin zu verdanken, dass die Ansiedlung bisher so gut vorangekommen war.
Daher wandte er sich an Hernando de Gamuzana. »Wenn Sie nichts dagegen haben, werde ich jetzt in die Stadt zurückreiten und mir einen Eindruck von den Neusiedlern verschaffen. Meine Herren, es hat mich gefreut, Sie kennenzulernen.«

Mit diesen Worten verließ Walther die Hütte und befahl dem ersten Knecht, der ihm über den Weg lief, den Mustang zu bringen. Als er losritt, blickten die beiden Gamuzanas und der General ihm nach.

»Das ist kein Mann, den ich mir gerne zum Feind machen würde«, erklärte Don Hernando. Es klang wie eine Warnung an seinen Bruder. Doch dieser wechselte nur einen kurzen Blick mit Santa Ana.

»Ihre Exzellenz, wir sollten zum Fest zurückkehren. Die Señoritas warten auf uns.«

9.

Das Lager der Neusiedler wirkte ordentlich. Frauen in bunten Trachten wuschen die Wäsche oder ihre Kinder, und die Männer besserten ihre Ausrüstung aus. Doch schon auf den zweiten Blick bemerkte Walther die unsichtbaren Grenzen, die das Lager in drei Teile spaltete. Jede dieser Gruppen blieb für sich, und wenn doch mal jemand versuchte, Kontakt aufzunehmen, so wurde er entweder nicht beachtet oder sogar mit harschen Worten zurückgescheucht.

In Walthers Augen war das keine gute Grundlage für die lange Reise in ihr Siedlungsgebiet. Irgendwie hatte Ramón de Gamuzana doch recht. Diego Jemelin hätte sich mit diesen Siedlern schwergetan, aber er zweifelte auch daran, ob es ihm gelingen würde, die Menschen zur Zusammenarbeit zu bewegen und unbeschadet ins Siedlungsgebiet zu bringen. Mit diesem Gedanken hielt Walther in der Mitte des Lagers seinen Mustang an und blieb erst einmal im Sattel, bis er bemerkt wurde.

Langsam wandten sich ihm alle Blicke zu, und die Gespräche erstarben. Drei Männer kamen heran und blieben vor ihm stehen. Einer war ein untersetzter Mann mit pechschwarzen Augenbrauen und einem ebensolchen Schnurrbart. Er steckte in roten Kniehosen, einem weißen Hemd und einer ärmellosen roten Weste. Der Zweite trug lange weiße Leinenhosen, ein ebensolches Hemd und hatte sich einen reich bestickten Mantel um die Schultern gelegt. Den Kopf beschattete ein Filzhut, dessen breite Krempe es mit einem hiesigen Sombrero leicht aufnehmen konnte. Der Dritte war mit einer dunkelbraunen Soutane bekleidet und wies sich mit dem Kreuz auf der Brust als Priester aus.
Walther wartete noch einen Augenblick, dann sprach er die drei auf Spanisch an. »*Buenas días!* Mein Name ist Walther Fichtner, und ich wurde von Don Ramón de Gamuzana beauftragt, Sie und Ihre Leute zu Ihrem geplanten Siedlungsgebiet zu führen.«
An den Mienen der Männer konnte er erkennen, dass sie nicht das Geringste verstanden hatten. Daher wiederholte er seine Worte auf Englisch und sah den Priester aufatmen.
»Ich bin Father Patrick und von den guten Leuten aus Kerry, Cork, Clare und Galway gebeten worden, die Verhandlungen mit den mexikanischen Behörden für sie zu führen.«
Auch Walther war erleichtert. »Hochwürden, es wäre mir eine Freude, wenn Sie meinen Sohn taufen könnten, sobald wir meine Farm erreicht haben!«
»Gerne!«, erklärte der Ire.
Die beiden anderen Männer fühlten sich missachtet und redeten gleichzeitig in ihren Muttersprachen auf Walther ein.
Er verstand kein Wort und hob die Hand. »Einen Moment! Versteht einer von Ihnen Spanisch oder Englisch?«

Beide schüttelten den Kopf, obwohl sie den Sinn von Walthers Worten nur aus dessen Miene gelesen hatten.
»Welche Sprache verstehen Sie?« Walther sagte es erneut auf Spanisch und Englisch und wiederholte es auf Deutsch. Da hob der Mann mit dem bunten Mantel die Hand.
»Mein Name ist Krzesimir Tobolinski. Unser Vaterland war Polen. Nachdem der Zar von Russland, der König von Preußen und der Kaiser von Österreich unsere Heimat wie einen Geburtstagskuchen zerstückelt haben, habe ich mit meiner Sippe beschlossen, unser Glück auf dieser Seite des Ozeans zu suchen.«
Sein Deutsch wies einen starken Akzent auf, doch er und Walther konnten sich verständigen.
Mit dem dritten Mann war es jedoch unmöglich. Walther versuchte es auch noch auf Latein, das er auf der Universität gelernt hatte, doch das verstand nur Father Patrick, während der Mann in der roten Kniehose verwirrt den Kopf schüttelte.
Nun trat ein junger Mann vor und sprudelte heftig gestikulierend einige Worte in einer Mischung aus Latein und seinem eigenen Dialekt hervor, so dass Walther ihn mit einiger Mühe verstehen konnte.
»Ich bin Tonino Scharezzani und kann für meinen Patron übersetzen.«
»Und warum bist du nicht gleich hergekommen?« Walther ärgerte sich, weil der junge Mann ihn minutenlang in verschiedenen Sprachen hatte reden lassen, obwohl ihm klar gewesen sein musste, dass sein Anführer keine davon verstand.
»Es wäre einer Beleidigung unseres Patrons gleichgekommen«, erklärte Scharezzani mit einem scheuen Seitenblick auf diesen.

»Es war unnötig, mich den Mund fusselig reden zu lassen«, wies Walther den jungen Mann zurecht.
Er wollte weitersprechen, doch da hob Scharezzanis Anführer die Hand und redete auf diesen ein.
»Mein Patron will, dass ich ihm berichte, was Sie bis jetzt gesagt haben«, erklärte Scharezzani und gab dann einen Wortschwall von sich, dessen Ausmaß nach Walther eine stundenlange Rede gehalten haben musste.
Nun erst begriff Walther, weshalb Diego Jemelin geradezu erleichtert gewesen war, die Verantwortung für die Neusiedler auf ihn abschieben zu können. Eine Herde Kühe musste leichter zu leiten sein als diese Gruppe aus rebellischen Iren, misstrauischen Polen und starrköpfigen Siedlern aus Sizilien. Da er keine Lust hatte zu warten, bis Scharezzani seinem Anführer alles haarklein berichtet hatte, unterbrach Walther den Mann.
»Ich werde jetzt erklären, wie es weitergeht. Sollten Sie oder jemand anders Fragen haben, kommen diese am Ende.«
»Wir haben etliche Fragen«, wandte Tobolinski ein.
»Das haben wir tatsächlich«, erklärte nun auch Father Patrick.
»Darüber sprechen wir später! Da mittlerweile, wie mir gesagt wurde, auch die Siedler auf dem zweiten Schiff eingetroffen sind, werden wir in spätestens drei Tagen aufbrechen und mehrere Wochen unterwegs sein. Da Sie auf Ihrem neuen Land noch nichts ernten können, müssen Sie genug Vorräte mitnehmen. Diese werden Ihnen von der mexikanischen Regierung gestellt. Dazu erhält jeder Siedler eine Kuh und mehrere Stück Federvieh, drei zusammen einen Ochsen zum Pflügen, und fünf Siedler teilen sich einen Bullen. Wie steht es mit Waffen? Tejas ist ein noch unberührtes Land, und Sie müssen mit wilden Tieren und Indianerüberfällen rechnen.«

»Wir haben ein paar Gewehre, die wir für die Jagd verwenden wollten«, erklärte Tobolinski.
»Bei uns ist es genauso«, setzte der irische Priester hinzu.
Walther sah Scharezzani an, doch der wagte es nicht, ohne Rücksprache mit seinem Patron zu antworten.
»Besitzen Sie Waffen?«, fragte Walther jetzt schärfer.
Rasch übersetzte Scharezzani diese Worte für seinen Anführer. Dieser nickte und holte ein Klappmesser aus der Tasche, dessen Klinge die eines Hirschfängers übertraf.
»Ich meine Schusswaffen«, präzisierte Walther seine Frage.
Nach der kurzen Pause, die Scharezzani brauchte, um die Worte zu übersetzen, zeigten ihm dessen Leute mehrere langläufige Flinten und ein halbes Dutzend Pistolen.
»Gut! Das muss fürs Erste reichen. Sie werden die Schusswaffen so aufteilen, dass jede Farm mindestens über eine verfügt, und aus San Felipe de Guzmán genug Schießbedarf mitnehmen, um etliche Monate damit auszukommen«, setzte Walther seinen Vortrag fort. »Unterwegs müssen Sie jede meiner Anweisungen befolgen. Am Ziel angekommen werde ich Ihnen Ihr Siedlungsland zuweisen und es ins Register eintragen. Die Bedingungen für diese Landübertragung sind Ihnen ja bekannt. Sie schwören der Republik Mexiko den Treueid, sind katholisch und werden Ihre Namen mit einer hier gebräuchlichen Endung versehen. Für die Mexikaner sind Sie Padre Patrizio und Sie Krzesimiro. Diese Namen werden Sie bei den Behörden und mexikanischen Nachbarn verwenden. Außerdem werden Sie die Waren, die Sie erzeugen, hier in Mexiko auf den Markt bringen beziehungsweise über mexikanische Häfen ausführen. Haben Sie das verstanden? Und noch etwas: Sie sollten so rasch wie möglich Spanisch lernen. Sonst geht es hier noch zu wie beim Turmbau zu Babel!«

Walther hielt die Ansprache in Englisch, Latein und Deutsch und war froh, als er es hinter sich gebracht hatte. Nun hatte er etwas Ruhe, da die einzelnen Gruppen sich berieten.
Nach einer Weile kam Father Patrick zu ihm zurück. »Meine Leute und ich wollen eine Beschwerde vorbringen. Als wir in Cork, Kerry, Clare und Galway als Siedler angeworben wurden, hat man uns etliche Versprechungen gemacht, von denen bisher nur wenige eingehalten worden sind. Es hieß, wir würden mehr Vieh bekommen, Zugpferde, auch Knechte und Mägde für die Arbeit, eine Summe Geld und noch etliches andere mehr.«
»Das stimmt! Und wir gehen nicht eher, bis diese Versprechen erfüllt sind«, rief einer der Iren in einem so grauenhaften englischen Dialekt, dass Walther ihn kaum verstand.
Dieselbe Klage brachten auch Tobolinskis Leute vor, und bald darauf stieß Scharezzani in das gleiche Horn. Während Walther über eine Antwort nachdachte, ließ er seinen Blick über das Lager schweifen. Im Gegensatz zu ihm und den anderen Schiffbrüchigen der *Loire* waren die zukünftigen Siedler sehr gut ausgestattet, denn sie hatten landwirtschaftliches Gerät und anderes Werkzeug aus ihrer Heimat mitgebracht.
»Ich werde Don Ramón de Gamuzana Ihre Klagen morgen vortragen«, erklärte er kurz angebunden. »Wenn er Ihnen helfen kann, wird er es tun. Sie sollten sich jedoch klarmachen, dass Mexiko ein großes Land ist und es sehr lange dauert, bis Güter aus den südlichen Landesteilen bis hierher nach Tejas gelangen. Für Sie alle ist es erst einmal wichtig, dass Sie zu essen haben, eine Waffe, um sich und Ihre Familie zu schützen, und die Bereitschaft, dem jungfräulichen Boden das abzuringen, was Sie zum Leben brauchen.«
»Das hatten wir zu Hause auch. Dafür hätten wir nicht nach Amerika kommen müssen!«, rief Tobolinski aufgebracht.

Die Iren und Scharezzanis Leute äußerten ebenfalls lautstark ihren Unmut.

Walther musste daran denken, wie schwierig es für ihn und die Siedler von der *Loire* immer noch war, das Notwendigste zu erhalten, und dass er sogar schon sein Reittier vor den Pflug hatte spannen müssen, weil der Ochse, den er sich mit Thierry Coureur und Thomé Laballe teilen musste, verletzt gewesen war.

»Ruhe jetzt!«, rief er verärgert in das Geschimpfe hinein. »Wir werden in drei Tagen aufbrechen, und ich zwinge niemanden mitzukommen. Wer es tut, wird mit Sicherheit nicht schlechter gestellt sein als die anderen Siedler vor euch. Etliche haben sogar mit weniger anfangen müssen als ihr.«

An diesen Worten hatten die Leute zu kauen. Die Männer der einzelnen Gruppen setzten sich zusammen und redeten erregt aufeinander ein. Wenig später waren die Frauen mit dem Abendessen fertig und teilten es auf. Niemand hielt es jedoch für nötig, auch Walther etwas anzubieten. Er beschloss, sich nicht darüber zu ärgern, verließ das Siedlerlager und ritt in den Ort. Vor der Cantina rief er einen Knecht zu sich, trug ihm auf, den Mustang unterzustellen und zu füttern, und trat ein.

10.

Die Cantina war gut besucht. Unter den Gästen waren Vaqueros von den umliegenden Haciendas sowie Handwerker, und an einem Tisch, der etwas erhöht stand, saßen einige wohlhabende Geschäftsleute und Landbesitzer,

die nicht in den Genuss einer Einladung zu Mercedes de Gamuzanas Geburtstagsfeier gekommen waren.
Walther sah die Magd des Wirtes auf sich zukommen.
»Wünschen Sie etwas zu trinken, Señor?«
»Ja, aber auch etwas zu essen und ein Bett für drei Nächte!«
Nachdem er mehrere Tage unter freiem Himmel geschlafen hatte, freute sich Walther auf ein Dach über dem Kopf.
Die junge Frau rümpfte angesichts seiner staubigen Kleidung die Nase. »Bevor Sie hier übernachten, sollten Sie sich waschen!«
»Das habe ich auch vor, und zwar jetzt gleich«, antwortete Walther gelassen.
»Dann kommen Sie! Felipe wird Ihnen Wasser besorgen und Ihre Kleidung ausbürsten.«
Die Frau führte Walther durch eine Seitentür in einen Gang, von dem aus eine Treppe nach oben zu den Zimmern führte. Am Fuß der Treppe saß ein älterer Mann, der zu schlafen schien.
Als die Schankmagd auf ihn zutrat, öffnete er die Augen und blinzelte sie an. »Was gibt es?«
»Dieser Señor will hier übernachten und benötigt Wasser zum Waschen. Außerdem musst du seine Kleider ausbürsten.«
Felipe musterte Walther und schüttelte spöttisch den Kopf.
»Ein Americano, der sich wie ein Mexikaner kleiden will.«
Walther gab nichts auf seine Worte, sondern folgte ihm nach oben und zog sich aus, während Felipe aus der Küche warmes Wasser holte und ihm sogar Seife mitbrachte. Diese brannte elend in den Augen, doch nach einer Viertelstunde war Walther sauber. Auch seine Kleidung war vorzeigbar, denn Felipe hatte auch noch das letzte Staubkörnchen aus Hose, Hemd und Weste gebürstet.

»*Muchas gracias!*«, sagte Walther und steckte ihm ein paar Centavos zu.
Das Gesicht des Knechts hellte sich sofort auf, und er folgte Walther nach unten. »Sie sind doch kein Americano! Die sprechen unsere Sprache anders.«
»Ich komme aus Europa«, antwortete Walther.
Jetzt dämmerte es Felipe, wen er vor sich hatte. »Sie sind gewiss der Alemán, dessen Schiff ein Stück weiter im Süden untergegangen ist, nicht wahr?«
»Das stimmt!« Walther nickte dem Mann kurz zu und betrat die Wirtstube, die noch voller geworden war.
Ein junger Bursche spielte Gitarre und sang mit schmelzender Stimme, während die Gäste ihm mit begeisterten Mienen zuhörten. Auch Walther blieb kurz stehen und lauschte. Dann sah er sich nach einem freien Platz um. Die meisten Tische waren besetzt, aber bei den Männern auf dem erhöhten Teil der Cantina waren noch ein paar Plätze frei. Walther überlegte, ob er sich einfach zu den Hacienderos und Geschäftsleuten hinzusetzen sollte, da entdeckte er in der hintersten Ecke einen Tisch, an dem ein einzelner Mann saß. Mit seinen braunen Hosen, dem gleichfarbigen Rock und dem europäisch anmutenden Hut unterschied er sich von den anwesenden Mexikanern.
Neugierig geworden, trat Walther auf ihn zu. »Ist es erlaubt, sich zu Ihnen zu setzen?«
»Aber gerne!« Auch der andere verwendete die spanische Sprache, doch bei ihm klang sie härter als gewohnt.
Walther nahm Platz und erhielt von der Wirtsmagd einen Becher Wein und einen Teller mit Tortillas, deren Füllung sich von der Schärfe her mit denen von Rosita Jemelin messen konnte. Während er aß, schwieg der Fremde, musterte ihn aber neugierig.

Kaum hatte die Magd den Teller weggeräumt, sprach er Walther auf Englisch an. »Sie sehen mir nicht aus wie ein Einheimischer. Kommen Sie auch aus den Vereinigten Staaten?«
»Nein, aus Europa, genauer gesagt dem jetzigen Preußen.« Walther wechselte nun ebenfalls in die englische Sprache über.
»Also gehören Sie zu den Siedlern in Gamuzanas Kolonie.« Zuerst verstand Walther den Ausdruck Kolonie nicht, begriff aber, dass der andere das Landlos meinte, das Ramón de Gamuzana im Auftrag der mexikanischen Regierung besiedeln sollte, und nickte. »Das stimmt! Ich bin für den nördlichen Teil zuständig und soll die Leute draußen im Lager dorthin führen.«
Der andere lächelte. »Entschuldigen Sie, dass ich mich noch nicht vorgestellt habe. Mein Name ist Stephen Austin. Ich bin auch Empresario, doch die mexikanischen Behörden machen es mir derzeit nicht leicht. Meine Kolonie heißt übrigens ebenfalls San Felipe, so wie diese Stadt hier.«
»Ich bin Walther Fichtner und habe bereits von Ihnen gehört. Ihre Kolonie soll aus Nordamerikanern bestehen.« Walther klang etwas zweifelnd, da er dieses Volk nach den Erfahrungen mit Spencer und dessen Leuten nicht gerade mochte. Allerdings wirkte Stephen Austin nicht wie ein Hinterwäldler, sondern wie ein gebildeter Herr.
»Ich weiß, dass meine Landsleute hier in Texas nicht beliebt sind. Dabei wollen wir nur Land bebauen, von dem wir leben können, und gerecht regiert werden«, antwortete Austin. Dann drehte er mit einer hilflosen Geste die Handflächen nach oben. »Tausende, die in Louisiana, Tennessee oder Alabama kein Auskommen mehr finden, würden liebend gerne nach Texas kommen und dieses Land in ein Paradies verwandeln, wenn die mexikanische Regierung sie nur ließe.«

»Sie kommen, auch ohne dass sie gerufen werden«, antwortete Walther mit einer gewissen Schärfe.

»Sie kommen, weil die Not sie drängt und weil sie von Verwandten und Freunden gehört haben, dass sie hier in Texas ihr Glück machen können. Die mexikanische Regierung ist nicht in der Lage, sie aufzuhalten, und sollte diese Menschen daher als Chance ansehen, das eigene Land zu besiedeln.«

Obwohl Austins Worte schlüssig klangen, widersprach Walther ihm. »Viele dieser Menschen vergessen, dass das hier nicht die Vereinigten Staaten sind, sondern Mexiko, ein Land mit einer anderen Geschichte, einer anderen Kultur und einer anderen Sprache.«

Diese Aussage traf den Kern des Problems, und Austin verzog schmerzhaft das Gesicht. Dennoch verteidigte er seine Landsleute. »Die neuen Siedler würden sich an Mexiko gewöhnen, wenn sie das Gefühl hätten, gerecht regiert zu werden. Doch die Provinzregierung befindet sich Hunderte Meilen von hier entfernt in Saltillo. Für wichtige Dinge muss man sogar bis nach Mexico City reisen. Die mexikanische Regierung sollte Texas zu einer eigenen Provinz machen, mit der Hauptstadt San Antonio, einem frei gewählten Gouverneur und einem eigenen Parlament.«

»Die mexikanische Regierung müsste dann jedes Mal, wenn den Americanos etwas nicht passt, damit rechnen, dass diese ihre Unabhängigkeit verlangen und rebellieren, wie es ihre Staaten an der Atlantikküste mit den Engländern gemacht haben.«

»Dieses Argument führen viele Mexikaner im Mund«, antwortete Austin unwirsch. »Aber dazu muss es nicht kommen, wenn Mexiko ein demokratischer Staat mit gewählter Regierung bleibt und die Korruption bekämpft wird, die heutzutage die Entwicklung des gesamten Nordens behin-

dert. Sie sollten auch keine Soldaten mehr heraufschicken, die sich wie Besatzungstruppen aufführen und jeden, der ein offenes Wort führt, ohne jeden Richterspruch einsperren.«
Zuletzt klang Austin so eindringlich, dass Walther sich fragte, was in belebteren Gegenden von Tejas passiert sein mochte. Andererseits konnte er es den Mexikanern nicht verdenken, wenn sie gegen jene vorgingen, die gegen jedes Recht hier eindrangen und nun einem Anschluss an die Vereinigten Staaten das Wort redeten. Daher schüttelte er den Kopf.
»Es tut mir leid, Mister Austin, aber ich bin Farmer, und die mexikanische Regierung hat mir das Land, auf dem ich mit meiner Familie lebe, geschenkt. Weshalb sollte ich mich jetzt auf die Seite von ein paar Americanos stellen, die das große Wort schwingen?«
»Ich hatte gehofft, ich könnte mit Ihnen reden.« Austin winkte der Kellnerin, zahlte und verließ grußlos die Cantina.

11.

Am nächsten Morgen saß Walther noch beim Frühstück, als der Hoteldiener Felipe hereinstolperte und vor ihm stehen blieb.
»Señor, Don Hernando will Sie sofort sprechen!«
»Hernando de Gamuzana?«, fragte Walther verwirrt.
Er hätte nicht gedacht, dass der Alcalde nach der Geburtstagsfeier für seine Tochter so früh in die Stadt kommen würde. Er fragte sich, was Gamuzana so wichtig war, dass dieser ihn so dringend zu sprechen wünschte. Er aß noch rasch ein

paar Bissen, tupfte sich den Mund mit einer Serviette ab und nickte Felipe zu.

»Danke!« Damit stand er auf und verließ die Cantina.

Der Weg zum Haus des Alcalden war nicht weit. Unterwegs kam Walther an der Kirche vorbei und sah, wie die Besucher des Gottesdienstes ins Freie strömten. Bei seinem Anblick verzogen ein paar Frauen das Gesicht.

»Das ist auch so ein ketzerischer Americano«, hörte er sie sagen und begriff, dass es gar nicht so einfach war, wie ein Nordamerikaner auszusehen und ein Mexikaner sein zu wollen. Dieser Eindruck verstärkte sich noch, als er kurz darauf Hernando de Gamuzana gegenüberstand.

»Ich habe gehört, dass Sie gestern mit diesem Aufwiegler Stephen Austin gesprochen haben«, begann der Alcalde anstelle eines Grußes.

»Ich habe mich an seinen Tisch gesetzt, weil dort noch ein freier Platz war. Allerdings wusste ich nicht, wer der Mann war.«

»Dann will ich Ihnen sagen, wer Stephen Austin ist«, erklärte Gamuzana grimmig. »Austin hat noch von der spanischen Regierung das Recht erhalten, dreihundert Familien am Rio Brazos anzusiedeln. Nach der Unabhängigkeit von Mexiko hat unsere Regierung ihm dieses Privileg bestätigt. Austin hat geschworen, nur ehrliche und gebildete Menschen nach Tejas zu bringen, die katholischen Glaubens und willens sind, unsere Sprache zu lernen und unsere Kultur zu achten. Doch statt der dreihundert Familien kamen immer mehr und siedelten sich an, ohne dafür die Erlaubnis unserer Regierung erhalten zu haben. Mittlerweile sind es Tausende! Kaum einer von ihnen ist Katholik, und nur wenige sprechen unsere Sprache. Stattdessen fordern sie das Recht, offen ihre protestantische Ketzerei auszüben und in ihrer englischen Sprache

mit den Behörden der Republik Mexiko verkehren zu können.«
Gamuzana schwieg einen Augenblick und sah Walther durchdringend an. »Und das ist noch nicht alles! Diese Leute fordern auch, Tejas aus der Provinz Coahuila y Tejas herauszulösen und zu einem eigenen Bundesstaat zu machen.«
»Es wäre von Vorteil, wenn Eingaben an die Provinzregierung nicht bis nach Saltillo geschickt werden müssten, sondern nur noch nach San Antonio«, gab Walther zu bedenken.
»Das streite ich nicht ab, auch wenn mein eigener Schwager der Gouverneur von Coahuila y Tejas ist. Doch es geht um etwas anderes! In dem Gebiet von Tejas bilden die Americanos aufgrund ihres ungezügelten Zuzugs bereits die Mehrheit gegenüber uns Mexicanos. Sie würden ihre Leute in das Parlament wählen und einen der ihren zum Gouverneur machen, sei es Austin oder ein anderer. Das aber wäre der Beginn einer Rebellion, deren Ziel es ist, Tejas der Republik Mexiko zu entreißen und den sogenannten Vereinigten Staaten von Amerika anzuschließen.«
Walther überlegte sich gut, was er darauf antworten sollte. Einige der Rechte, die hier angesprochen worden waren, schienen ihm erstrebenswert, wie das Recht auf freie Religionsausübung. Auch demokratische Wahlen, solange sie nicht zur Unterdrückung der Minderheit führten, waren in seinem Sinn. Doch das war nichts, was Gamuzana hören wollte.
»Wie stellen Sie sich die Zukunft von Tejas und Mexiko vor?«, fragte er daher vorsichtig.
»Es wird sich bald etwas ändern! Bis jetzt war die Regierung der Republik Mexiko zu nachgiebig mit Leuten wie Austin und den anderen nordamerikanischen Siedlern. Ab jetzt wird jedoch keiner, der ohne Erlaubnis in unser Land kommt, die mexikanische Staatsbürgerschaft und das Besitzrecht auf

Land erhalten. Dies hat General de Santa Ana uns mitgeteilt. Außerdem will er dafür sorgen, dass die Americanos, die gegen die Interessen der Republik Mexiko verstoßen, aus dem Land gewiesen werden. Zu diesem Zweck werden weitere mexikanische Truppen nach Tejas verlegt. Jeder Aufrührer muss damit rechnen, verhaftet und in die Ciudad de Mexico gebracht zu werden«, sagte Hernando de Gamuzana, der jede Leutseligkeit verloren hatte und mehrfach die Faust ballte.
Walther fragte sich, was in den letzten Monaten vorgefallen sein musste, weil die Stimmung so aufgeheizt war.
»Übrigens muss ich Sie von einer Änderung in Kenntnis setzen«, fuhr Gamuzana fort. »Mein Bruder Ramón ist nun der Adjutant Seiner Exzellenz, General Antonio López de Santa Ana. Da Ramón ob dieser ehrenvollen Aufgabe das Amt des Empresarios nicht mehr ausüben kann, wurde es mir übertragen.«
Walther fühlte, dass Gamuzana Lob und Zustimmung erwartete. »Eine weise Entscheidung! So kann Don Ramón dem General mit voller Kraft dienen, und Sie sind zudem der geeignetste Mann für die Besiedlung dieses Landstrichs.«
Er heuchelte nicht einmal, denn Hernando de Gamuzana war ihm trotz der Ausfälle gegen die Nordamerikaner tausendmal lieber als sein eingebildeter Bruder. Allerdings gab ihm diese Bemerkung die Gelegenheit, das anzusprechen, was für ihn am wichtigsten war.
»Ich habe mit den Neusiedlern gesprochen und etliche Klagen vernommen. Die Leute behaupten, die Republik Mexiko hätte ihnen Versprechungen gemacht, die nicht eingehalten würden.«
Gamuzana ballte erneut die Faust. »Das ist eine Unverschämtheit! Diese Leute sind die bislang am besten ausgestattete Siedlergruppe, die an den Rio Colorado geschickt wird.

Sie selbst und Ihre Freunde haben weitaus weniger besessen, und Diego Jemelins Gruppe musste ebenfalls mit geringeren Mitteln auskommen.«

Walther hatte jedoch keine Lust, Gamuzana aus seiner Verantwortung zu entlassen und sich selbst mit den Siedlern auseinanderzusetzen. »Das mag sein, nur wollen einige von ihnen nicht wie geplant übermorgen aufbrechen, sondern warten, bis sie alles erhalten haben, was ihnen ihrer Ansicht nach zugesagt wurde.«

Auf Gamuzanas Gesicht erschien ein verächtlicher Zug. »Ich werde zu den Leuten sprechen und ihnen erklären, dass die Republik Mexiko sich bemühen wird, sie vollends zufriedenzustellen. Sind die Siedler erst einmal auf ihrem Land, haben sie andere Probleme, als sich bei Ihnen oder mir zu beschweren.«

Zwar teilte Walther diese Meinung nicht, war aber zufrieden, weil der Alcalde sich den aufgebrachten Siedlern stellen wollte. Dann fiel ihm ein, dass General Santa Ana diesen zum Empresario gemacht hatte, nicht die mexikanische Regierung. In deren Augen war immer noch Don Ramón für das Siedlungsprojekt verantwortlich. Dem Mann gefiel es jedoch mehr, in einer schmucken Uniform herumzulaufen und im Schatten Santa Anas Karriere beim Militär zu machen.

Mit dem Gefühl, dass Politik in Mexiko etwas war, das ein Außenstehender kaum zu durchschauen vermochte, besprach Walther mit Gamuzana den Ablauf des Siedlerzugs und machte ein paar Änderungsvorschläge bezüglich der geplanten Parzellen. Dazu benützte er den Plan, den Diego Jemelin gezeichnet hatte, und wies auf mehrere freie Flecken in dem Gebiet.

»Das Landlos Ihres Bruders sollte von zweihundert Familien besiedelt werden. Trotz der neu angekommenen Siedler stehen immer noch über dreißig Parzellen leer. Wird dies die Regierung von Mexiko zulassen?«

Gamuzana winkte lachend ab. »Das sollte Sie nicht stören, Señor. Seine Exzellenz General de Santa Ana hat bereits erklärt, dass die Regierung der Republik Mexiko den Besiedlungsauftrag als erfüllt ansehen wird. Die restlichen dreißig Parzellen werden unter den bisherigen Siedlern aufgeteilt. Sie und Jemelin erhalten je fünf Parzellen für sich, dazu kann Jemelin zehn und Sie fünf an weitere Siedler vergeben. Die entsprechenden Urkunden werden heute noch ausgestellt. Damit verhindern wir, dass sich Americanos dort einnisten können!«

Das Letzte klang nicht gerade freundlich, und Walther begriff, dass das Kaufangebot des Präsidenten der Vereinigten Staaten für Tejas den Stolz der Mexikaner schwer verletzt haben musste. Dann aber sagte er sich, dass er und die anderen Siedler im Gamuzana-Gebiet mit diesem Streit nichts zu tun hatten, und bat Don Hernando, ihn zu entschuldigen.

»Ich muss ein paar Besorgungen machen und noch einmal mit den Anführern der neuen Siedler über unsere Reise sprechen.«

»Tun Sie das!«, erklärte Gamuzana gönnerhaft. »Noch etwas! Jemand hat gestern gehört, wie Sie diesen Aufwiegler Austin in seine Schranken verwiesen haben. Ich bin stolz auf Sie, denn Sie haben sich als wahrer Bürger der Republik Mexiko erwiesen.«

Gamuzanas Lob erreichte jedoch das Gegenteil dessen, was dieser beabsichtigt hatte, denn Walther sagte sich, dass er ab jetzt jedes Wort, das er in Gegenwart anderer sagte, genau abwägen musste. Die Androhung, dass Aufrührer ohne richterlichen Beschluss verhaftet und nach Süden verschleppt werden konnten, öffnete jeglicher Willkür Tür und Tor. Nur wer sich vor den Machthabern duckte und gehorchte, konnte mit deren Gnade rechnen. Hatte er die Heimat verlassen, um auch hier nur ein besserer Lakai zu sein?, fragte er sich und wusste, dass er in naher Zukunft eine Antwort hierauf finden musste.

12.

Auf der Farm am Rio Colorado führten Gisela und Nizhoni ein einsames Leben. Einmal in der Woche kamen die drei Vaqueros, um Vorräte zu holen, und Pepe hielt sich abseits. Zwar erledigte er seine Arbeit, doch er aß weder mit den beiden Frauen, noch beteiligte er sich an ihren Gesprächen. Zuerst war es mühsam gewesen, sich zu verständigen, aber mit der Zeit lernte Nizhoni immer mehr deutsche und spanische Begriffe. Aber sie mischte diese in einer Weise, dass Gisela immer wieder lachen musste.

Ihr ging es mittlerweile besser. Trotzdem war sie froh um die junge Indianerin, denn die Einsamkeit ohne Walther wäre kaum zu ertragen gewesen. Zudem erwies Nizhoni sich als gelehrige Helferin und kümmerte sich rührend um Josef, ohne Gisela dabei das Gefühl zu geben, sie wolle ihr den Sohn wegnehmen.

»Walther ist jetzt schon über drei Wochen fort«, sagte Gisela an diesem Abend entsagungsvoll.

Bisher hatte Nizhoni nicht gewagt, ihr zu sagen, dass sie sich vor Fahles Haar fürchtete und ganz froh darüber war, dass dieser sich in der Ferne aufhielt. Ihr blieb jedoch nicht die

Zeit, darüber nachzudenken, was sie antworten sollte, denn in dem Augenblick platzte Pepe ins Haus und wies zitternd nach draußen.
»Indios! Viele Indios! Sie werden uns alle massakrieren!«
Gisela erschrak im ersten Moment, presste dann aber entschlossen die Kiefer zusammen und holte die Pistole. Es war ein wertvolles Stück, kleiner als die hier im Lande gebräuchlichen Waffen und mit zwei gezogenen Läufen, mit denen Walther noch auf dreißig Schritt eine Taube traf. Sie konnte nicht so gut schießen, war aber bereit, sich selbst, Nizhoni und vor allem den kleinen Josef gegen alle Indianer der Welt zu verteidigen.
Mit der Waffe in der Hand trat sie ans Fenster und blickte hinaus. Wäre die Lage nicht so ernst gewesen, hätte sie gelacht. Es waren nur drei Indianer und nicht eine ganze Schar, wie Pepe behauptet hatte. Da sie die einzelnen Stämme nicht auseinanderhalten konnte, winkte sie Nizhoni zu sich.
»Weißt du, was das für Leute sind?«
Nizhoni musterte die drei Reiter, die nun langsam näher kamen, und nickte. »Es sein Karankawa! Werden kämpfen müssen.«
Zwar hatte sie nicht das volle Zutrauen in Giselas Schießkünste, doch diese konnte mit ihren zwei Läufen ebenso viele Karankawa verletzen. Um den dritten würde sie sich kümmern. Daher holte sie das größte Messer, das im Haus zu finden war, und versteckte es unter ihrem Kleid.
»Wir müssen den Riegel vorlegen, damit die Indios nicht ins Haus kommen«, rief Pepe verzweifelt.
Als Gisela es tun wollte, hielt Nizhoni sie auf. »Nicht gut! Dann zünden Karankawa Haus an. Wenn wir hinaus, bringen uns um. Wir stark sein müssen, zeigen keine Angst!«
»Dann sollte Pepe sich am besten unsichtbar machen«, ant-

wortete Gisela in einem Anflug von Galgenhumor, denn der Peon schlotterte vor Furcht und verkroch sich prompt in der dunkelsten Ecke hinter dem Bett.

Sie wandte sich wieder dem Fenster zu und sah, dass zwei Reiter abstiegen und dem dritten die Zügel ihrer Pferde reichten. Als sie vorsichtig auf das Haus zukamen, hielt einer eine Kriegskeule in der Hand, während der andere einen Pfeil auf die Sehne seines Bogens legte.

Nizhoni legte Gisela eine Hand auf die Schulter. »Wenn Kampf, du nur einen töten. Andere Kugel du brauchen für Reiter. Ich zweiten Mann töten.«

Die Ruhe, die Nizhoni ausstrahlte, erfasste auch Gisela. Sie nahm ihren ganzen Mut zusammen und richtete die Pistole auf die Tür. Diese wurde ganz langsam geöffnet, und dann steckte der erste Indianer den Kopf herein. Angesichts der Pistole zuckte er zurück, begriff aber dann, dass ihm nur zwei Frauen gegenüberstanden, und trat ein. Sein Gefährte folgte ihm auf dem Fuß. Ohne die Waffe in Giselas Hand zu beachten, fingen sie an, das Haus zu durchsuchen, und legten die Gegenstände, die ihnen gefielen, auf den Tisch.

»Das solltet ihr bleiben lassen«, sagte Gisela zuerst auf Deutsch und wiederholte es dann auf Spanisch.

Einer der Indianer drehte sich mit einer verächtlichen Geste zu ihr um. »Du halten Mund, Weib, sonst tot!«

»Du gehen, sonst du tot!«, antwortete Gisela und spannte ihre Pistole.

Die beiden Indianer wechselten einen kurzen Blick und wollten sie in die Zange nehmen. Nizhoni hielten sie für eine der Indiofrauen, die bereits vor Generationen mexikanische Sitten angenommen hatten, und beachteten sie daher nicht weiter.

Nun klang deren Stimme hell und klar durch das Haus. »Ihr

werdet jetzt gehen und niemals wiederkommen, sonst nimmt Po'ha-bet'chy eure Skalps!« Sie verwendete die Sprache der Komantschen, um die Karankawa zu verunsichern, und hatte Erfolg.

»Du bist Komantsche?«, fragte einer der beiden.

»Ich bin Diné, habe aber gelebt bei Nemene und wurde von dem großen Häuptling Po'ha-bet'chy Fahles Haar geschenkt, dem dieses Tipi aus Holz gehört. Po'ha-bet'chy ist ein Freund von Fahles Haar! Wenn ihr nicht sofort verschwindet, werden Po'ha-bet'chy und Fahles Haar euch jagen und töten!«

»Woher will der Komantsche wissen, dass wir es waren, wenn wir euch töten?«, fragte der Karankawa, konnte aber eine gewisse Anspannung nicht verbergen.

»Po'ha-bet'chy folgt jeder Spur, und die Dinge, die ihr mitnehmt, werden ihm zeigen, dass ihr es gewesen seid!« Während Nizhoni redete, näherte sie sich dem Mann mit dem Bogen, um einen raschen Messerstich anbringen zu können. Sie musste die Waffe jedoch nicht verwenden. Die Erwähnung des gefürchteten Komantschen-Häuptlings überzeugte die beiden Karankawa davon, den Rückzug anzutreten. Mit einem bedauernden Blick auf die entgangene Beute verließen sie das Haus, schwangen sich auf ihre Pferde und ritten zusammen mit ihrem Freund so schnell davon, als sähen sie Po'ha-bet'chys Komantschen bereits am Horizont.

Gisela sah ihnen verwundert nach und wandte sich dann Nizhoni zu. »Wie hast du das geschafft?«

»Ich nur gesagt, dass Po'ha-bet'chy von den Nemene ihre Skalps holen, wenn sie uns etwas antun.«

»Und das hat gereicht?«

»Sehen du hier noch Karankawa?«, fragte Nizhoni lächelnd.

»Nein, nur Pepe, der immer noch zitternd in der Ecke hockt«,

antwortete Gisela und schloss die junge Indianerin in die Arme.
»Um es ehrlich zu sagen, ich hatte sehr viel Angst!«
»Ich auch«, gab Nizhoni zu und nahm dann Josef aus der Wiege. »Er haben Hunger!«
Gisela fand ebenfalls, dass dies wichtiger war als der Besuch von ein paar Indianern. Trotzdem wünschte sie sich, dass Walther bald zurückkehren würde.

DRITTER TEIL

Die Amerikaner

1.

Es verging eine volle Woche, bis die Neusiedler endlich zum Aufbruch bereit waren. In dieser Zeit versuchte Walther, ihnen beizubringen, worauf sie unterwegs achten mussten. Sein größtes Problem aber blieb, dass weder die Iren noch die Italiener noch die Polen bereit waren, aufeinander zuzugehen. Jede Gruppe hatte ihren eigenen Anführer, und dieser weigerte sich, auf den Rat der anderen zu hören. Auch Walther fiel es schwer, sich gegen diese drei Männer und die Animositäten unter den Siedlern durchzusetzen, und so manches Mal verfluchte er die Aufgabe, die Gamuzana ihm übertragen und die er blauäugig übernommen hatte.

Am achten Morgen schwang Walther sich in den Sattel und setzte sich an die Spitze des Zuges. Ihm folgte einer von Gamuzanas Knechten mit dem Wagen, den er für seine Einkäufe besorgt hatte. Einen guten Teil seines Geldes hatte Walther nun ausgegeben, und er konnte nur hoffen, durch den Handel mit den Komantschen einen Gewinn zu erzielen. Ein zweiter Wagen, den ebenfalls einer von Gamuzanas Leuten lenkte, transportierte die Vorräte, die für die restlichen Siedler von der *Loire* gedacht waren. Dahinter schloss sich das Ochsengespann von Krzesimir Tobolinski an. Um die Reihenfolge im Siedlerzug war erbittert gestritten worden, bis Walther die drei Anführer Lose hatte ziehen lassen. Daher

kamen die Polen als Erste und die Sizilianer als Zweite, während die Iren den Zug beschlossen. Deren Laune war entsprechend schlecht, und sie beschwerten sich bereits bei der ersten Rast, dass ihnen der Staub, den die vorausfahrenden Wagen aufwirbelten, stark zusetzen würde.
Walther hörte Father Patrick etwa eine Minute lang zu, dann schüttelte er den Kopf. »Es tut mir leid, Hochwürden, aber ich kann nichts für Sie tun. Die einzige Möglichkeit wäre, dass Ihre Leute weiter zurückbleiben.«
»Aber wir könnten doch in der Reihenfolge abwechseln, so dass jede Gruppe einmal an der Spitze ist«, schlug der Priester vor.
»Das ist nicht möglich! Wenn wir aufbrechen, muss jeder Einzelne seinen Platz kennen. Wenn wir die Reihenfolge jeden Tag ändern, gäbe es zu viel Unordnung.«
»Aber ...«, setzte Father Patrick erneut an, verstummte aber, als er Walthers abweisende Miene bemerkte.
»Diese Reise ist kein Spaziergang«, erklärte dieser eindringlich. »Wir müssen Bäche und Flüsse ohne Brücken und Fähren überqueren, sind Sturm und Unwetter ausgesetzt und haben Indianerüberfälle zu befürchten. Es kann gut sein, dass nicht alle, die heute guten Mutes mit uns aufgebrochen sind, ihr Ziel auch erreichen.«
Erschrocken schlug der Priester das Kreuz. »Ist es wirklich so schlimm?«
»Das ist ein wildes Land. Wer es besiedeln will, muss sich den Gefahren stellen, die hier auf ihn lauern. Denken Sie allein an die Giftschlangen! Sie müssen dafür Sorge tragen, dass auch die Frauen und Kinder immer festes Schuhwerk tragen.« Damit ließ Walther den Iren stehen und ging weiter zu den Sizilianern. Deren Patron aß gerade ein Stück Wurst und ließ sich dabei nicht stören.

Dafür eilte Tonino Scharezzani herbei. »Sind Sie sicher, dass dies der richtige Weg ist? Ich sehe keine Straße.«
»Es gibt auch keine. Schauen Sie dorthin! Da sind die Wagenspuren früherer Siedlungszüge zu erkennen. Außerdem sind wir noch keine fünf Meilen von San Felipe de Guzmán entfernt. Auf dieser Strecke können wir uns wohl kaum verirren. Und jetzt sagen Sie Ihren Leuten, dass wir in einer halben Stunde aufbrechen.«
Während Walther weiterging, fragte er sich, ob er und die anderen Überlebenden der *Loire* auch so widerspenstig gewesen waren. Angst vor dem Unbekannten hatten sie gewiss gehabt und ihren Führern Löcher in den Bauch gefragt. Ihre Zahl war jedoch geringer gewesen als dieser Siedlerzug, der mehr als zweihundert Männer, Frauen und Kinder umfasste. Zudem waren sie froh und dankbar gewesen, nach dem Schiffbruch der *Loire* überhaupt lebend an Land gekommen zu sein, und hatten Gamuzanas Angebot als ein Geschenk des Himmels angesehen.
Die polnische Gruppe war ebenfalls beim Essen. Krzesimir Tobolinski bot ihm ein Stück stark nach Knoblauch schmeckender Wurst an. Walther musste an ihre Überfahrt auf der *Loire* denken, auf der ihnen die Matrosen für ein ähnliches Stück mehrere Francs abverlangt hatten, obwohl die Würste aus ihren eigenen Vorräten stammten. Er schüttelte diese Erinnerung rasch wieder ab und aß hungrig. Danach zog er seine Uhr aus der Tasche.
»In zehn Minuten geht es weiter! Also beeilen Sie sich«, erklärte er Tobolinski.
»Ist es wirklich nötig, so zu hetzen?«, fragte dieser verwundert.
»Wir können uns auch Zeit lassen. Das heißt aber, dass Sie Ihr mitgebrachtes Saatgut nicht rechtzeitig in den Boden

bringen. Dass die mexikanische Regierung Ihnen Lebensmittel für ein weiteres Jahr zukommen lässt, bezweifle ich.«
Walther wäre gerne höflicher mit den Leuten umgegangen, doch eine solche Gruppe konnte nur mit fester Hand geführt werden. Auf die Minute schwang er sich auf sein Pferd und winkte den beiden Knechten, mit den eigenen Wagen loszufahren. Danach ritt er zu den Polen.
»Was ist? Ihr solltet längst fertig sein.«
»Dieses Gesindel hält alles auf«, rief einer der Iren von hinten. Zum Glück verstand keiner der Polen sein schwerfälliges Englisch.
Tobolinski steckte das letzte Stück Wurst in den Mund, klappte sein Messer zu und stieg auf den Bock. Von seinen Leuten mussten einige den anfahrenden Wagen nachlaufen und hochklettern.
»Das macht ihr kein zweites Mal mehr!«, schalt Walther sie. »Wenn einer von euch abrutscht und unter die Räder gerät, ist er tot oder schwer verletzt. Hier in der Wildnis heißt Letzteres, dass er kurz darauf tot sein wird.«
Tobolinski erschrak und rief seinen Leuten etwas in seiner Sprache zu, das ziemlich zornig klang.
Nach den Polen setzten sich die Sizilianer in Bewegung. Walther wollte schon an ihnen vorbeireiten, als er hinter einem Gebüsch einen kleinen, etwa fünf Jahre alten Jungen auftauchen sah, der barfuß hinter den Wagen herlief. Er ritt zu ihm hin, hob ihn auf und brachte ihn zu Scharezzanis Wagen.
»Das nächste Mal gebt gefälligst acht, dass ihr vollzählig seid! Verstanden?«
»*Si*, Signore«, sagte der Sizilianer und nahm den Jungen entgegen.
»Und noch etwas! Beim nächsten Halt helft ihr den Polen und Iren und diese euch!«, fuhr Walther fort. »Ihr werdet in

diesem Land Nachbarn sein und müsst zusammenhalten, sei es gegen Indianer, Landräuber oder all die anderen Gefahren, die hier lauern.«

Scharezzani nickte, ohne wirklich zu verstehen, was Walther meinte.

Dieser hatte spätestens jetzt begriffen, dass noch ein hartes Stück Arbeit vor ihm lag, wenn er die Siedler so weit bringen wollte, dass sie einander ungeachtet ihrer Herkunft beistanden.

Während sie weiterzogen, unterhielt er sich während der raren Rastpausen mit Tobolinski, Father Patrick und Scharezzani, um mehr über die Neusiedler zu erfahren. Ohne Ausnahme waren sie von Gamuzanas Werbern überredet worden, nach Tejas zu kommen. Bereits die harte Überfahrt hatte ihre Vorfreude gedämpft, und nun befanden sie sich nicht in dem irdischen Paradies, das sie erwartet hatten, sondern in einem Land, dem sie alles würden abringen müssen, was sie zum Leben benötigten.

»Ich will nicht sagen, dass Gamuzana uns betrogen hat, ganz gewiss nicht«, erklärte Father Patrick, als sie am Abend am Lagerfeuer saßen. »Aber uns wurde weitaus mehr versprochen, als man eingehalten hat. Auch von Indianern hat man uns kaum etwas erzählt, und wenn, hieß es nur, dass diese friedlich seien.«

»Warum sollten Leute, die neue Siedler anlocken wollen, ehrlicher sein als die Werbeoffiziere eines Regiments? Versprochen wird viel, aber man muss immer damit rechnen, dass nur wenig davon eingehalten wird.« Walther wollte den Siedlern von Anfang an reinen Wein einschenken und gab ihnen einen kurzen Bericht über den Landstrich, in dem sie in Zukunft leben würden.

»Die Indianer sind immer eine Gefahr«, erklärte er. »Es gibt hier eine Reihe unterschiedlicher Stämme. Die wichtigsten sind die Komantschen, die mit ihnen verfeindeten Tonkawa und die Karankawa. Man muss stets auf der Hut sein, darf aber nie als Erster schießen, sonst macht man sich alle zum Feind. Dafür kann man mit einigen Gruppen sogar Handel treiben.«

»Womit denn?«, fragte ein anderer Ire. »Wir haben nicht einmal genug für uns selbst, weil Gamuzana uns nur einen Bruchteil der zugesagten Waren und Gerätschaften mitgegeben hat. Wenn es nach mir gegangen wäre, hätten wir dieses San Felipe de Guzmán nie verlassen.«

»Wovon hättet ihr dort leben wollen?«, fragte Walther. »Diebe werden in diesem Land entweder erschossen oder aufgehängt. Ihr habt keine andere Möglichkeit, als das euch versprochene Land zu besiedeln. Allerdings stellen nicht nur Indianer eine Gefahr dar, sondern auch Giftschlangen und Skorpione. Deswegen ist festes Schuhwerk auch für Frauen und Kinder so wichtig.«

»Sind die Schlangen wirklich so giftig?«, wollte Father Patrick wissen.

»Im ältesten Teil der Siedlung sind bisher vier Menschen an Schlangenbissen gestorben. In meinem eigenen Teil zwar noch niemand, aber eine der Frauen wurde gebissen und krankt immer noch an den Folgen.«

»Sie verstehen es wirklich, uns Hoffnung zu machen, Mister Fichtner!« Father Patrick schüttelte es, dann hob er mit einer resignierenden Geste die Hände. »Wir werden dieses Land bewältigen müssen, denn zu Hause war es nur ein elendes Dasein. Wer nicht rasch genug vor den englischen Lords und ihren Verwaltern den Rücken krümmte, erhielt die Reitpeitsche übergezogen, gleichgültig ob Mann, Weib oder Kind. Hier können wir wenigstens als freie Menschen leben, und das in einem katholischen Land, in dem ein Priester nicht damit rechnen muss, verhaftet zu werden, wenn er von Gottes Gerechtigkeit predigt.«

»Diese Freiheit solltet ihr in Ehren halten und sie euch bewahren«, erklärte Walther. »Die meisten, die in dieses Land kommen, tun es, um dem Hunger oder der Unterdrückung in der alten Heimat zu entgehen. Hier führen wir ein hartes, entbehrungsreiches Leben, doch ich glaube, es lohnt sich!«

Mit diesen Worten stand er auf und ging weiter zu Tobolinski, um diesem den gleichen Vortrag zu halten.

2.

Mit zunehmender Wegstrecke gewöhnten sich die Menschen an diese Art zu reisen, und nach einer guten Woche sah Walther zufrieden, wie mehrere Polen und Sizilianer mit anpackten, als einer der irischen Wagen im Ufersand eines Flusses stecken blieb. Nun kamen sie rascher voran und passierten den Landstrich, in dem laut Hernando de Gamuzanas Worten Stephen Austin seine Kolonie errichtet haben sollte.

Es juckte Walther in den Fingern, die dortige Ansiedlung aufzusuchen. Für seine Gruppe hätte es jedoch einen Umweg von etlichen Tagen bedeutet, und das durfte er den Reisenden nicht zumuten. Zu Pferd war er jedoch weitaus schneller als die langsamen Gespanne, und als die drei Siedlerführer beschlossen, am Sonntag einen Rasttag einzulegen, nahm er die

Gelegenheit wahr, zumindest einen Teil der Gegend zu erkunden.

Kaum hatte Father Patrick die Morgenmesse beendet, sattelte Walther sein Pferd. »Ich werde mich ein wenig umsehen«, sagte er zu den Anführern der drei Gruppen. »Ihr bleibt im Lager und sorgt dafür, dass sich kein Mann weiter als zweihundert Schritte entfernt. Für Frauen und Kinder gilt die Hälfte. Bis zum Abend bin ich wieder zurück.«

Ohne auf eine Antwort zu warten, schwang er sich auf sein Pferd und ritt los. Nach einer halben Meile drehte er sich um und fand, dass er den Lagerplatz gut gewählt hatte. Eine Buschgruppe verdeckte die Wagen, so dass sie nur von nahem gesehen werden konnten, und das Holz für die Kochfeuer war so trocken, dass kaum Rauch aufstieg. Da er bisher keine Spuren von Indianern entdeckt hatte, glaubte er, die Siedler unbesorgt zurücklassen zu können.

Zuerst ritt er über flaches Land, das von Gras und einzelnem Buschwerk bedeckt wurde. Dabei traf er gelegentlich auf Kakteen oder Agaven, ein Zeichen dafür, dass es in dieser Gegend heißer war als in der alten Heimat, die Gisela und er hatten verlassen müssen. Nach gut fünfzehn Meilen entdeckte er in der Ferne ein Gehöft und ritt darauf zu. Die Gebäude bestanden aus Holz und deuteten in ihrer Bauweise darauf hin, dass die Bewohner keine Mexikaner waren. Walther fragte sich, wie er dort empfangen würde, und griff unwillkürlich zu seiner Flinte. Allerdings zog er die Hand sofort wieder zurück.

Ein Mann trat hinter einem Anbau hervor und trug ein Gewehr bei sich. Ihm folgte – ebenfalls bewaffnet – ein halbwüchsiger Bursche, allerdings achteten beide darauf, nicht auf Walther zu zielen. Dieser hob die Rechte zum Zeichen, dass er in friedlicher Absicht erschien, und sah, dass der

Mann und der Junge zwar aufmerksam blieben, aber keine feindselige Haltung einnahmen.
»*Buenos días!*«, grüßte Walther, als er auf die Hütten zuritt.
»*Hello*«, klang es auf Englisch zurück.
Auch Walther wechselte in diese Sprache über. »Sie haben hier einen schönen Besitz.«
Der andere sah ihm verwundert entgegen. »Für einen Mexikaner sprechen Sie sehr gut Englisch. Aber wenn ich Sie so ansehe, sind Sie gar keiner.«
»Ich bin mexikanischer Staatsbürger, wenn Sie das meinen«, antwortete Walther. »Allerdings stamme ich von jenseits des Ozeans.«
»Was für ein Zufall, wir nämlich auch! Sind Sie vielleicht sogar ein Deutscher wie ich?« Der Mann wechselte unwillkürlich in seine Muttersprache über, streckte Walther die Hand entgegen und lud ihn in sein Haus ein. »Sie haben sicher Hunger nach dem Ritt.«
Walther hatte zwar am Morgen etwas gegessen, nickte aber trotzdem. »Einer kleinen Mahlzeit bin ich nicht abgeneigt, vor allem, wenn es sich dabei gut plaudern lässt.«
Auch er verwendete nun die deutsche Sprache und erschrak im nächsten Moment darüber. Dann aber sagte er sich, dass Renitz weit jenseits des Ozeans lag und nur ein kaum vorstellbarer Zufall aufdecken konnte, was dort geschehen war.
»Ich freue mich, einen Landsmann zu treffen. Ich bin Andreas Belcher, und das ist mein Jüngster, Friedrich. Mein Ältester, der Michael, besitzt schon seine eigene Farm. Anneliese, mein Weib, steht drinnen am Herd und wird uns gleich einen kleinen Imbiss auftischen.«
Walther stieg vom Pferd, und während Friedrich es zum Wassertrog führte, folgte er Belcher ins Haus. Dort wartete dessen Frau bereits neugierig auf sie.

»Das ist einer unserer Nachbarn, auch ein Deutscher«, erklärte Andreas ihr, ungeachtet der Tatsache, dass bis zu Walthers Besitz über sechzig Meilen zu reiten waren.
»Sehr erfreut!«, sagte Anneliese und begann damit, den Tisch zu decken. Es gab Tortillas und Bohnensuppe und zuletzt Maiskolben mit Butter, die so gut schmeckten, dass Walther kräftig zuschlug. Statt des hier üblichen Tequilas bot Anneliese ihm mit Wasser vermischten Saft zum Trinken an. Während des Essens erfuhr er, dass Belchers Farm tatsächlich zu Stephen Austins Siedlungsgebiet gehörte.
»Sie sind sicher einer der wenigen Europäer, die Gamuzana ins Land holen konnte«, sagte Belcher dann. »Besonders erfolgreich war der mexikanische Empresario bisher wohl nicht. Soviel man hört, hat er das Gebiet nur übernommen, um zu verhindern, dass Stephen Austin es bekommt. Wir wollten unser Gebiet nämlich bis an den Rio Colorado ausdehnen. Aber jetzt liegen Gamuzanas Siedler wie ein Riegel vor uns. Dabei sind die meisten von ihnen keine Fremden, sondern Mexikaner, die Gamuzana von seinen eigenen Besitzungen im Süden hierhergebracht hat. Nur bei einer Gruppe Franzosen soll es sich um echte europäische Siedler handeln.«
»Sie meinen die Überlebenden der *Loire*? Zu denen gehöre ich auch. Jetzt bin ich für die Besiedlung des nördlichen Teils von Gamuzanas Gebiet verantwortlich«, antwortete Walther.
»Dann haben wir bereits von Ihnen gehört. Nur dachten wir, Sie wären ein Franzose und kein Deutscher!« Belcher klang etwas verwundert, aber auch zufrieden, denn mit einem Landmann glaubte er besser zurechtzukommen als mit Leuten, deren Sprache er nicht kannte.
Walther meinte zu spüren, dass Belcher nicht viel von Gamuzanas Siedlungsprojekt hielt, und fühlte sich verpflichtet, es

zu verteidigen. »Ich kenne zwar nicht alle Siedler, die bereits hier sind, aber ich lebe in einem Gebiet, in dem sich vor allem Franzosen niedergelassen haben. Außerdem bin ich der Führer eines Siedlerzugs aus Sizilianern, Polen und Iren, die Gamuzana hat anwerben lassen.«

»Wenn es sich um ehrliche und rechtschaffene Leute handelt, sind sie uns willkommen. Ganz offen gesagt: Hauptsache, es sind keine Mexikaner!«

»Was haben Sie gegen die Einheimischen?«, fragte Walther verblüfft.

»Im Grunde nichts! Mir ist es im Gegensatz zu einigen anderen Siedlern auf Austins Land gleichgültig, ob dieses Land jetzt zu den Vereinigten Staaten oder zu Mexiko gehört. Ich will nur in Ruhe meinen Mais anpflanzen und Gott für eine gute Ernte danken können. Aber sehen Sie sich doch die Gamuzanas an! Die halten alle Amerikaner für Wilde, nur weil diese wie wir unser Brot mit unserer Hände Arbeit verdienen und nicht Unmengen an Peones dafür schuften lassen. Außerdem sind sie in erster Linie Mexikaner und sehen uns nicht als gleichberechtigte Bürger der Republik Mexiko an – wenn Sie verstehen, was ich meine.«

»Das tue ich nicht«, antwortete Walther wahrheitsgemäß.

Belcher lachte leise auf. »Sie sind noch zu kurz in diesem Land, um zu begreifen, wie es hier läuft. Nachdem die Mexikaner Kaiser Augustin gestürzt hatten, haben sie einen Bundesstaat errichtet, der dem der Vereinigten Staaten ähnelte, und sie haben eine Verfassung verabschiedet, die den Menschen in diesem Land ihre freiheitlichen Rechte garantieren sollte. Solange die mexikanische Regierung sich daran gehalten hat, gab es auch keine größeren Probleme. Aber in Mexiko hat nicht das Volk das Sagen, sondern Männer wie die Gamuzanas oder General Santa Ana. Wenn es diesen Herr-

schaften einfällt, die Verfassung außer Kraft zu setzen, sind wir der Willkür jedes mexikanischen Leutnants oder Hauptmanns ausgeliefert. Haben Sie die mexikanischen Truppen gesehen, die angeblich zu unserem Schutz gegen die Komantschen hier in Texas stationiert sind? Es sind Kerle, die zum Galgen oder zu langjährigen Kerkerstrafen verurteilt und dann begnadigt und zum Militär gesteckt worden sind. Ich würde mein Weib mit keinem von diesen sogenannten Soldaten auch nur eine Minute allein lassen.«
»Steht es wirklich so schlimm?«, fragte Walther betroffen.
»In unserer Gegend noch nicht, aber weiter im Südwesten, in Gonzales und San Antonio de Bexár. Allerdings steht zu befürchten, dass die Mexikaner demnächst auch in unsere Gegend Soldaten schicken und diese bei uns Farmern einquartieren.«
»Letzteres wäre ein Bruch sämtlicher Abmachungen«, entfuhr es Walther.
»Stephen Austin tut alles, um das zu verhindern. Er hat Freunde in Mexico City und wird dorthin reisen, um mit ihrer Unterstützung mit der mexikanischen Regierung zu verhandeln. Vielleicht hat er Erfolg.«
»Das wäre uns allen zu wünschen!« Walther wusste nicht, was er von dem Gehörten halten sollte, aber er hatte Ramón de Gamuzana kennengelernt und vor allem General Antonio López de Santa Ana. Beide Männer hatten auf ihn nicht den Eindruck gemacht, als läge ihnen die Verfassung von 1824 besonders am Herzen.
»Übrigens hat Stephen Austin bei seinem letzten Besuch angekündigt, dass Sie irgendwann kommen würden. Er würde gerne mit Ihnen reden, bevor er nach Mexico City reist.«
»Wie weit ist es bis zu seiner Siedlung?«, wollte Walther wissen.

»Gut dreißig Meilen.«
»Für diesmal ist das zu weit!« Walther würde für diesen Ritt mindestens einen weiteren Tag brauchen, und so lange konnte er seine Schutzbefohlenen nicht allein lassen. Andererseits lag das Gebiet der Amerikaner nahe genug an seiner Farm, so dass er hinreiten konnte, sobald er seine Iren, Polen und Sizilianer versorgt hatte.
»Wenn Sie Austin treffen, sagen Sie ihm, dass ich innerhalb des nächsten Monats zu ihm kommen werde. Schließlich sind wir alle Nachbarn und sehen uns den gleichen Problemen gegenüber«, erklärte er Belcher.
Dieser ergriff freudig seine Hand. »Das ist die Antwort, die Mister Austin zu hören hoffte. Ihn ärgert es genauso wie uns, dass Gamuzana euch einfach in die Wildnis geschickt hat, ohne sich mit ihm abzusprechen. Gemeinsam mit Mister Austin hätte er sein Land rasch besiedeln können, und zwar sowohl mit guten Amerikanern wie auch mit Europäern wie uns. Es heißt, er hätte euch sogar verboten, mit uns Handel zu treiben oder in unserer Stadt einzukaufen.«
Belcher klang verärgert, denn die wenigen tausend Siedler verloren sich in diesem Land, und es erschien ihm wichtig, dass sie zusammenhielten. Mit einem kurzen Auflachen legte er Walther die Hand auf die Schulter. »Wir nennen es bereits den Kampf der beiden San Felipe. Unsere Stadt heißt nämlich auch San Felipe, allerdings mit dem Zusatz de Austin!«
»Es ist noch eine weitere Stadt geplant, nämlich San Felipe de Gamuzana«, sagte Walther nachdenklich.
Belcher nickte mit verkniffener Miene. »Das haben wir uns schon gedacht. Gamuzana will unsere Siedlung übertrumpfen, aber dafür hat er die falschen Leute geholt. Das ist nicht gegen Sie gerichtet und auch nicht gegen Ihre Franzosen. Aber aus seinen Peones, die gewohnt sind, Schläge als von

Gott gegeben hinzunehmen, kann er keine Siedler machen, die dieses Land voranbringen.«

So schlimm sah Walther die Sache nicht, denn er kannte Diego Jemelin und wusste, dass dieser nicht dem Bild entsprach, das Belcher eben aufgezeigt hatte. Von den anderen mexikanischen Siedlern wusste er allerdings zu wenig, um sie einschätzen zu können.

Mit dem Gefühl, in Belcher und dessen Frau Anneliese aufrechte Menschen gefunden zu haben, verabschiedete er sich und stieg wieder auf sein Pferd. Der Farmer erklärte ihm den genauen Weg nach San Felipe de Austin, dann winkte er noch einmal und ging wieder an seine Arbeit.

Während Walther zu seinem Wagenzug zurückritt, schossen ihm verschiedenste Gedanken durch den Kopf. Ganz so düster wie Belcher sah er die Sache nicht. Hernando de Gamuzana mochte ein stolzer Mann sein, aber man konnte mit ihm reden und ihn überzeugen, wenn man die besseren Argumente hatte. In der Hinsicht war es ganz gut, dass sich sein Bruder Ramón der Verantwortung für die Siedler entledigt hatte wie eines alten Rocks. Dennoch beschloss Walther, so bald wie möglich nach San Felipe de Austin zu reiten und mit Stephen Austin zu reden.

3.

Als Walther den Wagenzug erreichte, fand er alle an einer Stelle versammelt. Flüche flogen hin und her, Frauen keiften und Männer drohten mit Fäusten und Dolchen. Einige hielten sogar Schusswaffen in den Händen und sahen ganz

so aus, als wollten sie diese im nächsten Augenblick einsetzen.
»Was geht hier vor?«, rief Walther, doch er erhielt keine Antwort. Verärgert lenkte er sein Pferd durch die dicht stehende Menge und teilte sie wie ein Schiffsbug das Wasser. Im Zentrum entdeckte er einen blutenden Iren sowie einen jungen Sizilianer mit einem Dolch in der Hand, dazu mehrere Burschen aus beiden Gruppen, die ihren Freunden zu Hilfe geeilt waren. Bevor diese aufeinander losgehen konnten, gellte Walthers Stimme auf.
»Auseinander, sage ich! Den Ersten, der eine Waffe benützt, schieße ich über den Haufen!« Da er gleichzeitig den Hahn spannte, wichen die Kerle erschrocken vor ihm zurück.
Walther musterte den verwundeten Iren. »Ich frage nur noch einmal, was hier vorgeht!«
»Diese Schweinebacke wollte mich abstechen«, erklärte der Ire und wies auf den Sizilianer.
»Und weshalb?«, fragte Walther weiter.
Jetzt mischte sich Tonino Scharezzani ein. »Dieser irische Hund hat sich gegenüber der Schwester meines Freundes ungebührlich benommen. Das konnte Paolo nicht dulden.«
Walther übersetzte es ins Englische. Sofort fuhr der Verletzte auf. »Ich habe gar nichts gemacht, sondern wollte nur ein paar nette Worte zu dem Mädchen sagen. Da ist dieser Ochse sofort mit dem Dolch auf mich losgegangen.«
»Stimmt das?«, fragte Walther Krzesimir Tobolinski, da er diesen als neutral ansah.
»Was der Mann zu dem Mädchen gesagt hat, weiß ich nicht, da ich seine Sprache nicht verstehe. Aber er hat sie weder angefasst noch sich auf ungebührliche Weise benommen«, antwortete der Pole nach kurzem Besinnen.
Walther übersetzte es für Scharezzani.

Dieser zog den Kopf ein. »Wenn das so war, dann hat Paolo wohl das Falsche angenommen.«

»Und dabei beinahe einen Mann umgebracht!« Walthers Zorn wuchs, allerdings mehr auf sich selbst, weil er die Siedler etliche Stunden allein gelassen hatte. Eine Wiederholung dieses Vorfalls musste er unter allen Umständen verhindern.

»Don Hernando de Gamuzana hat mich mit der Polizeigewalt in unserem Teil des Siedlungslandes beauftragt. Da es hier keine Gefängnisse und keinen Richter gibt, hätte ich, wenn der andere gestorben wäre, Paolo erschießen müssen. Das sage ich jetzt noch einmal ganz deutlich: Wenn einer glaubt, er könne hier Gesetz und Ordnung missachten, dann wird er sehr schnell lernen, dass er sich irrt.«

Als Scharezzani diese Worte Paolo übersetzt hatte, funkelte dieser Walther zornig an. »Mit dem Maul bist du ja ein Held. Aber kannst du dich einem echten Mann stellen?«

Die Herausforderung war ausgesprochen, und Walther war bewusst, dass er sie annehmen musste, wenn er sich bei diesen Leuten durchsetzen wollte. Er stieg vom Pferd, drückte Tobolinski die Zügel in die Hand und ging auf Paolo zu.

Der junge Sizilianer starrte auf Walthers Flinte und wich zurück. Doch kaum hatte Walther das Gewehr einem der Iren in die Hand gedrückt und sein Messer gezogen, ging Paolo mit einem Schrei auf ihn los.

Mit einer geschickten Drehung wich Walther dem Messerstoß aus, stellte Paolo ein Bein und hämmerte ihm den Messerknauf gegen den Hinterkopf. Der Sizilianer taumelte noch ein paar Schritte und stürzte vor die Füße des Burschen, den er zuvor verletzt hatte.

»Dem haben Eure Lordschaft es aber gegeben«, sagte der Ire, der vor Verblüffung in seinen gewohnten Slang zurückfiel.

Der Patron der Sizilianer schob die Schaulustigen auseinan-

der und blieb neben dem betäubten Messerhelden stehen. Bevor er jedoch etwas sagen konnte, eilte eine ältere, schwarz gekleidete Frau herbei und beschimpfte beide wütend.
Zwar versuchte ihr Anführer mehrfach, sie zu unterbrechen, doch gegen die Frau kam er nicht an. Schließlich winkte er missmutig ab und kehrte zu seinem Wagen zurück.
»Wer ist die Frau?«, fragte Walther Scharezzani, da er zu wenig über die familiären Verbindungen der einzelnen Leute wusste.
»Die Schwester des Padrone und Mutter des Jünglings. Sie hat beiden gehörig den Kopf gewaschen. Jetzt will sie den verletzten Iren verbinden!« Während Scharezzani dies sagte, packte die Frau ihre Tochter und schleifte sie zu den Iren hin. Ein paar Männer wollten sie aufhalten, doch wurden diese von anderen Sizilianerinnen angefahren und gaben es auf. Bei den Iren war es ähnlich. Als die Freunde des Verletzten Mutter und Tochter verscheuchen wollten, wurden sie von ihren eigenen Frauen beiseitegezogen.
Walther sah erleichtert zu, wie die Frauen gemeinsam darangingen, die Schulterwunde des jungen Iren zu verbinden. Auch wenn die Männer Sturköpfe waren, so hatten wenigstens die Frauen begriffen, dass sie zusammenhalten mussten, wenn sie in diesem Land ihr Glück finden wollten.

4.

Von dem Tag an gab es kaum noch Probleme. Walther hatte sich als Anführer durchgesetzt, und die Frauen drängten ihre Männer zur Zusammenarbeit. Es dauerte nicht lange, bis alle begriffen hatten, dass sie die Arbeit gemeinsam

besser erledigen konnten, als wenn jede Gruppe für sich blieb. Auch wenn oft Gesten Worte ersetzen mussten, so wurden doch erste Freundschaften geschlossen, und die Mädchen sahen sich die Burschen der anderen Gruppen an, auch wenn das den eigenen jungen Männern wenig gefiel.
Eine knappe Woche später erreichten sie den Südteil des Gebiets, das Gamuzana besiedeln ließ. Als Diego Jemelin von dem Wagenzug erfuhr, ritt er diesem entgegen und gesellte sich zu Walther.
»Ihr seid schneller hier, als ich angenommen habe«, sagte er anerkennend.
»Es hat auch jeder das Seine dazu getan!« Walthers Lob war ehrlich gemeint, denn aus den drei Gruppen seines Zuges war eine Gemeinschaft geworden, wie es sich für Nachbarn gehörte.
»Wie viele von den Leuten sprechen Spanisch?«, wollte Jemelin wissen.
»Gar keiner! Da ihnen niemand gesagt hat, dass sie in ihrer neuen Heimat eine andere Sprache lernen müssen, beginnen sie erst damit. Ramón de Gamuzanas Werber waren viel zu nachlässig und haben ihnen viel zu viele Versprechungen gemacht. Daher gab es zu Beginn einigen Ärger. Allerdings hat mir Don Hernando versprochen, sich darum zu kümmern«, erklärte Walther und fügte hinzu, dass der Alcalde von San Felipe de Guzmán nun ihr neuer Empresario wäre.
»Das ist gut!«, kommentierte Jemelin diese Nachricht. »Ich will ja nichts gegen Don Ramón sagen, aber was Organisation und Verwaltung betrifft, ist Don Hernando besser als er.«
»Ich bin auf jeden Fall froh darüber, denn ich habe Don Ramón in San Felipe de Guzmán kennengelernt. Er ist mir ein etwas zu stolzer Mann!«
Jemelin legte ihm lächelnd die Hand auf die Schulter. »Sie

müssen Don Ramón verstehen, Señor Waltero. Der erste Gamuzana ist mit Cortés nach Mexiko gekommen, und seitdem spielte die Familie immer eine bedeutende Rolle in unserem Land. Auf diese Tradition muss man Rücksicht nehmen.«
Walther hätte Jemelin sagen können, dass er seine Heimat nicht zuletzt deshalb hatte verlassen wollen, um den negativen Auswirkungen solcher Traditionen zu entgehen. Doch sein Nachbar war zu stark mit den Gamuzanas verbunden, um das zu verstehen. Daher führte er ihn nun zu Krzesimir Tobolinski, Father Patrick und Simone Beluzzi, dem Patron der Sizilianer.
»Darf ich Ihnen unsere neuen Nachbarn vorstellen, Señor Jemelin? Sie sind übers Meer gekommen, um hier in Tejas eine neue Heimat zu finden.«
»Dafür sollten sie so rasch wie möglich die hier gebräuchliche Sprache lernen!« Jemelin klang scharf, so als würde er es Walther zum Vorwurf machen, dass die neuen Siedler noch kein Spanisch konnten.
Einen Augenblick lang schoss Walther durch den Kopf, ob nicht Englisch die bessere Wahl wäre, denn Belchers Farm wirkte besser geführt als Jemelins Hacienda, obwohl der deutschstämmige Siedler nur auf seine Söhne und seine Nachbarn zurückgreifen konnte, während Jemelin mehr als ein Dutzend Peones und Vaqueros sein Eigen nannte. Andererseits war fraglich, welchen Weg Tejas nehmen würde, wenn noch mehr Nordamerikaner ins Land drängten. Diese kümmerten sich wenig um Mexikos Traditionen, sondern wollten, wie Belcher es so treffend ausgedrückt hatte, einfach nur ungestört ihren Mais pflanzen.
Diego Jemelin hielt nun eine feurige Ansprache an die Neusiedler, die von Walther ins Deutsche, Englische und Latein übersetzt werden musste. Im Großen und Ganzen wieder-

holte er in seiner Rede die Forderung, rasch Spanisch zu lernen, und befahl, den Kontakt mit Nordamerikanern zu meiden und Hernando de Gamuzana als ihrem Oberhaupt zu gehorchen.
Einige Iren begehrten auf, als sie das hörten. »Sagen Sie dem Mann, dass wir Irland nicht verlassen haben, um uns schon wieder vor einem Feudalherrn verbeugen zu müssen«, rief Ean O'Corra, der junge Bursche, den Paolo verletzt hatte. Seine Wunde war mittlerweile gut verheilt, und er suchte häufig die Nähe der jungen Sizilianerin. Nun aber wirkte er störrisch.
Walther hob die Hand, um die erregten Gemüter zu beruhigen. »Habt keine Sorge! Das Land, auf dem ihr siedeln werdet, gehört euch, und niemand kann es euch wieder wegnehmen.«
»Das wollen wir diesem Gamuzana auch geraten haben! Sonst hätten wir genauso gut in die Vereinigten Staaten auswandern können, obwohl deren Bewohner im Grunde nur lumpige protestantische Engländer sind«, erklärte Father Patrick.
Tobolinski und Beluzzi äußerten sich ähnlich. Als Walther ihre Worte für Jemelin übersetzte, bemerkte er, dass es in diesem kochte.
Dann aber winkte der Mexikaner mit einer verächtlichen Geste ab. »Ich bin froh, dass ich mit diesen Leuten nichts zu tun habe. Die müssen Sie zur Räson bringen. Sorgen Sie dafür, dass alles nach Don Hernandos Willen geschieht!«
Erneut stellte Jemelin Hernando de Gamuzana als Oberhaupt hin, dem sie alle zu gehorchen hätten. Nun ärgerte sich auch Walther darüber, und er antwortete mit einer Schroffheit, die ihn selbst überraschte.
»Ich werde diese Leute zu ihrem Land bringen und ihnen

ihren Besitz zuweisen, so, wie es ihnen versprochen worden ist.«

Jemelin nahm es ihm nicht krumm, sondern lachte nur. »Ich bin froh, dass ich es nicht tun muss. Müssen diese Iren wirklich Englisch reden?«

»Da keiner von ihnen Spanisch spricht, geht es nicht anders«, erklärte Walther. »Don Hernando hätte den Leuten ein paar mexikanische Peones und Vaqueros mitgeben sollen, damit sie es schneller lernen.«

Die Kritik an seinem Idol gefiel Jemelin wenig, doch der Verstand sagte ihm, dass Walther recht hatte. Dieser hatte zusammen mit den französischen Siedlern von der *Loire* einheimische Helfer zugeteilt bekommen und sich bereits gute Kenntnisse der spanischen Sprache angeeignet.

»Ich werde mit Don Hernando sprechen, wenn ich wieder in San Felipe bin!«, versprach er und bat Walther in sein Haus. Der kam der Aufforderung gerne nach, auch wenn er ahnte, dass Rosita ihm wieder ihre extrem scharfen Tortillas auftischen würde. Um die neuen Siedler besser kennenzulernen, lud Jemelin auch deren Anführer zum Essen ein. Beluzzi meisterte das scharfe Chili mit Bravour, während Tobolinski und Father Patrick arg keuchten und ihre brennenden Gaumen mit einigen Gläsern Tequila löschen mussten.

Da Walther übersetzte, wurde es ein angenehmes Gespräch, das sich um das zu besiedelnde Land drehte und um die Früchte, die darauf am besten wuchsen. Politische Themen wurden nicht angeschnitten, und so verabschiedete Walther sich am nächsten Tag in aller Freundschaft von Jemelin. Auch wenn dieser treu zu Gamuzana stand, so teilten sie beide doch denselben Wunsch: Sie wollten in diesem Land als freie Menschen leben.

5.

Das nächste Ziel war Walthers Farm. Während sich die Wagen seinem Land näherten, wurde die Sehnsucht, Gisela und den kleinen Josef wiederzusehen, so stark, dass er es kaum noch bei seinen Schützlingen aushielt, die für sein Gefühl langsamer als eine Schnecke über das Land zogen.
Drei Meilen vor der Farm trafen sie auf Quique.
»*Buenos días*«, rief Walther ihm zu. »Wie steht es bei uns?«
»Wie anders als gut?«, gab der junge Bursche zurück und sprang aus dem Sattel. »Es ist schön, Sie wiederzusehen, Señor! Offenbar haben Sie diese Leute gut hierhergebracht.«
»Was gibt es Neues?«, fragte Walther und meinte damit natürlich seine Frau und seinen Sohn.
Der junge Vaquero bezog die Frage jedoch auf die kleine Herde und berichtete freudestrahlend, dass sich der Viehbestand um ein weiteres Kalb sowie drei eingefangene Kühe vergrößert habe.
»Die sind einfach zu unseren Tieren gestoßen und bei ihnen geblieben. Julio meint, sie könnten einem der wilden amerikanischen Siedler gehört haben, die weiter im Norden leben sollen. Wahrscheinlich haben Indios den Mann und seine Familie umgebracht und einige Tiere geschlachtet. Die anderen müssen davongelaufen sein und waren so klug, zu uns zu kommen.«
So ganz vermochte Walther die Begeisterung des Vaqueros nicht teilen. Die Tiere konnten genauso gut entlaufen sein, oder es gab Verwandte der Familie, der sie gehört hatten.
»Haben die Kühe ein Brandzeichen?«
Quique schüttelte den Kopf. »Haben sie nicht, Señor. Sie

sehen eben aus, wie Kühe der Americanos aussehen. Wir können sie gut gebrauchen.«

»Gebt auf jeden Fall acht! Wenn der Besitzer den Tieren folgt, könnte er euch für Viehdiebe halten. In dem Fall kommt ihr sofort zu mir.«

»*Si*, Señor«, antwortete Quique und dachte, dass sein Herr sich zu viele Sorgen machte. Eine Kuh ohne Brandzeichen konnte schlecht zurückgefordert werden. Dies brachte ihn auf eine andere Idee.

»Señor, wir sollten unseren eigenen Rindern Brandzeichen aufdrücken, damit alle wissen, dass sie uns gehören. Julio kann das übernehmen, denn er kennt sich mit Feuer und Eisen aus.«

»Ist das notwendig?«

»*Si*, sehr notwendig!«, bestätigte der Junge. »Wenn die Kühe sich dann verlaufen, weiß jeder, dass sie uns gehören.«

»Wenn sie sich verlaufen, habt ihr schlecht aufgepasst.« Walther lachte leise und trieb sein Pferd an, um so schnell wie möglich zu Gisela zu kommen.

Quique sah ihm nach und fand, dass er Walthers Reaktion als Zustimmung ansehen konnte. Daher gönnte er dem Wagenzug nur einen kurzen Blick und galoppierte zu der kleinen Herde zurück.

Unterdessen hatte Walther die Farm fast erreicht, riss den Hut vom Kopf und schwenkte ihn. »Gisela! Ich bin wieder da«, rief er, so laut er konnte.

Als Ersten sah er Pepe, der aus dem Schuppen kam und ihn mit offenem Mund anstarrte. »Señor! Gott sei Dank sind Sie zurück.«

»Gab es Probleme?«, fragte Walther besorgt.

Der Peon nickte eifrig. »*Si*, Señor! Böse Indios waren hier und hätten uns beinahe alle umgebracht.«

»Gisela!«, stieß Walther aus und hörte gleich darauf die Stimme seiner Frau.

»Mir ist nichts passiert und den anderen auch nicht. Es waren nur drei Indios, und die haben sich davongemacht, als Nizhoni zornig wurde. Du hättest sie sehen sollen! Ich hatte zwar auch keine Angst, glaubte aber, ich müsste auf die Indios schießen. Dabei war das gar nicht nötig. Außerdem war es nicht der einzige indianische Besuch. Po'ha-bet'chy hat deinen Hengst zurückgebracht, und er war so höflich wie ein aufmerksamer Nachbar. Dabei ist Pepe bei seinem Besuch fast gestorben!«

Gisela lachte bei dem Gedanken, wartete, bis Walther abgestiegen war, und schloss ihn in die Arme. »Ich bin trotzdem froh, dass du wieder hier bist.«

»Wie geht es Josef?«

»Der ist quicklebendig. Nizhoni sorgt für ihn wie eine Glucke für ihre Küchlein. Ich bin ihr so dankbar! Du hast hoffentlich ein kleines Geschenk für sie mitgebracht?«

An ein Geschenk für die Indianerin hatte Walther nicht gedacht. Er schüttelte den Kopf. »Sie soll froh sein, dass sie ein Dach über dem Kopf hat und nicht mehr in der Wildnis leben muss. Doch jetzt will ich Josef sehen! Ich muss nämlich gleich wieder zu meinen Siedlern zurück und ihnen den Lagerplatz zuweisen.«

Zu seiner Verwunderung zog Gisela eine Schnute, winkte nach kurzem Überlegen jedoch ab. »Ich werde schon etwas für Nizhoni finden. Weißt du, wie sie dich nennt? Fahles Haar! Ist das nicht lustig?«

»Wenn du meinst!« Walthers Sinn für Humor traf die Bezeichnung nicht, doch er wollte Gisela die Freude lassen und folgte ihr ins Haus. Dort hatte sich seit seiner Abreise einiges geändert. Auf dem Tisch lag eine aus unterschiedlichen Grasfasern gefertigte Decke, außerdem entdeckte er mehrere aus

Weidenruten geflochtene Körbe und einige Gefäße, die aus Flaschenkürbissen hergestellt worden waren.
»Das hat alles Nizhoni gemacht! Ist sie nicht geschickt?«, forderte Gisela Lob für die junge Indianerin ein.
Jetzt entdeckte Walther auch die junge Indianerin. Sie saß im hinteren Teil des Raumes und wiegte Josef in den Armen. Das Bild verfehlte seine Wirkung auf ihn nicht, doch er sagte sich, dass Nizhoni das tat, was eigentlich Gisela vorbehalten war. Er trat auf sie zu und nahm ihr wortlos das Kind ab.
»Er ist ganz schön gewachsen!«, sagte er verblüfft zu seiner Frau.
»Auch das ist Nizhonis Verdienst. Sie hat genug Milch für den Kleinen, während ich …« Ein Schatten huschte über Giselas Gesicht, dann aber schenkte sie der Indianerin einen dankbaren Blick.
»Ohne sie hätten wir unseren Josef nicht mehr. Das darfst du niemals vergessen, Walther!«, erklärte sie nachdrücklich und strich Nizhoni sanft übers Haar.
»Ich werde es nicht vergessen«, versprach Walther, der fühlte, dass sie dies von ihm erwartete. Er kitzelte den Jungen am Kinn und sah erfreut, wie dieser lachte.
»Mein Sohn!«, flüsterte er gerührt.
Giselas Herz zog sich bei diesen Worten zusammen. Auch wenn sie mit jeder Faser ihres Seins glauben wollte, dass Walther der Vater des Kindes war, so konnte sie nicht vergessen, dass Diebold von Renitz sie etwa achteinhalb Monate vor der Geburt vergewaltigt hatte.
»Wir sollten bald ein zweites Kind haben«, sagte sie zu Walther. Zwar fühlte sie sich noch immer nicht wohl, doch sie wollte ihren Mann nicht enttäuschen.
Walther dankte ihr mit einem Lächeln. Er freute sich darauf, bald wieder eins mit ihr sein zu können. »Ein paar Tage muss

ich noch wegbleiben, um den neuen Siedlern ihr Land zuzuweisen. Dann haben wir viel Zeit für uns. Es sind keine weiteren Siedler mehr angekündigt.«
»Das ist schön«, antwortete Gisela und legte ihm den Arm um die Taille. »Ich liebe dich!«
»Ich liebe dich auch!« Walther drückte ihr einen Kuss auf die Stirn, fühlte sich aber in Nizhonis Anwesenheit seltsam befangen.
»Wo schläft sie?«, wollte er wissen.
»Jetzt noch im Haus. Pepe hat mir zwar versprochen, einen weiteren Anbau für sie zu zimmern. Allerdings hat er das bislang nicht geschafft.«
Gisela verzog das Gesicht, da ihr Pepes Art nicht gefiel, Arbeit, die er nicht mochte, einfach vor sich herzuschieben.
»Ich werde mich wohl selbst darum kümmern müssen«, erklärte Walther lachend. Dann erinnerte er sich an Stephen Austin und sah Gisela spitzbübisch an.
»Es gibt eine Neuigkeit! Weniger als ein Drittel so weit von uns entfernt wie San Felipe de Guzmán liegt eine nordamerikanische Siedlung. Ich habe ihren Empresario Stephen Austin kennengelernt, und er hat mich eingeladen, ihn zu besuchen. Austins Stadt heißt übrigens auch San Felipe, allerdings mit dem Zusatz de Austin. Sobald ich meine Siedler losgeworden bin, sollten wir hinfahren. Der Wagen, den ich in San Felipe de Guzmán gekauft habe, ist groß genug für dich und Josef. Wegen des Jungen werden wir auch die Indianerin mitnehmen müssen.«
Gisela sah ihn ärgerlich an. »Wie du das sagst, so als wäre Nizhoni kein Mensch, sondern ein Tier, das du wie eine Kuh oder ein Pferd gekauft hast!«
»Ich habe sie von den Komantschen gekauft«, entfuhr es Walther.

»Schäm dich, so etwas zu sagen! Wir sind in dieses Land gekommen, um als freie Menschen unter freien Menschen zu leben, und nicht, um andere Menschen wie Tiere zu halten.«

Wie ein Tier hatte Gisela Nizhoni jedenfalls nicht behandelt, das sah Walther an dem Kleid, das die junge Indianerin trug. Es war von kundiger Hand für sie abgeändert worden, und sie sah darin auch nicht wie eine wilde Indianerin aus, sondern wie eine ganz normale junge Frau. Sie war sogar recht hübsch, wie Walther zu seiner Verwunderung bemerkte. Er schob diesen Gedanken beiseite und kam wieder auf seine geplante Fahrt nach San Felipe de Austin zu sprechen.

Gisela hörte ihm kurz zu und schüttelte dann den Kopf. »Ich werde Josef nicht auf eine so anstrengende Reise mitnehmen. Hier kann Nizhoni auf ihn aufpassen und gleichzeitig auch Pepe überwachen, der sich lieber in irgendeiner Ecke schlafen legt, anstatt zu arbeiten.«

»Du willst unser Kind allein mit der Wilden zurücklassen?«, rief Walther entsetzt. »Wenn sie nicht überwacht wird, wird sie auf Nimmerwiedersehen verschwinden und Josef verschmachten lassen.«

»Du hast aber eine sehr schlechte Meinung von der Frau, der wir sein Überleben verdanken!«, fuhr Gisela auf.

Für Augenblicke lag Streit in der Luft, doch dann beruhigte Gisela sich und fasste Walthers Hände. »Du musst Nizhoni vertrauen. Sie sorgt für Josef, als wäre er ihr eigenes Kind, und sie wird ihn niemals im Stich lassen.«

Walther warf der Indianerin, die das Gespräch mit einer gewissen Neugier verfolgt hatte, einen kurzen, prüfenden Blick zu. »Also gut! Es soll so geschehen, wie du willst. Aber ich sage dir eines: Sollte die Indianerin uns enttäuschen, wird sie es bereuen!«

»Sie wird uns nicht enttäuschen«, erklärte Gisela lächelnd und umarmte ihn ein weiteres Mal.

Nizhoni wusste nicht so recht, was sie von dem Ganzen halten sollte. Zwar hatte sie nur Bruchteile von dem verstanden, was die beiden zueinander gesagt hatten, aber durchaus begriffen, dass es um sie ging. Fahles Haar schien unzufrieden mit ihr zu sein, während seine Frau sie glühend verteidigte. Dafür liebte sie die blasse Frau noch mehr, hatte diese sie doch in den letzten Wochen wie eine gute Freundin behandelt und nicht wie eine gekaufte Sklavin.

Mit dem festen Vorsatz, Fahles Haar aus dem Weg zu gehen, wo es nur möglich war, nahm Nizhoni Walther den Jungen ab und wickelte ihn neu. Walther sah ihr zu und fand, dass sie ebenso geschickt wie sorgsam mit dem Kleinen umging. Allerdings wagte Nizhoni nicht, Josef zu liebkosen, da sie nicht wusste, wie dessen Vater darauf reagieren würde.

Gisela fand, dass sie genug geredet hatten, und tischte etwas zu essen auf. »Bald werden wir unseren ersten Mais und unsere ersten Bohnen ernten«, sagte sie.

Ihre Bemerkung erinnerte Walther an Andreas Belcher, und er sagte sich, dass auch er ungestört seinen Mais pflanzen wollte. Aber erst einmal war er froh, wieder zu Hause zu sein, und bedauerte es, mit den Neusiedlern noch ein Dutzend Meilen weiterziehen zu müssen, um ihnen ihre Parzellen zuzuweisen.

6.

Walther lud die Anführer der Siedlergruppen zu sich ein, obwohl die Bewirtung ein markantes Loch in ihre Nahrungsvorräte riss. Doch er hoffte, in San Felipe de Austin Nachschub kaufen zu können. Die Blicke der Männer und Frauen, die mit ihm kamen, wanderten durch den einen Raum, aus dem das eigentliche Haus bisher bestand. Im Gegensatz zu den Gebäuden aus Lehmziegeln, die sie in San Felipe de Guzmán kennengelernt hatten, war ihnen diese Art eines Bauwerks vertraut, und sie fragten Walther um Rat, wie sie vorgehen sollten.

Walther wartete, bis sich alle ihm zuwandten. »Am wichtigsten ist es, eine einfache Hütte zu bauen, damit ihr ein Dach über dem Kopf habt. Danach solltet ihr rasch die Erde bestellen, um Bohnen und anderes Gemüse zu ziehen. Mais hat noch ein wenig Zeit. Bis der gesät werden muss, könnt ihr euch ein richtiges Haus und ein paar Nebengebäude errichten.«

»Wir säen keinen Mais«, erklärte Scharezzani. »Wir haben besten Weizen mit, aus dessen Mehl das beste Brot der Welt gebacken wird.«

»Auf diese Pflanze solltet ihr euch nicht verlassen. Das Saatgut, das Hernando de Gamuzana euch überlassen hat, stammt von hier und ist diesem Land angepasst. Ob euer Weizen gedeiht, müsst ihr erst feststellen.« Walther erklärte noch einige Dinge, die er für wichtig hielt, und warnte erneut vor wilden Tieren und vor Indianern.

»Nicht alle sind feindlich, aber sie verstehen einige Sachen anders als wir. Am besten ist es, ihnen höflich, aber ohne Furcht zu begegnen. Haltet die Waffen für den Fall bereit, dass ihr sie braucht.«

Anders als vor ihrem Aufbruch in San Felipe de Guzmán hörten ihm alle aufmerksam zu. Der Weg hierher hatte Tobolinski, Father Patrick und Beluzzi gezeigt, dass dieses Land anders war als ihre alte Heimat.

»Ich bin froh, dass Gamuzana es Ihnen anvertraut hat, uns zu führen. Mit Jemelin wären wir gewiss nicht so gut zurechtgekommen. Im Gegensatz zu ihm sind Sie ein Fremder wie wir und wissen, wie man sich als solcher fühlt«, sagte Tobolinski auf Deutsch und unterstrich, dass der irische Priester und Beluzzi mit ihm einer Meinung wären.

»Sie wären auch mit Jemelin zurechtgekommen«, sagte Walther, um den Mexikaner in besserem Licht erscheinen zu lassen. Allerdings zweifelte er selbst daran, denn Jemelin sprach nur Spanisch und hätte sich kaum mit den Siedlern verständigen können.

»Vielleicht! Aber Sie sind uns doch lieber«, fuhr Tobolinski fort. »Es hat zwar ein bisschen gedauert, bis wir das begriffen haben, aber jetzt wissen wir es.«

Er reichte Walther die Hand und drückte sie. Auch Beluzzi kam heran und umarmte Walther wie einen lange vermissten Bruder, während Father Patrick ihm und seiner ganzen Familie den Segen spendete.

Dem Priester stand eine weitere Aufgabe bevor, denn Gisela hatte ihn gebeten, zuerst ihren Sohn zu taufen und danach die heilige Messe zu lesen. Zwar musste es unter freiem Himmel geschehen, doch es war für alle ein bewegendes Erlebnis, als der Ire den mitgebrachten Ornat überstreifte und zu beten begann. Zum Schluss nahm er allen, die es wünschten, die Beichte ab. Zwar verstand er nicht, was die Polinnen und Sizilianerinnen ihm sagten, war aber der Überzeugung, dass Gott es tun würde, und erteilte ihnen daher die Absolution.

Die Ankunft der Siedler lockte einige von Walthers Nachbarn an. Als Erster erschien Thierry Coureur, der sein Land mit einem einzigen Knecht bewirtschaftete und noch immer auf Brautschau war. Er hatte gehofft, Walther würde ein paar junge Mexikanerinnen mitbringen, die zu schicken Hernando de Gamuzana versprochen hatte, wurde aber enttäuscht.
»Es tut mir leid, doch Don Hernando meinte, er wolle damit warten, bis wir hier Wurzeln geschlagen haben«, versuchte Walther, ihn zu trösten.
»Wie sollen wir hier Wurzeln schlagen mit dem, was mein Knecht oder ich auf den Tisch bringen?«, antwortete Thierry ungehalten. Dann aber hob er begütigend die Hand.
»Verzeih, Walther, ich wollte nicht dich schelten. Ich weiß, dass du alles für uns tust. Aber Gamuzana hat uns viel versprochen, doch mit dem Halten hapert es bei ihm. Das gilt für die Mädchen ebenso wie für Werkzeuge und Gerätschaften, die er für uns hatte besorgen wollen.«
»Ich habe mit Jemelin darüber gesprochen. Er wird in ein paar Wochen wieder nach San Felipe de Guzmán reiten und Don Hernando unsere Forderungen vortragen. In der Zwischenzeit müssen wir zusehen, dass wir uns anderweitig behelfen können.«
Etwas in Walthers Ton ließ Thierry aufhorchen. »Was hast du vor?«
»Nur gut sechzig Meilen von hier entfernt liegt eine Ansiedlung von Nordamerikanern. Ihr Anführer ist ein gewisser Stephen Austin, und der scheint mir ein vernünftiger Mann zu sein. In seiner Stadt, die übrigens San Felipe de Austin heißt, soll es sogar einen Schmied und einen Laden geben.«
»Einen Schmied! Das käme mir gerade recht. Zwar habe ich nicht viel Geld von der *Loire* gerettet, aber ein paar Gerät-

schaften werde ich mir wohl anfertigen lassen können«, rief Thierry aus, denn er war es leid, sich auf Versprechungen verlassen zu müssen, die nur zum Teil eingehalten wurden.
Ein paar Dinge hatte Walther ihm mitgebracht. Diese nahm er dankbar entgegen und fragte, ob er sich das Pferd und den Wagen leihen könnte. »Zum Tragen sind mir die Sachen doch zu schwer. Außerdem müsste ich mehrmals gehen.«
»Leg deine Sachen zurück auf den Karren. Ich werde meinem Wagenlenker Bescheid geben, dass er das Fahrzeug übernimmt. Er soll alle Farmen unserer Siedlung anfahren und unseren Leuten ihre Waren übergeben. Es wäre gut, wenn du ihn begleitest, denn er kennt sich nicht aus.«
»Das mache ich gerne! Mit meiner Arbeit bin ich so weit fertig, dass mein Knecht zwei oder drei Tage ohne mich zurechtkommen kann.« Thierry reichte Walther die Hand, hatte dann aber doch noch etwas auf dem Herzen. »Wann wirst du in die Stadt der Amerikaner reiten?«
»Sobald ich den neuen Siedlern ihre Parzellen zugewiesen habe. Aber ich werde nicht reiten, sondern meinen neuen Wagen nehmen. Gisela wird sich freuen, wieder einmal andere Gesichter zu sehen«, antwortete Walther und musterte Thierry nachdenklich. »Komm doch mit uns! Dann kannst du dir auch gleich die Dinge aussuchen, die du kaufen willst.«
»Das mache ich! Vielleicht finde ich dort auch ein Mädchen, das mir gefällt, da Gamuzana mir keines schicken will.«
»Die amerikanischen Siedler haben, soviel ich weiß, nur wenige Frauen bei sich, und die sind meistens schon vergeben.«
Thierry seufzte. »Nach all dem, was Gamuzana damals erklärt hat, hätte ich es mir nicht so schwierig vorgestellt, an eine Frau zu kommen. Ich habe mir schon überlegt, notfalls deine Indianerin zu nehmen, wenn euer Junge sie nicht mehr braucht.«

»Nizhoni?«, fragte Walther verwundert.
Dann legte er Thierry die Hand tröstend auf den Arm. »Nur keine Sorge. Don Hernando wird bestimmt Wort halten. Er hatte sehr viel zu tun, weil er Gäste hat, die aus der Ciudad de Mexico zu ihm gekommen sind. Wenn diese Besucher fort sind, wird er sich wieder um unsere Belange kümmern.«
»Hoffen wir es! Auf jeden Fall komme ich mit nach San Felipe de Austin. Ich möchte doch sehen, was für Leute dort leben.«
»Wahrscheinlich sind es hauptsächlich Siedler wie wir«, meinte Walther und gab dem Fuhrmann seines Wagens die Anweisung, die eigenen Waren abzuladen. Dieser Mann würde anschließend mit Thierry die anderen Farmen anfahren und die Waren dort abliefern. Er verabschiedete sich von dem jungen Normannen und winkte Father Patrick, Krzesimir Tobolinski und Simone Beluzzi zu sich.
»Morgen nehmen wir das letzte Stück des Weges in Angriff. Bis zu eurem ersten Farmland sind es noch zwei Tagesreisen. Zwei weitere Tage wird es dauern, bis wir die Grenzen des Siedlungsgebiets erreicht haben. Dahinter liegen die Jagdgründe der Komantschen, und an dieser Grenze sollten sich nur besonders mutige Männer ansiedeln.«
»Wir haben schon besprochen, wie wir das Land verteilen wollen«, erklärte Tobolinski. »Ursprünglich wollten wir es in drei Teile aufteilen, je einen für die Iren, die Sizilianer und uns. Sie haben uns aber überzeugt, dass wir in diesem Land zusammenhalten müssen. Aus diesem Grund werden wir die Gruppen mischen. Schauen Sie hier auf diesen Plan. Glauben Sie, dass es so möglich wäre?« Damit reichte Tobolinski Walther einen Zettel, auf dem er und die anderen das Land entsprechend verteilt hatten.
Walther musterte das Papier, forderte dann einen Bleistift

und nahm ein paar Änderungen vor. »So wurde das Siedlungsland von Don Ramón eingetragen. Daran müssen wir uns halten«, erklärte er.
»Uns stört es nicht«, antwortete Father Patrick. »Eines aber möchte ich zu bedenken geben: Auch mir wurde ein Stück Land versprochen. Ich werde zwar einen Garten anlegen, aber weder Mais anbauen noch Rinder züchten. Jetzt weiß ich nicht, was ich mit dem Rest machen soll.«
»Behalten Sie es! Vielleicht können Sie es später verkaufen und für den Erlös eine Kirche bauen«, schlug Walther vor. Anschließend berichtete er den dreien, dass sie als Anführer das Anrecht auf eine doppelt so große Parzelle hatten wie die restlichen Siedler. Bislang hatte er es verschwiegen, um keine Unruhe unter die Leute zu bringen. Tobolinski und Beluzzi hatten nichts dagegen, nur der Priester schüttelte den Kopf.
»Das kann ich nicht annehmen.«
»Sie können das Landlos später ebenfalls verkaufen. Was glauben Sie, was Sie mit dem Erlös alles Gutes tun können«, antwortete Walther ihm und setzte anschließend den Aufbruch auf den nächsten Morgen fest.

7.

Im Gegensatz zu der anstrengenden Reise von San Felipe de Guzmán zum Siedlungsgebiet gab es auf dem restlichen Weg keinerlei Probleme. Walther führte seine Siedler zu den für sie vorgesehenen Parzellen, wies sie auf die besten Stellen für ihre späteren Farmgebäude hin und half mit, einfache

Hütten aus Brettern und Reisig zu errichten, damit die Frauen und Kinder nicht länger den Unbilden der Witterung ausgeliefert waren. Nach gut zwei Wochen war auch diese Arbeit geschafft, und er verabschiedete sich von Krzesimir Tobolinski, der sich an der äußeren Grenze des Gebiets angesiedelt hatte. Dieser reichte ihm mit zufriedener Miene die Hand.

»Wissen Sie, Herr Fichtner, ich habe drei kräftige Söhne, von denen jeder mit einer Muskete umgehen kann. Mit ihnen zusammen werde ich mein Land wohl halten können. Später bekommt dann jeder von den Jungen einen eigenen Hof mit genug Land für weitere Generationen. Das habe ich mir seit langer Zeit gewünscht.«

»Das ist ein guter Plan«, lobte Walther, denn vier Männer mit guten Gewehren waren auch für Komantschen und Tonkawa ein harter Brocken. »Ich wünsche euch allen Glück! Wenn ihr Hilfe braucht, kommt entweder zu mir oder zu Señor Jemelin. Versucht aber vor allem, Spanisch zu lernen. Dann habt ihr in diesem Land einen besseren Stand.«

»Wir werden uns bemühen!« Tobolinski sah zu, wie Walther sein Pferd herumzog und losritt, dann betrachtete er sein neues Land. Noch lag es brach, doch in seinen Gedanken sah er bereits das Getreide, das sich einmal im Wind wiegen würde, und eine stattliche Kuhherde auf dem Grasland weiden. Mit einer entschlossenen Geste wandte er sich an seine Söhne.

»Was steht ihr hier herum? Es gibt genug Arbeit, und die macht sich nicht von selbst!«

Während die Neusiedler sich ins Zeug legten, konnte Walther es kaum erwarten, zu Gisela zurückzukehren. In den letzten Monaten hatte sie wenig von ihm gehabt, doch dafür würde er sie doppelt und dreifach entschädigen. Ihm ging es dabei nicht nur um die versprochene Fahrt zu Stephen Austins

Siedlung. Er wollte auch ihren Körper an seinem spüren und ihr zeigen, wie sehr er sie liebte.

Als er ankam, fiel sein Blick als Erstes auf den Wagen, den er für die Fahrt benützen wollte. Gisela wird sich freuen, etwas Neues zu sehen, dachte er, als er vor dem Haus aus dem Sattel stieg und Pepe die Zügel reichte.

»Na, mein Freund, hast du während meiner Abwesenheit alles erledigt, was ich dir aufgetragen habe?«, fragte er seinen Knecht.

»*Si*, Señor«, antwortete dieser, obwohl einige wichtige Arbeiten noch immer auf ihre Erledigung warteten.

Das stellte Walther mit einem Blick fest, aber ihm war klar, dass er Pepe keinen Vorwurf machen durfte. Immerhin war dieser allein gewesen, und da ging nicht alles so einfach von der Hand.

»Ein paar Dinge müssen wir in der nächsten Zeit noch tun«, sagte er zu Pepe. »Aber zuerst werde ich mit meiner Señora eine kleine Reise unternehmen!«

Der Knecht erblasste jäh. »Sie wollen wieder fort, Señor? Mit Ihrer Esposa?«

»Ja! Warum?«

»Wer soll dann die Farm beschützen, Señor?«

»Natürlich du«, antwortete Walther lachend. »Außerdem bleibt die Indianerin hier. Immerhin hat sie bewiesen, dass sie ihresgleichen verscheuchen kann.«

Pepe streckte erschrocken die Arme von sich. »Das können Sie nicht machen, Señor! Die Wilde wird mich umbringen und skalpieren.«

»Du bekommst die Pistole!«, versprach Walther.

Doch auch damit vermochte er Pepe nicht zu überzeugen. Der Peon war der festen Überzeugung, dass er die Abwesenheit seines Herrn und dessen Ehefrau nicht überleben

würde, und klagte so lange, bis Walther die Geduld mit ihm verlor.
»Jetzt mach dir nicht in die Hosen! Immerhin sind Julio, Lope und Quique in der Nähe. Alle drei sind bewaffnet und werden sofort zur Farm kommen, wenn es nötig sein sollte.«
Damit ließ er den Knecht stehen und betrat das Haus.
Gisela hatte müde am Tisch gesessen und Nizhoni zugesehen, wie diese Pfannkuchen buk. Nun aber stand sie auf und eilte Walther entgegen.
»Endlich bist du wieder bei mir!«
»Und jetzt bleibe ich auch einige Zeit. Was noch mit Don Hernando auszuhandeln ist, kann Jemelin erledigen.« Walther fasste sie an den Hüften und schwang sie kurz durch die Luft. Dann zog er sie an sich und küsste sie. »Was meinst du, können wir heute Nacht wieder unter einer Decke schlafen?«, fragte er anzüglich.
Gisela nickte. »Das können wir. Ich habe es so vermisst!«
Das war eine Lüge, denn sie fühlte sich auch nach Josefs Geburt erschöpft und müde, wollte dies aber vor Walther verbergen.
»Ich leite Nizhoni an, damit sie während unserer Abwesenheit kochen kann«, sagte sie und war froh, dass Walther ihr diese Erklärung so ohne weiteres abnahm.
»Ich habe ihr auch beigebracht, mit der Pistole umzugehen, für den Fall, dass sie diese braucht«, fuhr Gisela fort.
»Ich habe Pepe die Pistole versprochen«, wandte Walther ein.
Gisela winkte lachend ab. »Pepe zittert doch bereits beim Gedanken an eine Waffe! Da ist Nizhoni ganz anders.«
Das Vertrauen seiner Frau in die junge Indianerin gefiel Walther nicht, doch er spürte, dass er nicht dagegen ankam. Für ihn war die Navajo das Geschöpf einer vollkommen frem-

den Kultur, und in trüben Minuten nannte er sie sogar eine Wilde. Dabei benahm sie sich recht manierlich, wie er auch jetzt wieder feststellen musste. Sie überließ es Gisela, die Pfannkuchen fertig zu backen, und setzte sich mit Josef in eine Ecke. Während sie das Oberteil ihres Kleides aufknöpfte und den Jungen an die Brust legte, musterte Walther sie nachdenklich.

Durch das Leben im Haus war ihre Haut heller geworden und zeigte nur noch einen leichten Bronzeschimmer ähnlich dem, den auch Diego und Rosita Jemelin aufwiesen, obwohl diese nur einen gewissen Anteil indianischen Blutes in sich trugen. Ihr Haar war so schwarz wie Rabenflügel, aber auch damit hätte sie eine hübsche Mexikanerin sein können. Das machte es Walther leichter, daran zu denken, dass sie mit Josef und Pepe allein auf der Farm bleiben würde. Außerdem wollte er nicht lange ausbleiben, sagte er sich und wusch sich erst einmal die Hände.

Als er am Tisch saß und Pfannkuchen mit der Marmelade aß, die Gisela und Nizhoni während seiner Abwesenheit eingekocht hatten, stellte er fest, dass er ein sehr glücklicher Mann war. »Das hier schmeckt gut«, lobte er Gisela.

»Die Früchte hat Nizhoni gesammelt«, reichte diese das Lob an ihre Helferin weiter. Dann setzte sie sich zu ihm und aß ebenfalls einen Pfannkuchen.

»Es schmeckt nach Heimat«, sagte sie leise und kämpfte gegen die Tränen an, die ihr bei der Erinnerung an die Freunde kamen, die sie in Europa hatte zurücklassen müssen.

»Unsere Heimat ist hier!«, erklärte Walther ihr lächelnd. »Dieser Boden wird uns und unsere Kinder ernähren.«

»Ich weiß!« Gisela atmete tief durch und versuchte, die trüben Gedanken zu vertreiben. »Wahrscheinlich ist es nur die Einsamkeit, die mich dazu bringt, dem nachzutrauern, was wir hinter uns gelassen haben. Das wird sich gewiss legen, wenn wir in San Felipe de Austin gewesen sind.«

Mit einer gewissen Mühe gelang es ihr zu lächeln, und als sie in sich hineinhorchte, stellte sie fest, dass sie sich sogar auf die Fahrt freute, auch wenn sie Angst vor den Anstrengungen der Reise hatte. Walther aufzufordern, allein zu fahren, kam für sie nicht in Frage.

8.

Der Abend kam und damit auch die Stunde, auf die Walther sich auf seiner ganzen Reise gefreut hatte. Allerdings störte ihn Nizhonis Anwesenheit gewaltig. »Ich werde Pepe ein paar um die Ohren geben, weil er noch keinen Verschlag für die Navajo angefertigt hat«, erklärte er missmutig, während Gisela das Bett für sie beide fertig machte.

»Tu das! Andererseits habe ich ihn nicht dazu angetrieben, endlich mit dem Bau anzufangen. Mir war es nämlich recht, Josef in meiner Nähe zu behalten. Aus dem Grund musste auch seine Amme hier im Raum schlafen. Aber keine Sorge! Nizhoni wird sich mit einer Decke neben den Herd legen und uns nicht stören«, erklärte Gisela und besänftigte damit nicht nur Walthers Ärger, sondern flößte ihm sogar noch ein schlechtes Gewissen ein.

»Es tut mir leid! An den Jungen habe ich nicht gedacht. Es ist nur ...«

»In unserer alten Heimat ist man auch nur selten dabei allein. Wenn acht und mehr Personen in einem Haus zusam-

menleben, ist es unmöglich, solche Dinge voreinander zu verbergen. Man muss nur den nötigen Takt aufbringen und so tun, als würde man nichts merken. Nizhoni besitzt diesen Takt.«
Gisela lächelte der Indianerin kurz zu und blies die Tranlampe aus, die auf dem Tisch stand. Nun brannte nur noch eine kleine Flamme an einem Docht, der aus einem mit Pekannuss-Öl gefüllten Büffelhorn ragte. Auch diese Lampe hatte Nizhoni gebastelt und Nüsse dafür gemahlen und gepresst, deren Öl beim Brennen angenehm roch.
Nun wartete die Navajo, bis das Ehepaar sich ins Bett gelegt hatte, und sah noch einmal nach Josef. Der Junge schlief bereits und brauchte erst spät in der Nacht wieder ihre Milch. Daher legte auch sie sich hin und dachte dabei über Gisela und Fahles Haar nach. Sie mochte die Frau und hätte sich gewünscht, immer bei ihr und vor allem bei dem Jungen bleiben zu können. Doch was hinter der Stirn des Mannes vorging, konnte sie nicht ergründen. Ihr gegenüber war er zumeist schroff, während er Gisela wie eine kostbare Blume behandelte, die es zu hegen und pflegen galt.
Schließlich zuckte sie mit den Schultern. Es war nicht ihre Sache, sich über Fahles Haar Gedanken zu machen. Dennoch blieb sie noch eine Weile wach und lauschte den Geräuschen, die vom Bett her zu ihr drangen.
Giselas Wunsch, so rasch wie möglich wieder schwanger zu werden, focht einen harten Kampf mit ihrer Schwäche aus. Obwohl sie noch jung war, fühlte sie sich so ausgemergelt wie eine alte Frau. Das erinnerte sie an den Förster Holger Stoppel in ihrer Heimat. Diesem hatte Napoleons Feldzug nach Russland schier das Mark in den Knochen erfroren, und er war von Gott viel zu früh von dieser Welt abberufen worden. Seitdem hatte sie Angst, es könne ihr ebenso ergehen, und sie

flehte Gott an, ihr wenigstens noch so viele Jahre zu schenken, dass sie ein paar weitere Kinder zur Welt bringen konnte. Obwohl sie nicht die geringste Lust empfand, zog sie ihr Hemd hoch und drängte sich an Walther. Dieser hatte lange genug gedarbt und musste sich zurückhalten, um nicht zu heftig zu werden. Ohne zu bemerken, wie matt seine Frau sich fühlte, streichelte er sie und küsste ihre kühlen Lippen. Nach einer Weile schob er sich zwischen ihre Beine und drang vorsichtig in sie ein. Es war das erste Mal seit der Geburt des Jungen, dass er ihr beiwohnte, und er hatte sich gefragt, wie es wohl sein würde. Doch ihr Leib war genauso weich wie früher, und er genoss es, sich endlich wieder als Mann beweisen zu können.
Danach überlegte er, ob er Gisela auffordern sollte, wach zu bleiben, bis er ein zweites Mal in der Lage war, sie zu lieben. Dann schüttelte er über sich selbst den Kopf. Er hatte noch genug Gelegenheit, sich an ihr zu erfreuen. Nach einem letzten Kuss glitt er von ihr herab und schmiegte sich an sie.
»Ich liebe dich«, flüsterte er.
»Ich liebe dich auch – mehr als mein Leben«, antwortete Gisela und fühlte sich trotz ihrer Schwäche so glücklich wie lange nicht.
Am nächsten Morgen ging es ihr jedoch schlecht. Um es Walther nicht zu zeigen, quälte sie sich hoch und bereitete das Frühstück zu. Nizhoni half ihr zunächst schweigend. Doch kaum hatten Pepe und Walther gegessen und das Haus verlassen, blieb sie vor Gisela stehen.
»Du bist dumm!«, erklärte sie in dem Gemisch aus Deutsch, Spanisch und Navajo, das sie und Gisela sich für ihre Verständigung angewöhnt hatten. »Wenn dein Mann dir ein Kind macht, ist dein Leib zu schwach, es auszutragen. Danach wirst du noch kränker sein als jetzt.«

Gisela kämpfte gegen den Gedanken an, ihre Freundin könnte recht behalten. Dann schüttelte sie energisch den Kopf.
»Da Walther wieder hier ist, wird es mir bald bessergehen.«
»Du bist krank! Du darfst kein Kind mehr bekommen.«
»Ich muss!«, antwortete Gisela mit schmerzhaft verzogener Miene.
Sie trat zu Josef und streichelte ihm sanft über die Wange. Das Lächeln des Kindes drang tief in ihr Herz, und sie spürte, dass sie es nicht hätte ertragen können, den Jungen zu verlieren. Spontan zog sie Nizhoni an sich und hielt sie fest.
»Ich danke dir für alles!«
Ihr Gefühlsausbruch überraschte die Navajo. »Du musst mir nicht danken. Ich bin froh, nicht mehr den Komantschen dienen zu müssen. Auch hast du mir mit deinem Sohn eine Aufgabe übertragen, die die Trauer aus meinem Herzen vertrieben hat. Ich weiß, wie es ist, ein Kind zu verlieren. Darum warne ich dich.«
»Du meinst es gut mit mir, aber ich muss meinen Weg gehen.« Gisela ließ Nizhoni seufzend los und begann, den Tisch abzuräumen. »Wir müssen noch einiges erledigen, bis ich mit Walther nach San Felipe de Austin reisen kann. Glaubst du wirklich, dass du allein zurechtkommen wirst?«
»Ich muss nicht viel mehr tun als kochen und Josef füttern. Das werde ich wohl noch schaffen.«
»Natürlich wirst du es schaffen«, sagte Gisela etwas munterer. Sie wusste, dass Nizhoni es nicht dabei belassen würde. Dafür war diese zu sehr gewohnt, ihre Hände zu rühren. Wenn sie und Walther zurückkamen, würde es weitere Körbe, Schalen und Schüsseln geben und noch mehr Kräuter und Beeren, die an den Stangen unter der Decke trockneten. Auch im Garten würde es besser aussehen, als wenn Pepe allein darin werkelte.

»Ich bringe dir etwas Schönes mit«, versprach sie und machte sich dann an die Arbeit. Tatsächlich ging es ihr etwas besser, und sie schöpfte Hoffnung, dass Gott ihr die Kraft und die Zeit schenken würde, die sie brauchte.

9.

Vier Tage später konnten Gisela und Walther aufbrechen. Thierry Coureur war schon am Abend zuvor eingetroffen. Er würde einen der Mustangs reiten, während Walthers Reittier, das die Komantschen während seiner Abwesenheit zurückgebracht hatten, die ungewohnte Rolle zugewiesen bekam, den Wagen zu ziehen, damit der knochige Wallach, den er als Zugtier mitgebracht hatte, sich eine Weile bei besserem Futter erholen konnte.
Einige Nachbarn verabschiedeten sie, und Albert Poulain warnte sie eindringlich davor, Jemelin oder anderen Mexikanern zu sagen, was sie vorhatten. »Es herrscht sehr viel Abneigung zwischen Gamuzanas Leuten und den Amerikanern«, setzte er hinzu. »Ich treffe gelegentlich einen der mexikanischen Siedler. Er ist ein geborener Tejano und voller Hass auf die Männer aus dem Norden. Letztens sagte er, man solle alle Americanos aus dem Land jagen und dafür sorgen, dass nur noch Mexikaner Land erhalten.«
»Narren gibt es auf beiden Seiten«, erklärte Walther und fragte sich gleichzeitig, wie es ein paar Tausend Mexikaner schaffen wollten, die drei- bis vierfache Zahl an Nordamerikanern aus dem Land zu treiben. Dafür benötigten sie das Militär – und das bedeutete Krieg. Er konnte sich kaum vor-

stellen, dass die Bewohner der Vereinigten Staaten tatenlos zusehen würden, wie ihre Landsleute von ihrem rechtlich erworbenen Besitz verjagt und über die Grenze getrieben wurden.

»Wir werden nach unserer Rückkehr über dieses Thema sprechen müssen!«, antwortete er nachdenklich.

Ihm war klargeworden, dass er und die anderen Bewohner des Landstrichs, für den er verantwortlich war, eine eigene Haltung in den sich entwickelnden Spannungen bestimmen mussten. Sie waren inzwischen mexikanische Staatsbürger, und seiner Meinung nach konnten sie dies auch bleiben. Dabei fiel ihm Andreas Belchers Ausspruch wieder ein, dass er nur ungestört seinen Mais anpflanzen wolle. Das wollten er, Thierry, Poulain und die anderen auch.

»Ich hoffe, die Unruhe im Land nimmt nicht weiter zu«, berichtete Thierry. »Ich bin ebenfalls einem Mexikaner begegnet und wollte ihn zu mir einladen. Doch er mochte nicht. Als er weiterritt, hörte ich, dass er mich einen verdammten Americano nannte.«

Walther erschien die Feindseligkeit der mexikanischen Siedler als schlechtes Omen. Bei Diego Jemelin hatte er nichts davon bemerkt, aber dieser wusste, dass er aus Europa stammte und bei Hernando de Gamuzana gut angeschrieben war. Auch Thierry stammte aus Europa, ragte aber mit seiner Größe und den dunkelblonden Haaren unter Mexikanern heraus. Jemand, der nicht wusste, woher er kam, konnte ihn leicht für einen Nordamerikaner halten. Walther musste daran denken, dass dies auch für ihn galt.

»Ich glaube, wir werden bei meiner Rückkehr viel zu bereden haben«, sagte er mehr zu sich selbst als zu den anderen, half Gisela auf den Wagen und schwang sich auf den Bock.

»Bis bald! Und haltet bitte ein Auge auf meine Farm.« Er

winkte noch einmal, schwang dann seine Peitsche und ließ sie über den Ohrenspitzen seines Pferdes kreisen. Das Tier zog kraftvoll an, und schon bald blieb die Farm hinter ihnen zurück.

Thierry musste sich sputen, um aufzuholen. Nach einer Weile ritt er neben dem Wagen und begann ein Gespräch. »Mir gefällt die Entwicklung nicht! Als wir uns im letzten Jahr hier angesiedelt haben, sah alles ganz anders aus.«

»Vielleicht haben wir es auch nur anders gesehen«, antwortete Walther. »Oder besser gesagt – wir wollten es so sehen, wie es uns gefiel. Diesen Stiefel muss auch ich mir anziehen. Immerhin habe ich mich von Hernando de Gamuzana beschwatzen lassen, in Tejas zu bleiben, und euch überredet, es auch zu tun.«

»Jeder von uns hat sich freiwillig entschieden, Gamuzanas Angebot anzunehmen. Wir hätten es nicht tun müssen, sondern uns nach La Nouvelle-Orléans durchschlagen können. Aber dort wären wir als Bettler angekommen, während wir hier unseren eigenen Boden besitzen und es zu einem gewissen Wohlstand bringen können.«

Thierry lachte kurz und schüttelte dann den Kopf. »Mir gefällt dieses Land, Walther, und ich will hierbleiben. Außerdem sind wir jetzt nicht mehr allein. Du hast mehr als fünfzig Familien hierhergebracht, die genau wie wir aus der alten Welt stammen. Wenn wir zusammenhalten, können uns auch die Mexikaner nicht vertreiben.«

»Wir haben dieses Land nach Recht und Gesetz erhalten und der Republik Mexiko die Treue geschworen. Diesen Eid halte ich so lange, wie die Behörden in Mexiko ihrerseits Recht und Gesetz achten.«

Damit war für Walther alles gesagt. Er war kein Rebell, und er empfand auch keine Liebe zu den Vereinigten Staaten, doch er würde sich niemals mehr so ducken, wie er es in der alten Heimat hatte tun müssen.

»Ich werde mit Rosita sprechen, damit ihr Mann den Siedlern in seinem Gebiet erklärt, dass sie nicht mehr so dumm daherreden sollen«, warf Gisela ein.

»Tu das!«, stimmte ihr Walther zu. »Vielleicht begreifen dann auch die restlichen Mexikaner in Tejas, dass wir nur in Ruhe unseren Mais pflanzen wollen! Der Ausspruch stammt übrigens von einem Siedler in Austins Gebiet.«

»Wie lange brauchen wir noch dorthin?«, wollte Gisela wissen.

»Ich schätze zwei Tage, wenn wir die Gäule ausgreifen lassen. Eine Nacht werden wir unter freiem Himmel verbringen müssen.«

»Dann sollten wir abwechselnd Wache halten, denn es hieß, es streifen Indianer umher«, schlug Thierry vor.

»Das tun wir! Aber jetzt sollten wir ein wenig schneller werden, sonst schlafen wir noch eine zweite Nacht unter dem Sternenzelt.« Walther ließ erneut die Peitsche kreisen und sah zufrieden, wie sein Brauner antrabte.

10.

Bis auf einen Indianer, den Walther in der Ferne zu erkennen glaubte, verlief die Nacht unter freiem Himmel ohne Probleme. Hatten sie am Abend kalt gegessen, so kochte Gisela diesmal Kaffee und wärmte ein paar Pfannkuchen auf. Zwar verlockte es sie, so rasch wie möglich nach San Felipe de Austin zu gelangen, aber sie wollte nicht ausgehungert

dort ankommen. Sie aß mehr als in der letzten Zeit und sah zufrieden, dass auch Walther und Thierry herzhaft zugriffen. Als der Normanne die Marmelade auf seinen Pfannkuchen strich und anschließend hineinbiss, seufzte er. »Da merkt man erst richtig, was eine gute Ehefrau wert ist!«
»Hauptsache, es schmeckt«, antwortete Gisela geschmeichelt. Walther lächelte zufrieden, als sich das Gesicht seiner Frau leicht rötete, beendete sein Frühstück und zäumte das Pferd auf. »Wir sollten uns sputen, damit wir San Felipe früh genug erreichen.«
Erst als er es ausgesprochen hatte, merkte er, dass er diesmal den Zusatz de Austin weggelassen hatte. Wie es aussah, nahm Austins Stadt bereits eine wichtigere Stellung für ihn ein als San Felipe de Guzmán, obwohl er sie noch nicht kennengelernt hatte.
Gegen Mittag entdeckten sie am Horizont eine Farm. Da sie abseits des vermuteten Weges nach San Felipe de Austin lag, fuhren sie an ihr vorbei. Die Gebäude verrieten ihnen jedoch, dass dieses Stück Land besiedelt war, und bald stellten sie fest, dass es sich nicht um die einzige Farm in dieser Gegend handelte. Im Gegensatz zu Ramón de Gamuzana schien es Stephen Austin gelungen zu sein, sein Siedlungsland vollständig zu verteilen, ohne dass er Einzelnen mehr als eine Parzelle hatte zuschieben müssen. Einen Augenblick lang empfand Walther Gewissensbisse, denn auch er zählte zu jenen, die von der ungerechten Verteilung der Mexikaner profitiert hatten.
»Die Leute hier haben das Land besser unter dem Pflug als Gamuzanas Siedler«, warf Thierry in einem Ton ein, als würden Walther und er nicht zu Letzteren zählen.
Walther nickte verbissen. »So sieht es aus. Jetzt bin ich auf ihre Stadt gespannt. Wir haben ja noch keine.«

»Nicht einmal ein Dorf mit einer Kirche«, spottete Thierry. Auf ihn übten die Farmen der Amerikaner einen noch größeren Reiz aus als auf Walther, denn dort schien es alles zu geben, was er sich selbst wünschte. Das Gefühl verstärkte sich, je näher sie ihrem Ziel kamen. In der Nähe der Stadt hatte man eine Bocksmühle erbaut, deren Flügel sich im Wind drehten, und vor ihr standen mehrere Fuhrwerke. Einige Männer starrten neugierig zu ihnen herüber, und einer von ihnen schwang sich auf ein Pferd und ritt auf sie zu.
»Guten Tag! Ihr kommt sicher aus dem French Settlement!«
»Wir sind Siedler aus Gamuzanas Landlos«, erklärte Walther, ohne auf den Begriff einzugehen, mit dem Austins Leute ihn und seine Nachbarn belegt hatten.
»Dachte ich es mir doch!«, erklärte der andere. »Belcher meinte letztens, dass ihr herkommen würdet. Ihr seid gerade noch rechtzeitig erschienen, denn Austin will Ende der Woche nach Mexico City aufbrechen. Der mexikanischen Regierung muss klargemacht werden, dass sie ihren Verpflichtungen nachkommen muss, wenn sie will, dass wir die unseren einhalten.«
»Ist es bereits so schlimm?«, fragte Walther besorgt.
Der andere zog eine säuerliche Miene. »Aus Spaß geht Austin gewiss nicht auf eine so lange Reise. Aber kommt jetzt! Wir sind gleich in San Felipe. Habt ihr Hunger, oder soll ich euch direkt zu Austin bringen?«
Der Mann leitete sie zu einem Weg, der so tiefe Spurrillen und Schlaglöcher aufwies, dass Walther am liebsten über freies Land gefahren wäre. Doch die Felder, die die Straße säumten, machten dies unmöglich.
Als die Stadt vor ihnen lag, war er im ersten Augenblick enttäuscht. San Felipe de Austin bestand nur aus gut einem Dutzend Holzhäusern, die in schlichter Bauweise errichtet wor-

den waren. An einigen Fronten sah er Schilder, die sowohl auf Englisch wie auch auf Spanisch verkündeten, dass es sich bei einem um ein Gasthaus, bei einem anderen um einen Laden und beim dritten um einen Barbier handelte.

Doch auch wenn der Ort weniger Einwohner zählte als San Felipe de Guzmán, so wirkte er lebendiger. Davon war auch Gisela rasch überzeugt, denn ihre Blicke wurden von den Kleidern der einheimischen Frauen angezogen. Die Stoffe, die diese trugen, waren von guter Qualität und stammten höchstwahrscheinlich aus dem Store.

»Ich brauche Tuch für ein oder zwei neue Kleider, eines für die Arbeit und ein besseres«, sagte sie zu Walther. »Außerdem muss Nizhoni etwas anderes zum Anziehen bekommen als abgelegte Kleider von mir.«

Thierry grinste und zwinkerte Walther zu. »Vielleicht ist es ganz gut, dass ich noch nicht verheiratet bin. Wenn ich daran denke, ich müsste meine letzten Dollars für ein Kleid ausgeben, obwohl andere Dinge viel dringender wären.«

Er sagte es auf Französisch und irritierte damit ein paar Passanten, die neugierig näher gekommen waren.

»Das müssen Leute aus dem French Settlement sein«, raunte einer dem anderen zu.

»Mir gefallen sie auf jeden Fall besser als Gamuzanas Mexikaner, auch wenn sie mexikanische Kleidung tragen«, erwiderte dieser.

»Ich habe gehört, es soll sich um die Überlebenden eines französischen Schoners handeln, die nicht mehr als das retten konnten, was sie am Leib trugen«, gab ein Dritter zum Besten.

»Dann haben sie auch kein Geld, um was zu kaufen«, meinte der Erste und wandte sich mit einer enttäuschten Geste ab.

Das Letzte hatte Walther verstanden und lächelte nachsichtig. Gisela und er hatten ihr gesamtes Geld von der *Loire* retten können, und in Thierrys Taschen klimperten ebenfalls etliche Dollars. Das Geld hatte ein Onkel in die alte Heimat geschickt, um dem Bruder und dessen Sippe die Auswanderung zu ermöglichen. Thierrys Eltern waren bereits während der Überfahrt gestorben, doch er selbst, seine Schwester und einige andere Verwandte hatten den Schiffbruch überlebt und von Gamuzana Land erhalten.

»Einen schönen guten Tag. Wo kann man hier übernachten, wenn man ein oder zwei Tage bleiben will?«, fragte Walther die Anwesenden auf Englisch.

»Übernachten und essen könnt ihr in der Cantina – wenn ihr Dollars oder Pesos habt, heißt das«, meinte der Mann, der schon vorhin ihre Zahlungsfähigkeit in Zweifel gezogen hatte.

»Ich glaube, dafür reicht es noch.« Walther lenkte den Wagen zu dem Haus, das ein Holzschild als ›Cantina‹ auswies. Dort stieg er vom Bock und hob Gisela vom Wagen.

Da kam Stephen Austin mit langen Schritten heran und trat sichtlich erfreut auf ihn zu. »Willkommen, Mister Fitchner! Ich dachte mir doch, dass Sie uns besuchen würden.«

»Der Name lautet Fichtner«, korrigierte Walther den Mann, doch der winkte nur lachend ab.

»Das ist zu ungewohnt für eine amerikanische Zunge! Allerdings leben hier einige Deutsche, die sich freuen werden, einen Landsmann an ihr Herz zu drücken.«

Wenn Austin bei seinem Gegenüber Freude darüber erwartet hatte, Landsleute treffen zu können, sah er sich enttäuscht, denn Walther ging nicht auf die Bemerkung ein.

»Wo kann ich den Wagen unterstellen?«, fragte er stattdessen.

»Beim Schmied«, erklärte Austin und winkte den Mann

auch gleich heran, damit er sich des Gespanns annehmen konnte.

Der Schmied zögerte, denn er hatte die Bemerkung seines Mitbürgers gehört, dass es sich bei den Besuchern um die mittellosen Überlebenden eines Schiffsunglücks handeln sollte. Umsonst wollte er nicht für die Pferde sorgen. Ein scharfer Blick von Austin brachte ihn aber dazu, die Tiere beim Zügel zu nehmen und samt dem Wagen wegzuführen.

Austin streckte nun auch Thierry die Hand entgegen. Dieser ergriff sie und beantwortete seinen Willkommensgruß mit einer englischen Floskel. Sofort entspannten sich die Gesichter der anderen. Sie waren doch misstrauisch gewesen, wie sich die Fremden benehmen würden. Immerhin waren diese von Gamuzana angesiedelt worden, und der galt nicht gerade als Freund.

»Ihre Frau wird sich sicher ein wenig frisch machen wollen«, schlug Austin vor.

»Das würden wir auch gerne. Immerhin sind wir zwei Tage unterwegs gewesen!« Obwohl es Walther drängte, mit Austin zu reden, wollte er erst den Staub loswerden, der Haut und Kleider bedeckte.

Mit einem verständnisvollen Lächeln wies Austin auf die Cantina. »Dort können Sie übernachten. Man wird Ihnen gleich Wasser auf die Zimmer bringen. Ist es Ihnen recht, wenn ich in einer halben Stunde komme, um mit Ihnen und Ihrem Freund zu reden?«

»In einer halben Stunde dürften wir fertig sein. Was meinst du, Thierry?«

Der junge Normanne grinste. »Ich auf jeden Fall!«

»Dann wird Walther es auch sein!« Gisela bedachte Thierry mit einem tadelnden Blick, weil dieser so tat, als wäre Walther langsamer als er, und trat in die Cantina.

Um diese Zeit war noch nicht viel los. Eine junge mexikanische Kellnerin wischte die Tische ab, während ein hagerer Amerikaner leere Flaschen auf dem Bord hinter dem Tresen gegen volle austauschte.

»Die Herrschaften benötigen zwei Zimmer und Wasser zum Waschen«, rief Austin ihm zu.

Der Mann drehte sich langsam um, musterte die mexikanische Tracht, in der Gisela, Walther und Thierry steckten, und wirkte für einen Augenblick so, als wolle er sich nicht um sie kümmern. Dann aber siegte sein Geschäftssinn, und er begrüßte die drei.

»Die Zimmer kosten pro Nacht einen Dollar und sind im Voraus zu bezahlen.«

»Wir bleiben zwei Nächte.« Walther hatte beschlossen, nicht unnötig viel Geld auszugeben.

Auch Thierry war froh, nur zwei Dollar für die Übernachtung opfern zu müssen, und reichte dem Besitzer der Cantina zwei Münzen.

Walther bezahlte ebenfalls und folgte dann einem Knecht nach oben. Das Zimmer, in das Gisela und er geführt wurden, war schlicht eingerichtet. Außer einem halbwegs breiten Bett gab es nur noch einen Tisch, auf dem eine Waschschüssel und ein Krug standen. Der Knecht nahm den Krug, um Wasser zu holen, und ließ Gisela und Walther für einen Augenblick allein.

»Nun, wie gefällt dir dieses San Felipe de Austin?«, fragte Walther.

»Wirst du mich auslachen, wenn ich sage, dass mir Gamuzanas San Felipe vom Aussehen her besser gefällt? Aber ich glaube, dass man hier weitaus besser einkaufen kann.«

»Wieso sollte ich dich auslachen? Gamuzanas Stadt wird seit Generationen bewohnt, und das sieht man auch, während dieser Ort hier rasch und mit geringen Hilfsmitteln aufgebaut worden ist.«

Mehr konnte Walther nicht sagen, weil der Knecht zurückkam und das Wasser brachte. »Der eine Krug ist im Preis eingeschlossen. Mehr kostet einen Dime!«, erklärte er.

»Dime?«, fragte Walther.

Der Knecht sah ihn mit einem vernichtenden Blick an. »Das sind zehn Cent!«

»Danke!« Walther beschloss, es bei diesem einen Krug zu belassen. Irgendwie waren ihm diese Amerikaner zu geschäftstüchtig.

»Fang du an«, forderte er Gisela auf, nachdem der Knecht sich wieder getrollt hatte.

»Nichts da! Oder willst du, dass alle sagen, du wärst zu spät gekommen, weil ich dich aufgehalten habe?«, protestierte seine Frau.

»Aber danach ist das Wasser schmutzig!«

»Du musst ja nicht den ganzen Krug nehmen!« Mit diesen Worten füllte Gisela die Hälfte des Wassers in die Schüssel und trat beiseite, damit er sich waschen konnte.

Walther zog Rock und Weste aus, so dass eine kleine Staubwolke aufstob. »Ich könnte die Sachen dem Wirtsknecht zum Ausklopfen geben, doch ich glaube nicht, dass er es unter einem Dime oder zwei machen würde!«

»Gib her!« Gisela schnappte sich die beiden Kleidungsstücke ebenso wie sein Hemd und seine Hosen und ging in Ermangelung eines Balkons auf den Flur, um einen Platz zu suchen, an dem sie die Sachen ausklopfen konnte. Sie fand schließlich ein Zimmer, bei dem noch eine Außenwand fehlte, und machte sich dort an die Arbeit. Als sie wieder in ihre Kammer zurückkehrte, hatte Walther sich bereits gewaschen und mit einem Leintuch abgetrocknet. Nun zog er sich wieder an, kämmte sich die feuchten Haare mit den Fingern und sah dann auf seine Uhr.

»Ich habe sogar noch Zeit, dir zu helfen!«

»Nichts da! Du gehst jetzt hinab, um mit Herrn Austin zu reden. Ich komme schon allein zurecht.«

Gisela wollte nicht, dass er sah, wie sehr das Reinigen seiner Kleidung sie angestrengt hatte. Alles drängte sie, sich ins Bett zu legen, aber vorher wollte sie sich noch waschen. Daher hielt sie Walther die Tür auf und zog sich, als er gegangen war, mit müden Bewegungen aus. Ihr Kleid konnte sie an diesem Tag nicht mehr ausklopfen. Daher legte sie es so hin, dass es am wenigsten staubte, und benetzte ihr Gesicht mit Wasser. Es war kühl und tat gut. Nachdem sie sich etwas erholt hatte, wusch sie sich von oben bis unten, zog dann das Nachthemd an, das Mercedes de Gamuzana ihr geschenkt hatte und das ihr für den täglichen Gebrauch zu schade gewesen war. Anschließend legte sie sich ins Bett und dämmerte trotz der frühen Tageszeit sofort weg. Im Traum fand sie sich in einem weiten Land mit hohen Schneewehen wieder und spürte die entsetzliche Kälte, die ihr schier das Herz erstarren ließ. Um sie herum lagen tote Pferde und Maultiere, und in ihren Ohren gellten die schrillen Schreie der Kosaken, die das Regiment, mit dem ihre Eltern und sie zogen, immer wieder attackierten.

Zwar spürte Gisela, dass etwas nicht stimmen konnte, doch sie war hilflos in diesem Bild des Grauens gefangen.

11.

Walther betrat noch vor Thierry den Schankraum. Ein kurzer Rundblick zeigte ihm, dass Stephen Austin bereits an einem Tisch saß. Um ihn herum hatten sich etliche Männer versammelt. Farmer in derber Kleidung waren ebenso darunter wie Bürger in gebügelten Hosen und langen Röcken, wie auch Austin einen trug.
Nun sah dieser auf und lachelte. »Sie sind schneller erschienen, als ich erwartet habe. Was wollen Sie trinken? Whisky oder Tequila?«
»Bier wäre mir lieber«, antwortete Walther.
»Ich vergaß, Sie sind ja Deutscher! Kommen Sie, setzen Sie sich. Ich möchte Ihnen erklären, weshalb ich in die Ciudad de Mexico reisen will, um mit der Regierung zu sprechen.«
»Die Reise können Sie sich sparen«, warf ein junger Mann in einem blauen Rock ein, der seinem schmalen, blassen Gesicht und seinen weichen Händen zufolge nie als Farmer gearbeitet hatte. »Wir Texaner haben es satt, um unser gutes Recht betteln zu müssen! Ich sage euch, wir jagen die mexikanischen Behörden in Texas zum Teufel und schließen uns den Vereinigten Staaten an. Es leben jetzt schon viermal so viele Amerikaner im Land als Mexikaner, und es werden täglich mehr. Wir haben das Recht, unser Schicksal in die eigenen Hände zu nehmen.«
»Ich stimme Mister Travis zu!«, rief ein Farmer.
Austin hob die Hand. »Seid vernünftig, Leute! Dieses Land gehört zur Republik Mexiko und ist deren Gesetzen unterworfen. Jetzt zu fordern, Texas solle sich den Vereinigten Staaten anschließen, würde Mexiko herausfordern und dafür sorgen, dass die Einwanderung von Amerikanern ganz untersagt wird.«

»Die Regierung von Mexiko hat nicht die Möglichkeiten, das zu verhindern. Unsere Leute werden kommen, ob mit oder ohne den Segen irgendeines Spanisch brabbelnden Präsidenten in Mexico City!« Travis' Stimme triefte vor Spott, und das entfachte Austins Zorn.

»Mister Travis, darf ich Sie darauf hinweisen, dass Sie kein Bürger der Republik Mexiko und kein Einwohner von Texas sind? Dennoch wollen Sie Unruhe unter denen stiften, denen Mexiko Land und damit die Möglichkeit geboten hat, hier ein neues Leben zu beginnen.«

Auch Walther gefielen Travis' Hetztiraden nicht. »Solange die Regierung von Mexiko die Zusagen einhält, die uns gemacht wurden, haben wir keinen Grund, uns gegen sie zu wenden«, erklärte er scharf. »Wir wollen hier in Ruhe unseren Mais pflanzen, und zumindest mir ist es dabei gleichgültig, ob Mexiko die weitere Einwanderung von Nordamerikanern erlaubt oder nicht.«

»Der Mann hat wohl mit Andreas Belcher gesprochen«, warf einer der Männer lachend ein. »Aber er hat recht! Wir sollten nichts übers Knie brechen. Mister Austin wird den Männern in Mexico City schon klarmachen, was wir wollen.«

»Und was ist mit unserer Sprache, unserer Kultur, unserer Religion?«, fuhr Travis auf.

»Wer englisch sprechen, amerikanisch leben und protestantisch bleiben will, kann dies in Louisiana und Mississippi tun«, wies Austin ihn zurecht. »Die mexikanische Regierung hat Bedingungen für die Siedler aufgestellt, und diese sind zu erfüllen.«

»Ich will kein spanisch plappernder, katholischer Narr werden!«

Trotz dieses Ausbruchs befand Travis sich auf dem Rückzug. Die Männer vertrauten Austin und darauf, dass er ihre Belange in der Hauptstadt vertreten würde. Nur ein paar, die ebenso wie Travis auf der Durchreise waren, forderten ebenfalls den Anschluss an die Vereinigten Staaten.

»Wissen Sie überhaupt, was Sie da sagen?«, fragte Austin sie kopfschüttelnd. »Sie fordern die Rebellion gegen Mexiko und behaupten, die Vereinigten Staaten würden Truppen schicken, um uns zu unterstützen. Doch wenn diese Truppen ausbleiben, wird die mexikanische Armee uns alle über die Grenze treiben. Mischen sich die Vereinigten Staaten jedoch ein, gibt es Krieg, und wir Siedler sind dann diejenigen, die am meisten darunter zu leiden haben.«

Travis wollte noch etwas entgegnen, spürte aber, dass er gegen die meisten der Anwesenden stand, und verabschiedete sich mit einem knappen Gruß. Kaum hatte er den Raum verlassen, hob Austin mit einer hilflos wirkenden Geste die Hände.

»Nicht zuletzt wegen solcher Narren muss ich nach Mexico City reisen. Die Regierung von Mexiko soll wissen, dass wir Siedler, die auf der Grundlage fester Abkommen hierhergekommen sind, zu dem Treueid stehen, den wir diesem Land geleistet haben. Außerdem wollen wir Texaner das Recht behalten, unsere eigene Miliz zu unterhalten. Zum einen müssen wir uns und unsere Familien vor Indianern schützen, und zum anderen wilde Siedler aus dem Norden dazu bewegen, entweder die Gesetze Mexikos anzuerkennen oder in die Vereinigten Staaten zurückzukehren.«

»Das schaffen Sie schon, Mister Austin«, sagte der Mann, der Walther in die Stadt gebracht hatte.

»Ich will es hoffen!« Austin blickte Walther an. »Ich bin nicht der Rebell, als den Hernando de Gamuzana mich hinstellen will. Aber Recht muss Recht bleiben, und Pflichten dürfen nicht einseitig erklärt werden. Ich hoffe, der Präsident der Republik Mexikos sieht dies ebenso.«

»Das hoffe ich auch«, antwortete Walther. »Ich habe meine Heimat wegen der Willkür der Mächtigen verlassen und will mich hier nicht unter der Willkür anderer Herrschender krümmen.«
»Das ist ein Wort!« Austin ergriff Walthers Hand und hielt sie fest. »Sie könnten etwas für mich tun«, setzte er leiser hinzu. »Halten Sie Kontakt mit meinen Leuten, und stellen Sie auf Ihrem Gebiet eine Miliz auf.«
»Fürchten Sie, dass es zum Krieg kommt?«, fragte Walther besorgt.
»Ich kann nur hoffen, dass er sich vermeiden lässt. Aber wir sollten auf alles vorbereitet sein.« Austin klang mutlos. Er hustete heftig und drehte sich dabei um, als wolle er verhindern, dass die anderen ihn so sahen.
Thierry hatte sich schon vor einer Weile zu der Gruppe gesetzt, war aber ungewohnt schweigsam geblieben. Nun trat er zu Walther und zupfte ihn am Ärmel. »Ich habe mitbekommen, was hier gesagt wurde, und stimme dir zu. Sollte allerdings die Regierung von Mexiko unsere Rechte beschneiden wollen, so möchte ich dich daran erinnern, dass es unser Ziel war, in den Vereinigten Staaten ein neues Zuhause zu finden«, sagte er auf Englisch zu Walther.
»Eigentlich sind wir hierhergekommen, um ein paar Waren einzukaufen, die es in Gamuzanas Stadt nicht gibt«, antwortete Walther mit einem gezwungenen Auflachen ebenfalls auf Englisch.
»Wenn ihr Geld habt, könnt ihr hier fast alles bekommen«, warf ein Mann ein und stellte sich als Besitzer des Ladengeschäfts vor.
Walther wechselte einen kurzen Blick mit Thierry. »Ein wenig Geld haben wir«, sagte er dann. »Vor allem brauchen wir Waffen, denn damit hat Gamuzana uns nur sehr sparsam ausgestattet.«

»Die Waffen bekommt ihr notfalls auf Kredit, wenn ihr sie für die richtige Seite verwendet«, bot der Ladenbesitzer an.
»Wir sehen uns morgen alles an. Jetzt ist es schon spät.« Bislang waren für Walther Waffen nebensächlich gewesen. Nun wurde ihm klar, dass es besser war, sich auf mögliche Stürme vorzubereiten. Er wollte jedoch nichts auf Kredit kaufen, um sich niemandem zu verpflichten. Thierry hingegen würde es tun müssen, doch der Normanne hatte sich bereits entschieden. Wenn Mexiko die Forderungen der Siedler ablehnte, würde dieser Mann einer der Ersten sein, der für ein freies Texas eintrat. Was er selbst in dem Fall tun würde, hätte Walther in diesem Augenblick nicht zu sagen gewusst.

12.

Der Laden war erstaunlich gut ausgestattet, und Walther nahm an, dass kein einziges Stück, das hier angeboten wurde, je einen mexikanischen Zollbeamten gesehen hatte. Das konnte man schon an den Preisen ablesen. In San Felipe de Guzmán hatte er schweren Herzens auf ein paar Dinge verzichtet, die ihm zu teuer gewesen waren. Hier aber stapelten sich die Waren innerhalb kürzester Zeit auf seinem Wagen. Einen Teil der Ladefläche belegte Thierry, der für seine ganze Sippe einkaufte und zuletzt keinen Cent mehr besaß, so dass er sich von Walther ein paar Pesos leihen musste.
»Du wirst mich heute auch beim Essen freihalten müssen«, bekannte der Normanne freimütig. »Aber dafür lade ich dich zu mir ein, wenn ich einmal eine Frau habe, die kochen kann.«

Er grinste erwartungsvoll, denn er hatte am Vorabend einen Farmer kennengelernt, der mehr Töchter als Kühe zu Hause hatte und in ihm einen möglichen Schwiegersohn mit eigenem Land sah. Daher hatte Thierry sich entschlossen, den Heimweg auf eigene Faust anzutreten und bei der Farm von Moses Gillings eine Rast einzulegen.

»Natürlich lade ich dich zum Essen ein«, versprach Walther. Seine Aufmerksamkeit wurde jedoch von einigen Gewehren angezogen, die im hinteren Teil des Ladens auslagen. Er wartete noch ab, bis Gisela ihre Einkäufe erledigt hatte und der Ladengehilfe Jack das schwere Bündel mit Tuch für mehrere Kleider und die verschiedenen Haushaltsgegenstände zu seinem Wagen schleppte.

Dann deutete er auf die langen Büchsen. »Kann ich mir diese dort ansehen?«

»Sie können sie auch kaufen!« Inzwischen hatte der Ladenbetreiber begriffen, dass Walthers Börse nicht so leer war, wie er befürchtet hatte, und witterte ein gutes Geschäft.

»Die beiden Büchsen hier stammen aus Kentucky und die andere aus Tennessee«, erklärte er, während er eine Waffe nach der anderen in die Hand nahm und sie Walther zeigte.

»Ich würde gerne einmal damit schießen«, forderte Walther.

»Nur zu! Ein guter Schütze trifft mit jeder dieser Büchsen den Kopf eines Eichhörnchens auf hundert Schritt!« Als der Mann Walthers zweifelndes Gesicht sah, lachte er.

»Kommen Sie mit! Sie werden es sehen.« Er reichte Walther und Thierry die drei Gewehre, nahm selbst ein Pulverhorn und einen Beutel mit Kugeln sowie mehrere Zielscheiben und rief seinem Gehilfen zu, dieser solle für die nächste halbe Stunde den Laden übernehmen. Doch dann entschied er sich anders.

»Sperr zu, Jack! Das wird eine lustige Sache. Wie wäre es mit

einem Wettschießen, Mister? Wenn Sie es gewinnen, gehört eines der Gewehre Ihnen.«
»Und wenn nicht?«, fragte Walther angespannt.
»Legen Sie fünfzig Dollar auf den Kaufpreis drauf. Na, ist das kein Angebot?«
Walther zögerte. Zwar hielt er sich für einen guten Schützen, aber er hatte noch nie eine Waffe dieser Art in der Hand gehalten. Der Lauf war länger als bei seiner alten Büchse und von größerem Kaliber.
Unterdessen redete der Ladenbesitzer weiter auf seinen Gehilfen ein. »Gestern sind doch Jim Bowie und Amos Rudledge in die Stadt gekommen – oder habe ich mich getäuscht?«
»Die sind hier!«
»Dann lauf zu ihnen und frag sie, ob sie mit diesem Mister um die Wette schießen wollen.« Dabei grinste der Ladenbesitzer so, als wäre alles ein großer Spaß. Jim Bowie war dafür bekannt, dass er keiner Herausforderung aus dem Weg ging und zudem ausgezeichnet schießen konnte. Auch Amos Rudledge galt als guter Schütze, und so sah er die fünfzig Dollar, die Walther über den eigentlichen Preis hinaus zahlen sollte, bereits als verdient an.
Während Jack losrannte, um die beiden Männer zu holen, und dabei allen, die er unterwegs traf, zurief, dass es ein Wettschießen geben würde, führte der Ladenbesitzer Walther, Gisela und Thierry zu seinem Schießstand. Dieser bestand aus einer freien Fläche hinter seinem Haus, wo Baumstämme die Spuren früherer Einschüsse trugen und die unterschiedlichen Entfernungen markierten.
»Wir warten jetzt nur noch auf Mister Bowie und Mister Rudledge, dann kann es losgehen«, erklärte der Mann.
»Ich würde gerne mit jeder Waffe einen Probeschuss abgeben«, wandte Walther ein.

»Das werden Sie und die beiden anderen auch. Wollen Sie den rechten Baum haben, den in der Mitte oder den linken?«
Der Ladenbesitzer nahm drei Zielscheiben und stiefelte los. An jedem Baum befestigte er eine Scheibe in Kopfhöhe. Als er zurückkam, hatten sich bereits eine Menge Leute eingefunden.
Walther begriff, dass der Augenblick, an dem er das Wettschießen hätte ablehnen können, vorbei war. Nun musste er in den sauren Apfel beißen oder als Feigling verlacht abziehen. Sein Blick suchte den seiner Frau, und er las unendliches Vertrauen darin.
»Bowie kommt!«, riefen mehrere Leute.
Als Walther sich umdrehte, sah er einen großen, kräftig gebauten Mann in einem fransenbesetzten Lederrock, der durch sein breites Grinsen und ein Messer von enormer Größe auffiel.
»He, Abe, was gibt's?«, fragte er den Ladenbesitzer.
»Dieser Mister hier will meine Büchsen ausprobieren, und da habe ich gedacht, wir könnten ein kleines Wettschießen veranstalten. Nur, wenn es dir recht ist, Jim! Vielleicht macht auch Amos Rudledge mit. Jack sollte auch ihn fragen.«
Bowies Grinsen wurde womöglich noch breiter. »Auf den guten Amos wirst du verzichten müssen. Der glaubte gestern doch tatsächlich, mich unter den Tisch trinken zu können. Er dürfte immer noch darunterliegen, falls ihn keiner zu Bett gebracht hat.«
»Wer ist auch so verrückt, sich beim Saufen mit dir messen zu wollen?«, fragte ein Mann lachend.
Unterdessen nahm Bowie eine der Büchsen an sich, prüfte sie und nickte zufrieden. »Ausgezeichnete Arbeit! Wenn ich nicht schon ein ebenso gutes Gewehr hätte, würde ich es mir kaufen.«

Er wandte sich Walther zu. »Was meinen Sie?«
»Um zu wissen, wie gut eine Waffe wirklich ist, muss man damit geschossen haben. Was nützt ein gutes Schloss und ein blank polierter Kolben, wenn der Lauf nicht gerade ist?«
Bowie blickte kurz den Lauf entlang. »Der ist gerade! Wie soll die Sache ablaufen? Eigentlich bin ich es ja gewohnt, mit dem Messer zu kämpfen, aber ich kann auch mit einer Büchse umgehen.« Dabei grinste er so fröhlich, als wäre es für ihn der größte Spaß, Leute zu verletzen oder umzubringen.
»Ihr könnt aus jeder Büchse einen Probeschuss abfeuern. Danach schießt ihr abwechselnd auf die Zielscheibe am jeweiligen Baum!«, erklärte der Ladenbesitzer.
»Gut!« Ohne weitere Fragen lud Bowie das erste Gewehr, legte an und entschied sich für die Schießscheibe am rechten Baum. Als der Schuss knallte, schlug die Kugel in den äußersten Rand des handtellergroßen Zieles ein.
»Nicht übel für den ersten Schuss«, meinte er und nahm die zweite Waffe. Mit ihr traf er noch besser, und auch sein dritter Schuss schlug in die Scheibe ein.
»Jetzt sind Sie dran, Mister«, forderte Bowie Walther auf.
Dieser schüttelte seine Befangenheit ab, lud die erste Büchse sorgfältig und richtete sie auf den linken Baum. Im letzten Augenblick senkte er den Lauf jedoch ein wenig und zielte auf ein Blatt, das etwa so groß war wie die Scheibe. Als er schoss, lachten einige der Männer, denn die Scheibe blieb unverletzt. Walther sah dem Blatt nach, das vom Wind getragen davonsegelte, und war zufrieden. Auch bei den Probeschüssen mit den beiden anderen Büchsen verfehlte er für die Zuschauer die Scheibe, traf aber seine ins Auge gefassten Ziele. Ob er besser war als Bowie, konnte er nicht feststellen. Auf jeden Fall aber war er nicht schlechter.
»Na, wie wäre es mit einer Wette?«, fragte einer.

»Ich wette auf Bowie!«, klang es zurück.
»Ich auch«, »Ich auch«, »Ich auch«, erscholl es von allen Seiten.
»Wettet keiner auf diesen Mister?«, fragte Jack und zeigte dabei auf Walther.
»Welche Quote bietet ihr?«, fragte ein Mann.
»Zwei zu eins!«
»Ist mir zu wenig!« Der andere steckte die Börse, die er bereits aus der Tasche geholt hatte, wieder zurück.
»Drei zu eins«, bot einer an, doch der Mann schüttelte den Kopf.
»Vier zu eins, fünf zu eins?«, riefen zwei Männer.
»Also gut! Ich setze zehn Dollar auf den Fremden!« Der Sprecher reichte Jack, der als Buchmacher auftrat, das Geld. Auch die anderen steckten ihm nun ihre Münzen zu.
Gisela überlegte. Eigentlich hätte sie jetzt gehen und im Zimmer auf den Ausgang des Wettschießens warten müssen, denn es gehörte sich nicht für eine Frau, bei einer solchen Angelegenheit zu gaffen. Doch dazu war sie nicht bereit. Unwillkürlich griff sie unter ihr Kleid zu dem kleinen Beutel, in dem einige Münzen steckten. Walther hatte sie ihr gegeben, damit sie beim Einkaufen nicht auf ihn angewiesen war. Obwohl sie noch ein paar Dinge dringend benötigte, zog sie das Geld heraus, zählte es und reichte es Jack.
»Das sind zwanzig Pesos. Ich setze sie auf meinen Mann.«
»Ich setze zwanzig Dollar auf Walther!«, rief jetzt Thierry.
»Zwar habe ich sie nicht, aber wenn er verliert, werde ich einen Monat für meinen Wettgegner arbeiten.«
»Ich setze dagegen!« Moses Gillings, der Farmer mit den vielen Töchtern, zwinkerte Thierry zu und sagte sich, dass er ein gutes Geschäft machen würde. Da Jim Bowie als guter Schütze bekannt war, glaubte er an dessen Sieg. Damit aber würde

er für einen Monat einen willigen Arbeiter bekommen und die Gelegenheit, diesem seine älteste Tochter Rachel schmackhaft zu machen.

Für Walther wurde die Hoffnung seiner Frau und seines Freundes, die nun auf ihm lastete, fast zu groß. Als Farmer konnte Thierry es sich nicht leisten, seinem Besitz einen ganzen Monat fernzubleiben. Außerdem würde er bei einer Niederlage nicht nur die fünfzig Dollar Aufpreis, sondern auch Giselas zwanzig Pesos verlieren.

Doch als Jack Bowie ihn aufforderte, die erste Büchse zur Hand zu nehmen und zu laden, wurde er mit einem Mal ganz ruhig. Er brauchte etwas länger als sein siegessicherer Gegner und überließ diesem den ersten Schuss.

Bowie zielte sorgfältig und setzte seinen Schuss knapp neben das Zentrum der Scheibe. Beifall klang auf, und der Mann, der auf Walther gewettet hatte, sah ganz so aus, als würde er es bedauern.

In seinem alten Beruf als Förster hatte Walther etliches an Erfahrung gewonnen. Als er jetzt zielte, hielt er kurz die Luft an und feuerte.

Der Schuss war nicht schlechter als der von Bowie, und nun zogen dessen Anhänger schiefe Gesichter. Auch Jim Bowie nahm die Sache ernster als bisher und setzte seinen nächsten Schuss nur eine Daumenbreite neben den schwarzen Kreis im Zentrum der Scheibe.

»Ein ausgezeichneter Schuss auf die Entfernung!«, lobte Jack.

Nun feuerte Walther, und diesmal saß seine Kugel einen Achtelzoll besser als die seines Gegners.

»Jetzt musst du dich anstrengen, Jim, sonst verlierst du noch«, rief der Ladenbesitzer Bowie zu.

Der nickte verkniffen, lud diesmal sehr sorgfältig und zielte

länger als vorher. Als er abdrückte, schlug die Kugel wieder knapp neben dem Zentrum ein.
»Besser geht's nicht!«, rief der Ladenbesitzer und klopfte Bowie auf die Schulter.
Für Walther ging es jetzt um alles. Auch er lud die Waffe mit aller Umsicht, schaute dann, wie der Wind mit den Zweigen spielte, und zielte genau. Als sein Schuss fiel, war es mucksmäuschenstill. Dann aber rannten die Leute nach vorn, um die Scheiben zu holen. Walther wusste nicht genau, wie seine letzte Kugel getroffen hatte, atmete aber auf, als er sah, dass sein Schuss nicht schlechter saß als der seines Gegners.
Jack und drei andere Männer kontrollierten die drei Zielscheiben. Auch wenn sie zwei Schüsse etwas schmeichelhaft für Bowie als unentschieden werteten, mussten sie zugeben, dass Walthers mittlerer Schuss besser getroffen hatte als der seines Gegners.
»Meinen Glückwunsch!«, sagte Jack und reichte Walther die Hand, während sein Arbeitgeber ein Gesicht machte, als hätte er in eine besonders saure Zitrone gebissen. Nun musste er nicht nur Walther die Waffe umsonst geben, sondern hatte auch noch etliche Dollar bei den Wetten verloren.
»Ich nehme die Waffe, mit der ich am besten getroffen habe«, erklärte Walther und hob diese Büchse hoch.
»Das ist eine ausgezeichnete Wahl«, stimmte Bowie ihm zu.
»Sie haben verdammt gut geschossen, Mister. Wenn ich gewusst hätte, was heute auf mich zukommt, hätte ich vielleicht einen Tequila weniger zum Frühstück getrunken.«
Bowie schlug Walther lachend auf die Schulter, meinte dann zu dem Ladenbesitzer, dass es ihm leidtäte, und schritt fröhlich pfeifend davon.
Gisela kassierte ihren Wettgewinn, der ihr genug Geld brachte, um noch einiges mehr an Tontöpfen zu kaufen, in denen

sie Lebensmittel haltbar machen konnte, dazu weiteren Stoff und besonders die Schere, die ihr so gefallen hatte.
Thierry trat grinsend auf den Farmer zu. »Wie es aussieht, muss ich doch nicht bei Ihnen arbeiten.«
Sein Wettgegner starrte unglücklich auf das Geld, das er verloren hatte, und überlegte. »Könnten wir es vielleicht anders regeln?«
»Und wie?«
»Hundert Dollar sind viel Geld für einen Farmer in Texas. Wie wäre es, wenn meine Tochter Rachel fünf Monate bei Ihnen arbeiten würde? Natürlich nur, wenn Sie versprechen, anständig zu bleiben.«
Dabei hoffte Gillings, dass Thierry genau das nicht tun würde. Rachel war seine älteste Tochter und für ihr heftiges Temperament bekannt, mit dem sie schon mehr als einen Freier in die Flucht geschlagen hatte. Der junge Normanne schien ihm der rechte Mann zu sein, das Mädchen an die Kandare zu legen.
Thierry überlegte kurz, dann streckte er dem Farmer die Hand hin. »Es gilt! Wenn Sie nichts dagegen haben, hole ich Ihre Tochter auf dem Heimweg ab und nehme sie mit.«
Dabei dachte er, dass er das Mädchen, wenn es ihm gefiel, nicht mehr zurückbringen würde.
»Wir haben übrigens auch einen Priester in unserer Siedlung«, setzte er munter hinzu. »Er ist Ire und darin geübt, Paare zu verheiraten. Gleich nach seiner Ankunft hat er eine junge Sizilianerin mit einem seiner eigenen Leute getraut. Es war eine ergreifende Feier, und es gab einiges zu trinken!«
»Sieh dir die Kleine erst einmal an, bevor du ans Heiraten denkst«, mahnte Walther seinen Freund.
Dabei war ihm bewusst, dass er sich diesen Rat hätte sparen können. In diesem Land waren Frauen Mangelware, und da

hieß es zugreifen, wenn sich die Chance dafür bot. Mit einem leichten Kopfschütteln sah er Gisela an.
»Wir sollten unsere letzten Sachen einkaufen und morgen früh wie geplant die Rückreise antreten.«
Als der Ladenbesitzer das hörte, trieb er seinen Helfer an.
»Jack, was stehst du hier noch herum? Los, sperr den Laden auf! Siehst du nicht, dass Kundschaft da ist?«
Einen Teil seines Verlusts, so sagte er sich, würde er auf diese Weise wieder hereinholen können. Außerdem hatte er jetzt eine gute Geschichte von dem Mann zu erzählen, der Jim Bowie beim Wettschießen geschlagen hatte.

VIERTER TEIL

Die Mexikaner

1.

Als Walther sich an einem Sommertag im Jahr 1835 dem Komantschenlager näherte, stellte er fest, dass noch mehr Zelte darin standen als bei seinem letzten Besuch. Das konnte auf bessere Geschäfte hindeuten, aber auch darauf, dass sich Gruppen dieses Volkes zusammengefunden hatten, um gemeinsam auf Raubzug zu gehen. Daher war ihm nicht ganz wohl in seiner Haut. Die Indianer verübten immer wieder Überfälle und schreckten auch vor Mord nicht zurück. Allerdings war dies hier ihr Land, und es wäre ihm lieber gewesen, wenn sie es in Frieden hätten teilen können. Dafür aber hätten alle Siedler die Komantschen ernst nehmen und mit ihnen Handel treiben müssen, so, wie er es seit fast sechs Jahren tat.
Auch diesmal brachte er auf seinem Wagen Waren mit, die bei den Indianern beliebt waren. Das meiste hatte er in San Felipe de Austin eingekauft und darauf geachtet, nur beste Qualität zu erhalten. Es gab zu viele Händler, die den Indianern Tand verkauften und sie dadurch gleichermaßen gegen Amerikaner und Mexikaner aufbrachten. Durch seinen ehrlichen Handel hatte er bislang Schwierigkeiten mit den Indianern vermieden und hoffte, dass dies auch weiterhin so sein würde.
»Die Komantschen kommen uns entgegen, Señor!«

Quiques Stimme riss Walther aus seinen Gedanken. Der junge Vaquero war jetzt beinahe so groß wie er selbst und trug längst nicht mehr die Großvaterpistole im Gürtel, sondern war mit einer doppelläufigen Pistole und einer Büchse bewaffnet. Dazu steckte in seinem Gürtel ein Messer, das Walther nach dem Vorbild von Jim Bowies Waffe hatte anfertigen lassen.

»Wir werden sehen, ob sie friedlich bleiben«, antwortete Walther und fuhr stoisch weiter.

Auch Quique wusste, wie gern die Komantschen ihre Reitkunststücke demonstrierten, und zuckte mit keiner Miene, als diese in vollem Galopp auf ihn zupreschten und dabei mit ihren Bögen auf ihn zielten. Zwei, drei Pfeile zuckten haarscharf an ihm vorbei, einer schlug sogar direkt neben Walthers Hüfte in den Kutschbock ein. Er achtete nicht darauf, sondern lenkte den Wagen auf Po'ha-bet'chy zu, der als einer von wenigen Komantschen sein Pferd zurückhielt.

»Freund, ich bringe gute Ware«, rief er ihm in dessen Sprache zu und war froh, dass er sich von Nizhoni die wichtigsten Ausdrücke hatte beibringen lassen.

»Fahles Haar bringt immer gute Ware, anders als die Mexicanos oder Americanos«, antwortete der Häuptling und hob die Hand. Sofort rissen die anderen Komantschen ihre Pferde herum und ließen Walther und Quique in Ruhe.

Walther hielt den Wagen vor Po'ha-bet'chy an, schwang sich vom Bock und öffnete die Plane, die er über seine Waren gelegt hatte. Er hatte Messer, Kochtöpfe, feste Decken, aber auch Scheren und Nadeln für die Frauen geladen, die sich im Hintergrund versammelten und hofften, ebenfalls einen Blick auf all diese Dinge werfen zu können.

»Du Feuerwasser?«, fragte ein Komantsche, den Walther bisher nicht kannte, auf Spanisch.

»Fahles Haar bringen nie Feuerwasser«, erklärte Po'ha-bet'chy abweisend. »Er wissen, dass selbst bester Krieger werden zu Narr, dessen Pfeile treffen niemals!«

Der andere schnaubte enttäuscht, sah sich dann aber doch einige Dinge an und nickte beeindruckt. »Die Waren gut! Besser als von Mexicanos!«

Ohne sich um Walther zu scheren, suchte er sich ein Messer, ein Beil und eine Decke aus und gab erst dann den Weg für Po'ha-bet'chy frei.

»Das Geschenk für To'sa-mocho!«, sagte er.

Da Po'ha-bet'chy diesem Mann den Vortritt gelassen hatte, musste er eine wichtige Person unter den Komantschen sein. Mit ihm zu streiten hätte nur Ärger gebracht. Daher nickte Walther.

»Das Geschenk für To'sa-mocho!« Er sah, dass Po'ha-bet'chy eine zufriedene Geste machte. Dessen Stamm gehörte zu den kleineren Komantschengruppen, daher konnte ein Bündnis mit dem anderen Häuptling seine eigene Stellung stärken. Um seinen eigentlichen Handelspartner nicht zu beleidigen, wählte Walther mehrere Gegenstände aus und reichte sie ihm.

»Das Geschenk für Po'ha-bet'chy!«

Der Komantsche nahm sie entgegen, ohne eine Regung zu zeigen, und begann dann zu handeln. Da Walther zwar einen gewissen Gewinn erzielen, die Indianer aber nicht über den Löffel balbieren wollte, wurden sie bald handelseinig. Auch To'sa mocho erwarb etliche Messer, Beile und Kochtöpfe. Walthers Wagen leerte sich zusehends, dafür häuften seine Handelspartner Leder, Büffelfelle und andere Waren, die er zu Geld machen konnte, daneben auf. Den größten Verdienst erhoffte Walther sich jedoch von den Mustangs, mit denen Po'ha-bet'chy seine Einkäufe bezahlte.

Auch Quique war zufrieden. »Das sind schöne Tiere, Señor, und sie sind noch jung. Wir werden für jedes mindestens dreißig Pesos bekommen, wenn wir sie weiterverkaufen.«
Sie erhielten zehn Mustangs von Po'ha-bet'chy, vier von To'sa-mocho und sechs weitere von anderen Komantschen. Zwanzig Tiere hatte Walther noch nie einhandeln können. Daher war er hochzufrieden mit seinem Erlös.
Nachdem alle Waren den Besitzer gewechselt hatten, setzten sie sich um das Lagerfeuer. Frauen brachten gekochten Maisbrei mit Fleischeinlage und Wasser. Während Po'ha-bet'chy mit gutem Appetit aß, äugte To'sa-mocho immer wieder zu dessen Zelt hinüber.
»Du hast kein Feuerwasser?«, fragte er.
Po'ha-bet'chy schüttelte den Kopf. »Feuerwasser ist teuer, doch kaum hat man es getrunken, ist es ebenso fort wie die Felle und die Mustangs, die man dafür bezahlen muss. Messer, Decken und Kessel bleiben hingegen. Daher kaufe ich diese Dinge.«
»Feuerwasser ist gut! Macht Gedanken frei für Geister«, erklärte To'sa-mocho auftrumpfend. Doch er musste sich wohl damit abfinden, dass er an diesem Tag würde nüchtern bleiben müssen.
Walther war es recht, denn er hatte erfahren, dass selbst Indianer, mit denen man im Allgemeinen gut auskam, betrunken unberechenbar wurden. Auch er aß seinen Napf leer, reichte die Schale einer alten Frau, die um sie herumschlurfte, und blickte ins Feuer.
»Es wird ein paar Monate dauern, bis ich wiederkommen kann«, sagte er.
»Dann wird unser Lager am Bach der rennenden Hirsche zu finden sein!« Po'ha-bet'chy nickte nachdenklich und wies nach Süden. »Der große Häuptling der Mexicanos hat viele

Krieger in dieses Land geschickt. Der Wind erzählt, diese sollen nicht gegen die Nemene kämpfen, sondern die Bleichgesichter bedrohen.«

Walther wusste nicht, woher der Komantsche diese Nachricht hatte und auch nicht, wie oft sie auf ihrem Weg zu ihm verdreht worden war. Allerdings hielt er es für möglich, dass die mexikanische Regierung Militär ausgesandt hatte, um jene Amerikaner, die einen Anschluss an die Vereinigten Staaten forderten, unter Kontrolle zu halten.

»Ich danke dir«, antwortete er dem Häuptling, »und wünsche dir und den Deinen eine stets erfolgreiche Jagd!«

»Auch ich wünsche dir eine stets erfolgreiche Jagd und viele gefleckte Büffel.«

»Meine Rinderherde wächst, und meine Pferdeherde ebenfalls. Wenn ich diese Tiere gut verkaufen kann, werde ich das nächste Mal noch mehr Waren zu den Nemene bringen können.«

»Die Nemene werden bald den Pfeil des Krieges auf die Bogensehne legen und gegen die Tonkawa ziehen. Diese haben eines unserer Lager angegriffen und dabei mehrere Männer getötet. Dafür müssen sie bestraft werden.«

Po'ha-bet'chys Stimme klang so hart, als ginge es um weit mehr als nur um diesen einen Überfall. Walther erinnerte sich daran, dass es hieß, die Tonkawa würden Teile ihrer erlegten Feinde essen. Sollte so etwas geschehen sein, verstand er den Hass der Komantschen. Für ihn hieß dies jedoch, achtzugeben, denn andere Kriegsbanden dieses Volkes würden sich nicht an die Vereinbarung halten, die er mit Po'ha-bet'chy abgeschlossen hatte, und die Tonkawa konnten ihn als Freund ihrer Feinde ansehen.

»Morgen werde ich wieder nach Hause fahren. Ich brauche jedoch Männer, die die Pferde treiben«, sagte er, um das Thema zu wechseln.

»Ta'by-to'savit wird dich mit vier jungen Männern begleiten«, versprach der Häuptling.
Nun brachten die Frauen eine gebratene Hirschlende, und das Essen wurde wichtiger als das Gespräch.

2.

Am nächsten Morgen verabschiedete Walther sich von den Komantschen und setzte sich wieder auf den Bock seines Wagens. Er übernahm die Spitze, während Quique und die fünf Komantschen mit den Mustangs folgten. Da nur Ta'by-to'savit ein wenig Spanisch konnte und Walthers Kenntnisse der Komantschensprache nicht für ein längeres Gespräch ausreichten, wurde auf dem Weg nicht viel geredet. Als sie zwei Tage später die Farm erreichten, galoppierte ihnen Julio entgegen. Der Vaquero hatte sich mittlerweile einen stattlichen Schnurrbart zugelegt und einen silbernen Ring, durch den er sein Halstuch zog. Beim Anblick der Mustangs leuchteten seine Augen auf.
»Das sind mehr als zwanzig Stück, Señor, und fast alle besser als die elf Mustangs, die wir bereits haben. Von diesen hier ist keiner älter als vier Jahre. Wir sollten ein paar davon für die Zucht verwenden, den Rest zureiten und verkaufen!«
»Das habe ich vor«, bestätigte ihm Walther. »Habt ihr den Pferch vorbereitet?«
»Natürlich! Allerdings ist er zu klein, denn wir haben höchstens mit der Hälfte der Mustangs gerechnet. Doch für die ersten Tage wird es reichen.« Julio tippte kurz mit zwei Fingern an die

Krempe seines breiten Hutes und ritt zu Quique hinüber. »Der Pferch ist dort hinter dem Hügel. Treibt die Tiere dorthin! Der Eingang ist offen. Ich hole Lope, damit er uns hilft!« Damit gab der Vaquero seinem Gaul die Sporen und schoss davon.
Da die Mustangs sich angewöhnt hatten, dem Wagen zu folgen, hielt Walther auf den Pferch zu und bog erst kurz vor dem Eingang ab. Hinter ihm trieben seine Vaqueros zusammen mit den Komantschen die Pferde in das Gatter hinein. Dort liefen die Tiere noch eine Weile nervös herum, beruhigten sich dann aber und begannen zu grasen.
Walther winkte die Komantschen zu sich und gab jedem ein Messer, dazu Ta'by-to'savit, der als Einziger verheiratet war, noch ein paar Glasperlen für seine Frau.
»Du Freund!«, erklärte der Komantsche, riss sein Pferd herum und galoppierte davon. Seine Gefährten folgten ihm so rasch, dass wenig später nur noch der in der Ferne verklingende Hufschlag von ihnen kündete.
Unterdessen betrachtete Walther zufrieden seine kleine Mustangherde und wählte die aus, die er behalten wollte. Er zeigte sie Julio und sah ihn nicken.
»Das sind genau die Pferde, die ich Ihnen zur Zucht empfohlen hätte, Señor. Die Stuten werden prachtvolle Fohlen werfen. Ich schwöre Ihnen, in wenigen Jahren werden wir Diego Jemelin und seine Hacienda übertreffen, auch wenn er dreimal so viele Männer hat wie Sie. Aber es kommt nicht auf die Zahl an, sondern auf das, was sie tun, und vor allem auf das Geschick des Hacienderos. Ich will nicht sagen, dass Señor Jemelin ein dummer Mann ist, denn er ist klüger als die meisten Siedler, aber er ist eben kein Don Waltero!«
»Ihr sollt mich nicht Don nennen«, wehrte Walther ab. »Señor reicht vollkommen. Ich bin kein so hoher Herr wie Don Hernando de Gamuzana.«

»Wie Sie wünschen, Don ... äh, Señor Waltero.« Julio grinste, denn unter sich würden sie ihren Herrn auch weiterhin Don nennen.
»Wann sollen wir mit dem Zureiten beginnen?«, fragte er.
Walther warf noch einen kurzen Blick über die Herde. »Sobald sich die Tiere beruhigt haben. Das dürfte spätestens übermorgen sein. Ich komme dann und helfe euch.«
»Señor, trauen Sie uns nicht zu, zwanzig Mustangs zuzureiten?« Julio legte genug Empörung in seine Stimme, um Walther ein schlechtes Gewissen zu machen.
»Selbstverständlich traue ich es euch zu! Aber ich wollte euch unterstützen.«
»Ihr seid der Caballero und wir die Vaqueros. Ihr kauft die Pferde ein – wir reiten sie zu!« Damit war nach Julios Ansicht alles erklärt.
»Traust du mir nicht zu, ein Pferd zureiten zu können?«, fragte Walther bissig.
Der Vaquero grinste. »Sie haben beim letzten Mal bereits bewiesen, dass Sie es können, und müssen das nicht immer wieder tun. Aber wenn es Ihnen Freude macht, werden wir Ihnen einen Mustang überlassen.«
»Tut das!« Auch wenn Walther erst hier in Tejas richtig reiten gelernt hatte, traute er sich zu, einen Mustang zähmen zu können. Dennoch war ihm klar, dass er bald weitere Hirten brauchte.
»Vielleicht bringe ich ein paar Komantschen dazu, eine Zeit bei uns zu bleiben«, überlegte er.
»Das halte ich für keine gute Idee«, wandte Julio ein. »Komantschen sind gute Reiter, aber wenn sie den Ruf der Prärie hören, sind sie verschwunden wie der Wind. Sie haben doch gewiss auch schon gehört, dass einer von Jemelins südlichen Nachbarn aufgeben will, weil ihm die Arbeit zu schwer wird.

Er hat zwei brave Vaqueros in seinen Diensten. Die würden gerne zu uns kommen. Das heißt, wenn es Ihnen nichts ausmacht, dass einer ein Negro ist.«

»Warum sollte mir das etwas ausmachen? Es kommt darauf an, was in einem Menschen steckt, und nicht, welche Hautfarbe er hat. Redet mit den beiden! Wenn sie wirklich frei werden, sind sie mir willkommen.« Walther winkte Julio und den beiden anderen Vaqueros noch kurz zu, dann stieg er wieder auf seinen Wagen und fuhr in guter Stimmung zum Farmhaus.

Der Handel mit den Komantschen war erfolgreich gewesen, und sein Besitz entwickelte sich auch sonst gut. Während andere Siedler gerade so viel ernteten, dass sie über die Runden kamen, konnte er einige Dollars und Pesos beiseitelegen, um neue Geräte kaufen und sein Haus besser ausstatten zu können. Nun überlegte er, ob er nicht auch das Land des Mannes, der seine Farm aufgeben wollte, erwerben sollte. Da der Besitz mittlerweile offiziell eingetragen war, gab es kein Hindernis mehr, und er würde eine Weide direkt am Fluss gewinnen.

Mit diesem Gedanken bog er auf den Vorhof der Farm ein. Als er vom Wagen stieg, wunderte er sich, dass sich niemand sehen ließ. Wenn er sonst zurückgekehrt war, hatte Gisela ihn schon auf dem Hof begrüßt. Doch jetzt kam nicht einmal Pepe heran, obwohl dieser den Geräuschen nach im Schuppen arbeitete.

Verwundert schlang er die Zügel des Pferdes um einen Balken und trat auf das Haus zu. Da öffnete sich die Tür, und Nizhoni trat heraus. Ihre Miene wirkte ernst, und feuchte Spuren auf ihren Wangen zeigten, dass sie geweint haben musste.

»Was ist geschehen?«, fragte Walther erschrocken.

»Die Señora hat ihr Kind verloren!« Auch wenn Nizhoni Gisela gewöhnlich beim Namen nannte und mit Du anredete, so wagte sie dies Walther gegenüber nicht.
Dieser starrte sie fassungslos an. »Was ist mit Josef?«
»Nicht Josef. Die Señora war schwanger, doch ihr Leib hat das Kind nicht behalten.«
Der Gedanke, dass dem Jungen nichts passiert war, ließ Walther ein wenig aufatmen. »Wie geht es Gisela?«, fragte er dennoch höchst besorgt.
»Sie ist verzweifelt. Daher habe ich ihr einen Trunk gegeben, der sie schlafen lässt. Wenn sie aufwacht, wird ihr Herz ein wenig leichter sein. Aber sie wird sich in den nächsten Tagen sehr schonen müssen.«
Am liebsten hätte Nizhoni Walther erklärt, dass er Gisela in Ruhe lassen sollte, damit diese nicht noch einmal schwanger wurde. Doch dieses Recht maß sie sich nicht an.
Walther trat an ihr vorbei ins Haus und betrachtete seine schlafende Frau. Sie erschien ihm entsetzlich schmal, und ihr Gesicht war so bleich wie der Tod. Nein, wie ein Leintuch, korrigierte er sich, um nichts zu verschreien.
»Sie wird doch hoffentlich wieder gesund!«, flüsterte er.
Nizhoni lag auf der Zunge zu sagen, dass sie dies nicht annahm, doch sie schluckte diese Worte. Stattdessen erklärte sie Walther noch einmal, dass Gisela in den nächsten Wochen Schonung brauche und nicht viel arbeiten dürfe.
»Sieh zu, dass sie sich auch daran hält. Ich will nicht, dass sie glaubt, sie müsse etwas tun, obwohl sie es nicht kann. Wenn es nicht anders geht, hole ich Gertrude zurück.«
Dieser Vorschlag gefiel Nizhoni gar nicht. Gertrude war zwar eine gute Freundin von Gisela, aber sie kam mit der Frau nicht zurecht. Diese zeigte ihr immer noch allzu deutlich, dass sie sie für eine gefährliche Wilde hielt.

»Ich kann die Arbeit allein schaffen und sorge dafür, dass die Señora nichts tun muss«, sagte sie mit Nachdruck. »Josef ist schon so groß, dass er mich nicht mehr den ganzen Tag über braucht.«

Nizhoni wollte Walther klarmachen, dass sie durchaus in der Lage war, den Haushalt zu führen. Immerhin hatte sie Gisela all die Jahre geholfen und war überzeugt, sogar jene seltsamen Kuchen, die aus der Heimat der Fichtners stammten, backen zu können.

Walther strich seiner schlafenden Frau sanft übers Haar und sah erleichtert, wie sich ihre Züge entspannten.

»Die Señora spürt, dass Sie wieder hier sind. Es wird ihrem kranken Herzen guttun!«, sagte Nizhoni und sah nach dem Jungen.

Josef hatte ebenfalls geschlafen, war nun aber wach geworden und sah seinen Vater aus großen Augen an. »Du bist wieder da, Papa!«

»Das bin ich!« Walther hob den Jungen aus dem Bett und drückte ihn an sich.

»Das nächste Mal nimmst du mich mit zu den Komantschen«, forderte sein Sohn.

»Dafür bist du noch zu klein!«

Josef zog eine Schnute. Immer musste er sich anhören, dass er für dieses und jenes nicht groß genug war.

»Ich möchte zu Pepe und ihm helfen!« Der Peon war der einzige Mensch, der ihn so behandelte, wie er es sich wünschte.

»Also gut, ich bring dich zu ihm!« Mit diesen Worten hob Walther den Jungen auf seine Schultern und ging zur Tür.

»Geben Sie acht, dass Josef sich nicht am Türbalken stößt«, warnte Nizhoni und sah zufrieden, dass Walther einen tiefen Bückling machte, damit dem Kind nichts passierte.

3.

Am nächsten Tag wollte Gisela aufstehen und wieder an ihre Arbeit gehen, als wäre nichts geschehen. Nizhoni war klar, dass sie sich von ihr nichts sagen lassen würde, und sah Walther daher auffordernd an.
»Mein Schatz, du solltest noch im Bett bleiben«, begann dieser unbeholfen.
Gisela schüttelte den Kopf. »Ich muss meine Arbeit tun!«
Und darüber vergessen, was geschehen ist, setzte sie im Stillen hinzu.
Doch Walther blieb stur. »Du bist noch nicht gesund! Also wirst du mir gehorchen. Oder willst du bei der Arbeit zusammenbrechen und dann ernsthaft krank werden?«
»Nein, natürlich nicht! Ich ...« Gisela brach in Tränen aus. Wenn sie sich hinlegte und nichts tat, würde sie in Gedanken immer wieder jene Augenblicke durchleben, in denen der Schmerz schneidend durch ihren Körper geschossen war und sie ihr Kind verloren hatte.
Nizhoni begriff, was Gisela bewegte, und wies auf Josef. »Vielleicht könnte die Señora draußen im Freien sitzen und auf ihren Sohn aufpassen. Sie müssten ihr nur ein Stück Leinwand als Sonnendach aufspannen.«
Walther nickte. »Das machen Pepe und ich als Erstes. Gisela kann sich dann vor dem Haus auf die Bank setzen. Aber was ist, wenn Josef zu munter wird und weglaufen will?«
»Einem fünfjährigen Jungen werde ich wohl noch folgen und ihn zurückbringen können«, antwortete Gisela entrüstet. Sie schenkte Nizhoni ein dankbares Lächeln, fasste Josef an der Hand und führte ihn nach draußen.
Walther folgte ihr und rief Pepe zu sich. Es dauerte nicht lan-

ge, und sie hatten aus mehreren Stangen und einem Stück Leinwand ein Sonnendach aufgebaut, unter dem Gisela sich ausruhen konnte.
»Wir sollten ebenfalls ein Auge auf Josef haben«, sagte Walther zu seinem Knecht.
»Das werden wir, Señor«, versprach Pepe und kitzelte den Jungen am Kinn. Dann wandten Walther und er sich der Brache zu, die ein Maisfeld werden sollte, während Nizhoni im Haus arbeitete und Gisela ihren Sohn auf den Schoß nahm und ihn an sich druckte. Seinen kleinen, festen Körper zu spüren verlieh ihr genug Kraft, sich gegen die Verzweiflung zu stemmen, die sie zu überwältigen drohte.
Nach einer Weile trat Walther neben sie. »Geht es dir gut, mein Schatz?«, fragte er und ärgerte sich im gleichen Moment darüber. Da seine Frau ihr Kind verloren hatte, ging es ihr mit Sicherheit nicht gut.
Gisela bejahte seine Frage trotzdem und sah dann zu, wie Walther zusammen mit Pepe daranging, das Feld abzustecken und es von Büschen und Steinen zu säubern. Im Grunde, sagte sie sich, hatte sie ein erfülltes Leben. Sie besaß ein eigenes Heim und mit Walther einen liebenswerten Mann, der alles tat, damit sie zufrieden leben konnte. Nur eines fehlte ihr zu ihrem vollständigen Glück, und das war ein weiteres Kind. Doch wenn Gott gnädig war, würde Josef irgendwann ein Geschwisterchen bekommen. Bei diesem Gedanken herzte sie den Jungen und ließ dann in ihrer Schwäche zu, dass er sich ihren Armen entwand und über den Hof zu dem neu angelegten Feld lief. Weit kam er jedoch nicht, denn Walther fing ihn ein und brachte ihn zu Gisela zurück.
»In ein paar Jahren kannst du mir beim Roden helfen, mein Sohn. Aber jetzt bleibst du bei deiner Mama und passt auf sie auf, damit sie brav hier sitzen bleibt«, sagte er.

Dann fiel sein Blick auf Gisela. »Du hast nichts zu trinken! Soll ich dir etwas holen?«

Mit empörter Miene stemmte Gisela sich hoch. »Das werde ich wohl noch selbst tun können! Aber da du gerade hier bist, kannst du ebenfalls trinken und auch Pepe etwas bringen.«

Obwohl sie sich so schwindelig fühlte, dass sie kaum glaubte, einen Fuß vor den anderen setzen zu können, ging sie ins Haus. Allerdings musste sie sich nicht selbst um den Trunk für die Männer kümmern, denn das übernahm Nizhoni für sie.

Nachdem Walther wieder an die Arbeit gegangen war, setzte Gisela sich unter ihr Sonnendach und begann, dem Kleinen neue Worte beizubringen. Da in Josefs Umgebung sowohl Deutsch als auch Spanisch und ein wenig Navajo gesprochen wurde, hatte er sich eine Mischsprache angewöhnt, die etwas seltsam klang. Außerdem fand Gisela, dass er irgendwann auch Englisch würde lernen müssen, um sich mit den Nachbarn in Stephen Austins Siedlungsgebiet verständigen zu können.

Bei dem Gedanken zog sie die Stirn kraus. Stephen Austin war vor zwei Jahren erneut in die Hauptstadt Mexikos aufgebrochen und noch immer nicht zurückgekehrt. Gerüchten zufolge war er auf Befehl des neuen mexikanischen Präsidenten Santa Ana verhaftet worden. Gisela konnte sich das nicht vorstellen, denn laut ihrem Mann war Austin immer dafür eingetreten, dass die amerikanischen Siedler sich als Bürger Mexikos fühlen und dessen Gesetze achten sollten.

Seufzend, weil diese Gedanken ihr zusätzlich das Herz schwer machten, setzte sie den Sprachunterricht mit ihrem Sohn fort und freute sich darüber, dass er die meisten Wörter einwandfrei wiederholen konnte.

4.

Ein weiterer Monat verging, in dem außer Thierry Coureur und seiner Frau Rachel keine Besucher auftauchten. Von Diego Jemelin hieß es, er sei nach San Felipe de Guzmán geritten, um Hernando de Gamuzana aufzusuchen. Auch sonst ereignete sich wenig. Walther ritt einen der Mustangs zu, und den Rest zähmten seine Vaqueros. Vor allem Quique zeigte großes Geschick im Umgang mit den Pferden.
Als alle Pferde zugeritten waren, grinste er Walther an. »Das sind schöne Tiere. Sie werden einen guten Preis erzielen.«
»Das hoffe ich! Ihr habt euch nämlich eine hübsche Prämie verdient!« Walther klopfte Quique, Julio und Lope anerkennend auf die Schulter und sagte sich, dass er froh sein konnte, diese drei Vaqueros zu haben. Er würde bei seiner nächsten Fahrt nach San Felipe de Austin Stoff für neue Halstücher kaufen, die Gisela oder Nizhoni für sie nähen konnten, und jedem von ihnen ein paar Pesos in die Hand drücken.
Noch während Walther darüber nachdachte, stieß Quique ihn an. »Sehen Sie, Señor. Dort vorn kommen Reiter!«
Walther drehte sich um und sah einen Trupp Dragoner in blauen Uniformen und schwarzen Tschakos auf sich zureiten. Ein Offizier auf einem schwarzen Pferd führte sie an. Im Gegensatz zu seinen Männern trug er eine rote Uniform und einen Messinghelm. Er ritt auf die Gruppe um Walther zu und blickte vom Sattel auf sie herab.
»Gehört Ihnen dieses Land?«, fragte er Walther.
Dieser nickte. »Das stimmt!«
»Dann gehören Ihnen auch diese Pferde?«
»Auch das stimmt.«

»Wir werden zwanzig davon mitnehmen! Die Armee Mexikos braucht Pferde!«, fuhr der Offizier fort.
»Wenn Sie mir einen guten Preis machen, können Sie sie haben.«
Der Offizier sah Walther hochmütig an und begann zu lachen. »Wie kommen Sie darauf, dass ich die Pferde bezahlen will? Ich beschlagnahme sie im Namen des mexikanischen Staates.«
»Das können Sie nicht! Diese Pferde sind mein Eigentum«, rief Walther empört.
Doch der Offizier scherte sich nicht darum, sondern gab einigen seiner Männer den Befehl, die Mustangs einzufangen.
Julio, Quique und Lope sahen Walther fragend an, und er begriff, dass die Männer zu den Waffen greifen würden, wenn er es ihnen befahl. Doch ihnen standen mehr als sechzig Soldaten gegenüber, von denen über die Hälfte ihre Karabiner schussbereit in den Händen hielten. Jeder Versuch, sich zu wehren, wäre Selbstmord. Obwohl Walther vor Wut beinahe platzte, gab er seinen Männern ein Zeichen, ruhig zu sein.
Der Offizier grinste höhnisch und wies dann in Richtung der Farm. »Teniente Calientes, Sie bleiben hier und übernehmen das Kommando. Sechs Männer kommen mit mir zur Farm und sehen nach, was für Vorräte wir mitnehmen können!«
»*Sí*, Capitán!« Der Leutnant salutierte, während der Hauptmann mit sechs Dragonern losritt.
Da Walther nicht wollte, dass Gisela allein mit diesen Kerlen fertig werden musste, schwang er sich auf sein Pferd und folgte dem Hauptmann. Mehrere Dragoner zielten auf seinen Rücken, doch Calientes befahl ihnen, die Waffen zu senken.
Walther ritt schnell und erreichte die Farm fast gleichzeitig mit den Mexikanern. Deren Anführer warf ihm einen ärgerlichen Blick zu, drang dann aber in das Wohnhaus ein.

Den ganzen Tag über hatte Gisela sich schwach gefühlt und sich daher hingelegt. An ihrer Stelle erledigte Nizhoni die Hausarbeit. Beide sahen dem mexikanischen Offizier und seinen Männern zuerst neugierig entgegen. Als diese jedoch in den Vorratskeller eindrangen und alles herauszuholen begannen, wich die Neugier der Wut.
»Was soll das?«, fragte Gisela scharf.
Mit einer spöttischen Geste drehte der Offizier sich zu ihr um. »Die Armee Mexikos benötigt Vorräte, Señora!«
»Dann sollte sie sich welche kaufen«, warf Walther bissig ein.
»Warum? Hier gibt es doch genug.«
Der Spott des Hauptmanns war für Walther fast zu viel. Auch Gisela sah so aus, als wolle sie aus dem Bett springen und dem aufgeblasenen Kerl die Augen auskratzen. Mittlerweile hatten die Soldaten einen Großteil der Lebensmittel, die es auf der Farm gab, nach draußen gebracht und schoben den Wagen aus der Remise, um ihn zu beladen.
Zwei Soldaten traten auf Nizhoni zu, die empört in der Tür stand und sie beschimpfte. Bevor sie reagieren konnte, hatte der Erste sie gepackt und zu Boden geworfen. Nizhoni wollte sich wegrollen, doch da war der Zweite über ihr und hielt sie fest. Fauchend und schimpfend versuchte sie, sich zu befreien, kam aber gegen die beiden Kerle nicht an. Einer schlug ihr die Röcke hoch und öffnete seine Hose.
»Die Indiofrau kommt uns gerade recht, Capitán«, meinte er feixend zu seinem Anführer.
Dieser schien zu überlegen, ob er Nizhoni nicht als Erster vergewaltigen sollte. Doch bevor er zu einer Entscheidung gekommen war, stürmte Walther auf die beiden Schufte zu, riss den Ersten mit einer Leichtigkeit hoch, als wäre dieser nur ein Bündel Lumpen, und schleuderte ihn gegen die

Schuppenwand. Der Zweite kam zwar noch auf die Beine, erhielt aber mehrere harte Faustschläge und brach zusammen.
Es ging so schnell, dass weder der Offizier noch die anderen vier Soldaten hatten eingreifen können. Nun packten die Männer ihre Karabiner, und der Hauptmann riss seinen Säbel aus der Scheide.
»Verfluchter Hund«, schrie er Walther an. »Kein verfluchter Americano schlägt einen meiner Soldaten. Dafür hängen wir dich!«
Walther wusste, dass er gegen die Dragoner keine Chance hatte. Trotzdem zog er sein Messer, das ihm der Schmied in San Felipe de Austin nach dem Vorbild von Bowies Waffe gefertigt hatte, und beschloss, alles auf eine Karte zu setzen und zu versuchen, den Offizier zu erwischen.
Als hätte dieser seine Gedanken gelesen, trat der Capitán ein paar Schritte zurück und forderte seine Männer auf, Walther zu packen.
Da klang Giselas Stimme scharf über den Hof. »Wenn Sie das tun, sind Sie ein toter Mann!«
Walther drehte sich zu ihr um, sah, dass sie die Doppelpistole in der Hand hielt und auf den Offizier zielte.
»Legen Sie das Ding weg, sonst verletzen Sie sich noch selbst«, rief der Hauptmann und starrte in die beiden schwarzen Öffnungen, die genau auf seine Stirn zeigten. Ein Schuss mochte vielleicht fehlgehen, doch ob es auch der zweite tun würde, war zweifelhaft.
»Nehmen Sie Ihre Männer und verschwinden Sie von hier! Sonst sind Sie ein toter Mann!«, drohte Gisela.
Der Offizier lachte zu falsch und zu laut. »Señora, Sie jagen mir ja fast einen Schrecken ein!« Gleichzeitig versuchte er, seinen Männern mit Gesten klarzumachen, dass sie die Frau niederschießen sollten, bevor diese abdrückte.

Als Gisela bemerkte, wie die Soldaten sich verteilten, wurde ihre Miene hart. »In dem Augenblick, in dem auch nur einer Ihrer Männer die Waffe hebt, sind Sie tot. Sie wären nicht der erste Mann, den ich erschossen habe!«
Nun zuckte der Hauptmann zusammen. Die Frau hatte zu ernst geklungen, um zu lügen. Auch die Art, wie sie die Pistole hielt, deutete darauf hin, dass sie damit umzugehen wusste.
Unterdessen war Nizhoni zu Walthers Pferd geeilt, nahm die am Sattel befestigte Büchse ab, packte den Kugelbeutel und das Pulverhorn und brachte alles zu Walther. Mit grimmiger Miene machte dieser die Waffe schussfertig und wies mit dem Lauf in die Ferne.
»Es wäre besser, Sie verschwinden, Capitán, und nehmen Ihr Gesindel mit. Ich rate Ihnen, nicht wiederzukommen, denn sonst jage ich Ihnen eine Kugel in den Kopf.«
Der Offizier überlegte verzweifelt, was er tun konnte. Einen einzelnen Farmer unter einem Vorwand zu hängen, könnte man noch vertreten. Doch eine Farm zu stürmen und alle Bewohner niederzumetzeln, würde zu viel Staub aufwirbeln. Wenigstens jetzt noch, schränkte er in Gedanken ein. In ein paar Monaten jedoch würde die Lage in Mexiko und besonders in Tejas anders sein, und dann konnte er es diesen Leuten heimzahlen.
»Glauben Sie nicht, dass Sie gewonnen haben, Señor, denn das haben Sie nicht«, stieß er mühsam beherrscht hervor und schwang sich in den Sattel. Auch seine Männer stiegen auf, und dann ritten sie gerade so schnell davon, dass es nicht aussah, als würden sie fliehen.
Walther sah ihnen nach und spie aus. »Was für ein Gesindel!«
»Wenigstens haben sie unsere Vorräte zurücklassen müssen!«
Für Gisela war dies das Wichtigste. Sie wollte die ersten

Lebensmittel wieder ins Haus bringen, doch Walther hielt sie auf.
»Das sollen Pepe und Nizhoni übernehmen. Du legst dich ins Bett und ruhst dich aus!«
Da sie sich kaum noch auf den Beinen halten konnte, gehorchte Gisela.
Nun tauchte auch Pepe wieder auf, der sich in einem Gebüsch versteckt hatte, und half Nizhoni, die Lebensmittel zurück in den Vorratskeller zu schaffen.
Walther hingegen schwang sich in den Sattel. »Ich muss zu den Vaqueros! Nicht, dass diese Schufte ihre Wut an unseren Leuten ausgelassen haben.«
So rasch er konnte ritt er zur Pferdekoppel und fand diese vollkommen leer. Zuerst entdeckte er die Vaqueros nicht, hörte dann aber einen Laut und wandte sich in diese Richtung.
Julio, Lope und Quique lagen gefesselt und geknebelt in einer Senke. Alle drei waren mit Abschürfungen und Blutergüssen übersät, und Lope fehlten mehrere Zähne. Rasch befreite Walther seine Männer und schüttelte voller Zorn die rechte Faust. »Das waren keine Menschen mehr, sondern Teufel!«
»Sie haben die Pferde mitgenommen! Alle dreiunddreißig«, stieß Quique, halb verrückt vor Schmerz und Wut, hervor.
»Sie haben nur neunundzwanzig«, schränkte Julio ein. »Vier sind ihnen entkommen. Die müssen wir einfangen. Kommt rasch!« Obwohl er bei jedem Schritt die Zähne zusammenbeißen musste, wollte der Vaquero zu Fuß in die Prärie hinaus.
Walther folgte ihm und hielt ihn auf. »Mein Freund, das Einfangen übernehme ich. Versorgt ihr erst einmal eure Verletzungen!«
Während der Vaquero erleichtert nickte, holte Walther eine Seilschlinge und stieg auf sein Pferd. Auf seinem Ritt achtete

er auf Hufspuren und entdeckte bald die Abdrücke von unbeschlagenen Mustanghufen, die sich von dem Pferch und der Weide entfernten. Er richtete sich bereits auf eine längere Verfolgungsjagd ein, als er die gescheckte Stute entdeckte, die er bei seinem letzten Handel mit den Komantschen erhalten hatte. Vorsichtig ritt er auf sie zu und sah erleichtert, dass sie stehen blieb.

»Komm, meine Gute«, lockte er und trieb sie in Richtung Koppel. Es ging besser als erwartet. Das Tier war an ihn gewöhnt und lief vor ihm her. Ein zweiter Mustang kam und schloss sich ihnen an und schließlich ein dritter. Nur der junge Hengst ließ sich nicht sehen.

Walther war dennoch froh über diesen Erfolg. Mit den drei Stuten waren wenigstens seine Vaqueros wieder beritten. Dennoch war er nicht bereit, den Gewaltakt der Mexikaner so einfach hinzunehmen. Zwar hatte der Hauptmann seinen Namen nicht genannt, dafür aber wusste er den des Leutnants, nämlich Calientes. Wenn er nach dessen Vorgesetzten fragte, hatte er den Schuldigen.

Mit diesem Gedanken kehrte er zum Pferch zurück. Seine Vaqueros staunten über seinen raschen Erfolg und halfen ihm, die Pferde einzusperren.

»Das haben Sie sehr gut gemacht, Señor! Um den Hengst kümmern wir uns. Der wird nicht ohne die Stuten bleiben wollen. Sobald er hierherkommt, haben wir ihn«, erklärte Julio.

»Vielleicht finde ich ihn doch!« Noch während er es sagte, begriff Walther, dass er diese Arbeit seinen Vaqueros überlassen musste. Immerhin ging es um deren Stolz.

»Was ist eigentlich mit den Kühen?«, fragte er. »Nicht dass diese Schufte auch die mitgenommen haben.«

»Haben sie nicht!«, antwortete Julio grinsend. »Quique war

vorhin bei der Herde. Dort ist alles in Ordnung. Capitán Velasquez und seine Leute haben sie zum Glück nicht entdeckt.«

»Velasquez heißt dieser Kerl also! Wer hat euch das gesagt?« Quiques Grinsen wurde noch breiter. »Als der Capitán zurückgekommen ist, hat der Teniente ihn mit diesem Namen angesprochen. Er war übrigens sehr wütend, der Capitán, meine ich. Einer seiner Begleiter ist damit herausgeplatzt, dass die Señora und Sie dem Capitán und den Soldaten ziemlich heimgeleuchtet haben. Dafür haben wir die Prügel gerne hingenommen.«

»Auch dafür wird Velasquez noch bezahlen!« Obwohl Walther noch immer vor Wut kochte, wusste er, dass er sich keinen Privatkrieg gegen den Hauptmann leisten konnte, denn hinter diesem stand die mexikanische Armee. Doch ungeschoren wollte er den Kerl nicht davonkommen lassen. Die einzige Möglichkeit für ihn war, nach San Felipe de Guzmán zu reiten und seine Klage bei Hernando de Gamuzana vorzubringen. Wenn es in Tejas einen Mann gab, der Velasquez in die Schranken weisen konnte, so war es der Alcalde.

»Kann einer von euch den Soldaten folgen und schauen, wohin sie reiten?«, fragte Walther die Vaqueros.

»Das übernimmt Quique! Ihn wird keiner dieser verdammten Kerle sehen!« Julio zwinkerte Walther zu und fing eine der Stuten ein, damit sein Kamerad sie satteln konnte.

»Ich reite zur Farm zurück. Wenn sich etwas ereignet, so meldet es mir. *Adiós!*« Walther winkte seinen Vaqueros noch einmal zu und trabte an.

Unterwegs blickte er sich immer wieder um und kniff bei jedem blauen Schein die Augen zusammen. Es waren jedoch nur Spiegelungen des Himmels und einzelne, blau blühende Büsche und Gräser, aber keine Dragoner. Trotzdem befürchtete er, Velasquez könnte mit seinen Männern kehrtmachen, um sich für die Schlappe zu revanchieren. Daher beschloss Walther, noch drei Tage mit seinem Ritt nach San Felipe de Guzmán zu warten.

Als er die Farm erreichte, war dort bereits alles aufgeräumt. Pepe arbeitete im Stall und schaute nur kurz heraus. Nachdem Walther seinen Gruß erwidert hatte, trat er auf das Haus zu. Noch bevor er es erreichte, öffnete Nizhoni die Tür.

»Ich habe der Señora einen Beruhigungstrank gegeben. Sie schläft jetzt«, erklärte sie ihm.

»Das ist gut! Was macht Josef?«

»Er hat bei dem Überfall geschlafen und nichts mitbekommen.« Nizhoni lächelte bei dem Gedanken an den Jungen, wartete dann, bis Walther eingetreten war, und sank auf die Knie.

»Was soll das?«, fragte Walther verblüfft.

Da ergriff Nizhoni seine Hände und legte sie auf ihren Schopf. »Ich möchte mich bedanken, Señor, weil Sie mich vor diesen Kerlen gerettet haben. Dabei haben Sie Ihr Leben riskiert. Andere hätten das nicht getan.«

»Ich hätte diesen Schurken auch keine andere Frau überlassen«, antwortete Walther und wollte seine Hände zurückziehen.

Nizhoni hielt sie jedoch fest. »Sie haben mich ihnen nicht überlassen. Dafür werde ich Ihnen und der Señora mit meinem ganzen Herzen dienen und gehorchen.«

»Das hast du auch bisher getan.«

»Nun wird es für immer sein!« Ein scheues Lächeln erschien auf Nizhonis Lippen, und sie bat Walther insgeheim um Abbitte, weil sie in ihm bisher vor allem einen harten, misstrauischen Mann gesehen hatte. Dabei hatte er sie, wenn sie richtig nachdachte, bereits seit langem freundlich behandelt und

ihr sogar kleine Geschenke aus San Felipe de Austin mitgebracht.
»Sobald ich sicher bin, dass Capitán Velasquez und seine Männer diese Gegend verlassen haben, werde ich zu Hernando de Gamuzana reiten und Beschwerde gegen diesen Offizier einreichen. Bis zu meiner Rückkehr wirst du auf Gisela und Josef achtgeben«, erklärte Walther.
Nizhoni spürte das Vertrauen, das er in sie setzte, und fühlte sich glücklich. Wie es aussah, konnte die Farm eine richtige Heimat für sie werden.

5.

Noch nie war Walther in so schlechter Laune nach San Felipe de Guzmán aufgebrochen. Selbst Quiques Nachricht, Velasquez und seine Dragoner wären in südwestliche Richtung geritten und es gäbe keine Anzeichen, dass sie zurückkommen wollten, hatte seine Stimmung nicht bessern können.
Ihm ging es nicht nur um die neunundzwanzig gestohlenen Pferde, deren Verlust er nur schwer verkraften konnte, sondern auch um Gesetz und Ordnung. Man konnte nicht zulassen, dass die mexikanischen Truppen willkürlich im eigenen Land plünderten. Da Diego Jemelin und dessen Landsleute Velasquez' Verhalten höchstwahrscheinlich entschuldigen würden, verzichtete er diesmal darauf, bei ihnen einzukehren, legte dafür aber auf Belchers Farm eine Pause ein.
Andreas Belcher hieß ihn willkommen, bat seine Frau, auf-

zutischen, was die Tischplatte trug, und wandte sich wieder an Walther.

»Es freut mich, Sie zu sehen, Nachbar! Sonst haben wir ja kaum Kontakt zu Gamuzanas Siedlern. Die nächste Farm in Gamuzanas Settlement ist zwar nur zwanzig Meilen von hier entfernt, aber die Leute dort beantworten nicht einmal meinen Gruß, wenn ich sie treffe, geschweige denn, dass sie mich besuchen oder mich zu sich einladen.«

Diese Beschwerde hatte Walther schon mehrfach gehört und nicht sonderlich ernst genommen. Doch diesmal stimmte sie ihn nachdenklich. »Irgendetwas geht im Land vor, Belcher, und ich glaube nicht, dass es etwas Gutes ist. Mir hat ein Trupp mexikanischer Soldaten auf meiner Farm fast dreißig Pferde genommen und mir überdies noch die Vorratskammer ausgeräumt. Als die Kerle dabei unserer Indianerin Gewalt antun wollten, hat meine Frau den Hauptmann mit einer Pistole bedroht und ihm erklärt, er solle mit seinem Gesindel sofort verschwinden. Der Kerl ist dann ohne Vorräte abgezogen, aber die Pferde waren weg.«

Belcher hörte ihm mit wachsendem Groll zu. »Seit Santa Ana Präsident ist, nehmen sich diese Kerle immer mehr heraus. Doch so übel sind sie hier in der Gegend noch nie aufgetreten. Was werden Sie jetzt unternehmen?«

»Ich reite zu Gamuzana und beschwere mich. Immerhin ist er der Empresario dieser Region. Sollten die mexikanischen Soldaten noch einmal kommen, werde ich schießen!«

»Das würde ich auch tun«, erklärte Belcher. »Die mexikanischen Behörden halten Stephen Austin noch immer fest und stellen ständig neue Forderungen an uns amerikanische Siedler. Dabei sind unsere Rechte und Pflichten in dem Vertrag festgelegt, den Moses Austin mit der damaligen spanischen Kolonialverwaltung abgeschlossen hat und der nach der Un-

abhängigkeit von der mexikanischen Regierung bestätigt worden ist. Moses' Sohn Stephen hat die ersten dreihundert Siedler nach Texas gebracht, prachtvolle Frauen und mutige Männer, alle bereit, Mexiko die Treue zu halten. Doch wie soll man das tun, wenn die Mexikaner uns wie Hunde behandeln? Langsam glaube ich, William Barret Travis hat doch recht, wenn er fordert, wir Texaner sollten uns den Vereinigten Staaten anschließen.«
»Dann ständen wir mitten im Krieg«, wandte Walther ein.
»Jetzt haben wir eine plündernde Soldateska im Land! Wie lange, glauben Sie, werden die Kerle sich damit zufriedengeben, nur Pferde und Essen zu stehlen? Sie haben doch selbst miterlebt, dass die Kerle Ihre Sklavin notzüchtigen wollten. Über kurz oder lang wird es Tote geben. Ich sage Ihnen: Sobald der erste Siedler erschossen worden ist, wird uns nichts mehr bei Mexiko halten.«
Das war nicht mehr der Farmer, dem es gleichgültig war, wo er lebte, solange er in Ruhe seinen Mais anpflanzen konnte, und Walther konnte es Belcher nicht verdenken. In den Vereinigten Staaten war ein solches Schurkenstück wie das des Capitán Velasquez unmöglich, und er sagte sich, dass Hernando de Gamuzana gute Argumente brauchte, um ihn zu versöhnen.
Als er dann noch von Belcher erfuhr, dass die mexikanischen Behörden die nordamerikanischen Siedler aufgefordert hatten, ihre Waffen abzugeben, weil die Armee sie gegen die Indianer schützen würde, platzte ihm der Kragen. »Das ist unmöglich!«, rief er erregt. »Wenn wir Farmer unbewaffnet sind, fordern wir die Tonkawa und die anderen Stämme doch geradezu auf, uns zu überfallen!«
»Vor allem die Komantschen würden sich diese Gelegenheit nicht entgehen lassen«, erklärte Belcher. »Daher wird keiner von uns seine Waffen abgeben. Im Gegenteil! Wir haben un-

sere Miliz sogar noch verstärkt. Wie ist es bei Ihnen im French Settlement?«

»Unsere Miliz umfasst vierzig Mann. Allerdings sind wir erst dreimal zusammengekommen, denn wir hatten bisher noch keine Indianerüberfälle.«

»Das ist kein Wunder, denn Sie treiben mit den Komantschen Handel«, sagte Belcher. »Aber im Gegensatz zu anderen verkaufen Sie den Rothäuten wenigstens keine Schusswaffen und keinen Schnaps. Am schlimmsten sind die Kerle, wenn sie besoffen sind! Daher bedauere ich, dass auch einige aus unserem Siedlungsgebiet so unvernünftig sind, denen das Zeug zu liefern.«

»Da wir am Rand ihrer Jagdgründe siedeln, will ich friedlich mit den Komantschen auskommen.«

»Sie sind eben doch ein Deutscher, auch wenn Sie sich kaum um uns Deutsche hier in San Felipe de Austin und auch in Industry kümmern.«

»Ich komme fast jedes Mal bei Ihnen vorbei, wenn ich nach San Felipe de Austin reite«, antwortete Walther.

»Das schon, aber wir sehen Sie und Ihre Frau niemals auf einem unserer Feste. Es würde Ihnen beiden gewiss gefallen.«

»Meine Frau ist nicht gesund«, antwortete Walther, weil ihm keine bessere Ausrede einfiel, und wechselte das Thema. »Mir gefällt das Gerede vom Krieg nicht. Mexiko verfügt über eine Armee, wir Texaner nicht.«

»Als sich die dreizehn Staaten von England losgesagt haben, hatten sie auch keine Armee, sondern genau wie wir nur eine Miliz. Zudem ist ihnen kein Land wie Mexiko gegenübergestanden, sondern das mächtigste Reich der Welt. Wir haben trotzdem gewonnen!« Andreas Belcher klang so stolz, als hätte er persönlich an General Washingtons Seite die Kapitulation der Engländer entgegengenommen.

Es war dieser Mythos, der die Amerikaner in Texas antrieb. Nach Walthers Ansicht stellten diese sich alles viel zu einfach vor. Er hatte auf dem Schlachtfeld bei Waterloo erlebt, was Krieg heißt.

Nachdem Belcher und er sich die Köpfe heißgeredet hatten, sprachen sie noch über ein paar Belanglosigkeiten und gingen bald zu Bett. Am nächsten Morgen wurde Walther ein reichhaltiges Frühstück aufgetischt, das bis zum Abend reichen sollte.

Beim Weiterreiten ertappte sich Walther bei der Frage, ob Gisela und er nach dem Schiffbruch der *Loire* nicht doch besser daran getan hätten, in die Vereinigten Staaten zu ziehen. Auch wenn es nicht leicht geworden wäre, dort Fuß zu fassen, so würde es solche Probleme dort nicht geben.

6.

Trotz des Abstechers zu Belchers Farm erreichte Walther San Felipe de Guzmán schneller als sonst. Da seine Kleidung durch den Ritt staubbedeckt war, mied er Gamuzanas Hacienda, ritt in die Stadt und mietete sich in der Cantina ein. Während er sich wusch und die Frau des Wirts seine Sachen ausbürstete, erfuhr Walther, dass Gamuzana in der Stadt anzutreffen wäre. Dies war ihm nur recht, ersparte es ihm doch, zu dessen Hacienda hinausreiten zu müssen.

Er setzte seinen Hut auf und eilte zum Amtsgebäude des Alcalden. Im Vorzimmer hatten sich bereits etliche Einheimische eingefunden, die Gamuzana ihre Anliegen vortragen wollten, so dass Walther sich auf eine längere Wartezeit einrichtete.

Als er schließlich zu Gamuzana vorgelassen wurde, begrüßte dieser ihn freundlich und befahl seinem Diener, ein Glas Wein für den Gast zu bringen.

»*Buenos días,* Señor Fichtner. Ich freue mich, Sie zu sehen«, sagte er und reichte Walther die Hand.

Dieser ergriff sie und sah Gamuzana mit angespannter Miene ins Gesicht. »Meine Freude wäre größer, wenn ich keine Beschwerde vorbringen müsste!«

Da er seinen Ärger nicht verbarg, blickte Gamuzana erstaunt auf. »Was empört Sie so sehr?«

Auf seine Frage hin erhielt der Alcalde einen knappen Bericht über Capitán Velasquez' Besuch auf der Farm. Gamuzana setzte mehrfach zu einer Unterbrechung an, hörte dann aber doch schweigend zu, bis Walther geendet hatte.

»Ist dies die Wahrheit?«, fragte er entsetzt.

»Ja! Meine Frau, unsere Indianerin und die Vaqueros können es bestätigen.«

»Sie sagen, der Capitán habe bei Ihnen dreißig Mustangs requiriert?«, fragte Gamuzana weiter.

»Neunundzwanzig, um es genau zu sagen. Leider hat er mir keine Quittung gegeben, mit der ich es beweisen könnte. Er wollte auch unsere Nahrungsvorräte stehlen, doch als zwei seiner Männer unserer Dienerin Gewalt antun wollten, habe ich eingegriffen und den Hauptmann zu einem raschen Abrücken von unserer Farm gezwungen.«

Da Walther nicht wollte, dass Giselas Rolle über Gebühr bekannt wurde, wich er leicht von der Wahrheit ab und tat so, als hätte er die Soldaten mit Hilfe seines Knechts vertrieben. Gamuzana fuhr sich ein ums andere Mal nervös über die Stirn. »Señor, ich weiß zwar, dass Capitán Velasquez in unse-

rer Gegend stationiert worden ist, doch einen solchen Vorfall hätte ich niemals erwartet. Wenn es stimmt, werden Sie für Ihren Verlust entschädigt werden.«
»Ich glaube kaum, dass Velasquez zugeben wird, was er getan hat. Die Pferde, die er mir gestohlen hat, tragen jedoch mein Brandzeichen. Ich habe mit diesem Raub die Arbeit von zwei Jahren verloren. Sollte ich diesen aufgeblasenen Offizier je wiedersehen, werde ich ihm eine Kugel durch den Kopf jagen!«
Das Gefühl der Ohnmacht, mit der er den Behörden Mexikos gegenüberstand, steigerte Walthers Zorn.
Genau diese Reaktion verriet Hernando de Gamuzana, dass sein Gast die Wahrheit gesprochen hatte, und er hob begütigend die Hand. »Bitte bleiben Sie vorerst in der Stadt, Señor. Ich werde mich um diese Angelegenheit kümmern.«
Und zwar gleich, setzte Gamuzana in Gedanken hinzu. Sein Kopf schwirrte, und ihn überkam die Angst, dass alles, was er hier in Tejas aufgebaut hatte, zusammenbrechen könnte. Dennoch zwang er sich zu einem Lächeln, als er Walther bat, in Ruhe seinen Wein auszutrinken. Danach verabschiedete er sich, befahl draußen, seinen Hengst zu satteln, und ritt los, kaum dass das Tier aus dem Stall geführt worden war.
Kurz vor seiner Hacienda schlug er einen Bogen zu einem Stück Land, auf dem ein Trupp Dragoner sein Lager aufgeschlagen hatte. Gleich daneben befand sich ein aus Seilen bestehender Korral mit den Pferden der Soldaten. Gamuzana ritt darauf zu und musterte die Gäule. Die neunundzwanzig Mustangs entdeckte er sofort, und auf allen sah er das Brandzeichen, das Walther vor fünf Jahren bei ihm hatte eintragen lassen. Velasquez musste mit seinen Dragonern rasch geritten sein, um noch vor dem Deutschen hier einzutreffen, dachte Gamuzana erbittert.

Die Soldaten saßen um mehrere Lagerfeuer und brieten das Fleisch einer Kuh, die Gamuzana ihnen überlassen hatte. Sie kannten ihn als mexikanischen Patrioten und winkten fröhlich. Gamuzana verzog keine Miene, sondern gab seinem Reittier die Sporen und ritt im gestreckten Galopp zum Hauptgebäude seines Anwesens. Auf dem Hof zügelte er den Gaul, sprang aus dem Sattel und warf einem herbeieilenden Peon die Zügel zu.
»Wo ist der Capitán?«, fragte er den Mann.
»Er befindet sich bei den Damen«, antwortete der Knecht.
Ohne den Mann weiter zu beachten, stürmte Gamuzana ins Haus und platzte in den Salon seiner Ehefrau, die eben Trinkschokolade für sich, ihre Tochter und Velasquez hatte auftragen lassen.
Verwundert schaute Doña Elvira ihren hereinstürmenden Ehemann an. »Ist etwas geschehen, mein Lieber?«
»Nichts von Belang, meine Liebe. Capitán, ich würde gerne mit Ihnen sprechen.«
»Gerne, Don Hernando!« Velasquez stand auf und folgte Gamuzana in einen anderen Raum. Zwar weilte er erst seit einem Tag auf der Hacienda, doch es gefiel ihm hier ausgezeichnet. Noch mehr behagte ihm, dass es nur eine Tochter gab und diese einmal alles erben würde. In seiner schmucken Uniform hoffte er, Eindruck auf Mercedes und deren Mutter zu machen. Auch hatte er sich bereits eine Strategie zurechtgelegt, wie er sich Gamuzana selbst als Schwiegersohn empfehlen konnte.
»Capitán Velasquez, Sie sagten, Sie hätten mit Ihrer Einheit einen Feldzug gegen die Komantschen unternommen?«, fragte Gamuzana mit einer für den Hauptmann überraschenden Kälte.
»*Sí*, Don Hernando, das habe ich, und dabei eine stattliche

Anzahl an Mustangs erbeutet«, antwortete Velasquez selbstzufrieden.
»Es sind neunundzwanzig, wie ich hörte. Eigenartig finde ich nur, dass sie alle dasselbe Brandzeichen aufweisen. Indios brennen niemals ihre Gäule!«
»Wahrscheinlich haben die Komantschen diese Tiere bei einem Raubzug auf einer Hacienda erbeutet«, versuchte der Hauptmann, die Brandzeichen zu erklären.
»Seltsamerweise behauptet ein Farmer, dass Sie diese Tiere bei ihm beschlagnahmt haben!« Gamuzana behielt den Hauptmann scharf im Auge und sah dessen kurzes Erschrecken.
Velasquez rettete sich in ein gekünsteltes Lachen. »Der Mann erzählt Märchen, Don Hernando!«
»Ich kenne den Mann gut, Capitán, und ich vertraue ihm.«
»Einem dreckigen Americano! Das kann doch nicht Ihr Ernst sein«, rief Velasquez empört.
»Der Mann ist kein Americano, sondern ein Siedler aus Europa. Ich selbst habe ihm dieses Land gegeben! Zudem ist er einer meiner beiden Stellvertreter in meinem Siedlungsgebiet. Er war stets ein treuer Bürger Mexikos! Doch mit Ihrem Raubzug haben Sie dafür gesorgt, dass er Mexiko und dessen Behörden von nun an mit Misstrauen betrachten wird.«
Obwohl Gamuzana seine Stimme nicht erhob, spürte der Hauptmann den Zorn des Alcalden. Velasquez war jedoch nicht bereit nachzugeben. »Das hier ist unser Land, Don Hernando, und die Americanos haben hier nichts verloren. Präsident Generalissimus Antonio López de Santa Ana hat erklärt, dass er, sobald die Rebellionen im Süden niedergeschlagen sind, nach Tejas marschieren wird, um alle Americanos und Europäer über die Grenze zu treiben.«
»Wenn Santa Ana dies versucht, gibt es Krieg, und zwar mit den Vereinigten Staaten!«, stieß Gamuzana hervor.

»Der Generalissimus wird auch gegen die Truppen der Vereinigten Staaten keine Gnade walten lassen, sollten diese sich in unsere Angelegenheiten einmischen.« Velasquez sah sich wieder im Vorteil und erklärte Gamuzana, dass es im Sinne Santa Anas sei, die amerikanischen Texaner und europäischen Siedler so weit zu bringen, dass diese freiwillig das Land räumten.

»Damit bricht Santa Ana sämtliche Verträge, die die Regierung von Mexiko mit uns Empresarios und den Siedlern geschlossen hat«, rief Gamuzana empört. »Auch war es ein Fehler, die Verfassung von 1824 außer Kraft zu setzen, denn sie war der Garant der Freiheit in unserem Land. Für nicht weniger sinnlos halte ich die Inhaftierung von Stephen Austin. Auch wenn ich keine freundschaftlichen Gefühle für diesen Mann hege, so hat er doch die Schreier in seinem Siedlungsgebiet unter Kontrolle gehalten. Jetzt aber haben Männer wie William Travis und Sam Houston das Sagen, die unverhohlen den Anschluss von Tejas an die Vereinigten Staaten fordern.«

»Wir werden diesen Travis und seine Kumpane schon bald vor ein Erschießungskommando stellen, und dann sind wir sie los!« Velasquez lächelte überlegen, denn er wusste sich in der Gunst des neuen Präsidenten. Dann aber erinnerte er sich, dass Hernando de Gamuzanas Bruder Ramón dessen Adjutant war, und schlug einen versöhnlicheren Kurs ein.

»Don Hernando, Generalissimus Antonio López de Santa Ana wird Mexiko verändern. Er hat bereits Spanien besiegt und wird auch die Rebellionen im Süden niederschlagen ...«

»Die ausgebrochen sind, weil die Leute dort unsere Verfassung verteidigt haben«, fiel Gamuzana ihm ins Wort.

»Die Verfassung ist nur ein Stück Papier, mit dem man genauso gut einen Ofen anzünden kann!«, gab der Hauptmann zurück.

»Sie und vielleicht auch General Santa Ana mögen dies so sehen. Ich hingegen werde alles tun, um den Frieden in Tejas zu bewahren. Aus diesem Grund werden Sie dieses Gebiet hier verlassen und sich nach San Antonio de Bexár oder noch besser nach Coahuila zurückziehen. Ich werde General Santa Ana schreiben, dass er um Gottes willen nicht in das Feuer bläst, das ein paar Narren entzünden wollen. Unser Land braucht Frieden, um gedeihen zu können, nicht Krieg!«
Noch während er es aussprach, begriff Gamuzana, dass es sinnlos war, etwas in dieser Richtung zu unternehmen. General Antonio López de Santa Ana hatte sich an die Macht geputscht und würde allein schon aus Misstrauen gegen jedes Anzeichen von Opposition mit eiserner Faust vorgehen. Einen Augenblick dachte er daran, dass er diesen Mann sogar einmal verehrt hatte. Doch damals hatte er geglaubt, Santa Ana wolle die Macht in Mexiko auf demokratischem Weg erringen. Auch hatte die Abneigung gegen die Amerikaner den General blind gemacht. Es wäre besser gewesen, sich mit Männern wie Stephen Austin zusammenzutun, um Tejas gemeinsam vielleicht nicht zu einem Paradies, aber zu einem Land zu machen, in dem es sich zu leben lohnte.
Dafür aber konnte er keine Männer wie Capitán Velasquez brauchen. Aus diesem Grund erklärte er diesem noch einmal deutlich, dass er in diesem Landstrich nichts mehr verloren habe.
»Und drohen Sie mir nicht mit dem General! Auch er wird einsehen müssen, dass Tejas nicht Yucatán ist«, setzte er eisig hinzu.
Velasquez begriff, dass er nichts mehr ausrichten konnte, und klemmte sich seinen Helm unter den Arm. »Unter diesen Umständen werde ich Ihr Heim umgehend verlassen. Empfehlen Sie mich den Damen und beten Sie, dass mein nächster

Besuch nicht auf Befehl des Generalissimus Antonio López de Santa Ana geschieht, um Sie festzunehmen.«
Dies war beinahe das entscheidende Wort zu viel. Obwohl Gamuzana etliche Jahre älter war als der Hauptmann, hätte er diesen am liebsten zum Duell gefordert. Nur der Gedanke, dass der Offizier ein elender Dieb und Lügner war, hielt ihn davon ab. Er sah zu, wie Velasquez grußlos das Haus verließ, und rief dann den Vormann seiner Vaqueros zu sich.
»Nimm dir zwanzig Mann, hole die neunundzwanzig Mustangs, die Capitán Velasquez den Komantschen abgenommen haben will, und bringe sie hierher. Sollte der Capitán oder dessen Männer euch daran hindern wollen, so sag ihnen, dass ich als oberste Gerichtsinstanz in diesem Bezirk die Beschlagnahme angeordnet habe.«
Der Mann war es gewohnt, Gamuzana zu gehorchen. Außerdem hatte er nicht viel für die Dragoner übrig, von denen kaum einer freiwillig Soldat geworden war. Genau wie sein Herr wusste er, dass die meisten von ihnen aus den Gefängnissen Mexikos stammten und sich mehr wie Räuber als wie Soldaten verhielten.
Während sein Vorarbeiter seine Männer zusammenrief und losritt, dachte Hernando de Gamuzana, dass eine solche Truppe nicht geeignet war, das unruhige Tejas zu befrieden. Er zweifelte sogar, dass es ihnen gelingen würde, sich gegen die Milizen der Siedler zu behaupten. Zwar war an diese die Anweisung ergangen, ihre Waffen abzuliefern, doch angesichts solcher Soldaten wie Velasquez hätte auch er ihnen den Rat gegeben, es nicht zu tun.

7.

Walther saß in der Cantina und überlegte, was er tun sollte. Kein einziges Mal seit ihrer Flucht aus Renitz hatte er sich so hilflos gefühlt. Gleichzeitig aber wusste er, dass er einen zweiten Raubüberfall durch die mexikanischen Truppen nicht mehr hinnehmen würde. Wenn es nicht anders ging, musste er Gisela und Josef in Sicherheit bringen und dann mit der Waffe in der Hand für sein Recht kämpfen. Bei dem Gedanken lachte er bitter auf. Jetzt war er schon genauso weit wie William Barret Travis oder Sam Houston, der ehemalige Gouverneur von Tennessee, die vorhatten, Texas von Mexiko zu lösen und den Vereinigten Staaten anzuschließen. Noch während er feststellte, dass er selbst schon den Namen dieser Provinz wie ein Amerikaner aussprach und sich auch bereits als Texaner bezeichnet hatte, als sei er ein Separatist, betrat ein neuer Gast die Cantina. Er trug einen arg strapazierten, dunkelgrauen Anzug und einen grauen Hut. Auffällig war sein bleiches, ausgezehrtes Gesicht. Jetzt wankte der Mann auch noch. Gleichzeitig schüttelte ihn ein Hustenanfall, so dass er sich am Türrahmen festhalten musste.
Die Mexikaner in der Cantina sahen ihm abweisend entgegen, und der Wirt wirkte ganz so, als wolle er ihn vor die Tür setzen. Da wurde Walther auf den Mann aufmerksam und eilte zu ihm hin. »Mister Austin! Welch eine Freude, Sie zu sehen.«
Austin wischte sich den Mund mit einem Taschentuch ab und drehte sich dann zu Walther um. »Mister Fitchner! Die Freude ist ganz meinerseits. Ich bin sehr froh, Sie zu treffen. Ich fühle mich schwach und würde mich freuen, wenn Sie mich nach Hause begleiten könnten.«
»Das mache ich gerne. Aber kommen Sie! Sie müssen etwas

trinken. Auch sehen Sie nicht so aus, als hätten Sie die letzte Zeit der Völlerei gefrönt.«

Austin verzog schmerzhaft das Gesicht. »Dieser Sünde habe ich mich wahrlich nicht hingegeben! Aber das war Umständen geschuldet, über die ich hier nicht sprechen will.«

Da Austins Blick dabei über die anwesenden Mexikaner streifte, begriff Walther, was er damit meinte. Seine Worte waren nicht für Leute gedacht, die womöglich auf Santa Anas Seite standen.

Mit einem aufmunternden Lächeln führte Walther Austin an seinen Tisch, bestellte etwas zu essen und zu trinken und wünschte sich, sofort aufbrechen zu können, um von Austin zu erfahren, was dieser in den letzten beiden Jahren erlebt hatte. Der Siedlerführer war jedoch viel zu schwach, um San Felipe de Guzmán noch am selben Tag verlassen zu können. Auch war seine Lunge angegriffen, denn er hustete immer wieder stark.

»Soll ich einen Arzt rufen?«, fragte Walther, obwohl er nicht einmal wusste, ob es hier einen Mediziner gab.

Austin schüttelte den Kopf. »Nein! Ich wurde bereits untersucht, als man mich freiließ. Aber wie gesagt, davon später.«

»Trinken Sie einen Schluck!« Walther füllte Austins Glas und nötigte ihn, es zu leeren. Es gelang ihm auch, den Kranken dazu zu bewegen, ein paar Löffel Chili zu essen, den die Tochter des Wirts schließlich brachte.

»Sie sehen aus, als hätten Sie einiges erlebt!«, erklärte Walther, und ihm wurde klar, dass auch er Austin einiges zu erzählen hatte. »Wir sollten noch ein paar Tage hierbleiben, damit Sie sich erholen können«, schlug er vor.

»Wir werden reisen, sobald Sie Ihre Angelegenheiten erledigt haben«, antwortete Austin. »Ich will so rasch wie möglich nach Hause. Warten Sie auf einen neuen Siedlertreck?«

»Nein! Das Gamuzana-Gebiet gilt als vollständig besiedelt.«
Noch während er es sagte, verzog Walther das Gesicht. Im Grunde fehlte noch ein gutes Viertel der Farmer, die dort hätten angesiedelt werden sollen. Die mexikanischen Behörden nahmen es jedoch bei einem Empresario aus ihren eigenen Reihen nicht so genau, auch wenn dieser das frei gebliebene Land nach Lust und Laune verteilte. Er selbst zählte zu den Gewinnern dieses Betrugs, denn der letzten Eintragung zufolge besaß er mittlerweile das Fünfzehnfache an Land, das ein normaler Siedler erhalten hatte. Diego Jemelin war als Einheimischer mit zwanzig Siedlerstellen sogar noch bessergestellt. Auf die Weise konnten sie das Land kaum voranbringen, dachte Walther, insbesondere dann nicht, wenn Männer wie Capitán Velasquez die Siedler um die Früchte ihrer Arbeit brachten.

Da weder er noch Austin an diesem Ort darüber sprechen konnten, was sie wirklich bewegte, schwiegen sie sich die meiste Zeit an. Auf einmal entstand Unruhe unter den Gästen der Cantina. Als Walther aufblickte, sah er Hernando de Gamuzana auf sich zukommen. Als der Alcalde Austin neben ihm bemerkte, hob er zwar die Augenbrauen, grüßte aber freundlich.

»*Buenos días,* Señores. Mister Austin, ich freue mich, Sie wieder in Freiheit zu sehen! Mag es ein Zeichen sein, dass der Geist der Verfassung von 1824 noch nicht verflogen ist.«

»Danke, Don Hernando! Ich wünschte, Sie wären der Präsident von Mexiko, denn Sie sind ein gerechter Mann.« Austin stand auf und reichte Gamuzana die Hand. Dieser ergriff sie, drückte sie kurz und wandte sich dann Walther zu.

»Ich habe mir erlaubt, Ihre Mustangs zu kaufen. Es sind gute, junge Tiere, die mit achtzig Pesos pro Stück nicht zu teuer bezahlt sind. Sehen Sie dieses Geld auch als Entschädigung für all das an, was Ihre Frau und Sie durchmachen mussten.«

Dabei schob Gamuzana Walther einen prall gefüllten Beutel zu. Walther sah den Alcalden verwundert an. »Ich verstehe nicht ganz, was Sie meinen.«

»Nehmen Sie neben diesem Geld auch meine Entschuldigung im Namen der Republik Mexiko an. Ich kann Ihre Mustangs gut brauchen. Oder wollen Sie die Tiere zu Ihrer Hacienda zurücktreiben?«

Da Walther von den Komantschen jederzeit neue Mustangs kaufen konnte, schüttelte er den Kopf. »Nein, das will ich nicht.«

»Dann bitte ich Sie, diese unangenehme Begebenheit zu vergessen. Damit Gott befohlen!« Gamuzana hob noch kurz die Hand zum Gruß und verließ die Cantina wieder.

»Sieht aus, als hätten auch Sie einiges erlebt«, meinte Austin nachdenklich. »Auf dem Heimritt können wir uns darüber unterhalten. Doch wie ist es nun? Müssen Sie noch länger hierbleiben?«

Walther nahm den Beutel entgegen und steckte ihn ein, ohne den Inhalt anzusehen oder gar zu zählen. Noch immer begriff er nicht, aus welchem Antrieb Gamuzana so gehandelt hatte. War es wirklich nur der Gerechtigkeit wegen, oder verabscheute der Alcalde die Methoden eines Capitán Velasquez ebenso sehr wie er selbst? Ihm blieb jedoch nicht die Zeit, darüber nachzudenken, denn er wollte Austins Frage beantworten.

»Wenn Sie sich gut genug fühlen, können wir morgen früh aufbrechen!«

»Das wäre mir sehr lieb«, erklärte Austin erleichtert. »Ich will endlich wissen, wie es zu Hause steht.«

Wichtiger aber war, sagte er sich, dass er Neuigkeiten mitbrachte, die er dringend an seine Leute, aber auch an Walther Fitchner weitergeben musste. Jeder Tag, den sie früher nach San Felipe de Austin gelangten, konnte entscheidend sein.

8.

Als San Felipe de Guzmán hinter ihnen zurückblieb, verspürte Walther ein gewisses Bedauern. Am liebsten wäre er zu Gamuzanas Hacienda geritten, um mit diesem über die Situation im Land zu sprechen. Da Austin jedoch drängte, nach Hause zu kommen, verwarf er diese Überlegung und lenkte sein Pferd nach Norden. Unterwegs berichtete Austin von seiner Gefangenschaft und den Veränderungen, die sich im Süden Mexikos vollzogen hatten.

»Diese Umwälzungen werden Auswirkungen auf uns alle haben«, sagte er. »Ihr Siedler aus Europa werdet euch ebenso wie wir Amerikaner entscheiden müssen, wem unsere Loyalität gilt. Bislang habe ich zu Mexiko gehalten, doch nach all dem, was in der letzten Zeit geschehen ist, muss ich sagen: Männer wie Travis haben recht!

Die mexikanischen Behörden denken gar nicht daran, die uns vertraglich zugesicherten Rechte einzuräumen. Selbst in der Hauptstadt herrscht Willkür. Santa Anas Leute verhaften jeden, von dem sie glauben, er würde gegen sie stehen, und erschießen ihn. In den Provinzen ist es noch schlimmer. Santa Ana hat einen Aufstand in Yucatán blutig niedergeschlagen. Es gab kein Pardon und keine Gefangenen. Seine Soldateska hat in den Städten dieses Bundesstaats vergewaltigt und gemordet, dass es Christus erbarmen möge! Nun befindet Santa Ana sich auf dem Marsch nach Norden, um Zacatecas niederzuwerfen, weil die Provinzregierung dort die Rückkehr zur Verfassung und einen demokratisch gewählten Präsidenten fordert.«

Austin legte eine kurze Pause ein, um seine Worte wirken zu lassen. »Sobald Santa Ana Zacatecas unter seine Kontrolle

gebracht hat, wird er mit seinem Heer weiter nach Norden marschieren. Er hat bereits verkünden lassen, dass er nach Texas kommen und alle Siedler vertreiben will, die keine geborenen Mexikaner sind. Daher fordert er uns auf, unsere Farmen zu verlassen und über die Grenze nach Louisiana zu gehen. Sonst – so verkünden seine Flugblätter – sähe er sich nicht in der Lage, für unser Leben zu garantieren!«
»Der Mann ist verrückt!«, entfuhr es Walther. »Er kann nicht zwanzigtausend Siedler oder mehr von ihrem Besitz vertreiben.«
»Santa Ana kann es, denn er fühlt sich an kein Gesetz und kein Recht gebunden. Wissen Sie, wie er sich mittlerweile nennen lässt?«
»Nein.«
»Napoleon des Westens! Und das nur, weil er einen Sieg über ein paar hundert spanische Soldaten und schlecht ausgerüstete Freiheitskämpfer erringen konnte.« Austin lachte bitter, denn er bekam die Bilder nicht aus dem Kopf, wie Santa Anas Soldaten in den unterworfenen Gebieten gemordet und geschändet hatten. »Wenn seine Truppen nach Texas kommen, wird es nicht anders sein«, murmelte er.
Walther musste schlucken. »Auch Napoleon hatte sein Waterloo. Hoffen wir, dass es für Santa Ana Texas sein wird!«
Austin lenkte sein Pferd näher an Walthers und reichte ihm die Hand.
»Fitchner, Sie sind ein Mann nach meinem Herzen!«
Es klang so aufrichtig, dass Walther ihm die falsche Aussprache seines Namens verzieh.
Er blickte über das Land, das sich schier endlos von Horizont zu Horizont dehnte, und nickte dann. »Dieses Land hier ist mir zur Heimat geworden, und ich will es nicht verlieren. Doch wir müssen alles tun, damit es ein Land freier Männer

bleibt, in dem alle ihren Platz haben, ob sie nun aus den Vereinigten Staaten, aus Europa oder aus Mexiko stammen.«
»Sie meinen Gamuzana! Ich hoffe, er entscheidet sich für uns, denn ein großer Teil der mexikanischen Bewohner von Texas sieht in ihm ihren Anführer. Wenn er gegen Santa Ana steht und sich vielleicht sogar uns anschließt, wäre es ein großer Gewinn für unsere Sache.«
»Was ist unsere Sache?«, fragte Walther leise. »Unsere eigene Freiheit oder der Anschluss an die Vereinigten Staaten?«
Austin musterte ihn nachdenklich. »Ich weiß nicht, ob Ersteres möglich ist ohne das Zweite. Bevor Santa Ana die Macht ergriffen hat, hatte ich gehofft, Mexiko würde uns in Freiheit leben lassen. Doch wo es einen Santa Ana gibt, kann es auch einen zweiten geben, wenn Sie verstehen, was ich meine.«
»Sie glauben, es gäbe in Mexiko kein friedliches Dasein mehr für uns?«, fragte Walther.
»So sehe ich es. In diesem Land leben zu viele Männer mit Einfluss, die selbst Macht ausüben wollen. Jeder von ihnen dürfte unsere Versuche, eine Autonomie für Texas zu erreichen, im Keim ersticken wollen – oder besser gesagt in Blut, so, wie Santa Ana es vorhat.«
»Und was sollen wir Ihrer Meinung nach tun?«
»Uns auf jeden Fall nicht ins Bockshorn jagen lassen! Mein Ziel ist es, so rasch wie möglich ein Parlament wählen und von diesem eine Regierung bestimmen zu lassen, die offiziell mit den Vereinigten Staaten verhandeln kann. Außerdem brauchen wir eine Armee, mit der wir Santa Ana gegenübertreten können.«
Obwohl es Austin körperlich schlechtging, redete er wie von einem inneren Feuer getrieben. Fast fünfzehn Jahre lang hatte er dem Traum von einem Texas angehangen, das zu einem Juwel für Mexiko werden sollte. Santa Ana hatte ihn durch

die Haft brechen wollen, damit aber nur Austins Willen gestärkt, sich die Freiheit mit allen Mitteln zu erhalten.
»Meine Hoffnungen ruhen auf den Vereinigten Staaten. Wenn deren Regierung auf unserer Seite eingreift, wird Santa Ana scheitern«, erklärte Austin.
Walther sah ihn nachdenklich an. »Und wenn die Vereinigten Staaten nicht eingreifen? Was passiert dann?«
»Dann muss Santa Ana an uns Texanern scheitern! Oder wollen Sie als Bettler in die Vereinigten Staaten ziehen? Wir haben dieses Land unter den Pflug genommen und aufgebaut. Es gehört uns!«, rief Austin voller Zorn.
Die Wunden müssen tief sein, dachte Walther, um aus einem so friedlichen Mann wie Stephen Austin einen Rebellen zu machen. Aber er stand vor derselben Entscheidung. Wenn Santa Ana die europäischen Siedler vertreiben wollte, gab es auch für ihn nur Kampf oder Flucht.
»Hoffen wir, dass die Vereinigten Staaten eingreifen!« Noch während Walther dies aussprach, wusste er, dass die Entscheidung gefallen war. Entweder zog Santa Ana seine Truppen aus Texas ab und ließ es sich selbst verwalten, oder er würde dieses Land ganz verlieren.

9.

Austins Zustand war so schlecht, dass sie bis zu Belchers Farm zwei Tage länger benötigten als sonst. Als sie schließlich auf die Farmgebäude zuritten, kniff Walther die Augen zusammen. Das Anwesen wirkte verändert. Das

Wohnhaus hatte nun feste Fensterläden mit kleinen Luken, so dass man aus ihrer Deckung heraus feuern konnte. Auch ließ sich niemand sehen, obwohl Belcher sonst immer offen auf Besucher zugegangen war. Offenbar hatte die Nachricht von Velasquez' Überfall bereits die Runde gemacht und seinen Nachbarn vorsichtig werden lassen.
Erst als sie auf dem Hof von den Pferden stiegen, öffnete sich die Tür, und der Farmer kam heraus. »Sie sind es, Fichtner! Und ... oh Gott! Ich glaub es nicht! Mister Austin, sind Sie es wirklich?«
Noch während er die Frage stellte, eilte Belcher auf seinen Anführer zu und fasste dessen Hände. »Wie schön, dass die Mexikaner Sie freigelassen haben!«
Austins Gesicht verhärtete sich. »Sie taten es nicht aus Gnade oder gar der Gerechtigkeit wegen. Santa Ana ließ mich laufen, weil ich seine Warnung überbringen soll.«
»Welche Warnung?«, fragte Belcher verwirrt.
»Santa Ana hat erklärt, dass er, sobald er Zacatecas unterworfen hat, nach Texas ziehen und alle Nichtmexikaner vertreiben will. Wer nicht schnell genug davonläuft, kann nicht auf Gnade hoffen.«
Belcher sah ihn verblüfft an und begann dann zu lachen. »Santa Ana zieht sich ja verdammt große Stiefel an! Was macht er, wenn wir uns nicht vertreiben lassen?«
»Das werden wir ihn zu gegebener Zeit fragen müssen«, warf Walther ein.
Jetzt schmunzelte auch Austin. »Das tun wir, aber dann so, dass er es nicht vergisst. Doch zuerst müssen wir ein richtiges Staatswesen aufbauen, mit einem Parlament und einem Präsidenten von Texas.«
»Sie haben das Heer vergessen, Mister Austin. Ohne eine ausreichende Militärmacht wird Santa Ana uns überrollen.«

Walthers Warnung war berechtigt, doch Belcher winkte geringschätzig ab. »Santa Ana soll sich bloß hertrauen, dann fliegen ihm die Kugeln nur so um die Ohren! Jeder von uns ist ein guter Schütze, und wir haben ordentliche Gewehre!«
»Die könnten Santa Anas Truppen auch haben!«, wandte Walther ein.
Diesmal schüttelte Austin den Kopf. »Haben sie nicht. Da ich nach meiner Entlassung bis nach San Antonio de Bexár eskortiert worden bin, hatte ich genug Zeit, mir die Ausrüstung der Soldaten anzuschauen. Im Gegensatz zur Kavallerie sind die Infanteristen mit englischen Musketen ausgerüstet, die bereits bei Waterloo verwendet wurden.«
»Etwa mit der *Brown Bess?*«, rief Walther ungläubig.
Obwohl er damals erst vierzehn Jahre alt gewesen war, konnte er sich an diese Musketen noch gut erinnern. Seine eigene Büchse schoss dreimal so weit und war viel zielgenauer.
»Wenn das so ist, haben wir eine Chance. Aber nur, wenn wir genug Männer in Reih und Glied stellen können, um den Ansturm der Mexikaner aufhalten zu können.«
»Das wird eine unserer wichtigsten Aufgaben sein. Aber als Erstes brauchen wir eine gewählte Regierung, die mit dem Präsidenten der Vereinigten Staaten verhandeln kann.« Austin fuhr sich erschöpft über die Stirn. »Mister Belcher, ich würde mich bei Ihnen gerne eine Nacht ausruhen und morgen weiter nach San Felipe de Austin reiten.«
»Sie sind mir willkommen, Mister Austin. Und was ist mit dir, Fichtner?«
Walther überlegte kurz und schüttelte den Kopf. »Ich würde gerne mitkommen, aber ich muss nach Hause. Meine Frau ist gewiss besorgt, da sie nicht weiß, wie die mexikanischen Behörden meine Beschwerde über Velasquez' Verhalten aufgenommen haben.«

»Ein anderer Alcalde als Gamuzana hätte Sie wahrscheinlich als Aufrührer ins Gefängnis gesteckt«, erklärte Austin. »Es muss unsere Aufgabe sein, ihn und auch andere Großgrundbesitzer wie zum Beispiel Seguín, der ja noch mehr Einfluss hat, auf unsere Seite zu ziehen. Wenn sie begreifen, dass wir keine Feinde des mexikanischen Volkes sind, sondern die in der Verfassung von 1824 festgelegten Rechte verteidigen, die Santa Ana ohne Legitimation außer Kraft gesetzt hat, wäre uns sehr geholfen.«
Walther stimmte ihm zu. »Ich werde auf dem Heimweg Diego Jemelin aufsuchen und schauen, wie er zu der Sache steht. Schlägt er sich auf unsere Seite, tun dies auch die anderen mexikanischen Siedler.«
»Und wenn nicht?«, fragte Belcher.
»Dann werden wir uns etwas einfallen lassen müssen.« Walther wollte sich gar nicht vorstellen, was es bedeuten würde, wenn Jemelin und dessen Mexikaner, die etwa die Hälfte der Siedler im Gamuzana-Gebiet ausmachten, sich gegen sie stellen würden.
Das Gespräch erlahmte, als Belcher sie ins Haus einlud, in dem seine Frau Anneliese bereits den Tisch gedeckt hatte. In ihrer Anwesenheit mieden sie alle schwerwiegenden Themen und redeten über allgemeine Dinge. Annelieses blasses Gesicht und ihre zuckenden Lippen verrieten ihnen jedoch, dass sie genug gehört hatte und sich vor dem fürchtete, was die Zukunft für sie bereithielt.
Nach dem Essen verabschiedete Walther sich und stieg auf sein Pferd. Auch wenn er an diesem Tag nur noch ein paar Meilen zurücklegen konnte, so wollte er diese Zeit doch nützen, um so rasch wie möglich zu Jemelin zu gelangen.

10.

Jemelins Hacienda wirkte ebenfalls so, als erwarte man dort jeden Augenblick einen Angriff. Die Vaqueros und Peones trugen Waffen, und der Zaun um das Anwesen war verstärkt worden. Es gab nur noch einen Zugang, und dieser wurde bewacht. Bei Walthers Anblick senkte der Posten seine Flinte und schwenkte mit einer Hand seinen Hut.
»Es ist Señor Waltero!«, rief er mit lauter Stimme zum Wohnhaus hinüber. Dort erschien Diego Jemelin und kam sichtlich erleichtert auf Walther zu.
»Willkommen, mein Freund! Ich freue mich, Sie gesund wiederzusehen!«
Jemelin hat wohl befürchtet, ich könnte verhaftet worden sein, fuhr es Walther durch den Kopf, während er sich aus dem Sattel schwang. »Ich freue mich auch, Sie zu sehen, Señor Jemelin, und hoffe, bei Ihnen ist alles wohlauf.«
»Das ist es«, antwortete Jemelin und reichte ihm die Hand. »Ich habe gehört, was passiert ist. Dieser verdammte Offizier! Der hat seinen Rang wohl auch nur deswegen bekommen, weil seine Schwester mit General Santa Ana ins Bett gestiegen ist.«
Ein Freund Santa Anas war Jemelin ebenfalls nicht, registrierte Walther zufrieden. Er folgte dem Haciendero ins Haus und sah, dass Rosita bereits Chilitortillas rollte. Nachdem er ein Glas Tequila geleert hatte, sah er Jemelin durchdringend an.
»Ich habe mit Don Hernando gesprochen, und er hat mich für die Verluste durch Capitán Velasquez entschädigt.«
»Don Hernando ist ein gerechter Mann«, antwortete Jemelin erleichtert.

»Das ist er! Doch hätte so etwas niemals passieren dürfen. Wenn Offiziere sich in Räuberhauptleute verwandeln, ist es ein schlechtes Zeichen für das Land.«

»Velasquez hätte sich vorher informieren sollen, wen er heimsucht«, begann Jemelin, winkte dann aber selbst ab. »Nein, er hätte es unter keinen Umständen dürfen! Wenn er Pferde und Proviant braucht, hätte er fragen und vor allem dafür bezahlen müssen. Doch so hat er sich, wie ich als Mexicano beschämt zugeben muss, wie ein Bandit benommen.«

Walther berichtete nun genau, wie der Überfall abgelaufen war, und fand in Jemelin einen aufmerksamen Zuhörer.

»Sie sollten diese Begebenheit nicht auf die leichte Schulter nehmen, Señor Waltero«, erklärte Jemelin, als er geendet hatte. »So, wie Sie mir Velasquez schildern, ist er ein sehr von sich eingenommener Mann. Er wird es Ihnen nicht verzeihen, dass Sie ihn auf eine so beschämende Weise vertrieben haben. Hüten Sie sich vor ihm! Ich bin sicher, er wird wiederkommen.«

»Dann wird er von Kugeln empfangen«, erklärte Walther grimmig.

Jemelin nickte bedrückt. »Es tut mir leid, dass es so gekommen ist. Aber schuld daran sind die Americanos, die in immer größerer Zahl in unser Land eindringen und ohne jede Erlaubnis Siedlungen errichten. Sie sind nicht bereit, unsere Gesetze anzuerkennen oder unsere Regierung, sondern wollen Tejas zu einem Bundesstaat der Vereinigten Staaten machen. Das kann Mexiko nicht dulden.«

»Muss Mexiko deswegen mit Gewalt gegen jene vorgehen, die seine Gesetze achten?« Walther klang scharf und brachte Jemelin dazu, beschämt den Kopf zu senken.

»Das ist ein schlimmer Fehler, denn er zwingt vernünftige Leute wie Sie, sich auf die Seite der Empörer zu schlagen.

Mexiko macht sich dadurch immer mehr Feinde und zieht möglicherweise auch die Vereinigten Staaten in einen Krieg hinein. Aber vielleicht sehen wir auch zu schwarz! Männer wie Don Hernando werden gewiss ihren Einfluss auf die Regierung geltend machen, so dass eingetragene Siedler gleich welcher Herkunft in Tejas bleiben und nur die wilden Siedler vertrieben werden.«

Dazu ist es bereits zu spät, dachte Walther. Die einzelnen Siedlergruppen hatten sich mittlerweile verbündet und würden mehr auf ihre Waffen als auf irgendwelche Versprechungen der mexikanischen Regierung vertrauen. Er behielt diese Einschätzung jedoch für sich, um Jemelins Hoffnung nicht zu zerstören. Stattdessen stellte er die Frage, die ihn seit dem Überfall durch Velasquez' Dragoner umtrieb.

»Was werden Sie tun, wenn es zum Äußersten kommt, Señor Jemelin?«

Sein Gegenüber blickte ihn nachdenklich an. »Ich anerkenne Ihr Recht und das der anderen Siedler auf das Land, das Sie alle vom mexikanischen Staat erhalten haben, aber ich bin Mexikaner und kann nicht gegen mein Heimatland kämpfen. Das müssen Sie verstehen! Doch ich verspreche Ihnen, dass ich nicht gegen Sie und die anderen europäischen Siedler vorgehen werde.«

»Und wenn Don Hernando die Waffen gegen Santa Ana erheben würde?«, fragte Walther weiter.

»Don Ramón steht hoch in Präsident Santa Anas Gunst. Ich glaube nicht, dass Don Hernando sich gegen seinen Bruder stellt.«

Jemelin schlug das Kreuz, denn so sicher, wie er tat, war er sich dessen nicht. Doch was auch kommen mochte – er war nicht bereit, für die eine oder die andere Seite die Waffe in die Hand zu nehmen und zu töten.

»Ich bin Haciendero und kein Soldat, Señor Waltero. Ich pflanze meinen Mais und züchte Rinder. Alles andere geht mich nichts an.«
Walther begriff, dass er nicht mehr erreichen konnte. Wenn es hart auf hart kam, würden er und seine Nachbarn sich mit Austins Amerikanern und den wilden Siedlern aus dem Norden zusammentun müssen – damit sie überhaupt eine Chance hatten. Einen Augenblick lang dachte er an Nicodemus Spencer. Die Vorstellung, vielleicht Seite an Seite mit dem Mörder von Giselas Mutter marschieren zu müssen, ließ Übelkeit in ihm hochsteigen. Doch sein Weg war vorgezeichnet, und er konnte nichts anderes tun, als ihn zu beschreiten. Die Alternative wäre, alles aufzugeben, was er sich hier geschaffen hatte, um als Bettler nach Osten zu ziehen.
Bei dem Gedanken fasste er an die Stelle seines Rocks, unter der er den Beutel trug, den Gamuzana ihm gegeben hatte. Es waren über dreitausend Pesos. Vielleicht war es doch besser, mit Gisela und Josef in die Vereinigten Staaten zu ziehen. Mit dem Geld würde er eine neue, wenn auch bescheidene Existenz aufbauen können. Doch sogleich verwarf er diesen Gedanken. Er war mit Gisela übers Meer geflohen, weil es keine Möglichkeit gegeben hatte, in Preußen zu leben. Doch hier gab es eine Zukunft, und er würde sich bis ans Ende seines Lebens als Feigling fühlen, wenn er Männer wie Stephen Austin und Andreas Belcher einen Kampf ausfechten ließ, den er selbst gescheut hatte.

11.

Der Abschied von den Jemelins war kurz, aber herzlich. Rosita drückte ihm noch ein Beutelchen mit Samen in die Hand, so als wolle sie das Schicksal beschwören, ihnen allen Frieden zu schenken, damit Gisela die Pflanzen auch ziehen konnte. Walther dankte ihr, stieg auf sein Pferd und ritt weiter. In den letzten Jahren war er oft bei Jemelin gewesen, doch noch nie hatte er dessen Hacienda mit einem so bitteren Gefühl verlassen wie diesmal. Der Krieg, den er heraufdämmern sah, würde alte Freundschaften zerstören und alles verändern, sei es, dass Santa Ana siegte und alle Nichtmexikaner vertrieb, sei es, dass der Aufstand von Erfolg gekrönt wurde und Santa Anas Anhänger Texas verlassen mussten.

Er fragte sich allerdings auch, was Farmer gegen richtige Soldaten ausrichten konnten. Zwar waren die meisten von ihnen gute Schützen, doch es bedurfte eines besonderen Mutes, in einer Schlachtlinie durch das gegnerische Feuer zu marschieren und den Feind niederzukämpfen. Bilder aus Waterloo, die er für vergessen gehalten hatte, tauchten vor seinem inneren Auge auf. Er sah Oberst von Renitz auf seinem Pferd, hörte das Fluchen ihres Wachtmeisters und fühlte Reint Heurichs Hand auf seiner Schulter.

»Das wird schwer werden, Junge. Beten wir zu Gott, damit uns der Feind nicht gar zu arg zusammenschlägt!«, klang dessen Stimme in seinen Gedanken auf.

Wir sollten wirklich beten, dachte er, denn ohne die Gnade des Himmels blühte ihnen allen ein frühes Ende durch die Kugeln der Mexikaner.

Von trüben Gedanken geplagt, erreichte er schließlich seine Farm. Auch hier war einiges geschehen. Ein hoher Lattenzaun umgab die Gebäude und ließ sich nur durch ein rasch verschließbares Tor passieren. Etliche Pferde standen auf dem Hof, auf dem eifrig gewerkelt wurde. Als die Männer ihn sahen, hielten sie inne und winkten ihm zu.

»Walther! Gott sei Dank bist du heil zurückgekommen«, rief Thierry Coureur, der in der Siedlung als sein Stellvertreter galt.

Walther entdeckte neben Thierry auch Albert Poulain, den ehemaligen Matrosen Lucien, zwei junge Iren aus Father Patricks Gemeinde, Tonino Scharezzani und einen der Söhne von Krzesimir Tobolinski.

Er stieg aus dem Sattel und wurde von Thierry voller Überschwang umarmt. »Willkommen zu Hause! Wie du siehst, sind wir fleißig gewesen. Sollte dieser elende Capitán zurückkommen, wird er sein blaues Wunder erleben.«

»Ich danke euch!«, sagte Walther und begrüßte nun die anderen. »Wir werden miteinander reden müssen. Es gibt Entwicklungen, die auch uns betreffen.«

»Du meinst den sogenannten Napoleon des Westens?« Thierry spie aus. »Welch eine Anmaßung, sich mit einem Genie wie dem Kaiser der Franzosen zu vergleichen! Um einen Napoleon Bonaparte niederzuringen, brauchte es die ganze Welt. Für einen Santa Ana werden wir Texaner genügen.«

»Hoffen wir es!« Walther klopfte ihm auf die Schulter und wollte ins Haus treten. Da sprang die Tür auf, und Gisela eilte heraus.

»Dass du nur wieder da bist!«, rief sie unter Tränen und fiel ihm um den Hals.

»Mein Schatz!« Walther hielt Gisela fest in den Armen und zwang sich ein Lächeln auf. »Don Hernando hat mir beigestanden und dafür gesorgt, dass ich entschädigt worden bin.« Die genauen Umstände verschwieg er ihr, ebenso die Gespräche mit Stephen Austin und seine Sorgen wegen eines möglicherweise aufdämmernden Krieges. Mit Thierry und den anderen Männern würde er jedoch darüber reden müssen.

Bevor es dazu kam, traten zwei weitere Personen aus dem Haus. Die eine war Gertrude, die mit ihnen über das Meer in dieses Land gekommen war. Bei ihr war ein hochgewachsener Mann mit schlaksigen Gliedern und einem prachtvollen Schnauzbart. Bekleidet war er mit einem langen, blauen Rock und etwas helleren Hosen.

»Sie sind Fichtner?«, fragte dieser verblüfft. »Nach allem, was ich von Ihnen gehört habe, habe ich Sie mir älter vorgestellt.«

»Das ist mein Ehemann Jakob«, stellte Gertrude ihn Walther vor. »Er ist extra aus New Orleans gekommen, um uns gegen diesen bösen mexikanischen General beizustehen, der uns vertreiben will.«

»Ich bin Captain James Shuddle«, stellte Schüdle sich vor. Er hatte seinen Namen vollkommen amerikanisiert und sprach seinen Vornamen so aus, dass Walther nachdenken musste, um ihn zu verstehen.

»Der Gouverneur selbst schickt mich, um dem tapferen Volk von Texas zu verkünden, dass ganz Louisiana auf seiner Seite steht«, fuhr Schüdle fort. »Wir werden unsere Landsleute in Texas nicht im Stich lassen.«

Walther nickte, fragte sich aber insgeheim, wieso es Gertrudes Ehemann nicht eher eingefallen war, hierherzukommen. Immerhin hatte die Frau ihm bereits kurz nach ihrer Ankunft in Texas geschrieben, und der Brief hatte selbst im schlechtesten Fall nicht länger als drei Monate bis nach New Orleans gebraucht. Mittlerweile aber waren fast sechs Jahre vergangen. Er verbiss sich eine entsprechende Bemerkung, sondern kam auf das Thema zu sprechen, das ihm weitaus wichtiger erschien. »Die Vereinigten Staaten unterstützen also unseren Kampf um unsere Rechte?«

»Selbstverständlich ist jeder aufrechte Amerikaner mit dem Herzen bei euch!«, erklärte Shuddle mit einer ausholenden Geste.

»Wann können wir die ersten amerikanischen Soldaten erwarten?«, fragte Walther weiter.

Da begann Shuddle, sich um klare Antworten herumzuwinden. »Nun ja, Soldaten kann die Regierung der Vereinigten Staaten jetzt noch nicht schicken, sonst schlagen sich andere Mächte auf die Seite Mexikos. Aber in Louisiana stellen wir Freiwilligenregimenter auf und rüsten sie aus. Auch werden wir euch Texaner mit Waffen und Proviant unterstützen!«

Während der Mann weitersprach, zeigten Thierry und die anderen zunehmend erleichterte Mienen, während Walther in Gedanken die Hälfte dessen wegstrich, was Gertrudes Ehemann erzählte. Er kam schließlich auf ein paar hundert Freiwillige, die auf ihrer Seite kämpfen würden, von denen keiner ein echter Soldat war. Dazu würden sie noch ein paar Wagenladungen Musketen erhalten. Den Krieg aber würden die Texaner selbst ausfechten müssen.

»Ich freue mich, dass Louisiana uns so unterstützt«, sagte Walther gegen seine Überzeugung, um seinen Freunden nicht den Mut zu nehmen. »Um mit Santa Anas Truppen fertig zu werden, brauchen wir neben Büchsen auch Kanonen und anderes Kriegsmaterial. Vor allem aber benötigen wir Ausbilder für unsere Milizsoldaten. Die Farmer sind es nicht gewohnt, sich mit einem im Feld aufmarschierenden Feind zu messen!«

»Louisiana tut, was es kann«, versprach Shuddle und legte den Arm um Gertrude.

»Ich danke Ihnen, dass Sie sich so fürsorglich um meine Frau

gekümmert haben. Es hat leider ein wenig gedauert, bis ich die Gelegenheit gefunden habe, hierherzukommen. Aber bis diese ganze Sache ausgestanden ist, sollte sie weiterhin bei Mister und Misses Poulain bleiben und diese unterstützen.«
In Walthers Ohren klang das nicht so, als sehne sich Shuddle danach, wieder mit seiner Ehefrau vereint zu sein. Gertrude war jedoch viel zu glücklich, als dass sie sich Gedanken darüber gemacht hätte.
Das weitere Gespräch verriet, dass James Shuddle gekommen war, um die amerikanischen Siedler davon zu überzeugen, sich geschlossen gegen Mexiko zu stellen und sich den Vereinigten Staaten anzuschließen. Dabei versprach Shuddle so viel Unterstützung, dass Walther misstrauisch blieb. Für Thierry und die anderen aber waren Shuddles Versprechungen ausschlaggebend, sich der Rebellion anzuschließen.
Walther hörte Gertrudes Mann geduldig zu und stellte Vergleiche an. James Shuddle redete gern und viel und war auch gut darin, anderen die Arbeit zuzuteilen, ohne sich selbst die Hände schmutzig zu machen. Außerdem tat er so, als wäre er hier der Anführer. So sieht also die neue Zeit aus, dachte Walther und spürte ein gewisses Bedauern. Hernando de Gamuzana war ein Grandseigneur und ein Mann, der zu seinem Wort stand. Im Gegensatz zu ihm schwadronierte Shuddle von Tausenden Freiwilligen, die nach Texas kommen würden, um hier das Sternenbanner aufzupflanzen.
»Es werden bereits die ersten Regimenter gebildet«, behauptete er. »Die Spencer Rifles sind schon so weit, dass sie jeden Tag nach Texas vorrücken können. Ihr Anführer ist ein erfahrener Offizier, nämlich Colonel Nicodemus Spencer, der bereits bei Waterloo mitgeholfen hat, Napoleon Bonaparte den Hosenboden strammzuziehen.«
Walther überlief es heiß und kalt, als er den verhassten Na-

men hörte. Wie es aussah, hatte Spencer es aufgegeben, sich hier in Texas anzusiedeln, und sich in Louisiana eine Bleibe gesucht. Jetzt roch er die Chance, zurückzukommen und freies Land an sich zu raffen. Außerdem hatte er sich selbst zum Oberst befördert, obwohl er bei Waterloo nur ein einfacher Soldat gewesen war. Auch das war die neue Zeit, die nach Stephen Austins Willen und dem seiner Freunde hier Einzug halten sollte. Was aber sollte er tun, wenn er Spencer das nächste Mal gegenüberstand?, fragte sich Walther. Beim letzten Mal hatte der Schurke seine Kumpane auf ihn schießen lassen. Ein zweites Mal würde er dem Kerl keine Chance dazu lassen.
»Ist es nicht schön, dass uns ein echter Offizier mit seinen Soldaten zu Hilfe kommen will?«, rief Poulain begeistert.
Walther zuckte mit den Schultern. »Wir werden sehen! Jetzt aber sollten wir eine Versammlung einberufen und beschließen, was wir tun müssen, um der Heimsuchung durch Santa Ana zu begegnen. Außerdem müssen wir unsere Miliz vergrößern und die Männer für den Kriegsfall ausbilden. Mit der Truppe, die wir jetzt haben, können wir zwar eine kleine Streifschar bekämpfen, aber mit Sicherheit kein Regiment oder ein ganzes Heer.«
Mit einigen wenigen Sätzen hatte Walther die Initiative wieder an sich gerissen. Zwar zog James Shuddle ein schiefes Gesicht, doch die Männer hatten gelernt, Walther zu vertrauen. Einige von ihnen wie Lucien und Tonino Scharezzani wirkten sogar erleichtert. Zwar hatten auch sie sich von Shuddles Ansprache begeistern lassen. Doch wenn es hart auf hart kam, so war ihnen Walther als Anführer lieber.

FÜNFTER TEIL

Der Kampf beginnt

1.

San Felipe de Austin hat sich verändert, dachte Walther, als er durch die Straßen der Stadt auf die Cantina zuritt. Laute Stimmen drangen heraus und sogar Lachen. Neugierig schwang er sich aus dem Sattel, band sein Pferd an und trat durch die Tür.
Es dauerte einen Moment, bis seine Augen sich an das Dämmerlicht der Gaststube gewöhnt hatten. Dann aber sah er vier Männer, die auf einem erhöhten Podest standen und auf die anderen einredeten. Zwei davon kannte Walther, nämlich Jim Bowie und William Travis. Während er Ersteren sympathisch fand, verzog er bei Travis' Anblick das Gesicht. Der Mann hatte seit seiner Ankunft in Texas vehement den Anschluss an die Vereinigten Staaten gefordert. Jetzt stand er in einer Uniform, die der eines Colonels der Armee der Vereinigten Staaten nachempfunden war, vor den dicht gedrängt stehenden Zuhörern und hielt eine flammende Rede, um sie davon zu überzeugen, sich seiner Milizeinheit anzuschließen.
Stephen Austin war ebenfalls anwesend, hielt sich aber deutlich im Hintergrund. Obwohl er bereits einige Monate in Freiheit lebte, schien seine Gesundheit noch immer angegriffen zu sein. In gewisser Weise kam er Walther sogar noch schwächer vor als bei ihrem letzten Treffen. Dabei war Aus-

tin zum Oberbefehlshaber der texanischen Armee ernannt worden und hätte für diese Aufgabe alle Kraft gebraucht, die ein Mann aufbringen konnte.
In diesem Augenblick fragte Walther sich, ob es sinnvoll gewesen war, Austin zu wählen, zumal viele Siedler gerne Sam Houston, den ehemaligen Gouverneur von Tennessee, als Oberbefehlshaber gesehen hätten. Sorgenvoll gesellte er sich zu Austin und reichte ihm die Hand.
»Wie geht es, Stephen?« Seit er Austin von San Felipe de Guzmán zu Belchers gebracht hatte, waren sie Duzfreunde geworden.
Austin steckte rasch sein Taschentuch weg und versuchte zu lächeln. »Ganz gut! Und dir?«
Walther merkte, dass er log. Die Kerkerhaft in Mexiko hatte zwar nicht Austins Willen, aber seinen Körper zerbrochen. Dabei wäre es notwendiger denn je, dass Austin sich gegen Männer wie Travis durchsetzen konnte. Im Gegensatz zu diesen gab er dem Verstand den Vorzug und verstrickte sich nicht in leidenschaftliche Schwärmerei.
Mit einem Mal fuhr es Walther wie ein Stich durch den Magen. Dicht bei William Travis stand der Mann, dem zu begegnen ihm ein Greuel war. Obwohl seit der Schlacht von Waterloo zwanzig Jahre vergangen waren, hatte Nicodemus Spencer sich kaum verändert. Er war immer noch derselbe hagere, spitzgesichtige Mann mit schlechten Zähnen. Nein, nicht ganz, fand Walther. Auf seiner linken Wange trug der Mann nun ein paar Narben, die er bei ihrem letzten Zusammentreffen noch nicht gehabt hatte. Trotz seines Abscheus musste Walther lächeln. Anscheinend hatten ein paar seiner Schrotkugeln den Kerl getroffen.
Unterdessen sprach Travis davon, dass Texas eine Armee aufstellen müsse, um Santa Ana besiegen zu können. Seine Stim-

me klang barsch, so als ärgere er sich darüber, dass sich nicht alle Anwesenden umgehend zum Dienst an der Waffe meldeten.

»Wir brauchen Soldaten, viele Soldaten!«, rief er beschwörend. »Soviel wir erfahren haben, hebt Santa Ana schon wieder neue Truppen aus.«

»Der ist doch noch immer in Zacatecas beschäftigt«, warf ein Mann ein.

»Das stimmt!«, gab Travis zu. »Aber sobald er den Aufstand dort niedergeschlagen hat, wird er nach Texas marschieren. Wenn wir nicht wollen, dass er uns mit seiner Übermacht niederwalzt, müssen wir vorbereitet sein.«

»Trotzdem können wir nicht jetzt schon jeden Farmer zur Armee holen«, erklärte einer der beiden anderen Männer, die bei Bowie und Travis standen.

»Wer ist das?«, fragte Walther.

»Sam Houston!«, gab Austin knapp zurück.

Walther musterte den Mann. Dem Gerücht nach sollte er ein Säufer sein, manche bezeichneten ihn als Wüstling. Tatsächlich prangten auf seinem Gesicht mehrere Narben, die die von Spencer weit übertrafen. Auf Walther wirkte er wie ein Raubtier, das zwar halb schlief, aber dennoch auf alles achtete, was um es herum geschah. Er war breit gebaut und weitaus kräftiger als Austin, seinen ersten Worten nach aber kein Feuerkopf wie Travis.

»Aber wir müssen die Männer ausbilden, Mister Houston«, erklärte Travis verärgert.

»Natürlich müssen wir das! Aber gleichzeitig müssen die Farmen bewirtschaftet werden. Wenn es zum Krieg kommt, brauchen wir Vorräte. Soldaten sollen zwar die Erde verteidigen, die sie nährt, aber diese nicht essen!« Houston wandte sich Austin zu. »Das sagen Sie doch auch, General?«

»Da haben Sie recht, Mister Houston. Wir müssen so viele Nahrungsmittel wie möglich lagern, um die Armee versorgen zu können.«
»Welche Armee?«, rief Travis dazwischen. »Die paar Ranger und Milizionäre, die Sie bis jetzt befehligen, sind keine Armee! Wenn Santa Ana kommt, braucht er bloß in die Hände zu klatschen, und die Leute laufen davon.«
Diese Worte kamen bei den versammelten Texanern nicht gut an. Jim Bowie legte dem kleineren Travis die Hand auf die Schulter und zog ihn herum. »Hören Sie, Mister Travis! Wir Texaner mögen zwar keine Soldaten sein, die im Stechschritt vor ihren Generälen paradieren, dafür treffen wir aber einen Mexikaner auf dreihundert Schritt genau zwischen die Augen.«
»So ist es, Mister Bowie«, stimmte Jack, der Handelsgehilfe, dem Sprecher zu.
Walther schmunzelte, denn Jack war nicht gerade als guter Schütze bekannt. Aber er war ein aufrechter Mann, so wie die meisten hier im Raum. Der Einzige, der nicht in diese Versammlung passte, war Spencer. Doch gerade der Kerl begann jetzt wortreich, den Anwesenden die unverbrüchliche Hilfe ihrer Landsleute aus Louisiana zu versprechen.
»Ich habe erst letztens wieder mit Gouverneur Roman gesprochen und die feste Zusage erhalten, dass er uns mehrere Kompanien der Miliz seines Staates zur Unterstützung schickt«, erklärte er schließlich und sah sich um, als erwarte er Beifall.
Einige Männer jubelten, doch Bowie grinste ihn spöttisch an. »André Roman wird nichts tun, was den Präsidenten in Washington verärgern könnte – und Andrew Jackson will keinen Krieg mit Mexiko. Daher wird die Miliz von Louisiana brav daheimbleiben, genauso wie die amerikanische Armee.

Sie werden uns ein paar Freiwillige schicken und Waffen. Kämpfen aber müssen wir Texaner selbst. Unser Freund Travis denkt dabei an im Gleichschritt marschierende Soldaten, die auf Befehl eine Salve abfeuern. Doch auf diese Weise haben unsere Väter die Briten nicht besiegt. Die Vereinigten Staaten wurden frei, weil die Männer, auf die es ankam, gute Schützen waren und das Land kannten, in dem sie kämpften. Auch wir kennen unser Texas besser als Santa Ana und seine Offiziere. Also sollten wir die Mexikaner in einen Hinterhalt nach dem anderen locken, kurz und hart zuschlagen und uns wieder zurückziehen.«
»Wie weit zurückziehen?«, stieß Travis hervor. »Bis wir den Sabine River im Rücken haben und hinter uns das Gelächter der Bevölkerung von Louisiana hören?«
»Seid ruhig!«, erklärte Houston und hob beschwichtigend die Hand. »Ihr habt beide recht, aber jeder nur zu einem Teil. Wir müssen Santa Anas Armee sowohl durch überraschende Attacken dezimieren wie auch in der Lage sein, uns ihm auf offenem Feld zu stellen und ihn zu schlagen. Das Erste können wir bereits jetzt, aber wir brauchen auch eine reguläre Armee. Die aufzustellen muss Ihr drängendstes Bestreben sein, General!«
Der letzte Satz war an Stephen Austin gerichtet. Dieser nickte verbissen, während Travis voller Wut fragte, wie eine solche Armee aufgebaut werden könnte, wenn alle Texaner auf ihren Farmen blieben.
»Sie hören nicht besonders gut zu, Mister Travis«, spottete Jim Bowie. »Nicht alle Männer müssen gleichzeitig auf ihren Farmen arbeiten. Außerdem gibt es Zeiten, in denen wenig zu tun ist und die Männer zusammenkommen können, um zu üben. Bis Santa Ana hier erscheint, werden noch etliche Monate vergehen. Erst muss er sich in Zacatecas durchset-

zen, und das wird ihm schwer genug fallen. Nach dem, was in Yucatán geschehen ist, werden sich die Aufständischen mit Zähnen und Klauen zur Wehr setzen. Wer weiß, vielleicht gewinnen sie sogar und es gibt einen neuen Präsidenten in Mexiko.«
»Mit dem Austin und Sie dann wieder Verhandlungen beginnen wollen. Nichts da! Ich sage, wir trennen uns von Mexiko und schließen uns den Vereinigten Staaten an!«, rief Travis, der seine Wut nicht mehr verhehlen konnte. Er war nach Texas gekommen, um das Land für die Vereinigten Staaten zu gewinnen, doch die Unterstützung für ihn fiel geringer aus, als er erwartet hatte.
Nun wurde der Ton zwischen den Versammelten schärfer. Austin versuchte zwar, ausgleichend zu wirken, doch gegen das Geschrei der Feuerköpfe kam er nicht an. Walther überlegte bereits, ob er selbst das Wort ergreifen und sich gegen Travis und dessen Freunde stellen sollte. Da sprang auf einmal die Tür der Cantina auf, und Friedrich Belcher stürmte herein.
»Wo ist Herr Fichtner? Ich habe ihm etwas Dringendes mitzuteilen.«
Mit zwei Schritten löste Walther sich aus der Menge und trat auf den Jungen zu. »Was gibt es?«
»Ich habe in der Nähe unserer Farm mexikanische Soldaten belauscht. Sie wollen zu Ihrer Farm, um diese niederzubrennen und alles umzubringen, was dort lebt!«
Walther erschrak bis ins Mark. Damit schwebten Gisela und Josef in höchster Gefahr! Einen Augenblick dachte er auch an Nizhoni, die von diesen Schurken das Schlimmste zu erwarten hatte, schüttelte seinen Schrecken jedoch rasch ab und überlegte.
»Wenn wir schnell reiten, können wir die Soldaten noch rechtzeitig abfangen. Wie viele sind es?«

»Mindestens hundert!«, platzte der junge Belcher heraus.
»Wenn genug Männer mit mir kommen, werden wir mit denen fertig!« Walther sah sich aufmerksam um, doch außer Andreas Belcher kamen nur wenige der Anwesenden auf ihn zu. Unter ihnen waren Jim Bowie und dessen Freund Amos Rudledge. Dieser sah sich mit einem bösen Grinsen nach den anderen um.
»Wenn wir so beherzt in den Krieg ziehen, brauchen wir ihn erst gar nicht zu beginnen!«
Nun traten Jack, der Handelsgehilfe, Sam Houston und ein gutes Dutzend anderer vor, die sich nicht als Feiglinge beschimpfen lassen wollten. Zuletzt waren es knapp über zwanzig Männer, die ihre Waffen an sich nahmen und die Cantina verließen.
In der Tür drehte Jim Bowie sich zu den Übrigen um. »Wenn wir zurückkommen, könnt ihr uns erzählen, was ihr noch besprochen habt.«
»Wir sollten weniger reden als kämpfen«, rief Stephen Austin und wollte sich ebenfalls der kleinen Schar anschließen.
Bowie wies ihn jedoch zurück. »Tut mir leid, General, aber das wird ein verdammt harter Ritt werden. Schätze, den sollten Sie sich nicht antun. Wir werden auch ohne Sie mit den Mexikanern fertig. Sorgen Sie besser dafür, dass die Männer hier keinen Unsinn beschließen.«
Nach diesen Worten kehrte Bowie den anderen den Rücken zu und stieg auf sein Pferd. »Sie kennen den Weg am besten«, sagte er zu Walther. »Also sehen Sie zu, dass wir vor den Mexikanern bei Ihrer Farm sind!«
»Das werden wir, und wenn wir fliegen müssten«, stieß Walther hervor und gab seinem Hengst die Sporen.
Kaum war die Schar losgeritten, wurde es in der Cantina laut. Einige Männer schimpften auf die mexikanischen Sol-

daten, andere erklärten wortreich, weshalb sie nicht mit Walther, Houston und Bowie hatten reiten können, während Travis sich ärgerte, weil er die Gelegenheit verpasst hatte, sich dem Trupp anzuschließen und sich erste Meriten im Kampf um die Freiheit zu erwerben. Da zupfte ihn jemand am Ärmel. Er drehte sich um und sah Nicodemus Spencer vor sich stehen.
»Wer war dieser Kerl?«, fragte Spencer mit angespannter Miene.
»Meinen Sie den Deutschen? Ich kenne ihn nicht, habe aber von ihm gehört. Er ist der Anführer der Patrioten im French Settlement, wie ihr Gebiet genannt wird.«
»Mit dem Kerl bin ich schon einmal aneinandergeraten. Er wollte mich und meine Leute nicht auf dem Land siedeln lassen, das wir uns ausgesucht hatten. Diese Narben habe ich ihm zu verdanken!« Spencer zeigte dabei auf sein Gesicht und fuhr fort, dass er noch Glück gehabt habe.
»Meinen Freund Dyson hat es schlimmer erwischt. Der hat ein Auge verloren, weil dieser Kerl ohne Warnung mit einer Schrotflinte auf uns geschossen hat! Trägt jetzt eine Augenklappe und würde sich liebend gerne dafür bedanken.«
Travis spürte Spencers Hass und sah ihn streng an. »Sagen Sie Ihrem Freund, dass es um mehr geht als um eine persönliche Abrechnung. Wir brauchen jeden Mann, um Texas zu befreien. Außerdem soll Fitchner ein ausgezeichneter Schütze sein. Wie ich erfahren habe, hat er sogar Jim Bowie bei einem Wettschießen besiegt.«
Das war nicht die Nachricht, die Spencer hören wollte. Ihn wurmte immer noch, dass er das Land am Rio Colorado nicht erhalten hatte. Seiner Meinung nach wäre er jetzt in Texas ein ebenso bedeutender Mann wie Bowie, Houston oder Austin. Doch das hatte dieser Deutsche ihm verdorben.

»Fitchner heißt er also«, murmelte er, ohne auf Travis' Warnung zu achten. Irgendwie kämpfte er mit dem Gefühl, Walther schon früher einmal gesehen zu haben, und das bei keiner guten Sache. Doch sosehr er auch sein Gehirn zermarterte, es fiel ihm nicht ein.

2.

Gisela fühlte sich besser als in den letzten Monaten. Ihre Alpträume kamen seltener, und sie war wieder schwanger. Streng befolgte sie diesmal alle Ratschläge, die Nizhoni ihr erteilte. Sie trank auch die verschiedenen Aufgüsse, die die Navajo zubereitete, um ihrem Körper die Kraft der Erde und des Himmels zu verleihen.
Ein wenig trübte es ihre Laune, dass Walther zu einer Versammlung nach San Felipe de Austin hatte reiten müssen, um sich dort mit den bestimmenden Männern in Texas zu beraten, und ihr gefiel die Aussicht auf einen möglichen Krieg mit Mexiko ganz und gar nicht. Dafür war sie zu lange mit Soldaten gezogen und hatte so viel Leid gesehen, dass es für mehr als ein Leben reichte.
»Ich wünschte, Stephen Austin würde sich so mit General Santa Ana einigen, dass wir zwar bei Mexiko bleiben, aber unser eigenes Recht erhalten könnten«, sagte sie zu Nizhoni. Die Navajo verstand die Winkelzüge der Politik des weißen Mannes nicht und zuckte mit den Achseln. »Wenn die Mexicanos kommen, werden Fahles Haar und die anderen Männer ihre Feuerrohre nehmen und kämpfen. Fahles Haar ist ein tapferer Krieger. Er wird siegen!«

Nizhonis Vertrauen in ihren Mann freute Gisela, aber es beruhigte sie nicht. »Was ist, wenn General Santa Ana siegt? Rosita ist sich da ganz sicher und hat uns deswegen angeboten, auf ihrer Hacienda Schutz zu suchen, wenn die Texaner besiegt sind.«

»Du solltest weniger an eine Niederlage denken, sondern Fahles Haar vertrauen! Er wird wissen, was zu tun ist. Und jetzt trinkst du diesen Tee und legst dich ins Bett. Dein Kind will ruhen!«

»Josef will auch ruhen«, meldete sich da der Junge. Er schoss um die Ecke und schlang seine Arme zuerst um Nizhoni und dann um seine Mutter.

Beide Frauen betrachteten ihn mit gleichem Stolz. Zwar war er Nizhonis Brust längst entwachsen, dennoch bestand noch immer ein enges Band zwischen ihm und seiner Amme. Er hing jedoch ebenso an seiner Mutter, so dass Gisela nur gelegentlich auf den Einfluss eifersüchtig wurde, den die Indianerin auf den Jungen ausübte.

Nun zeigte Nizhoni auf das Bett. »Du darfst bei deiner Mama mit im Bett schlafen, aber nur, wenn du brav bist und sie nicht trittst.«

»Eigentlich bin ich nicht müde«, meinte der Junge, kletterte aber dann doch aufs Bett. »Wann kommt Papa wieder?«, fragte er.

»Bald«, antwortete Gisela, während sie sich ebenfalls ins Bett legte und Josef an sich zog.

»Ich hab dich lieb!«, flüsterte sie ihm ins Ohr und sah sich dann zu Nizhoni um, die eben die Großvaterpistole lud, die Quique ihr geschenkt hatte. »Was hast du vor?«

»Mich überkommt ein seltsames Gefühl – wie vor einem schlimmen Unwetter. Deswegen will ich mich ein wenig draußen umsehen.«

»Tu das! Vielleicht kommt Walther schon zurück.« Gisela war zu müde, um zu begreifen, dass es für eine Rückkehr ihres Mannes viel zu früh war. Während der Junge in ihren Armen einschlief, dachte sie noch ein wenig über die Situation in Tejas nach und flehte in Gedanken die Heilige Jungfrau an, Walther, Josef, sie selbst und alle, die sie mochte, zu beschützen.

Als Nizhoni sah, dass Gisela wegdämmerte, verließ sie lächelnd das Haus. Draußen schaute sie sich nach Pepe um. Dieser war gerade dabei, Mais zu schalen, blickte aber auf, als ihr Schatten auf ihn fiel.

»Ich werde zu den Vaqueros reiten und dann Jemelins Hacienda aufsuchen. Gib du inzwischen hier acht. Die Flinten und Pistolen im Haus sind geladen. Sollte sich etwas ereignen, so gib einen Alarmschuss ab! Julio und seine Männer sind dann innerhalb weniger Minuten hier!«

»Das werde ich tun«, versprach Pepe, gedachte jedoch, in einem solchen Fall der Señora den Vortritt zu lassen.

Nizhoni ging zum Stall, zog dort ihre indianische Lederkleidung an, die sie zum Reiten benutzte, und sattelte die kleine, geschackte Stute ebenfalls auf indianische Art. Auf Walthers Anweisung blieb das Tier beim Haus, damit sie im Notfall Hilfe holen konnte. Als sie auf dem Pferd saß, wirkten beide, als wären sie ein Wesen. Nizhoni benötigte keine Sporen, und sie benützte auch kaum die Zügel, denn das Tier reagierte auf die kleinste Bewegung, als könnte es ihre Gedanken erraten.

Nachdem sie den Himmel gemustert hatte, der keinerlei Anzeichen eines Sturms oder Gewitters erkennen ließ, ritt sie zu den Pferden, die gut zwei Meilen von den Farmgebäuden entfernt weideten. Die durch Capitán Velasquez dezimierte Herde war bereits wieder am Wachsen. Zwei Stuten hatten

gefohlt, außerdem hatte Walther zehn weitere Mustangs von den Komantschen erstanden. Auch besaß er mehr Rinder als früher. Wegen der unsicheren Situation hatte er darauf verzichtet, das Land der mexikanischen Farmer zu kaufen, die kürzlich aufgegeben hatten, aber er hatte ihnen einen guten Preis geboten und ihr Vieh übernehmen können.
Nizhoni musterte zuerst die beiden Herden, die sich aus dem Weg gingen, und lenkte dann ihre Stute zu Julio.
Der Vaquero verhielt sein Pferd. »Gibt es Neues?«
»Nein, ich will mich nur einmal umsehen«, antwortete Nizhoni. »Es sieht so aus, als wäre hier alles in Ordnung.«
»Und ob es das ist!« Julio klang beleidigt, denn die Pferde und die Rinder der Farm waren sein ganzer Stolz.
»Gebt weiter acht! Irgendetwas liegt in der Luft.« Nizhoni konnte nicht sagen, was sie beunruhigte, und das gefiel ihr nicht. Manchmal hatten ältere Männer oder Frauen ihres Volkes auf diese Weise Angriffe feindlicher Stämme vorhergesehen. Aber die kamen vor Sonnenaufgang und nicht am helllichten Tag. Erleichtert, weil es bei den Herden keine Probleme gab, verabschiedete sie sich von Julio und ritt weiter.
Ein Gefühl der Freiheit überkam sie, als sie über die Prärie preschte, und sie dachte daran, dass niemand sie daran hindern könnte, in ihre Heimat zurückzureiten. Allerdings gab es dort keinen Menschen mehr, der auf sie wartete. Auch fühlte sie sich Josef und Gisela zu sehr verbunden, um sie einfach verlassen zu können. Und dann war da auch noch Fahles Haar, der sie gegen die mexikanischen Soldaten verteidigt hatte. Wenn sie diese Schuld einmal tilgen wollte, musste sie bei ihm bleiben und ihre Zeit abwarten.
Trotz all dieser Überlegungen genoss Nizhoni den schnellen Ritt und achtete nicht darauf, wie die Zeit verging. Mit einem

Mal aber bemerkte sie, dass sich im Süden etwas tat. Sie verhielt das Pferd und blickte angestrengt dorthin, wo ein leichter Staubschleier den Horizont färbte, so fein, dass ein Weißer ihn gewiss nicht bemerkt hätte. Noch während sie spähte, wurde die Staubfahne dichter.
»Entweder ist es eine rasch laufende Herde, oder es sind sehr viele Reiter«, sagte sie zu der Stute, die ebenfalls in die Richtung zu horchen schien, und überlegte. In einem Land, das den Atem des Krieges roch, war es besser, Vorsicht walten zu lassen. Also musste sie herausfinden, was sich dort bewegte. Waren es Reiter, so kamen sie nicht aus der Richtung, aus der Freunde zu erwarten waren.
Nizhoni ritt weiter, schonte aber ihre Stute, weil sie unter Umständen auf dem Rückweg sehr schnell sein musste. Gleichzeitig schlug sie einen Bogen, um sich denjenigen, die den Staub aufwirbelten, von der Seite zu nähern.
Unterwegs entdeckte sie etwas weiter entfernt eine zweite, kleinere Staubwolke in der Richtung, in der San Felipe de Austin liegen musste. Einen Augenblick lang hatte Nizhoni die Angst, mexikanische Soldaten könnten Stephen Austins Texaner besiegt haben und jetzt zu ihrer Farm reiten. Dann aber schüttelte sie wild den Kopf. In dem Falle wäre Fahles Haar längst zurückgekommen oder hätte einen Boten geschickt, um sie zu warnen.
Wahrscheinlicher erschien ihr, dass ein feindlicher Trupp auf dem Weg zur Farm war und Fahles Haar versuchte, diesen einzuholen. Nizhoni versuchte, die Entfernung der beiden Staubwolken zu schätzen, und kam zu dem Ergebnis, dass die aus Richtung San Felipe de Austin noch um etliches weiter weg war als die andere.
Das war nicht gut, denn San Felipe de Austin bedeutete für sie Fahles Haar und damit Hilfe, die andere Richtung jedoch

Gefahr. Als diese Staubfahne schon recht nahe war, entdeckte sie ein kleines Wäldchen, das ihr und ihrer Stute Deckung bot. Sie lenkte das Tier hinein, stieg ab und legte ihm die Hand auf die Nüstern. Jetzt kam es ihr zugute, dass der Mustang von Komantschen gezüchtet worden war, denn die Stute wusste, dass sie nun keinen Laut von sich geben durfte. Die auf Nizhoni zukommende Schar tat dies jedoch in vollem Maße. Nizhoni hörte Metall klirren und das Knarren von Sattelleder. Außerdem klangen immer wieder spanische Worte auf.
Vorsichtig schlich sie an den Rand des Wäldchens und spähte hinaus. Die Reiter waren Mexikaner, und sie erkannte in dem Anführer den Capitán wieder, der vor etlichen Monaten die Farm überfallen hatte. Mit überheblicher Miene trabte er an der Spitze seiner Männer und gönnte dem kleinen Wald keinen Blick. Auch seine Soldaten taten es nicht. Ihren Worten zufolge freuten sie sich darauf, die Farmen im French Settlement zu überfallen und dort plündern und schänden zu können.
Nizhonis erster Gedanke war, so rasch wie möglich zur Farm zurückzukehren, Gisela und Josef auf den Wallach zu setzen und zu fliehen. Doch als sie ihre Stute zum anderen Ende des Wäldchens führte, um ungesehen losreiten zu können, fiel ihr Blick auf die zweite Staubwolke. Diese war jetzt schon viel näher als vorher. Trotzdem, sagte sie sich, würde diese Schar die Farm nicht vor Velasquez' Mexikanern erreichen. Ihr kam eine bessere Idee. Sie musste nur dafür sorgen, dass die Feinde die Farm nicht erreichten. Mit diesem Vorsatz schwang sie sich in den Sattel und ritt an. In einem ausreichenden Abstand überholte sie die Mexikaner und versteckte sich und ihre Stute ein paar Meilen weiter bei einer Furt im Gebüsch. Dann hieß es warten.

Zwischendurch prüfte sie immer wieder die Staubfahnen. Die, von der sie annahm, dass sie von Fahles Haar stammte, war kleiner als die der Mexikaner. Er hatte also weniger Männer bei sich. Das aber würden sein Mut und der seiner Leute wettmachen, hoffte Nizhoni und zog, als der mexikanische Trupp näher kam, ihre Großvaterpistole. Zuerst überlegte sie, auf den Anführer zu schießen. Dafür aber hätte sie die Soldaten zu nahe an sich heranlassen müssen. Wenn ihr Plan gelingen sollte, durfte sie nicht riskieren, dass sie oder ihre Stute verwundet oder gar getötet wurden.

Sie ließ den Beritt bis auf die äußerste Reichweite herankommen, die ihre Waffe trug, und feuerte aufs Geratewohl einen Schuss ab. Zu ihrer eigenen Verblüffung sah sie, wie ein Soldat aus dem Sattel kippte und stocksteif liegen blieb. Um ihn herum begannen dessen Kameraden zu schreien. Befehle gellten zu ihr herüber, dann sah sie, wie die Männer blitzschnell aus den Sätteln stiegen und in Deckung gingen. Ungezieltes Feuer klang auf, doch keine Kugel kam nahe genug, um sie schrecken zu können.

Mit zusammengebissenen Zähnen lud Nizhoni erneut, sah, wie mehrere Soldaten jede Deckung nützend auf die Furt zukamen, und schoss erneut. Ob sie traf, sah sie nicht, weil die Mexikaner hinter einen Busch hechteten. Während erneut von drüben geschossen wurde, lud sie ihre Waffe, steckte sie weg und führte ihr Pferd aus dem Gehölz. Kaum war sie im Freien, schwang sie sich in den Sattel und jagte in vollem Galopp davon.

Die Mexikaner schossen aus allen Rohren hinter ihr her, ohne sie zu treffen. Gleichzeitig hörte sie den Offizier brüllen, dass der Kerl nicht entkommen dürfe. Also hielt dieser sie für einen Mann und damit für gefährlicher, als sie wirklich war. Es hätte gereicht, ihr ein halbes Dutzend Dragoner nachzu-

schicken, doch der Capitán wollte sichergehen, sie zu erwischen, und setzte ihr mit seinem gesamten Trupp nach.
Nizhoni jubelte. Um die Verfolger noch mehr zu reizen, feuerte sie ihre Waffe ab und ritt dann so schnell vor ihnen her, dass die anderen nur unwesentlich aufholten und sie nie aus deren Sichtfeld verschwand.

3.

Jim Bowie lauschte kurz und zeigte nach vorn. »Dort vorn wird geschossen!«
Nun hörte Walther es auch. Der Wind trug auf einmal ganze Salven zu ihnen her, und einige Männer griffen nervös zu ihren Büchsen.
Als Jim Bowie das sah, lachte er. »Es wird noch ein wenig dauern, bis wir die Schützen zu Gesicht bekommen. Wir sollten jetzt langsamer reiten, sonst wirbeln wir zu viel Staub auf.«
»Wer könnte das sein?«, fragte Sam Houston.
»Da werden wir schon die Kerle da vorn fragen müssen«, gab Bowie gut gelaunt zurück und ritt weiter.
Die anderen folgten ihm angespannt. Für Walther war es eine Qual. Die Schüsse waren in Richtung seiner Farm gefallen, und er befürchtete das Schlimmste. Am liebsten hätte er seinem Pferd die Sporen gegeben, beugte sich aber der Entscheidung des erfahrenen Westmannes und betete, dass sie nicht zu spät kamen.
Nach einer Weile rief Friedrich Belcher: »Dort kommt ein Reiter!«

»Das ist eine Rothaut. Die hole ich mir!« Amos Rudledge hob sein Gewehr. Bevor er jedoch schießen konnte, drückte Jim Bowie den Lauf nach unten.
»Den Burschen würde ich lieber fragen, wer auf ihn geschossen hat. Oder glaubt einer von euch, er hätte die gut fünfzig Schuss vorhin selbst abgefeuert?«
»Sie haben recht«, stimmte Houston ihm zu, während er angestrengt nach vorn blickte. »Der Bursche reitet wie der Teufel!«
»Ich würde eher sagen: wie ein Komantsche!«, antwortete Bowie.
Da stupste Rudledge ihn an. »Der Indianer wird verfolgt.«
Bowie nickte. »Und das nicht gerade von wenigen Leuten. Ich glaube …«
»Das ist doch eines von meinen Pferden!«, rief Walther aus. »Es ist Nizhoni! Nizhoni, hierher!«
Als Nizhoni Walthers Stimme hörte, jubelte ihr Herz. Jetzt konnte doch alles gut werden, dachte sie. Zwar verstand sie seine englischen Worte nicht, begriff aber instinktiv, was er gemeint hatte, und lenkte ihre Stute auf ihn zu.
»Mexikaner sind mir auf den Fersen! Mindestens fünfzig Soldaten! Ich wollte sie von der Farm weglocken.« In ihrer Aufregung sagte sie es auf Deutsch, die Sprache, die Gisela und Walther am meisten verwendeten.
Einer der Deutschen aus Austins Settlement riss Mund und Augen auf. »Die Indianerin spricht meine Muttersprache! Aber wie kann das sein?«
»Sie ist Herrn Fichtners Sklavin und dieser wie wir ein Deutscher«, erklärte ihm Andreas Belcher.
»Wirklich? Aber warum haben Sie nichts zu uns gesagt? Wir freuen uns doch über jeden Landsmann, der in unserer Gegend siedelt!« Der Mann klang verärgert.
Bevor Walther etwas erwidern konnte, griff Bowie ein.

»Schätze, wir sollten uns erst mal um die Mexikaner kümmern, bevor wir lange Reden schwingen. Sie sind gleich hier.«

»Die Kerle schießen wir zusammen!« Einer der Männer machte seine Waffe schussfertig, doch erneut schüttelte Bowie den Kopf.

»Erst reden wir mit ihnen. Wenn sie bereit sind, brav abzuziehen, sollen sie es tun.«

»Aber dann bleiben sie weiterhin eine Gefahr für diese Gegend«, wandte Walther ein.

»Ich glaube nicht, dass sie so schnell wiederkommen. Gewiss werden sie auf Santa Ana warten. Aber haltet ruhig eure Waffen bereit!« Bowie trieb sein Pferd mit einem leichten Zungenschnalzen an und ritt den Mexikanern entgegen. Diese entdeckten jetzt die Gruppe und zügelten die Pferde.

Gut hundert Schritt von ihnen entfernt hielt Bowie sein Pferd an und winkte mit seinem Hut. »Ich will mit euch reden, Señores«, rief er auf Spanisch.

»Legt eure Waffen nieder, Rebellen, und ergebt euch!«, brüllte Capitán Velasquez zurück.

»Das wollte ich gerade euch vorschlagen!« Bowie grinste dabei, als wäre es ein Riesenspaß, während der mexikanische Hauptmann vor Wut fast platzte.

Velasquez schätzte die Zahl der Siedler und sagte sich, dass seine Leute diesen um das Dreifache überlegen waren. Mit einer energischen Geste zog er Pistole und Säbel und rief: »Angriff!«

Gehorsam setzten sich seine Dragoner in Bewegung. Einige von ihnen schossen ihre Karabiner auf Bowie ab, verfehlten ihn aber.

Bowie sah ein, dass Reden nichts brachte, zog sein Pferd herum und trabte gemütlich zu seiner Gruppe zurück.

»Sieht aus, als hätten die Soldaten in letzter Zeit zu wenig Bohnen bekommen. Dem sollten wir abhelfen. Wir feuern die erste Salve auf äußerste Reichweite und laden nach, so schnell wir können.«

Walther nickte kurz, spannte seine Büchse und zielte auf den Hauptmann, der seinen Soldaten mittlerweile gut zehn Schritte voraus war. Es zwickte ihn in den Fingern, abzudrücken, doch er wartete, bis Bowie lässig die eigene Waffe hob und gleichzeitig mit dem Feuerbefehl abdrückte.

Noch im gleichen Atemzug schoss auch Walther und sah zufrieden, dass Capitán Velasquez aus dem Sattel stürzte. Ein knappes Dutzend Dragoner folgte seinem Anführer, darunter auch Leutnant Calientes. Ohne die Offiziere erlosch der Angriffsgeist der Soldaten, und sie rissen ihre Pferde herum. Ein paar Texaner schossen hinter den Fliehenden her und holten mehrere von ihnen aus den Sätteln. Auch drängte einer, die Mexikaner zu verfolgen, doch Bowie schüttelte den Kopf.

»Wir können sie nicht einholen, denn unsere Pferde sind zu erschöpft. Kümmern wir uns lieber um die Verletzten. Die armen Hunde sollen sehen, dass wir nicht gegen sie die Waffen erheben, sondern gegen ihren aufgeblasenen Oberbefehlshaber.«

Ohne eine Antwort abzuwarten, ritt Bowie zu den am Boden liegenden Soldaten und schwang sich dort aus dem Sattel. Sieben Mexikaner waren tot, zwei würden seiner Ansicht nach den Tag nicht überleben, während fünf weitere nur leicht verletzt waren und verängstigt zu den Texanern hochblickten.

»Nehmt ihnen die Waffen ab!«, befahl Bowie den Männern, die ihm gefolgt waren, und trat dann zu Velasquez. Dieser hatte nur eine Fleischwunde an der Schulter. Sein Gesicht

war jedoch bleich, und seine flackernden Augen zeigten, dass er erwartete, jeden Augenblick erschossen zu werden.
»Können Sie aufstehen?«, fragte Bowie.
Statt einer Antwort quälte Velasquez sich hoch. »Ich danke Ihnen, dass Sie mir gestatten, aufrecht und als Mann zu sterben«, antwortete er mit schwacher Stimme, als er es geschafft hatte.
»Wie kommen Sie auf den Gedanken, dass wir Sie umbringen wollen?«, fragte Bowie grinsend. »Wir verbinden Sie und Ihre Männer, und dann können Sie zur nächstgelegenen mexikanischen Siedlung reiten. Allerdings sollten Sie anschließend einen längeren Genesungsurlaub antreten, bevorzugt in den südlichen Bundesstaaten von Mexiko. Hier in der Gegend ist es für Sie zu ungesund. Es fliegen zu viele Bleihummeln herum, müssen Sie wissen.«
Velasquez wand sich unter dem Spott, der in Bowies Worten mitschwang, und schalt sich selbst einen Narren, weil er sich von dem Reiter, der sich jetzt als Indianerweib entpuppte, vor die Flinten der Amerikaner hatte locken lassen. Nun musste er diesen Männern auch noch dankbar sein, weil sie ihn und die restlichen Verwundeten am Leben ließen. Es war fast zu viel für seinen Stolz, doch ihm blieb nichts anderes übrig, als sich von Friedrich Belcher den Uniformrock ausziehen und verbinden zu lassen. Seine Männer kannten da weniger Hemmungen und nahmen auch dankbar die Wasserflaschen entgegen, die die Amerikaner ihnen reichten.
Verwundert sah Nizhoni zu, wie Walthers Begleiter ihre Feinde versorgten. Sie selbst beteiligte sich nicht an dem Samariterwerk, sondern folgte mit ihrer Stute den Pferden der toten und verletzten Mexikaner und fing die Tiere ein. Die meisten von ihnen erschienen ihr brauchbar, und sie wollte sie zu Julio, Lope und Quique bringen, damit diese sie zur Zucht verwendeten.

»Ihre Indianerin ist tüchtig«, lobte Houston, der sich mit Walther zusammen um einen verletzten Dragoner kümmerte, der nur einen leichten Streifschuss aufwies.
»Das ist sie!«, antwortete Walther. »Ich weiß nicht, wie Gisela und ich ohne sie auskommen würden.«
»Hier in Texas denken nicht viele so wie Sie oder ich über die Indianer«, fuhr Houston fort. »Die meisten würden die Rothäute am liebsten vertreiben und sich das gesamte Land unter den Nagel reißen. Ihnen sind auch die Mexikaner ein Dorn im Auge. Wir werden scharf achtgeben und Exzesse verhindern müssen, wenn wir als zivilisierte Nation gelten wollen. Übrigens sind Sie ein verdammt guter Schütze, und Sie laden auch sehr schnell. Waren Sie Soldat?«
»Ich war bei Waterloo dabei«, antwortete Walther.
»Waterloo? Dann sind Sie der richtige Mann für diesen sogenannten Napoleon des Westens!« Sam Houston lachte und reichte Walther die Hand. »Wenn es zum Krieg kommt – und das wird es! –, kommen Sie in meine Truppe. Ich brauche Männer, die Pulverdampf gerochen haben und wissen, was für ein Gefühl es ist, wenn der Feind im Sturmschritt auf einen zurückt!«
Walther fragte sich, ob er klarstellen sollte, dass er damals nicht als Soldat, sondern nur als Trommelbub dabei gewesen war. Doch da kam Nizhoni heran und wies stolz auf die eingefangenen Pferde.
»Fahles Haar ist ein großer Krieger. Er hat viele Mustangs erbeutet!«
»Ich glaube, die haben wir alle erbeutet«, schwächte Walther ihre Aussage ab. Er war bereit, auf die Tiere zugunsten seiner Begleiter zu verzichten.
Da griff Jim Bowie ein. »Die verletzten Mexikaner sollen ihre Pferde behalten.«

Einige Männer murrten, doch Walther stimmte ihm zu. »Das halte ich ebenfalls für das Beste. Die anderen Pferde sollten wir verkaufen und das Geld unter uns allen aufteilen.«

Als Nizhoni begriff, was er meinte, schüttelte sie empört den Kopf. »Diese drei Stuten sind gut für die Zucht. Fahles Haar sollte sie behalten.«

»Schlecht sind die Gäule wirklich nicht«, stimmte Jim Bowie der Navajo zu.

»Dann werde ich sie kaufen, und ihr bekommt das Geld. Seid ihr damit einverstanden?«

Auf Walthers Frage hin nickten einige, und ein Mann begann sogleich, den Preis der Tiere hochzutreiben. »Das sind ausgezeichnete Zuchtpferde. In Louisiana bekommt man eine solche Stute nicht unter hundert Dollar!«

Sam Houston rief ihn zur Ordnung. »Wir sind aber nicht in Louisiana, sondern in Texas, und hier laufen so viele Wildpferde herum, dass sich jeder Mann eine ganze Herde einfangen kann. Ich würde nicht mehr als vierzig Dollar für eine dieser Stuten geben.«

»Einigen wir uns auf fünfzig!«, schlug Walther vor.

Da nickte auch der Mann, der hundert Dollar hatte haben wollen. »Meinetwegen! Hundertfünfzig Dollar für die drei Gäule sind zwar nicht viel, aber ...«

»Wir haben ja noch die anderen sechs Zossen, und von denen ist jeder mindestens zwanzig Dollar wert«, unterbrach Houston ihn. »Damit kommen auf jeden von uns zehn Dollar. Das ist ein hübscher Lohn für diesen kleinen Ausritt.«

Damit waren alle einverstanden, am meisten Friedrich Belcher, der ebenso wie die Erwachsenen seinen Anteil erhalten sollte. Auch Nizhoni gab Ruhe, denn sie wusste, dass die drei Stuten um einiges mehr wert waren, als die weißen Männer annahmen.

4.

Da der Schusswechsel bei dem vorherrschenden Wind wahrscheinlich auch auf seiner Farm gehört worden war, drängte Walther zum Aufbruch. Sie ließen den Mexikanern sogar zwei Karabiner und die Pistole des Capitán, eine schöne, mit Silber beschlagene Waffe, die einige Männer gerne als Beute behalten hätten. Houston und Bowie konnten ihre Begleiter jedoch zur Vernunft bringen.
Der zweite Deutsche aus Austins Siedlungsgebiet gesellte sich zu Walther und sprach ihn an. »Es freut mich sehr, einen Landsmann zu treffen. Gehört habe ich ja von Ihnen, aber da die Amerikaner Sie immer Fitchner nannten, hielt ich Sie für einen der Ihren.«
»Fichtner kommt ihnen eben nicht so leicht über die Lippen wie Fitchner«, antwortete Walther.
»Sie sollen ein großer Mann in Gamuzanas Siedlungsgebiet sein«, sagte der Deutsche.
»Auch nicht bedeutender als die anderen.« Walther war die Neugier des Mannes unangenehm, doch er wusste selbst, dass er sie halbwegs befriedigen musste, wenn er nicht als schroffer, unangenehmer Mensch gelten wollte.
Daher beantwortete er die Fragen des anderen zwar kurz, aber halbwegs richtig, und tat dabei so, als würde er aus einem anderen Teil des preußischen Staates stammen als aus der ehemaligen Reichsgrafschaft Renitz. Im Gegenzug erfuhr er vieles über seinen Gesprächspartner und erhielt die Einladung zum nächsten Fest, das sie, wie der Mann sagte, in einem freien Texas zu feiern hofften.
Da sie die Pferde bis an die Grenzen ihrer Kraft beansprucht hatten, ritten sie nun langsamer, und so blieb ihnen Zeit zum

Reden. Zu Walthers Erleichterung übernahm es Nizhoni, von Gisela, Josef und der Farm zu erzählen. Da sie in den letzten Jahren recht gut Deutsch gelernt hatte, gingen ihr die Worte flüssig über die Lippen. Allerdings stellte die Navajo ihn als Helden hin, der es mit hundert Mexikanern und fünfzig Indianern zugleich aufnehmen konnte, und das wurde ihm dann doch zu viel.
»Du sollst nicht so flunkern, Nizhoni«, ermahnte er die junge Frau, doch sie ließ sich kaum bremsen.
Kurz darauf erreichten sie die Grenzen seines Landes. Noch war es zu groß für die Pferde und Rinder, die er besaß, doch er hoffte, dass sich dies bald ändern würde. Die drei erbeuteten Stuten waren ein weiterer Schritt dorthin.
Dies sahen auch einige der anderen Farmer so, und einer schüttelte den Kopf. »Wir hätten den Hengst des Captains behalten und damit unsere Stuten decken lassen sollen, Mister Bowie. Der Kerl hätte auch auf einem anderen Gaul reiten können.«
»Noch sind wir nicht im Krieg mit Mexiko. Dann hätte ich es so gemacht«, erklärte Bowie. »Aber das Ganze kann auch eine private Racheaktion von Velasquez gewesen sein, die nicht mit seinen Vorgesetzten abgestimmt war. Wir zeigen den Mexikanern, dass wir zwar unser Land verteidigen, aber sie immer noch als Ehrenmänner ansehen.«
»Pah!«, schimpfte der andere und verzog das Gesicht. Wie viele der neuen Siedler hatte er noch keine Mexikaner kennengelernt und ließ sich daher von seinen Vorurteilen leiten.
Bowie gab es auf, ihn belehren zu wollen, und schloss zu Walther auf. »Wie lange brauchen wir noch?«
»Schätze, dass wir die Farm in einer guten Stunde erreichen«, antwortete Walther.
»Die Indianerin hat gesagt, das Land hier gehört bereits Ih-

nen«, warf Andreas Belcher ein. »Aber dann haben Sie weitaus mehr Boden erhalten als wir in Austins Siedlung.«
»Das Land hier hat ja auch ein Mexikaner verteilt«, spottete Rudledge. »Bei denen geht es nicht immer so genau.«
»Auf jeden Fall ist es ein gutes Gebiet für eine Farm. Ich kenne andere, die es schlechter getroffen haben«, kommentierte Sam Houston das Land, das sich vor ihnen ausbreitete, und fragte Walther nach seinen Nachbarn aus. Hauptsächlich wollte er wissen, wer von diesen sich auf die Seite von Texas schlagen würde.
»In unserem Teil, dem French Settlement, wohl alle, im Süden bei den Mexikanern wahrscheinlich gar keiner. Die wollen sich heraushalten«, antwortete Walther.
»Heraushalten gilt nicht, entweder sind sie für uns oder gegen uns«, giftete einer der Männer.
Houston musste lachen. »Beruhigt euch, Leute! Mir ist ein Mexikaner, der nicht gegen uns kämpft, auf jeden Fall lieber als einer, der auf Santa Anas Seite gegen uns zieht.«
»Ich sehe schon die Gebäude«, meldete Friedrich Belcher nach einer Weile und setzte erschrocken hinzu: »Dort sind auch Männer!«
Besorgt stellte Walther sich in den Steigbügeln auf, um besser sehen zu können. Doch seine Angst, es könnte sich um mexikanische Soldaten handeln, verflog, als er Thierry erkannte.
»Ich bin es, Walther!«, rief er, so laut er konnte.
Sichtlich erleichtert senkten seine Freunde die Waffen. Walther erblickte Albert Poulain, um den sich mehrere Iren und Polen versammelt hatten, sowie Lucien und einen weiteren Überlebenden der *Loire.* Eben schauten auch Gertrude und Gisela zur Tür hinaus. Bei Walthers Anblick wich die Anspannung von den beiden Frauen, und sie traten ins Freie.

»Wir haben Schüsse gehört und wussten nicht, was los war«, erklärte Thierry. »Daher sind wir hier zusammengekommen, um nachzusehen.«

»Es war Capitán Velasquez mit seinen Dragonern. Sie wollten unsere Farm und wohl auch einige andere in unserem Gebiet überfallen, aber das haben wir ihnen ausgetrieben.« Walther klopfte Thierry auf die Schulter und reichte dann jedem seiner Nachbarn die Hand. »Danke, dass ihr gekommen seid!«

»Ein paar Soldaten hättet ihr ja für uns übrig lassen können«, maulte Ean O'Corra, einer der jungen Iren.

Sam Houston trat auf ihn zu und legte ihm die Hand auf die Schulter. »Bis dieser Krieg vorbei ist, wirst du noch genug mexikanische Soldaten sehen, mein Sohn, das verspreche ich dir.«

»Was ist mit den Mexikanern?«, fragte Gisela auf Deutsch.

»Denen haben wir eins auf die Hucke gegeben«, erklärte Andreas Belcher fröhlich.

Gisela war froh, jemanden zu sehen, mit dem sie sich in ihrer Muttersprache unterhalten konnte. Zwar verstand sie mittlerweile auch etwas Englisch, doch es war zu wenig, um ein Gespräch führen zu können. Sie sagte sich, dass die Männer nach dem langen Ritt hungrig sein würden, und wandte sich an Nizhoni.

»Der Tisch im Haus wird für so viele Leute nicht ausreichen. Wir werden daher im Freien essen müssen. Holst du ein paar Decken?«

Der Gedanke, dass ihre Helferin eben ein wildes Abenteuer erlebt haben und zu erschöpft sein könnte, kam ihr nicht.

Nizhoni war nicht der Mensch, sich mit ihrer Heldentat zu brüsten, sondern eilte ins Haus, um die verlangten Decken zu holen. Kurz darauf saßen die Austin-Siedler und die Männer aus dem French Settlement einträchtig zusammen, aßen und ließen mehrere Flaschen mit Tequila kreisen. Der so leicht errungene Erfolg löste die Zungen, und sie spotteten über die mexikanischen Soldaten, die sie mit Leichtigkeit aus Texas verjagen würden. An die Toten, die bei dem Scharmützel zurückgeblieben waren, verschwendeten sie keinen Gedanken.

Im Gegensatz zu den anderen Männern blieb Sam Houston nachdenklich. Er hatte sich zu Walther gesetzt und wies nun auf einen der eifrigsten Schreier.

»Der da gehört zu Travis' Anhängern. Eigentlich ist er ein guter Mann, aber mit zu wenig Hirn«, sagte er leise.

Walther nickte mit verbissener Miene. »Es wird uns so schon nicht leichtfallen, mit dem mexikanischen Militär fertig zu werden. Wenn dann solche Narren mit Forderungen kommen, wir sollten unsererseits die Mexikaner aus Texas hinausjagen, treiben sie Männer wie Gamuzana und Jemelin auf die andere Seite. Dann stehen wir einem Feind gegenüber, der das Land genauso gut kennt wie wir und mit aller Erbitterung gegen uns kämpfen wird.«

»Ich habe schon mit Austin darüber gesprochen. Er möchte einige der mexikanischen Grundbesitzer davon überzeugen, sich uns anzuschließen. Es sind stolze Männer, die Santa Ana wegen seiner Grausamkeit verachten. Übrigens will Austin eine Truppe aufstellen, um General Cos im Süden von Texas entgegenzutreten und die mexikanischen Stützpunkte einzunehmen«, antwortete Houston, nahm die Tequilaflasche entgegen und trank einen Schluck.

Dann sah er Walther kopfschüttelnd an. »Stephen Austin ist ein guter Mann, aber kein Soldat. Er wird sich schwertun, und wir können nur hoffen, dass er keine groben Fehler begeht. Doch selbst in diesem Fall müssen wir vorbereitet sein.«

»Und wie?«, fragte Walther.
»Indem wir eine eigene Armee aufstellen. Andrew Jackson hat mich nach Texas geschickt, um dafür zu sorgen, dass es sich von Mexiko löst. Es leben mittlerweile fünf- bis sechsmal so viele Amerikaner hier wie Mexikaner. Der Präsident wollte Texas daher kaufen, aber die Regierung von Mexiko hat dieses Angebot abgelehnt, obwohl die mexikanische Staatskasse, um es salopp zu sagen, klamm ist. Stattdessen wurden neue Gesetze beschlossen, die alle Neusiedler gleichermaßen betreffen. Würden wir Santa Ana gewähren lassen, sähen wir uns alle in fünf Monaten jenseits des Sabine Rivers wieder, und die meisten hätten alles verloren, was sie je besessen haben.«
Houston sprach leise, aber eindringlich. Zwar war sein Einfluss in Texas noch zu gering, um Dinge in Bewegung zu setzen, aber er wollte bereit sein, wenn es so weit war. Dies erklärte er Walther und legte ihm schließlich die Hand auf die Schulter.
»Rufen Sie Ihre Freunde zusammen und bilden Sie daraus eine Kompanie. Ich kann Ihnen jetzt schon den Rang eines Captains der Miliz verschaffen. Sobald es ernst wird, treten Sie als Major in meine Armee ein – nein, besser als Colonel, da Leute wie Travis sich jetzt schon so nennen. Als Mann, der bei Waterloo dabei war, können Sie Ihre Männer besser ausbilden, als Austin oder die anderen es vermögen.«
Houstons Bitte brachte Walther in die Klemme, aber der Augenblick, in dem er hätte bekennen können, dass er die Schlacht bei Waterloo nur als Trommelbub mitgemacht hatte, war bereits verstrichen. Houston setzte große Hoffnungen in ihn und würde fürchterlich enttäuscht sein, wenn diese sich nicht erfüllten.
Warum sollten sie sich nicht erfüllen?, schoss es Walther

durch den Kopf. Immerhin war er über ein Jahr bei den Renitz'schen Musketieren gewesen und hatte gesehen, wie die Männer dort exerziert hatten. Auch war er mit ihnen gedrillt worden.

»Ich werde mit meinen Freunden reden«, versprach er und zeigte auf Thierry. »Sehen Sie den jungen Mann dort? Den können Sie als Leutnant oder Hauptmann auf Ihre Liste setzen, und den dort als Sergeant.« Walthers Finger wanderte weiter zu Lucien. Auch wenn er den ehemaligen Matrosen nicht besonders mochte, so achtete er dessen Fähigkeiten.

Houston nickte zufrieden. »Wie ich sehe, haben Sie sich schon Ihre Gedanken gemacht. Bilden Sie Ihre Männer aus! Wir werden sie brauchen, womöglich sogar schneller, als wir alle denken.«

Damit klopfte er Walther ein weiteres Mal auf die Schulter und wandte sich Jim Bowie zu, den er ebenfalls auf seine Seite ziehen wollte. Im Gegensatz zu den Männern, die hier ihren Sieg feierten, sah Houston noch einen langen und harten Kampf vor sich, bis Texas seinen eigenen Weg gefunden hatte.

5.

Der misslungene Angriff von Velasquez' Dragonern hatte Gisela den Ernst der Lage endgültig vor Augen geführt. Als sie und Walther an diesem Abend im Bett lagen, klammerte sie sich an ihn und schluchzte leise.

»Was hast du, mein Schatz?«, fragte Walther.

»Manchmal glaube ich, dass wir unter einem schlechten Stern

geboren wurden. Wohin wir uns im Leben auch immer gewandt haben, war um uns herum Gefahr!«
Walther strich ihr sanft übers Haar und schüttelte den Kopf, obwohl sie es in der Dunkelheit nicht sehen konnte. »Du solltest dir keine solchen Gedanken machen, mein Liebes. Es wird alles gut ausgehen, das verspreche ich dir!«
»Versprich mir, dass du gesund wieder zu mir zurückkommst, wenn du in den Krieg ziehst. Die Männer sagen, es geht bald los. General Austin will die mexikanischen Stützpunkte im Süden angreifen.«
Da Gisela bis zu ihrem elften Lebensjahr mit den Soldaten gezogen war, verstand sie mehr vom Krieg als andere Frauen und wohl auch mehr als die meisten Männer. Sie kannte das Grauen, das wie ein höhnisch grinsender Schatten den Soldaten folgte, und hatte viele Männer und Frauen elendiglich umkommen sehen. Andere waren durch die Entbehrungen auf den Feldzügen so krank geworden, dass sie in sich zusammengefallen und lange vor ihrer Zeit gestorben waren, so wie Holger Stoppel, der Wachtmeister in Renitz' Regiment und spätere Förster. Dieser hatte ebenso wie sie Napoleons Marsch nach Moskau mitgemacht und die Schrecken des Rückzugs erlebt. Dieselbe Schwäche, die Stoppel dahingerafft hatte, hielt auch sie in den Klauen. Sie fühlte ihr Herz rasen und immer wieder stolpern, und ihr war, als würde der Sand ihres Lebens schneller aus der Sanduhr des Schicksals herausfließen als bei anderen Menschen.
»Noch ziehe ich nicht in den Krieg«, drang Walthers Stimme wie aus weiter Ferne in ihre wirbelnden Gedanken. »Da es keinen zweiten Mann auf der Farm gibt, muss ich erst zu den Waffen, wenn es unabänderlich ist. Pepe und die drei Vaqueros sind Mexikaner und gelten bei den Texanern als unsichere Kantonisten.«

»Wann ist es unabänderlich?«, fragte Gisela leise.
»Wenn Santa Anas Truppen den Rio Guadalupe überschreiten. Bis dorthin verteidigen wir als Miliz unseren Siedlungsbereich gegen feindliche Streifscharen.«
Auch das war nicht ungefährlich, wie Gisela wusste. Sie vertraute Walther jedoch und war sicher, dass er kein unnötiges Risiko einging. Vielleicht würde er sich noch mehr zurückhalten, wenn sie ihm sagte, dass sie wieder ein Kind erwartete. Dann aber dachte sie an ihre letzte Schwangerschaft und den Verlust des Ungeborenen lange vor der Zeit. Die Sorge um das in ihr keimende Leben wollte sie Walther nicht auch noch aufbürden.
Daher schmiegte sie sich noch enger an ihn und knabberte an seinem Ohrläppchen. »Liebe mich«, flüsterte sie. »Wer weiß, wie lange wir noch zusammen sein werden.«
Walther wunderte sich ein wenig, weil Gisela in den letzten Monaten nur selten von sich aus Lust empfunden hatte, sich mit ihm zu vereinigen. Aber er nahm ihr Geschenk gerne an und begann, sie zu liebkosen. Gisela schloss die Augen und gab sich ganz den Gefühlen hin, die seine Nähe in ihr auslöste. Bei ihrer letzten, so schrecklich geendeten Schwangerschaft war dies anders gewesen. Damals hatte es ihr Schmerzen bereitet, wenn er sie nur gestreichelt hatte. Doch nun wuchs ihr Verlangen nach ihm, und sie zog ihr Nachthemd hoch, um es ihm so leicht wie möglich zu machen. Walther streifte sein Nachthemd ganz ab und schob sich vorsichtig zwischen ihre Schenkel. Seine Frau schlang ihre Arme um ihn und zog ihn zu sich herab.
»Ich danke Gott, dass er dich mir geschenkt hat«, flüsterte sie und war froh darüber, dass Josef nun bei Nizhoni im zweiten Anbau schlief. Sie wollte nicht, dass der Junge in der Nacht aufwachte und Dinge sah, für die er noch viel zu klein war.

Als Walther in sie eindrang, spannte sie sich unwillkürlich an, doch dieses Gefühl verlor sich bald, und sie genoss seine Nähe ebenso wie er. Sie nahm es als gutes Zeichen. Als sie mit Josef schwanger gegangen war, hatte sie ebenfalls Lust empfunden, sich Walther hinzugeben, und damals hatte sie den Jungen gesund zur Welt gebracht.

6.

Das Scharmützel bei Walthers Farm war nur einer von mehreren Erfolgen, den die Texaner gegen die mexikanischen Truppen im Land errangen. Stephen Austin stieß mit seinen Männern immer weiter in den Süden von Texas vor und erreichte schließlich San Antonio de Bexár. Die dortige Garnison erwies sich jedoch als unerwartet harter Brocken und hielt der Belagerung stand.
Drangen zunächst nur Jubelmeldungen ins French Settlement, so wurden die Nachrichten allmählich schlechter. Der Nachschub klappte nicht, weil es zu wenige Straßen gab und die Wege von den Farmen zu der kämpfenden Truppe immer länger wurden. Allerdings war gerade deswegen der Krieg für Walther und die anderen Siedler weit weg. Sie arbeiteten wie gewohnt auf ihren Feldern und trafen sich nur gelegentlich zu militärischen Übungen. Bei diesen erwiesen sich die aus Europa stammenden Männer als disziplinierter, denn die amerikanischen Texaner kannten bislang nur den Kampf gegen die Indianer. Daher tat sich Stephen Austins Truppe bei der Belagerung von San Antonio de Bexár auch so schwer, die dort stationierten mexikanischen Soldaten zur Kapitulation zu zwingen.

In dieser Zeit dachte Walther immer wieder über Sam Houstons Worte nach. Stephen Austin war ein ausgezeichneter Verwalter und hatte Hunderten von Siedlern eine neue Heimat geboten. Ein guter Soldat oder gar General war er nicht.
Erst als nach zwei Monaten die Vorräte der Mexikaner aufgebraucht waren und kein Entsatz in Sicht war, ergab sich General Cos. Bis zu dem Zeitpunkt aber war die halbe texanische Armee auseinandergelaufen, und die nächsten Aktionen gegen mexikanische Truppen scheiterten blamabel.
Walther erhielt diese Informationen von Friedrich Belcher, der immer wieder von der Farm seines Vaters herüberkam, um zu berichten. Da er das meist am Dienstag tat, versammelten sich jedes Mal etliche Nachbarn auf Walthers Farm. In der letzten Zeit war die Stimmung bereits gesunken, und die Berichte klangen geradezu niederschmetternd.
»Wenn wir nicht einmal mit den mexikanischen Garnisonen fertig werden, was soll dann erst werden, wenn Santa Ana mit einer vollständigen Armee erscheint?«, fragte Albert Poulain mutlos.
»Die Soldaten und Offiziere unserer Armee sind mit Austin unzufrieden. Er wäre kein guter Oberbefehlshaber, sagen sie«, berichtete Friedrich weiter.
Einige der anwesenden Männer zogen die Köpfe ein, denn immerhin hatte das French Settlement fast geschlossen für Austin gestimmt. Jetzt zu erfahren, dass sie auf das falsche Pferd gesetzt hatten, tat weh.
»Austin sollte zurücktreten und einem anderen Mann den Oberbefehl überlassen«, rief Thierry aus.
»Aber wem?«, fragte Tonino Scharezzani.
»Es muss ein Mann sein, der etwas vom Militär versteht, so wie Sam Houston!«, erklärte Walther wie unter einem geheimen Zwang.

»Das sagt mein Vater auch! Aber ich soll euch noch etwas ausrichten. Wir wollen eine Regierung wählen, die mit Mexiko verhandeln kann. Vielleicht ist der Krieg dann bald zu Ende.«
Walther teilte die Hoffnung des jungen Belcher nicht. Ein Krieg hatte seine eigene Dynamik. Da die Texaner nun mehrere Schlappen erlitten hatten, würde Santa Ana sich wieder im Vorteil wähnen und versuchen, diesen auszunützen.
»Wie es aussieht, wird es bald ernst, Männer«, sagte er.
Thierry sah ihn verwundert an. »Aber es heißt doch, Santa Ana wäre wieder in die Hauptstadt zurückgekehrt, nachdem er Zacatecas erobert und die halbe Bevölkerung massakriert hat.«
»Das mag sein, doch wenn er es getan hat, dann nur, um neue Truppen auszuheben und sich aus seinen Magazinen für einen längeren Feldzug auszurüsten. Ich bin ganz sicher, dass er kommt! Dann, Männer, wird sich zeigen, ob wir die Kraft haben, ihm zu widerstehen, oder ob uns nur die Flucht über den Sabine River bleibt.« Bei diesen Worten musterte Walther die Männer, die sich um ihn versammelt hatten. Es waren knapp zwanzig und damit ein gutes Drittel der Kompanie, die er für Houston aufstellen sollte.
»Ein paar Monate haben wir noch Zeit. Wir sollten sie nützen, um die Herbstsaat auszubringen und zu exerzieren. Schon bald werden wir einer ausgebildeten Armee gegenüberstehen, die es zurückzuschlagen gilt.«
»Können wir Santa Ana besiegen?«, fragte Thierry.
»Wenn wir daran glauben – möglicherweise! Wenn wir nicht daran glauben, sollten wir alles zusammenpacken, was wir mitnehmen können, und nach Louisiana fliehen. Dort kann Santa Ana uns nicht erreichen.«
Walthers Stimme klang hart. Er selbst hatte sich schon vor

längerer Zeit für den Kampf entschieden, wollte aber jedem seiner Männer die Wahl lassen, ob er bleiben oder fliehen und alles zurücklassen wollte.

»Was ist eigentlich mit Gertrudes Ehemann? Er hatte uns doch versprochen, uns mit einem großen Trupp zu unterstützen«, meldete sich der ehemalige Matrose Lucien zu Wort.

Walther hatte Jakob Schüdle beinahe schon wieder vergessen, und so blieb ihm nichts anderes übrig, als mit den Achseln zu zucken. »Ich habe nichts mehr von dem Mann gehört, und er hat auch Gertrude in der Zwischenzeit nicht geschrieben.«

»Ein Freiwilliger, der aus Louisiana gekommen ist, hat berichtet, James Shuddle würde mit Edward White, dem neuen Gouverneur von Louisiana, verhandeln. Außerdem heißt es, er hätte eine Ehefrau in New Orleans! Damit wäre er ein Bigamist.« Friedrich Belcher gefiel es gar nicht, das sagen zu müssen, doch er wollte weder Walther noch Gertrude in falschen Hoffnungen wiegen.

Walther verzog angewidert das Gesicht. Diese Nachricht passte zu dem Mann. Ein anderer hätte Gertrude längst zu sich geholt oder sich selbst hier angesiedelt. Auch Thierry senkte betroffen den Kopf, während Lucien wütend die Faust ballte.

»Das hat Gertrude nicht verdient!«

»Nein, das hat sie nicht. Viele haben nicht verdient, was das Schicksal ihnen auferlegt, und doch müssen sie es tragen. Also reden wir nicht mehr von dem Kerl, sondern davon, wie wir die Freiheit von Texas auch ohne seine windige Hilfe erringen können.«

Walthers Worte brachten die Männer wieder zur Besinnung. Allen war klar, dass es auf jeden Einzelnen von ihnen ankommen konnte, und sie waren bereit, das Ihre dafür zu tun.

Mit einem grimmigen Lachen hob Thierry seine Büchse.

»Das hier ist unser Trumpf. Wir treffen mit unseren Waffen dreimal so weit wie die Mexikaner mit ihren Musketen. Wenn wir schnell genug nachladen, können wir drei Salven abgeben, bevor sie heran sind!«

»Nicht, wenn sie ihre Kavallerie einsetzen«, antwortete Walther. »Die ist besser bewaffnet, und um mit der fertig zu werden, braucht es Kanonen.«

»Die wir nicht haben«, antwortete Thierry in bitterem Spott. »Es sei denn, die Regierung der Vereinigten Staaten schenkt sie uns.«

»Mit diesem Problem wird sich der neue Oberbefehlshaber herumschlagen müssen. Es wäre gut, wenn Sam Houston gewählt würde. Ihm traue ich zu, die Mexikaner in Schach zu halten.« Walther hoffte, dass sein Vertrauen in Houston als Oberbefehlshaber nicht ebenso vergebens sein würde wie das in Stephen Austin. Der Mann tat ihm leid. Austin hatte so viel für Texas getan und schwebte nun in Gefahr, sein Lebenswerk in Scherben brechen zu sehen.

»Vater sagt, ihr müsst alle zur Wahl kommen!«, sagte der junge Belcher, um wieder auf seine Botschaft zurückzukommen.

»Wir können nicht alle nach San Felipe de Austin reiten. Daher sollten wir Delegierte bestimmen, die für uns alle die Stimme abgeben«, erklärte Walther und sah sich um. »Sechs Männer werden reichen. Was meint ihr?«

»Ich würde acht vorschlagen! Zwei von uns, zwei Sizilianer, zwei Polen und zwei Iren«, wandte Thierry ein.

»Gut! Fragt zu Hause, ob es den Leuten passt, und dann kommt wieder hierher!« Walther war Thierry dankbar für seinen Einwand, denn noch immer galt es, auf die Empfindlichkeiten der einzelnen Siedlergruppen Rücksicht zu nehmen.

»Ich glaube, das ist in Ordnung«, antwortete Ean O'Corra, den Father Patrick als Vertreter geschickt hatte.
Auch Tonino Scharezzani nickte, und Krzesimir Tobolinskis Sohn Leszek versprach, diesen Vorschlag seinem Vater zu überbringen und zu befürworten. »Acht Männer sollten es schon sein, damit wir bei den anderen Eindruck schinden«, meinte er grinsend.
»Dann sind wir uns ja einig!«, antwortete Walther zufrieden und hob seine Büchse auf. »Da wir gerade dabei sind, sollten wir üben, im Gleichschritt zu marschieren und im Salventakt zu schießen.«
»Warum müssen Soldaten eigentlich im Gleichschritt marschieren? Das ist doch sinnlos!«, fragte Friedrich Belcher verwundert.
»Im Gleichschritt können Soldaten enger nebeneinander gehen. Das bedeutet mehr Gewehre auf gleichem Raum und damit auch mehr Kugeln, die auf den Feind einprasseln«, klärte Walther den Jungen auf.
»Eigentlich muss ich erst morgen zurück sein. Kann ich bei euch mittun?« Friedrich sah Walther so bettelnd an, dass dieser ihn nicht enttäuschen wollte.
»Dann komm! Mach aber lange Schritte, damit du in Reih und Glied bleibst.«
Während die Männer ihre Waffenübungen abhielten, sahen Gisela und Nizhoni ihnen von einem Fenster aus zu. Schon nach wenigen Minuten schüttelte die Navajo den Kopf.
»Fahles Haar ist ein großer Krieger, aber jetzt macht er Unsinn. Wenn Männer so kämpfen wie er und seine Freunde, schießen die Feinde sie alle aus dem Hinterhalt nieder.«
»Die mexikanische Armee wird nicht aus dem Hinterhalt schießen, denn sie marschiert genauso in Reih und Glied vorwärts und feuert eine Salve ab, bevor die Soldaten mit gefäll-

tem Bajonett vorwärtsstürmen«, versuchte Gisela, ihr zu erklären.
Nizhoni verzog das Gesicht. »Weiße Krieger sind dumm! Kein Nemene und kein Diné würde so kämpfen!«
Sie wandte sich ab, hob Josef hoch und schaukelte ihn, bis er fröhlich kreischte.
»Wenn du einmal ein Krieger bist, wirst du kämpfen wie ein Nemene und nicht wie ein dummer weißer Mann!«, sagte sie zu dem Jungen.
Auf Giselas Gesicht erschien ein nachsichtiges Lächeln. »Noch ist Josef viel zu klein, um an Krieg denken zu können. Bis er alt genug ist, wird es hoffentlich keinen mehr geben.«
»Männer werden immer kämpfen, sei es, um Pferde oder Frauen zu rauben oder auch nur, um zu zeigen, wie tapfer sie sind.« Einen Augenblick lang gab Nizhoni Gisela einen Einblick in ihre Seele.
»Du bist auch geraubt worden, nicht wahr?« Gisela schloss Nizhoni in die Arme, um ihr zu zeigen, wie sehr sie ihre Gefühle verstand.
Die junge Indianerin dachte kurz nach und zuckte dann mit den Achseln. »Es ist das Schicksal der Frauen, Beute zu sein. Hätte mein Mann auf den Rat seiner Freunde gehört, wäre es nicht dazu gekommen. Doch er wollte unbedingt zu seinen Verwandten reiten und mich mitnehmen, damit sie sich von meiner Schwangerschaft überzeugen können. Dabei hieß es, Nemene würden in unserer Gegend streifen. Er starb, bevor er einsehen konnte, welchen Fehler er begangen hat.«
Da Nizhonis Miene sich verschloss, begriff Gisela, dass ihre Freundin nicht weiter darüber reden wollte, und wandte sich wieder dem Fenster zu, um Walther und seinen Rekruten bei der Ausbildung zuzusehen.

7.

Drei Wochen später trat die Versammlung in San Felipe de Austin zusammen und wählte Henry Smith zum Gouverneur von Texas und Sam Houston zum neuen Oberbefehlshaber. Stephen Austin blieb außen vor, weil ihm zu viele Siedler die Misserfolge der letzten Zeit ankreideten. Er tat Walther leid, denn er hätte ihn gerne als Gouverneur gesehen. Doch seine Stimme und die seiner Freunde hatten nicht ausgereicht, das Blatt zu wenden.

Aus Enttäuschung über die Undankbarkeit der Texaner dem Mann gegenüber, der es ihnen erst ermöglicht hatte, in diesem Land ein neues Leben zu beginnen, wollte Walther die Stadt am nächsten Morgen wieder verlassen. Doch als er zum Frühstück erschien, sah er Sam Houston an einem Tisch sitzen.

»Kommen Sie her, Fitchner! Ich möchte mit Ihnen reden«, rief dieser ihm zu.

Walther folgte der Aufforderung und setzte sich zu ihm. Ein junger Bursche brachte ihm Kaffee, Speck und gebratene Eier und verschwand dann wieder. Unterdessen starrte Houston auf seine Hände, als müsse er prüfen, ob sie auch sauber wären.

Kaum waren Walther und er allein, brach es aus ihm heraus. »Ich kann mir denken, dass Sie sauer über den Ausgang der Wahl sind. Immerhin sind Sie Austins Freund. Aber ich hoffe, er wird seinen Ärger vergessen und sich der neuen Verwaltung als Berater zur Verfügung stellen. Es gibt keinen, der besser über Texas Bescheid weiß als er. Aber nun zu etwas anderem: Auch wenn wir San Antonio und einige andere Städte eingenommen haben, ist unsere Lage immer noch verheerend. Austins Freiwilligenarmee wurde entweder bei sinnlosen Scharmützeln aufgerieben oder ist auseinandergelaufen. Jetzt soll ich eine richtige Armee aufstellen, aber der einzige Soldat, den ich derzeit kommandiere, bin ich selbst. Mit viel Glück werde ich ein paar hundert Mann zusammenbekommen. Bezahlen kann ich sie nicht, weil kein Geld dafür vorhanden ist. Daher wird der Sold aus Landrechten bestehen.«

»Das ist kein schlechter Gedanke, denn die meisten Siedler sind nach Texas gekommen, um Farmer zu werden«, antwortete Walther.

Houston nickte mit freudloser Miene. »Genauso wird die Armee auch sein. Sie wird nicht aus ausgebildeten Soldaten bestehen, sondern aus bewaffneten Farmern, denen wir erst Disziplin beibringen müssen. Wir werden Monate brauchen, bis wir gegen eine gleichgroße Truppe mexikanischer Grenadiere bestehen können. Einige in der neuen Regierung hoffen, dass es erst gar nicht zum Krieg kommt. Sie wollen mit den Mexikanern und Santa Ana verhandeln. Das dürfte jedoch reine Zeitverschwendung sein. Trotzdem habe ich hier eine Botschaft an Hernando de Gamuzana mit Vorschlägen, die für ihn und die anderen Tejanos vielleicht annehmbar sind.«

Er reichte Walther einen dicken Umschlag, den dieser zögernd entgegennahm.

»Was steht da drin?«, fragte Walther.

»Die Bereitschaft, bei Mexiko zu verbleiben, wenn wir einen eigenen Bundesstaat auf Grundlage der Verfassung von 1824 erhalten, die Garantie, dass Spanisch neben Englisch die offizielle Sprache in Texas bleiben soll, sowie das Angebot an die Tejanos, dass sie sowohl den Vizegouverneur wie auch ein Drittel der Abgeordneten im neuen Parlament stellen können.«

»Das hört sich gut an!« Walther klang zögernd, da er den

Stolz Gamuzanas und anderer Mexikaner kannte. Nun fragte er sich, ob diese Männer sich damit zufriedengeben würden, in dem Land, das sie als das eigene ansahen, in Zukunft die zweite Geige spielen zu müssen.

»Gouverneur Smith und einige andere hoffen, dass die Tejanos, die Santa Ana ablehnen, ebenfalls eine Armee aufstellen und sich uns anschließen werden. Ihnen aber meine ich anzusehen, dass Sie daran zweifeln«, fuhr Houston fort.

Walther nickte nachdenklich. »Einzelne Mexikaner werden sich uns anschließen, vielleicht auch kleine Gruppen. Die meisten aber werden den Kopf in den Sand stecken und hoffen, dass der Sturm an ihnen vorüberzieht. Santa Ana hat ihnen in Yucatán und Zacatecas gezeigt, was es heißt, sich gegen ihn zu stellen. Hier in ihrem Tejas werden das nur wenige wagen.«

»Der Mann ist ein Tier! Er hat sämtliche Gefangenen abschlachten lassen und seine Soldaten dazu aufgehetzt, Frauen zu schänden und zu ermorden. Das, so schätze ich, wird er auch hier bei uns tun, um ein Exempel zu statuieren.« Seufzend schenkte Houston sich aus Walthers Kanne Kaffee ein und schüttelte dann den Kopf.

»Jetzt verlangt man von mir, dass ich solche Gemetzel verhindere. Ich habe vorgeschlagen, die Siedlungen aufzugeben und die Frauen und Kinder nach Louisiana in Sicherheit zu bringen. Doch das wollen die Männer nicht, weil sie glauben, es würde den Widerstandswillen der Armee schwächen – einer Armee, wohlgemerkt, die noch gar nicht existiert!«

»Wollen Sie, dass ich Sie bedauere?«, fragte Walther mit beißendem Spott.

Nun lachte Houston bitter auf. »Nein, ich will, dass Sie mir helfen. Sobald Sie aus San Felipe de Guzmán zurückkommen, werden Sie Ihre Leute zusammenholen und mit ihnen als Kern meiner Armee zu mir stoßen.«

»Ich werde sehen, was ich tun kann.« Walther steckte den Brief ein, beendete sein Frühstück und stand auf. »Also werde ich jetzt nicht nach Norden nach Hause, sondern nach Süden zu Gamuzana reiten. Wünschen Sie mir Glück. Vielleicht stellt er sich doch auf unsere Seite.«
»Glauben Sie wirklich, dass er gegen Mexiko kämpft, gegen sein eigenes Land?«
Walther zuckte mit den Schultern. »Sicher nicht! Aber vielleicht kämpft er gegen Santa Ana.«
Viel Hoffnung hatte er nicht, aber er wollte wenigstens mit Hernando de Gamuzana reden. Er verabschiedete sich von Houston, holte seine Sachen und traf dabei auf Thierry, der eben aus seinem Zimmer kam.
»Wenn du nach Hause reitest, richte meiner Frau bitte aus, dass ich zu Don Hernando reise. Rufe außerdem unsere Männer zusammen. Wir sollen uns Houston anschließen, sobald ich zurückgekommen bin!«, erklärte Walther dem jungen Franzosen.
»Es geht also los«, antwortete dieser besorgt. Dann reichte er Walther die Hand. »Viel Glück! Und pass auf, dass die Mexikaner dich nicht verhaften. Einige von uns haben sie bereits eingesperrt.«
Da es sich bei diesen Männern nicht um Siedler aus ihrem eigenen Gebiet, sondern um Amerikaner handelte, die besonders lautstark für die Trennung von Mexiko eingetreten waren, bewies Thierrys Bemerkung, dass der Normanne sich mittlerweile voll und ganz als Texaner fühlte.
»Ich werde achtgeben«, versprach Walther, der gegen eine starke Niedergeschlagenheit ankämpfte, weil die Ereignisse den Graben zwischen den einheimischen Mexikanern und den Neusiedlern aus den Vereinigten Staaten und Europa immer mehr vertieften.

8.

Nur einmal, nach Capitán Velasquez' Überfall auf seine Farm, war Walther in noch schlechterer Stimmung nach San Felipe de Guzmán geritten. Da er dem Frieden nicht traute, mied er die Stadt und schlug den Weg zu Hernando de Gamuzanas Hacienda ein. Schon von weitem konnte er erkennen, dass dort weitaus mehr Unruhe herrschte als sonst. Die Vaqueros trieben Rinder und Pferde zusammen, vor dem Haus standen Wagen, die eben beladen wurden, und auch sonst sah es so aus, als wolle der Besitzer die Hacienda mit seinem gesamten Hausstand verlassen.
»Was ist denn hier los?«, fragte Walther verwundert einen der Vaqueros, den er kannte.
»Da müssen Sie schon Don Hernando fragen, Señor«, antwortete der Mann niedergeschlagen.
»Danke!« Walther ritt weiter und hielt sein Pferd schließlich vor dem Hauptgebäude an. Allerdings stieg er nicht aus dem Sattel, um notfalls losreiten zu können, wenn man ihm feindselig gegenübertrat. Doch es kümmerte sich niemand um ihn. Die Diener und Peones beluden die Wagen, deren Zahl Walther auf mindestens ein Dutzend schätzte, und aus dem Haus drang Doña Elviras gebieterische Stimme, die gerade jemanden anwies, mit einem bestimmten Möbelstück besonders vorsichtig umzugehen.
Noch während Walther überlegte, ob er riskieren sollte, abzusteigen und ins Haus zu gehen, trat Hernando de Gamuzana heraus. Der Alcalde trug feste Reisekleidung aus Leder und Samt und einen schwarzen, mit Silberfäden verzierten Hut.
Er hatte Walther durch ein Fenster entdeckt und trat nun auf

ihn zu. »Willkommen, mein Freund! Steigen Sie ab und kommen Sie herein. Auch wenn schon vieles verladen ist, kann ich einem Gast noch immer ein Glas Wein und einen Imbiss anbieten.«
Walther rutschte steifbeinig aus dem Sattel und reichte Gamuzana die Hand. »Ich wäre gerne in einer besseren Zeit zu Ihnen gekommen, Don Hernando.«
»Das glaube ich gerne. Auch mir wäre eine bessere Zeit lieber, doch wir können sie uns nicht aussuchen.« Gamuzana legte Walther die Hand auf die Schulter und führte ihn ins Haus. Ein Diener eilte herbei und erhielt den Befehl, Wein und Tortillas in einen Empfangsraum zu bringen.
»Sie können sich inzwischen in einem der Gästezimmer waschen und umziehen. Einer der Diener wird Ihre Reitkleidung ausbürsten«, erklärte Gamuzana Walther.
Dieser nickte und wählte unwillkürlich das Zimmer, welches der Alcalde Gisela und ihm nach dem Schiffbruch der *Loire* zugewiesen hatte. Es erschien ihm wie ein Gruß aus einer Zeit, die nun so fern war, als hätte ein anderer sie erlebt.
Wenig später saß Walther Gamuzana gegenüber und zwang sich, trotz seiner Anspannung etwas zu essen, um seinen Gastgeber nicht zu beleidigen. Dieser las unterdessen den Brief der neuen texanischen Regierung durch, wartete aber mit einem Kommentar, bis Walther seinen Teller zurückgeschoben hatte.
»Die Vorschläge hören sich gut an, lassen sich aber nicht durchsetzen«, sagte er dann. »Die Americanos würden trotzdem alles tun, um uns Mexicanos zu dominieren. Anders wäre es, wenn man Tejas in zwei Hälften teilen würde, eine für euch Americanos und Europäer und eine für uns Tejanos.«
Gamuzana klang bekümmert, als er weitersprach. »Vielleicht wäre es anders gekommen, wenn nicht Antonio López de

Santa Ana die Macht in Mexiko ergriffen hätte. Aber eigentlich glaube ich das nicht. Die Americanos drängen wie eine Flutwelle in dieses Land und würden alles an sich raffen, wenn man sie nicht daran hindert.«

»Es muss doch eine Möglichkeit geben, die beiden Seiten gerecht wird«, beschwor Walther seinen Gastgeber. »Wir Siedler wollen nicht die Abspaltung von Mexiko, sondern die Wiedereinsetzung der Verfassung von 1824 und die autonomen Rechte, die diese den mexikanischen Bundesstaaten verspricht.«

»Es ist bedauerlich, dass Santa Ana diese Verfassung außer Kraft gesetzt hat und Mexiko zentralistisch regieren will. Auch ich wäre für die Verfassung, doch werde ich deswegen nicht das Schwert gegen meine eigenen Landsleute ergreifen.«

Gamuzanas Antwort war für Walther eine Enttäuschung. Hätte der Alcalde sich auf die Seite der Texaner gestellt, wäre dies ein Zeichen für alle mexikanischen Bürger dieses Staates gewesen, sich der Revolution anzuschließen. So aber würden die Siedler allein auf sich gestellt sein.

»Was wollen Sie tun?«, fragte er Gamuzana.

Mit einer knappen Geste wies dieser nach draußen. »Sie haben die Wagen gesehen. Ich werde mit meiner Familie auf unsere Besitzungen im Süden von Tamaulipas zurückkehren. Hier im Norden war ich nur, um meinen Bruder bei der Besiedlung seines Gebiets zu unterstützen.«

»Verraten Sie damit nicht Ihre eigenen Ideale?«

»Ich bin Mexicano und Familienvater. Santa Ana macht keinen Hehl daraus, was er mit denen machen will, die er als Verräter ansieht. Selbst wenn ich mich auf Ihre Seite schlage, würden es mir nur wenige Tejanos gleichtun. Santa Anas größter Verbündeter ist die Angst, und er hat alles getan, damit jeder in Mexiko weiß, was es heißt, sich gegen ihn zu stellen. Ihr Americanos könnt notfalls über den Rio Sabina nach Louisiana fliehen. Meine Freunde und ich können das nicht.«

»Es tut mir leid, dass es so kommen musste«, sagte Walther bekümmert.

»Mir auch, Amigo! Doch das Rad des Schicksals rollt dorthin, wo es will, und nicht dorthin, wohin wir es uns wünschen. Ich kann Ihnen nur ein Bett für die nächste Nacht anbieten. Morgen müssen wir dann Abschied nehmen, denn ich breche zusammen mit meiner Frau und meiner Tochter auf.«

»Ich danke Ihnen! Aber ich will Sie nicht in Schwierigkeiten bringen. Sonst heißt es noch, Sie hätten einem Rebellen Obdach geboten. Empfehlen Sie mich den Damen! Ich hoffe, es kommt der Tag, an dem ich Sie wieder aufsuchen kann, ohne dass uns das Verhängnis wie ein dunkler Schleier umgibt.«

»Das hoffe ich auch«, antwortete Gamuzana und reichte Walther zum Abschied die Hand. In gewisser Weise war er erleichtert, dass dieser ihn wieder verließ, denn er fürchtete das, was seine Frau und seine Tochter in ihrer Erbitterung ihrem Gast an den Kopf werfen würden. Bei beiden stand Mexiko an erster Stelle, gleichgültig, wer dessen Präsident sein mochte, und so waren die amerikanischen Siedler in ihren Augen nur ein Haufen Rebellen, die es zu Paaren zu treiben galt. Auch wenn Gamuzana dieses aufdringliche Volk ebenfalls nicht mochte, so hoffte er doch im Interesse aller Bewohner von Tejas, dass sie ihre Habseligkeiten auf Wagen luden und diese Provinz verließen, bevor Santa Ana mit seinem Heer erschien. Nicht nur für ihn war ein Sieg der Texaner die unwahrscheinlichste aller Möglichkeiten.

Als er Walthers Miene sah, begriff er, dass der Deutsche nicht bereit war, aufzugeben. Damit war auch das Schicksal dieses Mannes besiegelt. Einem Brief seines Bruders Ramón zufolge hatte General Santa Ana geschworen, keinen ausländischen Siedler in Tejas am Leben zu lassen.

9.

Für Walther war der Abschied von Gamuzana auch ein Abschied von seiner Vergangenheit. Alles, was bis zu diesem Tag richtig gewesen war, galt nun nichts mehr. Entweder würden sie Santa Ana besiegen und damit die Freiheit erringen, oder Gisela würde als Witwe mit dem kleinen Josef nach Louisiana fliehen müssen.
Er wandte sich nicht der Stadt zu, um dort zu übernachten, sondern ritt bis tief in die Nacht hinein in die Richtung seines Heimes. Dabei fürchtete er keine möglichen Verfolger, sondern war so in Gedanken versunken, dass er den Untergang der Sonne kaum wahrnahm. An einem kleinen Bach löschten er und sein Pferd ihren Durst. Während der Hengst in der Dunkelheit noch ein wenig zu grasen begann, blieb Walthers Magen leer. Sein Proviant war aufgebraucht, und er hatte ihn in San Felipe de Guzmán nicht ersetzt. Daher legte er sich hungrig zum Schlafen und wachte beim ersten Morgengrauen zerschlagen wieder auf. Auf ein Frühstück musste er ebenso verzichten wie auf das Abendessen. Daher beschloss er, unterwegs ein Stück Wild zu schießen, um wenigstens in den nächsten Tagen etwas zwischen die Zähne zu bekommen.
Weil er Zeit benötigt hatte, um zu jagen, erreichte er Belchers

Farm einen halben Tag später. Dabei hatte er wie so oft in letzter Zeit einen Bogen um Jemelins Hacienda geschlagen. In gewisser Weise schämte er sich dafür, denn Diego Jemelin hatte ihm in den ersten Jahren sehr geholfen. Er stand in der Schuld des Mexikaners, wusste aber nicht, wie er diese abtragen konnte. Es läuft alles so falsch, dachte Walther, als er aus dem Sattel stieg und auf Belchers Haus zutrat. Sein Nachbar hatte ihn bereits gesehen und kam ihm entgegen.
»Gottes Segen mit dir, Walther! Ich dachte schon, du hättest dich bereits den Soldaten angeschlossen«, grüßte der Farmer.
»Noch nicht, aber bald«, gab Walther zurück.
Belcher verzog das Gesicht. »Friedrich ist schon bei der Armee! Zu Hause konnte ich ihn nicht mehr halten. Houston meinte zwar, er wäre noch zu jung, aber Colonel Travis hat ihn in seine Truppe aufgenommen. Jetzt bete ich zu Gott, dass dem Jungen nichts zustößt. Wahrscheinlich kommt Santa Ana gar nicht, denn der hat genug Probleme im restlichen Mexiko.«
»Gamuzana ist sicher, dass Santa Ana kommt, denn der General hat geschworen, uns alle über den Sabine River zu treiben oder umzubringen«, antwortete Walther.
Belcher winkte ab. »Er soll ruhig kommen! Wir fürchten ihn nicht. Jeder von uns ist ein besserer Schütze als seine Soldaten, und unsere Gewehre reichen weiter als die ihren. Santa Ana müsste mindestens fünf- bis sechstausend Mann aufbieten, um überhaupt eine Chance zu haben. Aber komm doch herein! Anneliese legt schon die Steaks aufs Feuer. Sie will mal wieder mit ihren Kochkünsten angeben, musst du wissen, und dafür hat sie hier nicht viel Gelegenheit. Statt Farmerin zu sein, würde sie lieber eine Pension oder ein Hotel in San Felipe aufmachen. In der alten Heimat war sie nämlich die Tochter eines Gastwirts.«

Walther folgte dem Mann ins Haus, grüßte dessen Frau und schnupperte ausgiebig. »Das riecht aber ausgezeichnet!«
»Es wird auch so schmecken«, erklärte Anneliese geschmeichelt. »Aber setz dich! Die Maiskolben sind schon fertig. Möchtest du Butter und Salz dazu?«
»Gerne!« Walther setzte sich. Ihm lief das Wasser im Mund zusammen, als sie ihm einen riesigen Maiskolben auf einen Teller lud und ihm diesen mit reichlich Butter und einem Salzfässchen hinstellte.
Bevor Anneliese Belcher die Steaks wendete, drehte sie sich noch einmal zu Walther um. »Werden wir unser Land behalten können? Wegen General Santa Ana, meine ich! Dieser Mann soll ein Knecht des Teufels sein, der ihn von Sieg zu Sieg eilen lässt, um die Seelen der Gefallenen einzufangen.«
Wie es aussah, hatte sie weitaus mehr Angst um den Sohn als ihr Mann. Walther versuchte, die Frau zu beruhigen. »Ich glaube nicht, dass Santa Ana mit dem Teufel im Bunde ist. Sollte er es doch sein, hilft ein aufrichtiges Gebet, um den Gehörnten zu verscheuchen!«
»Das sage ich Anneliese auch immer, aber sie glaubt mir nicht. Wenn der Teufel für Santa Ana ist, steht Christus auf unserer Seite – und damit sind wir im Vorteil!« Belcher nahm ebenfalls Platz und zwinkerte Walther kurz zu. »Santa Anas Soldaten sind nichts wert. Wenn ein paar aufrechte Texaner auf sie schießen, laufen die wie die Hasen. Das hat man an den Kerlen gesehen, die zu deiner Farm unterwegs waren.«
»Die standen aber auch nicht unter Santa Anas direktem Befehl. Seine Soldaten wissen, wozu ihr Feldherr fähig ist, und werden es nicht wagen, auch nur einen Schritt zurückzuweichen, gleichgültig, wie viele Kugeln ihnen um die Ohren pfeifen«, antwortete Walther, um Belcher von Anfang an die

Illusion zu rauben, das Ganze könnte zu einem Spaziergang für die Texaner werden.
Doch so leicht ließ sein Gastgeber sich nicht überzeugen. »Mit Männern wie Colonel Travis, Colonel Fannin und natürlich General Houston werden wir es diesen Bastarden schon zeigen!«
»Hoffen wir es!« Walther war froh, sich seinem Maiskolben widmen zu können, denn Belcher erschien ihm zu siegessicher.
»Wohin zieht euer Sohn mit Travis?«, fragte er schließlich.
Mit einer ausladenden Geste wies Belcher nach Südwesten. »In eine zu einem Fort umgebaute Missionsstation in der Nähe von San Antonio de Bexár. Alamo, glaube ich, heißt sie.«
Diese Auskunft gefiel Walther wenig. San Antonio lag weit im Süden und würde der erste Ort in Texas sein, den Santa Ana einnehmen musste, wenn er in die Siedlungsgebiete der Amerikaner vorstoßen wollte.
Belcher wechselte das Thema. »Etwas anderes, Nachbar! Es heißt, die mexikanischen Behörden hätten einige Indianerstämme aufgehetzt, unsere Siedlungen zu überfallen. Damit wollen sie verhindern, dass Sam Houston eine Armee gegen Santa Ana führen kann.«
»Weiß man, welche Stämme es sind?«, fragte Walther besorgt. Wenn diese Nachricht stimmte, wusste er nicht, ob er wirklich Houstons Ruf folgen oder besser zu Hause bleiben sollte.
Belcher zuckte mit den Achseln. »Es sollen einige Tonkawa-Banden losgezogen sein. Ob auch die Komantschen und die Küstenstämme das Kriegsbeil ausgraben, weiß ich nicht, aber ich nehme es an.«
»Die Tonkawa leben weiter im Süden!« Für Walther war dies

keine Beruhigung, denn auf ihren Streifzügen legten Indianer oft Hunderte von Meilen zurück. Komantschen und Kiowa drangen sogar bis ins Zentrum von Mexiko vor, obwohl dort weitaus mehr Soldaten stationiert waren als hier.

»Wir werden uns vorsehen müssen. Ich habe auf alle Fälle meine Büchse immer geladen und gehe nicht ohne sie aus dem Haus«, erklärte Belcher grimmig. »Auch meiner Anneliese habe ich beigebracht, ein Gewehr zu bedienen. Das solltest du zu Hause auch tun, Nachbar.«

»Gisela weiß mit einer Schusswaffe umzugehen und hat es auch Nizhoni gezeigt.«

»Ist es klug, so etwas der Indianerin beizubringen? Sie ist doch eine Komantschin. Was ist, wenn ihre Leute kommen?« Belcher klang tadelnd, doch Walther schüttelte lächelnd den Kopf. »Nizhoni ist eine Navajo und wurde von den Komantschen geraubt. Bei ihnen war sie eine Sklavin, doch bei uns ist sie frei.«

»Dein Wort in Gottes Ohr! Ich hätte Bedenken«, antwortete Belcher kopfschüttelnd.

Eigentlich hatte Walther auf dieser Farm übernachten wollen, doch die Nachricht von plündernden Indianerbanden trieb ihn nach Hause.

»Kann ich ein wenig Proviant haben, um weiterreiten zu können?«, fragte er Belcher.

»Ist es nicht zu gefährlich, allein in der Nacht draußen zu sein?«

»Wegen der Tonkawa will ich so schnell wie möglich nach Hause.«

»Das verstehe ich!« Belcher nickte und wies seine Frau an, Walther eines der gebratenen Steaks und genügend Brot einzupacken. Dann reichte er ihm die Hand.

»Gottes Segen mit dir, Nachbar!«

»Den wünsche ich euch beiden auch!« Walther erwiderte den Händedruck, nahm dann das Päckchen entgegen, das Anneliese ihm reichte, und verließ die Farm.
Als er wieder nordwärts ritt, vernahm er in der Ferne das Rauschen des Rio Colorado. Wenn die Erhebung gegen Santa Ana gelang, würde man wohl bald Colorado River zu dem Fluss sagen. Auch das Land würde sich ändern, und es lag an ihm, das Beste für Gisela, Josef und sich daraus zu machen.

10.

Nizhoni wälzte sich unruhig auf ihrem Lager. Etwas lag in der Luft, das fühlte sie deutlich. Als sie das Unbehagen nicht mehr aushielt, streifte sie ihre Decke ab und stand auf. Es war gut, fand sie, dass sie während der Abwesenheit von Fahles Haar im Hauptgebäude schlief. Als Erstes schaute sie nach Josef, doch der Junge lag ruhig in seinem Bett, und sie vernahm seine regelmäßigen Atemzüge. Er war mittlerweile schon recht groß geworden, und es fiel ihr nicht immer leicht, ihn im Zaum zu halten. Wenigstens aber hatte sie ihm beigebracht, was jeder Indianerjunge wissen musste. Josef würde nicht in Panik verfallen, wenn er das Rasseln einer Klapperschlange vernahm oder ein Stinktier vor sich sah.
Nizhoni ging weiter zu Giselas Bett. Deren Atem klang schwer, so als würden böse Träume sie quälen. Ihre Schwangerschaft war schon sichtbar, aber bis zu der Zeit, in der ein Neugeborenes leben konnte, wenn es den Leib der Mutter früher als gewollt verlassen musste, würden noch einige Mo-

nate verstreichen. Leicht würde es ihr nicht fallen, Mutter und Kind zu erhalten, das war Nizhoni klar, doch sie hatte sich geschworen, alles für die beiden zu tun.
Da ihre Unruhe anhielt, trat sie an eines der Fenster und öffnete den Laden. Draußen war es dunkel, doch kündeten feine Lichtstreifen im Osten bereits die nahe Dämmerung an. Es war der Augenblick, in dem die Männer ihres Volkes am liebsten auf Kriegszug gingen.
Kaum hatte sie es gedacht, entdeckte sie auf dem Nachbarhügel für einen kurzen Augenblick den Schattenriss eines indianischen Reiters. Er war so schnell wieder verschwunden, dass Nizhoni im ersten Augenblick glaubte, sie hätte sich geirrt. Doch da sah sie einen weiteren Reiter und begriff, dass er auf die Farm zuhielt.
Rasch schloss sie den Fensterladen und eilte zu Gisela. »Wach auf!«, sagte sie und schüttelte ihre Freundin.
»Was ist los?«, fragte diese schlaftrunken.
»Rote Krieger! Von welchem Stamm, weiß ich nicht. Doch sie kommen zu keiner guten Zeit!« Noch während sie es sagte, trat Nizhoni an die Wand, hinter der Pepes Anbau lag, und klopfte dagegen.
»Komm rasch ins Haus! Indios!«, rief sie, als sich drüben etwas rührte. Mehr musste sie nicht tun, denn Pepes Angst, von Indianern umgebracht und skalpiert zu werden, würde ihn antreiben. Sie selbst blies die Glut im Herd an, bis sie eine kleine Lampe anzünden konnte, und nahm die geladene Doppelpistole an sich.
Inzwischen klopfte es draußen. »Ich bin es, Pepe«, klang es voller Angst.
Nizhoni reichte Gisela die Pistole und wies sie an, sich so hinzustellen, dass sie durch die offene Tür schießen konnte. Sie selbst griff nach der Großvaterpistole, die sich bereits bei

ihrem Kampf mit Velasquez' Dragonern als überraschend treffsicher erwiesen hatte, glitt zur Tür und öffnete diese einen Spalt.

Draußen stand tatsächlich nur der Peon. Dafür aber sah sie im Gegenlicht des erwachenden Tages mehrere Reiter, die den Hügel herauffritten. Nizhoni schob Pepe ins Innere des Hauses und wartete kaltblütig, bis sie die Indianer gezählt hatte.

Dann erst schloss sie die Tür und verriegelte sie. »Josef, du weißt, was du zu tun hast!«

Der Kleine war inzwischen wach geworden und maulte ein wenig, verschwand aber im Vorratskeller.

Nun wandte Nizhoni sich an Gisela und Pepe. »Ich habe sechs Krieger gesehen. Es können natürlich auch mehr sein. Wir Frauen werden schießen, während der Mann nachlädt!«

Ein wenig Verachtung für Pepe schwang in ihren Worten mit, doch der Peon griff sofort nach den beiden Flinten, die Walther zurückgelassen hatte.

Unterdessen öffnete Nizhoni den Fensterladen einen Spalt und sah, dass die Indianer schon ziemlich nahe gekommen waren. »Ich halte sie für Tonkawa«, sagte sie voller Abscheu, »und die haben nichts Gutes im Sinn!«

»Vielleicht wollen sie nur mit uns handeln«, wandte Gisela ein.

Nizhoni schüttelte den Kopf. »Jetzt ist die Stunde des Kampfes und nicht des Handels. Andernfalls kämen sie am Tag und würden sich offen zeigen. Komm an das andere Fenster. Wir müssen auf Anhieb zwei von ihnen erwischen. Vielleicht laufen die anderen dann weg.«

Sie griff nach einer der Flinten und drückte sie Gisela in die Hand, während sie selbst die zweite Flinte an sich nahm. Als sie erneut durch das Fenster schaute, nickte sie zufrieden.

»Sie haben noch nicht gemerkt, dass wir sie entdeckt haben. Jetzt weißt du, warum es gut ist, kein großes Feuer zu machen, sondern nur ein kleines Licht in der Ecke brennen zu lassen.«

»Du bist so klug!«, entfuhr es Gisela, während sie den Gewehrkolben gegen die Schulter presste und den Lauf auf einen der Indianer richtete, die nun von ihren Pferden stiegen, um sich der Farm zu Fuß zu nähern. Die Bögen, Messer und Beile in ihren Händen bewiesen ihr, dass die Männer nicht in friedlicher Absicht kamen. Bis eben hatte Gisela noch gezögert, auf diese Menschen zu schießen. Nun aber dachte sie an ihren Sohn, der sich im Vorratskeller versteckte, und das Kind, mit dem sie schwanger ging, und spürte, wie die Angst ihr Kraft verlieh.

»Ich nehme den Mann links und du den auf der rechten Seite«, flüsterte sie Nizhoni zu, spannte ihre Waffe und zielte. Beide Schüsse klangen fast wie einer, und Gisela sah zufrieden, wie zwei der Angreifer zusammenzuckten und zu Boden fielen.

»Die Pistolen!«, herrschte sie Pepe an und reichte ihm gleichzeitig das Gewehr zum Laden. Gisela nahm die Doppelpistole und zielte auf einen Schatten, der mit hoch erhobenem Beil auf die Tür zueilte. Obwohl ihr das Herz bis zur Schädeldecke klopfte, war sie noch nie entschlossener gewesen. Ihre erste Kugel traf den Mann, die zweite hingegen ging fehl. Dafür krachte nun Nizhonis Großvaterpistole. Auch wenn sie den Getroffenen nur verletzte, so erschreckte der scharfe Knall die Angreifer mehr als die anderen Schüsse.

Mit einem Mal verschwanden die Tonkawa aus ihrem Sichtfeld.

»Auf die andere Seite!« Noch während sie es rief, packte Gisela die mittlerweile wieder geladene Flinte, eilte zu einem der gegenüberliegenden Fenster und stieß den Laden auf. Für Augen-

blicke sah sie in das Gesicht eines Feindes, sah, wie dieser seinen Bogen spannte, und zog den Hahn mit einem Ruck durch. Auf die Entfernung konnte es keinen Fehlschuss geben. Der Mann prallte nach hinten und blieb stocksteif liegen.
Für den Rest der Tonkawa war es das Zeichen, zu verschwinden. Nizhoni feuerte noch einen Schuss auf die Flüchtenden, konnte aber nicht erkennen, ob sie getroffen hatte. Erleichtert drehte sie sich zu Gisela um.
»Die kommen so schnell nicht wieder! Jetzt wissen sie, dass sie hier mit heißem Blei empfangen werden.«
»Was machen wir mit denen, die draußen liegen?«, fragte Gisela.
Unwillkürlich griff Nizhoni zum Messer. Die Tonkawa waren die Todfeinde der Komantschen, und sie hatte in dem halben Jahr, das sie bei diesen gelebt hatte, genug über den anderen Stamm gehört, um ihn zu hassen.
So weit wollte Gisela es nicht kommen lassen. »Wenn sie verletzt sind, werden wir sie verbinden.«
»Wenn wir das tun, werden sie wiederkommen, weil sie glauben, dass nur schwache Weiber diese Farm verteidigen!«
Nizhoni war mit Giselas Entscheidung nicht einverstanden, musste sich ihr allerdings beugen. Wenigstens erreichte sie, dass ihre Freundin das Licht des vollen Tages abwartete, bevor sie vorsichtig die Tür öffnete und mit der Doppelpistole in der Hand hinausblickte.
Sie fanden drei Indianer. Zwei waren tot, und der dritte sah nicht so aus, als würde er den Tag überleben. Die restlichen hatten sich in die Büsche geschlagen. Von denen musste mindestens einer verletzt sein, denn Nizhoni entdeckte eine Blutspur. Zu ihrem Leidwesen hatten die Tonkawa auch die Pferde ihrer zurückgelassenen Krieger mitgenommen, so dass sie keine Beute machen konnte.

Noch während Nizhoni sich darüber ärgerte, klangen Hufschläge auf, und sie riss die Großvaterpistole hoch. Doch es waren nur Julio und die beiden anderen Vaqueros, die die Schießerei bei der Farm gehört hatten und nun in vollem Galopp heransprengten. Als sie sahen, dass weder Gisela noch Nizhoni oder Pepe zu Schaden gekommen waren, atmeten sie auf.

»Wir befürchteten schon das Schlimmste, nachdem wir auch weiter im Süden Schüsse gehört haben«, meldete Julio.

Gisela sah Nizhoni verwundert an. »Im Süden? Da liegt doch Jemelins Hacienda! Kannst du dir einen Reim darauf machen?«

»Wahrscheinlich war es ein größerer Trupp, der sich aufgeteilt hat, um mehrere Farmen zu überfallen«, antwortete die Navajo. »Bei uns sind sie gescheitert.«

»Bei Jemelins Hacienda müssten sie es auch sein. Immerhin hat dieser ein halbes Dutzend Vaqueros und einige Knechte, die ebenfalls ein Gewehr bedienen können.« Giselas Blick streifte den armen Pepe, der in der Tür stand und sich beim Anblick der toten Indianer vor Grauen schüttelte.

»Wir sollten zur Herde zurückkehren! Nicht dass die Indios versuchen, unsere Pferde oder Rinder zu stehlen«, erklärte Julio.

Gisela nickte. »Macht das! Halt! Quique soll hierbleiben. Ich will mit ihm zu Jemelin reiten, um nachzusehen, was dort geschehen ist.«

»Das tust du nicht!«, rief Nizhoni erschrocken. »Du bist schwanger und nicht ganz gesund. Außerdem können sich dort draußen immer noch Tonkawa herumtreiben.«

»Quique und ich werden uns vorsehen. Bleib du bei der Farm! Wenn etwas sein sollte, vertraue ich dir mehr als Pepe.« Gisela befahl dem Knecht, die kleine Stute zu satteln, und steckte die Doppelpistole ein. Da trat Josef aus der Tür und blieb neben einem der toten Indianer stehen.

»Hast du den erschossen, Mama?«

»Nein, er ist umgefallen, weil er sich so erschrocken hat«, spottete Nizhoni und scheuchte den Jungen zurück ins Haus. Sie trat auf Gisela zu. »Lass mich reiten!«

»Es geht nicht«, antwortete Gisela mit einem bitteren Lächeln. »Versteh doch! Es waren Indianer, die hier und wahrscheinlich auch Jemelin angegriffen haben. Du bist eine Indianerin. Deshalb habe ich Angst, dass man auf dich schießen wird, bevor man dich erkennt. Ich will nicht, dass dir etwas zustößt.«

»Du glaubst, Jemelin würde sich an mir rächen wollen, weil Tonkawa ihn angegriffen haben?« So ganz konnte Nizhoni das nicht begreifen. Dann aber sagte sie sich, dass die Bleichgesichter seltsame Leute waren und dumm dazu, weil sie einen Stamm nicht von dem anderen unterscheiden konnten.

»Ich bleibe hier«, versprach sie und trat zu dem Verletzten. Auf den ersten Blick war zu erkennen, dass hier nichts mehr zu machen war, und so schüttelte sie den Kopf.

»Der Mann stirbt. Ihn zu verbinden würde sein Leiden unnötig verlängern!«

»Aber ...«, begann Gisela, begriff aber selbst, dass ihre Freundin recht hatte. »Dann lass ihn sterben!«

Mit diesen Worten trat sie zu ihrem Pferd, ließ sich von Quique in den Sattel heben und ritt los.

Zunächst wurde sie von allen drei Vaqueros eskortiert, aber nach zwei Meilen scherten Julio und Lope aus, und sie trabte mit Quique an ihrer Seite auf Jemelins Hacienda zu.

Nizhoni, Josef und Pepe blieben auf der Farm zurück. Da der Peon weiterhin wie erstarrt dastand, versetzte die Navajo ihm einen Stoß. »Hol eine Schaufel und begrabe die beiden

Toten und auch den anderen, sobald er sein Leben ausgehaucht hat. Ich mache inzwischen das Frühstück.«
Als sie ins Haus ging, schüttelte Pepe den Kopf. Indianer waren wirklich keine richtigen Menschen. Eben noch hatte Nizhoni kaltblütig auf die fremden Krieger geschossen, und nun redete sie vom Essen, während er das Gefühl hatte, in seinem ganzen Leben keinen Bissen mehr hinunterzubringen.

11.

Jemelins Hacienda brannte lichterloh. Gisela bemerkte es mit Erschrecken, war aber gleichzeitig froh, etliche Mexikaner dort zu sehen. Im nächsten Moment wunderte sie sich darüber, dass keine Löscharbeiten zu sehen waren. Stattdessen standen die Männer auf dem Hof und ließen das Wohnhaus und die Schuppen niederbrennen.
Mit einem klammen Gefühl näherte sie sich den Leuten. Jemelin war bei ihnen, barhäuptig und mit hängenden Schultern. Schon bald hörte sie sein Schluchzen und befürchtete Schlimmes. Auf das aber, was sie dann sah, war sie nicht vorbereitet.
Vor Jemelin lagen fünf Leichen. Gisela zog es das Herz zusammen, als sie auf Rosita und ihre beiden Kinder herabblickte. Die beiden anderen Toten waren Peones. Ihnen allen hatten die Indianer die Kopfhaut mit den Haaren als Trophäen abgetrennt. Zudem waren die Männer und der Junge verstümmelt worden, während Rosita und ihre Tochter so aussahen, als habe man sie vor ihrem Tod vergewaltigt.

»Bei Gott! Wie konnte das geschehen?«, fragte sie entsetzt.
Nun erst bemerkte Diego Jemelin sie und drehte sich zu ihr um. »Es waren Tonkawa! Sie haben eine Farm weiter im Süden angegriffen und niedergebrannt. Ich bin mit den meisten meiner Männer losgeritten, um zu helfen. Doch es war nur eine Finte der verfluchten Indios. Sie haben uns umgangen und die Hacienda angegriffen. Ich hatte zwei brave Knechte als Schutz bei Rosita und den Kleinen zurückgelassen, doch es waren zu wenige. Bei Gott, ich hätte nicht wegreiten dürfen! Jetzt sind sie alle tot!« Jemelins Stimme hatte zuletzt nichts Menschliches mehr an sich.
Entsetzt stieg Gisela vom Pferd und legte den Arm um ihn. »Es war Gottes Wille! Sie trifft keine Schuld.«
»Keine Schuld? Wäre ich hiergeblieben, hätten wir die verfluchten Indios niederschießen können. Aber so habe ich meine Frau und meine Kinder diesen Bestien ausgeliefert!«
»Sie müssen sie überrascht haben, Señora. Manuel und Juan waren gute Schützen. Sie hätten die Kerle mit ihren Flinten fernhalten können«, wandte einer der Vaqueros ein.
»Bei uns kamen sie im Morgengrauen. Zum Glück hat Nizhoni sie bemerkt, und so konnten wir sie abwehren. Wenn es Sie tröstet: Die Tonkawa ließen drei Tote zurück!«
Hatte Gisela bis jetzt noch ein schlechtes Gewissen gequält, weil sie Menschen erschossen hatte, so schwand dieses angesichts der ermordeten Frau und ihrer Kinder.
»Drei Tote? Das ist gut!«, stieß Jemelin aus und reckte beide geballte Fäuste zum Himmel. »Verfluchte Indios, euch soll der Teufel holen!«
Er schluchzte erneut auf und schrie sich dann beinahe die Seele aus dem Leib. »Verfluchter Santa Ana! Daran bist du schuld! Du hast die Indios aufgehetzt, damit sie die Siedlungen der Americanos überfallen. Sieh her, was du angerichtet

hast! Diese Hunde haben uns Mexicanos überfallen und mein Weib, meinen Sohn und meine Tochter ermordet. Ihr Blut klebt an deinen Händen, und dafür wirst du bezahlen!«
Etwas ruhiger geworden, blickte Diego Jemelin Gisela an. »Wenn Ihr Mann zurückkommt und sich mit seinen Freunden General Houston anschließen will, dann sagen Sie ihm, dass ich mit ihm gehen werde. Ich war Sargento in der Kompanie von Ramón de Gamuzana, bevor dieser mich als Vorarbeiter auf seine Hacienda in Tamaulipas holte. Ich kann kämpfen!«
»Das weiß ich!« Das Mitleid trieb Gisela die Tränen in die Augen.
Gleichzeitig fragte sie sich, welcher Teufel General Santa Ana und seine Männer geritten hatte, die Indianer aufzuhetzen. Sie hätten doch wissen müssen, dass diese sich die Beute dort holten, wo sie am leichtesten zu kriegen war, ohne danach zu fragen, ob sie von Mexikanern oder Amerikanern stammte. Jemelins Farm war die älteste und wohlhabendste in dieser Region und damit das vielversprechendste Ziel für die Tonkawa gewesen. Vielleicht wäre es Rosita und ihren beiden Peones gelungen, den Angriff abzuschlagen, wenn sie die Angreifer rechtzeitig bemerkt hätten. Doch wie es aussah, hatten diese sich ungesehen an das Hauptgebäude herangeschlichen und gewartet, bis jemand die Tür aufmachte. An das, was danach geschehen war, wollte Gisela nicht denken.
»Walther wird sich freuen, Sie an seiner Seite zu wissen«, sagte sie zu Jemelin, weil ihr kein Trost einfiel, den sie dem verzweifelten Mann hätte spenden können. Eines aber begriff sie in diesem Augenblick: Der Krieg um Texas hatte begonnen, und er wurde ohne Gnade geführt.

Sechster Teil

San Felipe de Austin

1.

Gisela stand am Tor, als Walther die Farm verließ, und kämpfte mit der Angst, ihn nie mehr wiederzusehen. Obwohl sie sich dieses Gefühls schämte, steckte es tief in ihr und trieb ihr die Tränen in die Augen. Rasch wischte sie sich mit dem Ärmel übers Gesicht, denn sie wollte ihrem Mann nachschauen, so lange es ging. Walther ritt wieder den dunkelbraunen Hengst, den er einst von Hernando de Gamuzana als Geschenk erhalten hatte. Neben ihm saß Thierry Coureur auf einem gescheckten Mustang. Er war nun Leutnant in der aus zweiundfünfzig Mann bestehenden Truppe. Um alle Siedlergruppen zufriedenzustellen, hatte Walther fünf Unteroffiziere ernennen müssen, und zu diesen gehörten neben Lucien und Diego Jemelin auch Tonino Scharezzani, Ean O'Corra und Leszek Tobolinski.
Noch wirkte die Schar wenig militärisch, denn jeder trug seine Alltagskleidung. Da nicht alle ein Reittier besaßen, saßen mehrere zu zweit auf einem Pferd, um den Weg zum Treffpunkt nicht zu Fuß zurücklegen zu müssen. In ihrer Kindheit hatte Gisela oft genug die Kavallerie in voller Aktion erlebt, und ihr war klar, dass Walther und seine Männer während ihres Marsches nicht auf mexikanische Reiterei treffen durften, sonst würde diese Begegnung in einer Katastrophe enden.

Energisch verscheuchte sie diesen Gedanken und sagte sich, dass alles gut werden würde. General Santa Ana weilte noch immer im fernen Mexiko und würde wohl nicht vor dem Sommer hier in Texas erscheinen. Vielleicht kam er in diesem Jahr auch gar nicht mehr, denn er hatte im Süden genug zu tun, um sich an der Macht zu halten. Gisela hoffte, dass es so wäre, und starrte so lange auf jene Stelle, an der ihr Mann und dessen Begleiter am Horizont ihren Blicken entschwanden, dass sie zuletzt nicht mehr wusste, ob sie sie noch sah oder ob ein Schatten sie narrte.

Schließlich wandte sie sich zu den anderen Frauen um, die während der Abwesenheit ihrer Männer auf ihrer Farm bleiben sollten. Auch wenn nicht alle Siedler mit Walther gezogen waren, konnten die Farmen nicht gleichermaßen geschützt werden. Der Überfall der Tonkawa auf ihre Farm, Jemelins Hacienda und zwei weitere Gehöfte in einer Nacht hatte die Siedler aufgeschreckt. Gisela machte sich weniger Sorgen als die anderen, denn Nizhonis Worten zufolge würden die Tonkawa sich an Ziele halten, die leichter zu plündern waren als eine Farm, auf der schon zwei Frauen ausgereicht hatten, um sechs von ihnen abzuwehren. Trotzdem würden sie vorsichtig sein und auch in der Nacht Posten aufstellen müssen.

Als sie dieses den Frauen nochmals erklärte, nickten sie folgsam. Dennoch spürte Gisela, dass es nicht einfach werden würde, mit ihren Gästen auszukommen. Da war zum einen Gertrude, die in letzter Zeit wie innerlich erstarrt wirkte. Ihr Mann hatte sich seit seinem ersten und einzigen Besuch nicht mehr sehen lassen und ihr auch keine Antwort auf ihre Briefe geschickt. Dazu kam das Gerücht, Jakob Schüdle habe sich in Louisiana eine andere Frau genommen. All das setzte Gertrude zu und ließ sie oft harsch reagieren.

Arlette Laballe war zwar freundlich, aber wenig zuverlässig, während Charlotte Poulain ausgezehrt wirkte. Als größtes Problem sah Gisela jedoch Rachel Coureur an, Thierrys amerikanische Ehefrau. Mit den anderen war sie durch das gemeinsame Schicksal auf der *Loire* verbunden, doch Rachel war eine Fremde. Obwohl deren Familie seit mehr als zehn Jahren in Austins Kolonie lebte, hatte sie kein einziges Wort Spanisch gelernt. Aber Englisch benutzte Gisela nur ungern, weil es die Sprache des Mörders ihrer Mutter war. Dennoch beherrschte sie es mittlerweile gut genug, um sich mit Rachel verständigen zu können.

»Da wir hier abgesehen von Pepe allein sind, werden wir die Farm selbst verteidigen müssen«, fuhr Gisela mit ihrer Ansprache fort. »Natürlich werden unsere Vaqueros uns zu Hilfe kommen, wenn es nötig sein sollte. Aber bis dahin ...«

»Das sind doch nur dreckige Mexikaner!«, unterbrach Rachel sie verächtlich.

»Es sind treue Männer und mir lieber als so mancher Americano«, antwortete Gisela scharf.

Rachel schwieg, aber ihr Blick sprach Bände. Wie viele ihrer Landsleute hasste sie die Mexikaner, weil diese ihnen hier in Texas andere Regeln und Gesetze auferlegt hatten als die aus ihrer Heimat gewohnten.

»Ich trau den Mexikanern ebenfalls nicht«, mischte sich jetzt Gertrude ein. Auch sie sprach mittlerweile ein passables Englisch, denn sie hatte gehofft, ihr Mann würde sie nach Louisiana holen.

»Jetzt fang du nicht auch damit an!«, rief Gisela ungehalten. »Wenn es euch nicht passt, dass Julio und seine Freunde unsere Herden hüten, dann zieht doch zu Rachels Vater auf dessen Farm. Ich werde auf jeden Fall hierbleiben, wie Walther es mir geraten hat!«

»Dafür bräuchten wir Pferde! Oder willst du, dass wir über sechzig Meilen zu Fuß durch die Wildnis laufen?«, fragte Rachel empört.
Ohne darauf einzugehen, setzte Gisela ihre Erklärungen fort. »Walther hat mir Flinten und Pistolen hiergelassen. Daher werden wir uns gegen Indianer halten können, es sei denn, sie kämen in einer solchen Zahl, dass auch Männer nichts gegen sie ausrichten könnten. Anders ist es jedoch mit der mexikanischen Armee. Daher werden wir, sobald die Kunde kommt, dass Soldaten in unserer Gegend gesehen wurden, die Farm verlassen und schnurstracks gen Osten ziehen, um Louisiana zu erreichen. Walther hat mir eine Strecke aufgezeichnet, die die Straßen meidet, auf denen Santa Ana vorrücken muss. Eure Männer waren damit einverstanden. Also seid ihr es auch!«
Damit war im Grunde alles gesagt, und Gisela hoffte, dass die Frauen sich ihre Worte zu Herzen nehmen würden.
Zu ihrem Ärger aber schüttelte Rachel den Kopf. »Das halte ich für keine gute Idee! Wie sollen wir paar Frauen allein durch mehrere hundert Meilen indianerverseuchtes Gebiet kommen? Ich sage, wenn Santa Ana sich wirklich aus seinem Mexiko heraustraut und unsere Jungs ihn nicht schon am Rio Grande verprügeln, dann ziehen wir zu meinen Leuten in Austins Grant. Bis dahin sind es nicht mehr als sechzig Meilen, und wir sind dort sowohl vor Indianern wie auch vor Mexikanern sicher.«
Damit hatte sie den Kampf um die Anführerschaft eröffnet. Gisela zitterten vor Schwäche und Aufregung die Beine, und ihr wurde klar, dass sie nicht die Kraft hatte, sich gegen Rachel durchzusetzen. Ihr Blick suchte Nizhoni, doch bei diesem Problem konnte ihr die Indianerin nicht helfen.
»Ich bin auch der Meinung, dass wir nach San Felipe de Aus-

tin gehen sollten. Dort gibt es gewiss noch genug Männer, die uns beschützen können«, stimmte Gertrude Rachel zu. »Es war von Anfang an Unsinn, dass wir hierbleiben sollen, gleichgültig, was Walther gesagt hat!«
»Thierry hätte sicher gewollt, dass wir alle in Sicherheit sind, und hat Walther nur aus Höflichkeit nicht widersprochen!« Marguerite stellte sich auf die Seite ihrer Schwägerin, und zuletzt nickten auch Arlette Laballe und Charlotte Poulain.
»Walther hat es sicher gut gemeint«, sagte Charlotte. »Aber er ist von dem Fall ausgegangen, dass man Santa Anas Heer nicht aufhalten kann. Wir haben jedoch unsere eigene Armee, und die wird die Mexikaner gewiss nicht tief nach Texas hineinlassen.«
Rachel nahm erfreut die Zustimmung wahr, die ihr entgegenschlug, und holte zum nächsten Schlag gegen Gisela aus. »Daher sollten wir nicht länger hierbleiben, sondern uns umgehend auf den Weg machen. Bei meinen Leuten in San Felipe de Austin sind wir sicher.«
»Genau davon hat Walther mir abgeraten. Es werden sehr viele Menschen nach San Felipe kommen, und wir werden dort nur schwer ein Quartier finden. Auch müssen wir dort alles kaufen, was wir zum Leben brauchen.«
Giselas Einwand wurde von den anderen jedoch als unwichtig abgetan. Die Angst vor Indianerüberfällen war größer als alle Bedenken, und so stimmten die Frauen Rachel zu.
»Das ist ein guter Gedanke! In San Felipe kann ich auch an meinen Mann schreiben. Von hier geht das nicht«, erklärte Gertrude mit neuer Hoffnung.
Diese Bemerkung fand Gisela ungerecht, denn in den letzten Monaten hatte Walther mehr als einmal einen Brief von Gertrude an Jakob Schüdle nach San Antonio de Austin gebracht und dort zuverlässigen Boten übergeben. Sie hatte jedoch

nicht die Kraft, Gertrude darauf hinzuweisen. Während Rachel den Frauen in glühenden Worten von ihrer Heimatstadt und der nahe gelegenen Farm ihres Vaters erzählte, gesellte Gisela sich zu Nizhoni, die hinten im Eck saß und mit Josef spielte.
»Was hältst du davon?«, fragte sie und erinnerte sich erst, als Nizhoni sie verständnislos anschaute, dass die Navajo kein Englisch verstand. Da würde sie bald Abhilfe schaffen müssen, obwohl sie selbst kaum die richtige Lehrerin dafür war. Doch Rachel darum bitten wollte sie nicht, denn diese hatte Nizhoni bislang geschnitten und sie im Gespräch mit verächtlichen Bezeichnungen belegt. Rasch erklärte Gisela ihrer Freundin, was die Americana vorgeschlagen hatte, und erntete ein Kopfschütteln.
»Warum sollen wir die Farm verlassen? Das Haus ist fest gebaut, und wir haben genug Waffen und zu essen!«
»Sie haben Angst vor Julio, seinen Vaqueros und Mexikanern im Allgemeinen und noch mehr vor Indianern. Daher wollen sie nach San Felipe de Austin, denn dort fühlen sie sich sicher«, erklärte Gisela und ärgerte sich, weil sich die Begründung so anhörte, als würde sie diese Ansicht teilen.
»Die Tonkawa kommen nicht mehr, denn sie wissen, dass sie hier mit Kugeln empfangen werden. Von den Komantschen hören viele Stämme auf Po'ha-bet'chy und werden uns in Ruhe lassen, und was die Armee von Santa Ana betrifft, so müsste sie, wenn sie wirklich auf San Felipe de Austin marschiert, einen Bogen schlagen, um hierherzugelangen. Also sind wir hier sicherer als dort.«
Nizhoni mochte nicht glauben, dass die weißen Frauen so dumm sein konnten, diesen Ort verlassen zu wollen. Zuletzt sah sie Gisela auffordernd an. »Wir brauchen die anderen nicht! Bleiben wir doch allein hier.«

Einen Augenblick lang überlegte Gisela, dann schüttelte sie den Kopf. »Es wird nicht mehr lange dauern, bis mein Kind kommt, und dann können wir beide allein nicht mit Josef und dem Neugeborenen fliehen. Daher bleibt uns nichts anderes übrig, als jetzt schon mit den anderen mitzugehen.«
»Gisela! Wir haben Durst! Deine Sklavin soll uns bedienen«, rief Rachel dazwischen.
Gisela wollte zornig auffahren, doch Nizhoni legte ihr die Hand auf den Arm. »Sie ist es nicht wert, dass du dich mit ihr streitest! Was sagt sie?«
Als Gisela es ihr übersetzt hatte, stand sie auf und brachte den Frauen Wasser aus der Quelle und vermischte es mit Beerenwein, den Gisela im Herbst gezogen hatte. Ihr Gesicht blieb unbewegt, und sie reagierte auch nicht auf eine verächtliche Bemerkung, die Rachel mit einer deftigen Geste unterstrich. Im Stillen aber sagte Nizhoni sich, dass diese Frau nie in eine Situation geraten sollte, in der sie ihre Hilfe benötigte.

2.

Rachels Wunsch, sich in San Felipe de Austin in Sicherheit zu bringen, erfasste alle Frauen, obwohl keine von ihnen Verwandte dort hatte. Aber jede hatte einen besonderen Grund, warum sie in diese Stadt strebte. Gertrude wollte unbedingt den nächsten Brief an ihren Mann wegschicken, Charlotte Poulain hoffte, dort einen Arzt zu finden, der ihr gegen die Folgen ihres Schlangenbisses helfen konnte. Und Marguerite wollte ihrer Schwägerin einen Gefallen tun. Obwohl Gisela noch einmal versuchte, die anderen von ihrem Vorhaben abzubringen, beschloss die Gruppe, bereits am nächsten Tag aufzubrechen.

Da Charlotte Poulain und Arlette Laballe nicht reiten konnten und es Gisela wegen ihrer Schwangerschaft schwerfiel, auf einem Pferd zu sitzen, beschlossen sie, den Wagen zu nehmen.

Eine weitere Komplikation trat auf, als Rachel sich weigerte, Nizhoni mitzunehmen. »Ich will keine dreckige Indianerin bei uns haben«, erklärte sie giftig.

Gisela verglich unwillkürlich die Hände der beiden Frauen. Während bei Rachels Fingernägeln dicke, schwarze Ränder sichtbar wurden, waren die von Nizhoni sauber. So viel dazu, wer dreckiger ist, dachte sie, da auch Rachels Kleid einige Flecken aufwies, die ausgewaschen gehörten.

Energisch trat sie der anderen entgegen. »Nizhoni wird mich auf jeden Fall begleiten. Es bleibt dann deine Entscheidung, ob du den Weg zu deinen Leuten allein antreten willst. Allerdings wirst du zu Fuß gehen müssen, denn dein Mann hat kein Pferd für dich hiergelassen.«

Rachel kämpfte einige Augenblicke mit sich selbst und fand, dass ihre Bequemlichkeit wichtiger war als die Anwesenheit der Indianerin. »Wegen mir kannst du diese Wilde mitnehmen. Eines aber sage ich dir: Bei meinen Leuten kommt sie mir nicht über die Schwelle!«

Und ich auch nicht, dachte Gisela und beschloss, Belcher oder einen der anderen deutschen Siedler in der Nähe von San Felipe de Austin um Obdach zu bitten. Froh, sich wenigstens in diesem Punkt durchgesetzt zu haben, wandte sie sich an Nizhoni.

»Reite zu unseren Vaqueros und sag ihnen, dass wir die Farm verlassen. Sie sollen Pepe zu sich holen. Allein stirbt er uns sonst vor Angst. Ich würde es selbst tun, aber in meinem Zustand bringe ich es nicht fertig, aufs Pferd zu steigen.«

»Ich übernehme das!«, erklärte Nizhoni und verließ das Haus. Sie holte die Stute aus dem Korral und sattelte sie. Als sie sich auf das Tier schwang und losreiten wollte, entdeckte Rachel sie.

»Die verdammte Indianerin flieht! Aber das treibe ich ihr aus.« Mit einem raschen Griff packte Rachel eine Flinte, sah, dass diese geladen war, und legte an.

Im letzten Augenblick schlug Gisela den Lauf der Waffe nieder. Der Schuss krachte, aber die Kugel riss nur ein Loch in den Boden und wirbelte Dreck auf.

»Was soll das?«, fuhr Rachel auf und stieß Gisela den Kolben der Waffe in den Leib. Diese krümmte sich schreiend vor Schmerz und stürzte zu Boden.

»Bist du übergeschnappt? Wenn sie ihr Kind verliert, bist du schuld!« Voller Wut hieb Arlette Laballe auf Rachel ein, während Gertrude und Marguerite Gisela auf die Beine halfen und sie zum Bett trugen.

»Es wird alles gut! Es wird alles gut!«, wiederholte Gertrude gebetsmühlenhaft.

Der Schrecken über den Schuss und Rachels Verhalten war allen in die Glieder gefahren. Auch Rachel selbst merkte, dass sie zu weit gegangen war, und fasste nach Gisela. Doch die stieß ihre Hand mit einem zornigen Fauchen zurück.

»Lass mich! Und tu das nie wieder! Wenn Nizhoni oder meinem Kind etwas passiert, bringe ich dich um.«

Alle begriffen, dass es ihr damit todernst war. Da bekam Rachel es mit der Angst zu tun, lief aus dem Haus und setzte sich ans Ufer des Flusses, der sich träge unter dem Hügel dahinwälzte. Einen Augenblick lang hatte sie geglaubt, die anerkannte Anführerin der Gruppe zu werden, doch eine unbeherrschte Handlung hatte ausgereicht, um alles zu zerstören. Ihre Wut auf Gisela und deren Indianerin stieg, aber sie wusste selbst, dass sie auf die Deutsche angewiesen war, wenn sie nicht über sechzig Meilen allein und zu Fuß zu ihrem Elternhaus zurücklaufen wollte.

Nach einer Weile begann sie, mit kleinen Steinchen nach einem Busch zu werfen. Was würde sein, wenn Gisela wirklich das Kind verlor und alle sagten, es wäre ihre Schuld? Selbst Thierry würde sich in diesem Fall von ihr abwenden, denn er war Walthers bester Freund.

»Verdammt! Das wollte ich nicht!«, stöhnte Rachel und schlug die Hände vor das Gesicht.

So traf Marguerite sie kurz darauf an. »Du kannst hereinkommen! Gisela geht es wieder besser. Das nächste Mal erinnerst du dich vorher, wer hier die Hausherrin ist und wer nicht.«

Es klang kalt. Dabei hatte Marguerite sie in den letzten Monaten als Vorbild angesehen und sie gebeten, ihr die englische Sprache beizubringen. Am liebsten hätte Rachel ihr erklärt, was sie von einer solchen Undankbarkeit hielt. Ihr Vorsatz, die Gruppe zu sich auf die Farm ihrer Eltern einzuladen, schwand, und sie sagte sich, dass die anderen sehen sollten, wie sie ohne sie zurechtkamen.

Mit diesem Gedanken kehrte sie ins Haus zurück und blieb vor Gisela stehen. »Es freut mich, dass es dir wieder bessergeht«, sagte sie. Auf ein ›Es tut mir leid!‹ warteten die anderen jedoch vergeblich.

Gisela sah sie nicht an, sondern starrte ins Leere. Mittlerweile war der Schmerz in ihrem Leib erträglich geworden, doch die Furcht, sie könnte das Ungeborene doch noch verlieren, hielt sie weiterhin in den Klauen. Daher konnte sie auch kein Wort der Verzeihung zu Rachel sagen. Mit dieser unausstehlichen Person wollte sie so wenig wie möglich zu tun haben.

»Wollt ihr immer noch nach San Felipe reisen?«, fragte sie in der Hoffnung, die anderen könnten sich nun anders entschieden haben.
Gertrude nickte heftig. »Wir müssen auf jeden Fall dorthin. In San Felipe gibt es eine ausgebildete Hebamme, und die brauchst du dringend!«
Auch die anderen Frauen redeten nun auf Gisela ein, die Fahrt zu wagen. Keine wollte auf dieser einsam gelegenen Farm warten, bis Indianer oder Mexikaner herausfanden, dass sie ohne männlichen Schutz hier lebten. Gisela überlegte, ob sie ihre Schwäche als Grund vorschieben sollte, länger hierbleiben zu können, sagte sich aber, dass jeder Tag, den sie in Rachels Gesellschaft verbringen musste, ein Tag zu viel war.

3.

Nizhoni hatte den Schuss noch gehört, aber angenommen, Gisela hätte ein Kaninchen oder ein Opossum in der Nähe der Farm entdeckt und es geschossen, um den Speiseplan zu ergänzen. Daher ritt sie im strammen Tempo über das Land und sah nach einer guten Stunde die Pferdeherde vor sich. Die Rinder weideten ein Stück weit davon entfernt. Ein neuer Vaquero, den Nizhoni nicht kannte, umkreiste die Tiere auf seinem Pferd. Schließlich entdeckte sie Julio und lenkte ihre Stute auf ihn zu.
»Ich habe eben einen Schuss gehört. Ist etwas bei der Farm?«, fragte er besorgt.

»Ich war schon unterwegs, als geschossen wurde«, erklärte Nizhoni. »Wahrscheinlich hat die Señora ein Stück Kleinwild erlegt. Ich soll dir von ihr etwas ausrichten. Die anderen Frauen haben Angst hierzubleiben und wollen unbedingt nach San Felipe de Austin, weil sie glauben, dort in Sicherheit zu sein.«

»Das ist kein guter Gedanke«, antwortete Julio kopfschüttelnd. »Wenn die Señoras von hier fortwollen, sollten sie nach Osten reisen. In Louisiana wären sie sicher, bis hier wieder Frieden herrscht.«

Nizhoni hob hilflos die Hände. »Das hat Señora Gisela auch vorgeschlagen, doch den anderen ist der Weg dorthin zu weit.«

»Zwei von uns könnten euch eskortieren. Seit drei von Señor Jemelins ehemaligen Vaqueros zu uns gekommen sind, weil sie nicht nach Süden reiten und als Banditen leben wollen, haben wir genug Männer«, schlug Julio vor.

»Ihr bleibt besser bei den Herden!« Nizhoni wollte ihm nicht sagen, dass die Vaqueros einer der Gründe waren, warum die Frauen unbedingt von hier fortwollten.

»Es ist die Americana, die Señor Thierry geheiratet hat, nicht wahr? Sie sät bei den anderen Señoras Angst. Pepe hat uns schon gesagt, dass sie viel dummes Zeug redet. Er versteht ein wenig Englisch, auch wenn er es nicht gut sprechen kann.«

Es war Julio nicht anzusehen, ob er sich über Rachel ärgerte oder dies unter seiner Würde fand. Mit einem etwas bitter wirkenden Lächeln wies er in die Weite.

»Meine Kameraden und ich werden bei den Herden bleiben und sie, sollte es nötig sein, in die Prärie hinaustreiben. Seit Señor Waltero uns mit neuen Gewehren und Pistolen ausgerüstet hat, können wir uns gegen streifende Tonkawa und Komantschen zur Wehr setzen. Der Señora und dir wünsche

ich Glück. Pass auf sie auf, und auch auf den kleinen José! Und jetzt reite zurück, sonst kommen mir noch die Tränen.«
»Du bist ein guter Mann, Julio! Mögen die Geister es geben, dass wir uns wiedersehen.« Nizhoni winkte dem Vaquero kurz zu, wendete ihre Stute und preschte zur Farm zurück.
Als sie dort ankam, sprach niemand von dem Zwischenfall, dennoch spürte Nizhoni den Riss, der durch die Gruppe ging. Arlette, Charlotte und deren Tochter saßen am Tisch und beratschlagten, was sie noch nach San Felipe de Austin mitnehmen mussten. Weiter hinten in der Ecke steckten Rachel, Marguerite und Gertrude die Köpfe zusammen, während Gisela auf dem Bett lag und schlief.
Als Nizhoni die Tür hinter sich schloss, wurde sie wach und lächelte der Navajo zu. Dabei sagte sie sich, dass ihre indianische Freundin niemals erfahren durfte, was hier geschehen war, denn Nizhoni würde Rachel töten, wenn ihr oder dem Kind etwas zustieß.
»Wie war es? Hast du mit Julio gesprochen?«, fragte sie.
Die Navajo nickte. »Sie werden die Tiere während unserer Abwesenheit beschützen. Pepe kann zu ihnen kommen.« Aufmunternd nickte sie dem Knecht zu.
Obwohl Pepe nicht reiten konnte, war er erleichtert. Allein wollte er nicht auf der Farm bleiben, und Rachel und Gertrude hatten ihm klargemacht, dass sie ihn auf keinen Fall mitnehmen würden. Nicht zum ersten Mal bedauerte er, dass diese Frauen ins Haus gekommen waren. Allein hätte seine Herrin eine klügere Entscheidung getroffen.
»Ich werde zu den Vaqueros gehen, aber ein paar Sachen mitnehmen, die ich brauche«, sagte er.
»Doch erst morgen, wenn wir weg sind!« Rachel misstraute allen Mexikanern. Zwar fing sie sich einen empörten Blick von Gisela ein, doch das kümmerte sie nicht, denn inzwi-

schen hatte sie Gertrude und Marguerite wieder auf ihre Seite gezogen.
Nizhoni kümmerte sich nicht um Rachel, sondern nickte Pepe zu. »Richte alles her, was du brauchst! Quique oder einer der anderen Vaqueros können die Sachen für dich holen.«
Über Pepes Gesicht huschte ein dankbares Lächeln. Früher hatte er sich vor Nizhoni gefürchtet, aber mittlerweile hatte sie ihren Wert bewiesen. Die Herrin war krank und hätte das Haus und den großen Gemüsegarten allein nie so in Schuss halten können. Auch hatte Nizhoni gut zu kochen gelernt, und so bedauerte er es, dass sie nicht ebenfalls zurückblieb. Aber er wusste, dass die Herrin und der kleine José sie dringender brauchten als er und die Vaqueros.
»Reist mit Gottes Segen!«, sagte er zu beiden und begann, all das zusammenzusuchen, was er benötigte.
Rachel beobachtete ihn misstrauisch. »Wir sollten ihn heute Nacht einsperren, dass er nicht zu den anderen Mexikanern laufen kann«, schlug sie vor.
Als Gisela für Nizhoni übersetzte, klopfte diese sich mit der flachen Hand gegen die Stirn. »Die Frau ist verrückt! Wir sollten sie allein gehen lassen und hierbleiben.«
»Ich bin mir nicht mehr sicher. Vielleicht haben wir in der Stadt doch mehr Schutz als auf der Farm!« Gisela schwankte. Der Gedanke, sich in San Felipe de Austin in die Obhut einer Hebamme begeben zu können, wog ebenso schwer wie die Aussicht, nicht mehr mit Rachel unter einem Dach leben zu müssen.
»Wir können die anderen nicht allein ziehen lassen. Sie hätten nur ein einziges Pferd und keinen Wagen«, sagte sie schließlich und versuchte, das schlechte Gefühl zu verdrängen, das sie bei diesem Entschluss überkam.
Nizhoni sagte nichts, nahm sich aber vor, auf Gisela und den

Jungen achtzugeben. Obwohl sich Arlette Laballe und Cécile Poulain gerade um Josef kümmerten, sah er immer wieder sehnsüchtig zu ihr herüber. Im Augenblick aber war es ihr recht, ihn in der Obhut der anderen zu wissen, denn so konnte sie alles Notwendige zusammenpacken.

Nach einer Weile gesellte sich Gisela zu ihr, um ihr zu helfen. Dabei nahm sie unauffällig ein in Leder gewickeltes Päckchen aus dem Schrank, den Walther sich vor einem Jahr von einem deutschen Schreiner in Austins Siedlung hatte fertigen lassen.

»Das sind die Besitzurkunden für unser Land. Die dürfen niemals verlorengehen! Verstehst du?«, flüsterte sie Nizhoni ins Ohr.

Diese nickte, obwohl sie die Art der weißen Leute, Land unter sich aufzuteilen, noch immer nicht richtig begriff. So schränkten sie sich viel zu stark ein, wenn eine Trockenheit oder ein Sturm ihre Ernte vernichtete. Der rote Mann zog in einem solchen Fall in andere Jagdgründe, während einem Farmer nichts als Verzweiflung blieb.

»Ich werde auf die Dokumente aufpassen«, versprach sie und wurde von einer weiteren Forderung Giselas überrascht.

»Du musst unbedingt Englisch lernen, Nizhoni. Die Sprache ist wichtig, wenn Texas sich von Mexiko lösen sollte. Auch wirst du in San Felipe de Austin in die Kirche gehen. Ich möchte, dass du deinem heidnischen Irrglauben entsagst und eine ebenso gute Christin wirst wie ich.«

Gisela klang drängend, denn sie hatte schon öfter versucht, Nizhoni die christliche Religion näherzubringen. Nun aber, so sagte sie sich, würde Nizhoni ihr nicht mehr entschlüpfen. In ihrem Missionseifer vergaß sie beinahe die Gefahr durch die mexikanische Armee und die ihnen bevorstehende Reise nach San Felipe de Austin.

4.

Wie versprochen war Walther mit seinen Männern zu Houston gestoßen und traf diesen im Zustand tiefster Depression an. Eine fast leere Whiskyflasche stand auf dem Tisch, und seinem geröteten Gesicht nach hatte der General das Fehlende in den letzten Stunden getrunken. Als er Walther auf sich zukommen sah, hob er mühsam den Kopf.
»Haben Sie schon einmal eine Armee aufgestellt mit nichts als Luft in den Taschen?«, fragte er anstelle eines Grußes. Obwohl er so viel getrunken hatte, klang seine Stimme fast normal.
»Steht es so schlimm um unsere Sache?«, wollte Walther wissen.
»Noch schlimmer!« Houston lachte bitter auf, packte die Flasche und wollte den Rest in sein Glas schütten. Dann aber erinnerte er sich an seine Gastgeberpflichten, holte ein zweites Glas und schenkte es für Walther halb voll. Das, was noch in der Flasche übrig war, teilte er sich selbst zu.
»Wir haben ein Parlament in Texas gewählt, doch ganz gleich, was es beschließt – es ist ohne Geld nicht auszuführen.«
»Was ist mit der Hilfe, die uns die Vereinigten Staaten und Louisiana versprochen haben?«
Houston stieß einen verächtlichen Laut aus. »Wenn die dort zehn Gewehre versprechen, darf man froh sein, wenn man eines bekommt. Genauso ist es mit allem anderen Kriegsmaterial. Wir benötigen Kanonen, um Santa Anas Artillerie etwas entgegensetzen zu können, und haben ein paar Knallbüchsen erhalten, mit denen wir vielleicht kleine Kinder erschrecken können, aber mit Sicherheit nicht die mexikanische Armee. Geschäftemacher wie Spencer und Shuddle verspre-

chen, uns die gewünschten Sachen zu liefern, wollen aber zuerst Geld dafür sehen. Doch das haben wir nicht, und auf Landrechte sind sie mittlerweile nicht mehr so scharf, weil ihnen unsere Chancen zu schlecht stehen.«

»Und? Sind unsere Chancen so schlecht?«, bohrte Walther nach.

»Im Augenblick sind sie gar nicht vorhanden. Wenn Santa Ana heute mit tausend Mann kommt, treibt er uns über den Sabine River, ohne mehr als ein paar Schüsse abgeben zu mussen. Das Wichtigste, was wir brauchen, ist Zeit! Wir müssen die Männer ausbilden, damit sie dem Angriff einer gleichstarken bis überlegenen Truppe standhalten, und weitere Soldaten rekrutieren.«

Houston stand auf und legte Walther die rechte Hand auf die Schulter. »Unser einziger Vorteil ist, dass uns alle einschließlich Santa Ana unterschätzen. Wir müssen ihn zu einem Fehler zwingen – zu dem entscheidenden Fehler, Fitchner! Dann haben wir eine Chance. Verdammt, ich will nicht nach Texas gekommen sein, um das Land schließlich mit eingezogenem Schwanz verlassen zu müssen.«

»Das will ich auch nicht«, bekannte Walther.

»Dann sind wir uns einig! Ich hatte gehofft, mehr Soldaten in dieser Gegend ausheben zu können. Aber die Kerle wollen nicht von ihren Farmen fort. Daher habe ich erst ein paar hundert Mann zusammen. Wenn die Mexikaner kommen, werden hoffentlich mehr Leute zu uns stoßen. Bis dorthin muss der Kern unserer Armee so gut sein, wie wir ihn benötigen. Sie werden mir dabei helfen, Fitchner.«

Houston sah Walther auffordernd an und grinste. »Was bin ich froh, dass Sie da sind! Jetzt werden wir der Armee von Texas erst einmal das Wichtigste beibringen, nämlich das Marschieren. Übermorgen rücken wir ab, und auf dem Weg schleifen wir die Bande, bis keiner von denen mehr vor einem anstürmenden mexikanischen Grenadier davonlaufen wird.«

»Ich werde tun, was ich kann!« In diesem Augenblick kam Walther sich mehr denn je wie ein Hochstapler vor. Doch anders als die meisten Texaner war er ein Jahr mit einem Regiment gezogen und hatte eine mörderische Schlacht miterlebt. Diese Erfahrungen würde er an die Männer weitergeben müssen.

»Ich habe zweiundfünfzig Mann bei mir. Mehrere von ihnen haben bereits in Europa gedient und einer unserer Sergeanten sogar in der mexikanischen Armee«, berichtete er Houston.

»Sie haben einen Mexikaner dabei? Sehr gut! Einige werden sich zwar das Maul zerreißen. Doch wenn einer frech wird, schlagen Sie ihn mit dem Gewehrkolben nieder!« Houstons Depression schien verflogen zu sein, und er zwinkerte Walther fröhlich zu. »Kommen Sie! Ich will mir Ihre Leute ansehen. Sie sind neben einigen Freiwilligen aus Alabama, die früher bei der Miliz gedient haben, wahrscheinlich die einzigen Männer, die wissen, was es heißt, Soldat zu sein.«

Obwohl er betrunken war, verließ Houston in kerzengerader Haltung sein Hauptquartier. Walthers Kompanie war in Zweierreihen davor angetreten, während um sie herum ein munteres Lagerleben herrschte.

»Sehen Sie sich das an«, sagte Houston. »Das soll eine Armee sein? Es gibt keine Uniformen und keine einheitlichen Musketen! Stattdessen trägt jeder seine eigenen Kleider und hat seine eigene Büchse bei sich. Aber bei Gott, ich werde Soldaten aus den Kerlen machen!«

In dem Moment deutete einer der Texaner auf Walthers Leute. »Sieh dir die an! Die stehen herum, als hätten sie einen Ladestock verschluckt.«

»Soll ich dem Kerl gleich den Kolben über den Schädel ziehen?«, fragte Walther bissig.

Houston schüttelte grinsend den Kopf und zeigte auf den Spötter. »He, du! Komm mal her!«

Gemächlich stand der andere auf, trat näher und stützte sich mit den Armen auf seine Büchse, die kaum kürzer war als er selbst. »Ja, was gibt's?«

»Das heißt: ›Ja Sir! Wie befohlen angetreten, Sir!‹, mein Sohn«, korrigierte Houston ihn mit sanfter Stimme. »Komm, das üben wir jetzt mal.«

»Äh?« Mehr brachte der Soldat nicht heraus.

»Wir fangen jetzt einmal mit Folgendem an: Sag ›Ja, Sir‹!«

»Äh … Ja, Sir«, stotterte der Mann.

»Das ist schon ganz gut, nur jetzt etwas lauter und ohne dieses ›Äh‹ zu Beginn«, fuhr Houston fort.

»Ja, Sir!« Diesmal klang es klar und verständlich.

»Schon besser!« Houston musterte den jungen Burschen durchdringend. »Wie heißt du, mein Sohn?«

»Fuller … Sir, James Fuller!«

»Das heißt ›Soldat James Fuller‹, mein Sohn. Aber das wirst du schon noch lernen. Du und deine fünf Kameraden dort, ihr gehört ab sofort zu Colonel Fitchners Truppe. Und noch etwas! Colonel Fitchner war bei Waterloo dabei, und damit ist nicht das Nest gemeint, das ein paar von euch gegründet haben, sondern das echte! Er hat dort eine Kompanie preußischer Grenadiere gegen Napoleons Alte Garde geführt und diese zusammengeschlagen. Das will er gegen den Möchtegern-Napoleon des Westens wiederholen. Ihr sechs werdet ihm dabei helfen.«

Mittlerweile waren auch Fullers fünf Kameraden herangekommen. Einer von ihnen schüttelte vehement den Kopf. »Das geht nicht, Sir. Wir haben uns mit den Jungs aus Nacog-

doches zusammengetan und auch schon einen Captain gewählt. Ich bin der Sergeant der Kompanie.«
»Ich fürchte, mein Sohn, du hast etwas nicht richtig verstanden«, klärte Houston ihn mit freundlichster Stimme auf. »Das hier ist die Armee von Texas und keine Dorfmiliz. Hier werden die Offiziere vom Oberkommandierenden bestimmt, und der bin ich. Und wenn ich sage, dass ihr verdammten Schweinehunde unter Colonel Fitchners Kommando dienen werdet, so werdet ihr das auch tun!«
»Ja, Sir!«, stotterte Fuller, der als Erster begriff, dass Houston trotz seines sanften Tonfalls kurz davor stand zu explodieren. Daher wandte er sich an Walther und wies auf dessen Männer, die keine Miene verzogen.
»Müssen wir vielleicht genauso herumstehen wie die?«
Walther nickte lächelnd. »Ja! Und ihr fangt auch gleich damit an. Sergeant Jemelin, gliedern Sie die Männer in die Kompanie ein und kontrollieren Sie, ob ihre Waffen in Ordnung sind!«
»Yes, Colonel!« Jemelin sprach nicht gut Englisch, konnte sich aber mit den meisten aus der Truppe verständigen.
Als er jetzt auf Fuller zutrat, verzog der das Gesicht. »Von einem Mex lasse ich mir nichts sagen!«
»Doch, das wirst du, mein Sohn, weil ich sonst äußerst zornig werde!« Ohne es zu wollen, ahmte Walther Houstons sanften Tonfall nach und sah zufrieden, wie Fuller und die anderen zwar murrten, aber dennoch gehorchten.
»Na also, es geht doch!«, erklärte Houston zufrieden. »Die Kerle werden sich daran gewöhnen, Soldaten zu sein, wenn sie erst einmal ein paar hundert Meilen unter die Hufe genommen haben. Sie müssen marschieren lernen, damit wir den Mexikanern ausweichen können, wenn es zu viele sind. Wissen Sie, Fitchner, weshalb ich nach Südwesten ziehe?«
»Nein, General.«

»Ich will Fannins Leute in Goliad und Travis' Männer in Alamo zu dieser Armee holen. Die beiden Vorposten sind gegen Santa Ana nicht zu halten, aber ich kann meine Truppe mit den Soldaten von dort fast verdoppeln. Zusammen mit den Männern, die wir noch rekrutieren werden, sieht die Sache dann schon anders aus. Dieser Krieg, Fitchner, wird vielleicht durch eine einzige Schlacht verloren. Also sollten wir uns nur dann dem Feind stellen, wenn wir gewinnen können. Ansonsten weichen wir Santa Anas Armee aus und lassen ihn ins Leere laufen. Dazu ist Texas wahrlich groß genug.«

Zwar war Walther froh, dass Houston seinen Mut wiedergefunden hatte, dennoch befielen ihn Zweifel. Wenn sie, wie Houston eben angedeutet hatte, andauernd vor den Mexikanern zurückwichen, gaben sie das gesamte Land preis, anstatt die Städte und die Farmen zu verteidigen. Dies bedeutete Gefahr für Leib und Leben aller, die sich hier angesiedelt hatten. Daher konnte er nur hoffen, dass Gisela seinen Rat befolgte und rechtzeitig nach Louisiana floh. Am liebsten hätte er ihr einen Boten geschickt, es sogleich zu tun. Doch wenn er es tat, würden andere seinem Beispiel folgen, und das ließ die Disziplin nicht zu.

5.

So einfach, wie Gisela es sich vorgestellt hatte, ging der Aufbruch am nächsten Tag nicht vonstatten. Es dauerte eine Weile, bis die anderen Frauen sich geeinigt hatten, wer wo auf dem Wagen sitzen sollte. Cécile Poulain würde reiten, denn sie besaß als Einzige ein eigenes Pferd. Das hatte der Vater ihr besorgt, damit sie stets Hilfe holen konnte, wenn es der Mutter schlechter ging.

Da Gisela schon zu schwerfällig war, um in den Sattel zu steigen, zäumte die Navajo zuerst den knochigen Wallach auf, der den Wagen ziehen sollte, und holte dann die Schecke aus dem Pferch. Doch als sie diese satteln wollte, kam Rachel auf sie zu.

»Die Stute reite ich. Du kannst laufen!« Rachel hatte zwar zunächst auf den Wagen steigen wollen, es sich nun aber anders überlegt.

»Was?« Nizhoni verwendete die spanische Sprache, weil sie wusste, dass Rachel sie nicht mochte.

Diese wandte sich mit einer ärgerlichen Bewegung zu Gisela um. »Sag deiner Sklavin, dass ich das Pferd nehme!«

Erneut lag Streit in der Luft, doch diesmal schlug Gisela eine andere Taktik ein. »Also gut! Aber dann wirst du auch die Erkundung durchführen müssen. Nizhoni sollte nämlich auf Indianer und Mexikaner achtgeben und uns warnen.«

Die Späherin spielen und dabei ihr eigenes Leben riskieren wollte Rachel ganz bestimmt nicht. Selbst der Gedanke, dass Nizhoni eine Indianerin war und es sicher mit den Rothäuten hielt, überwog in dem Augenblick nicht ihre Angst, sich von der Gruppe zu entfernen. Rasch suchte sie nach einer Möglichkeit, wie sie ohne Ansehensverlust einen Rückzieher machen konnte.

»Fast hätte ich es vergessen: Von den anderen Frauen kann keine einen Wagen lenken, und dir darf man es wegen deines gesegneten Zustands nicht überlassen. Daher muss ich die Zügel nehmen. Cécile übernimmt den Begleitschutz beim Wagen, während deine Sklavin vorausreitet und uns vor Rothäuten und Mexikanern warnt. Haben wir genug Waffen dabei?«

Gisela hatte eine Flinte und die Doppelpistole auf den Wagen gelegt, eine weitere Flinte hing am Sattel der Stute. Darüber hinaus steckte die Großvaterpistole in Nizhonis Gürtel. Von den anderen besaß jedoch nur Cécile eine Vogelflinte kleineren Kalibers.

Daher nahm Rachel Nizhonis Gewehr an sich. »Ich glaube, so müsste es gehen!«, sagte sie und schwang sich auf den Bock. Neben ihr nahm Gisela Platz, während die anderen sich auf die Ladefläche setzten und sich dort festhalten mussten.

»Vorwärts! Ho!«, rief Rachel theatralisch und schwang die Peitsche. Der Gaul zog an und setzte den Wagen in Bewegung. Die Reise nach San Felipe de Austin hatte begonnen. Als Gisela sich umsah, entdeckte sie Pepe, der mit einem schweren Bündel beladen den Weg zu den Vaqueros antrat. Als er bemerkte, dass sie sich zu ihm umschaute, winkte er ihr mit der freien Hand zu.

Wie befohlen hielt Cécile Poulain sich nahe bei dem Wagen, während Nizhoni voranritt, um zu erkunden, ob der Weg frei war. So nahe an der Farm hätte sie es noch nicht tun müssen, doch sie wollte mit sich und ihren Gedanken allein sein. Während sie nach Südosten ritt und hinter ihr das Rauschen des Rio Colorado verklang, sagte sie sich, dass es falsch war, die Anweisungen von Fahles Haar zu missachten. In San Felipe waren sie der rettenden Grenze der Vereinigten Staaten kaum näher als auf der Farm, aber die Stadt war das Zentrum der rebellierenden Texaner und damit ein wichtiges Ziel der mexikanischen Armee. Wenn es General Houston und Fahles Haar nicht gelang, Santa Ana vorher zu besiegen, würden sie aus San Felipe fliehen müssen und hatten wertvolle Zeit verloren.

Auch Gisela machte sich ihre Gedanken. Sie war froh, nicht

selbst das Pferd lenken zu müssen, denn sie fühlte sich noch immer nicht gut. Die Schmerzen des Kolbenhiebs waren fast vergangen, aber ihre Schwäche hatte zugenommen. Zudem hatte sie in der Nacht schlecht geschlafen und war sehr müde. Es gab jedoch untertags keine Möglichkeit, sich hinzulegen und ein wenig auszuruhen. Das würde sie erst wieder in San Felipe tun können.
Warum müssen Männer immer Krieg führen?, fragte sie sich. Es gab auch ohne Krieg genug Leid auf der Welt. Dabei glitten ihre Gedanken zurück in die Heimat, und sie sah sich über den Vorplatz des Schlosses von Renitz gehen. Ihre mütterliche Freundin Luise Frähmke und die Köchin Cäcilie kamen ihr entgegen und fragten, wie es ihr denn so ergangen wäre. Noch während sie freudestrahlend die Arme ausstreckte, um die beiden zu umarmen, erhielt sie einen heftigen Stoß, der sie gegen Rachel warf, und begriff, dass sie kurz eingenickt war und geträumt hatte.
Rachel hatte den Wagen in ein Loch gelenkt, in dem das linke Rad bis auf die Achse eingesunken war. Nun peitschte sie das Pferd, damit es das Gefährt wieder herauszog.
Kochend vor Wut nahm Gisela ihr die Peitsche ab und hätte sie ihr am liebsten selbst übergezogen. Stattdessen sagte sie: »So wird das nichts! Wir müssen aussteigen und den Wagen herausheben. Hoffentlich ist das Rad nicht beschädigt. Einen Stellmacher werden wir hier in der Gegend nicht finden.«
Es dauerte eine Weile, bis alle abgestiegen waren und sich gegen den Wagen stemmen konnten. Doch erst als Cécile ein Seil um die Vorderachse schlang und ihr Pferd mit einspannte, kamen sie frei.
Auf der weiteren Strecke behielt Gisela die Zügel in der Hand, während Rachel grollend neben ihr saß. Ihre Erschöpfung zwang sie jedoch nach einer Weile, Thierrys Frau wie-

der lenken zu lassen. Sie selbst hatte Mühe, sich auf dem schwankenden Bock zu halten, zumal sie immer wieder kurz wegdämmerte und von lange vergangenen Ereignissen träumte. Wäre sie im Vollbesitz ihrer Kräfte gewesen, hätte Rachel sich nicht so aufspielen können. Doch die anderen schlossen sich instinktiv der jungen, kraftvollen Amerikanerin an, die für alles eine Lösung zu haben schien.
Mittag rasteten sie im Schatten eines Gebüschs und hielten sich dort länger auf, als es Gisela recht war. Sie hatte gehofft, die Strecke nach San Felipe de Austin in zwei Tagen zu schaffen. Doch es sah so aus, als würden es eher drei, vielleicht sogar vier Tage werden, die sie auf dem rüttelnden Wagen verbringen musste. Dies bedeutete auch, sich länger der Gefahr durch streifende Indianer auszusetzen. Mexikaner fürchtete sie weniger, obwohl es weiter im Süden einige Banden gab, die ihre Verbrechen nun unter dem Vorwand der Vaterlandsliebe begingen und hofften, deswegen von Santa Ana begnadigt zu werden.
Auch am Nachmittag kamen sie nicht so gut vorwärts, wie Gisela es gerne gesehen hätte. Daher schlugen sie ihr Nachtlager bei einem Waldstück in einer Senke auf und hofften, dort nicht entdeckt zu werden. Allmählich machte Gisela sich Sorgen um Nizhoni. Diese war seit der Abreise unterwegs, und es konnte ihr alles Mögliche zugestoßen sein. Daher stieg sie den Hang hoch und sah sich um. Als sie in der Ferne eine Reiterin auf einer gescheckten Stute entdeckte, atmete sie auf. Dennoch nahm sie ihre Flinte zur Hand, um auf alles vorbereitet zu sein.
Es war tatsächlich Nizhoni. Diese kam kopfschüttelnd näher und blieb vor Gisela stehen. »Ich habe euch ein Stück weiter erwartet. Doch was machen die da! Sind sie verrückt?« Sie trieb ihr Pferd an, ritt in die Senke hinein und sprang neben

dem Feuer herab. Noch in der Bewegung riss sie den Feuerstoß, den Rachel und die anderen entzündet hatten, auseinander.
»He, was soll das?«, rief Rachel empört, doch da fuhr Nizhoni wie eine gereizte Schlange herum.
»Euer Feuer brennt viel zu hell! Jeder Tonkawa oder Karankawa kann es auf zehn Meilen sehen und jeder Komantsche auf dreißig.« Diesmal verstand Rachel sie, auch ohne dass ihr jemand die deutschen Sätze übersetzen musste.
Ohne die Frau weiter anzusehen, richtete Nizhoni das Lagerfeuer neu, so dass die im Kreis liegenden Äste von innen nach außen abbrannten, und machte sich dann ans Kochen. Zwar kommentierte Rachel ihre Arbeit schnaubend, auf die Weise würde das Essen niemals fertig, doch schon bald zog ein verführerischer Duft durch die Senke und strafte die Amerikanerin Lügen.
Im Gegensatz zu den anderen sagte Rachel nicht danke, als Nizhoni ihr einen Blechteller mit dem Eintopf reichte, sondern aß mit verkniffener Miene und starrte in die hereinbrechende Nacht. Geräusche drangen zu ihnen, die die Frauen in ihren Häusern noch nie gehört hatten und sie ängstigten. Als in der Ferne ein Kojotenruf erklang, zuckte Rachel zusammen. »Das war gewiss eine Rothaut! Diese ahmen oft Tierstimmen nach.«
»Was sagt sie?«, fragte Nizhoni Gisela.
»Es wird Zeit, dass du selbst Englisch lernst«, seufzte diese und erklärte es ihr.
»Die Frau ist dumm! Das war ein Kojote. Eben schreit er wieder, und diesmal ist er weiter weg.«
Diese Auskunft beruhigte Rachel ein wenig. Zwar war sie eine Siedlertochter, hatte sich aber nur selten weit von ihrem Wohnhaus entfernt und die wenigen Nächte in der Prärie in

männlicher Gesellschaft verbracht. Sich nur mit anderen Frauen in der Wildnis aufhalten zu müssen, erfüllte sie mit Schrecken. »Wie lange werden wir brauchen?«, fragte sie, da sie selbst keine Ahnung hatte, wie weit es noch nach San Felipe de Austin war.
Im Gegensatz zu ihr konnte Gisela sich halbwegs orientieren. »Wir werden auf jeden Fall noch eine weitere Nacht unter freiem Himmel verbringen. Übermorgen erreichen wir mit etwas Glück Belchers Farm und können dort übernachten. Von dort aus ist es nicht mehr weit bis zur Stadt.«
Die Aussicht, noch eine Nacht draußen verbringen zu müssen, bedrückte die anderen. Daher gab es diesmal keine Proteste, als Gisela auf Nizhonis Rat hin erklärte, dass sie Doppelwachen aufstellen sollten, die sich gegenseitig am Einschlafen hindern mussten.
Rachel erklärte sofort, dass sie mit Marguerite wachen würde. Da sich Gertrude mit Cécile Poulain zusammentat und Arlette Laballe und Charlotte Poulain einander als Partnerin wählten, blieben Gisela und Nizhoni zusammen. Den beiden wurde auch die letzte Wache vor Morgengrauen übertragen, weil die anderen hofften, nach ihren Wachen ausschlafen zu können.
»Das ist eine gute Entscheidung«, raunte Nizhoni Gisela zu. »Die Zeit unserer Wache ist die Zeit, in der die roten Krieger auf Kriegspfad gehen. Wir werden aufmerksam sein müssen.«
»Das werden wir«, versprach Gisela und sagte sich, dass sie die Gelegenheit nützen würde, um ihrer Freundin ein paar englische Floskeln beizubringen. Wenn sie nach San Felipe de Austin kamen, war es wichtig, dass Nizhoni sich halbwegs verständlich machen konnte.

6.

All die Angst, die die Frauen ausstanden, erwies sich als unnötig, denn weder in dieser noch in der nächsten Nacht schlichen Feinde um ihr Lager herum. Auch unter Tag nahmen sie keine Gefahr wahr. Dennoch atmete Gisela erleichtert auf, als am Abend des dritten Reisetags Belchers Farm vor ihnen auftauchte.
Ihr Wagen war schon von weitem bemerkt worden, und Andreas Belcher kam ihnen auf seinem Ackergaul entgegen.
»Dachte mir doch, dass ihr es seid«, begrüßte er die Frauen. »Derzeit reisen viele nach San Felipe, sei es, um sich Houstons Armee anzuschließen oder um dort Schutz zu finden. Die Mexikaner hetzen immer noch Indianerstämme auf, unsere Farmen anzugreifen, und einzeln steht man diesen Mordbrennern hilflos gegenüber. Daher werden Anneliese und ich in unser neues Haus in San Felipe ziehen und nur dann hierherkommen, wenn es unumgänglich ist. Außerdem sind derzeit so viele Menschen in San Felipe, dass meine Frau glaubt, einige Betten vermieten zu können.«
»Weiß man schon mehr von Santa Ana?«, fragte Gisela.
Der Siedler schüttelte den Kopf. »Mal heißt es, er hätte Mexico City noch nicht verlassen, und dann wiederum wollen ihn Leute in Querétaro oder San Luis Potosí gesehen haben. Aber wo der General genau steckt, weiß keiner. Auf jeden Fall haben wir noch ein paar Monate Ruhe vor ihm. Seine Soldaten müssen mehr als tausend Meilen zu Fuß zurücklegen, und er braucht Nahrungsmitteldepots, um sie versorgen zu können. Vor Juni, Juli wird er wohl kaum in Texas auftauchen.«
»Das ist beruhigend.« Ihren Worten zum Trotz ärgerte Gise-

la sich, weil sie sich von den anderen Frauen hatte überreden lassen, ihre Farm zu verlassen. Jetzt würde sie mehrere Monate in San Felipe verbringen und abwarten müssen, was um sie herum geschah.
»Können wir bei dir über Nacht bleiben, Nachbar? Morgen wollen wir dann zur Farm meiner Eltern weiterfahren«, rief Rachel dazwischen, weil sie sich von Belcher missachtet fühlte.
»Natürlich. Allerdings werdet ihr im Schuppen schlafen müssen. Ihr müsst eben ein wenig Heu unterlegen, damit ihr weich liegt!« Belcher lachte, lenkte seinen Gaul um den Wagen herum und ritt voraus.
Anneliese erwartete sie bereits vor der Tür und umarmte jede einzelne Frau bis auf Nizhoni. Auf Giselas mahnendes Räuspern hin hieß sie die Navajo recht kühl willkommen und wandte sich dann Rachel zu, die sie von früher her kannte.
»Es war klug von euch, hierherzukommen. In eurem Siedlungsgebiet leben viele Mexikaner, und man weiß leider nicht, wer von diesen zu Santa Ana hält und auf wen man sich nicht verlassen kann. Den Indianern ist derzeit auch nicht über den Weg zu trauen! Weiter im Süden wurden mehrere Farmen überfallen. Wir wissen zwar nicht, ob es Tonkawa oder Komantschen waren, aber sobald unsere Jungs Santa Ana den Hosenboden strammgezogen haben, müssen die Schuldigen bestraft werden.«
»Das wird auch Zeit«, antwortete Rachel und bemerkte zufrieden, dass sie wieder die erste Geige in der Gruppe spielte. Gisela hingegen zitterte vor Schwäche und bat darum, sich hinlegen zu dürfen.
»In deinem Zustand ist so eine Reise doch anstrengend«, antwortete Anneliese und führte sie in den Schuppen, in dem sie ihr Nachtlager aufschlagen sollten. Nizhoni kam mit, breite-

te ein wenig Heu als Unterlage für Gisela aus und zog eine Decke über sie.
»Schlaf gut! Morgen geht es dir gewiss besser.«
»Ich wollte, wir könnten ein paar Tage hierbleiben«, klagte Gisela. »Doch Rachel will möglichst rasch zu ihren Leuten. Ich hoffe, die anderen können dort bleiben. Wir beide werden Herrn Belcher oder einen der anderen Deutschen bitten, uns Obdach zu gewähren.«
Der Gedanke, nicht auf Rachel und deren Verwandte angewiesen zu sein, beruhigte Nizhoni. Wenn diese Leute ebenso engherzig waren wie Thierrys Frau, hätte sie dort kein gutes Leben. Nachdem Gisela eingeschlafen war, lehnte Nizhoni sich mit dem Rücken gegen die Wand. Noch war nicht abzusehen, wie alles enden würde, aber sie hoffte trotz aller bösen Vorzeichen, dass Gisela, Josef und sie alles gut überstehen würden.
Kurz darauf kam der Junge zu ihr, dem es bei den anderen Frauen nicht mehr gefallen hatte. Eine Weile beobachtete er seine schlafende Mutter und wurde dabei selbst müde. Als auch er eingeschlafen war, bettete Nizhoni ihn an die Seite seiner Mutter und blieb neben den beiden sitzen. Es kümmerte sie nicht, dass drüben im Haus zu Abend gegessen wurde und niemand daran dachte, Gisela oder ihr etwas zu bringen.

7.

Das letzte Stück in Richtung San Felipe de Austin war leichter zurückzulegen. In dieser Gegend kannte Rachel sich aus und wusste, welchen Weg sie einschlagen mussten. Gisela war froh darüber, denn es ging ihr noch schlechter, und sie sehnte sich nach einem Ort, an dem sie sich ausruhen konnte. Als die Gruppe die Farm von Rachels Eltern erreichte, war Gisela fast schon so weit, notfalls an diesem Ort zu bleiben, denn ihr graute es davor, am nächsten Morgen noch einmal auf den Wagen steigen und diesen selbst bis in die Stadt lenken zu müssen.

Moses Gillings war ein hagerer Mann mit scharf geschnittenen Gesichtszügen, der sein Lebtag lang hart gearbeitet hatte und nun seinen bescheidenen Wohlstand durch den Krieg bedroht sah. Als er seine Tochter begrüßte, war ihm nicht anzumerken, ob er sich freute, sie wiederzusehen. Allerdings quoll nun in rascher Folge mehr als ein halbes Dutzend jüngerer Kopien von Rachel aus dem Haus. Sie umringten ihre Schwester und redeten so durcheinander, dass Gisela, die im Englischen noch unsicher war, nicht das Geringste verstand. Nun mischten sich auch der Vater und die Mutter in das Gespräch mit ein. Vor allem die Stimme von Frau Gillings klang so scharf, als wäre sie über die große Anzahl von Gästen nicht gerade erfreut. Nach einer Weile bedeutete Rachel ihrer Familie zu schweigen und wandte sich der Gruppe zu.

»Es tut mir leid, aber mein Vater sagt, dass er außer mir höchstens noch eine Person bei sich aufnehmen kann. Ihr werdet sicher verstehen, dass ich meine Schwägerin wähle.«

Das war für alle außer Gisela ein Schock, denn sie hatten fest damit gerechnet, auf dieser Farm unterzukommen. Nun

würden sie fremde Menschen um Obdach bitten und diesen Miete zahlen müssen. Aber keine von den Frauen besaß genug Geld, um sich wochenlang Essen und ein Bett leisten zu können.
»Du hast uns doch versprochen, dass wir bei deiner Familie bleiben können!«, protestierte Gertrude.
»Es geht nicht! Das habt ihr doch eben gehört.«
»Rede mit deinem Vater. Wir sind auch bereit zu arbeiten«, bat Arlette Laballe.
Rachel stieß ein kurzes Lachen aus. »Glaubt ihr, dass mein Vater bei acht Töchtern, die noch im Haus sind, weitere Frauen braucht, die mitarbeiten? Es tut mir leid, es geht nicht! Ihr könnt heute Abend hier essen und die Nacht im Schuppen verbringen. Aber morgen müsst ihr weiterfahren.«
»So ein Biest!«, zischte Charlotte Poulain. »Das hat sie von Anfang an gewusst und uns nur benützt, um hierherzukommen. Was sollen wir jetzt tun?«
Alle Frauen sahen Gisela an, doch die war kaum noch in der Lage, die Verantwortung für sich selbst zu tragen, geschweige denn für alle. »Wir könnten zu mir nach Hause zurückkehren«, schlug sie vor, obwohl ihr vor der langen Reise graute. »Oder aber wir fahren morgen in die Stadt und sehen zu, ob wir dort irgendwo unterkommen.«
Charlotte Poulain schüttelte entsetzt den Kopf. »Ich will nicht zurück zu Klapperschlangen, Indianern und Kojoten.«
Auch Gertrude wehrte ab. »Jetzt sind wir schon einmal hier, und da können wir auch die letzten paar Meilen bis San Felipe weiterfahren. Wollten die Belchers nicht eine Pension in der Stadt aufmachen? Die werden uns gewiss aufnehmen.«
»Vielleicht sind unsere Männer noch in San Felipe. Sie kön-

nen uns sicher raten, was wir tun sollen«, warf Arlette hoffnungsvoll ein.

Diese Möglichkeit gab schließlich auch für Gisela den Ausschlag. Sie sehnte sich danach, Walther zu sehen und mit ihm zu reden. Außerdem, so sagte sie sich, würde er Rat wissen. Daher erklärte sie, dass die Gruppe am nächsten Morgen nach San Felipe aufbrechen würde.

Rachels Familie schien damit zufrieden. Da die Zahl der Gäste die Plätze am Tisch weit übertraf, brachten Rachels Schwestern Gisela und den anderen das Abendessen auf den Hof, so dass diese es auf dem mittlerweile abgespannten Wagen sitzend zu sich nehmen mussten.

Rachels Mutter ließ sich wenigstens in dieser Beziehung nicht lumpen, denn es gab genug zu essen für jede von ihnen. Wortfetzen, die Gisela auffing, entnahm sie, dass das Farmerehepaar bereit gewesen wäre, vielleicht noch eine Frau oder zwei aus der Gruppe aufzunehmen, doch Rachel redete es ihnen aus. Gisela konnte nicht begreifen, weshalb Rachel so schäbig handelte, denn sie, Walther und alle Nachbarn hatten der Frau und ihrem Ehemann Thierry stets geholfen.

»Ich hoffe, wir kommen bei Anneliese Belcher unter. Wenn wir uns in einem Hotel einmieten müssen, wird es teuer«, sagte sie zu den anderen, als sie schließlich allein waren, und erntete betroffenes Schweigen. Charlotte Poulain begann zu weinen, während Arlette Rachel mit sämtlichen französischen Flüchen bedachte, die sie kannte.

»Mein Mann wollte uns Texaner doch unterstützen«, wandte Gertrude ein. »Wenn er in San Felipe ist, wird er uns gewiss helfen.«

»Hoffen wir es und hoffen wir auch, dass unsere Männer noch dort sind«, antwortete Charlotte Poulain. Sie hatte die Reise krank angetreten und fühlte sich mittlerweile so

schwach, dass sie nicht glaubte, sich am nächsten Morgen erheben zu können.
Gisela ging es kaum besser, doch sie wusste, dass sie sich nichts anmerken lassen durfte, damit die anderen den Mut nicht verloren.

8.

San Felipe de Austin war seit Giselas letztem Besuch noch einmal gewachsen, und die Bevölkerungszahl schien sich inzwischen verdreifacht zu haben, so viele Menschen liefen auf den Straßen herum. Gisela kam mit dem Wagen kaum durch und war schließlich froh, als sie das Stadthaus der Belchers vor sich sah. Sie zügelte das Pferd, zog die Bremse an und forderte Nizhoni auf, nachzusehen, ob Anneliese Belcher bereits dort wäre.
Die Navajo schwang sich aus dem Sattel und trat auf das Haus zu. Da öffnete sich die Tür, und Anneliese trat heraus. Als sie Gisela erkannte, huschte ein Lächeln über ihr Gesicht.
»Ich dachte mir, dass ihr nicht bei den Gillings bleiben würdet, und habe mich gesputet, hierherzukommen. Aber ihr glaubt nicht, was hier los ist! Ich hätte alle Zimmer in weniger als einer Stunde dreifach vermieten können.«
»Oh Gott, dann hast du wohl keinen Platz mehr für uns?«, fragte Gisela erschrocken.
Anneliese hob die Rechte in einer beruhigenden Geste. »Keine Sorge! Ich finde für euch schon ein Plätzchen. Steigt erst einmal ab und kommt herein. Ich habe eben Kaffee aufge-

brüht, und der Kuchen ist auch fertig. Die Pferde könnt ihr hinten in den Stall stellen und den Wagen daneben. Ihr werdet alles selbst tun müssen, denn meine beiden Söhne sind bei der Armee, und Andreas hat sich heute Morgen als Fuhrmann verdingt, um Houstons Truppe mit Nachschub zu versorgen.«

»Das machen wir, Anneliese!« Gisela selbst fühlte sich zu erschöpft, um auch nur eine Hand rühren zu können, und Charlotte Poulain war ebenfalls nicht in der Lage, etwas zu tun. Doch Nizhoni packte ohne Zögern mit an. Da ihr Cécile und Arlette halfen, war sie bald fertig und gesellte sich zu Gisela, die ihr den quengelnden Josef in die Arme drückte.

»Ich weiß nicht, was mit ihm los ist. Er wird hoffentlich nicht krank werden«, sagte sie.

Nizhoni musterte den Jungen und fand, dass er zwar erschöpft aussah, aber nicht krank. »Nach einer Tasse Pfefferminztee und einem Stück Kuchen geht es ihm sicher wieder besser«, beruhigte sie Gisela und führte Josef ins Haus.

Dort war bereits alles für den Nachmittagskaffee vorbereitet. Anneliese goss die Tassen ein und verteilte sie. Während die anderen Frauen Kaffee tranken, wählte Nizhoni für sich ebenfalls Pfefferminztee.

»In San Felipe ist derzeit sehr viel los«, erklärte Anneliese. »Allerdings treibt sich auch eine Menge Gesindel aus Louisiana und anderen Staaten hier herum. Es sind Leute, die nicht für uns kämpfen, sondern an uns verdienen wollen. Am schlimmsten ist dieser Spencer. Er hatte versprochen, dreihundert gut ausgebildete Freiwillige zu schicken, aber bisher hat sich noch kein einziger von ihnen sehen lassen. Dafür will er sich den Gerüchten zufolge zuerst das Recht auf große Landstücke von unserer Regierung zuschreiben lassen.«

Bei dem Namen Spencer verzog Gisela das Gesicht. Mittlerweile hatte Walther ihr berichtet, dass er auf den Mörder ihrer Mutter getroffen war, damit sie nicht überrascht wurde, wenn sie selbst einmal diesem Schurken begegnete.

»Dein Mann ist übrigens auch nicht besser«, fuhr Anneliese an Gertrude gewandt fort. »Der verspricht auch viel und hält nichts. Er will angeblich ein enger Vertrauter des Gouverneurs von Louisiana sein, aber bis jetzt hat er noch keinen einzigen Soldaten hierhergebracht. Da fällt mir ein: Ich habe einen Brief für dich hier. Wegen dieses elenden Santa Ana sind mein Mann und meine Söhne nicht dazu gekommen, ihn dir zu bringen. Jetzt hätte ich ihn fast vergessen.«

Anneliese verließ den Raum und kehrte kurz darauf mit einem amtlich aussehenden Umschlag zurück. Als sie ihn Gertrude reichte, starrte diese verständnislos darauf. »Was habe ich mit dem Gericht von Lafayette zu tun?«

Mit wachsender Unruhe öffnete sie den Umschlag und nahm das Schreiben heraus. Als sie es las, wurden ihre Augen immer größer, und sie stieß zuletzt einen Schrei aus, der alle zusammenzucken ließ.

»Was ist los?«, fragte Gisela besorgt.

»Dieser Schuft! Dieses elende Schwein!«, stammelte Gertrude, ohne mehr herauszubringen.

Schließlich nahm Gisela ihr den Brief ab und las ihn selbst. Dabei standen ihr schier die Haare zu Berge. James Shuddle alias Jakob Schüdle hatte beim Gericht in Lafayette beantragt, die Scheidung zwischen ihm und Gertrude auszusprechen, und zwar mit der Begründung, dass diese die eheliche Gemeinschaft mit ihm aufgegeben und sich in einem fremden Land angesiedelt habe. Diesem Ersuchen war bereits vor mehr als einem Jahr stattgegeben worden.

»Der Mann ist wirklich ein Schuft!«, rief Gisela empört aus und zog Gertrude an sich, um sie zu trösten.

Als die anderen Frauen hörten, was geschehen war, weinte Charlotte Poulain so bitterlich, als wäre sie selbst betroffen, während Arlette erneut ihren stattlichen Vorrat an französischen Flüchen bemühte.

Anneliese sah Gertrude mitleidig an, wechselte dann aber das Thema. »Wie ich schon sagte, könnte ich die Betten im Haus mehrfach vermieten. Das Geld möchte ich mir nicht entgehen lassen. Aber ich habe im Schuppen Platz für euch. Wenn ihr für mich als Zimmermädchen und Köchinnen arbeitet, braucht ihr nichts zu zahlen. Allein schaffe ich die Arbeit nicht, und meine mexikanische Dienerin ist davongelaufen, nachdem ihr ein Idiot gedroht hat, sie zu erschießen. Es war kein Texaner, sondern einer aus Louisiana wie dieser Spencer oder Gertrudes Schuft von einem Mann.«

Erleichtert fasste Gisela nach Annelieses Hand und hielt diese fest. »Danke! Das werden wir dir nie vergessen.«

»Schon gut! Wenn ihr euch frisch gemacht habt, könnt ihr die Betten im Haus überziehen. Dazu bin ich noch nicht gekommen.«

Noch während sie es sagte, fand Anneliese, dass sie mit dieser Entscheidung zufrieden sein konnte. Zwar waren Gisela und Charlotte Poulain nicht in der Lage, viel zu arbeiten, aber die anderen Frauen waren geschickt und kräftig, und Cécile konnte sie als Botenmädchen einsetzen.

»Das bekommen wir schon hin. Die Hauptsache ist, dass Houstons Armee uns Santa Ana vom Hals hält. Hätten leicht ein paar Soldaten mehr sein können, aber die meisten Männer sagten, sie blieben lieber bei ihren Milizen. Als wenn sie mit zwanzig oder dreißig Mann eine mexikanische Armee aufhalten könnten! Doch davon verstehen wir Frauen zu wenig. Jetzt heißt es erst einmal anpacken, bevor ihr euer Quartier im Schuppen aufschlagt. Es müssen etliche Arbeiten erledigt

werden.« Anneliese klang fordernd, doch ihr freundlicher Blick nahm den Worten die Schärfe.
Alle einschließlich Gisela waren froh, ein Dach über dem Kopf zu bekommen. Arbeiten mussten sie zu Hause auf ihren Farmen auch, also nahmen sie diese Forderung hin. Nur eines stimmte sie traurig: Nach Annelieses Auskunft war Houston mit seiner Truppe vor kurzem westwärts gezogen, und sie hatten ihre Männer um wenige Tage verpasst.

9.

Der bevorstehende Krieg rief immer mehr Menschen nach San Felipe de Austin. Die einen kamen von Westen, weil sie sich in diesem Ort sicherer wähnten als in San Antonio und den anderen Städten näher der Grenze. Andere witterten Geschäfte und eilten aus Louisiana und anderen Bundesstaaten herbei, um an der Situation zu verdienen.
Anneliese Belcher hatte inzwischen die Zahl ihrer Pensionsgäste auf zehn erhöht, und fast alle stammten aus den Vereinigten Staaten. Ihren Worten zufolge kamen diese Leute, um den Texanern zu helfen. Doch das glaubten weder Gisela noch die Herbergswirtin.
»Den Kerlen geht es nur darum, uns Texanern billig die Landrechte abzukaufen. Sie sind überzeugt, dass wir gegen Santa Ana verlieren. Dann aber, so hoffen die Schurken, werden die Vereinigten Staaten eingreifen und das Gebiet hier annektieren«, erklärte Anneliese, als sie mit Gisela und der still in sich gekehrten Charlotte in der Küche saß, während

die anderen Frauen die Zimmer reinigten und die beiden Betten, die an diesem Tag frei wurden, neu bezogen.

»Es gibt immer Menschen, die aus dem Unglück anderer Geld schlagen wollen«, antwortete Gisela bedrückt.

»Wir einfachen Leute müssen zusehen, dass wir durchkommen«, erklärte Anneliese und wechselte das Thema. »Kannst du mir aus dem Laden Zucker besorgen? Er geht langsam zu Ende.«

Ein kleines Fässchen Zucker glaubte Gisela trotz ihrer Schwangerschaft tragen zu können.

»Das mache ich gerne. Gibst du inzwischen auf Josef acht? Ich will nicht, dass er auf die Straße läuft und von einem Wagen erfasst wird.«

»Natürlich kümmere ich mich um unseren kleinen Mann. Wo ist er denn?« Anneliese sah sich suchend um und musste dann lachen. »Er ist natürlich bei deiner Indianerin. Die hat eine unendliche Geduld mit ihm. Ist schon ein feines Ding, recht hübsch sogar, selbst für unsere Vorstellungen. Du bist sicher froh, dass du sie hast.«

»Allerdings«, sagte Gisela lächelnd. »Ich habe selten so viel Treue erlebt wie bei diesem schlichten Geschöpf.«

»So schlicht ist sie nicht! Wenn ich daran denke, wie rasch sie die englische Sprache lernt. Sie hat sogar einen deutschen Akzent!« Anneliese lachte und stand auf.

»Ich muss nachsehen, wie weit die anderen sind. Nicht dass sie ein Zimmer vergessen haben.«

Das nahm Gisela nicht an. Auch wenn Arlette dafür anfällig war, etwas weniger zu tun, als sie sollte, so achtete Gertrude doch darauf, dass alles richtig gemacht wurde. Auch Cécile Poulain hatte sich als tüchtige Hilfe erwiesen. Deren Mutter aber bereitete ihnen Sorgen. Seit sie hier in San Felipe weilten, ging es mit Charlottes Gesundheit immer weiter bergab.

»Der Arzt sollte wieder nach Charlotte sehen«, sagte Gisela draußen auf dem Flur.
Anneliese zog eine verächtliche Miene. »Der war erst vor drei Tagen da und hat ihr ein Stärkungsmittel verschrieben. Ich würde es nicht nehmen. Meiner Meinung nach ist es irgendein Fusel, dem er auf gut Glück ein paar Kräuter beigegeben hat. Die indianische Medizin, die Nizhoni zubereitet hat, wäre viel wirkungsvoller.«
»Aber Charlotte nimmt sie nicht, weil sie glaubt, es wäre Humbug. Dabei hat Nizhoni mir mit ihren Säften und Kräutern schon oft geholfen«, antwortete Gisela traurig.
»Jeder ist seines eigenen Glückes Schmied.« Damit verabschiedete Anneliese sich und ging nach oben.
Bevor Gisela das Haus verließ, schaute sie kurz nach Josef, doch der hing an Nizhonis Rockzipfel und plapperte englische Worte. Gisela lächelte, als sie es hörte. Kaum konnte ihre Navajo-Freundin ein wenig Englisch, brachte sie ihr Wissen auch schon dem Jungen bei.
»Bleibst du hier, Josef? Ich muss rasch etwas besorgen«, sagte Gisela, als die beiden sie bemerkten.
»Sollte nicht besser ich das übernehmen?«, bot Nizhoni an.
Gisela schüttelte den Kopf. »Nein, das ist nicht nötig. Mir tut es ganz gut, wieder ins Freie zu kommen.«
»Das stimmt. Nur sind hier zu viele Menschen, als dass es Freude bereiten würde, hinauszugehen.«
»Zu Hause war es schöner«, sagte Josef, dem es nicht passte, dass er in der Stadt nicht wie gewohnt herumstreunen durfte.
»In ein paar Monaten ist dieser Krieg vorbei, und wir können wieder zurück auf unsere Farm!« Hoffentlich!, setzte Gisela für sich hinzu und streichelte den Jungen. »Ich habe dich lieb, Josef.«

»Ich dich auch, Mama!« Er schmiegte sich kurz an seine Mutter, dann kehrte er zu Nizhoni zurück.
»Go on!«, befahl er, so als wäre er hier der Herr.
Während Nizhoni nachsichtig lächelte, schüttelte Gisela den Kopf. »Du solltest ihn nicht so verwöhnen!«
»Josef ist klüger als die Kinder in seinem Alter, die hier in der Stadt leben«, behauptete Nizhoni.
Auch wenn Gisela das Lob gefiel, wollte sie nicht, dass ihr Sohn so herausgehoben wurde. »Du solltest Josef keine Flausen in den Kopf setzen. Sonst muss Walther, wenn er zurückkommt, ihm mit dem Lederriemen Bescheidenheit beibringen.«
»Josef wird es nie an Achtung für andere Menschen fehlen lassen, denn er weiß, dass ihr Recht, auf der Welt zu sein, ebenso groß ist wie das seine.«
Nizhoni sprach voller Ernst, denn sie setzte alles daran, den Jungen so zu erziehen, dass er ebenso höflich wie bescheiden war und niemals die Würde anderer verletzte. Nicht immer war Gisela mit ihr einer Meinung, aber sie nahm es hin, weil sie sich selbst zu matt fühlte, um dem munteren Bürschchen all das beibringen zu können, was es wissen musste.
»Ich gehe jetzt«, sagte Gisela und kehrte in die Küche zurück. Dort nahm sie das leere Zuckerfässchen und das Geld an sich, das Anneliese ihr hingelegt hatte, und wandte sich zur Tür. Als sie draußen auf der Straße stand, wirbelten die Räder eines Wagens so viel Staub auf, dass er wie eine Wolke über sie hinwegzog und sie ihn auf den Zähnen spürte. Sie spuckte aus und sagte sich, dass so eine Stadt nichts für sie war, denn sie liebte die freie Natur. Auch war ihr das Geheul eines Kojoten lieber als das Gegröle des Betrunkenen, der ihr eben entgegenkam und sie mit seinem schwankenden Gang zum Ausweichen zwang.

»Bischt 'n hübschesch Ding!«, lallte er. »Hascht aber schon 'n Mann, weilste so 'n dicken Bauch vor dir herschiebscht.«
Gisela eilte weiter, so rasch sie konnte. Auch wenn Walther gelegentlich ein Glas Beerenwein oder Tequila trank, so hatte sie ihn noch niemals in dieser Weise betrunken gesehen wie diesen Mann.
Noch während sie darüber nachdachte, erreichte sie den Laden, trat ein und blieb vor dem Zuckerfass stehen. Sie wollte schon sagen, dass Jack ihr das mitgebrachte Gefäß füllen sollte, als ihr Blick auf das Preisschild fiel. Der Preis des Zuckers hatte sich seit ihrem letzten Besuch im Laden verdoppelt.
»Das gibt es doch nicht!«, rief sie empört. »Wollt ihr etwa mit Gewalt reich werden?«
Jack lächelte verlegen. »Tut mir leid, Misses Fitchner, aber wir verdienen nicht mehr daran als früher. Der Transport ist teurer geworden, weil Houstons Armee so viele Wagen braucht. Außerdem bekommen wir keine Waren mehr auf Kredit. Die verdammten Händler in Louisiana denken wohl, Santa Ana würde uns davonjagen, so dass sie auf ihren Rechnungen sitzenbleiben.«
»Schon gut! Aber wie sollen wir auskommen, wenn alles teurer wird?«
»Soll Mutter Belcher doch den doppelten Preis für die Übernachtung verlangen«, erklärte Jack gelassen.
»Und nächste Woche den dreifachen, was? Irgendwann wird niemand mehr euren Zucker kaufen, weil er ihn nicht mehr bezahlen kann.«
Gisela war empört. Da Anneliese jedoch Zucker brauchte, um ihre Gäste zufriedenzustellen, kaufte sie so viel, wie sie für die Summe bekam, die sie bei sich hatte.
Jack wog die Menge ab und zwinkerte ihr dann zu. »Ich habe

Ihnen ein halbes Pfund mehr dazugetan, weil Ihr Mann und Sie so gute Kunden sind.«

»Danke!«, erwiderte Gisela und ärgerte sich dennoch. In ihren Augen war der jetzige Preis für den Zucker reiner Wucher. Sie zahlte, nahm das Fass und verließ den Laden mit einem knappen Abschiedswort.

Das kleine Fass war nun so schwer, dass sie es unterwegs ein paarmal absetzen musste. Beim dritten Mal sah sie nicht weit von sich drei Männer aufeinander einreden. Einer davon war der von den Siedlern zum Gouverneur gewählte Henry Smith und der zweite Jakob Schüdle, der seine Frau Gertrude auf eine so infame Weise losgeworden war. Gisela wollte schon zu dem Mann hingehen, um ihm deutlich zu sagen, was sie von ihm hielt. Da drehte ihr der dritte Mann das Gesicht zu, und es durchzuckte sie wie ein Schlag. Es war Nicodemus Spencer, der Mörder ihrer Mutter. In dem Augenblick bedauerte sie es, ihre Doppelpistole in Annelieses Hotel gelassen zu haben.

Als sie die Augen schloss, sah sie sich als kleines Mädchen mit der Fackel in der Hand vor dem toten Vater stehen, den Spencer gerade ausplünderte, während ihre Mutter an dem Messerstich verblutete, den der Leichenfledderer ihr versetzt hatte. Zwar hatten Walther und die Renitzschen Musketiere den Mörder, der damals ein einfacher Soldat der englischen Armee gewesen war, festnehmen können, doch er war durch das Einwirken eines englischen Offiziers seiner Strafe entgangen.

Gisela fragte sich, was sie tun sollte. In ihrer ersten Wut wollte sie das Zuckerfässchen stehen lassen und ihre Pistole holen. Doch es brachte nichts, wenn sie den Mann einfach niederschoss. Danach würde sie als Mörderin gelten und verhaftet werden, und das durfte sie weder Walther noch Josef

antun. Da sie den Mann nicht bestrafen konnte, belauschte sie das Gespräch.
Gerade gestikulierte Spencer heftig vor Henry Smiths Nase. »Mister Gouverneur, ich verspreche Ihnen dreihundert Mann, prächtige Burschen aus Louisiana und Alabama und begierig darauf, die Mexikaner zu verhauen. Aber Sie müssen mich verstehen! Die Anwerbung dieser Männer und ihre Ausrüstung hat sehr viel Geld gekostet. Ich stehe, um es offen zu sagen, am Rande des Ruins. Wie wollen Sie mir meine Auslagen zurückzahlen? Da Sie keinen einzigen schimmeligen Cent in Ihrer Staatskasse haben, ist Land die einzige Währung, die wir nehmen können. Garantieren Sie jedem meiner Jungs fünf Quadratmeilen Land, und Sie werden sich wie Löwen auf die Mexikaner stürzen. Für das, was ich bis jetzt in Ihre Sache hineingesteckt habe, sind zweihundert Quadratmeilen guten Landes nicht zu viel verlangt. Ich kann es parzellieren und an Siedler aus den anderen Staaten verkaufen.«
»Ich bin der gleichen Ansicht wie Mister Spencer«, sprang Schüdle seinem Begleiter bei. »Auch ich habe bereits etliches an Geld ausgegeben, um Texas und die Texaner zu unterstützen. Ich kann Ihnen gut einhundert Mann bringen und gebe mich selbst mit einem Drittel dessen zufrieden, was Mister Spencer verlangt. Was sind schon ein paar hundert Quadratmeilen in einem so großen Land wie Texas?«
»Sie vergessen unsere eigenen Soldaten! Was würden die sagen, wenn sie erfahren, dass Ihre Leute um einiges mehr Land bekommen als sie selbst?« Smith wirkte verzweifelt, denn die Forderung der beiden Männer brachte ihn in eine Zwickmühle. Lehnte er ab, würde die Hilfe unterbleiben, die Texas dringend benötigte. Wenn er jedoch darauf einging, hatte er Ärger mit seinen Leuten und musste damit rechnen, dass diese ihn seines Amtes enthoben.

»Woher sollen wir so viel freies Land nehmen?«, stöhnte er. »Es ginge höchstens weiter im Westen in der Prärie.«
Schüdle maß den Gouverneur mit einem abfälligen Blick. »Damit unsere Jungs die verdammten Indianer am Hals haben? Jagen Sie doch die Mexikaner zum Teufel, diese Seguíns, Gamuzanas und wie die alle heißen! Dann haben Sie genug Land für Ihre Jungs und unsere.«
Gisela hörte fassungslos zu, wie Spencer und Schüdle den Gouverneur erpressten.
»Das kann ich nicht allein entscheiden, da muss das Parlament befragt werden«, rief Smith in höchster Not.
»Kümmern Sie sich darum! Aber warten Sie nicht zu lange. Sonst ist Santa Ana schneller in San Felipe als unsere Jungs.«
In Spencers Stimme schwang Spott mit. Er ging wohl fest davon aus, dass den Texanern gar nichts anderes übrigbleiben würde, als auf seine und Schüdles Forderungen einzugehen. Sichtlich zufrieden kehrte er dem Gouverneur den Rücken und schritt die Straße entlang. Dabei begegnete er Gisela, die das Zuckerfässchen wieder an sich genommen hatte. Ein hübsches Ding, dachte er, aber trotz der fortgeschrittenen Schwangerschaft irgendwie zu schmal und zu blass. Den hasserfüllten Blick, den Gisela ihm nachschickte, bemerkte er nicht. Schüdle achtete nicht auf die junge Frau, sondern berechnete, wie viel er an dem Land, das er haben wollte, verdienen würde, wenn die Vereinigten Staaten in Texas eingriffen und es sich einverleibten.

10.

Giselas Wut war so groß, dass sie das Zuckerfässchen ohne einen weiteren Aufenthalt zu Anneliese Belchers Hotel schleppte. Dort stellte sie es schwer atmend auf den Tisch und überlegte, womit sie ihre Tirade beginnen sollte – mit den rasant steigenden Preisen oder ihrer Begegnung mit Spencer.
Als Anneliese, Arlette und Gertrude in die Küche kamen und Gisela mit einer Miene wie eine Gewitterwolke am Tisch sitzen sahen, blickten sie diese verwundert an.
»Was ist dir denn für eine Laus über die Leber gelaufen?«, fragte Anneliese.
»Eine? Es waren gleich mehrere! Der Zucker ist doppelt so teuer wie letztens, und zum anderen habe ich diese Halunken Spencer und Schüdle gesehen und ihr Gespräch mit dem Gouverneur belauscht. Sie haben ihn auf der Straße angesprochen wie einen x-beliebigen Passanten.«
»Mein Mann ist also hier!« Rau klang Gertrudes Stimme auf.
»Wenn du ihn über den Haufen schießen willst, leiht Gisela dir gewiss ihre Pistole«, erklärte Arlette.
Einen Augenblick lang sah Gertrude so aus, als wolle sie diesen Rat befolgen, dann schüttelte sie den Kopf. »Ich werde wegen dieses Mannes nicht zur Mörderin. Der Himmel wird ihn strafen!«
»Ich habe gelernt, dass der Himmel bei solchen Sachen meistens sehr säumig ist. Da wirst du schon auf das Jenseits warten müssen. Hier auf dieser Welt wird dein Mann fröhlich vor sich hin leben und wahrscheinlich auch noch reich werden. Wäre es mein Mann, würde ich ihn mit Genuss ermorden«, fuhr Arlette unbelehrbar fort.

Anneliese schlug auf den Tisch. »Still jetzt! An so etwas soll man nicht einmal denken. Außerdem haben wir genug andere Sorgen. Wenn der Zucker teurer wird, wird es auch der Kaffee geworden sein. Wir werden ihn daher in Zukunft dünner aufbrühen und auch mit dem Zucker sparen.«
Als praktisch veranlagte Frau dachte sie an das, was für sie am wichtigsten war. Politik und Ähnliches interessierte sie weniger. Trotzdem hörte sie zu, als Gisela ihr berichtete, wie viel Land Spencer und Schüdle für sich und ihre Männer gefordert hatten und dass die Kerle dafür die mexikanischen Grundbesitzer vertreiben wollten.
»Das gefällt mir gar nicht«, meinte sie, als Gisela geendet hatte. »Etliche Mexikaner stehen auf unserer Seite, aber solche Narren bringen diese noch dazu, sich Santa Ana anzuschließen. Dann dürfte hier in Texas alles zusammenbrechen.«
Gisela nickte beklommen. »Es haben sich schon einige Mexikaner Houstons Heer angeschlossen, während von Spencers oder Schüdles Männern noch kein Einziger den Sabine River überschritten hat.«
»Ihr redet wie Männer!«, rief Arlette dazwischen. »Für Frauen ist das nichts. Wir sollten über neue Kleider sprechen ...«
»Die wir eh nicht bekommen, weil der Stoff inzwischen viel zu teuer geworden ist«, unterbrach Gertrude sie mit bitterem Spott.
»Aber man kann sie sich vorstellen! Ich hätte gerne ein rotes Kleid mit einem Saum aus blauen Blumen. Wie ist es bei euch?«
Obwohl es Gisela widerstrebte, ein so oberflächliches Thema anzusprechen, nannte auch sie ihre Lieblingsfarben. Gertrude und Anneliese taten dies ebenfalls, und so entspann sich ein lebhaftes Gespräch, über das sie beinahe die gestiegenen

Preise ebenso wie Schüdles und Spencers unverschämte Forderungen vergaßen.
Da platzte auf einmal Cécile Poulain herein. »Meiner Mama geht es gar nicht gut!«, rief sie voller Angst.
Anneliese stand sofort auf. »Ich schaue nach ihr. Hol du inzwischen den Doktor!«, sagte sie zu Cécile und verließ die Küche. Gisela und die anderen folgten ihr in den Schuppen, den sie sich in der Zwischenzeit wohnlich eingerichtet hatten.
Charlotte lag reglos auf ihrem Bett und erkannte die Freundinnen nicht mehr. Erschrocken griff Gisela nach ihrer Hand. Die war kalt wie die einer Toten.
Noch atmete die Frau, doch alle sahen, dass es mit ihr zu Ende ging. Charlotte Poulain hatte ihre Heimat verlassen und den Schiffbruch der *Loire* überlebt, aber dabei den Tod zweier Kinder hinnehmen müssen. Auch hier in Texas war ihr wenig Glück beschieden gewesen. Der Biss einer Klapperschlange hatte ihr schwer zugesetzt, und dazu kamen noch ein verbrühter Arm und die Angst um den Mann, der sich Walther und Houston angeschlossen hatte. Das war zu viel für ihr Herz, und so schwand sie immer mehr dahin. Als Cécile weinend mit dem Arzt zurückkam, fürchteten alle, dass es bereits zu spät war.
Anneliese wandte sich an Gisela. »Du solltest jetzt gehen! Das ist nichts für deinen Zustand. Gertrude soll bei ihr bleiben, denn die beiden waren gute Freundinnen.«
Da Gisela nicht von Charlottes Seite weichen wollte, holte Anneliese Nizhoni. Dieser gelang es, die Freundin hinauszuführen. Als Gisela kurz darauf in der Küche saß, sah sie immer noch Charlotte Poulains wachsbleiches Gesicht vor Augen, und ihr war so kalt, als hätte der Tod auch sie gestreift. Besorgt fasste sie sich an ihren Leib, in dem neues Leben her-

anwuchs, und wünschte sich einen Platz, an dem sie ihr Kind in Frieden zur Welt bringen konnte. Doch über Texas fegte ein Sturm, und er blies scharf aus dem Süden. Santa Ana würde kommen und das Land danach nie mehr so sein, wie es gewesen war.

11.

Walther blickte besorgt auf die marschierenden Männer und lenkte seinen Hengst neben Sam Houston, der eben eine Kompanie überholte. »Sie sind immer noch zu langsam«, sagte er zu seinem Oberbefehlshaber. »Wenn sie nicht schneller werden, dürfen wir uns auf kein Marschduell mit den Mexikanern einlassen.«
»Das sehe ich selbst! Aber wir können Santa Ana mit diesen Burschen auch nicht angreifen, denn die laufen nach zwei mexikanischen Salven wie die Hasen. Daher müssen wir sie schleifen, bis sie beides können, Santa Ana aus dem Weg gehen und ihn in dem Moment angreifen, in dem wir eine Chance haben. Ihre Männer sind den anderen ein gutes Vorbild. Wenn Sie nichts dagegen haben, stecke ich drei Ihrer Sergeanten in andere Kompanien. Sie können Ihren Mexikaner und Lucien behalten. Das wird hoffentlich reichen.«
»Wenn nicht, ernenne ich Fuller zum Korporal. Er hat sich gut gemacht in den letzten Tagen.« Walther war froh darüber, denn damit fiel es ihm leichter, Houstons Wunsch zu erfüllen und ihm Tonino Scharezzani, Ean O'Corra und Leszek Tobolinski zu überlassen.

»Tun Sie das! Der Bursche ist wirklich nicht schlecht, und ich wünschte, alle Texaner würden so schnell lernen wie er. Doch die meisten sind störrisch wie Maultiere.« Houston verzog kurz das Gesicht und klopfte Walther dann auf die Schulter.
»Ich werde den Offizieren mitteilen, dass wir morgen dreißig Meilen schaffen müssen. Vielleicht spornt das die Leute an.«
»Sie werden fluchen, dass uns die Ohren klingen«, antwortete Walther.
»Sollen sie, solange sie die dreißig Meilen bewältigen.«
»Wir müssen auch einmal das geordnete Vorrücken unter Beschuss üben«, setzte Walther drängend hinzu.
»Auch das! Aber vorher will ich den Rio Guadalupe überschritten haben.«
»Sie wollen also immer noch bis San Antonio marschieren? Wenn Santa Ana kommt, wird die Stadt sein erstes Ziel sein.« Walther erschien dieser Plan doch etwas zu verwegen.
Houston lachte erneut. »San Antonio ist aber auch der Ort, an dem man als Erstes erfährt, ob Santa Ana bereits den Rio Grande erreicht hat. Oder wollen Sie durch die Prärie ziehen, ohne zu wissen, ob zwei Meilen hinter Ihnen bereits die Mexikaner marschieren?«
Damit brachte er auch Walther zum Lachen. »Nein, das will ich natürlich nicht. Aber meiner Ansicht nach würde es reichen, wenn wir eine Botenstafette nach San Antonio einrichteten. Damit würden wir ebenfalls gewarnt.«
»Keine schlechte Idee! Ich werde darauf zurückkommen, wenn wir von San Antonio wieder ostwärts marschieren. Travis soll einen Trupp von zehn oder fünfzehn Leuten in Alamo lassen, die uns Bescheid geben können. Aber jetzt sollten wir weiterreiten und schauen, ob unser Vortrupp bereits das Nachtlager aufgebaut hat. Morgen übernehmen Sie

das Kommando darüber und sind mir persönlich verantwortlich, dass genau dreißig Meilen zwischen beiden Lagern liegen. Haben Sie verstanden?«

»Ja, General!« Walther fragte sich, was die Männer dazu sagen würden, wenn sie morgen noch einige Meilen weiter laufen mussten. Da ein Krieg jedoch häufig durch die Marschleistung der beteiligten Truppen gewonnen wurde, mussten sie sich anstrengen, um die Mexikaner zu übertreffen. Mit diesem Gedanken folgte er Houston, der an den marschierenden Soldaten vorbeiritt und sich etliche bissige Bemerkungen der Männer anhören musste. Keinem von ihnen passte es, mit dem Gepäck auf dem Rücken und der schweren Büchse über der Schulter Meile um Meile laufen zu müssen, nur weil der General es so wollte. Kurz darauf blieb die Marschsäule hinter Walther und Houston zurück, und sie näherten sich dem für diesen Tag geplanten Lagerplatz.

Als sie dort eintrafen, war kaum etwas vorbereitet. Stattdessen standen die Männer des Vortrabs zusammen und unterhielten sich erregt. Mit zornigem Gesicht hielt Houston sein Pferd vor den Leuten an.

»Was soll das? Warum arbeitet ihr nicht?«

Ein Mann schälte sich aus der Gruppe. Er war hager, ganz in Leder gekleidet und trug eine aus Waschbärenfell genähte Mütze auf dem Kopf, wobei der Schwanz des Tieres auf seinen Rücken fiel.

»Amos Rudledge zu Diensten, General! Ich komme vom Rio Grande und habe gesehen, wie Santa Anas Armee gerade den Fluss überschritten hat.«

»Jetzt schon?« Houston war erschrocken, fasste sich aber wieder und fragte nach. »Bist du sicher, dass es Santa Ana war? Es kann auch ein Stoßtrupp gewesen sein, der von den Generälen Cos oder Urrea angeführt wird!«

»Es war Santa Ana selbst«, antwortete Rudledge empört, »und er hat ein Riesenheer bei sich. Ich habe bei tausend Mann aufgehört zu zählen, weil mir eine mexikanische Patrouille zu nahe auf den Pelz gerückt ist. Aber es waren mindestens vier- bis fünfmal so viele!«

»Vier- bis fünftausend Mann! Bist du dir sicher?« Houston wollte es nicht glauben, doch Rudledge nickte heftig.

»Genauso ist es, General. Infanterie, Kavallerie, Artillerie – alles, was dazugehört. Der alte Santa Ana hat einiges aufgeboten, um mit uns fertig zu werden.«

»Wenn das so ist, müssen wir rasch handeln. Fitchner, Sie werden morgen die dreißig Meilen ausmessen, aber in die Gegenrichtung. Wir ziehen uns zurück. Du«, Houstons rechter Zeigefinger stach auf Rudledge zu, »reitest zum Alamo und überbringst Colonel Travis den Befehl, das Fort zu räumen. Niemand kann die Mauern dort gegen eine solche Armee halten. Das Gleiche gilt für Colonel Fannin in Goliad. Ich brauche die beiden und ihre Männer bei meiner Armee.«

Walther fragte sich, ob es überhaupt Sinn hatte, den Kampf gegen einen solchen Gegner aufzunehmen. Mit fünftausend Mann war Santa Ana ihrer eigenen Armee derzeit um fast das Zehnfache überlegen. Selbst wenn die etwa fünfhundert Mann von Travis und Fannin zu ihnen stießen, war das Verhältnis immer noch fünf zu eins zu ihren Ungunsten. Hoffentlich ist Gisela früh genug nach Louisiana aufgebrochen, dachte er und betete, dass seine Frau mit dem ungeborenen Kind, Josef und Nizhoni in Sicherheit waren. Für ihn galt es, alle Kraft einzusetzen, um zu verhindern, dass Santa Anas Truppen in Texas die gleichen Greueltaten begehen konnten wie in Yucatán und Zacatecas.

»Was machen wir jetzt, General – außer davonzulaufen?«, fragte er Houston.

Der sah ihn mit einem Achselzucken an. »Wenn ich das wüsste, wäre mir wohler. Vorerst können wir den mexikanischen Soldaten nur so viel Staub zu schlucken zu geben, dass sie daran ersticken.«

12.

Das Leben in San Felipe de Austin wurde immer beschwerlicher. Die Stadt war überfüllt, weil etliche Bewohner der weiter westlich gelegenen Siedlungen in ihr Zuflucht gesucht hatten, um nicht sofort von Santa Anas Armee überrollt zu werden. Gleichzeitig machten Gerüchte die Runde, der Diktator von Mexiko habe ein Heer aufgestellt, wie es die westliche Welt noch nicht gesehen habe.
Als Gisela an diesem Tag den Laden betrat, war Jack in ein Gespräch mit zwei Kunden verwickelt und dachte nicht daran, sie nach ihren Wünschen zu fragen.
»Ich habe gestern mit einem Mann gesprochen, der von einem Franzosen, der in Mexiko war, erfahren hat, dass Santa Ana bereits unterwegs ist. Zuverlässigen Berichten zufolge soll er mehr als zehntausend Mann unter Waffen haben. Gegen die hat Houston mit seinen paar hundert Milizionären nicht die geringste Chance!«, berichtete gerade einer der Männer.
Jack schnaufte erschrocken. »Zehntausend Mann, sagen Sie?«
»Mindestens! Die Engländer sollen seine Armee ausgerüstet haben, weil sie hoffen, dass es zu einem großen Krieg zwischen den Vereinigten Staaten und Mexiko kommt, in den sie

von Kanada aus eingreifen können, um uns wieder zu ihrer Kolonie zu machen. Beste Gewehre, sagt der Franzmann, dazu erstklassige Geschütze, Uniformen, Decken, Tornister, einfach alles, was ein Heer braucht. Santa Ana wird über Texas hinwegfegen wie ein Hurrikan, und danach wird kein einziger Amerikaner mehr hier sein. Wer nicht rechtzeitig flieht, wird massakriert!«
Es lief Gisela kalt den Rücken hinunter. Das musste Walther befürchtet haben, sonst hätte er ihr nicht zur Flucht nach Louisiana geraten. Nun ärgerte sie sich, weil sie sich hatte überreden lassen, hierherzukommen. Sie hätte Josef nehmen und schnurstracks nach Osten fahren müssen. Nun aber würde ihr nichts anderes übrigbleiben, als es von hier aus zu tun.
Da Jack noch immer nicht daran dachte, sie zu bedienen, verließ sie den Laden wieder und kehrte zu Annelieses Hotel zurück. Dort hatten sich nach Charlotte Poulains Tod einige Änderungen ergeben. Nizhoni, Gertrude, Arlette, Cécile und sie schliefen nun in der Waschküche, denn Anneliese hatte mittlerweile auch den Schuppen an Obdachsuchende vermietet. Es war in dem kleinen, nach Laugenseife riechenden Raum nicht besonders bequem, doch angesichts der Umstände mussten ihre Freundinnen und sie dankbar sein, überhaupt ein Dach über dem Kopf zu haben. Das wird nicht mehr lange so bleiben, dachte Gisela, als sie in die Küche trat und dort Anneliese antraf, die eben Gertrude und Arlette anwies, den Gästen das Frühstück zu bringen.
»Hast du den Kaffee, oder ist er schon zu teuer für uns geworden?«, fragte sie Gisela, als diese hereinkam.
Gisela schüttelte den Kopf. »Nein, ich habe nur Jack und zwei Männern zugehört. Santa Ana soll mit einer gewaltigen Armee unterwegs sein, mit mindestens zehntausend Mann!«

»Streich davon die Hälfte weg und glaub von dem Rest auch nur ein Viertel«, spottete Anneliese. »Aber ich glaube, ich werde Nizhoni in den Laden schicken. Sie wird gewiss den Kaffee mitbringen.«

Mit einem Seufzen überreichte Gisela ihrer indianischen Freundin das Geld und sah zu, wie Nizhoni das Haus verließ. Sie selbst war so unruhig, dass sie am liebsten ihr Pferd vor den Wagen gespannt hätte, um nach Louisiana aufzubrechen. Doch davon wollten die anderen nichts wissen, und sie fand nicht die Kraft, sich gegen sie durchzusetzen.

Wenig später kam Nizhoni mit einem großen Packen zurück. »Jack ist verrückt – und sein Herr noch mehr! Sie verkaufen alles, was sie im Laden haben, und das zu so billigen Preisen, dass es kaum zu glauben ist«, berichtete sie kopfschüttelnd.

»Sag bloß, du hast all das für das Geld bekommen, das sonst gerade mal für Kaffee gereicht hätte?«, fragte Anneliese verwundert.

»Ja! Eigentlich wollte ich es nicht, doch Jack hat mir das Geld nicht zurückgegeben, sondern mir diese Sachen aufgedrängt. Dabei weiß ich nicht einmal, ob wir sie brauchen können!«

Nizhoni klang hilflos, denn der Handelsgehilfe hatte sie schlichtweg überfahren.

Doch nach einem Blick auf die Lebensmittel war Anneliese hochzufrieden. »Das reicht für die nächste Woche an Kaffee, Tee und Zucker. Auch für das andere Zeug werden wir Verwendung finden. Doch jetzt macht weiter! Ich höre mehrere Gäste die Treppe herabkommen, und die werden ihr Frühstück haben wollen.«

Diesmal packte auch Gisela mit an, weil sie nicht länger in der Küche sitzen und ihren trüben Gedanken nachhängen wollte. Sie fragte sich jedoch, weshalb der Händler all seine Waren losschlagen wollte, nachdem er bislang die Preise so sehr erhöht hatte, dass es in seinem Laden bereits zu Schlägereien gekommen war. Auf jeden Fall war es ein schlechtes Zeichen. Da sie die anderen nicht mit ihren Ängsten belasten wollte, zog sie sich, als die Tische gedeckt waren, in die Waschküche zurück und legte sich hin.

Zuerst glaubte sie, nicht einschlafen zu können, versank dann aber in einen wilden Alptraum, in dem sich Vergangenheit und Gegenwart mischten und sie durch eine Landschaft floh, die in einem Augenblick dem winterlichen Russland glich und im nächsten Texas. Russische Kosaken und mexikanische Dragoner ritten Seite an Seite, um sie, Walther und andere, die sie schemenhaft erkennen konnte, zu jagen. Jedes Mal, wenn sie glaubte, ihre Verfolger endgültig abgeschüttelt zu haben, tauchten diese aus einer anderen Richtung wieder auf, und die Hetzjagd begann aufs Neue.

Gerade als ein Kosaken-Dragoner mit seiner Lanze auf sie zielte, wurde Gisela durch ein heftiges Rütteln an der Schulter geweckt. »Was ist los?«, fragte sie schlaftrunken und brauchte einige Augenblicke, um zu erkennen, wo sie war.

Neben ihr stand Gertrude mit zornigem Gesicht. »Dein Pferd! Es ist gestohlen worden! Einer von Annelieses Gästen hat es aus dem Stall geholt und ist damit fort. Nizhoni verfolgt ihn auf ihrer Stute und will ihm den Gaul wieder abnehmen.«

»Was?« Gisela schrak hoch und starrte Gertrude entsetzt an. »Aber wir brauchen das Pferd, um den Wagen zu ziehen.«

»Das sagte Nizhoni auch. Sie hat den Diebstahl bemerkt, als sie die Pferde füttern wollte. Ein Junge von nebenan konnte ihr sagen, wer es gestohlen hat. So eine Gemeinheit! Ich könnte den Kerl ...«

Der Rest erstickte in einem Weinkrampf. Zu viel war auf Gertrude hereingeprasselt. Ihr Mann hatte sich heimlich von ihr scheiden lassen, ihre Freundin Charlotte war gestorben, und nun kam auch noch der Diebstahl des für alle so wichtigen Pferdes hinzu.

Giselas Gedanken galten Nizhoni. Ihre Freundin war mutig und jetzt sicher auch sehr zornig. Doch was konnte sie als Indianerin schon ausrichten, wenn der Dieb behauptete, das Pferd würde ihm gehören? Die amerikanischen Siedler würden sich schon deshalb auf seine Seite stellen, weil er einer der ihren war.

Lass das Pferd sein, Nizhoni, und komm zurück! Josef und ich brauchen dich, und mein ungeborenes Kind ebenfalls, flehte Gisela in Gedanken und fühlte sich so hilflos wie selten zuvor.

13.

Nizhonis erster Zorn wich schnell. Ein Jäger muss kühles Blut bewahren, ermahnte sie sich, und wenn sie das gestohlene Pferd zurückholen wollte, war sie auf ihren Verstand angewiesen. Sie wusste, dass weiße Männer ihr nicht glauben würden, wenn sie erklärte, dieses Pferd wäre ihrer Herrin gestohlen worden. Für diese Leute galt Gerechtigkeit nur, wenn sie sie selbst betraf, und nicht eine Frau, die sie verächtlich Squaw nannten.

Es fiel ihr nicht leicht, der Spur zu folgen, denn an dem Tag hatten etliche Siedler San Felipe de Austin in Richtung Osten verlassen. Dazu war Giselas Pferd kein Mustang, sondern stammte aus mexikanischer Zucht und war ebenso beschla-

gen wie die Pferde der weißen Männer, während ihre gescheckte Stute keine Hufeisen trug.
Am späten Nachmittag erreichte sie die erste Siedlung. Die Auskunft, die sie dort erhielt, war enttäuschend. Obwohl sie rasch geritten war, hatte sie zwei weitere Stunden an den Pferdedieb verloren. Dies brachte sie dazu, in der Nacht weiterzureiten. Um ihre Stute zu entlasten, stieg sie immer wieder ab und lief neben ihr her. Da der Mann, den sie verfolgte, bis jetzt immer nach Osten geritten war, hoffte sie, dass er es weiterhin tun würde. Sollte er jedoch die Straße verlassen haben, würde sie es trotz des Sternenlichts und des halbvollen Mondes nicht bemerken.
Zu ihrem Pech hatte er offenbar genau das getan, denn als sie die nächste Farm erreichte, erfuhr sie, dass der Kerl dort nicht vorbeigekommen war. Enttäuscht beschloss sie, umzukehren und nach Spuren zu suchen. Obwohl sie im Fährtenlesen weitaus geschickter war als die weißen Männer, entdeckte sie nichts. Als die nächste Nacht hereinbrach, war sie so erschöpft, dass ihr die Augen im Stehen zuzufallen drohten, und ihrer Stute ging es kaum besser. Mit dem Gedanken, versagt zu haben, ritt Nizhoni zuerst zu einem Bach und ließ ihr Reittier saufen. Auch sie trank, danach suchte sie sich ein Versteck für sich und die Stute und wickelte sich in ihre Decke. Die Großvaterpistole behielt sie schussfertig in der Hand, um dies jedem, der versuchen wollte, die Schecke zu stehlen, von vornherein auszutreiben.
In der Nacht blieb alles ruhig, doch am nächsten Morgen erwachte sie durch laute Männerstimmen. Leise streifte sie die Decke ab, wies die Stute an, ruhig zu sein, und schlich bis zum Rand des Gebüschs, in dem sie Schutz gesucht hatte.
Eine größere Gruppe von Männern tränkte die Pferde am Bachlauf. Bei ihnen waren Gertrudes ehemaliger Ehemann

Schüdle und dieser Spencer, von dem Nizhoni wusste, dass Gisela und Fahles Haar ihn hassten. Die beiden schienen nicht sonderlich glücklich zu sein.

»Wenn wir Pech haben, sind unsere ganzen Investitionen in Texas für die Katz«, erklärte Schüdle eben.

Spencer zog so heftig am Zügel seines Pferdes, dass dieses empört wieherte. »Ein zweites Mal lasse ich mich nicht verjagen wie einen Hund!«

»Dabei sind wir gerade auf dem Weg nach Lafayette, und das liegt nun mal nicht in Texas«, antwortete Schüdle bissig.

»Das meine ich nicht! Ich meine das Anrecht, das ich auf größere Landstücke in Texas erworben habe. Als ich das erste Mal versucht habe, mich hier niederzulassen, war ich nicht richtig darauf vorbereitet, mich gegen diesen verdammten Fitchner durchzusetzen. Deshalb konnte dieser elende Hund mich vertreiben. Aber diese Rechnung ist noch nicht bezahlt, das sage ich dir! Im Augenblick interessiert mich Santa Ana jedoch mehr. Wenn er mit einer solchen Armee kommt, wie es heißt, zerquetscht er Houstons Sauhaufen wie eine Laus. Aber er darf nicht gewinnen! Daher müssen die Vereinigten Staaten eingreifen und sich Texas aneignen. Der Gouverneur von Louisiana ist doch dein Freund. Sprich mit ihm! Er muss etwas tun.«

»Und was?«, fragte Schüdle mit hochrotem Gesicht. »Präsident Jacksons Anweisung ist eindeutig: Weder die Armee der Vereinigten Staaten noch die Miliz von Louisiana dürfen sich in den Konflikt in Texas einmischen.«

»Papier ist geduldig! Vielleicht kann Gouverneur White einen Zwischenfall provozieren, der die Schuld den Mexikanern zuweist. In dem Augenblick lässt Jackson die Armee von der Leine, das verspreche ich dir.«

»Wenn es nur so wäre!« Schüdle klang zweifelnd, trotzdem

begriff die heimliche Lauscherin, dass die beiden alles daransetzen würden, um an der Rebellion der Texaner zu verdienen. Die Gier dieser Männer ekelte sie an, und daher war sie froh, als Spencer erklärte, die Tiere hätten genug getrunken und sie könnten weiterreiten.
Nizhoni wartete, bis die Männer weit genug weg waren, dann holte sie ihre Stute, ließ diese saufen und schwang sich wieder auf ihren Rücken. Die Suche nach dem gestohlenen Pferd musste sie aufgeben. Da immer mehr Menschen aus San Felipe de Austin und anderen Teilen Texas flohen, musste sie zu Gisela und Josef zurückkehren. Die beiden brauchten sie nach dem Verlust des Zugpferds dringender denn je.
Als sie in einem Tempo, das die Stute nicht überforderte, zurückritt, traf Nizhoni immer wieder auf Reiter oder Reisende mit Pferd und Wagen, die ostwärts strebten, und ihr war klar, dass dies die Richtung sein würde, die sie bald selbst mit Gisela und Josef würde einschlagen müssen.

Siebter Teil

Die Flucht

1.

Die Gerüchte, die San Felipe de Austin erreichten, überschlugen sich förmlich, und in ihnen wuchs die Stärke der mexikanischen Armee ins Uferlose. Gleichzeitig berichteten angebliche Augenzeugen von Greueltaten, die Santa Anas Soldaten in Zacatecas und anderen Gebieten Mexikos verübt haben sollten. Auch hieß es, der General habe geschworen, keinen einzigen Nordamerikaner in ganz Texas am Leben zu lassen.
Als sich an diesem Morgen mehrere Übernachtungsgäste in Anneliese Belchers Hotel darüber unterhielten, dass es wohl das Beste wäre, Texas zu verlassen und nach Louisiana zurückzukehren, wurde die Besitzerin wütend.
»Schließt euch lieber Sam Houstons Armee an, damit er Santa Ana den Hintern verbläuen kann!«, forderte sie.
Die Männer reagierten je nach Temperament nur abwehrend oder entsetzt. »Houston hat nicht den Hauch einer Chance«, sagte einer. »Santa Ana kommt mit einer riesigen Armee, vor der sogar der Präsident der Vereinigten Staaten Angst hat. Oder warum traut Jackson sich nicht über den Sabine River?«
»Wenn wir Texaner tapfer kämpfen und ein paar Wochen durchhalten, wird Andrew Jacksons Armee den Sabine River überschreiten und Santa Ana vertreiben!«, antwortete die

Wirtin, die noch immer an die Hilfe aus dem Norden glaubte.

Während die Männer den Kopf schüttelten, weil sie keine Chance mehr für Texas sahen, kehrte Anneliese in die Küche zurück. Gertrude und Arlette waren gerade dabei, das Geschirr zu spülen, während Gisela Fencheltee schlürfte.

»Diese Kerle sind das Allerletzte!«, fauchte Anneliese. »Angeblich sind sie nach Texas gekommen, um uns gegen Santa Ana beizustehen, und jetzt wollen sie wieder nach Louisiana zurückkehren, ohne auch nur einen Schuss abgegeben zu haben – bloß weil ein mexikanischer Soldat auf dem Weg nach Norden gesehen worden sein soll!«

»Es war sicher mehr als ein Soldat«, berichtigte Gisela sie. »Aber ich habe mir schon gedacht, dass diese Leute Maulhelden sind, denn sonst hätten sie sich längst Houstons Armee angeschlossen.«

»Was hört man eigentlich von unseren Männern?«, fragte Arlette.

»Wenig! Houston soll wieder kehrtgemacht haben und nach Osten zurückweichen.« Annelieses Schnauben zeigte, dass sie diese Haltung nicht für richtig hielt. In ihren Augen hatte eine Armee zu kämpfen und nicht davonzulaufen.

Gisela sah die Sache anders, denn sie hatte erlebt, wie die gewaltigste Armee der Welt in den Weiten Russlands zugrunde gegangen war. Wie es aussah, wollte Sam Houston die Mexikaner zwingen, tiefer in das Land einzudringen, so dass es Santa Ana immer schwerer fiel, den Nachschub zu organisieren. Das sagte sie auch, traf aber bei den anderen nicht auf Verständnis.

»Wenn Houston sich Santa Ana nicht entgegenstellt, wird dieser bis hierher vordringen. Dann müssen auch wir fliehen«, erklärte Gertrude.

»Wir sollten uns vorbereiten. Ich hoffe nur, dass Nizhoni rechtzeitig zurück ist. Notfalls muss ich ein Pferd kaufen, das den Wagen ziehen kann.«

Gisela hatte das letzte Wort noch nicht ausgesprochen, als Anneliese bitter auflachte. »Ein Pferd willst du kaufen? Du kannst einhundert Quadratmeilen gutes Land für ein paar Dollar erwerben, doch selbst die älteste Mähre kostet mittlerweile ein Vermögen. Einige Farmer haben ihre Gäule verkauft und glauben, sie wären nun reich. Aber wenn Santa Ana kommt, werden sie zu Fuß vor ihm davonlaufen müssen.«

»Das droht uns auch, wenn Nizhoni nicht bald zurückkommt«, warf Gertrude ein, die mittlerweile die Hoffnung auf ein gutes Ende aufgegeben hatte.

Doch Gisela wusste, dass sie daran festhalten mussten. »Wir dürfen nicht verzweifeln! Houstons Männer sind tapfer, und sie werden Santa Anas Armee schlagen«, sagte sie beschwörend.

In diesem Augenblick platzte Cécile herein. »Nizhoni kommt zurück. Aber sie hat das andere Pferd nicht dabei.«

Das hatte Gisela auch nicht erwartet. Erleichtert, ihre Freundin wohlbehalten zurückkehren zu sehen, stemmte sie sich hoch, nahm Josef, der bei der Nachricht hereingeschossen war, an der Hand, damit er nicht einfach loslaufen konnte, und trat aus dem Haus.

Nizhoni ärgerte sich, weil sie unverrichteter Dinge zurückkehrte. Ihr Gesicht, ihre Haare und ihre Kleidung waren staubbedeckt, und sie wirkte ebenso müde wie ihre Stute. »Der Pferdedieb war klüger als ich und hat mich überlistet«, meldete sie, als sie aus dem Sattel stieg und die Stute kurz tätschelte.

»Jetzt müssen wir auf dich gut achtgeben, damit dich nicht

auch ein böser Mann weggeholt!« Diese Worte galten der Schecke, die mit hängendem Kopf neben ihr stand.
»Wir werden abwechselnd bei der Stute wachen. Allerdings benötigen wir dafür die Pistole.«
Gisela machte sich keine Illusionen. Wenn jemand den Mustang stehlen wollte, würde er auch vor Gewalt nicht zurückschrecken. Damit aber schieden Arlette und Cécile als Wächterinnen aus, denn beiden traute sie nicht die Entschlossenheit zu, sich gegen einen Mann durchzusetzen. Auch Gertrude konnte nur am Tag Wache halten, wenn es nicht mehr als eines Schreis bedurfte, um Hilfe herbeizurufen. Die Nachtwachen aber würden an ihr und vor allem an Nizhoni hängenbleiben. Doch sie brauchten die Stute und durften nicht riskieren, diese ebenfalls zu verlieren. Den Wagen würde das Tier nicht ziehen können, dafür war es zu klein. Aber vielleicht konnten sie Céciles Stute und die Schecke zu einem Gespann vereinen. Diesen Vorschlag machte Gisela beim Abendessen.
Cécile stieß empört die Luft aus. »Meine Fleur ist kein Karrengaul!«
»In der Not frisst der Teufel Fliegen«, antwortete Gisela. »Wir brauchen den Wagen für Gertrude, Arlette und mich sowie für Anneliese, falls sie keine andere Möglichkeit findet, San Felipe zu verlassen.«
»Weshalb soll ich San Felipe verlassen?«, fragte Anneliese. »Nur auf ein paar Gerüchte hin, die von Angsthasen in die Welt gesetzt worden sind? Wir leben hier im Osten von Texas. Um hierherzukommen, müsste Santa Anas Armee einige hundert Meilen zurücklegen. Das werden unsere Jungs nicht zulassen.«
Den anderen war klar, dass Anneliese an der Pension hing, die ihr Mann und ihre beiden Söhne erst in diesem Jahr mit

Hilfe von Nachbarn und fremden Zimmerleuten errichtet hatten. Überdies verdiente sie derzeit ausgesprochen gut, und das wollte sie so lange wie möglich ausnützen. Es gelang der Wirtin, Arlette auf ihre Seite zu ziehen, die darauf vertraute, dass die mexikanische Armee nicht bis zu dieser Stadt gelangen würde.
Cécile stimmte dafür, noch zu warten, und auch Gertrude schüttelte den Kopf. »Wir sollten nicht in Panik verfallen. Immerhin hat noch kein einziger mexikanischer Soldat texanischen Boden betreten.«
»Ich sage euch, wir sollten San Felipe verlassen und nach Louisiana gehen«, flehte Gisela. Es würde nicht mehr lange dauern, bis ihr Kind kam. Es graute ihr allein bei dem Gedanken, es irgendwo unter freiem Himmel zur Welt bringen zu müssen statt in einem festen Haus in Louisiana. Auch war die Hebamme, auf die sie gehofft hatte, nur einmal bei ihr gewesen und trotz ihrer Bitte nicht wieder erschienen. Gegen die anderen Frauen kam sie jedoch nicht an.
»Immerhin haben wir hier ein Dach über dem Kopf, während wir ansonsten tagelang durch die Wildnis ziehen müssten«, wandte Gertrude ein.
»Unsere Jungs schaffen das schon, keine Sorge!« Anneliese sah so optimistisch drein, dass Gisela sich ihrer Zweifel schämte. Im Grunde sehnte auch sie sich nach Ruhe, und der Gedanke an eine Reise ins Ungewisse bereitete ihr Unbehagen.
»Vielleicht habt ihr recht«, sagte sie schließlich und sah im gleichen Augenblick Nizhoni den Kopf schütteln.
»Zu lange warten ist nicht gut! Jetzt ist die Straße noch frei, und wir haben Zeit, in Ruhe zu reisen. Wenn die Mexicanos kommen, werden alle fliehen wollen, und dann wird es hart!«
»So weit wird es nicht kommen«, versuchte Anneliese, sie zu

beruhigen. »Ich vertraue auf Houston, meinen Mann und meine Söhne. Ihr solltet auch auf eure Männer vertrauen.«
Damit war das letzte Wort gesprochen. Gisela spürte, dass die Entscheidung falsch war, doch sie hatte keine Kraft, sich dagegenzustemmen. Die einzige Möglichkeit für sie wäre, mit Josef und Nizhoni allein nach Osten zu ziehen. Ohne den Wagen würde sie zu Fuß gehen müssen, denn in ihrem Zustand war sie nicht mehr in der Lage, auf einem Pferd zu sitzen. Sie hielt es daher für besser, zu warten und Nizhonis und Céciles kleine Stuten vor den Wagen zu spannen, falls sie wirklich nach Louisiana fliehen mussten.

2.

Sam Houston lenkte sein Pferd zu Walther, der die Nachhut anführte, und sah ihn forschend an. »Was gibt es Neues von Santa Ana?«
»Seit Rudledge wieder unterwegs ist, habe ich nichts mehr gehört.«
»Das heißt, wir wissen nicht, wie weit er bereits nach Texas eingedrungen ist und wo er sich befindet. Wozu haben wir unsere Patrouillen?« Houston klang verärgert, da Santa Anas Armee ihnen bereits auf den Fersen sein konnte, ohne dass sie davon wussten.
»Santa Ana kann nicht an San Antonio vorbeiziehen, ohne es einzunehmen. Wenn er das tut, erfahren wir es«, antwortete Walther mit fester Überzeugung.
»Hoffentlich! Was ist mit Travis und Fannin? Gibt es Nachrichten von den beiden?«

Walther schüttelte den Kopf. »Nein! Bislang haben sie keinen Kurier geschickt. Soll ich zurückreiten und sehen, wo sie bleiben?«
»Sie bleiben auch, und zwar hier! Ich brauche Sie bei der Armee. Wellington hat einmal gesagt, Napoleons Anwesenheit auf dem Schlachtfeld würde zwanzigtausend Soldaten aufwiegen. Ihre Anwesenheit hier wiegt zwar nicht so viele auf, aber zwei-, dreihundert sind es doch. Der Gedanke, dass ein Mann unter uns ist, der Napoleon besiegt hat, gibt unseren Soldaten Mut. Wenn Sie etwas befehlen, werden die Kerle Ihnen folgen. Schicken Sie zwei andere als Kuriere. Aber warten Sie damit, bis ich meine Befehle geschrieben habe. Ich werde den beiden Herren deutlich machen, dass sie Offiziere der texanischen Armee sind und ich ihr Kommandeur. Wenn ich Travis und Fannin sage, dass sie ihre Vorposten aufgeben und zu meinen Truppen stoßen sollen, haben sie das zu tun!«
»Jawohl, General!« Walther überlegte, welche Männer als Kurier geeignet waren, und kam auf Ean O'Corra und James Fuller. Er ließ die beiden holen, während Houston aus dem Sattel stieg und diesen als Schreibunterlage für die beiden Briefe verwendete, die er an Travis und Fannin schicken wollte. Er hatte noch nicht seine Unterschrift daruntergesetzt, als jemand einen kurzen Pfiff ausstieß.
»Uns folgt ein Reiter!«
Walther und Houston sahen sich um. »Wenn das nicht Rudledge ist, soll mich der Affe lausen«, stieß der General aus.
»Er ist es!« Gespannt wartete Walther, bis der Reiter zu erkennen war.
Rudledge winkte schon von weitem und spornte seinen Gaul noch einmal an, um die Truppe schneller zu erreichen. »Hallo, Sir! Freut mich, Sie zu sehen. Hatte schon befürchtet, auch noch die Nacht durchreiten zu müssen.«

»Rede nicht so viel Unsinn, sondern sag, wann Travis zu uns aufschließt!«, fiel Houston dem Mann ins Wort.
»Tut mir leid, General, aber das wird er nicht tun. Colonel Travis will in Alamo bleiben. Das Fort habe feste Mauern und könne gegen eine zehnfache Übermacht gehalten werden, behauptet er.«
»Eine zehnfache Übermacht? Ha! Wie viele Männer hat Travis unter seinem Kommando?«, fragte Houston sarkastisch.
»Gut zweihundert, nachdem Colonel Bowie mit einem Trupp Freiwilliger zu ihm gestoßen ist. Außerdem ist Colonel Crockett mit etlichen Männern aus Tennessee gekommen, um mitzuhelfen, die Mexikaner zu verbläuen.« Rudledge grinste, denn das waren Nachrichten, wie er sie gerne überbrachte.
»David Crockett, der ehemalige Abgeordnete im Repräsentantenhaus?«, fragte Houston und schlug erregt mit der Faust gegen den Sattel.
»Travis hat also zweihundert Mann in Alamo und glaubt, sich gegen die zehnfache Anzahl Mexikaner behaupten zu können. Aber Santa Ana kommt mit mehr als zweitausend, mit sehr viel mehr!«
Nun wurde Rudledge doch etwas nachdenklich. »Tut mir leid, General, aber Colonel Travis hat mir nicht geglaubt. Er meint, ich hätte aufgeschnitten oder könnte nicht gut zählen.«
Walther begriff, dass die Begeisterung über die Ankunft von Jim Bowie und David Crockett Rudledge dazu verleitet hatte, die Gefahr zu unterschätzen, die Travis' Männern durch die Mexikaner drohte.
»Colonel Travis sagt, Santa Ana müsse merken, dass Texas Widerstand leistet, und zwar mit aller Kraft. Daher will er Alamo halten.«

»Einen Tag vielleicht – dann überrennen ihn Santa Anas Soldaten, und ich verliere seine Leute für nichts und wieder nichts. Es ist zum Verzweifeln! Wie soll ich eine Strategie entwerfen, wenn jeder kleine Offizier glaubt, sich nicht an meine Befehle halten zu müssen? Bei Gott, am liebsten würde ich das Kommando hinwerfen und Gouverneur Smith und den anderen aufgeblasenen Wichten sagen, sie sollen die Suppe, die sie sich eingebrockt haben, gefälligst selbst auslöffeln.«

Der General klang so zornig, dass Walther befürchtete, er würde seine Drohung wahrmachen. Doch wenn Houston ging, würden jene Freiwilligen aus Louisiana die Armee verlassen, welche es anders als Schüdle und Spencer nicht bei unerfüllten Versprechungen belassen hatten, sondern mit der Waffe in der Hand nach Texas geeilt waren.

»General, soll ich nicht doch nach Alamo reiten und mit Travis reden?«, fragte Walther.

»Sonst noch was? Travis hatte seine Befehle. Wenn er sie nicht befolgt, muss er die Konsequenzen tragen – und die armen Hunde, die ihm vertrauen, leider ebenfalls.«

Erneut packte Houston die Wut. Er fasste sich aber wieder und klopfte Walther auf die Schulter. »Ich hoffe, dass wenigstens Sie mir gehorchen, wenn ich Ihnen etwas befehle, Colonel. Aber nun zu dir, Rudledge! Ruh dich heute Nacht aus. Morgen reitest du los und beobachtest Santa Anas Armee aus der Ferne. Informiere mich über alles, was er tut, hast du verstanden?«

Der Scout nickte eifrig. »Das mache ich, General. Die Fährte, die Ihre Truppen hinterlassen, ist ja nicht zu verfehlen!«

»Sehr gut, abtreten!«

Während Rudledge weiterritt, um das vorgesehene Nachtlager zu erreichen, wandte Houston sich an Walther. »Die

beiden Kuriere, die Sie zu Travis und Fannin schicken wollten, können Sie vergessen. Das hat keinen Sinn mehr.«
»Auch wenn Travis sich stur stellt, könnte doch Fannin ...«, begann Walther.
Houston unterbrach ihn mit einer resignierten Geste. »Wenn Travis Alamo nicht preisgibt, wird Fannin Goliad nicht verlassen, weil er sonst als Feigling gelten würde – so, wie ich es bereits tue!«
Houston lachte bellend, nickte Walther noch einmal zu und ritt weiter. Unterwegs fragte er sich, wie lange es Travis und Fannin gelingen würde, Santa Anas Vormarsch aufzuhalten. Lange würde es nicht sein. Doch jeder Tag, den die Mexikaner am Weitermarsch gehindert wurden, war kostbar, denn damit gewann er Zeit, seine Armee auszubilden und die neuen Rekruten einzugliedern. Da es ernst zu werden drohte, stießen nun ständig weitere Männer zu seinem Heer, und er sagte sich, dass er sich wenigstens in dieser Hinsicht auf die Texaner verlassen konnte.

3.

Als die Maulhelden, Spekulanten und Glücksritter San Felipe de Austin wieder verließen, weil ihnen die Lage zu unsicher wurde, tauchten andere Männer auf, die bereit waren, das Ihre zu tun, um Santa Ana in die Schranken zu weisen. Anneliese Belcher konnte sich daher nicht über einen Mangel an Gästen beklagen. Sogar der Store war noch offen, auch wenn der Besitzer nach New Orleans gereist war, an-

geblich, um neue Ware zu kaufen. Sein Gehilfe Jack war zurückgeblieben und nützte die Gelegenheit, einen Teil des Erlöses für sich abzuzweigen. Dies erschien ihm als gerechter Ausgleich für das Risiko, das er eingehen musste.
Anneliese Belcher schickte nun Nizhoni zu ihm, weil die Indianerin besser feilschen konnte als Gisela und die anderen Frauen. Auch an diesem Tag war die Navajo mit ihrem Korb dort gewesen und hatte für ihren Einkauf mehrere Dollar weniger gebraucht, als man ihr mitgegeben hatte.
Zufrieden nahm Anneliese das Wechselgeld entgegen und steckte ihr zwei Dollar zu. »Hier, nimm! Das hast du dir verdient.«
Nizhoni sah die Münzen erstaunt an. Zwar wusste sie, dass die weißen Leute damit bezahlten und nicht mit Fellen oder Pferden, hatte aber nie daran gedacht, dass sie selbst einmal Geld haben könnte. Für das, was sie brauchte, war Gisela zuständig, und ihre Freundin sorgte gut für sie. Daher wollte sie ihr die Münzen geben.
»Die sollst du behalten«, erklärte Gisela ihr. »Vielleicht siehst du einmal etwas, das du kaufen möchtest.«
»Gisela hat recht!«, warf Gertrude ein.
Von der Abneigung der Elsässerin gegen die junge Indianerin war nicht mehr viel übrig geblieben. Wenn sie sich fragte, was sie gegen die junge Frau gehabt hatte, wurde ihr klar, dass es im Grunde Eifersucht auf Nizhoni gewesen war, weil sie selbst als Giselas und Walthers beste Freundin hatte gelten wollen. Doch Nizhoni war niemand, der ihr Giselas Freundschaft wegnahm. Im Grunde war es ihre eigene Schuld, da sie zu den Poulains gezogen war, um die mittlerweile verstorbene Charlotte zu unterstützen. Gisela hatte ebenfalls Hilfe gebraucht und diese von der Indianerin erhalten. Außerdem war Nizhoni Josefs Amme gewesen. Wenn der Junge fröh-

lich durch die Korridore des Hotels tobte, sagte Gertrude sich, dass sie allein schon dafür Nizhoni dankbar sein musste. Der Junge war ihr ans Herz gewachsen, und sie bedauerte, dass sie selbst keine Kinder hatte.
»Was soll ich nun machen, nachdem mein Mann mich so schnöde an die Luft gesetzt hat?«, fragte Gertrude, der dieses Thema ständig am Herzen lag.
Während Nizhoni die zwei Dollar in einer ihrer Taschen verstaute, dachte Gisela kurz nach. »Den Gesetzen der Vereinigten Staaten zufolge, die wohl auch in einem freien Texas gelten werden, könntest du eine neue Ehe eingehen.«
»Aber ich bin katholisch!«, rief Gertrude aus, obwohl sie diese Möglichkeit durchaus interessant fand.
»Soweit ich gehört habe, ist dein ehemaliger Mann zu den Protestanten übergetreten. Das ist eine Sünde, die es dir möglich macht, die Ehe annullieren zu lassen. Sprich doch mit Father Patrick darüber, wenn wir wieder zu Hause sind. Er wird dir gewiss helfen.«
In Gisela reifte schon seit geraumer Zeit eine Idee, was Gertrude betraf. Doch dafür musste Albert Poulain heil aus dem Krieg zurückkehren. Sie sagte jedoch nichts weiter, sondern fragte Anneliese, ob es Neues von Houstons Armee gäbe.
»Es heißt, er steht noch etwas westlich von uns und sammelt weitere Rekruten. Jetzt, da es ernst wird, kommen auch die Farmer von ihren Feldern«, antwortete die Pensionswirtin.
»Und was hört man von Santa Ana?«
»Der soll vor einer guten Woche San Antonio erreicht haben und Alamo belagern. Colonel Travis hält das Fort mit gut zweihundert Mann!« Anneliese klang bedrückt, denn bei Travis befand sich auch ihr Sohn Friedrich.
Gisela schlug das Kreuz und bat die Heilige Jungfrau, sowohl den jungen Belcher wie auch Walther und alle anderen

aus dem French Settlement zu beschützen. Gleichzeitig fragte sie sich, wie lange Santa Anas Armee brauchen würde, um von San Antonio bis nach San Felipe de Austin zu gelangen, und kam auf eine elend geringe Anzahl von Tagen.
Auch Anneliese zeigte nun erstmals eine gewisse Unsicherheit. »Wir sollten alles vorbereiten, um rasch von hier fortzukommen«, meinte sie besorgt. »Oder wollt ihr Santa Ana das Frühstück auftischen?«
Es sollte ein Witz sein, doch Gisela fand ihn arg misslungen. Immerhin hatte sie schon vor etlichen Tagen darauf gedrängt, die Stadt zu verlassen. »Wie steht es mit dem Wagen?«, fragte sie Nizhoni.
Diese hob unschlüssig die Arme. »Ich weiß nicht. Er steht immer noch hinter dem Stall.«
»Wir brauchen einen Stellmacher, der die Deichsel so ändert, dass wir die beiden kleinen Stuten davorspannen können.«
Gisela schalt sich selbst, weil sie noch nicht daran gedacht hatte. Doch mit fortschreitender Schwangerschaft war sie immer träger geworden.
»Könntest du dich darum kümmern?«, bat sie Nizhoni.
»Das kann ich übernehmen«, wandte Arlette ein. »Ich habe den Stellmacher bereits kennengelernt, und er wird mir diesen Gefallen gerne tun.«
Ein koketter Augenaufschlag begleitete diese Worte. Auch wenn sie ihrem Thomé im Großen und Ganzen treu blieb, so lag ihr letztes Zusammensein schon einige Monate zurück, und sie sehnte sich danach, wieder Weib sein zu können. Dafür schien der kräftige Stellmacher genau der Richtige zu sein.
Gisela, die nichts von Arlettes Gedanken ahnte, nickte erleichtert. »Mach das! Am besten gehst du gleich zu ihm. Wir anderen suchen unterdessen alles zusammen, was wir unbedingt mitnehmen müssen.«

Ihre eigenen Sachen hatte sie bereits so gepackt, dass sie sie mit wenigen Handgriffen bündeln und auf den Wagen laden konnte.

Im Gegensatz zu ihr hatte Anneliese noch keinerlei Vorbereitungen zur Flucht getroffen. »Wird alles auf den Wagen passen?«, fragte die Pensionswirtin ängstlich, denn sie wollte so wenig wie möglich zurücklassen.

»Wir nehmen das mit, was mit uns auf den Wagen passt«, antwortete Gisela mit einem feinen Lächeln.

Ihre Hauswirtin war sparsam, ja sogar geizig, und da würde es ihr schwerfallen, Dinge, die sie für teures Geld gekauft hatte, zurückzulassen. Aber es würde ihr nichts anderes übrigbleiben, falls ihr Mann sie nicht mit einem entsprechend großen Gefährt abholte. Darauf wollte Gisela jedoch nicht wetten.

4.

Houston hatte der Armee einen Ruhetag verordnet, aber die Soldaten konnten ihn nicht genießen, weil die Offiziere und Unteroffiziere sie weiter drillten. Das passte nicht jedem. Gewohnt, bei ihren kleinen Dorfmilizen über jede Kleinigkeit abzustimmen, fiel es manchem schwer, sich an die Disziplin zu gewöhnen, die Houston forderte.

»Schießen können die Kerle ja, aber das ist auch schon fast alles«, grollte Houston, als wieder ein paar Soldaten meckerten.

»Die Männer ärgern sich, weil wir nicht vorrücken und Alamo entsetzen«, wandte Walther ein.

Houston stieß ein Schnauben aus. »Mit fünfhundert Mann gegen fünftausend? Ich heiße nicht Travis, um so vermessen zu sein, mich einem zehnfach überlegenen Gegner stellen zu wollen.«

»Noch hält Travis das Alamo! Wer hätte das erwartet?«

»Er hält es nicht, weil er so stark ist, sondern weil Santa Ana es nicht erwarten konnte, seine Soldaten gegen das Fort anrennen zu lassen«, antwortete Houston bissig. »Die Mexikaner waren von ihrem langen Marsch erschöpft und hätten sich vorher erholen müssen. Auch war Rudledge zufolge die Vorbereitung des Angriffs durch Santa Anas Artillerie erbärmlich schlecht. Ganz im Vertrauen: Ich begrüße jeden Tag, den Travis und die Verteidiger des Alamo uns Santa Ana vom Hals halten.«

Walthers Gedanken galten ebenfalls den Männern, die auf den Mauern der alten Missionsstation den Mexikanern trotzten. »Laut Rudledge hat Santa Ana schon viele Männer verloren. Außerdem ist es Jim Bowie gelungen, bei einem nächtlichen Ausfall einen Teil der Kanonen zu zerstören. Das Alamo hat sich auf jeden Fall als härterer Brocken erwiesen, als Santa Ana sich das vorgestellt hat.«

»Es ist trotzdem sinnloser Heldenmut, den die Unsrigen dort zeigen. Vielleicht ist das Alamo inzwischen schon gefallen. Dann rückt Santa Ana weiter vor, ist aber teufelswild wegen seiner Verluste. Ich möchte kein amerikanischer Siedler sein, der in seine Gewalt gerät.«

Noch während Houston sprach, schoss ihm ein Gedanke durch den Kopf. »Wir werden Boten losschicken und die Bewohner der umliegenden Ortschaften und Farmen anweisen, ihre Häuser zu verlassen. Sie sollen alles mitnehmen, was sie auf ihre Wagen laden können, und den Rest vernichten. Santa Anas Armee darf auf ihrem Weg keine Kartoffel und kein Maiskorn finden, das sie in ihre Kochkessel stecken können. Wenn der Mexikaner seine Armee nicht mehr versorgen kann, muss er sie aufteilen, um in einem größeren Gebiet nach Nahrung zu suchen. Dann können wir uns die einzelnen Abteilungen nacheinander vornehmen und haben eine reelle Chance.«

»Aber wir berauben uns damit der Möglichkeit, Santa Anas Truppen nach einem möglichen Sieg zu verfolgen. Er selbst kann sich nach Mexiko zurückziehen, sich neu ausrüsten und wiederkommen.«

»Wir müssen einen Schritt nach dem anderen machen, Fitchner, und nicht gleich an übermorgen denken«, erklärte Houston. »Wenn wir Santa Ana so weit bringen können, dass er sich über den Rio Grande zurückzieht, haben wir viel gewonnen. Die Vereinigten Staaten und auch die europäischen Mächte sehen dann, dass wir uns halten können. Vielleicht bekommen wir auf diesem Weg endlich die Unterstützung, die wir benötigen, um Texas von Mexiko zu befreien.«

»Den Farmern wird es nicht gefallen, ihre Erzeugnisse zu verbrennen.«

»Es wird ihnen noch weniger gefallen, wenn Santa Ana den Krieg gewinnt und sie alle zum Teufel jagt.« Damit war für Houston alles gesagt, und er überließ es seinem Colonel, die nötigen Schritte in die Wege zu leiten.

Walther schickte etliche Reiter los, um die Farmer vor Santa Anas Armee zu warnen. Dabei bedauerte er die Menschen, die alles, was sie sich geschaffen hatten, auf unabsehbare Zeit aufgeben mussten, doch es geschah zu ihrer eigenen Sicherheit. Santa Ana hatte in jenen Bundesstaaten von Mexiko, die sich gegen ihn aufgelehnt hatten, gehaust wie ein Hunne. Zurückgeblieben waren unzählige Tote, weinende Kinder und geschändete Frauen. Dies durfte sich in Texas nicht wiederholen.

Mit diesem Gedanken kehrte Walther zu seiner Kompanie zurück. Sein Trupp hatte sich in den letzten Tagen um zwei Dutzend junger Mexikaner vergrößert, die die Freiheit, die ihnen die Verfassung von 1824 gewährt hatte, gegen den Diktator verteidigen wollten. Ihm hatten sie sich angeschlossen, weil sie ihn und Diego Jemelin kannten. Auch wenn viele Nordamerikaner diesen Männern misstrauten, so wusste Walther, dass er sich auf sie verlassen konnte. Er winkte ihnen zu, nahm dann den Blechteller mit Bohnen und Speck entgegen, den Albert Poulain ihm reichte, und wunderte sich über die Tränenspuren in dessen Gesicht.
»Was ist geschehen?«, fragte er.
Poulain sah ihn traurig an. »Einer der Männer, die heute zu uns gestoßen sind, hat mir berichtet, dass Charlotte tot ist.«
»Das tut mir leid!« Mitleidig fasste Walther den anderen um die Schulter und hielt ihn für einen Augenblick fest. »Weiß man, wie es geschehen ist?«
»Sie ist erloschen wie eine Kerze«, antwortete Albert Poulain mit schwankender Stimme. »Dieses verfluchte Texas hat sie umgebracht!«
»So darfst du nicht denken! Charlotte hätte an jedem Ort der Welt sterben können«, versuchte Walther, ihn zu beruhigen.
»Es war das Gift der Klapperschlange. Von diesem Biss hat sie sich nie mehr erholt.«
»Klapperschlangen gibt es auch in Louisiana, wohin ihr ursprünglich auswandern wolltet. Also hätte sie auch dort gebissen werden können. Denke an eure Tochter! Du willst doch für sie eine neue Heimat schaffen. Charlotte würde es wollen.«
Walther klang nun schärfer, um den Franzosen aufzurütteln. Albert Poulain war ein guter Mann, und er wollte nicht, dass er sich in seiner Trauer gehen ließ.

»Arme Cécile! Sie hätte die Mutter doch noch so sehr gebraucht.« Jetzt brach Albert endgültig in Tränen aus.
Bevor Walther etwas sagen konnte, griff Diego Jemelin ein. »Lassen Sie ihn, Señor Walteró! Tränen spülen die Trauer fort. Ich wollte, ich könnte so um Rosita und die Kinder weinen wie er. Doch in mir ist nur Hass auf Santa Ana und den Mann, der die Tonkawa aufgestachelt hat, die Siedlungen zu überfallen.«
»Wissen Sie, wer dieser Mann war?«, fragte Walther erstaunt. Jemelin nickte mit düsterer Miene. »*Sí*, Señor! Es war Don Ramón de Gamuzana. Er ist zu den Tonkawa geritten und hat ihnen Schnaps und Feuerwaffen gegeben. Einer seiner Begleiter hat in einer Cantina in San Antonio damit geprahlt und gesagt, dass alle Siedler sterben müssten, damit sie sich nicht noch einmal gegen den Generalissimus Santa Ana erheben können.«
Zwar hatte Santa Ana San Antonio bereits vor einigen Tagen eingenommen, dennoch gelangten immer noch Nachrichten aus der Stadt zu ihnen. Auch wenn vielen Tejanos das selbstbewusste und teilweise ruppige Auftreten der Americanos missfiel, so war Santa Ana den wenigsten willkommen. Selbst Ramón de Gamuzanas Bruder Hernando hatte sich nach Süden zurückgezogen, um den Diktator nicht unterstützen zu müssen.
Es fiel Walther nicht leicht, die richtige Antwort zu finden. Ohne den Überfall der Tonkawa auf Jemelins Hacienda hätte dieser sich ebenso wie viele andere Tejanos aus dem Krieg herausgehalten. Nachdem Santa Ana in Texas eingefallen war, strömte nun eine erkleckliche Anzahl mexikanischstämmiger Farmer Houston zu, um ihre Heimat zu verteidigen, und diese Männer konnten über Sieg oder Niederlage entscheiden. Darüber hätte er sich freuen können, aber da er

Rosita Jemelin gemocht hatte, fühlte er eine tiefe Traurigkeit in sich und eine ähnliche Wut wie Diego, wenn er daran dachte, auf welche Weise sie ums Leben gekommen war.
»Es ist schade um Rosita, so, wie es schade um Charlotte ist«, sagte er und musste an Gisela denken, die hoffentlich bereits in Louisiana in Sicherheit war. Es würde nicht leicht für sie sein, fern der Heimat zurechtzukommen, denn ihre Niederkunft stand kurz bevor. Wenn er sie wiedersah, würde das Kind bereits geboren sein. Walther bedauerte, dass er nicht bei ihr sein konnte. Doch er musste alles tun, um ihr und den Kindern eine sichere Heimat zu schaffen. Das war nur in einem freien Texas möglich, in dem kein Diktator selbstherrlich regierte und jeden Mann, der nicht schnell genug den Rücken vor ihm krümmte, erschießen ließ.

5.

»Wir dürfen nicht länger warten!« Gisela drängte nicht zuletzt deswegen zum Aufbruch, um ihre Unsicherheit und Schwäche zu verbergen. Im letzten Stadium ihrer Schwangerschaft ging es ihr schlechter als all die Jahre zuvor. Fast schien es, als würde ihr das ungeborene Kind alle Kraft entziehen.
»Gisela hat recht! Wir sollten noch heute den Wagen beladen und losfahren«, stimmte Nizhoni ihr zu.
Anneliese blickte nachdenklich durch das Fenster auf die Straße.
»Soweit wir wissen, hält Fort Alamo sich, und deswegen ist Santa Ana noch nicht über San Antonio hinausgekommen. Vielleicht gibt er es auf, weiter nach Osten vorstoßen zu wollen!«

»Wir wissen nur wenig über die Kämpfe dort«, wandte Gisela ein. »Fort Alamo kann längst gefallen und Santa Anas Truppen auf dem Marsch hierher sein.«
Anneliese schüttelte den Kopf. »Das glaube ich nicht. In dem Fall hätte Sam Houston uns längst informiert. Seine letzte Anweisung war ja, bei Annäherung der Mexikaner die Stadt zu verlassen ...«
»... und vorher dafür zu sorgen, dass dem Feind nichts in die Hände fällt, was er brauchen kann. Doch wie sollen wir das alles tun, wenn wir warten, bis Santa Anas Heer vor der Stadt steht?«
Giselas Appell fiel bei Arlette und Gertrude auf fruchtbaren Boden. Selbst Cécile vergaß für einen Augenblick die Trauer um ihre Mutter und stimmte für einen Aufbruch, auch wenn es ihr leidtut, dass ihre Stute dann als Karrengaul dienen musste.
Doch Anneliese Belcher war nicht bereit, die Stadt so einfach zu verlassen. »Lasst uns wenigstens warten, bis neue Nachrichten eintreffen. Vielleicht schickt mein Mann uns ein richtiges Fuhrwerk oder wenigstens Zugpferde. Die beiden Mustangstuten sind ja kaum größer als Hunde!«
Cécile war beleidigt, weil ihre Fleur mit einem Hund gleichgesetzt wurde. Gleichzeitig aber hoffte sie, dem Tier Zugstrang und Deichsel ersparen zu können. »Vielleicht sollte ich Herrn Belcher suchen und ihn fragen, was wir tun sollen?«, bot sie an.
»Für ein Mädchen ist so ein Ritt derzeit zu gefährlich. Ich werde unseren Nachbarn schicken. Er ist mir sowieso noch einen Gefallen schuldig.«
Anneliese tat so, als wäre die Sache nach ihrem Sinn beschlossen, und ignorierte Nizhonis zorniges Schnauben ebenso wie Giselas vorwurfsvolle Blicke.
Cécile wäre gerne losgeritten, um der bedrückenden Stim-

mung in der Stadt entrinnen zu können. Doch in der Hinsicht war Anneliese unerbittlich. Für sie war ein weibliches Wesen nur hier zwischen den Häusern sicher und nicht draußen auf dem freien Land, durch das Indianer, mexikanische Soldaten und Banditen streifen konnten. Damit musste das Mädchen sich abfinden. Zwar schmollte Cécile, doch sie erhielt sofort einen anderen Auftrag von Gisela.
»Wärst du so lieb und gehst zum Stellmacher, um ihm zu sagen, dass er den Wagen heute noch herschaffen soll?« Zwei Tage zuvor hatte Gisela Arlette losgeschickt. Diese war jedoch den halben Nachmittag ausgeblieben und unverrichteter Dinge zurückgekehrt.
Während Cécile loseilte, ging Arlette wieder an die Arbeit. Besondere Mühe gab sie sich allerdings nicht mehr. Da sie die Stadt ohnehin bald verlassen würden, kam es ihrer Meinung nach auf ein paar Staubflusen mehr oder weniger nicht an.
Nizhoni und Gertrude gingen sorgfältiger zu Werke. Während Letztere nur hoffte, heil aus der ganzen Sache herauszukommen, trug die Navajo alles zusammen, was sie mitnehmen wollte, und stapelte es in der Küche auf.
Als sie kurze Zeit später mit Gisela allein war, strich sie mit den Fingerspitzen über deren Gesicht. »Es war nicht gut, in diese Stadt zu kommen. Wir hätten dem Rat von Fahles Haar folgen sollen. Dann wären wir in Sicherheit, und du könntest dich auf dein Kleines freuen. Jetzt wird es vielleicht unterwegs geboren.«
»Hoffentlich nicht!« Der Gedanke erschreckte Gisela, und sie machte sich Vorwürfe, weil sie zuerst Rachel Coureur und anschließend Anneliese Belcher nachgegeben hatte.
»Wir werden es schon schaffen«, sagte sie, um sich selbst Mut zu machen. Aber sie empfand solche Angst, dass es ihr schon wieder den Atem abschnürte.

Da platzte Arlette in die Küche. »Eben kommt Rachel mit ihrer ganzen Verwandtschaft in die Stadt. Sie haben ihren Wagen so vollgeladen, dass nur ihr Vater darauf Platz hat. Rachel, ihre Mutter und ihre Schwestern müssen zu Fuß gehen!« Arlette war anzumerken, dass sie es Rachel vergönnte. Im Gegensatz dazu war Gisela höchst besorgt.
»Wenn Gillings seine Farm verlässt, muss etwas passiert sein. Kommt mit nach draußen. Vielleicht wissen sie etwas Neues!«
Gisela brauchte Nizhonis Hilfe, um vom Stuhl hochzukommen. Trotzdem drängte es sie, vor die Tür zu gehen, um zu erfahren, was sich tat. Auf der Straße hatte sich bereits eine Traube Menschen um Rachels Familie versammelt. Viele fragten durcheinander, was denn los wäre, doch alle verstummten, als Moses Gillings den Mund öffnete.
»Alamo ist gefallen und Santa Anas Armee auf dem Weg hierher!«
»Und was ist mit Houston? Er soll diesen Blutsäufer doch aufhalten«, rief ein Mann anklagend.
»Santa Anas Armee ist mindestens zehnmal so groß wie die unsere. Houston hat keine Chance! Das zeigt ja schon seine Anweisung an uns, die Farmen zu verlassen und nach Louisiana zu fliehen.«
»Sam Houston hat also aufgegeben. Ich habe schon immer gesagt, dass er ein elender Feigling ist!«, schimpfte jemand.
»Ich würde auch nicht allein gegen zehn Gegner losgehen«, erklärte Jack, der Handelsgehilfe. »Daher sollten wir dafür sorgen, dass die Sache ausgeglichener wird!«
»Wie meinst du das?«
»Wenn jeder Texaner, der Mumm in den Knochen hat, sich Houston anschließt, werden wir mit Santa Ana fertig. Ich für meinen Teil werde es tun.«

»Ich auch!«, stimmte ein anderer Jack zu. Weitere Männer erklärten, unter Houston kämpfen zu wollen, doch Gillings schüttelte nur den Kopf.
»Houston hat keine Chance! Santa Ana zerquetscht ihn und seine paar Soldaten mit einer Hand.«
Ein junger Farmer stützte sich auf seine lange Büchse und spie verächtlich aus. »Die mexikanische Regierung hat uns dieses Land überlassen. Hier habe ich meinen ersten Eselhasen geschossen, und hier ist mein kleiner Bruder zur Welt gekommen. Wir haben aus der Wildnis fruchtbares Land geschaffen, das uns und unsere Kinder ernähren wird. Das sollen wir aufgeben, nur weil ein Uniformträger aus Mexiko glaubt, alle Verträge missachten zu können? Ich gehe mit Jack und kämpfe!«
Nach weiteren Diskussionen entschloss sich der kleinere Teil der männlichen Zuhörer, sich Houston anzuschließen. Die anderen Männer aber hielten Flucht für die einzig richtige Lösung. Während auf der Straße noch heiß diskutiert wurde, kam ein staubbedeckter Reiter auf einem müden Pferd heran. Er war in Leder gekleidet und trug eine Waschbärenmütze. Es war Amos Rudledge.
Vor Annelieses Pension hielt er an, stieg steifbeinig aus dem Sattel und spuckte aus. Dann sah er sich neugierig um.
»Gut, dass ihr so zahlreich hier herumsteht. Dann brauche ich meinen Vortrag nur einmal zu halten!«
»Was gibt es?«, fragte Jack.
»Der gute Sam Houston gibt euch den Rat, die Stadt zu räumen. Er weiß nämlich nicht, ob er den Möchtegern-Napoleon aus Mexiko davon abhalten kann, San Felipe zu besuchen. Er ist arg hartnäckig, der Santa Ana, meine ich. Sam Houston fordert daher alle Männer in Texas, die ein Gewehr halten können, auf, sich ihm anzuschließen, damit er Santa Ana endlich zum Tanz aufspielen kann.«

»Ist das Alamo wirklich gefallen?«, fragte Anneliese, die sich Sorgen um ihren Friedrich machte.

Amos Rudledge senkte betrübt den Kopf. »Es stimmt, leider! Sie haben sich elf Tage gegen eine gewaltige Übermacht gehalten, aber dann war es vorbei.«

»Sind welche von den Unseren entkommen?«, fragte Anneliese erregt. Ihre Hoffnungen erstarben, als sie Rudledges ernste Miene wahrnahm.

»Nein, es ist keiner entkommen! Die wenigen, die sich ergeben haben, wurden auf Santa Anas Befehl am nächsten Morgen erschossen.«

Anneliese begann zu weinen. »Er war doch noch so jung, gerade mal siebzehn! Verflucht sollen sie sein, die Mexikaner, dass sie mir das angetan haben!«

Auch Gisela kämpfte mit den Tränen. Sie hatte den fröhlichen Friedrich Belcher, der so oft zu ihnen geritten war, gemocht. Jetzt daran zu denken, dass er tot war, bevor er überhaupt richtig hatte leben können, tat weh. Heilige Maria Mutter Gottes, beschütze Walther und all die anderen, flehte sie in Gedanken, während Rudledge aufzählte, wer alles im Alamo gefallen war. Neben amerikanischen Siedlern und mexikanischen Tejanos waren etliche Europäer dabei gewesen, darunter auch mehrere Deutsche. Colonel Travis war gefallen, Jim Bowie ebenso und auch David Crockett mit seinen Männern aus Tennessee.

Unterdessen erinnerte Rudledge sich wieder an den Auftrag, den Houston ihm erteilt hatte. »Leute, ihr müsst die Stadt verlassen. Sorgt aber dafür, dass die Mexikaner kein Maiskorn finden, das sie essen oder ihren Pferden verfüttern können. Ihr müsst auch die Häuser niederbrennen, damit sich diese Kerle nicht hier in der Gegend festsetzen können. Ich schätze, es wird bald regnen! Dann sollen Santa Anas Soldaten in ihren nassen Zelten frieren.«

»Wir werden ebenfalls frieren«, sagte Nizhoni bitter. Sie hatte in San Felipe genug Englisch gelernt, um Rudledge zu verstehen. Sie wandte sich Gisela zu. »Jetzt bleibt uns keine andere Wahl, als mit den anderen zu ziehen.«
»Wir hätten die Stadt bereits früher verlassen müssen. Jetzt wird es schwer werden!« Gisela konnte die Tränen nicht mehr zurückhalten und klammerte sich weinend an ihre indianische Freundin.
»Wir brauchen den Wagen!« Entschlossen schob Nizhoni Gisela zurück und blickte in Richtung der Stellmacherei. Da sah sie, wie Cécile diese verließ und auf sie zurannte.
»Die wollen uns den Wagen nicht zurückgeben!«, rief sie schon von weitem. »Ein Mann aus Alabama sagt, er hätte ihn gekauft.«
»Das gibt es doch nicht!« Gisela fühlte den Boden unter sich schwanken. Gleichzeitig stieg ihre Wut. »Das werden wir sehen. Nizhoni, bring meine Pistole, aber geladen und schussfertig!« Damit stapfte sie schwerfällig los.
Cécile umkreiste sie wie ein aufgeregtes Hündchen, während die Navajo im Hotel verschwand und nicht nur Giselas Waffe, sondern auch ihre Großvaterpistole schussbereit machte. Danach rannte sie los und holte Gisela ein, gerade als diese den Hof der Stellmacherei betrat.
Sie sahen den eigenen Wagen sofort. Ein Mann in einem braunen Rock und einem dunkelgrauen Hut stand daneben und erklärte dem Stellmacher, dass er eine höhere Bordwand haben wolle.
»An diesem Wagen wird nichts gemacht!«, fuhr Gisela ihn an. »Der gehört nämlich meinem Mann und mir.«
»Was du nicht sagst! Ich habe ihn vorhin von diesem Mister hier gekauft. Also gehört er mir!«, blaffte der Mann sie an.
»Was einem nicht gehört, kann man nicht verkaufen!« Cécile bedachte den Stellmacher mit einem bitterbösen Blick.

Dieser rettete sich in Frechheit. »Ich dachte, ihr hättet mir den Wagen überlassen, um ihn für euch zu verkaufen. Eure französische Freundin hat so etwas gesagt!«
Sein Versuch, die Schuld auf Arlette zu schieben, scheiterte jedoch, da diese eben hereinplatzte. »Du bist ein Schuft und ein Aas, das nicht einmal ein Geier fressen will«, schäumte die Frau und ging mit beiden Fäusten auf ihn los. Die ersten Hiebe nahm der Stellmacher noch ohne Gegenwehr hin, dann aber versetzte er Arlette einen heftigen Stoß. Sie stürzte zu Boden, setzte sich wieder auf und heulte in einer Weise, dass sich Gisela die Haare aufstellten.
Unterdessen musterte der Käufer des Wagens die drei Frauen und das Mädchen und zuckte mit den Achseln. »Ihr könnt das mit dem Kerl dort ausmachen. Aber ich habe ihm den Wagen abgekauft. Damit gehört er mir!«
»Das sehe ich anders!« Gisela nahm die Pistole von Nizhoni entgegen und schlug sie auf den Mann an. »Du kannst dir von diesem Schurken dein Geld zurückgeben lassen. Aber der Wagen bleibt bei mir!«
Unterdessen waren Rudledge und Jack auf den Tumult in der Stellmacherei aufmerksam geworden und steckten den Kopf herein.
»Was ist denn hier los?«, fragte Jack.
Arlette deutete voller Wut auf den Stellmacher. »Dieser Kerl hier hat unseren Wagen reparieren sollen, ihn aber stattdessen an jenen Mann dort verkauft. Jetzt wollen sie ihn uns nicht mehr zurückgeben.«
Da Jack wusste, dass der Wagen Gisela gehörte und diese ihn niemals verkaufen würde, schüttelte er in gespielter Empörung den Kopf. »Das ist ja ein Schurkenstück! Dafür sollte man beide Kerle aufhängen.«
»He, was soll das?«, brüllte der Käufer los. »Ich habe zwei-

hundert Dollar für den Wagen bezahlt. Wenn der Stellmacher ihn gestohlen hat, müsst ihr es mit ihm ausmachen und nicht mit mir.«

»Wenn das so ist, muss unser Freund dir diese zweihundert Dollar zurückgeben«, erklärte Jack.

»Das lasse ich mir nicht gefallen! Ich bin ein Freund des Gouverneurs von Alabama und ...«

»... willst diesen Frauen ihren Wagen wegnehmen«, unterbrach Rudledge ihn grinsend. »Wenn man in Alabama hört, welche Freunde der Gouverneur hat, wird ihn kein ehrlicher Mann wiederwählen.«

Der Käufer sah aus, als würde er vor Wut platzen. Gegen drei Frauen hatte er noch geglaubt, sich durchsetzen zu können. Doch Jack und Rudledge waren härtere Gegner.

Schließlich wandte er sich an den Stellmacher. »Dann musst du mir eben einen anderen Wagen geben.«

»Ich habe keinen anderen Wagen mehr hier, nur noch meinen eigenen!«, rief dieser aus.

»Dann ist es nur gerecht, wenn du ihn diesem Mister übergibst. Immerhin hast du sein Geld genommen«, riet Rudledge freundlich.

»Er kann sein Geld wiederhaben. Hier, das sind die zweihundert Dollar!« Der Stellmacher zog das Geld aus seiner Tasche und hielt es dem anderen hin. Doch der schüttelte wütend den Kopf.

»Ich habe von dir einen Wagen gekauft, und den bekomme ich auch. Sonst schieße ich dir ein Loch in den Bauch, und ich glaube nicht, dass diese Gentlemen mir das übelnehmen würden!«

Rudledge stieß Jack grinsend in die Seiten. »Aus dem Mann kann doch noch ein echter Texaner werden! Betrüger sehen wir hier allerdings weniger gerne.«

Es war eine Warnung an den Stellmacher, der, von den zweihundert Dollar verführt, Giselas Wagen hatte verkaufen wollen.

Um die Sache zu beenden, packten Rudledge und Jack den Wagen und schoben ihn auf die Straße. Der Mann aus Alabama packte ebenfalls mit an, und da auch andere Männer halfen, stand der Wagen schon bald vor Anneliese Belchers Pension.

»Ihr könnt eure Sachen holen. Wir spannen inzwischen eure Gäule an!«, erklärte Jack.

Während Gisela, Nizhoni und Arlette im Haus verschwanden, lief Cécile den Männern nach. »Ich komme mit! Fleur hat nämlich noch nie einen Wagen gezogen und Nizhonis Stute auch nicht.«

»Ihr traut euch was!«, rief Rudledge kopfschüttelnd.

»Unser Zugpferd ist uns gestohlen worden«, erklärte das Mädchen.

»Das kann kein Mann aus Texas getan haben, sondern irgend so ein Schurke aus Louisiana oder Mississippi!« Rudledge spie aus, löste die Leine der gescheckten Stute und führte sie hinaus.

»Kein schlechter Gaul! Komantschenzucht, würde ich sagen«, meinte er anerkennend. Dann begriff er, dass Cécile auch etwas Gutes über ihr Pferd hören wollte, und grinste.

»Deine Stute ist auch nicht schlecht! Damit reitest du den meisten Männern davon.«

Cécile sah ihn strahlend an. »Fleur ist etwas ganz Besonderes! Mein Papa hat sie mir geschenkt. Es war das erste Pferd, das er gekauft hat, sogar noch vor einem Ackergaul. Aber da meine Mama krank war, sollte ich rasch Hilfe holen können.«

»Und wo sind deine Eltern jetzt?«, fragte Rudledge.

Das Gesicht des Mädchens nahm einen schmerzlichen Ausdruck an, und ihm kamen die Tränen. »Mama ist tot und Papa bei Houstons Armee.«
»Wie heißt dein Papa denn?«
»Albert Poulain!«, antwortete Cécile.
»Dann kenne ich ihn. Ist er nicht in Colonel Fitchners Einheit?«
»Ja, genau. Geht es ihm gut?«
Rudledge nickte. »Als ich ihn das letzte Mal sah, war er wohlauf. Er hat einen guten Offizier, nämlich Colonel Fitchner. Dessen Männer sind die besten in der ganzen Armee!«
»Gisela, der dieser Wagen gehört, ist die Frau des Colonels. Das heißt, eigentlich gehört der Wagen ihm«, erklärte Cécile hastig.
»Dann freut es mich doppelt, dass ich helfen konnte!« Zusammen mit Jack spannte Rudledge die beiden Stuten ein. Zur Verwunderung der Männer standen die Tiere ganz still und spielten nur mit den Ohren, anstatt an den ungewohnten Strängen zu reißen.
»Leicht wird es für euch trotzdem nicht werden«, meinte Jack besorgt. »Man merkt schon jetzt, dass es keine Zugtiere sind.«
»Wir schaffen es!«, antwortete Cécile voller Überzeugung. Noch während sie redeten, schafften Nizhoni und die anderen die ersten Sachen heraus und verstauten sie auf dem Wagen. Viel konnten sie nicht mitnehmen, da sie zu sechst darauf Platz finden mussten.
Als sie fertig waren, wies Rudledge auf den Wagen. »Steigt auf und fahrt los! Um das andere kümmere ich mich!«
Er half Gisela hoch, reichte ihr eine Decke und wies mit dem Daumen nach oben. »Schätze, dass es gleich regnen wird. Das hätte ja doch noch ein wenig warten können!«

»Ja, das hätte es«, antwortete Gisela, als ein Tropfen sie traf. Kaum hatten sie die Stadt hinter sich gelassen, öffneten sich die Schleusen des Himmels, und sie saßen trotz der Decken, in die sie sich hüllten, schon bald nass und frierend auf dem Wagen.

6.

Sam Houston sah in den Regen hinaus und verzog das Gesicht. »Es wird unseren Jungs nicht gefallen, bei einem solchen Sauwetter marschieren zu müssen.«
»Den Mexikanern aber auch nicht«, meinte Walther.
»Die werden es aus Angst vor Santa Ana tun!« Houston lachte kurz auf. »Verdammt noch mal! Wäre ich ein mexikanischer Soldat, würde ich den Kerl über den Haufen schießen. Wenn die Verluste stimmen, die er auf seinem Eilmarsch durch Mexiko erlitten haben soll, ist er der schlimmste Leuteschinder, den es auf Erden gibt. Das hat auch sein sinnloses Anrennen gegen Alamo bewiesen. Ich hätte tausend Mann dort gelassen, um das Fort zu belagern, und Travis hätte wie eine Ratte in der Falle gesessen. So aber hat Santa Ana fast ein Viertel seiner Armee verloren.«
»Seine Verluste sind dennoch zu gering, als dass wir es auf eine direkte Konfrontation ankommen lassen können«, wandte Walther ein.
Houston winkte ärgerlich ab. »Das weiß ich selbst! Daher werden wir ihn weiter hinter uns herziehen, und dieser Marsch wird ihn weitaus mehr Männer kosten als uns. Unse-

re Jungs brennen darauf, ihre Freunde zu rächen, die in Alamo gefallen sind. Jeder von ihnen kannte mindestens einen, der dort gestorben ist. Sie ja ebenfalls.«

»Zwei! Nein, sogar drei, wenn man Travis dazunehmen will«, sagte Walther, »nämlich Jim Bowie und Friedrich Belcher. Der Junge war gerade mal siebzehn.«

»Der Krieg frisst immer die Besten und Jüngsten. Verdammt noch mal!« Houston spie aus und winkte dann einige seiner anderen Offiziere zu sich. »Gibt es Neuigkeiten von Santa Ana?«

»Tut mir leid, General, aber er hat mir heute noch nicht geschrieben«, antwortete einer der Männer grinsend.

Da kam ein anderer Offizier so schnell herangelaufen, dass der Dreck unter seinen Stiefel nur so spritzte. »General! Eben ist einer unserer Späher zurückgekommen. Er sagt, Santa Ana hätte seine Armee geteilt. General Urrea rückt mit seinen Männern gegen Goliad vor, während er sich selbst an unsere Fersen geheftet hat.«

»So? Hat er das?« Houston warf einen weiteren Blick über das Lager und dachte sich, dass die Männer freudiger über die schlammigen Straßen marschieren würden, wenn sie wüssten, dass die Auseinandersetzung mit Santa Anas Armee bald bevorstand.

»Wie weit ist Santa Ana noch weg?«, fragte er den Offizier, der die Meldung überbracht hatte.

»Anderthalb Tagesmärsche, sagt der Späher.«

»Das heißt, jetzt vielleicht noch eineinviertel, weil er in der Zwischenzeit gewiss nicht geschlafen hat. Gut so! Gentlemen, wir lassen ihn bis auf einen halben Tagesmarsch herankommen, dann brechen wir auf. Ich will, dass seine Armee Tag und Nacht beobachtet wird und man mich sofort informiert, wenn er zu stark aufholt oder zu weit zurückbleibt.«

»Ist es sinnvoll, General, ihn so nahe an uns herankommen zu lassen? Ein Nachtmarsch, und er überrascht uns unvorbereitet«, gab einer der Offiziere zu bedenken.
Houston wandte sich mit einer Miene zu ihm um, als zweifle er an seinem Verstand. »Was meinen Sie, warum ich laufend informiert werden will? Sehen Sie her!« Mit diesen Worten glättete Houston den Schlamm vor seinen Füßen und zog mit seinem Säbel mehrere Linien.
»Das hier ist Santa Anas Armee, das die unsere. Santa Ana wird bei diesen Verhältnissen Probleme haben, seine schweren Kanonen zu transportieren. Ich an seiner Stelle hätte sie in San Antonio zurückgelassen. So aber muss er die Marschgeschwindigkeit seiner Artillerie anpassen. Damit sind wir im Vorteil, da wir in jedem Fall schneller sein können als er.«
Bei diesen Worten wirkte Houston sehr zufrieden. »Auch wenn Santa Anas Armee die unsere um ein Mehrfaches übertrifft, so hat sie bei Alamo arg geblutet, und ihr fehlt bereits der Teil, den er General Urrea mitgegeben hat. Das dürfte die Moral der mexikanischen Soldaten nicht gerade heben. Aber überwacht auch Urrea! Ich möchte nicht, dass er und Santa Ana uns in die Zange nehmen können.«
»Ich kümmere mich darum«, erklärte Walther, salutierte und ging.
Die anderen sahen ihm nach, und einer schüttelte den Kopf. »Man merkt ihm den Preußen an!«
»Wenn er so gut kämpft wie einer, soll es mir recht sein«, meinte ein anderer und blickte Houston an. »Und wann knacken wir Santa Ana wie eine Nuss?«
»An dem Tag, an dem ich es für richtig halte, und keine Stunde eher!«

7.

General Santa Anas Laune war denkbar schlecht. Trotz seines ausladenden Zweispitzes und dem Umhang aus gewachstem Tuch lief ihm das Regenwasser in den Nacken.
»Ein verfluchtes Wetter, sagen Sie nicht auch, Major?«
»So ist es, General!«, stimmte Ramón de Gamuzana seinem Kommandeur zu.
»Zum Glück ist es für diese verlausten Texaner ebenso schlecht!«
»So ist es, General!«
»Houston ist ein Feigling, finden Sie nicht auch, Major?«
Gamuzana nickte. »So ist es, General!«
Er merkte selbst, dass die Unterhaltung sehr einseitig war, doch er fühlte sich nicht in der Lage, etwas zur Erheiterung seines Oberbefehlshabers beizutragen.
»Wir werden bald Nachtlager beziehen«, fuhr Santa Ana fort.
»Das werden wir, General!«
»Sie sind beim Abendessen natürlich mein Gast!«
»Es wird mir eine Ehre sein, General.«
Santa Ana nickte zufrieden. »Wenigstens speisen wir besser als diese Texaner, die ihre rohen Maiskolben knabbern müssen. Außerdem leben wir amüsanter. Wenn Sie wollen, Major, können Sie heute Abend eine der Chicas haben.«
»Ich danke Ihnen, General!« Eine Nacht mit einem Mädchen, dachte Gamuzana, würde ihn die Nässe und die schlammigen Straßen von Texas vergessen machen.
Endlich erreichten sie ihren Lagerplatz. Während die einfachen Soldaten nach dem anstrengenden Marsch erst noch ihre Zelte aufbauen mussten, hatte die Vorhut Santa Anas Unterkunft bereits fertiggestellt.

Der General stieg vom Pferd, reichte die Zügel einem herbeieilenden Knecht und trat ein. Ein Diener nahm Hut und Mantel entgegen, ein anderer stellte den Stuhl bereit, damit der General sich setzen konnte, und zog ihm die Stiefel aus. Santa Ana blickte an sich herab und verzog angesichts der Schlammspritzer auf seinen Hosenbeinen das Gesicht. »Ich will ein Bad! Und leg eine frische Uniform bereit. Die hier muss gewaschen werden!«

»*Sí*, General!«, antwortete der Diener und eilte hinaus, um die entsprechenden Befehle zu erteilen.

Santa Ana zog sich unterdessen bis auf die Unterhosen aus und trat an das mit glühender Holzkohle gefüllte Becken, welches gegen die feuchtklamme Kälte im Zelt ankämpfte. »Diese Texaner sind Barbaren und noch schlimmer als die Komantschen, Apachen und all die wilden Indios zusammen, die immer wieder unsere Dörfer überfallen. Aber wir werden ihnen ein Ende bereiten, Major. Wir werden durch Tejas fegen wie ein eiserner Besen, und danach wird keiner dieser aufgeblasenen Kerle mehr in unserem Land leben.«

»Sie sind es nicht wert, noch länger den heiligen Boden Mexikos zu beschmutzen«, stimmte Ramón de Gamuzana dem Diktator zu.

»Das werden sie auch nicht! Wein!« Das Letzte galt einem Diener, der sofort mit einem vollen Pokal heraneilte und diesen Santa Ana überreichte.

»Wein für den Major!«, befahl Santa Ana barsch.

Auch Gamuzana erhielt umgehend einen gut gefüllten Becher.

»Auf unseren Sieg!« Santa Ana stieß mit ihm an, trank und fragte anschließend: »Gibt es noch keine Nachricht von General Urrea? Er müsste Goliad mittlerweile eingenommen haben.«

»Ich werde mich erkundigen, Exzellenz!«

Gamuzana verschwand und kehrte kurz darauf wieder. »Eben kam ein Kurier von General Urrea. Er hat Goliad wie befohlen erobert und den Rebellen Fannin mit dreihundert Mann gefangen genommen.«

Santa Anas Gesicht verzerrte sich. »Was heißt hier: gefangen genommen? Es gibt keine Gefangenen in diesem Krieg! Teilen Sie das General Urrea umgehend mit. Die Rebellen sind zu erschießen!«

»General Urrea rät davon ab, Exzellenz. Er befürchtet, dass zu viel Härte den Widerstandswillen der Rebellen stärken könnte.«

Gamuzana war es sichtlich unangenehm, diesen Einwand weiterzugeben zu müssen, doch Santa Ana musste lachen. »General Urrea sollte weniger befürchten als gehorchen. Diese Rebellen müssen erkennen, dass es keine Gnade für sie gibt. Umso eher werden sie Tejas verlassen! Mein Befehl steht fest: Fannin und seine Männer werden hingerichtet. Dies gilt auch für alle anderen Rebellen.«

Ramón de Gamuzana nickte und verließ das Zelt. Unterdessen brachten Santa Anas Diener die aus mehreren Lagen geteertem Leinen bestehende Badewanne und füllten diese mit warmem Wasser.

Zufrieden stieg der General hinein und nahm Seife und Schwamm zur Hand.

Kurz darauf kehrte Gamuzana zurück. »Darf ich einen Wunsch äußern, General?«

»Jeden, solange es nicht mein Amt als Präsident der Republik Mexiko ist«, antwortete Santa Ana gut gelaunt.

»Es geht um einen ganz bestimmten Rebellen, einen dreckigen Verräter! Den will ich persönlich hinrichten. Einst war er Sargento in meiner Kompanie, später habe ich einen Señor

aus ihm gemacht und ihm Land in Tejas überlassen. Doch das Schwein hat sich diesem Houston angeschlossen. Eine Kugel ist für den Schuft zu schade. Ich will ihn hängen sehen!«
»Der Wunsch ist gewährt! Wer ist dieser Kerl eigentlich?«
Ramón de Gamuzanas Miene wurde hart. »Diego Jemelin! Ich habe ihn zu meinem Stellvertreter auf dem Siedlungsland ernannt, das ich von der damaligen Regierung von Mexiko erhalten habe. Doch der Hund hat es mir mit Verrat gedankt.«
»Jemelin gehört Ihnen, Major. Sie können ihm bei lebendigem Leib die Haut abziehen oder ihn ausweiden lassen, ganz wie Sie wollen. Doch nun reichen Sie mir das Handtuch. Das Essen wird gleich aufgetragen, und hinterher will ich mit einer oder zwei Chicas ins Bett. Mein Angebot gilt! Eines der anderen Mädchen können Sie haben. Ich gebe gleich Befehl, dass hier ein paar Decken ausgelegt werden. Zum Glück ist es im Zelt trocken, so bekommt die Kleine keinen nassen Hintern!«
Santa Ana lachte darüber wie über einen guten Witz und zwinkerte Gamuzana übermütig zu. Auch wenn es regnete und die einfachen Soldaten in ihren nassen Zelten froren, so wollte er sich das Leben nicht verdrießen lassen. Die Texaner waren nur ein paar zusammengelaufene Bauern und würden es nach den Niederlagen von Alamo und Goliad nicht mehr wagen, sich seiner Armee zu stellen.
Mit diesem Gedanken trat er in den Teil seines Zeltes, der ihm als Schlafstatt diente. Ein Mädchen wartete dort und sah ihm aus dunklen, ängstlich aufgerissenen Augen entgegen. Die hohen Backenknochen und die leicht getönte Haut wies sie zusammen mit dem rabenschwarzen Haar als Mestizin aus. Im Allgemeinen bevorzugte Santa Ana hellhäutige Frauen, doch für einen Kriegszug waren Mädchen wie sie die bes-

sere Gesellschaft, denn sie beklagten sich nie und taten, was er sagte.

»Zieh dich aus!«, befahl er und öffnete die Knöpfe seiner Uniform. Dabei beobachtete er, wie die Kleine ihr Kleid ablegte und nur noch im Hemd vor ihm stand. Sie war schlank, hatte aber ein kräftiges Gesäß und feste Brüste. Seine Lust stieg, und er entledigte sich seiner Stiefel und seiner Hosen. Das Mädchen zögerte. Da packte der General fest zu und zog es zu sich heran. »Wenn du gut bist, bekommst du zehn Pesos von mir, wenn nicht, ziehe ich dir die Reitpeitsche über den Hintern, dass du eine Woche lang nicht mehr sitzen kannst!«

Santa Ana sah das Erschrecken in ihren Augen und genoss die Macht, die er über sie besaß. Mit einem Lachen hob er sie hoch, trug sie zu seinem Bett und legte sie darauf. Während er sein Hemd auszog, wies er mit dem Kinn auf das ihre.

»Wenn du es nicht ablegst, werde ich es zerreißen, und das Gleiche mache ich mit deinem Kleid. Dann musst du morgen mit nackten Brüsten zwischen meinen Soldaten laufen. Was meinst du, was die dann mit dir machen werden?«

Statt einer Antwort streifte sie das Hemd ab und blieb dann starr liegen. Auf seine Handbewegung hin spreizte sie die Beine. Zufrieden stieg der General zu ihr aufs Bett und knetete ihre Brüste. Obwohl es ihr weh tat, sagte sie nichts, sondern stöhnte nur.

Santa Ana lachte, glitt zwischen ihre Beine und drang in sie ein. Während er sich ganz seiner Leidenschaft hingab, dachte er an die hellhäutigen Frauen der Americanos. Wenn diese Tejas nicht schnell genug verließen, würden ihm einige von ihnen ebenso zu Willen sein müssen wie diese junge Mexikanerin.

8.

Die ersten drei Meilen waren eine Katastrophe. Die beiden Stuten waren nicht daran gewöhnt, einen Wagen zu ziehen, und keilten immer wieder aus. Daher verging Gisela schier vor Angst, die Tiere könnten den Wagenkasten zerschlagen oder sich verletzen. Zudem war es für sie nicht nur ihrer Schwäche wegen unmöglich, die Pferde zu lenken. Daher stiegen Nizhoni und Cécile vom Wagen und führten die Stuten. Von da an ging es besser, und sie holten langsam den vor ihnen fahrenden Wagen ein.
Dieser gehörte Rachels Familie. Der Patriarch saß auf dem Bock und hielt die Zügel, während seine Frau und seine Töchter durch den Schlamm stapften und nur deswegen nicht nasser wurden, weil ihre Kleidung bereits bis auf die Haut durchgeweicht war. Da Gillings seinen Wagen vollgeladen hatte, kam er nur langsam vorwärts. Dennoch gab er den Weg nicht frei, damit Gisela überholen konnte. Nach einer Weile lenkte diese ihr Gespann von der Straße und fuhr zwischen Büschen an dem anderen Wagen vorbei.
Bis dahin war Rachel hinter dem Gefährt ihres Vaters hergestapft, aber als sie Giselas Wagen an ihnen vorbeiziehen sah, rannte sie ihm nach. Dabei rutschte sie aus und fiel der Länge nach in den Schlamm. Sie raffte sich mühsam wieder auf und begann zu heulen. Ihre Kleidung, ihre Hände und ihr Gesicht waren schlammbedeckt, dennoch folgte sie Gisela und hielt sich zuletzt an deren Bock fest.
»Nehmt mich bitte mit auf den Wagen. So schaffe ich es nicht. Ich bin ebenfalls schwanger!«
Da ihr die nasse Kleidung auf der Haut klebte, war die leichte Wölbung ihres Bauches deutlich zu sehen. Gisela kämpfte

kurz mit sich und nickte dann. »Also gut, aber nur, wenn du dich vorher wäschst! So dreckig kommst du mir nicht herauf.«

»Danke!« Rachel schaute sich um und entdeckte nicht weit entfernt einen Tümpel, dessen Wasser leicht bräunlich schimmerte, aber ausreichte, um den Schlamm loszuwerden.

Notgedrungen hielt Gisela ihr Gespann an und sah grollend zu, wie Moses Gillings samt Anhang wieder an ihnen vorbeizog. Niemand von der Familie kümmerte sich um Rachel, die nun vor Kälte zitternd auf Giselas Wagen stieg.

»Wo ist eigentlich Marguerite?«, fragte Gertrude.

Rachel schrumpfte förmlich zusammen. »Vater hat gesagt, sie müsse sich jemand anders anschließen, denn er könne auf der Flucht nicht für sie sorgen.«

»Ein wahrer Christenmensch!«, stöhnte Gertrude und sah Gisela an. »Was machen wir jetzt?«

»Wir lagern hier! Nizhoni soll ihre Stute ausschirren und nach San Felipe zurückreiten. Oder wollt ihr Marguerite ebenfalls im Stich lassen?«

Gisela ärgerte sich über die Verzögerung, aber sie sagte sich, dass es nicht anders ging. Marguerite war Thierrys Schwester und stand ihr durch die gemeinsam durchlittenen Erlebnisse auf der *Loire* näher als Rachel.

»Ein Lagerfeuer werden wir bei diesem Regen nicht entfachen können«, sagte Arlette bedauernd. Da auch der Boden zu nass war, würden sie in ihre schweren, nassen Decken gehüllt auf dem Wagen sitzen bleiben müssen, bis Nizhoni wieder zu ihnen aufgeschlossen hatte.

Die junge Navajo nahm das Wetter gelassener hin als die weißen Frauen. Sie konnte nichts daran ändern, daher hatte es ihrer Ansicht nach auch keinen Sinn, sich darüber zu ärgern. Jetzt galt es erst einmal, Marguerite zu finden. Daher befreite sie die Schecke vom Zuggeschirr, schwang sich auf den blanken Pferderücken und trabte los.

Da ihr auf der Straße immer wieder Flüchtlinge entgegenkamen, ritt sie quer über das Land und erreichte San Felipe in weniger als einem Viertel der Zeit, die sie mit dem Wagen bis zu der Stelle gebraucht hatten, an der die anderen auf sie warteten. Marguerite zu finden erwies sich jedoch als schwieriger. Nizhoni fragte etliche Menschen nach ihr, erhielt aber oft genug nur Beschimpfungen, die ihrer Herkunft galten. Schließlich erreichte sie Anneliese Belchers Pension. Die Tür stand offen, und auf der Straße lagen etliche Gegenstände, die anzeigten, dass Leute geplündert hatten, aber nicht alles hatten mitnehmen können.

Ein Schatten hinter der Tür ließ Nizhoni aufmerken. Sie schwang sich aus dem Sattel, behielt aber die Zügel ihrer Stute in der Hand, weil sie den Menschen ringsum nicht traute.

»Marguerite, bist du es?«, rief sie.

Zuerst erhielt sie keine Antwort, doch dann kam die Vermisste tropfnass und verheult aus dem Haus.

»Nizhoni! Gott sei Dank, du bist es!« Marguerite fiel ihr um den Hals und wollte sie nicht mehr loslassen. »Es war entsetzlich! Rachels Vater hat mich einfach davongejagt. Daraufhin bin ich ganz allein von seiner Farm in die Stadt gelaufen und habe gehofft, ich könnte mich euch anschließen. Hier habe ich gehört, dass ihr schon fort seid, und bin fast verzweifelt!«

Ein Zupfen am Zügel erinnerte Nizhoni daran, dass es auf der Welt noch etwas anderes gab als die vermisste und wiedergefundene Frau. Sie drehte sich um und sah einen Mann, der sich auf ihre Stute geschwungen hatte und nun versuchte, ihr die Zügel zu entreißen.

»Runter von meinem Pferd«, schrie Nizhoni wütend, doch der Mann trat nach ihr und zerrte noch fester am Zügel.

»Marguerite, hilf mir!« Noch während Nizhoni es rief, zückte sie ihre Großvaterpistole und schlug die Waffe auf den Mann an. »Ich sagte: Runter von meinem Gaul! Wird's bald, oder muss ich abdrücken!«
Es war lächerlich, wie rasch der Kerl vom Rücken der Stute glitt und verschwand. Zufrieden steckte Nizhoni die Waffe wieder weg und zwinkerte Marguerite zu.
»So ein Trottel! Jeder Komantsche hätte gesehen, dass das Pulver auf der Zündpfanne nass ist und ich gar nicht schießen kann. Aber jetzt sitz auf! Ich möchte so schnell es geht zu den anderen zurückkehren.«
Marguerite gehorchte, brauchte aber ihre Hilfe. Dann blickte sie auf Nizhoni herab. »Steigst du nicht auch mit auf?«
»Dafür ist die Stute zu klein. Ich führe sie.«
Nizhoni verließ San Felipe mit einem Gefühl der Bitterkeit. Dies alles, so sagte sie sich, hätte Gisela sich ersparen können, wenn sie den Rat von Fahles Haar befolgt hätte. Wenige Tage vor der Geburt ihres Kindes Regen und Kälte ausgeliefert zu sein war gewiss die Hölle für ihre Freundin.

9.

Gisela weinte vor Erleichterung, als sich Nizhoni, Marguerite und die Stute aus dem Regenvorhang herausschälten. Ihre indianische Freundin sah jedoch sehr ernst aus, als sie neben dem Wagen stehen blieb.
»Wir müssen unsere Waffen bereithalten. In der Stadt wollte mir einer die Schecke wegnehmen. Zwar konnte ich ihn mit

meiner Pistole verscheuchen, hätte aber nicht schießen können, weil das Pulver nass war.«
»Warum tun Menschen so etwas?«, fragte Gisela fassungslos.
Nizhoni zuckte mit den Achseln. »Die weißen Männer sind nun einmal so. Wer stark ist, nimmt sich das, was er braucht, wenn es einem Schwächeren gehört.«
»Was machen wir jetzt? Ziehen wir noch ein Stück weiter, oder übernachten wir hier?«, fragte Gisela weiter.
Nach einem Blick in die Runde half Nizhoni Marguerite vom Pferd und führte dieses nach vorn, um es wieder anzuspannen. »Hier ist kein guter Platz für ein Nachtlager. Weder können wir das Wasser des Tümpels trinken noch ein Feuer entzünden, um unsere Decken zu trocknen.«
»Wie lange werden wir unterwegs sein?«, wollte Rachel wissen.
Nizhoni wandte sich mit einer Geste der Verachtung zu ihr um. »Bis wir in Sicherheit sind!«
Danach kümmerte sie sich nicht mehr um die Americana, sondern forderte Cécile auf, Fleur anzuspannen. Sie selbst hätte die Fahrt lieber über das freie Land fortgesetzt, doch Gisela wollte den Kontakt zu den anderen Flüchtlingen nicht verlieren. Daher reihten sie sich mit ihrem Gespann wieder in den langen Wagenzug ein, der von San Felipe ostwärts strebte.
Ein Reiter trabte an den Flüchtlingen vorbei und zügelte sein Pferd neben Giselas Wagen.
»Seid ihr Frauen allein?«, fragte er.
Gisela erkannte in ihm Silas Parker, einen Ranger der Miliztruppe, die Stephen Austin aufgestellt hatte. Eigentlich hatte sie erwartet, diese Männer würden alle bei Sam Houstons Armee sein. Doch zumindest Parker ritt, wenn er zur Schlacht wollte, in die verkehrte Richtung.

»Ja, wir sind allein, weil unsere Männer mit Sam Houston ziehen«, antwortete sie daher schroff.

»Houston wird uns bald eingeholt haben. Er und seine Leute laufen vor den Mexikanern davon, als wären ihnen Flügel gewachsen.«

Diese Worte machten den Ranger Gisela noch unsympathischer, und sie wies mit einer weit ausholenden Bewegung auf den schier endlosen Zug der Flüchtlinge. »Hier sind mehr Männer, als Houstons Armee zählt. Würden sie für Texas kämpfen, müsste Sam Houston sich nicht vor Santa Ana zurückziehen.«

Nun sah Silas Parker aus, als hätte er Zahnschmerzen, und einige andere Männer senkten ebenfalls betroffen den Kopf. Moses Gillings aber spuckte seinen Priem über die Köpfe seiner Töchter ins freie Feld und grinste. »Die hat wirklich Haare auf den Zähnen!«

Ein paar Männer lachten, und der kurze Moment der Scham, die die meisten empfunden hatten, verflog.

»Ich muss mich um meine Frau und meine Töchter kümmern«, fuhr Gillings fort. »Wären es Söhne, wären sie natürlich bei Houstons Armee.«

Auch andere Männer brachten jetzt Gründe vor, die sie daran gehindert hatten, sich den texanischen Truppen anzuschließen. Das Gejammer wurde schließlich sogar Silas Parker peinlich.

»Meine Kameraden und ich haben den Befehl erhalten, die Zivilpersonen zu eskortieren. Sobald die Frauen und Kinder in Sicherheit sind, werden wir zu Houston reiten, und wir erwarten, dass jeder echte Texaner mit uns kommt!«

»Ich sicher nicht!«, rief einer aus. »Ich kehre mit meiner Familie nach Alabama zurück. Dieses Texas kann mir gestohlen bleiben. Hier gibt es mir zu viele Indianer und Mexikaner.«

»Ich glaube nicht, dass du ein Verlust für uns bist«, knurrte der Ranger und ritt weiter.
»Wir werden bald lagern!«, rief er über die Schultern zurück, dann spritzte der Schlamm unter den Hufen seines Pferdes auf und überschüttete Rachels Vater und dessen Familie mit Dreck.
»Verdammter Kerl!«, schrie Gillings ihm nach, doch niemand kümmerte sich um ihn.
»Das vergönne ich Vater und meinen Schwestern ebenfalls!« Rachel klang rachsüchtig, denn so willkommen, wie sie erwartet hatte, war sie zu Hause nicht gewesen.
Der kalte Regen biss Gisela in die Finger, und während ihr Wagen fast bis zu den Achsen im Straßenschlamm versank, wanderten ihre Gedanken zurück in die Vergangenheit. So ähnlich wie hier war es auch auf dem Rückzug in Russland gewesen. Fast erwartete sie, dass Schnee fallen und das Vorwärtskommen unmöglich machen würde.
Bis zu dem Platz, an dem die Ranger die Gruppe lagern lassen wollten, waren es noch mehrere Meilen. Dort waren von einer Vorhut bereits mehrere Feuer entzündet worden. Das nasse Holz qualmte jedoch so stark, dass sich niemand daran aufwärmen konnte, ohne halb zu ersticken.
Gisela versuchte es trotzdem, gab es aber nach wenigen Augenblicken auf. Dennoch hustete sie sich fast die Seele aus dem Leib und fühlte sich zuletzt so elend, dass sie sich einfach auf den Boden sinken ließ.
Mit viel Mühe und gutem Zureden gelang es Nizhoni, sie dazu zu bewegen, wieder auf den Wagen zu steigen. Die Indianerin spannte eine Lederdecke als Regenschutz über sie und kümmerte sich dann um den quengelnden Josef, dem es gar nicht gefallen hatte, den ganzen Tag nass und frierend auf dem Wagen zu verbringen.
»Ich habe Hunger«, maulte er.

»Den haben wir alle!« Anneliese öffnete den Korb mit Lebensmitteln und erlebte eine Enttäuschung, denn der große Brotlaib war total durchweicht.

»Wenigstens benötigen wir nun nichts mehr zu trinken«, meinte sie sarkastisch, als sie die Stücke verteilte. Dazu gab es für jede eine Scheibe getrockneten Speck, der so zäh war, dass sie ewig kauen mussten, um ihn schlucken zu können.

»Warum bekommen wir kein warmes Essen? Die dort vorn kochen doch auch«, beschwerte Rachel sich und wies auf einen Wagen, an dem eine Plane gespannt war, um das Feuer vor dem Regen zu schützen.

Gertrude blickte kurz hin und winkte dann ab. »Ich glaube nicht, dass die Leute dort viel Freude mit ihrem Feuer haben werden. Das nasse Holz qualmt so, als wollten sie Hornissen vertreiben!«

So leicht ließ Rachel sich nicht überzeugen. »Wir hätten trotzdem ein Feuer entzünden können!«

»Es hat dich keiner davon abgehalten!«, antwortete Gertrude, der Rachels Gemecker zu viel wurde. Sie wandte ihr den Rücken zu und entdeckte den Ranger, der eben mit einer großen Kanne herankam.

»Mag jemand Kaffee?«

»Ja, hier!«, rief Gertrude und winkte, bevor jemand anders reagieren konnte.

Silas Parker kam heran und füllte die Blechtassen, die ihm entgegengestreckt wurden. Wegen der Kälte trank sogar Nizhoni ein wenig von dem bitteren Gebräu und flößte den Rest Josef ein, damit auch er warm wurde.

»Verdammt, was ist mit uns?«, brüllte nicht weit von ihnen entfernt Moses Gillings, als der Ranger an ihm vorbeiging.

Dieser drehte sich achselzuckend zu ihm um. »Die Kanne ist leer!«

435

»Warum habt ihr nicht mehr gekocht?«, fragte der Alte bissig.
»Weil wir nur diese eine Kanne haben. Außerdem hättest du selbst Feuer machen können, aber du sitzt lieber unter deiner Decke und schaust den anderen beim Arbeiten zu.«
Das wollte Gillings nicht auf sich sitzen lassen, und es entspann sich ein Streit, der zuletzt so ausartete, dass Gisela wach wurde.
»Was ist los, Mama?«, fragte sie mit kindlicher Stimme und wurde erst dann ihrer Umgebung gewahr. »Wie es aussieht, muss ich eingeschlafen sein.«
»Hier hast du ein wenig Kaffee! Er wird dich wärmen«, sagte Arlette und reichte ihr die noch zu einem Viertel gefüllte Tasse. Gisela trank sie hastig leer, verzog dann aber den Mund.
»Einer von Nizhonis Kräutertees wäre mir lieber.«
»Ich werde sehen, ob ich Holz finde, das brennt«, antwortete die Navajo und wollte trotz der hereinbrechenden Dunkelheit auf die Suche gehen.
»Bleib hier! Das kannst du morgen auch unterwegs machen. Jetzt sollten wir schlafen!« Gisela klang besorgt, weil sich nicht alle auf den Wagen legen konnten. Die meisten würden sich mit dem nassen, kalten Boden begnügen müssen.
Das gefiel keiner von ihnen, doch Nizhoni sammelte Gras und dünnes Buschwerk, das als Unterlage dienen konnte. Giselas Bett war bereits auf dem Wagen vorbereitet, und sie stieg, nachdem sie sich hinter einem Gebüsch erleichtert hatte, wieder hinauf und ließ sich Josef reichen. Außer ihr und dem Kind fanden zwei weitere Personen Platz. Nach einem kurzen, aber heftigen Disput setzte Gisela Cécile und Anneliese als Schlafgefährtinnen durch. Der Rest musste unten bleiben. Vor allem Rachel regte sich darüber auf, weil sie als Schwangere das Vorrecht vor Anneliese und dem Mädchen

forderte. Doch nicht einmal ihre Schwägerin Marguerite hielt zu ihr, sondern fauchte sie an, endlich Ruhe zu geben.
Missmutig nahm Rachel sich die Decke, die man ihr untertags gegeben hatte, und legte sich unter den Wagen, so dass sie vor dem Regen geschützt lag. Marguerite und Arlette ergatterten die halbwegs trockenen Plätze neben ihr, während Nizhoni und Gertrude sich in den Regen hinauslegen mussten. Beide kuschelten sich eng aneinander und wurden trotz der Nässe halbwegs warm.
»Danke«, flüsterte Gertrude Nizhoni ins Ohr. Sie schämte sich nun, dass sie sich von Rachel gegen die junge Indianerin hatte aufhetzen lassen. Ohne Nizhoni wären sie auf diesem Treck allen Unbilden hilflos ausgeliefert gewesen.
Nizhonis Gedanken galten bereits dem nächsten Tag und dem, was sie tun konnte, um Gisela und der Gruppe das Weiterkommen zu erleichtern.

10.

Allein auf sich gestellt wären die Frauen wahrscheinlich besser vorwärtsgekommen. So aber stellten sie einen Teil des endlosen Flüchtlingstrecks dar, der von San Felipe aufgebrochen war, und mussten sich dessen Geschwindigkeit anpassen.
Zum Glück hörte der Regen am nächsten Tag auf. Dafür aber fegte ein eisiger Wind über das Land und quälte Mensch und Tier. Auf der versumpften Straße mühten sich die beiden Stuten mit dem Wagen ab. Um die Pferde nicht zu erschöpfen, stiegen die Frauen schließlich ab und gingen zu Fuß nebenher.

Gisela wollte dies ebenfalls tun, aber das kam bei Nizhoni und Anneliese nicht gut an.
»Es ist dein Wagen, und ein Pferd gehört ebenfalls dir«, erklärte die ehemalige Pensionswirtin. »Daher wirst du gefälligst sitzen bleiben. Außerdem bist du schwanger!«
»Ich bin auch schwanger«, maulte Rachel.
»Du wirst aber kaum in den nächsten Tagen gebären!«, spottete Gertrude. »Außerdem ist Bewegung für Frauen zu Beginn der Schwangerschaft gesund! Und im Übrigen kannst du, wenn es dir bei uns nicht passt, gerne zu deiner Familie zurückkehren.«
Rachel antwortete mit einem Schimpfwort, trottete dann aber hinter den anderen her. Um sie herum hörten sie Leute husten, und Marguerite klagte über ein Kratzen im Hals. Daher überließ Nizhoni es Gertrude, die Scheckstute zu führen, und suchte selbst abseits des Weges nach halbwegs trockenem Holz, mit dem sie am Abend ein Feuer entzünden konnte. Auf die Idee war nicht nur sie gekommen, und so musste sie mehr als einmal sehr schnell laufen, weil einige Männer ihr das, was sie gefunden hatte, entreißen wollten.
Gegen Mittag entdeckten sie neben dem Weg ein frisches Grab, in dem ein schlichtes Kreuz steckte. Wer hier der ewigen Seligkeit entgegenschlief, konnte ihnen keiner sagen. Der Anblick trieb Gisela die Tränen in die Augen, und vor ihrem inneren Auge sah sie die Gräber in den Weiten Russlands und fühlte wieder den Schrecken, den sie einst empfunden hatte. Dabei vermischten sich Vergangenheit und Gegenwart immer stärker.
Mehrmals sprach sie Gertrude und auch Anneliese mit Mama an und murmelte immer wieder die Namen von Soldaten, die während Napoleons Rückmarsch gestorben waren und die sie längst vergessen zu haben glaubte. Nizhoni beobachtete

entsetzt, wie ihre Freundin sich immer mehr in sich zurückzog und am Abend, als sie endlich Lager beziehen konnten, kaum noch reagierte, wenn man etwas zu ihr sagte.
»Was hast du?«, fragte sie höchst besorgt.
»Nichts!«, wehrte Gisela ab und reichte ihr das gesammelte Holz, das unter Tag weiter abgetrocknet war.
Diesmal konnten sie ein Feuer entzünden und sich daran wärmen. Nizhoni holte von einem Bach Wasser, schüttelte aber den Kopf, als sie sah, wie weit die Flüchtlinge das Ufer niedergetreten hatten. Einige schöpften das Wasser, obwohl es Schmutzschlieren aufwies, weil ihnen der Weg weiter bachaufwärts zu beschwerlich war. Auch Nizhoni fühlte sich wie zerschlagen, doch sie hatte gelernt, wie wichtig sauberes Wasser war.
Der Tee, den sie wenig später damit aufbrühte, war nicht jedermanns Geschmack. Rachel spie den ersten Schluck aus und stellte die Tasse zurück.
»Das Zeug trinke ich nicht!«, rief sie angeekelt.
»Dann lässt du es eben!« Nizhoni hatte keine Lust, sich mit ihr zu streiten, achtete aber darauf, dass sowohl Gisela wie auch Josef ihre Tassen leerten. Anneliese, Gertrude und Arlette würgten das Gebräu ebenfalls hinunter, während Marguerite und Cécile so aussahen, als wollten sie Rachels Beispiel folgen.
Im Augenblick ging es Gisela wieder etwas besser, und sie sah die beiden auffordernd an. »Trinkt! Es ist Medizin. Nizhoni hat sie mir schon mehrfach zubereitet, und ich weiß, dass sie hilft!«
Schließlich überwanden Cécile und Marguerite sich und schluckten den stechend schmeckenden Tee.
Rachel hingegen schüttete ihre Tasse aus. »Das ist Indianerzeug. So etwas trinke ich nicht!«

»Beschwere dich nicht, wenn du morgen ebenso schlimm hustest wie die Frau dort drüben!« Gisela wies auf ein Siedlerpaar, dessen Wagen neben dem ihren stand. Die Frau krümmte sich unter einem Hustenanfall, während der Mann hilflos danebenstand.
Kurz entschlossen füllte Nizhoni den Rest ihres Tees in ihre Tasse und trug diese hinüber. »Trink! Vielleicht hilft es dir«, sprach sie die Frau an.
Diese blickte mühsam zu ihr auf, nahm die Tasse und trank den Tee in den kurzen Pausen, die ihr die Hustenkrämpfe ließen. Nach einer Weile ebbten diese etwas ab, und sie sah Nizhoni erleichtert an. »Danke!«
Nizhoni kehrte zu den anderen zurück und erschrak, als sie sah, dass Giselas Gesicht mittlerweile ganz grau geworden war.
»Geht es dir nicht gut?«, fragte sie.
Mühsam schüttelte Gisela den Kopf. »Doch, doch! Ich fühle mich nur müde und möchte mich hinlegen.«
»Du solltest etwas essen«, mahnte Nizhoni, weil ihre Freundin kaum etwas angerührt hatte.
»Ich habe keinen Hunger!«, wehrte Gisela ab, denn ihr wurde bereits beim Gedanken an Essen übel.
Mit einem gezwungenen Lächeln erhob sie sich und kletterte auf den Wagen. Doch als sie sich in ihre Decke hüllte und hinlegte, drehte sich alles in ihrem Kopf. Sie hörte Stimmen aus der Vergangenheit und sah in blasse, erschöpfte Gesichter. Ohne dass sie es wahrnahm, rannen ihr die Tränen über die Wangen.

11.

Der nächste Morgen brach für die erschöpften Flüchtlinge viel zu früh an. Sogar Nizhoni stöhnte, als der Weckruf des Rangers ertönte. Trotzdem stand sie auf, entzündete ein kleines Lagerfeuer und kochte ihren bitteren Tee.
Diesmal lehnte ihn auch Rachel nicht ab. Wie prophezeit hustete sie und war dadurch noch unausstehlicher als sonst.
Nach einer Weile forderte Silas Parker die Flüchtlinge zum Weiterziehen auf. Doch nur wenige gehorchten sofort. Einige musste er anbrüllen, und Moses Gillings spannte seine Mähre erst ein, als der Ranger die Pistole zog und ihn damit bedrohte. Allerdings hatte er seinen Wagen zu schwer beladen, und obwohl er sein Pferd voller Wut peitschte, brachte es den Karren kaum vorwärts.
»So behinderst du den Zug! Entweder wirfst du einen Teil deiner Sachen herab, oder du wartest, bis alle anderen an dir vorbeigefahren sind, und schließt dich als Letzter an«, befahl Parker ihm schließlich.
Zornbebend lud der Farmer mehrere Packen ab, befahl aber seiner Frau und seinen Töchtern, einen Teil davon mitzunehmen, dann zog er seinem Pferd erneut die Peitsche über die Kruppe.
Jetzt waren Gisela und ihre Gruppe an der Reihe. Nizhoni und Cécile führten die beiden Pferde, so dass sie ohne Schwierigkeiten aufschließen konnten.
»Wenigstens sind unsere Decken trocken«, erklärte Gertrude nach einer Weile. In dem Moment krachte es, und der Wagen blieb stehen, während die beiden Stuten weitergingen.
»He! Bleibt stehen!«, rief Anneliese Nizhoni und Cécile zu. Die beiden drehten sich erschrocken um und kamen zurück. Die Zugvorrichtung, die der Stellmacher angebracht hatte,

war gebrochen. Nizhoni wollte sie mit einem Strick festbinden, doch Parker schüttelte den Kopf.
»So wird das nichts mehr. Ihr werdet den Wagen zurücklassen und zu Fuß gehen müssen.«
»Nein!«, stieß Nizhoni aus und deutete auf Gisela. »Sie kann nicht gehen, denn sie bekommt bald ihr Kind.«
»Das tun andere auch«, antwortete der Ranger, der Giselas schlechten Zustand nicht wahrnahm. »Wenn zwei von euch die Frau stützen, wird es schon gehen. Und ihr schafft den Wagen aus dem Weg, damit die anderen vorbeikommen!«
Der letzte Befehl galt mehreren Männern, die neugierig näher gekommen waren. Diese schoben kurzerhand das Gefährt beiseite. Ohne sich weiter um die Frauen zu kümmern, kehrten sie danach zu ihren eigenen Wagen zurück und fuhren weiter.
»Was machen wir jetzt?«, fragte Anneliese besorgt.
»Wir haben zwei Pferde. Wir können ihnen einen Teil unserer Habseligkeiten aufladen und abwechselnd auf ihnen reiten!« Da Gisela nur stumm dasaß und weinte und die anderen Frauen wie verschreckte Hühner wirkten, sah Rachel die Gelegenheit, sich wieder zur Anführerin aufzuschwingen. Arlette und Marguerite stimmten ihr sofort zu, während Nizhoni den Kopf schüttelte.
»Gisela kann weder gehen noch reiten!«
»Sie wird sowieso sterben!«, prophezeite Rachel. »Aber darauf können wir in unserer Situation keine Rücksicht nehmen. Immerhin sind wir auf der Flucht vor Santa Anas Mordbrennern.«
»Das stimmt!«, sprang Marguerite ihrer Schwägerin bei. »Außerdem müssen wir weiter, sonst verlieren wir den Anschluss an die anderen.«
Nizhoni spürte die Angst der Frauen, war aber nicht bereit

nachzugeben. »Wenn ihr gehen wollt, könnt ihr es tun. Ich werde bei Gisela bleiben. Die Schecke bleibt auch!«, setzte sie hinzu, da Rachel nach deren Zügeln greifen wollte.
»Von einer dreckigen Indianerin lasse ich mir nichts sagen«, fuhr Rachel auf.
»Es ist Giselas Pferd, und da ihr nicht bei Gisela bleiben wollt, bekommt ihr es auch nicht.«
»Du willst es nur für dich selbst!« Rachel war außer sich vor Wut und trat auf Nizhoni zu, um sie zu ohrfeigen. Der eisige Blick der Indianerin ließ sie jedoch zurückprallen. Immerhin war sie eine Wilde und bewaffnet. Daher wandte Rachel sich schnaubend den anderen zu.
»Nehmt so viel mit, wie ihr tragen könnt. Den Rest laden wir auf Fleur.«
»Es ist nicht richtig, was du vorhast«, wandte Gertrude ein.
»Willst du etwa hierbleiben und warten, bis Santa Anas Soldaten über dich herfallen? Gisela und Josef haben Nizhoni bei sich. Die Wilde weiß schon, wie sie sich in der Prärie verstecken können. Wir hingegen müssen zusehen, dass wir verschwinden!« Rachels Stimme klang so bestimmend, dass Gertrude den Kopf einzog. Einen Augenblick erwog sie dennoch, bei Gisela zu bleiben. Die Angst vor der Wildnis war jedoch stärker, und sie begann, die Sachen zusammenzusuchen, die sie mitnehmen wollten. Da ihr Cécile half, hatten sie Fleur wenig später ein großes Bündel auf den Rücken geschnallt. Bevor irgendjemand etwas sagen konnte, ergriff Rachel die Zügel und führte das Tier grußlos davon.
Céciles Blick wanderte von ihrer Stute zu Gisela und Nizhoni und wieder zurück. »Es tut mir leid«, flüsterte sie mit zuckenden Lippen, dann rannte sie hinter Rachel her. Nach einem letzten Blick auf Gisela folgten Marguerite und Arlette ihr, während Anneliese und Gertrude unschlüssig dastanden.

»Kümmere dich um sie und um den Jungen«, bat Anneliese Nizhoni und stapfte ebenfalls weiter. Vielleicht wäre sie geblieben, doch der Tod ihres jüngeren Sohnes bei Alamo drückte sie ebenso nieder wie die Angst um ihren Mann und ihren Ältesten, der sich Houstons Armee angeschlossen hatte. Nachricht von ihnen konnte sie jedoch nur dann erhalten, wenn sie bei den anderen Flüchtlingen blieb.

Gertrude musterte Gisela noch einmal, schüttelte dann aber den Kopf, als wollte sie sagen, dass der Schwangeren wohl nicht mehr zu helfen war, und setzte sich in Bewegung. Nach ein paar Schritten wandte sie sich mit sichtbar schlechtem Gewissen um und sah Gisela und Nizhoni bittend an. »Ihr müsst mich verstehen! Ich habe Charlotte versprochen, mich um ihre Tochter zu kümmern.«

Das klang selbst in ihren Ohren wie eine schlechte Ausrede, und sie schämte sich dafür. Nizhoni gönnte den scheidenden Gefährtinnen nur einen kurzen Blick, dann hob sie Josef vom Wagen. »Du bleibst in meiner Nähe! Verstanden?«

»Ja!« Der Junge war viel zu verängstigt, um auf eigene Faust loszulaufen. Er sah zu, wie Nizhoni seiner Mutter vom Wagen half und sie auf eine Decke bettete. Giselas Augen waren geschlossen, ihr Mund bewegte sich jedoch, als würde sie Worte formen. Aber es kam kein Laut über ihre Lippen.

Für die anderen mochte es so aussehen, als hätten sie Nizhoni mit ihren beiden Schutzbefohlenen hilflos in der Wildnis zurückgelassen. Doch im Grunde war die junge Navajo erleichtert, nun allein ihrem Wissen und ihren Erfahrungen folgen zu können. Zuerst sah sie nach, ob von den Vorräten noch etwas vorhanden war. Doch Rachel hatte alles mitgenommen. Sie besaß ihre Flinte und die von Gisela, die modernere Doppelpistole und ihre Großvaterpistole mit reichlich Schießbedarf. Diese Waffen wollte sie jedoch nur im

Notfall für die Jagd verwenden, denn der Knall der Schüsse konnte sie an Feinde verraten.

Da die Gefahr bestand, dass die mexikanische Armee die Flüchtlinge verfolgte, galt es, so rasch wie möglich von diesem Ort wegzukommen. Zu diesem Zweck fällte Nizhoni zwei junge Bäume, entastete sie und band sie mit einer kürzeren Querstange zu einer einfachen Stangenschleife zusammen, die ihre Stute ziehen konnte. Sie befestigte noch eine Decke an den Stangen, und dann konnte sie Gisela auf dieses Travois legen. Josef setzte sie auf den Rücken der Stute und schritt mit beiden Pistolen im Gürtel und den Flinten über der Schulter los.

Zuerst überlegte sie, ob sie nicht doch dem Flüchtlingszug folgen sollte, sagte sich aber, dass sie von diesen Menschen keine Hilfe zu erwarten hatte. Daher bog sie fast im rechten Winkel von der Straße ab und führte die Stute in die offene Prärie hinein.

Unterwegs sammelte sie alles, was ihr essbar erschien, gleichgültig, ob es Pekannüsse vom letzten Jahr, Beeren oder die ersten Frühlingskräuter waren. Auch konnte sie zwei Schlangen mit einem Stock erlegen. Es war zwar nicht viel, aber daraus würde sie am Abend eine nahrhafte Suppe zubereiten. Als sie lagerten, verwendete sie ihre zum Beutel geformte Lederdecke als Suppentopf. Diesen füllte sie mit Wasser und erhitzte es mit im Lagerfeuer erhitzten Steinen.

Josef sah ihr mit großen Augen zu, während Gisela die meiste Zeit dahindämmerte. Sie schien in einer anderen Welt zu weilen, denn sie murmelte immer wieder Begriffe und Namen, mit denen Nizhoni nichts anzufangen wusste. Nur mit Mühe gelang es der Indianerin, ihrer Freundin einige Löffel Suppe einzuflößen.

Gisela lächelte sogar ein wenig und strich mit den Fingerspitzen über ihr Gesicht. »Das schmeckt gut, Mama!«

»Das freut mich!«, antwortete Nizhoni und seufzte.
Offensichtlich war der Geist ihrer Freundin verwirrt. Das bürdete ihr noch mehr Verantwortung auf, denn sie konnte Gisela nun nicht mehr fragen, wie sie sich im Zweifelsfall entscheiden sollte. Fahles Haar hatte ihnen geraten, nach Louisiana zu gehen, wenn Gefahr drohte. Der Rat war gut gewesen, als sie noch auf der Farm gelebt hatten. Doch nun zogen viele Texaner in diese Richtung, und das konnte die Krieger des großen Häuptlings von Mexiko anlocken. Daher hielt sie es für besser, diesen Weg zu meiden. Blieben sie aber in der Prärie, würden sie höchstwahrscheinlich streifenden Indianern begegnen. Nizhoni kam der Gedanke, dass Giselas verwirrter Zustand in einem solchen Fall sogar von Vorteil war. Ihr Volk zeigte eine heilige Scheu vor solchen Menschen und sah sie als Boten der Geisterwelt an.
Diese Überlegung gab den Ausschlag. Als der Morgen anbrach und sie Gisela wieder auf das Travois bettete, beschloss sie, die Welt des weißen Mannes zu meiden und ihr Glück tiefer in der Prärie zu versuchen. Dort, so hoffte sie, konnte Gisela jenseits der Wirren, die dieses Land erfasst hielten, ihr Kind zur Welt bringen.

12.

Am nächsten Abend erreichte Nizhoni eine Stelle, die ihr als Versteck geeignet schien. Es handelte sich um ein kleines Wäldchen, in dem sie einige Pekannussbäume entdeckte, deren Nüsse sie sammeln konnte. Ein paar öffnete sie

sofort und reichte die Kerne Josef. Der Junge aß sie und bettelte dann um mehr, doch Nizhoni schüttelte den Kopf.
»Zu viel ist nicht gut! Das macht Grummeln im Bauch.«
Josef sah ganz so aus, als wolle er das in Kauf nehmen, gab sich aber mit Nizhonis Suppe zufrieden. Auch Gisela aß diesmal mit gutem Appetit und schien im Kopf wieder klar zu sein.
»Ich glaube, das Kind wird bald kommen«, sagte sie mit kläglicher Miene.
Auch Nizhoni war nicht entgangen, dass ihr Leib sich bereits gesenkt hatte. »Das ist nicht gut, denn es sieht so aus, als würde es bald wieder regnen«, sagte sie.
»Ich kann doch nichts dafür!«, seufzte Gisela und blickte zum Himmel auf. Ein einzelner weißer Stern leuchtete am Abendhimmel. Sogleich stellte Gisela sich vor, dass auch Walther diesen Stern sehen würde, und fühlte sich ihm nahe.
»Ich flechte dir morgen eine Hütte, in der du vor Wind und Regen geschützt bist«, versprach Nizhoni, während sie mehrere Ruten abschnitt und Schlingen daraus fertigte.
»Vielleicht fange ich über Nacht ein Erdhörnchen oder ein Kaninchen«, meinte sie, als sie einen Ast als Fackel nahm und losging, um die Schlingen zu legen.
Während ihrer Abwesenheit schmiegte Josef sich an seine Mutter. »Geht es dir wieder besser, Mama?«
»Ja«, log Gisela, die sich niemals schlechter gefühlt hatte.
»Ich bin froh, dass die anderen weg sind. Nizhoni ist klüger als die alle zusammen.«
Josef hatte nicht vergessen, dass Rachel während ihrer Reise nach San Felipe de Austin mehrere Pekannüsse gesammelt, ihm aber keine einzige abgegeben hatte.
»Du musst Nizhoni gehorchen und darfst ihr keine Sorgen bereiten«, mahnte Gisela.

»Das tue ich!«, versicherte der Junge. »Nizhoni hat mir gezeigt, auf welche Pflanzen ich achtgeben muss, und ich habe ihr heute auch die Schlange gezeigt, die in der Suppe war.«
Josefs munteres Plappern beruhigte Gisela. Sie streichelte ihn, spürte aber, dass die Gegenwart in ihrem Kopf langsam wieder der Vergangenheit wich, und war daher froh, als Nizhoni zurückkehrte.
»Gib auf meinen Jungen acht«, bat sie.
Die Indianerin nickte. »Das werde ich tun. Doch jetzt sollten wir schlafen. Morgen flechte ich die Hütte. Mögen die Geister unserer Ahnen uns beschützen.«
Es klang wie ein Abendgebet, und Gisela dachte unwillkürlich an ihre Eltern, die beide auf dem Schlachtfeld von Waterloo den Tod gefunden hatten. Ihr war, als würden diese sie rufen, und sie stemmte sich dagegen.
»Noch nicht!«, stöhnte sie. »Zuerst muss ich mein Kind zur Welt bringen.«
Dann versank sie wieder in einen Alptraum, in dem statt mexikanischer Soldaten russische Kosaken sie verfolgten und in dem sie Menschen sterben sah, die bereits seit zweieinhalb Jahrzehnten tot waren.
Der geistige Verfall ihrer Freundin erschreckte Nizhoni, und sie zog Gisela fest an sich. Diese sah mit leuchtenden Augen zu ihr auf. »Es wird alles gut, Mama, es wird gewiss alles gut!«
»Das wird es«, versprach Nizhoni und schwor sich, das Ihre zu tun, damit Gisela ihr Kind unter einem schützenden Dach zur Welt bringen konnte.

13.

Nizhoni schlief mit angespannten Sinnen, die Doppelpistole in der Hand und bereit, sie gegen jeden einzusetzen, der ihre Schutzbefohlenen und sie bedrohte. Doch als der Morgen sich mit einem fahlen Licht aus der Nacht erhob, hatte sie nicht mehr als das ferne Heulen eines Kojoten vernommen.

Rasch schüttelte sie ihre Müdigkeit ab, wusch zuerst sich und Josef an einem kleinen Bach und brachte mit der Blechtasse ein wenig Wasser zu Gisela. Sie musste mehrmals gehen, bis ihre Freundin sich halbwegs gesäubert hatte. Danach entzündete sie ein Lagerfeuer, legte Steine hinein, damit diese heiß werden konnten, und suchte ihre Schlingen auf, um zu sehen, ob sich während der Nacht ein Tier darin gefangen hatte. Bei einer Schlinge musste ein größeres Viehzeug hineingeraten sein, denn es hatte sich befreien können und die Falle zerstört. Eine weitere war leer, doch in der dritten fand sie schließlich ein totes Erdhörnchen.

Sie brachte es zu ihrem Lager, zog das graue Fell ab und weidete das Tier aus. Einen Augenblick lang schwankte sie, ob sie das Erdhörnchen braten oder klein schneiden und in die Suppe tun sollte. Da es nicht viel Fleisch war, entschied sie sich für die Suppe. Nachdem sie mit Hilfe zweier Äste die ersten heißen Steine in ihren primitiven Lederkessel gelegt hatte, suchte sie alles zusammen, was sie zum Bau einer einfachen Hütte benötigte.

Sie unterbrach die Arbeit nur, um mittags zu essen. Josef löffelte seine Suppe selbst, während sie Gisela füttern musste. Als am Abend die Sonne den westlichen Horizont berührte, hatte sie eine Hütte geflochten, die nicht besonders groß und

auch nicht völlig regendicht war. Doch mit Reisig und Gras als Bodenbelag reichte sie aus, um Gisela halbwegs angenehm darin ruhen zu lassen. Zu essen gab es nur die Reste vom Vormittag, und das war so wenig, dass Josef Nizhoni erregt beschimpfte, weil sie ihm nicht mehr gab.
Die Navajo hörte dem Jungen ein paar Augenblicke zu und schüttelte den Kopf. »So wirst du nie ein großer Krieger! Ein solcher hält seinen Zorn im Zaum, und er weiß Hunger und Kälte zu ertragen.«
Der Vorwurf saß. Der Junge schniefte, zog dann eine entschlossene Miene und ballte die Faust. »Náshdóítsoh ist ein großer Krieger!«
»Dann beweise es!« Nizhoni hatte dem Jungen aus Scherz den Namen Puma in ihrer Stammessprache gegeben und vernahm nun mit Freude, dass er ihn selbst verwendete.
Mit einem bedauernden Blick maß sie den größeren Rest des Essens für Gisela ab und fütterte diese, während für sie selbst nur zwei Löffel blieben. Anschließend holte sie ihre Habseligkeiten in die Hütte, band die Vorderbeine der Stute zusammen, damit das Tier nicht zu weit weglaufen konnte, und legte sich schlafen.
Ein gellender Schrei riss sie hoch. Er kam von Gisela, und Nizhoni begriff, dass deren Niederkunft bevorstand. Gleichzeitig klammerte sich Josef zutiefst erschreckt an sie. Da eine Geburt Frauenwerk war, wollte Nizhoni den Jungen nicht dabeihaben.
»Geh hinaus und such die Schecke!«, befahl sie und schob ihn aus der Hütte.
Einen Augenblick sah es so aus, als wolle Josef wieder zu ihr und Gisela zurückkommen. Dann aber lief er los, und Nizhoni blieb nur zu hoffen, dass er vorsichtig genug war und ihm nichts passierte. Sie entzündete vor der Hütte ein kleines

Feuer und war froh um die Schwefelhölzchen der Weißen, weil sie mit einem Feuerbohrer um einiges länger gebraucht hätte.

In diesen Stunden hätte sie sich eine Lampe gewünscht, aber die besaß sie nicht, und sie wollte keinen brennenden Ast in den Boden stecken. Da Gisela sich immer wieder herumwälzte und um sich schlug, hätte sie eine primitive Fackel umstoßen und das Reisig- und Graspolster der Hütte in Brand setzen können.

Die Zeit wollte nicht vergehen, während die Gebärende vor Schmerzen so schrie, dass es der Indianerin in den Ohren gellte. Nizhoni tat alles, um Gisela zu helfen. Dennoch dämmerte der Morgen herauf, ohne dass das Kind kam.

»Es tut so weh, Mama«, jammerte Gisela, ohne aus ihrem Alptraum zu erwachen.

»Es wird gut! Es wird alles gut!«, wiederholte Nizhoni in allen Sprachen, die sie kannte, um die Gebärende zu beruhigen. Sie hatte selbst eine schwere Geburt durchlebt und wusste, wie ihre Freundin leiden musste. Gleichzeitig wuchs ihre Sorge um Josef, der sich schon viel zu lange draußen herumtrieb. Doch sie konnte Gisela nicht allein lassen, um nach ihm zu sehen.

In ihrer Verzweiflung flehte Nizhoni die Geister ihres Volkes an, ihnen beizustehen, obwohl Gisela keine Diné war. Doch es schien, als wären die Geister ihr gewogen, denn kurz darauf kam das Köpfchen des Kindes zum Vorschein, und keine zehn Atemzüge später hielt Nizhoni das Neugeborene in den Händen.

Es war ein Junge, etwas klein, aber dem Anschein nach gesund. Während Nizhoni ihn abnabelte, öffnete Gisela die Augen und erkannte ihre Freundin. Der Wahn, der sie seit Tagen gequält hatte, schien gewichen.

Sie sah das Kind an und lächelte. »Jetzt habe ich meine letzte Schuld getilgt.«

»Was redest du?«, fragte Nizhoni verwundert.

»Ich habe den Sohn geboren, den ich Walther noch habe schenken wollen!« Giselas Stimme wurde schwächer, und sie sank haltlos zurück, kaum dass sie das letzte Wort ausgesprochen hatte.

»Was ist mit dir?« Nizhoni legte das Kind beiseite und beugte sich über ihre Freundin. Es dauerte einige Augenblicke, bis sie begriff, dass eine Tote vor ihr lag.

»Warum tust du das?«, stöhnte sie verzweifelt auf und sah dann das Neugeborene an. Ohne Mutter konnte es nicht überleben. Der Gedanke, beide begraben zu müssen, entsetzte Nizhoni, und sie sank weinend über Gisela zusammen.

Nicht lange, da raffte sie sich wieder auf. Über all dem Leid durfte sie ihre Verantwortung für Josef nicht vergessen. Vorher aber wickelte sie das Kleine in eine Decke und legte es neben die Mutter. Danach nahm sie eine der beiden Flinten, verließ die Hütte und rief nach dem Jungen.

Es kam keine Antwort. Nizhoni erinnerte sich, ihn zur Stute geschickt zu haben, und suchte diese. Bis sie die Schecke fand, musste sie ein ganzes Stück laufen. Doch von Josef war weit und breit nichts zu sehen. Nizhoni durchlief es heiß und kalt. Wenn dem Jungen etwas geschehen war, durfte sie Fahles Haar nicht mehr unter die Augen treten. Sie rief erneut und suchte verzweifelt nach Josefs Spuren.

Die Sorge brachte sie schon halb um, als sie endlich den Abdruck eines Kinderfußes in einem Bachbett entdeckte. Aus Angst, Josef könnte hineingefallen und ertrunken sein, lief sie bachabwärts. Schließlich zog das Gewässer eine Schleife um einen Hügel und floss an den niedergebrannten Gebäuden einer Farm vorbei. Verkohlte Balken ragten in den Himmel und

zeugten davon, dass die Menschen, die hier gesiedelt hatten, dem großen Flüchtlingszug nach Osten gefolgt waren.
Dennoch näherte Nizhoni sich den Ruinen mit aller Vorsicht und atmete auf, als sie erneut die Fußstapfen des Kindes entdeckte. Der Junge musste mehrere Meilen gelaufen sein und war zumindest hier vorbeigekommen. Den Grund dafür kannte Nizhoni nicht, aber sie nahm sich vor, ihm ins Gewissen zu reden, damit er sie nicht noch einmal so erschreckte.
Ein Laut, so ähnlich wie das Blöken eines Schafes, ließ sie verwundert aufhorchen. Kurz darauf erklang er wieder, nur deutlich meckernder. Nun vergaß Nizhoni alle Vorsicht und rannte auf die Farmgebäude zu. Sie betrat den halb zerfallenen Schuppen. Auf einer Schütte Stroh fand sie Josef, der gerade an einem Maiskolben knabberte. Neben dem Jungen stand eine gescheckte Ziege und fraß ebenfalls einen Maiskolben.
»Josef! Den Geistern sei Dank!«, stieß Nizhoni aus.
Der Junge drehte sich fröhlich zu ihr um. »Du hast gesagt, ich soll die Schecke suchen. Schau, das hier ist auch eine Schecke, und die hat mich hierhergeführt. Es gibt noch eine Menge Maiskolben. Allerdings solltest du sie kochen. So sind sie mir zu hart!«
Erleichtert nahm Nizhoni den Jungen in die Arme und kämpfte gegen die Tränen an, die in ihr aufsteigen wollten. Das Schwerste für sie würde sein, Josef zu erklären, dass seine Mutter zu den Geistern ihrer Ahnen gegangen war. Dann suchte ihr Blick das volle Euter der Ziege. Kuhmilch war nicht gut für ein Kind wie Josefs kleinen Bruder. Konnte die Milch der Ziege die Rettung sein? Sie suchte einen Strick, um das Tier festzubinden, damit es nicht weglaufen konnte. Es musste seinem früheren Besitzer abhandengekommen sein und hatte sich nun Josef angeschlossen.

»Hoffentlich hat die Ziege noch Milch«, sagte sie und griff zum Euter. Als sie eine der beiden Zitzen sanft drückte, schoss ein weißer Strahl heraus.
»Sie hat Milch«, erklärte der Junge. »Ich habe sie heute Morgen gemolken und die Milch getrunken!«
»Ohne ein Gefäß?«, wunderte sich Nizhoni.
Da brachte Josef eine kleine Schüssel zum Vorschein. »Bei dem verbrannten Haus gibt es noch mehr, sogar einen Kessel, mit dem du richtig kochen kannst, dann musst du nicht immer heiße Steine in deinen Ledersack stecken«, fuhr der Junge fort.
Nizhoni überlegte, ob sie Josef hierlassen und das Neugeborene und die Stute holen sollte. Doch eine niedergebrannte Farm konnte fremde Menschen anziehen, und sie wollte weder mexikanischen Soldaten noch schweifenden indianischen Kriegern begegnen.
»Hast du auch eine Schaufel gefunden? Ich brauche nämlich eine«, sagte sie zu dem Jungen.
Der nickte eifrig. »Das habe ich. Aber der Stiel ist verbrannt!«
»Ich werde einen neuen machen. Doch nun komm! Wir nehmen ein paar Maiskolben und die Ziegenschecke mit.«
»Dann kann ich so viel Milch trinken, wie ich will!«, rief der Junge begeistert aus.
Um Nizhonis Mund zuckte es. Die Milch des Tieres war in erster Linie für Josefs Bruder gedacht. Nur wenn der Kleine satt war, würde auch er welche erhalten.

ACHTER TEIL

San Jacinto

1.

Walther setzte das Fernglas ab und schob es mit einem Ruck zusammen. »Sie haben recht, Rudledge! Santa Ana teilt seine Armee erneut auf. Wie es aussieht, schickt er ein Drittel seiner Truppen nach Süden!«
»Dem Westentaschen-Napoleon wird es anscheinend zu langweilig«, antwortete der Späher grinsend. »Kann ich verstehen! So, wie Old Sam Houston ihn hinter sich hergehetzt hat, muss es ihm die Laune verderben.«
»Wie es aussieht, hat General Houston mit seiner Strategie zum zweiten Mal Erfolg. Santa Ana hat jetzt höchstens noch sechzehnhundert Mann bei sich. Das erhöht unsere Chancen.«
»Auf mindestens eins zu zwei, denn er ist uns im Augenblick nur noch doppelt überlegen. Jetzt könnten wir seine Truppe immer wieder aus dem Hinterhalt attackieren«, schlug Rudledge vor.
Walther schüttelte den Kopf. »Es gibt hier zu wenige Stellen, an denen wir ihn in die Falle locken könnten. Daher werden wir es auf die harte Weise austragen müssen.«
»Mir auch recht! Und jetzt sollten wir zusehen, dass wir von hier wegkommen. Ich sehe einige Dragoner in unsere Richtung reiten. Sind wohl auf der Suche nach unseren Spähern.« Mit einem Zungenschnalzen trieb Rudledge seinen

Mustang an und ritt in der Deckung eines kleinen Wäldchens davon.

Nach einem letzten Blick auf Santa Anas Lager folgte Walther ihm. Obwohl Santa Anas Dragoner ausschwärmten, führte der erfahrene Scout ihn unbemerkt von den feindlichen Soldaten zurück. Drei Stunden später erreichten sie ihr Lager und gaben der Wache die Parole.

»Na, habt ihr Santa Ana in den Suppentopf geschaut?«, fragte ein Soldat grinsend.

»Nicht ganz, aber fast. Jetzt lasst uns erst einmal mit Old Sam reden. Er ist noch neugieriger als du!« Rudledge zwinkerte Walther zu und ritt zum Zelt des Generals weiter.

Sam Houston hatte sie kommen sehen und erwartete sie vor seinem Zelt. »Was gibt es?«, fragte er angespannt.

»Santa Ana schickt einen Teil seiner Armee nach Süden. Ich schätze, er will die Küstenorte unter Kontrolle bringen, um uns von dem Nachschub abzuschneiden, der über die See kommen könnte«, meldete Walther.

»Dazu hat er gewiss seinen Schwager Cos abkommandiert. Dem kann er noch am ehesten vertrauen. Einige seiner Offiziere sollen bereits murren, weil er vor dem Alamo nicht auf die schwere Artillerie gewartet hat. Deshalb hat ihn der Sturmangriff auf das Fort weitaus mehr Soldaten gekostet, als nötig gewesen wären.«

Houstons Männer hatten ein paar mexikanische Deserteure abgefangen und verhört, und so wusste der General recht gut über die Zustände im feindlichen Heer Bescheid. Nachdenklich ließ er den Blick über sein Lager schweifen. Die Soldaten brannten darauf, es Santa Ana heimzuzahlen, doch war der rechte Augenblick bereits gekommen? Houston bezweifelte das. Noch hatte sich Cos mit seinen Männern nicht weit genug entfernt. Wenn er kehrtmachte, um seinem Oberbefehls-

haber zu Hilfe zu eilen, geriet seine Armee zwischen zwei Fronten und wurde aufgerieben.
»Wir brechen morgen das Lager eine Stunde früher ab als sonst. Fitchner, sorgen Sie dafür, dass die Armee bis zum Abend ihre dreißig Meilen zurücklegt. Wir setzen uns erst einmal von Santa Ana ab.«
»Das wird den Jungs aber gar nicht gefallen«, wandte Rudledge ein.
»Ich will Santa Ana von unseren Flüchtlingen fernhalten. Es wäre verdammt ärgerlich, wenn er auf die treffen und sie niedermachen würde. So aber muss er uns folgen, da er nicht weiß, was wir vorhaben.«
Houston hatte keine Lust auf eine lange Diskussion und forderte jetzt auch die anderen Offiziere auf, ihre Einheiten auf einen Gewaltmarsch am nächsten Tag vorzubereiten.
Walther kehrte bedrückt zu seiner Kompanie zurück. Zu den Flüchtlingen, die Houston erwähnt hatte, zählte auch Gisela. Das hatte er von dem Handelsgehilfen Jack erfahren, der nun ebenfalls zur Armee gestoßen war. Sie war hochschwanger oder hatte das Kind vielleicht auch schon geboren. Ich hätte sie nicht verlassen dürfen, fuhr es ihm durch den Kopf. Viele Männer sind bei ihren Familien geblieben, anstatt sich Houstons Armee anzuschließen. Wäre jeder Texaner, der eine Waffe halten konnte, zur Armee gekommen, ständen sie jetzt mit sechs- bis siebentausend Mann gegen Santa Ana. Dann hätten sie den selbsternannten Napoleon des Westens nicht so tief nach Texas eindringen lassen müssen, sondern schon bei San Antonio zurückgeschlagen und über den Rio Grande zurückgejagt.
Walther schüttelte diese Überlegungen ab, denn es brachte nichts, vergebenen Chancen nachzutrauern. Stattdessen winkte er Thierry und die Unteroffiziere zu sich. »Wir ste-

hen morgen eine Stunde eher auf und marschieren dreißig Meilen. General Houston möchte den Mexikanern ein wenig Bewegung verschaffen. Außerdem will er sie von unseren Flüchtlingen weglocken. Denkt daran, es sind wahrscheinlich auch eure Frauen und Kinder dabei. Ihr wollt sicher nicht, dass Santa Anas Soldaten sich um sie kümmern.«
Zwei, drei Männer lachten, die meisten machten jedoch abwehrende Gesichter. Albert Poulain wischte sich sogar eine Träne aus den Augen. »Ich hoffe, Ihre Frau und Gertrude kümmern sich um meine kleine Cécile. Sie ist ja so allein, nachdem meine Charlotte gestorben ist.«
»Sicher ist Cécile in guter Hut«, versuchte Walther, ihn zu beruhigen.
Dann funkelte er die Männer auffordernd an. »Es soll keiner von euch denken, dass wir morgen vor Santa Ana fliehen. Ein preußischer General hat einmal gesagt, ein Krieg wird mehr mit den Stiefeln als mit den Musketen gewonnen. Wir werden Santa Anas Armee zuerst zermürben und dann in Stücke zerlegen.«
»Was Sie sagen, hört sich ja gut an. Aber wenn ich noch lange marschieren muss, sind meine Stiefel durch und ich kann barfuß gehen«, beschwerte sich James Fuller.
»Santa Anas Soldados besitzen keine Stiefel, sondern müssen barfuß marschieren. Denen tut jede Meile weitaus weher als uns!«
Walther wollte damit eigentlich nur die eigenen Männer beruhigen, doch die lachten darüber wie über einen guten Witz, und Fuller ließ es sich nicht nehmen, den nächsten Kommentar abzugeben. »Ich sage Ihnen Bescheid, Colonel, wenn meine Stiefel hinüber sind. In dem Augenblick müssen wir kehrtmachen und Santa Ana verprügeln.«
»Ich werde es General Houston mitteilen«, erklärte Walther trocken.

»Bitte nicht! Der ist imstande und schenkt mir ein neues Paar, damit wir noch länger vor den Mexikanern davonlaufen können«, gab Fuller grinsend zurück und hatte die Lacher auf seiner Seite.

2.

Mit dem bitteren Gefühl, versagt zu haben, blickte Nizhoni auf den Erdhaufen, unter dem Giselas sterbliche Hülle lag. Aber der Verstand sagte ihr, dass sie nichts hätte ändern können. Selbst wenn sie und Gisela bei den anderen Flüchtlingen hätten bleiben können, wäre ihre Freundin bei der Geburt des Kindes gestorben.
»Mögen die Geister deiner Ahnen dich willkommen heißen«, sagte sie leise und forderte Josef auf, eines der Gebete zu sprechen, die Gisela ihn gelehrt hatte. Der Junge tat es und klammerte sich dabei an ihr fest. Der Verlust der Mutter erschreckte ihn zutiefst, und er weinte bitterlich.
Nizhoni wusste, dass sie sich nicht der Verzweiflung hingeben durfte, denn sie musste der Verantwortung gerecht werden, die Gisela ihr übertragen hatte. Dies hieß, dafür zu sorgen, dass auch der noch namenlose Junge überlebte. Zwar hätte sie selbst nichts für den Kleinen tun können, aber Josef hatte ihm eine kleine Chance gegeben, indem er die entlaufene Ziege gefunden hatte.
Um nicht immer das Kind oder der Säugling sagen zu müssen, beschloss sie, das Neugeborene vorerst Ma'iitsoh zu nennen. Es passte zu Náshdóítsoh, wie sie Josef für sich nannte. Wolf und Puma waren gute Namen für zwei Jungen,

und die Geister dieser Tiere würden ihnen helfen, die Gefahren zu überwinden, die ihnen drohten.

Mit einer müden Bewegung kehrte Nizhoni dem frischen Grab den Rücken, fasste Josef bei der Hand und ging mit ihm zur Hütte zurück. Sie hatte die Ziege daneben angebunden und nahm nun die Schüssel, um sie zu melken.

Josef sah ihr zu und streckte auch schon die Hand aus, um die Schüssel zu nehmen. Doch da schüttelte Nizhoni den Kopf.

»Die Milch ist für deinen Bruder. Er kann noch keine Suppe essen.«

Das sah Josef ein. Hungrig sah er zu, wie Nizhoni dem Säugling vorsichtig die Milch einflößte. Sie schien dem Kleinen nicht zu schmecken, denn er spuckte sie immer wieder aus. Irgendwann aber siegte sein Hunger, und er trank.

»So ist es gut«, lobte Nizhoni ihn und reichte Josef den Rest der Milch.

»Du bleibst hier bei Ma'iitsoh, während ich nach meinen Schlingen sehe«, befahl sie ihm.

Josef nickte, auch wenn ihm das kleine Bündel Mensch ein wenig unheimlich war. Unter einem Bruder hatte er sich jemanden vorgestellt, mit dem er herumtollen konnte. Dazu aber war der Kleine wahrlich nicht in der Lage. Er setzte sich hin, kitzelte den Säugling am Kinn und meinte ihn lächeln zu sehen. In dem Augenblick fand er, dass der Name, den Nizhoni dem Kind gegeben hatte, nicht passte. Ein Wolf hätte grimmiger aussehen müssen.

Unterdessen eilte Nizhoni leichtfüßig durch den Wald und wurde dadurch belohnt, dass sich in einer ihrer Schlingen ein Eselhase verfangen hatte. An diesem Tag und auch am nächsten würden Josef und sie nicht hungern müssen. Sie löste das Tier aus der Schlinge und ging weiter. Am Rand des Wäld-

chens angekommen, schweifte ihr Blick über die Prärie. Da sah sie auf einmal Reiter, die sich fast schnurgerade ihrem Versteck näherten.
Nizhoni hoffte zunächst noch, es handele sich um Fahles Haar und seine Männer, und ihr Herz machte einen Sprung. Doch dann erkannte sie, dass die Reiter ausnahmslos blaue Jacken trugen und über ihnen Lanzenspitzen im Sonnenlicht funkelten.
»Mexicanos!« Das Wort war gleichbedeutend mit Feind.
So rasch sie konnte, kehrte Nizhoni zu der Hütte zurück und verwischte die Spuren, die sie und Josef in den letzten Tagen hinterlassen hatten. Zuletzt packte sie den Säugling mit der einen und den Strick der Ziege mit der anderen Hand und brachte beide tiefer in das Wäldchen hinein. Anschließend holte sie ihre Stute und befahl dieser, sich auf den Boden zu legen. Der Mustang gehorchte und würde weder wiehern noch laut schnauben.
Doch was machen die Ziege oder das Kind?, fragte Nizhoni sich besorgt.
»Wir müssen ganz still sein«, mahnte sie Josef und forderte ihn auf, sich ebenfalls auf den Boden zu legen und sich nicht mehr zu rühren. Sie selbst lauschte mit angespannten Sinnen nach verdächtigen Geräuschen. Schon bald hörte sie Stimmen, konnte aber nur einzelne Worte verstehen. Offenbar wollten die mexikanischen Krieger ihre Pferde an dem Bach tränken.
»Halte eine Weile meinen Gaul. Ich muss in die Büsche«, klang es viel zu nahe für sie auf.
»Mach ich!«, antwortete ein anderer Soldat.
Nizhoni legte beide Flinten und die Pistolen zurecht, bereit, sich bis zum letzten Atemzug zu wehren. Anhand der Geräusche verfolgte sie, wie der Mann in das Wäldchen ein-

drang. Ihre Hand wanderte zur ersten Flinte, und sie wollte sie schon spannen, als sie nur noch das angestrengte Ächzen des Mexikaners vernahm. Danach verließ dieser das Wäldchen und gesellte sich wieder zu seinen Kameraden.
Noch wagte Nizhoni nicht aufzuatmen. Erst als Hufschlag aufklang und sich in der Ferne verlor, verließ sie ihr Versteck und schlich bis zum Waldrand. Dort sah sie, dass die Mexikaner sich schon ein ganzes Stück entfernt hatten. Dennoch war ihr der Aufenthalt an dieser Stelle verleidet. Wenn die Reiter nur eine Vorhut waren, würde bald die gesamte mexikanische Armee hier vorbeikommen und sie und die Kinder entdecken. Einen Augenblick lang schwankte sie, was sie tun sollte, sagte sich dann aber, dass die Weite der Prärie ihr den besten Schutz bot, und beschloss, sich westwärts zu wenden. Sie kehrte zu den Kindern und den beiden Tieren zurück und brachte sie alle an den Waldrand.
Josef sah ihr neugierig zu, als sie das Travois zurechtmachte und trockenes Feuerholz und all das darauf packte, was ihnen geblieben war. Das Neugeborene trug sie fest eingehüllt auf dem Rücken, so dass es warm und geborgen schlafen konnte. Die für das Kind überlebenswichtige Ziege band sie mit einem Strick an das Travois und setzte Josef auf die Stute. Dann ging es los.
»Warum gehen wir weg?«, fragte Josef.
»Hier werden bald viele fremde Krieger durchziehen, und denen dürfen wir nicht begegnen!«
»Aber wir haben heute noch nichts gegessen«, maulte der Junge.
»Du hast dein Frühstück bekommen«, erklärte Nizhoni.
»Ein echter Krieger hält es danach bis zum Abend aus.«
Da Josef ein echter Krieger sein wollte, hielt er den Mund, obwohl sein Magen arg knurrte. Doch so schlimm, wie er es

sich vorgestellt hatte, wurde es dann doch nicht. Am späten Nachmittag erreichte Nizhoni eine Stelle, die ihr als Lagerplatz geeignet schien. Dort versorgte sie erst den Säugling und wechselte dessen Graswindel. Kurz danach brutzelte der Eselhase über dem Feuer, und ein verführerischer Duft drang in Josefs Nase.
»Ich bin froh, dass du bei mir bist und nicht Gertrude, Arlette oder gar Rachel«, erklärte er, als er das erste Stück Hasenbraten entgegennahm.

3.

Sam Houston musterte die offene Landschaft mit dem kleinen Fluss und dem Wäldchen und nickte zufrieden. »Hier schlagen wir unser Lager auf und ruhen uns aus. Ich schätze, dass Santa Anas Truppen morgen am späten Abend oder spätestens übermorgen zu uns aufgeschlossen haben. Sie werden müde sein, und das ist unser Vorteil.«
»Wir suchen also den Kampf?«, fragte Walther und erhielt ein Lachen als Antwort.
»Wir suchen ihn nicht, sondern er findet uns. General Urrea ist mit seiner Einheit im Westen geblieben und General Cos mittlerweile zu weit weg, als dass er Santa Ana zu Hilfe kommen könnte. Außerdem sind die Mexikaner von den langen Märschen erschöpft. Eine bessere Chance bekommen wir nicht. Wahrscheinlich ist es sogar unsere einzige.«
Mit einem Schlag war Houston ernst geworden. Er wies auf den Fluss. »Hier am San Jacinto River wird es sich entscheiden, ob es ein freies Texas geben wird oder nicht.«

»Ich wäre für Ersteres«, sagte Walther. »Auf jeden Fall haben wir Santa Ana mit unseren Richtungswechseln verwirrt und ihm keine Gelegenheit gegeben, unsere Flüchtlinge zu verfolgen.«
»Ich habe gehört, dass Ihre Frau und die Frauen einiger Ihrer Leute beim Treck sind. Ich hoffe, sie kommen gut durch.«
Mit diesen Worten klopfte Houston Walther auf die Schulter und wies dann mehrere Soldaten an, an welcher Stelle sie sein Zelt aufschlagen sollten.
»Hat man etwas von Stephen Austin gehört?«, fragte Walther.
Houston schüttelte den Kopf. »Nein! Gerüchten zufolge soll er einen kleinen Trupp Flüchtlinge anführen. Das ist ein schlechter Lohn für jemanden, der dieses Land aufgebaut hat. Er hätte damals nicht das Kommando übernehmen, sondern es mir übertragen sollen. Dann hätten die Leute ihn zu ihrem ersten Gouverneur gewählt. Aber er hat sich zu viel Verantwortung auf einmal auf die Schultern geladen, und das ging schief.«
»Es ist schade um ihn«, fand Walther.
»Ich hoffe, er kriegt den Kopf wieder hoch. Texas braucht ihn.«
Walther wusste nicht, ob Houston es ernst meinte. Immerhin waren die beiden Konkurrenten um die Führerschaft in Texas. Dem Land würde es jedoch zweifelsohne guttun, wenn beide zusammenarbeiteten. Das aber musste die Zukunft entscheiden. Vorerst ging es darum, Santa Ana dazu zu zwingen, Texas zu verlassen und die Unabhängigkeit des Landes zu akzeptieren. Mit diesem Gedanken verabschiedete Walther sich von Houston und überbrachte den anderen Offizieren dessen Befehl, an diesem Ort zu bleiben, bis die Mexikaner erschienen.

»Hat der alte Zauderer sich endlich doch entschieden, die Schlacht zu suchen?«, fragte ein Major. »Ihm bleibt auch nichts anderes übrig, denn keiner der Männer will noch länger vor den Mexikanern davonlaufen.«
»Ich würde Houston keinen Zauderer nennen. Er hat so lange gewartet, bis er die Chance gesehen hat, Santa Ana kräftig in die Schranken zu weisen«, antwortete Walther schroff, weil ihn die Kritik an ihrem Oberbefehlshaber ärgerte.
Wenn es nach den meisten Männern gegangen wäre, hätten sie sich schon langst einem vier- bis fünffach überlegenen Feind gestellt und wären in Stücke gehackt worden. Houston hatte hingegen gewartet, bis Santa Ana den entscheidenden Fehler begangen hatte – und das war die Aufteilung seiner Truppen in drei unabhängig voneinander operierende Einheiten. Doch dies einem sturschädeligen Texaner beizubringen war etwas, was auch er sich nicht zutraute.
»Die Männer sollen sich ausruhen und ihre Ausrüstung überprüfen. Wenn es hart auf hart kommt, muss alles in Ordnung sein«, sagte er noch und ging weiter.
Eine halbe Stunde später kam er zu seinen eigenen Leuten. Diese hatten bereits Lager bezogen und ihre Kochfeuer entzündet.
»Wie wäre es mit einem Kaffee?«, fragte Thierry.
»Danke, den kann ich brauchen!« Walther nahm die Tasse entgegen und würgte das bittere, schwarze Gebräu hinunter.
»Mit Milch und Zucker würde er besser schmecken«, meinte er.
»Haben wir derzeit nicht. Ich habe eine Bestellung an Santa Ana aufgegeben, ihn uns zu bringen, aber bis jetzt ist er noch nicht da!« Thierry grinste und ließ sich nachschenken.
Walther verzichtete auf eine zweite Tasse und setzte sich auf den einfachen Klappstuhl, den ein Schreiner in Austins ehemaliger Siedlung für ihn gemacht hatte.

Kurz darauf brachte Lucien ihm das Abendessen. Es bestand aus Bohnen, Maiskörnern und Speck und schmeckte so fad, dass er sich beinahe nach Rosita Jemelins Tortillas sehnte.
Deren Ehemann Diego gesellte sich mit seinem Teller zu ihm. »Señor Waltero, wissen Sie, ob Ramón de Gamuzana bei Santa Anas Truppen ist oder sich General Cos angeschlossen hat?«
»Ich nehme an, dass er bei Santa Ana geblieben ist. Ramón hat sich immer in der Nähe dieses Mannes gehalten. Warum sollte es auf einmal anders sein?«
»Ich bete und hoffe, dass er bei ihm ist und mir vor die Muskete läuft. Sie haben gesehen, wie die Indios, die er geschickt hat, meine Frau und meine Kinder zugerichtet haben. Wenn die Wilden sie wenigstens nur umgebracht hätten! Aber so ...« Jemelin konnte nicht weitersprechen, weil ihn die Erinnerung überwältigte.
»Es tut mir leid, dass es so gekommen ist«, sagte Walther mit belegter Stimme.
»Es hieß, er hätte die Indios gegen die Americanos hetzen wollen. Aber ich frage mich, welcher Segen liegt auf einem Krieg, in dem Frauen und kleine Mädchen geschändet und auf widerlichste Art und Weise zu Tode geschunden werden? Keine Frau und kein Mädchen hat das verdient – weder eine Americana noch eine Mexicana. Ich weiß, dass Rache schlecht ist und Gott sie nicht will. Aber ich kann nicht mit dem Wissen weiterleben, dass der Mann, der die Tortillas meiner Frau gegessen und unsere Kinder gestreichelt hat, für deren Tod verantwortlich ist und ohne Strafe bleibt.«
»Das verstehe ich gut, Señor Jemelin, und ich würde nicht anders handeln!« Walther legte einen Arm um seinen Freund und zeigte mit der freien Hand zum Himmel empor, auf dem eben ein erster, weiß blitzender Stern erschien.

»Sehen Sie den Stern dort, Muchacho? Er kündet uns die Nacht an, aus der ein neuer Tag erwachen wird. Auch für uns wird es einen neuen Tag geben. Wenn dieser Krieg vorbei ist, werden Sie auf Ihre Hacienda zurückkehren. Es wird eine neue Frau für Sie geben, die frische Blumen auf Rositas Grab und das der Kinder legen wird. Und Sie werden neue Kinder aufwachsen sehen.«

Walthers Appell ging jedoch ins Leere. Diego Jemelin sah kurz zu dem Stern auf und schüttelte dann den Kopf. »In mir ist alles zerschlagen, Señor. Alles, was mir einmal etwas bedeutet hat, existiert nicht mehr – außer meiner Rache. Ich will Ramón de Gamuzana zu meinen Füßen sehen und ihn anspucken können.«

»Gebe Gott, dass es so kommt!« Walther dachte daran, dass Santa Anas Armee immer noch doppelt so stark war wie die eigene und ihnen ein harter, gnadenloser Kampf bevorstand. Viele Männer, die heute noch zusammen an den Lagerfeuern saßen, würden den darauffolgenden Morgen nicht mehr erleben. Vielleicht gehörte auch er zu jenen, die steif und kalt liegen blieben. Der Gedanke machte ihn traurig, denn er hätte sich gerne von Gisela und Josef verabschiedet und auch erfahren, ob seine Frau ihm nun einen Sohn oder eine Tochter geboren hatte.

4.

Am nächsten Tag war von den Mexikanern noch nichts zu sehen. Doch Rudledge und andere Scouts brachten die Nachricht, dass Santa Ana geradewegs auf den San Jacinto River zuhielt. »Seine Späher haben unser Lager bereits ausgemacht«, berichtete Rudledge. »Wie es aussieht, glaubt der Westentaschen-Napoleon, dass wir am Ende sind und nicht mehr weiterkönnen. Jetzt will er uns endgültig in den Sack stecken.«
»Das wird er bleiben lassen«, antwortete Houston mit einem gekünstelten Lachen.
»Er dürfte merken, dass unser Sack größer ist als der seine«, spottete Rudledge und äugte zu dem Tisch in Houstons Zelt hinüber, auf dem ein Becher und eine noch halb volle Flasche Whisky standen.
»Könnte ich vielleicht einen Schluck davon haben, so quasi als Medizin?«, fragte er.
Houston goss ihm eigenhändig ein und reichte ihm den Becher. »Das hast du dir verdient! Kannst du morgen wieder losreiten und die Mexikaner im Auge behalten? Ich möchte gewarnt werden, wenn Santa Ana seine Armee aus dem Marsch heraus zum Angriff antreten lässt!«
»Das wird er kaum tun«, meinte Rudledge zwischen zwei Schlucken Whisky. »Wie ich schon sagte: Seine Männer sind am Ende. Die werden froh sein, wenn sie am Abend ihr Lager aufschlagen können.«
»Vielleicht sollten wir sie angreifen, wenn sie kommen?«, schlug Walther vor.
Nach kurzem Überlegen schüttelte Houston den Kopf. »Seine Späher könnten ihm berichten, wenn wir uns zum Angriff

formieren. Dann würde er sein Lager einige Meilen von uns entfernt beziehen, und damit ginge uns das Überraschungsmoment verloren. Wir bleiben hier und tun so, als wären wir tatsächlich fußwund.«

Walther salutierte und ging. Er fragte sich, ob der Vorwurf der Feigheit, der immer wieder gegen Houston erhoben wurde, nun der Wahrheit entsprach oder ob ihr General wirklich nur auf seine Chance lauerte. Auf jeden Fall war es wichtig, ihre Männer auf die entscheidende Auseinandersetzung vorzubereiten. Daher gesellte er sich zu einigen Offizieren, die erregt aufeinander einredeten.

Es waren Männer aus Louisiana, Mississippi, Alabama und Tennessee, deren Erfahrung bisher nur aus dem Kampf gegen Indianer bestand und die daher keine Vorstellung davon hatten, was es bedeutete, gegen ein in Schlachtreihe vorrückendes Regiment anzutreten.

Von diesen wurde Houston wegen seines Zauderns besonders heftig kritisiert. Zwar hatten sich die Männer freiwillig seinem Heer angeschlossen, doch sie waren keine Berufssoldaten, sondern wollten sich hier in Texas ansiedeln. Mit dem Land, das die neue Regierung großzügig verteilte, hofften sie, wohlhabende Bürger zu werden.

»Ich sage euch, wenn Houston diesmal nicht angreift, müssen wir ihn dazu zwingen!«, rief ein aus Alabama stammender Major.

»Die Jungs brennen darauf, den Mexikanern die Morde von Alamo und Goliad heimzuzahlen«, sagte ein anderer.

»Wir hätten Santa Anas Truppen längst verprügelt, wenn Houston uns nicht gezwungen hätte, vor ihnen davonzulaufen.«

In dieser Art ging es weiter, bis einer der Männer Walther ansah. »Was sagen Sie, Fitchner? Immerhin waren Sie in Waterloo dabei.«

»Santa Anas Truppen haben einen harten Wintermarsch durch Mexiko hinter sich und bei Alamo kräftig geblutet. Mittlerweile stecken ihnen noch mehr Meilen in den Knochen, und ich glaube, nun können wir ihrer Herr werden, obwohl sie doppelt so viele Köpfe zählen wie wir«, antwortete Walther.

»Das glauben wir auch. Aber was denkt er?« Der Sprecher wies dabei auf Houstons Zelt.

»Er ist sich des Sieges ebenso sicher wie ich, sonst hätte er uns keinen Ruhetag gegönnt, insbesondere nicht an einer Stelle, an der Santa Anas Armee uns innerhalb zweier Tage erreichen kann.«

Die Offiziere gaben sich mit dieser Auskunft zufrieden und wandten ihre Überlegungen den Mexikanern zu. »Wann, glauben Sie, werden die Kerle hier sein?«, fragte einer.

»Rudledge schätzt, sie werden noch heute vor der Abenddämmerung eintreffen. Wir sollten daher achtgeben, ob sie aus dem Marsch heraus zur Attacke antreten oder erst einmal Lager beziehen.«

Obwohl Walther nicht annahm, dass Santa Ana seine ermüdete Truppe sofort in den Kampf werfen würde, wollte er vorsichtig bleiben. Noch in derselben Stunde schickten sie deshalb weitere Scouts los, um die Mexikaner zu beobachten.

Auch Walther hielt es nicht im Lager. Er schwang sich aufs Pferd und ritt los, um sich die Mexikaner anzusehen. Thierry, Fuller, O'Corra, der junge Tobolinski und Scharezzani kamen mit ihm. Kurz darauf sahen sie Santa Anas Soldaten in Doppelreihen heranmarschieren. Die aus Dragonern gebildete Vorhut bot mit ihren Uniformen und Fahnen einen imposanten Anblick. Walther bemerkte jedoch durch sein Fernrohr, dass die einfachen Soldados, aus denen das Gros

der Armee bestand, abgerissen und erschöpft wirkten. Der General hingegen, den er einen Augenblick lang mustern konnte, glänzte in einer prachtvollen Uniform mit gewaltigen Silbertressen und einem riesigen Zweispitz voller Federn.
»Der Kerl sieht aus, als würde er zu einer Parade reiten«, sagte Walther spöttisch zu seinen Begleitern und reichte sein Fernrohr an Thierry weiter, damit dieser sich Santa Ana anschauen konnte.
James Fuller begann zu lachen. »Sam Houston sagte einmal, dass wir den Diktator unbedingt gefangen nehmen müssen, wenn wir Frieden haben wollen, und in dieser Uniform können wir ihn nicht übersehen.«
»Dann wollen wir hoffen, dass er sie anbehält.« Da sich eben ein Trupp Dragoner aus der Marschkolonne löste und in ihre Richtung ritt, winkte Walther seinen Begleitern, mitzukommen, und trabte zu ihrem Lager zurück.
Dort warteten die Männer bereits voller Neugier auf Nachrichten. »Was gibt es?«, hörte Walther jemanden rufen. »Ist Santa Ana endlich da?«
»Das ist er – und keine zwei Meilen entfernt«, rief Walther über das Lager.
»Und sie marschieren noch!«, setzte Thierry hinzu. »Kann sein, dass wir eine Gasse bilden müssen, um sie durchzulassen, wenn sie nicht zum Halten kommen.« Er lachte fröhlich, obwohl auch ihm bewusst war, dass der Kampf hart werden würde. Doch nach all den Wochen, die sie vor Santa Anas Armee hergezogen waren, schien auch ihm ein Ende mit Schrecken besser als ein Schrecken, der endlos andauerte.
»Für unsere Freunde aus Alamo! Für Fannin und seine Männer aus Goliad!«, rief einer der Texaner. Der Ruf wurde von den anderen aufgenommen und hallte wie ein Echo durch das Lager.

Sam Houston schaute kurz aus seinem Zelt heraus und nickte zufrieden. Die Armee von Texas, die er zu Beginn als Sauhaufen bezeichnet hatte, hatte durch den langen Marsch zueinandergefunden und war nun bereit zum entscheidenden Kampf.

5.

Antonio López de Santa Ana, Präsident und Oberbefehlshaber aller Truppen von Mexiko, blickte sich zufrieden zu seinen Begleitern um. »Señores, wir haben die Rebellen endlich eingeholt. Nun wird sie nichts mehr vor unserer Rache retten!«
»Eure Exzellenz, wir haben noch zwei Stunden Tageslicht. Sollen wir die Männer antreten lassen und diesen verfluchten Americanos noch heute das Lebenslicht ausblasen?«, fragte Ramón de Gamuzana.
»Nein! Unsere Männer sind zu müde und können die Americanos nicht so schnell verfolgen, wie die davonlaufen würden. Wenn uns zu viele von diesen Hunden entkommen, rotten sie sich wieder zusammen, und dieser Feldzug dauert noch länger.«
Gamuzana war mit dieser Auskunft nicht zufrieden, denn ihn drängte es, die texanischen Rebellen endlich zu vernichten. Da er Santa Ana jedoch kannte, wagte er keinen Widerspruch.
Auch einige andere Offiziere hätten sich einen sofortigen Angriff gewünscht. Dazu gehörten Capitán Velasquez, der

seine Verletzung auskuriert hatte, und dessen neuer Stellvertreter. Beide hofften, sich im Kampf auszuzeichnen und damit die Schlappe, die Walther und seine Leute ihrem Trupp beigebracht hatten, ausbügeln zu können.

»Also greifen wir morgen an?«, fragte Velasquez.

Nach einem Blick über seine erschöpfte Armee schüttelte Santa Ana den Kopf. »Nein! Der Feind kann uns nicht mehr entkommen, also sollen die Männer sich ausruhen. Wir schlagen unser Lager so nahe an dem der Americanos auf, dass wir jederzeit angreifen können, wenn die Kerle Anzeichen machen, sich zurückzuziehen. Ich will sie zerquetschen!«

Der General machte eine entsprechende Geste und zeigte dann auf den Fluss. »Was ist das für ein Gewässer?«

»Das ist der Rio San Jacinto«, antwortete Ramón de Gamuzana, der sich in dieser Gegend am besten auskannte.

»Das, Señores, ist der Fluss, an dem wir Geschichte schreiben werden!«, erklärte Santa Ana. »In zwei Tagen wird niemand es mehr wagen, sich gegen den Präsidenten der Republik Mexiko zu erheben. Ich überlasse dieses Land hier eher den Komantschen, als noch einen einzigen nordamerikanischen Siedler darauf zu dulden.«

»Wir sollten Siedler aus dem Süden hierherbringen, aus Yucatán und Zacatecas, als Strafe für die Aufstände in diesen Provinzen«, schlug Gamuzana vor.

»Ein guter Gedanke! Ich werde mich zu gegebener Zeit daran erinnern«, lobte ihn Santa Ana und strich sich über seinen Schnurrbart.

Dann wurde seine Miene hart. »Señores, ihr seid mir dafür verantwortlich, dass unsere Armee übermorgen in voller Ordnung zur Schlacht antritt. Geben Sie aus, dass keine Gefangenen gemacht werden – außer einem! Ich will Sam Houston in die Ciudad de Mexico bringen und dort als Abschreckung für

alle meine Feinde hinrichten lassen! Doch nun sollten wir das Lager beziehen. Meine Herren, Sie sind heute Abend meine Gäste. Trinken wir auf Mexiko und unseren Sieg!«
»Auf Mexiko!«, murmelte Ramón de Gamuzana.
Auf den Sieg wollte er erst dann trinken, wenn dieser errungen war. Doch ebenso wenig wie die anderen hegte er Bedenken, dass die bevorstehende Schlacht verloren gehen könnte. Sie verfügten über eine gut ausgebildete Armee, waren dem Feind mehr als doppelt überlegen und hatten nur Bauern ohne jede militärische Erfahrung gegen sich.

6.

Die Texaner stellten in dieser Nacht doppelte Wachen auf, und diese weckten die Männer eine Stunde früher als sonst, um für einen Angriff der Mexikaner bereit zu sein. Doch zu ihrer Überraschung blieb alles still.
»Die wollen uns weichkochen«, knurrte James Fuller.
Thierry grinste ihn spöttisch an. »Dafür sind wir, glaube ich, ein bisschen arg zäh.«
»Wann werden sie kommen?«, wollte Albert Poulain wissen.
»Wenn du willst, gehe ich hinüber und frage Santa Ana, wann er gedenkt, seinen Arsch in den Sattel zu schwingen und den Angriff zu befehlen«, bot Thierry an.
»Kannst du nicht einen Augenblick ernst sein?«, beschwerte sich Poulain.
»Es wäre die einzige Möglichkeit, etwas zu erfahren. Aber ich weiß nicht, ob Santa Ana uns eine ehrliche Antwort ge-

ben würde.« Auch Walther versuchte, der Anspannung mit einer spöttischen Bemerkung Herr zu werden.

Nun lachte sogar Poulain. Dennoch empfanden alle das Warten als nervenaufreibend. Das Mittagessen nahmen die Männer mit den Musketen auf den Knien ein, bereit, die Teller jederzeit beiseitezustellen, sollte der Angriff erfolgen. Doch es ließ sich kein Mexikaner blicken.

Dafür kam Rudledge ins Lager und trat feixend auf Walther zu. »Das sollten Sie sich ansehen, Colonel. Nein, kein Pferd! Wir gehen lieber zu Fuß«, setzte er hinzu, als Walther seinen Sattelgurt festziehen wollte.

Walther nahm verwundert seine Büchse und folgte dem Scout, der mit ausgreifenden Schritten auf das mexikanische Lager zuhielt.

»Fällt Ihnen etwas auf?«, fragte Rudledge nach einer Weile.

»Nein! Was sollte mir auffallen?«

»Bis zu diesem Punkt sind wir auf keine Vorposten gestoßen. Dabei liegt das Lager nur noch wenige hundert Yards vor uns. Von jetzt an sollten wir in der Deckung der Büsche bleiben.«

Der Scout grinste spitzbübisch, während Walther der Kopf schwirrte.

Vorposten waren wichtig, um die Sicherheit eines Lagers zu gewährleisten, und er konnte nicht glauben, dass Santa Ana darauf verzichtet hatte. Doch als er mit Rudledge hinter einem Busch Deckung suchte und sein Fernrohr auszog, entdeckte er keine einzige Wache. Stattdessen lagen die meisten mexikanischen Soldaten in ihren Zelten, wie durch ein paar offene Bahnen zu erkennen war, und ein paar hockten im Freien und schienen sich zu unterhalten.

»Was soll denn das?«, fragte Walther verwirrt.

»Die Herrschaften halten Siesta. Meinen Sie nicht auch, dass wir das Old Sam Houston sagen sollten?«

Walther begriff sofort, worauf Rudledge hinauswollte. Wenn sie jetzt angriffen, konnten sie die Mexikaner überraschen.
»Ich glaube, das sollten wir ihm mitteilen – und zwar sehr bald!« Obwohl Walther am liebsten losgerannt wäre, lösten sie sich vorsichtig vom mexikanischen Lager, um nicht entdeckt zu werden. Kaum aber waren sie weit genug weg, liefen sie so schnell, wie der Boden es erlaubte, auf ihr Lager zu.
Die anderen wunderten sich, sie so herbeistürmen zu sehen, und etliche sprangen in Erwartung eines feindlichen Angriffs auf. »Kommen die Mex?«, fragte ein Offizier und erhielt ein gepresstes »Nein!« zur Antwort.
Walther platzte in Houstons Zelt, ohne sich anmelden zu lassen, und fasste den General am Ärmel. »Die Mexikaner schlafen – und das ohne Vorposten! Es wäre die beste Gelegenheit zum Angriff!«
»Sind Sie sicher?« Houston konnte sich nicht vorstellen, dass der Gegner so unvorsichtig war, doch Rudledge bestätigte Walthers Meldung.
»Vom General bis zum Pferdejungen halten die Mexikaner ihre Siesta, und sie haben auf Wachtposten verzichtet.«
»Unmöglich!«, sagte Houston, obwohl er wusste, dass er sich auf Rudledge und Fichtner verlassen konnte.
Dann aber wurde seine Miene hart. »Rufen Sie alle Offiziere zusammen, Colonel. Es kann sein, dass wir uns blitzschnell entscheiden müssen.«
Walther nickte und verließ das Zelt. Zum Glück hatte die Neugier sämtliche Offiziere herbeigetrieben, und so konnte er Houston ihre Anwesenheit melden.
Der General trat ins Freie und stützte sich auf seinen Säbel. »Gentlemen, ich habe eben erfahren, dass Santa Anas Soldaten ihr Mittagsschläfchen halten. Ich finde, wir sollten hingehen und sie aufwecken.«

»Ich halte das für eine Falle«, wandte einer der Offiziere ein. »Wir sollten hier besser ein paar Verhaue errichten, hinter denen wir den Ansturm der Mexikaner erwarten können.«
»Die ganze Zeit drängt ihr mich, endlich anzugreifen, und jetzt wollt ihr eine Verteidigungsposition einnehmen? Fitchner, was sagen Sie dazu?« Houston wandte sich zu Walther um, und sein Blick verriet, dass er keine Einwände hören wollte.
»Wenn wir die Mexikaner so zum Angriff antreten lassen, wie sie es gewohnt sind, haben wir die doppelte Anzahl an Musketen gegen uns. Da werden uns Verhaue wenig helfen. Gelingt es uns jedoch, sie zu überraschen und zu verhindern, dass sie sich sammeln, sind wir an jeder Stelle, an der wir kämpfen, in der Überzahl!«
Das hatte Houston hören wollen. Er hob die Hand. »Wir marschieren los, und zwar ohne laute Befehle. Die Männer dürfen keinen Lärm machen, der die Mexikaner warnen könnte.«
»Ich kann mir nicht vorstellen, dass Santa Ana keine Wachen hat aufstellen lassen«, sagte der Zweifler von vorhin kopfschüttelnd.
»Wenn wir ihn gefangen haben, können Sie ihn ja fragen, warum er es versäumt hat«, antwortete Houston bissig.
Bevor er aufbrach, kehrte er in sein Zelt zurück und warf sich einen grellroten Umhang über. So stieg er auf sein Pferd.
»Damit ihr mich seht und wisst, wo es langgeht«, erklärte er grinsend. »Also dann los, Männer! Denkt an Alamo und an Goliad! Heute ist der Tag, an dem wir unsere toten Helden rächen.«
»Das tun wir, General!«, antwortete einer der Männer.
Walther erinnerte sich noch genau, wie Houston auf Travis und Fannin geschimpft hatte, weil diese in ihren Forts geblie-

ben waren, anstatt mit ihren Leuten zu ihm zu stoßen. Nun nannte er sie Helden und rief seine Männer auf, sich ihrer würdig zu erweisen.

Aber es half offensichtlich, den Kampfgeist der Texaner zu befeuern. Kompanie für Kompanie rückte gegen das mexikanische Lager vor. Nun machte es sich bezahlt, dass die Männer keine Berufssoldaten waren, sondern Farmer und Handwerker. Diese waren es gewohnt, sich leise im Gelände zu bewegen, und machten kaum Lärm. Bald waren sie dem mexikanischen Lager schon sehr nahe gekommen, ohne dass ein einziger Alarmruf erschallt wäre.

»Wir kriegen sie«, flüsterte Thierry und hob seine Büchse.

»Achtung! Feuert, sobald die Kerle aus ihren Zelten kommen! Gebt ihnen keine Chance, sich zu sammeln und eine Verteidigungslinie zu bilden.« Houstons Stimme klang fast zu laut.

Prompt schaute ein Mexikaner aus einem Zelt heraus, starrte auf die anstürmenden Texaner und stieß einen gellenden Schrei aus. »Die Americanos kommen. Alarm! Wir ...«

Eine Kugel riss ihm den Rest von den Lippen. Die Texaner feuerten nun, was das Zeug hielt. Die meisten Mexikaner kamen nicht einmal mehr dazu, nach ihren Waffen zu greifen, sondern wurden sofort niedergemacht.

Walther schoss auf einen Offizier, der den Abzeichen nach zu dem Trupp gehörte, der seine Farm überfallen hatte. Neben ihm luden einige Texaner ihre abgeschossenen Büchsen und Musketen, doch Walther warf sich die Büchse über die Schulter, zog seine Pistole und das Bowiemesser und drang in Richtung des großen Zeltes vor, das in diesem Heer nur einem gehören konnte – Santa Ana.

Plötzlich tauchte Capitán Velasquez vor ihm auf und zielte mit einer Pistole auf ihn. Bevor der Mexikaner auf ihn schießen konnte, entdeckte er Houston nur wenige Schritte von Walther entfernt und hielt ihn wegen des wehenden roten Umhangs für ein besseres Ziel. Während er abdrückte, erreichte ihn Walthers Kugel. Dennoch traf er Houston und riss diesen aus dem Sattel. Als Walther auf den General zueilte, stemmte dieser sich hoch.

»Mir fehlt nichts, nur eine Schramme. Vorwärts!«, brüllte er und sagte dann etwas leiser zu Walther: »Danke!«

Er wurde wieder laut. »Los, Männer! Wir müssen Santa Ana kriegen! Wer ihn fängt, bekommt eine Quadratmeile Land zusätzlich als Prämie.«

Walther drang mit dem Vorsatz in Santa Anas Zelt ein, diesem Krieg durch die Gefangennahme des mexikanischen Präsidenten ein Ende zu machen. Doch der vordere Teil des Zeltes war leer. Als Walther mit Thierry und Diego Jemelin weiter vordrang, stießen sie auf mehrere Mädchen, die teilweise noch nackt waren und vor Angst kreischten. Die fein säuberlich zusammengelegte Uniform lag auf einem Tisch.

»Habt ihr ihn?«, hörte Walther Houston rufen.

»Nein!«, rief er zurück. »Wir haben nur seine Uniform gefangen genommen.«

»Verdammt! Los, sucht ihn! Weit kann er nicht sein«, schrie Houston. Als Walther hinaustrat, um weiter nach dem Mann zu suchen, den er als einer der wenigen Texaner schon einmal gesehen hatte, tauchte aus dem benachbarten Zelt Ramón de Gamuzana auf.

Dieser hatte sich in dem Bewusstsein schlafen gelegt, der Offizier der Wache würde seine Pflicht erfüllen. Doch da Santa Ana keinen Befehl gegeben hatte, Posten aufzustellen, hatte der Mann darauf verzichtet.

Ein einziger Blick verriet Gamuzana, dass die Schlacht für die Mexikaner verloren war. Kurz erwog er zu fliehen, sah

dann aber Walther und Jemelin vor sich. Mit einem wütenden Schrei stürzte er auf seinen ehemaligen Untergebenen zu und schwang den Säbel mit aller Kraft.
Walther drückte noch ab, doch seine Pistole war leergeschossen, und er musste hilflos mit ansehen, wie die scharfe Klinge sich tief in Jemelins Leib bohrte. Im nächsten Moment klang ein gutes Dutzend Schüsse auf, und Ramón de Gamuzana stürzte wie von der Axt gefällt zu Boden.
»Ist er tot, Señor Waltero?«, fragte Jemelin keuchend.
Walther beugte sich über Don Ramón. »Ja, er ist tot«, antwortete er und wandte sich seinem Freund zu.
»Hol den Arzt! Rasch!«, forderte er Thierry auf.
Da hob Jemelin die Hand. »Ich brauche keinen Arzt mehr. Rosita und die Kinder rufen mich, und ich will zu ihnen. Dort, wo sie sind, ist es wunderschön!«
»So darfst du nicht reden, Amigo«, flehte Walther, doch sein Nachbar schüttelte lächelnd den Kopf.
»Es ist gut so! Wo ich jetzt hingehe, werde ich glücklicher sein, als es mir hier je möglich sein würde. Nur eines bedrückt mich noch: Ich will nicht, dass mein Land von einem Fremden übernommen wird. Nehmen Sie es, mein Freund, und versprechen Sie mir, die Gräber Rositas und der Kinder zu pflegen – und wenn es möglich ist, mich dort zu begraben!«
»Das geht nicht so einfach«, antwortete Walther. »Ich kann nicht hingehen und sagen, das ist jetzt mein Land. Außerdem gehört es Ihnen, und ich möchte, dass Sie dorthin zurückkehren.«
Da spürte er eine Hand schwer auf seiner Schulter, und als er aufschaute, erkannte er Houston. Dessen Wunde war inzwischen verbunden worden. Allerdings sah er müde und bedrückt aus.

»Tun Sie dem Mann den Gefallen, Fitchner. Er wünscht es, und Sie haben es verdient.«
»Aber ...«
»Kein Aber!«, fuhr Houston fort. »Als kommandierender General kann ich Testamente ausschreiben und beglaubigen. Das werde ich jetzt tun – oder besser gesagt, tun lassen.« Damit winkte er einen Offizier heran und befahl ihm, Jemelins Letzten Willen zu Papier zu bringen. Er selbst unterschrieb als Zeuge und ließ auch drei weitere Männer unterschreiben. »Soll ich es vorlesen?«, fragte er Jemelin, der von Augenblick zu Augenblick schwächer wurde.
»Nein, das dauert zu lange«, flüsterte der Sterbende. »Sagen Sie nur, dass es so ist, wie ich es will.«
»Darauf können Sie sich verlassen, mein Freund! Wenn Sie noch die Kraft haben, unterschreiben Sie es.«
»Richten Sie mich auf!«, bat Jemelin Walther. Dieser stützte ihn, und sein Nachbar setzte sein Zeichen auf das Papier.
»Vergessen Sie nicht, die Gräber zu pflegen!«, bat Jemelin noch einmal eindringlich, dann sank sein Kopf zurück, und Walther begriff, dass er einen Toten in den Armen hielt.
»Das wollte ich nicht«, sagte er leise.
»So etwas will keiner! Schade um den Mann, aber das Leben muss weitergehen. Nehmen Sie sich ein paar Männer und suchen Sie die Umgebung ab. Santa Ana muss gefunden werden!«
»Jawohl, General!« Walther schüttelte die Beklemmung ab, die ihn bei Jemelins Tod erfasst hatte, und winkte Thierry, Lucien, O'Corra, Tobolinski und Fuller, mit ihm zu kommen. Houston sah ihm nach und sagte sich, dass es klug gewesen war, Walther eine Aufgabe zu übertragen. Auf diese Weise kam der Colonel besser über Jemelins Tod hinweg. Es war bedauerlich, dass ausgerechnet dieser Mann als einer der we-

nigen im Heer der Texaner hatte sterben müssen. Die Mexikaner hingegen hatten mehr als achthundert Mann durch Tod und Verwundung verloren, und von den Überlebenden war kaum einer entkommen.
Der Knall einer Büchse riss Houston aus seinen Überlegungen. Er sah, wie mehrere Männer wahllos damit begannen, gefangene Mexikaner niederzuschießen, und stapfte voller Zorn zu ihnen hin.
»Aufhören, verdammt noch mal, oder ich lasse euch wegen Befehlsverweigerung aufhängen!«

7.

Am nächsten Morgen war Santa Ana noch immer nicht gefunden worden. Houston wusste, dass der Präsident den Kampf weiterführen würde, wenn ihm die Flucht gelang. Daher schickte er Reiter aus, um die Gegend weiträumig abzusuchen. Auch Walther erhielt den Befehl, mit Rudledge und einigen seiner Männer loszureiten.
Der Scout wartete, bis sie das Lager verlassen hatten, und lenkte dann sein Pferd an die Seite von Walthers Braunen.
»Ich habe mit einigen Jungs gesprochen. Keiner hat gestern die Flucht eines Reiters mitbekommen, und schließlich haben wir die mexikanischen Gäule alle eingefangen. Meiner Meinung nach muss sich Santa Ana zu Fuß in die Büsche geschlagen haben.«
»Dann kommt er nicht weit«, rief Walther aus.
»Das meine ich auch. Er wird gewiss auch nicht über die of-

fene Prärie rennen, sondern sich im Gebüsch halten, und das gibt es hauptsächlich in der Nähe des Flusses. Schätze, wir sollten uns dort umsehen.«

»Houston hat uns befohlen, nach Süden zu reiten und zu verhindern, dass Santa Ana zu General Cos' Truppe fliehen kann«, wandte Thierry ein. »Wenn wir das nicht tun und Santa Ana entkommt, geraten wir in Teufels Küche.«

Für Walther war es eine heikle Entscheidung. Immerhin hatte Houston ihm einen klar formulierten Befehl erteilt. Doch konnte er nicht eines mit dem anderen verbinden?, fragte er sich und drehte sich zu Rudledge um.

»Wir reiten den Fluss entlang, halten uns aber nirgends lange auf.«

»Gut!« Der Scout trieb sein Pferd an und gewann etliche Yards Vorsprung. Auf einmal stieß Thierry einen Ruf aus.

»Dort läuft ein Mann!«

Sofort lenkten er und Rudledge ihre Pferde dorthin. Der Mann versuchte noch, in dichtere Büsche zu fliehen, doch gegen die Reiter kam er nicht an. Rudledge holte auf und versetzte ihm einen Kolbenstoß, der ihn ins Wasser beförderte. Als der Mexikaner sich wieder hochrappelte, richteten sowohl der Scout wie auch Thierry ihre Büchsen auf ihn.

»Schön die Hände hoch, mein Freund. Ich habe nämlich einen nervösen Zeigefinger«, erklärte Rudledge grinsend.

Unterdessen hatte Walther zu ihnen aufgeschlossen und musterte den Gefangenen finster. »Hast du Seine Exzellenz, General Antonio López de Santa Ana gesehen?«, fragte er auf Spanisch.

Der Mann schüttelte heftig den Kopf. »Nein, Señor! Ich bin nur Sargento Juan Bouquet aus Guadalajara!«

Walther ahnte, dass der Gefangene log. »Los, durchsucht das Ufergebüsch!«, befahl er seinen Männern.

Lucien und Fuller stiegen von den Pferden und drangen tiefer in das Buschwerk ein. Plötzlich hörten sie ein Geräusch. Diesmal war kein Befehl notwendig, denn Rudledge und O'Corra ritten sofort los. Das Wasser spritzte unter den Hufen ihrer Pferde, doch sie kamen gut voran und erreichten das andere Ende des Auwäldchens, als dort ein halbnackter Mann heraustaumelte und versuchte, sich auf einer dicht bewachsenen Insel im Fluss zu verstecken.

Beim Anblick der beiden Reiter blieb er stehen und sah sich verzweifelt um. »Señores, wenn Sie mich laufen lassen, erhalten Sie beide je tausend Pesos«, bot er ihnen schließlich an.

»Die du gerade in der Hosentasche spazieren trägst, was?«, spottete Rudledge und spannte den Hahn seiner Büchse.

»Ich glaube, den Kerl machen wir Old Sam Houston zum Geschenk! Er wird sich freuen«, erklärte Ean O'Corra zufrieden.

Für einen Augenblick lang sah es so aus, als wollte der Gefangene trotz der drohenden Gewehrläufe fliehen. Dann aber sanken seine Schultern herab, und er kam Rudledges Aufforderung nach, aus dem Wasser zu steigen.

Als der Scout und O'Corra mit ihrem Gefangenen herankamen, zog Walther die Augenbrauen hoch, während ihr zweiter Gefangener Haltung annahm und salutierte.

»Freunde, ich glaube, wir haben uns eben den Ritt in die Prärie gespart. Darf ich vorstellen? Antonio López de Santa Ana, Präsident und Oberbefehlshaber von Mexiko!«

»Der Westentaschen-Napoleon!«, kommentierte Rudledge trocken. »Obwohl – wie ein Napoleon sieht er im Augenblick nicht gerade aus. Dafür hätte er schon seine Uniform mitnehmen müssen. An die hat er wahrscheinlich nicht mehr gedacht, als er vor uns davongelaufen ist.«

Sein Spott traf Santa Ana hart. Dann aber kehrte er Rudledge brüsk den Rücken und trat auf Walther zu.

»Sie kenne ich doch! Sind Sie nicht einer der Siedler, die Hernando de Gamuzana ins Land geholt hat?«

»Sie haben ein gutes Gedächtnis, General«, antwortete Walther.

Santa Anas Gesicht nahm einen hochmütigen Ausdruck an.

»Nennen Sie mich El Presidente. Ich habe etliche Generäle unter meinem Kommando, doch mich gibt es nur einmal! Außerdem wäre ich Ihnen sehr verbunden, wenn Sie mir Kleidung bringen lassen würden, die meinem Rang entspricht.«

»Wir bringen Sie erst einmal in unser Lager, und dort wird General Houston entscheiden, was mit Ihnen geschieht. Und nun vorwärts!«

»Vielleicht erschießen wir ihn auch gleich, so, wie er es mit unseren Freunden in Alamo und in Goliad getan hat!«

Rudledge sah ganz so aus, als wäre ihm dies das Liebste, doch Walther wusste, dass Sam Houston den mexikanischen Präsidenten lebendig haben wollte. Als Toter konnte Santa Ana keinen Friedensvertrag mit der Republik Texas unterzeichnen.

8.

Einige Tage lang streifte Nizhoni ziellos durch die Prärie. Zwar hatte Fahles Haar Gisela und ihr den Rat gegeben, nach Louisiana zu gehen, aber sie fragte sich, wie man eine Indianerin, die mit zwei weißen Kindern unterwegs war,

empfangen würde. Was war, wenn man ihr die beiden dort wegnahm? Nein, dieses Risiko würde sie nicht eingehen. Schließlich hatte sie der sterbenden Gisela ihr Wort gegeben, sich um Josef und seinen kleinen Bruder zu kümmern.
Allein mit den Kindern in der Prärie zu bleiben schien ihr jedoch zu gefährlich. Da die Texaner mit den Mexikanern Krieg führten, streiften gewiss etliche Stämme durch das Land, und für die waren eine junge Frau und zwei Kinder eine willkommene Beute.
Nizhonis Blick wanderte nach Westen. Zwar wusste sie nicht, wie weit es bis zur Farm war. Doch in jener Gegend kannte sie sich aus und konnte sich vom Haus aus mit ihren beiden Flinten und den Pistolen gegen eine ganze Schar feindlicher Indianer oder Mexikaner verteidigen.
»Wohin gehen wir?«, fragte Josef, als Nizhoni am nächsten Morgen das Lager abbrach, alles, was sie mitnehmen wollte, auf ihren Travois lud und den Jungen auf die Stute setzte.
»Nach Hause!«, antwortete sie, auch wenn ihr bewusst war, dass die Farm nach Giselas Tod nie mehr so sein würde wie zuvor.
Mehrere Tage lang zogen sie gen Westen. Es ging nur langsam, denn Nizhoni musste immer wieder Pausen einlegen, um Nahrung zu suchen. Sie war in der Prärie aufgewachsen und wusste, wo sie Kräuter finden oder kleine Nager ausgraben konnte. Schlangen und Eidechsen vervollständigten ihren und Josefs Speiseplan, während der Kleine mit der Milch der Ziege vorliebnehmen musste. Zu Nizhonis Leidwesen gedieh er nicht so, wie sie es gerne gesehen hätte. Zwar konnte sie am Morgen und am Abend die Ziegenmilch erwärmen, doch unter Tag musste er sie so trinken, wie sie vom Euter kam.
Auch das war ein Grund, der sie hoffen ließ, die Farm bald zu erreichen und unzerstört vorzufinden. Nizhoni suchte

wieder einmal den Horizont ab, um Landmarken aufzufinden, die ihr bekannt waren, als sie sah, dass eine Gruppe Indianer ihr entgegenkam. Zu ihrem Leidwesen gab es kein Gebüsch, hinter dem sie die Kinder, das Pferd und sich selbst verbergen konnte.
Die Indianer entdeckten sie kurz darauf ebenfalls und ritten auf sie zu. Rasch machte Nizhoni alle Flinten und Pistolen schussfertig, befahl Josef, sich flach auf den Boden zu legen, und nahm hinter der Stute Deckung. Über deren Rücken hinweg musterte sie die Reiter. Es handelte sich um drei Männer, zwei Frauen und zwei Kinder etwa in Josefs Alter. Eine Frau trug noch einen auf den Rücken gebundenen Säugling bei sich.
Daher zögerte Nizhoni, sofort zu schießen, und ließ die anderen herankommen. Sie mussten zu einem der kleinen Stämme gehören, die von den weißen Männern zu den Karankawa gezählt wurden. Dies bedeutete für Nizhoni, dass die Gefahr für sie nicht so groß war, aber eine Komantschengruppe wäre ihr lieber gewesen. Allerdings würden diese so weit östlich nicht mit Frauen und Kindern über die Prärie ziehen.
Als die Leute ihr nahe genug gekommen waren, schlug Nizhoni das Gewehr an und rief: »Halt!«
Die Gruppe zügelte die Pferde und starrte zu ihr herüber. Die Männer schienen unschlüssig, ob sie zu den Waffen greifen oder verhandeln sollten. Schließlich hob einer von ihnen die Hand zum Zeichen, dass er in friedlicher Absicht kame.
»Wer du sein?«
Da Nizhoni die Kleidung einer weißen Frau trug, sprach er sie auf Englisch an und zeigte ihr damit, dass sein Stamm mehr mit Nordamerikanern als mit Mexikanern in Kontakt gekommen war.

»Wer seid ihr?«, antwortete sie mit einer Gegenfrage.
»Ich Büffelkopf, Häuptling der Karankawa.«
»Du lügst! Ihr seid keine Karankawa!« Nizhoni zielte weiter auf den Mann, der sich als Häuptling des größeren Stammes ausgegeben hatte, um Eindruck zu schinden.
»Wir Kohani, Brüder der Karankawa«, gab er zu.
Nizhoni nahm nicht an, dass er mehr Leute anführte als die paar, die bei ihm waren. Auf einen Kampf mit ihnen durfte sie sich jedoch nur im äußersten Notfall einlassen, und auch dann musste jede ihrer Kugeln treffen.
»Die Prärie ist weit und bietet Platz sowohl für die Kohani wie auch für mich«, antwortete sie. Es war ein Friedensangebot, und Nizhoni betete, dass die anderen darauf eingehen würden.
Der Häuptling überlegte kurz und nickte dann. »Prärie groß genug für meine Leute und weiße Frau!«
Jetzt erst begriff Nizhoni, dass die anderen sie wegen ihrer Kleidung für eine amerikanische Siedlerin hielten. »Ich bin keine weiße Frau. Ich bin eine Frau vom Stamm der Diné und lebe bei weißen Leuten.«
»Diné großer Stamm, aber sehr viel weit weg im Westen! Prärie groß genug für Kohani und Frau der Diné!«
Nizhoni senkte die Waffe und nickte. »Die Prärie ist groß genug für uns alle!«
Damit war der Frieden geschlossen. Die beiden anderen Männer blieben im Hintergrund, während die Frauen neugierig näher kamen und Nizhoni betrachteten. Als sie Josef entdeckten, lachten sie und strichen ihm über das dunkelblonde Haar. Doch auch der Säugling auf Nizhonis Rücken lenkte ihre Blicke auf sich.
»Dein Kind?«, fragte eine der Frauen, die ein wenig Englisch konnte.

Nizhoni schüttelte den Kopf. »Nein, es ist der Sohn meiner weißen Freundin, bei der ich seit etlichen Jahren lebe.«
»Warum ist die Frau nicht hier? Das Kind braucht ihre Milch«, fragte die Indianerin mit dem Säugling verwundert in ihrer Sprache. Ihre Gefährtin übersetzte es in stockendem Englisch.
»Die Mutter ist tot. Sie ist bei der Geburt ihres Kindes gestorben«, antwortete Nizhoni traurig.
»Und wer gibt dem Kind Milch?«, fragte die Frau weiter.
Nizhoni deutete auf die Ziege. »Die Ziege hat Milch!«
Mit einem nachsichtigen Lächeln schälte die Indianerin den Jungen aus den Decken, mit denen Nizhoni ihn sich auf den Rücken gebunden hatte, entblößte ihre Brust und legte ihn an. Der Kleine saugte begeistert und gluckste zufrieden, als die Frau ihn auch noch neu wickelte.
»Ich danke dir«, sagte Nizhoni erleichtert.
Diese nickte zufrieden. »Das Kind ist noch sehr klein. Gib ihn mir. Ich nähre ihn und werde ihn annehmen wie einen Sohn!«
Das Angebot kam aus ehrlichem Herzen, das spürte Nizhoni. Doch sie wusste auch, dass sie nicht darauf eingehen durfte. »Sein Vater ist ein großer Krieger. Er würde böse sein, wenn ich seinen Sohn weggäbe.«
Das verstand die andere, und auch ihr Anführer schüttelte den Kopf. Kein Kind war es wert, sich dadurch die Feindschaft eines anderen Stammes oder eines weißen Mannes zuzuziehen.
»Wir lagern hier. Du können essen mit uns«, bot er Nizhoni an.
Sie blickte kurz zur Sonne hoch. Zwar hätte sie noch mehrere Meilen weiterreiten können, hoffte aber, bei den Kohani genug Vorräte eintauschen zu können, um den restlichen

Weg nach Hause ohne die mühselige Suche nach Nahrung bewältigen zu können.
»Ein kleines Stück zurück fließt ein Bach. Er wird uns und unseren Tieren Wasser geben«, erklärte sie und kehrte um.
Die anderen folgten ihr. Die Worte des Friedens waren gesprochen, und selbst ein Angehöriger eines feindlichen Stammes hätte es nicht gewagt, sie zu brechen.

9.

Nizhoni blieb fünf Tage bei der Gruppe. Doch als die Kohani in eine Richtung zogen, die nicht die ihre war, war die Trennung unausweichlich. Sie verabschiedete sich von den Frauen und bedankte sich bei der jungen Mutter, die Giselas Sohn in den letzten Tagen stets einen Teil ihrer Milch gegönnt hatte. Der Junge wirkte gesünder als vorher, und sie hoffte, dass er nun besser gedeihen würde.
Zuletzt trat sie zum Anführer und reichte ihm die ältere der beiden Flinten. »Ich danke dir und den Deinen, dass ich mehrere Tage an eurem Lagerfeuer sitzen und mit euch essen durfte. Nimm dafür diese Waffe als Geschenk.«
Der Mann starrte zuerst sie an, dann die Flinte. Weiße Händler verkauften solche Waffen, doch den Preis, den sie verlangten, hatte er noch nie aufbringen können. Es kostete ihm daher seine ganze Beherrschung, nicht seine Freude zu zeigen. Doch als Nizhoni ihm auch noch die Hälfte ihres Schießpulvers und der Bleikugeln abtrat, leuchteten seine Augen zufrieden auf.

»Ich wünschen dir sicheren Pfad durch Prärie, Frau, die bei den Weißen lebt! Mögen die Söhne deiner Freundin tapfere Männer werden, die nicht vergessen, dass sie mit uns am Lagerfeuer gesessen sind.«

»Das werden sie«, versprach Nizhoni, setzte Josef auf die Stute und führte diese am Halfter westwärts. Als sie sich kurze Zeit später umdrehte, waren die Kohani nur noch Schatten am Horizont, die langsam in der Ferne entschwanden.

Ihr Ziel stand fest. Da sie genug Essen für mehrere Tage erhalten hatte, konnte sie von morgens bis abends dahinziehen und musste zwischendurch nur kurz innehalten, um Josefs kleinem Bruder etwas Ziegenmilch einzuflößen. Es dauerte eine Weile, bis der Kleine sich wieder daran gewöhnt hatte, dann aber trank er mehr als früher und schlief zwischen seinen Mahlzeiten zufrieden auf ihrem Rücken.

Nach einigen Tagen hörte sie in der Ferne Wasser rauschen und wurde unwillkürlich schneller. Es war der Rio Brazos, und weiter im Norden entdeckte sie die Reste einer niedergebrannten Farm. Sie musste einem der Siedler gehören, die sich in Austins Kolonie niedergelassen hatten.

Zuerst suchte Nizhoni nach einer Furt, um über den Fluss zu gelangen. An dieser Stelle wollte sie es nicht wagen, da der Rio Brazos wegen der Regenfälle der letzten Zeit viel mehr Wasser führte.

Trotzdem war sie zufrieden, denn sie hatte die Heimat beinahe erreicht. Bei dem Gedanken verspottete sie sich selbst. Ihre wirkliche Heimat lag viel weiter im Westen. Das hier war das Land, in das sie zuerst Po'ha-bet'chys Komantschen und dann Fahles Haar verschleppt hatten. Doch hier hatte sie auch Giselas Freundschaft und Zuneigung errungen. Ihr traten die Tränen in die Augen.

»Was ist mit dir?«, fragte Josef erstaunt.

»Nichts!« Nizhoni wischte sich die Tränen ab und versuchte zu lächeln. »Komm weiter, kleiner Puma. Bald sind wir zu Hause!«
»Backst du mir dann einen Pfannkuchen mit sehr viel Honig?«
Obwohl Nizhoni nicht wusste, was sie auf der Farm erwarten würde, nickte sie. »Das werde ich!«
Sie führte die Stute und die Ziege zu einem Bach, der in den Fluss mündete, damit die Tiere saufen konnten, und trank auch selbst von dem Wasser.
Josef sah ihr mit schräg gehaltenem Kopf zu. »Ich vermisse meine Mama!«
»Schließe deine Augen, und du wirst spüren, dass sie immer in deiner Nähe ist.« Erneut kämpfte Nizhoni gegen die Tränen an. Warum musstest du sterben, Gisela?, dachte sie verzweifelt, und ihr graute davor, vor Fahles Haar zu stehen und ihm den Tod seines Weibes verkünden zu müssen.
»Nimm dich zusammen!«, rief sie sich selbst zur Ordnung. »Die Welt ist nun einmal so, wie sie ist. Daran kannst du nichts ändern.«
Nachdem die Ziege getrunken hatte und an den Zweigen des Ufergebüschs knabberte, holte Nizhoni die Schüssel von ihrem Travois und molk das Tier, um die Milch dem Säugling einzuflößen. Zu ihrer Erleichterung trank der Kleine, ohne das meiste wieder auszuspucken, und sie konnten ihren Weg fortsetzen.
Um nicht zu weit nach Süden abzukommen, wählte sie die erste Stelle aus, an der der Rio Brazos etwas träger floss, und wagte dort den Übergang.
Das Travois musste sie zurücklassen. Sie wickelte die Flinte, ihre Pistolen und alles andere, was sie mitnehmen wollte, in ihre Lederdecke, band das Paket an der Stute fest und führte

diese zum Wasser. Da die Ziege mit einer Leine am Pferd festgebunden war, folgte das Tier ihnen mit einem missmutigen Blöken. Am Ufer hob Nizhoni Josef aufs Pferd und sah ihn streng an.

»Du musst dich mit aller Kraft an der Mähne festhalten und darfst auch nicht loslassen, wenn du vom Rücken der Schecke herabrutschst! Hast du verstanden?«

Der Junge nickte. »Ja! Ich werde mich festhalten.«

Unterwegs hatten sie einige kleinere Wasserläufe überwunden. So wusste Josef, was von ihm erwartet wurde, und krallte die Finger in die Mähne der Stute. Trotzdem wand Nizhoni ihm noch ein Stück Seil um die Taille und befestigte es am Halfter.

»Was auch geschieht: Du musst den Kopf über Wasser halten!«, schärfte sie ihm ein und trieb die Stute in den Fluss. Zunächst hatte die Schecke noch Boden unter den Füßen. Im Gegensatz zu ihr musste die Ziege bald schwimmen. Das gefiel ihr gar nicht, doch die Stute zog sie einfach hinter sich her. Nizhoni hielt sich an der Schecke fest und achtete dabei darauf, dass ihr Rücken mit dem Säugling über dem Wasser blieb. Viel zu schnell kam der Augenblick, an dem auch der Stute nichts anderes mehr übrigblieb, als zu schwimmen. Die Strömung war stärker, als Nizhoni erwartet hatte, und erfasste sie ebenso wie die Schecke.

»Weiter!«, herrschte Nizhoni das Tier an und drückte deren Kopf in die Richtung, in die diese schwimmen sollte. Mit Schrecken sah sie, dass Josef auf der anderen Seite vom Rücken der Stute rutschte. Sie zerrte an der Leine und atmete auf, als die Hände des Jungen wieder auftauchten und sich in die Mähne krallten. Ihr selbst blieb nichts anderes übrig, als neben dem Pferd herzuschwimmen und es nach Westen zu lenken.

Es dauerte schier endlos lange, bis das andere Ufer des Rio Brazos näher kam. Endlich bekam die Schecke Boden unter die Hufe und strebte so rasch voran, dass Nizhoni das Tier kaum halten konnte. Noch während die Stute mit schlagenden Flanken am Ufer stehen blieb, befreite Nizhoni Josef, der die Mähne erst losließ, als sie es ihm befahl. Sie löste den Strick, mit dem er befestigt war, sah nach, ob die Ziege den Flussübergang heil überstanden hatte, und kümmerte sich dann erst um den Säugling. Die Decke, in die das Kind eingewickelt war, hatte sich voll Wasser gesogen, doch dem Kleinen war nichts geschehen.

Erleichtert schlug Nizhoni das Kreuz, so, wie sie es so oft bei Gisela gesehen hatte, und lächelte anschließend Josef zu. »In zwei Tagen haben wir es geschafft!«

»Warum sind wir eigentlich von zu Hause fort?«, fragte er verständnislos. »Wir hätten doch genauso gut dortbleiben können.«

»Es war wegen diesem bösen Santa Ana«, erklärte Nizhoni ihm. »Deswegen ist deine Mama mit dir und mir fortgegangen. Es wäre wahrscheinlich besser gewesen, wir hätten es nicht getan!«

Sie band sich den Säugling wieder auf den Rücken und holte die Flinte und die Pistolen aus der Lederdecke. Die Waffen waren ebenso trocken geblieben wie ihr kleiner Pulvervorrat, und so konnte sie sie schussfertig machen.

10.

Da ihr Ziel nicht mehr fern war und sie ihre Stangenschleife hatte zurücklassen müssen, beschloss Nizhoni zu reiten. Sie musste Josef vor sich setzen und ihre Habseligkeiten so halten, dass sie sie nicht behinderten. So rasch, wie sie gehofft hatte, kamen sie allerdings nicht voran, weil sie auf die Ziege Rücksicht nehmen musste. Es dauerte drei Tage, bis sie in der Ferne die Farmgebäude vor sich auftauchen sah. Sie atmete auf, als sie diese unversehrt fand. Wie es aussah, waren hier keine Mexikaner vorbeigekommen.
Trotzdem blieb sie vorsichtig und suchte sich erst einmal ein Versteck, von dem aus sie die Farm beobachten konnte. Josef wurde unruhig, weil er unbedingt nach Hause wollte, doch Nizhoni ließ sich nicht beirren.
»Ein großer Krieger hat Geduld«, flüsterte sie ihm zu und spähte weiter nach vorn.
Doch dort blieb alles ruhig. Nur ein paar Hühner waren zu sehen, die aus Angst vor wilden Tieren bei der Farm geblieben waren. Ihr Anblick ließ Nizhoni auf Eier hoffen. Wenn auch noch die Vorräte an Mehl und Schmalz unversehrt geblieben waren, die Gisela und sie unter dem Vorratskeller vergraben hatten, konnte sie wirklich ein paar Pfannkuchen für Josef und sich backen.
Verwundert darüber, wohin ihre Gedanken sich verirrten, näherte sie sich nun doch den Gebäuden und sah sich mit der Flinte in der Hand um. Spuren zeigten ihr, dass in letzter Zeit Menschen hier gewesen sein mussten. Doch es war nichts zerstört worden, und so nahm sie an, dass es sich um Julio und die Vaqueros gehandelt hatte. Feinde konnten es nicht gewesen sein, denn die hätten die Farm geplündert und angezündet.

Schließlich trat sie auf das Wohnhaus zu und öffnete die Tür. Als sie einen Schatten neben sich sah, riss sie das Gewehr hoch. Es war jedoch nur Josef, der ihr neugierig gefolgt war.

»Was habe ich dir gesagt?«, wies sie ihn zurecht.

»Ich soll zurückbleiben. Aber ich wollte sehen, ob das Holzpferdchen, das Papa mir geschnitzt hat, noch da ist!« Der Junge äugte sehnsuchtsvoll in das dämmrige Innere des Hauses. An Nizhoni vorbei in das Gebäude einzudringen, wagte er nicht.

»Weg von der Tür!«, wies Nizhoni ihn an und huschte zum ersten Fenster. Dort lehnte sie die Flinte gegen die Wand und zog die Doppelpistole, bevor sie den Fensterladen aufstieß. Eine Lichtflut strömte ins Haus und zwang sie, einen Herzschlag lang die Augen zu schließen. Als sie diese wieder öffnete, atmete sie auf. Im Innern war noch immer alles so, wie Gisela und sie es verlassen hatten. Sie durchsuchte trotzdem den gesamten Raum, öffnete anschließend das gegenüberliegende Fenster und wandte sich dann zur Tür.

»Jetzt kannst du hereinkommen!«

Zu ihrer Verwunderung dauerte es einige Augenblicke, bis Josef erschien. In den Händen hielt er ein halbes Dutzend Eier, die er mit zufriedener Miene auf den Tisch legte.

»Machst du mir jetzt Pfannkuchen?«

Nach den langen Tagen in der Prärie und dem, was diese ihnen als Nahrung geboten hatte, wollte der Junge wieder etwas essen, das ihm schmeckte.

Nizhoni sah ihn kopfschüttelnd an und rettete ein Ei, das vom Tisch zu rollen drohte. »Es war töricht von dir, in den Hühnerstall zu gehen. Es hätte jemand darin versteckt sein können! Einen solchen Fehler macht ein großer Krieger nicht.«

Da der Junge zu weinen begann, zog sie ihn an sich, um ihn zu trösten. »Es ist ja alles gutgegangen, und du bekommst auch deine Pfannkuchen. Aber vorher muss ich alles untersuchen. Du bleibst hier im Haus bei deinem Bruder!«
Nizhoni nahm den Säugling von ihrem Rücken und legte ihn ins Bett. Sofort kroch Josef zu dem Kleinen und streichelte ihn. »Gib gut auf ihn acht!« Damit verließ Nizhoni das Wohnhaus und kümmerte sich erst einmal um ihre Stute und die Ziege. Die beiden mussten sich den Stall teilen, doch hatten sie sich aneinander gewöhnt.
Nachdem Nizhoni auch die Schuppen und beide Anbauten durchsucht hatte, kehrte sie ins Haus zurück und sah, dass beide Kinder süß und selig schliefen. Sie öffnete die Falltür zum Keller und fand die zurückgelassenen Vorräte in brauchbarem Zustand vor. Jetzt konnte sie tatsächlich Pfannkuchen backen, dachte sie erleichtert und fing auch gleich damit an.
Kaum zog der Duft des ersten Pfannkuchens durch den Raum, da hob Josef den Kopf und schnupperte. »Ist schon Zeit zum Abendessen, Mama?«, fragte er noch schlaftrunken, erinnerte sich dann daran, dass er seine Mutter niemals wiedersehen würde, und begann zu weinen.
Es kostete Nizhoni viele tröstende Worte und mehrere dick mit Marmelade und Honig bestrichene Pfannkuchen, bis der Junge sich wieder beruhigt hatte. Sie selbst aß ebenfalls mit gutem Appetit und holte später die Milch für den Kleinen. Da sie diese auf dem Herd ein wenig erhitzte und dann wartete, bis sie gerade trinkwarm war, schmeckte es dem Säugling besser als sonst, und sie konnte ihn, nachdem sie ihn neu gewickelt hatte, in eine Ecke des Bettes legen. Da es groß genug war, beschloss sie, mit den Kindern im Haus zu schlafen und nicht in ihrem kleinen Anbau, der für sie alle etwas eng war.

Während sie alles für die Nacht vorbereitete, fragte sie sich, was wohl aus Fahles Haar und seinen Männern geworden war. Hatten sie die Krieger des großen Häuptlings von Mexiko besiegen können, oder würde sie mit den beiden Kindern erneut fliehen müssen?

11.

»Er hat unterschrieben!« Sam Houston klang zufrieden, denn damit hatte Antonio López de Santa Ana, Präsident und Oberbefehlshaber von Mexiko, Texas' Abtrennung vom mexikanischen Staat akzeptiert.
»Ihm ist auch nichts anderes übriggeblieben«, antwortete Amos Rudledge grinsend. »Seine Armee ist zerschlagen, die seiner Generäle Cos und Urrea zu weit weg und auch nicht stark genug, um mit uns fertig zu werden. Außerdem hatte der Westentaschen-Napoleon Angst, wir Texaner könnten ihm einen soliden Strick um den Hals legen und ihn Höhenluft schnuppern lassen.«
Houston musste lachen, obwohl ihm nicht danach war. »Genau das können wir nicht tun, wenn wir die Anerkennung der zivilisierten Nationen gewinnen wollen. Man erweist dem Oberbefehlshaber eines geschlagenen Heeres die höchste Ehrerbietung und bedauert seine Niederlage sogar.«
»Jetzt weiß ich, weshalb der Ozean so salzig ist. Das kommt von den Krokodilstränen, die bei solchen Gelegenheiten vergossen werden.« Rudledges gute Laune konnte an diesem Tag nichts trüben.

Walther aber sprach Houston mit besorgter Miene an. »General, könnten ein paar meiner Männer und ich Urlaub haben? Wir wollen nach unseren Frauen suchen. Die letzte Nachricht, die wir erhalten haben, besagt, dass sie sich in einem der Flüchtlingstrecks befinden.«
»Um die Flüchtlinge sollten wir uns wirklich kümmern«, erklärte Houston und klopfte Walther auf die Schulter. »Das übernehmen Sie, Fitchner. Rudledge soll Sie als Scout begleiten. In dieser Gegend ist mit streifenden Karankawa-Banden zu rechnen.«
»Danke, General!« Walther salutierte und verließ Houstons Zelt so eilig, als käme es auf jede Minute an. Im Gegensatz zu ihm stiefelte Rudledge gemütlich hinter ihm her und holte ihn erst ein, als er die Männer bestimmte, die mitkommen sollten. Neben Thierry, der sich als Rachels Ehemann nicht hätte davon abhalten lassen, ihm zu folgen, waren dies Albert Poulain, der vor Sorge um seine Tochter Cécile fast verging, Thomé Laballe sowie Ean O'Corra, Leszek Tobolinski und Tonino Scharezzani.
Als sie die Pferde sattelten, wandte Walther sich an Rudledge. »Haben Sie eine Ahnung, wo unsere Leute sein könnten? Es bringt nichts, wenn wir jetzt nach Osten reiten und sie verfehlen.«
»Eine so große Zahl von Flüchtlingen können wir nicht so leicht verfehlen. Aber im Prinzip haben Sie recht. Wir sollten uns eher nordostwärts halten, dann treffen wir sicher auf ihre Spur. Weiter auf die Küste zu haben sie sich eher nicht gehalten, weil sie damit rechnen mussten, dort auf Santa Anas Streifscharen zu treffen.« Rudledge kannte das Land und nahm an, dass die Führer der Flüchtlinge genauso gehandelt hatten, wie er es in ihrer Situation getan hätte.
»Dann machen wir es so!« Entschlossen zog Walther den

Sattelgurt stramm, schwang sich aufs Pferd und ritt an. Thierry und die anderen folgten ihm, während Rudledge sich an die Spitze setzte und das Tempo vorgab. Zwar verstand er die Sehnsucht der Männer, ihre Familien wiederzusehen, doch es konnte Tage dauern, bis sie diese fanden. Daher wäre es in seinen Augen Unsinn gewesen, die Pferde gleich zu Beginn zu sehr anzutreiben.

Dies akzeptierte Walther, auch wenn er sich wünschte, sie wären so schnell wie ein Vogel. Doch das hier war ein wildes Land, in dem sie nur gelegentlich auf eine verlassene Farm trafen. Bei manchen waren die Häuser und Schuppen niedergebrannt, bei anderen standen sie noch. Einzelne Hühner, Schweine und Rinder streiften frei herum. Rudledge erlegte bei der Gelegenheit ein Ferkel, das am Abend an den Bratspieß wanderte.

»Eigentlich ist das ja Diebstahl«, spottete Thierry, während er in den saftigen Braten biss.

»Diebstahl wäre es, wenn der Farmer noch hier wäre. Doch er hat seinen Besitz verlassen, ohne die Tiere mitzunehmen. Damit gehören sie dem, der hier vorbeikommt. Der Mann soll froh sein, dass wir nur dieses eine Ferkel essen und nicht auch noch seine Kühe mitnehmen«, antwortete Rudledge gelassen.

»Werden wir unsere Leute morgen finden?« fragte Albert Poulain ungeduldig.

Der Scout zuckte mit den Achseln. »Ich bin kein Prophet, sondern Jäger. Wenn wir Glück haben, stoßen wir morgen wenigstens auf ihre Spuren. Viel weiter nördlich können sie nicht gezogen sein.«

»Wenn wir nichts finden, müssen wir uns dann wieder Richtung Süden halten?«, schloss Walther daraus.

Rudledge schüttelte den Kopf. »Nicht unbedingt! Mindestens ein Flüchtlingstreck hat sich immer in der Nähe der Armee aufgehalten. Da wir zuletzt nach Süden marschiert sind, können sie noch weiter im Norden sein.«

»Aber wir können doch nicht die gesamte Prärie absuchen«, rief Poulain entsetzt.

»Das tun wir auch nicht. Wir reiten so lange im Zickzack, bis wir auf ihre Spur stoßen, und der folgen wir dann«, erklärte Rudledge.

Walther hielt sich aus dem Gespräch heraus und ließ seine Gedanken schweifen. Wie mochte es Gisela ergehen?, fragte er sich. Ihr Kind musste mittlerweile zur Welt gekommen sein. Der Gedanke, dass sie mit dem Neugeborenen den Gefahren eines Flüchtlingszuges ausgesetzt war, erschreckte ihn, und er wäre am liebsten die Nacht hindurch geritten, um so rasch wie möglich bei ihr zu sein. In der Dunkelheit würden sie jedoch die Spur des Trecks übersehen und in die Irre reiten. Außerdem brauchten sowohl die Pferde wie auch die Männer Ruhe.

»Wir brechen morgen auf, sobald wir etwas gegessen haben«, versuchte er, Poulain und auch sich selbst zu beruhigen. »Ein Mann hält in der Nacht Wache. Er wird alle zwei Stunden abgelöst.«

Es ist besser, an das zu denken, was getan werden muss, als sich in Sorgen und Ängsten zu verlieren, sagte Walther sich und bestimmte für Thierry die erste und für sich selbst die letzte Wache.

Rudledge nickte zustimmend, denn er hätte es nicht anders entschieden. »Wir stehen im Morgengrauen auf und reiten los, sobald jeder einen Becher Kaffee und einen Pfannkuchen im Bauch hat«, sagte er, nahm seine Büchse und wickelte sich nahe bei den Pferden in eine Decke.

»Ich glaube, das ist der Hinweis, dass auch wir schlafen sollten!« Walther legte sich ebenfalls nieder, während Thierry und Poulain sich noch unterhielten. Nach einer Weile griff

Thierry nach seiner Büchse und suchte sich einen Platz, von dem aus er das Lager und die Umgebung gleichermaßen im Auge behalten konnte.

In der Nacht blieb alles ruhig. Wie besprochen übernahm Walther die letzte Wache. Bevor er die anderen am Morgen weckte, setzte er Kaffeewasser auf, damit es nicht zu lange dauerte, bis sie aufbrechen konnten, und sah dann dem letzten Stern zu, der am Himmel verblasste. Dieser wirkte in der Morgendämmerung weiß und erinnerte Walther daran, wie oft Gisela und er am Morgen vor ihrem Farmhaus gestanden und zu diesem Stern aufgeblickt hatten.

Es dauerte einige Augenblicke, bis seine Gedanken sich wieder dem Jetzt zuwandten. Dann aber handelte er rasch und gezielt. Als Ersten weckte er Rudledge, damit dieser sich in der Umgebung des Lagers umsehen konnte, und danach kamen Ean und Tonino an die Reihe. Die beiden teilten sich die Aufgaben des Kochs und mussten aus Mehl und Wasser den Teig für die Pfannkuchen rühren. Der Rest der Männer hatte die Pferde zu tränken und dafür zu sorgen, dass diese vor dem Aufbruch noch ein wenig grasen konnten.

Als die Pfannkuchen fertig waren, versammelten sich alle um das Lagerfeuer, tranken ihren Kaffee und aßen.

Thierry seufzte tief. »Ein wenig Honig dazu wäre nicht schlecht!«

»Du hättest ja etwas mitnehmen können«, giftete Ean O'Corra, der sich in seiner Ehre als Koch angegriffen fühlte.

»Wir sind hier auf keinem Picknick, sondern suchen unsere Leute«, wies Walther beide zurecht.

»Werden wir sie heute finden?«, fragte Albert Poulain voller Sorge.

»Wenn wir Glück haben, ja, wenn nicht, finden wir sie morgen«, beschied ihm Walther.

»… oder übermorgen«, setzte Rudledge hinzu, aber so leise, dass Poulain es nicht hören konnte. Die Prärie war weit, und selbst ein paar tausend Menschen konnten sich leicht darin verlieren. Dennoch war der Scout sicher, bald auf die Spur der Flüchtlinge zu stoßen.

Als sie aufbrachen, setzte Rudledge sich wieder an die Spitze. Gegen Mittag erreichten sie einen der Karrenwege, auf denen viele der nordamerikanischen Siedler ins Land gekommen waren. Die tief eingeschnittenen Spuren von Wagenrädern und Abdrücke unzähliger Füße im getrockneten Schlamm bewiesen ihnen, dass sie die richtige Stelle erreicht hatten.

»Hier sind eine Menge Leute nach Osten gezogen«, erklärte Rudledge. »Glaube aber nicht, dass es ihnen besonders gefallen hat. Es muss ziemlich geschüttet haben, als sie hier durchkamen.«

Damit steigerte er die Sorgen der anderen. Walther lenkte seinen Hengst in die Richtung der Flüchtlinge und ließ ihn antraben. Sofort kam Rudledge an seine Seite.

»Die Spur ist mindestens eine Woche alt. Selbst wenn wir dreimal so schnell vorankommen wie die anderen, werden wir ein paar Tage brauchen, bis wir sie eingeholt haben!«

»Das weiß ich, aber ich brauche das Gefühl, mehr zu tun, als nur gemütlich hinterherzutraben – und nicht nur ich«, antwortete Walther und deutete mit einer Kopfbewegung auf ihre Begleiter, ohne sein Pferd zu zügeln.

Rudledge gab es auf, sich darüber zu wundern. Irgendwie waren verheiratete Männer nicht mehr ganz bei Verstand, wenn es um ihre Familien ging, sagte er sich und war froh, ein freies Leben an der Grenze gewählt zu haben.

12.

Rudledge hatte zwar behauptet, kein Prophet zu sein, doch seine Vorhersage traf ein. Der Trupp brauchte vier Tage, um den Flüchtlingszug einzuholen. Es waren keine schönen Tage gewesen. Immer wieder hatten Walther und dessen Männer unterwegs Wagen gesehen, die unter der Belastung zusammengebrochen und zurückgelassen worden waren. Neben der Straße lagen viele Gegenstände, die die Flüchtlinge nicht mehr hatten tragen können. Am meisten aber erschreckten sie die Gräber, die ihren Weg säumten. Etliche Flüchtlinge mussten den Tod gefunden haben, und jeder von ihnen hoffte, dass es nicht die eigene Frau getroffen hatte.
Der Anblick der Flüchtlinge schnitt Walther ins Herz. Die meisten waren ohne ausreichende Vorräte aufgebrochen und hungerten bereits seit Tagen. Viele waren krank und kaum mehr in der Lage, sich vorwärtszuschleppen. Selbst die wenigen Zugtiere, die es noch gab, wirkten struppig und mager. Einige Pferde und Maulesel hatten die Strapazen nicht überstanden, und ihr Fleisch bildete derzeit die einzige Nahrung für die Flüchtlinge. Doch es war viel zu wenig, um alle satt zu bekommen.
»Das sieht übel aus«, meinte Thierry erschüttert.
Walther nickte. »So ist der Krieg. Ich habe ihn in meiner Heimat erlebt!«
»Mein Vater war bei Napoleons Grenadieren. Wie leicht hättet ihr aufeinandertreffen und einer den anderen töten können!« Thierry schüttelte sich, streifte die Schatten der Vergangenheit ab und ließ seinen Blick über den Flüchtlingszug schweifen.

Ein Reiter kam auf sie zu. Zuerst hielt er seine Büchse schussbereit, doch als er Rudledge erkannte, atmete er auf. »Du bist es, alter Waschbär. Kannst du uns sagen, was los ist? Wir haben seit Tagen nichts mehr gehört.«

Auf Rudledges wettergegerbtem Gesicht erschien ein breites Grinsen. »Wenn das mal nicht Silas Parker ist! Hätte nicht von dir gedacht, dass du dich bei den Weibern herumtreibst, obwohl es wichtigere Arbeit gegeben hätte. So aber mussten wir ohne dich Santa Ana den Hosenboden strammziehen.«

»Wir haben gewonnen!«, rief der Ranger erfreut aus.

»Was heißt wir? Du warst ja nicht dabei! Aber wir haben gewonnen, und zwar am San Jacinto River. Ihr hättet daher gar nicht so weit davonlaufen müssen«, gab Rudledge feixend zurück.

»Jetzt hör endlich auf zu sticheln! Glaubst du, es ist schön, einige hundert hungrige Weiber und Kinder am Hals zu haben, und Männer, die diesen das bisschen Brot vom Mund reißen, nur weil sie stärker sind? Ich musste einen von den Kerlen niederschießen. War aber kein Texaner, sondern ein Wicht aus Mississippi. Ein paar andere habe ich in die Prärie gejagt. Sollen dort sehen, was sie zu essen finden, und den Kindern das wenige lassen, was wir noch haben.« Silas Parker spie zur Bekräftigung seiner Worte aus und reichte dann Rudledge die Hand.

»Es freut mich, dich zu sehen und zu hören, dass die Unsrigen gewonnen haben. Ich wäre gerne dabei gewesen, aber meine Männer und ich haben den Befehl bekommen, die Flüchtlinge zu eskortieren.«

»Schon gut!«, antwortete Rudledge. »Auf jeden Fall haben wir euch gefunden. Wer will, kann nach San Felipe, Washington-on-the-Brazos und die umliegenden Farmen zurückkeh-

ren. Bei Gonzales, Goliad und San Antonio sollten die Leute jedoch noch warten, bis sich Cos und Urrea mit ihren Truppen über den Rio Grande zurückziehen.«
»Das hilft wenigstens etwas! Allerdings wird es hart werden. Es gibt auch dort nicht viel zu essen«, wandte Parker ein.
»Es laufen genug Rinder und Schweine herum. Sollen die Leute ein paar davon schlachten. Außerdem können sie die Saat auf den Feldern ausbringen und Wild schießen. Ein richtiger Texaner verhungert schon nicht!«
Walther dauerte das Gespräch zwischen dem Scout und dem Ranger zu lange. Daher lenkte er sein Pferd zu den beiden und sprach Parker an. »Wir sind auf der Suche nach unseren Familien. Können Sie uns sagen, wo wir sie finden können?«
»Wer ist der Mann?«, fragte Parker Rudledge.
»Colonel Fitchner, der mit mir zusammen am San Jacinto River gekämpft hat. Wir haben Santa Ana höchstpersönlich erwischt, als der ausrücken wollte. Deshalb hat Houston uns auch erlaubt, euch zu suchen.«
Rudledge genoss die Verblüffung des Mannes. Auch wenn Parker Walther nicht persönlich kannte, so hatte die Geschichte die Runde gemacht, wie Jim Bowie ein Wettschießen gegen Fitchner verloren hatte.
»Sie werden sich in unserem Lager nach Ihren Leuten umsehen müssen, Colonel. Es sind einfach zu viele Menschen hier, als dass wir von jedem wissen könnten, wo er hingehört.« Parker bedauerte es, keine bessere Auskunft geben zu können. Doch es war für ihn und seine Kameraden wichtiger gewesen, Wild zu schießen, damit wenigstens die Frauen und Kinder etwas zu essen hatten, als sich mit diesen zu unterhalten.
»Meine Frau heißt Rachel«, meldete sich nun Thierry.
»Hier gibt es mindestens ein Dutzend oder mehr Frauen, die Rachel heißen«, antwortete der Ranger. »Reiten Sie durch

das Lager und schauen Sie sich um. Mehr kann ich Ihnen nicht raten!«

»Danke!«, rief Walther, trieb sein Pferd an und ritt suchend zwischen den lagernden Menschen hindurch.

So einfach wie erhofft war es nicht, die Frauen und Kinder zu finden. Immer wieder kamen Männer zu ihnen und fragten nach Freunden, die sich Houstons Armee angeschlossen hatten. Kaum einer konnte begreifen, dass die eigenen Soldaten den Feind mit einem Minimum an Verlusten hatten niederkämpfen können. Doch allein die Nachricht vom Sieg verlieh den meisten neuen Mut, und einige Siedler, deren Farmen nicht allzu weit entfernt lagen, beschlossen, sich noch am selben Tag auf die Heimreise zu machen.

Schließlich trennten Walther und die anderen sich in der Hoffnung, einer von ihnen würde Erfolg haben. Thierry geriet dabei immer mehr an den Rand des Lagers und spähte über die Menge hinweg. Mit einem Mal zuckte er zusammen. Das ist doch mein Schwiegervater, dachte er und ritt zu ihm. Er hatte tatsächlich Gillings entdeckt. Allerdings sah der Mann nicht gerade zufrieden aus. »Ihr habt Santa Ana also geschlagen! Warum habt ihr das nicht weiter westlich getan? Dann hätte ich meine Farm nicht verlassen müssen. Jetzt ist sie abgebrannt und die Arbeit von Jahren vergebens«, beschwerte er sich.

Thierry achtete nicht auf das Gerede, sondern fragte nach Rachel.

»Irgendwo wird sie schon sein«, antwortete Gillings. »Ich habe schon genug Weiber am Hals und kann mich nicht um alle kümmern!«

»Rachel ist deine Tochter!«, fuhr Thierry ihn an, doch sein Schwiegervater blieb ungerührt.

»Das sind die acht anderen auch! Die sitzen noch an meinem

Tisch. Rachel hingegen ist deine Frau, also ist es an dir, sie zu versorgen.«
Ohne es zu ahnen, verlor Moses Gillings damit jede Aussicht, sein Schwiegersohn könnte ihn beim Wiederaufbau der Farm unterstützen. Wütend trieb Thierry sein Pferd an und ritt so knapp an Gillings vorbei, dass dieser zurückspringen musste. Noch während sein Schwiegervater hinter ihm herschimpfte, entdeckte Thierry eine Frau, die sich durch die anderen auf ihn zuarbeitete. Rachel war schmutzig, barfuß, und die Säume ihres Kleides waren zerfetzt. Doch ihre Augen leuchteten voller Freude, als sie auf ihren Mann zueilte.
»Thierry! Oh Gott, wie glücklich bin ich, dich zu sehen!«
Thierry schwang sich aus dem Sattel und schloss sie in die Arme. »Endlich! Ich hatte solche Angst um dich. Wo sind die anderen?« Selbst im Augenblick des Glücks vergaß er seine Freunde nicht. Seine Frau zeigte nach hinten, senkte dann aber den Kopf und versuchte zu reden, brach aber in Tränen aus.
»Was ist los?«, fragte Thierry erschrocken.
»Ihr werdet alle böse auf uns sein. Wir wollten es nicht, aber irgendwie ... ich ...« Rachel verhaspelte sich und brachte kein Wort mehr hervor.
Thierry sah sie an und dann die anderen Frauen, die auf ihn zukamen. Es handelte sich um seine Schwester Marguerite, Gertrude, Arlette Laballe und die junge Cécile, während Anneliese Belcher auf ihrem Platz sitzen blieb. Auch wenn Gisela und deren Gefährtinnen mehrere Wochen in ihrem Haus gelebt hatten, so war die Trauer um den eigenen Sohn größer als ihre Anteilnahme an Giselas Schicksal.
Inzwischen hatte auch Walther die Gruppe entdeckt und kam auf sie zu. Die drei Personen, die er hier zu sehen erwartete, fehlten jedoch.

»Wo sind Gisela, Josef und Nizhoni?«, fragte er mit belegter Stimme.
Nun kam auch Albert Poulain heran und umarmte seine Tochter unter Tränen. Walther freute sich für ihn, schaute sich aber ständig um. Doch er fand weder seine Frau noch seinen Sohn noch die Indianerin.
»Wo sind Gisela, Josef und Nizhoni?«, wiederholte er angespannt.
Gertrude traute sich als Einzige, ihm Antwort zu geben.
»Wir haben die drei unterwegs verloren.«
»Verloren?« Walther starrte sie ungläubig an.
»Der Wagen, mit dem wir gefahren sind, ging kaputt. Gisela war kurz vor der Geburt ihres Kindes und konnte nicht mehr weiter. Da ist sie mit Nizhoni und Josef zurückgeblieben.«
Noch nie hatte Gertrude sich so geschämt wie in diesem Augenblick, in dem sie zugeben musste, dass sie und die anderen ihre Freundin im Stich gelassen hatten.
»Es ging alles so schnell. Die Männer haben den Wagen von der Straße geschoben und uns gesagt, wir sollten zu Fuß weitergehen. Da haben wir ein paar Vorräte auf Céciles Fleur geladen und Gisela aufgefordert, sich auf Nizhonis Schecke zu setzen. Aber sie wollte nicht und musste daher zurückbleiben.« Arlette wollte Gertrude unterstützen, spürte aber selbst, dass es ein schwächlicher Versuch war, ihr Versagen zu rechtfertigen.
Walther hatte genug Erfahrung mit Trecks, so dass er den Frauen keinen Vorwurf machte. Diese hatten den Männern gehorcht, die ihnen befohlen hatten, weiterzugehen. Weitaus mehr Schuld trugen für ihn die Ranger mit Silas Parker an der Spitze, die seine Frau, seinen Sohn und deren indianische Dienerin einfach zurückgelassen hatten. Der Gedanke, dass

die drei hilflos durch die Prärie irrten, war für ihn kaum zu ertragen. Verzweifelt presste er sich die Fäuste gegen die Stirn und stöhnte.

»Wir werden Ihre Frau schon finden«, versuchte Rudledge, ihn zu trösten, obwohl er selbst nicht daran glaubte.

Die anderen schwiegen. Jene, die ihre Frauen und Kinder gefunden hatten, wagten nicht, ihre Freude offen zu zeigen. Schließlich traten Ean O'Corra, Leszek Tobolinski und Tonino Scharezzani auf Walther zu.

»Entschuldigen Sie, aber wir haben erfahren, dass unsere Frauen sich in einem Lager zwei Meilen weiter aufhalten sollen. Wenn Sie erlauben, würden wir gerne nach ihnen sehen«, sagte der junge Ire.

Walther nickte niedergeschlagen. »Das ist ein verständlicher Wunsch. Reiten Sie! Ich bete, dass Sie mehr Glück haben als ich.«

»Es tut mir leid mit Ihrer Frau und Ihrem Sohn. Aber vielleicht ist Gott gnädig.« O'Corra reichte Walther kurz die Hand und ritt weiter. Tobolinski und Scharezzani folgten ihm, während die anderen zurückblieben. Schließlich wandte Thierry sich an Walther.

»Wenn du willst, helfen wir dir suchen!«

Walther blickte kurz den Scout an und sah, wie dieser den Kopf schüttelte.

»Ich danke dir für das Angebot, aber bringt ihr erst einmal eure Frauen und Kinder nach Hause. Ich werde mich mit Rudledge auf den Weg machen. Wünscht uns Glück.«

»Von ganzem Herzen!«, rief Thierry und überlegte, ob er nicht doch mitreiten sollte. Aber die anderen Frauen brauchten ebenfalls Hilfe. Daher winkte er Walther noch einmal zu, zog einen Teil seines Mundvorrats aus der Satteltasche und reichte ihn Rachel.

»Du wirst sicher hungrig sein«, begann er, da schlang sie bereits das Stück Trockenfleisch hinunter.
»Sie ist schwanger, und in dem Zustand ist Hunger am schwersten zu ertragen«, erklärte Gertrude Rachels Gier.
Thierry lächelte seiner Frau zu und betrachtete die erkennbare Wölbung ihres Leibes. Dann aber dachte er an Walthers Sohn, der in der Prärie verschollen war, und schämte sich seiner Freude.

13.

Walther und Rudledge ritten auf der Spur des Wagenzugs zurück, um die Stelle zu finden, an der Gisela, Josef und Nizhoni zurückgelassen worden waren. Ein wenig hofften sie, die beiden Frauen hielten sich noch in der Nähe des Ortes auf, an dem der Wagen liegen geblieben war. Auf ihrem Weg merkten sie, dass die Flüchtlinge nicht schnurstracks Richtung Louisiana gezogen waren, sondern mehrfach Bögen geschlagen hatten, um ihre Route dem texanischen Heer anzupassen. Damit hatten sie viel Zeit verloren und ihre gesamten Vorräte aufgebraucht.
»Solche Narren! Ich hätte angenommen, dass wenigstens Silas Parker mehr Grütze im Kopf hat«, knurrte Rudledge am Vormittag des dritten Tages und sah dann Walther an.
»Langsam müssten wir die Stelle erreichen, an der Wagen Ihrer Frau kaputt gegangen ist.«
Walther hatte schon zweimal bei zurückgelassenen Fahrzeugen angenommen, das seine zu erkennen, sich aber beide

Male geirrt. Nun starrte er mit zusammengebissenen Zähnen nach vorn. »Das da drüben sieht aus wie ein Platz, an dem die Flüchtlinge gelagert haben. Vielleicht haben wir dort Glück.«
Die beiden spornten ihre Pferde an und brachten rasch die halbe Meile hinter sich, die sie von dieser Stelle trennten. Auf einmal stieß Rudledge einen kurzen Ruf aus.
»Sehen Sie den Wagen dort?«
»Das ist er!« Walther war sich sicher, dass dies das richtige Gefährt war. Als er seinen Hengst daneben anhielt, entdeckte er auf dem Bock eine Kerbe, die er selbst hineingeschnitten hatte, um sich etwas zu merken. Doch von Gisela und Nizhoni war weit und breit nichts zu sehen. Selbst dem erfahrenen Scout Rudledge gelang es nicht, die Spur der beiden zu finden. Schließlich zuckte er verärgert mit den Schultern.
»Tut mir leid, aber ich bin mit meinem Latein am Ende. Ihre Frau kann sich überall befinden.«
»Sie war hochschwanger!«, stöhnte Walther.
»Damit kann sie nicht weit gekommen sein.« Eine kurze Zeit schöpfte der Scout Hoffnung, doch obwohl er die Lagerstelle mehrfach in unterschiedlichen Abständen umkreiste, fand er nicht den geringsten Hinweis, der ihm weiterhelfen konnte.
»Jetzt müssen Sie entscheiden. Wollen wir nach Norden reiten, nach Süden oder weiter nach Westen?«
»Nach Westen wohl kaum, denn dort glaubte Gisela den Feind. Vom Gefühl her würde ich Norden wählen.«
»Dann sollten wir Ihrem Gefühl vertrauen. Go on!« Rudledges letzte Bemerkung galt seinem Mustang, der sich sofort in die gewünschte Richtung wandte.
Walther folgte dem Scout und schüttelte angesichts der Weite des Landes den Kopf. Hier konnten sie weniger als eine Meile an den beiden Frauen vorbeireiten, ohne diese zu sehen

oder von ihnen gesehen zu werden. Aufgeben wollte er dennoch nicht. Doch mit jeder Meile, die sie zurücklegten, schwand seine Hoffnung ein Stück mehr. Nach zwei weiteren Tagen ohne jede Spur von Gisela und Nizhoni erschien es Walther sinnlos, weiter nach Norden zu reiten.
»So weit können die Frauen und das Kind nicht gekommen sein«, sagte er zu Rudledge. »Gertrudes Worten zufolge war Gisela zu schwerfällig, um dem Flüchtlingszug zu Fuß folgen zu können. Bis hierher hätten sie mindestens die dreifache Zeit gebraucht.«
Nachdenklich kratzte der Scout sich am Kopf. »Wir sollten zurückreiten und die Stelle, an der sie sich von den anderen Flüchtlingen getrennt haben, in einer Spirale umkreisen. Vielleicht haben wir dann mehr Glück!«
»Das ist wahrscheinlich das Beste.« Walther blickte kurz zum Himmel hoch und fand, dass es noch gut drei Stunden Tag bleiben würde. »Kehren wir um und reiten zu dem Bach, den wir kurz nach Mittag überquert haben. Das ist ein guter Lagerplatz.«
Rudledge nickte und zog sein Pferd herum. »Ich ärgere mich, dass ich den Vorschlag, das Lager zu umkreisen, nicht schon eher gemacht habe. Ich wette mit Ihnen, dass die Frauen sich keinen halben Tag von der Stelle entfernt haben. So haben wir durch meine Schuld zwei Tage verloren.«
Keiner der beiden sagte, dass zwei Tage für zwei Frauen und ein Kind in der Prärie schrecklich sein konnten. Sie hatten die erschöpften, abgemagerten Flüchtlinge gesehen, und für Gisela und Nizhoni dürfte es noch schwerer gewesen sein, an etwas Essbares zu gelangen.
Plötzlich roch Walther Rauch. »Da ist jemand«, flüsterte er Rudledge zu und griff zu seiner Büchse.
Der Scout machte seine Waffe ebenfalls schussfertig und

spähte nach vorn. »Es sind Indianer. Karankawa, würde ich sagen. Sie haben uns bereits bemerkt. Da sie Weiber bei sich haben, werden sie wahrscheinlich friedlich bleiben. Trotzdem sollten wir auf der Hut sein.«

Damit ritt Rudledge auf die lagernde Gruppe zu. Sie bestand aus drei Männern, zwei Frauen und zwei Jungen, die etwa in Josefs Alter sein mussten, und einem Säugling. Einige Schritte vor ihnen hielt der Scout sein Pferd an und hob die Rechte zum Zeichen seiner friedlichen Absichten.

»Mein Freund und ich wollen an diesem Wasser lagern«, erklärte er dann.

»Wasser des Baches gehören allen Menschen in Prärie«, antwortete der Anführer der Gruppe, der als Einziger eine Feuerwaffe neben sich liegen hatte. Obwohl der Kolben mit einer Schnur und ein paar Federn geschmückt war, erkannte Walther die Waffe und erschrak. Es handelte sich um die Flinte, die er von Diego Jemelin erhalten und zusammen mit der in San Felipe de Gamuzana erworbenen bei Gisela und Nizhoni zurückgelassen hatte.

»Woher hast du dieses Gewehr?«, fragte Walther scharf und richtete seine Büchse auf den Indianer, bereit, diesen niederzuschießen, wenn die Antwort auf Raub und Mord hinauslief.

»Gute Waffe!«, lobte der Häuptling. »Ist Geschenk!«

»Wer hat sie dir gegeben?« Walther war fest davon überzeugt, dass der Mann log.

»Eine Frau vom Volk der Diné, die bei weißen Leuten lebt. Sie gekommen mit Pferd und zwei Kindern, einem so«, der Indianer deutete die Größe Josefs an, »und mit kleinem Kind auf Rücken.«

»Das muss Nizhoni gewesen sein!« Walther wusste, dass der Stamm der Navajo sich selbst Diné nannte. Doch wo war Gisela gewesen?

»Nizhoni ihr Name. Großer Junge heißen Náshdóítsoh und kleiner Ma'iitsoh!«, berichtete der Häuptling.

Zwar kannte Walther die Sprache der Navajo nicht, doch er wusste, dass Nizhoni Josef so genannt hatte und dies Puma bedeuten sollte.

»Wo ist Nizhoni jetzt?«, fragte er weiter.

Der Häuptling wies nach Westen. »Frau der Diné dorthin gegangen. Wollte nicht weiter mit uns ziehen.«

»Kann man dem Indianer glauben?«, wollte Walther von Rudledge wissen.

Dieser wiegte unschlüssig den Kopf. »Alle Indianer sind geborene Märchenerzähler. Aber welchen Grund sollte er haben, uns diese Geschichte zu erzählen? Er weiß nicht, dass wir auf der Suche nach den Frauen sind. Daher hätte er genauso gut behaupten können, er habe die Flinte von einem weißen Händler gekauft.«

»Also könnte es die Wahrheit sein. Doch was ist mit Gisela?« Walther fragte den Häuptling nach seiner Frau, hörte aber nur, dass Nizhoni mit den Kindern allein gewesen sei.

»Das ist seltsam«, meinte er zu seinem Begleiter. »Nizhoni würde Gisela niemals im Stich lassen und diese nicht ohne die Kinder bleiben!« Angst stieg in ihm auf.

Rudledge sah die Sache gelassener. »Wir sollten die Nacht bei diesen Leuten verbringen. Vielleicht erzählen sie uns noch mehr.«

Da es spät genug war, um das Lager aufzuschlagen, nickte Walther. Beide stiegen von den Pferden, reichten der jüngeren Indianerin, die ein Säugling auf dem Rücken trug, einen Teil ihres Mundvorrats, damit diese für sie kochte. Anschließend banden sie ihren Pferden die Vorderbeine zusammen, so dass diese zwar grasen, aber nicht davonlaufen konnten, und setzten sich zu der kleinen Schar. Walther lenkte dabei das Gespräch immer wieder auf Nizhoni und die Kinder, doch der Häuptling blieb dabei, dass die Navajo sich mit den Kindern vor zwei Tagen von ihnen getrennt hätte und westwärts gezogen sei.

14.

Am nächsten Morgen verabschiedeten Walther und Rudledge sich von den Kohani und schlugen den Weg nach Westen ein. Obwohl Walther sich vor dem fürchtete, was er dort erfahren würde, ging es ihm nicht schnell genug. Nach einer Weile schüttelte Rudledge in komischer Verzweiflung den Kopf.
»Wenn Sie weiter so vorwärtsdrängen, brechen uns die Gäule zusammen, bevor wir den Colorado River erreichen!«
Walther blieb nichts anderes übrig, als seinen Hengst zu zügeln. »Wann werden wir auf ihre Spur stoßen?«, fragte er.
»Wenn wir Glück haben, heute Nachmittag. Haben wir keines, werden wir sie verfehlen!« Da Rudledge nie geheiratet hatte, fehlte ihm das Verständnis für Walthers Sorgen. Außerdem war das Leben im Westen hart. Hier konnte schnell jemand sterben, sei es bei einem Indianerüberfall, durch einen Schlangenbiss oder die Kugel eines übellaunigen Nachbarn oder Reisenden. Wer sich hier in Texas durchsetzen wollte, musste mit solchen Schicksalsschlägen fertig werden.
Dies sagte er Walther auch und nannte ihm einige Beispiele aus seiner Bekanntschaft, in denen entweder die Frau oder der Mann umgekommen waren. Er ging dabei nicht gerade

zartfühlend vor, und so bedauerte Walther es schließlich, ihn überhaupt mitgenommen zu haben.

Rudledge machte dies aber wieder wett, als er kurz vor Sonnenuntergang sein Pferd anhielt und auf Hufabdrücke wies, die auf einem sandigen Stück Erde zu sehen waren. Zu Walthers Verwunderung zogen sich zwei schmale Schleifspuren an beiden Seiten dahin. Außerdem waren die Abdrücke kleiner Hufe mit zwei Klauen zu sehen, mit denen Walther nichts anzufangen wusste.

»Die Frau ist nicht dumm«, erklärte Rudledge anerkennend. »Sie hat sich ein Travois gebastelt. Damit kann sie mehr mitnehmen, als wenn sie reiten und den Jungen vor sich aufs Pferd setzen würde. Er ist übrigens noch bei ihr. Das sehen Sie an der Spur dort.«

Walther folgte dem Fingerzeig des Scouts und atmete auf, als er die Fußabdrücke eines Kindes entdeckte. Sein Sohn lebte noch, doch was war mit seiner Frau?

»Wie alt, glauben Sie, ist diese Spur?«, fragte er mühsam beherrscht.

»Drei, maximal vier Tage alt. Schätze, dass sie auf diese Weise etwa zwanzig Meilen am Tag vorwärtskommt. Wir schaffen mehr als das Doppelte. Das heißt, wir werden sie am Abend des dritten Tages eingeholt haben.«

»Noch drei Tage?« Dies erschien Walther wie eine Ewigkeit. Nachdenklich blickte er über das Land und sagte sich, dass Nizhoni und Josef bis dorthin hundertzwanzig Meilen von dieser Stelle entfernt sein konnten. Bis zu seiner eigenen Farm konnte es nicht weiter sein. Ob sie Nizhonis Ziel war? Fragen über Fragen schossen ihm durch den Kopf, doch er wusste, dass nur die Navajo diese beantworten konnte. Er hingegen musste jetzt entscheiden, ob sie der Spur folgen oder versuchen sollten, auf schnellstem Weg zur Farm zu ge-

langen. Der Gedanke, dass Nizhoni und Josef unterwegs etwas zugestoßen sein könnte, gab den Ausschlag.
»Glauben Sie, dass Sie der Fährte folgen können?«, fragte er Rudledge.
Der Scout wackelte unschlüssig mit dem Kopf. »Hier ist sie sehr deutlich, aber das kann sich ändern. Doch es müsste schon gelingen. Allerdings können wir dann nicht mehr so schnell reiten wie bisher, und ich muss auch ein paarmal absteigen, um nach der Spur zu sehen.«
»Machen wir es so!«, erklärte Walther und ritt weiter.
Zunächst war die Spur so deutlich, dass sie ihr mühelos folgen konnten. Doch schon bald wurde der Boden härter, und es brauchte Rudledges ganzen Scharfsinn, um aus einem zertretenen Steinchen oder einem abgebrochenen Zweig herauslesen zu können, dass Nizhoni hier vorbeigekommen war.
Obwohl es Walther schwerfiel, musste er seine Ungeduld zügeln. Ihm zu Gefallen folgte Rudledge der Spur bis kurz vor Einbruch der Dämmerung. Dann erst machten sie Rast. Ihnen war klar, dass sie noch mindestens drei Tage brauchen würden, um Nizhoni einzuholen.
In diesen drei Tagen durchlebte Walther die Hölle. Rudledge und er sprachen nicht viel, sondern folgten weiterhin der Spur und untersuchten die Stellen, an denen die Gesuchten die Nächte verbracht hatten. Beim Anblick des Hochwasser führenden Rio Brazos bezweifelte Walther, dass Nizhoni es gewagt hatte, den Fluss zu überqueren.
Doch kurz darauf fand Rudledge die zurückgelassene Stangenschleife und stieß einen kurzen Pfiff aus. »Wie es aussieht, müssen wir ebenfalls hinüber«, sagte er zu Walther.
»Nizhoni kann das unmöglich bewältigt haben!«, rief dieser erschrocken.
»Das werden wir sehen, wenn wir drüben sind!« Kurz ent-

schlossen lenkte Rudledge seinen Mustang in den Fluss und brachte ihn dazu, ans andere Ufer zu schwimmen. Walther folgte ihm mit verbissener Miene, rutschte aber mitten im Fluss aus dem Sattel und kam nass wie eine gebadete Katze am anderen Ufer an. Bis er sich aus seiner Kleidung geschält und diese zum Trocknen aufgehängt hatte, war Rudledge ein Stück das Ufer entlanggeritten und kehrte zufrieden zurück.
»Die Indianerin ist recht geschickt. Ich glaube nicht, dass eine weiße Frau das geschafft hätte«, erklärte Rudledge. »Sie ist samt dem Jungen, dem Pferd und dem anderen Viehzeug herübergekommen und weiter nach Westen gezogen.«
»Dann ist sie wirklich zur Farm zurückgekehrt!« Nun hielt Walther nichts mehr an der Stelle. Unter dem nachsichtigen Kopfschütteln des Scouts zog er sich wieder an und stieg in den Sattel.
»Vorwärts!«
»Wenn Sie meinen!« Rudledge seufzte und war wieder einmal froh, nie geheiratet zu haben. Trotzdem achtete er auf die Spur und zeigte Walther einige Stunden später eine Stelle, an der Nizhoni und Josef die Nacht über gelagert hatten. Zuerst sah Walther fast gar nichts. Erst als der Scout etwas Erde beiseiteschob, entdeckte er die Asche eines kleinen Lagerfeuers. Daneben lagen ein paar winzige Wirbelknochen.
»Sieht aus, als hätte es Schlange zum Abendessen gegeben. Die Frau ist wirklich gut!« Rudledge grinste, während es Walther schüttelte.
»Man kann doch keine Schlangen essen.«
»Warum nicht? Ist auch nur Fleisch!«, antwortete der Scout, der während seiner Streifzüge öfters eine Schlange oder eine Eidechse in die Bratpfanne gelegt hatte.
»Wir müssten bald am Rio Colorado sein«, wechselte Walther das Thema.

»Ist Ihre Farm auf dieser Seite des Flusses oder drüben?«, fragte Rudledge.

»Auf dieser Seite«, antwortete Walther. Kurz darauf erblickte er eine niedergebrannte Farm. Der Gedanke, sein Anwesen könnte genauso aussehen, verdrängte für einige Augenblicke sogar die anderen Sorgen.

Dann aber stieg der Scout aus dem Sattel und zog eine volle Graswindel aus einem Erdloch. »Wie es aussieht, hat sie den Säugling bei sich.«

»Ein Neugeborenes braucht doch Milch. Entweder ist Gisela trotz allem bei Nizhoni, oder …«

»Sie haben das andere Viehzeug vergessen. Ich wette, es ist eine Ziege!«, unterbrach ihn Rudledge.

»Das wäre eine Möglichkeit. Anders als Kuhmilch soll die einer Ziege für kleine Kinder verträglich sein«, sagte Walther mehr für sich als für den Scout. Dann wandte er sich mit einer heftigen Bewegung an Rudledge.

»Kommen Sie! Wir reiten zur Farm. Ich will wissen, ob Nizhoni dort ist.«

»Wenn Sie meinen!« Der Scout folgte Walther zunächst, blieb aber dann, als dieser seinen Hengst immer mehr antrieb, hinter ihm zurück.

»Ich komme nach!«, hörte Walther den Scout noch rufen, dann war er allein mit sich und seinem Pferd. Jetzt, da er sein Ziel direkt vor Augen hatte, trieben ihn die Ungeduld und die Angst zu erfahren, was mit seiner Frau und seinem Sohn geschehen war.

Der Hengst war erschöpft und prustete unwillig. Dann aber erkannte er die gewohnte Umgebung und lief weiter, bis Dächer vor ihnen auftauchten. Hatte Walther bisher befürchtet, sein Haus könnte niedergebrannt worden sein, so atmete er beim Anblick der unversehrten Gebäude auf. Aus dem gemauerten Kamin des Haupthauses stieg eine leichte Rauchfahne und verriet ihm, dass jemand dort war.

Auf dem Hof angekommen, sprang er aus dem Sattel und ließ den Hengst frei laufen. Mit der Büchse in der Hand trat er auf die Tür zu. Diese wurde mit einem Mal aufgerissen, und Nizhoni stand vor ihm. Sie hielt eine Flinte in der Hand, ließ diese jedoch sinken, als sie ihn erkannte.

Noch während sie traurig den Kopf senkte und überlegte, wie sie Walther den Tod Giselas erklären sollte, drängte Josef sich an ihr vorbei und lief auf seinen Vater zu.

»Papa, da bist du ja wieder!«

Walther legte die Büchse ab und schloss seinen Sohn in die Arme. »Josef, Gott sei Dank habe ich dich wieder!«

Dann suchte sein Blick Nizhoni. »Was ist mit meiner Frau?«

»Sie starb bei der Geburt ihres Kindes«, sagte Nizhoni mit schwankender Stimme. »Sie war nicht gesund und hätte nicht mehr schwanger werden dürfen. Aber sie wollte das Kind so sehr, dass sie seinetwegen ihr Leben opferte.«

Die Tränen liefen ihr über die Wangen, und sie wagte es nicht, Walther anzusehen.

»Aber das hätte sie mir sagen sollen«, flüsterte er erschüttert.

»Es war ihr freier Wille! Sie wusste, dass sie bald sterben würde. Mir hat sie immer wieder gesagt, es würde ihr so ergehen wie einem Mann aus ihrer Heimat, der ebenfalls in diesem kalten, schrecklichen Land gewesen war und hinterher nie mehr gesund geworden ist.«

»Damit hat sie unseren Freund Holger Stoppel gemeint«, sagte Walther leise. »Ihm hat dieser verfluchte Feldzug nach Russland die Kraft geraubt, und er starb viel zu früh.«

»Genau wie Gisela! Sie war eine große Frau.« Nizhoni lächelte nun unter Tränen und fasste Walthers Hand.

»Willst du ihr letztes Geschenk an dich nicht ansehen? Josef und ich haben uns sehr viel Mühe damit gegeben, das Kind am Leben zu erhalten. Hätte Josef nicht die Ziege gefunden, wäre es uns wohl nicht gelungen. Auch bekamen wir Hilfe von einer Kohani-Frau, die dem Kleinen fünf Tage lang die Brust gegeben hat. Ich habe ihrem Mann dafür die alte Flinte geschenkt und hoffe, du bist mir deswegen nicht böse.«
Als Walther das hörte, überlief es ihn heiß und kalt. Beinahe hätte er diese Indianer niedergeschossen, weil er vermutet hatte, Gisela und Nizhoni wären von ihnen wegen der Flinte ermordet worden. Daher dankte er Gott in einem stillen Gebet dafür, dass er ihn vor einem schlimmen Fehler bewahrt hatte, nickte Nizhoni zu und befahl ihr: »Zeig mir das Kind!«
»Ich habe noch etwas für dich!«, sagte Nizhoni und zog die Ledertasche mit den Papieren, die Gisela ihr anvertraut hatte, unter ihrem Kleid hervor.
Walther warf einen kurzen Blick darauf, doch im Augenblick waren ihm seine Söhne wichtiger als alle Besitzurkunden der Welt.

Neunter Teil

Der weiße Stern

1.

Mit dem Sieg am San Jacinto River war die Entscheidung in Texas gefallen. Zwar hielt General Urrea sich noch im Süden des Landes auf, doch er hatte nicht mehr genug Soldaten, um Sam Houstons Armee herausfordern zu können. Außerdem erteilte Antonio López de Santa Ana ihm wie auch General Cos aus der Gefangenschaft heraus den Befehl, sich über den Rio Grande zurückzuziehen.
Nun konnten die meisten Flüchtlinge auf ihren Besitz zurückkehren. Manche hatten Glück wie Walther und fanden ihre Häuser unversehrt vor, die meisten hingegen standen vor verkohlten Balken und Trümmern und besaßen kein Vieh mehr. Da auch einige von Walthers Nachbarn davon betroffen waren, war er ständig unterwegs, um zu helfen. Es mussten nicht nur Häuser und Schuppen neu errichtet, sondern auch die vorhandenen Vorräte gerecht aufgeteilt werden, damit alle bis zur nächsten Ernte durchkamen.
Die Frauen seiner direkten Nachbarn blieben auf seiner Farm, bis ihre Heimstätten wieder aufgebaut waren. Als Gertrude, Arlette und die anderen von Giselas Tod erfuhren, kämpften alle mit dem Gefühl, die Freundin im Stich gelassen zu haben, und sie bewunderten Nizhoni. Dieser war es nicht nur gelungen, zusammen mit Josef in der Prärie zu überleben, sondern sie hatte auch das Kleine am Leben erhal-

ten können. Selbst Rachel wagte es nicht, ein böses Wort gegen die Navajo zu sagen, sondern arbeitete still mit.

In den ersten Tagen hatte Walther zu viel zu tun, als dass er sich um die Frauen oder Nizhoni hätte kümmern können, außerdem machte er sich Sorgen um seine verschollenen Vaqueros. Als er an diesem Morgen zu Thierrys Farm ritt, schlug er einen Bogen und ließ dabei die Grenzen des besiedelten Gebietes ein Stück hinter sich.

Mit einem Mal zuckte er zusammen. Hatte er da Rindergebrüll gehört? Er horchte noch einmal. Tatsächlich mussten sich ganz in der Nähe Kühe befinden. Neugierig ritt er in die Richtung und sah bald darauf eine Herde von mehr als einhundert Tieren vor sich, die von mehreren Vaqueros bewacht wurde. Ein Stück weiter entdeckte er eine Mustangherde, bei der sich ebenfalls Hirten befanden.

Die Zahl der Tiere überraschte ihn, und er glaubte zuerst, einer der mexikanischen Hacienderos würde es Hernando de Gamuzana gleichtun und das Land verlassen. Da entdeckte ihn einer der Hirten und preschte in vollem Galopp auf Walther zu. Dabei schwang er seinen Hut und lachte.

»Señor! Sie sind es!«

»Quique!« Walther konnte kaum glauben, den jungen Vaquero vor sich zu sehen. Er ritt ihm entgegen und reichte ihm vom Pferd aus die Hand.

»Gott sei Dank bist du unversehrt!«

»Und die Herde auch!«, antwortete Quique fröhlich und wies mit weit ausholender Geste auf die Tiere. »Sie ist sogar ein wenig größer geworden. Einige Mexicanos, die es mit Santa Ana gehalten haben, sind geflohen, weil sie die Rache der Americanos fürchten, und haben ihr Vieh zurückgelassen. Wir konnten es doch nicht in der Prärie verwildern lassen. Einen Teil der Rinder haben wir bei den Komantschen gegen Mustangs getauscht. Po'ha-bet'chy kennt uns, und so konnten wir mit ihm handeln.«

»Du sagst, Mexicanos seien geflohen? Aber ihr seid doch auch Mexicanos«, wunderte sich Walther.

Quique schüttelte empört den Kopf. »Ich bin ein Tejano, und Julio und die anderen sind es auch. Das hier ist unsere Heimat, und Sie sind unser Señor!«

Es schwang so viel Treue und Ergebenheit in den Worten des jungen Vaqueros, dass Walther ergriffen nickte.

»Ja!«, sagte er. »Ihr seid Tejanos, so, wie ich einer bin! Wir alle gehören in dieses Land.«

Unterdessen war auch Julio herangekommen. Er begrüßte Walther weniger überschwenglich als Quique, war aber gleichermaßen froh, ihn zu sehen.

»Willkommen, Señor! Unser Kleiner hat Ihnen gewiss schon gesagt, dass wir ein paar herrenlose Rinder eingefangen haben. Ich hoffe, Sie haben nichts dagegen, dass ich auch ein paar Vaqueros in Ihre Dienste genommen habe, denn das Vieh wurde doch ein wenig viel für uns allein.«

»Natürlich habe ich nichts dagegen! In dieser Zeit ist jeder froh, wenn er weiß, zu wem er gehört.« Walther lächelte etwas schmerzhaft, denn er vermisste Gisela und wurde im nächsten Augenblick auch nach ihr gefragt.

»Was ist mit der Señora? Sie müsste mittlerweile mit ihrem Kind niedergekommen sein?«

»Das ist sie«, antwortete Walther leise. »Aber sie ist dabei gestorben.«

»Und das Kind?«, fragte Julio erschüttert.

»Es lebt! Nizhoni und Josef haben eine Ziege gefunden und es mit deren Milch gefüttert.«

»Die Señora würde sich darüber freuen!« Julio wischte sich über die Augen, die verdächtig feucht wurden, und auch der

sonst immer so fröhliche Quique sah aus, als würde er am liebsten weinen.
»Sie war ein Engel auf Erden, Señor, und das wird sie auch im Himmel sein. Immer, wenn wir nach oben blicken, werden wir an sie denken.«
»Das hast du schön gesagt, mein Freund. Gisela war ein Engel, und mehr noch, sie war wie ein Teil von mir. Es ist, als würde ich nur noch zur Hälfte leben.«
Weder Julio noch Quique machten den Fehler zu sagen, dass die Zeit die Schmerzen lindern würde. Stattdessen kam der Vormann auf etwas anderes zu sprechen.
»Da Sie jetzt hier sind, können wir die Herden wieder näher an die Hacienda treiben.«
»Es ist keine Hacienda, Julio, nur eine kleine Farm«, antwortete Walther.
»Das stimmt nicht!«, widersprach der Vaquero. »Eine kleine Farm ist das, was Señor Poulain oder Señor Lucien besitzen. Doch Sie nennen eine richtige Hacienda Ihr Eigen. Sie ist immerhin fast so groß wie die von Señor Jemelin.«
Walther senkte betroffen den Kopf. »Diego Jemelin ist tot! Er ist bei der Schlacht am Rio San Jacinto durch die Hand von Ramón de Gamuzana gefallen.«
»Don Ramón war ein überstolzer Mann«, erklärte Julio, »und ähnelte leider zu wenig seinem Bruder Don Hernando. Es ist schade, dass dieser Tejas verlassen hat. Doch Don Ramón hat sich General Santa Ana angeschlossen, und der ist kein guter Mann. Er hat zu viel Blut vergossen, in Mexiko wie auch hier in Tejas.«
Obwohl Julio und die Vaqueros die letzten Monate in der Einsamkeit der schier unendlich weiten Prärie verbracht hatten, waren sie gelegentlich anderen Menschen begegnet und hatten sowohl von der Schlacht um das Alamo als auch von

dem Massaker von Goliad gehört. Sogar die Nachricht von Santa Anas Niederlage am San Jacinto River war bis zu ihnen gedrungen. Die Niederlage der Mexikaner hatte ihrer Treue zu Walther jedoch keinen Abbruch getan.
Julio zeigte ihm nun die Rinder und die Mustangs und stellte ihm die neuen Vaqueros vor. Die meisten waren Mestizen, einer aber ein Schwarzer, den sein Herr als Sklave ins Land gebracht und hier freigelassen hatte.
Da die Nordamerikaner seinesgleichen verachteten, war der Mann besorgt, wie Walther ihn empfangen würde. Dieser reichte ihm jedoch genauso wie den anderen die Hand und lobte alle, weil sie so gut auf seine Herden geachtet hatten.
»Wir leben in unruhigen Zeiten, und ich weiß nicht, wann ich wieder genug Geld habe, um euch Lohn zahlen zu können. Aber ihr werdet nicht hungern müssen und auch sonst alles erhalten, was ihr braucht«, sagte er, als sich alle um ihn versammelt hatten.
»Das wissen wir, Señor! Deshalb arbeiten wir auch gerne für Sie«, erklärte Julio als Vormann der Vaqueros. »Wenn Sie uns brauchen, rufen Sie uns. Wir stehen zu Ihnen, gleichgültig, gegen wen es geht.«
»Danke!« Walther winkte dem knappen Dutzend Männern zu, die nun in seinen Diensten standen, und schwang sich wieder aufs Pferd. »Ich will heute noch zu Thierry Coureurs Farm. Da fällt mir etwas ein: Ich sehe Pepe nicht. Ihm ist hoffentlich nichts passiert?«
Quique grinste. »Nein, Señor, ihm geht es gut. Er befindet sich bei unserem Wagen, um für uns zu kochen. Ich glaube, er wird froh sein, wenn er wieder zur Hacienda zurückkehren kann. Allerdings verlieren wir mit ihm einen guten Koch.«
»Wir werden jemanden finden, der sowohl reiten wie auch kochen kann«, versprach Walther und verabschiedete sich.

Als er weiterritt, fühlte er zum ersten Mal, seit er von Giselas Tod gehört hatte, eine gewisse Erleichterung. Sein Werk, das auch das ihre war, existierte noch, und ihre beiden Söhne würden es weiterführen. Dieses Vermächtnis seiner Frau wollte er in Ehren halten. Gleichzeitig begriff er, dass er auf Dauer nicht als Witwer leben konnte. Die Kinder brauchten eine Mutter und er jemanden, der sich um Haus und Hof kümmerte.

2.

Bei Thierrys Farm waren die Arbeiten gut vorangekommen. Der Normanne, der sich nun als Texaner bezeichnete, war froh darum, denn er wollte seine Frau so rasch wie möglich wieder zu sich holen.
Zu Walthers Überraschung zog ihn sein Freund ein wenig beiseite. »Du bist – oder besser gesagt warst – ein verheirateter Mann und weißt Bescheid. Was meinst du, wie lange kann man einer schwangeren Frau noch beiwohnen? Ich habe Rachel so lange vermisst und würde mich freuen, wenn ...« Verlegen brach Thierry ab.
Nachdenklich sah Walther ihn an. »Es wird vielleicht noch einen Monat gehen. Aber du wirst sehr vorsichtig sein müssen, damit weder deine Frau noch das ungeborene Kind zu Schaden kommen.«
»So lange noch?« Thierry atmete auf. »Danke! Sei versichert, ich werde achtgeben.«
»Das weiß ich doch!«, antwortete Walther und blickte wieder zur Farm hinüber. »Meine Vaqueros haben einige Rinder

von geflohenen mexikanischen Siedlern eingefangen. Du kannst ein paar davon haben.«

»Danke!« Thierry reichte ihm die Hand. Der mexikanische Bedienstete, den er gehabt hatte, war davongelaufen, und ihm war klar, dass der Mann ihn nicht zuletzt wegen Rachels ständigen Beleidigungen im Stich gelassen hatte. In der Hinsicht würde sie sich ändern müssen.

Nun aber sprach er etwas anderes an. »Übrigens will unser Freund Lucien heiraten.«

»Hat er endlich eine Braut gefunden?«, fragte Walther mit dem Anflug eines Lächelns.

»Rachels nächstjüngere Schwester! Sie ist nicht ganz so hübsch wie meine Frau, aber arbeitsam, und sie will keinen Hungerleider heiraten.«

»Das ist zu verstehen.« Zwar hielt Walther weder viel von Moses Gillings noch von dessen Töchtern, aber er war froh, dass Lucien endlich eine Frau gefunden hatte.

»Übrigens, wenn du daran denken solltest, wieder zu heiraten: Mein Schwiegervater hat noch sieben Töchter zu Hause. Zwar scharwenzeln bereits ein paar Bewerber um die Mädchen herum, aber die stichst du mit Leichtigkeit aus.«

»Derzeit denke ich noch nicht daran. Die Trauer um Gisela sitzt noch zu tief.« Dabei wusste Walther, dass er nicht sehr lange warten durfte, eine Frau in sein Haus zu holen. Das Aussehen war ihm gleichgültig. Sie musste nur tüchtig sein und für die Kinder sorgen. Aber eine Schwester von Rachel kam ganz bestimmt nicht in Frage. Zwei von Moses Gillings' Töchtern waren für das French Settlement mehr als genug.

»Zu lange solltest du nicht warten«, mahnte ihn Thierry. »Es strömen immer mehr Menschen nach Texas. Die meisten davon sind Männer, und so wird mein Schwiegervater seine Töchter bald loswerden.«

»Kann ich noch etwas für dich tun?«, fragte Walther, um das Thema zu wechseln.
Thierry schüttelte zuerst den Kopf, hob dann aber in einer unbewussten Geste die Hand. »Eines vielleicht! Ich könnte einen oder zwei Mustangs brauchen. Die sind für die Feldbestellung zwar lange nicht so gut geeignet wie ein schweres Kaltblut, aber besser als der Ochse, den wir uns geteilt haben. In der Not frisst der Teufel nicht nur Fliegen, sondern ackert auch mit einem Mustang.«
»Willst du damit sagen, dass du der Teufel bist?«, fragte Walther mit leichtem Spott.
»Das natürlich nicht!«, antwortete Thierry lachend. »Irgendwann bekommen wir sicher richtige Zugpferde, spätestens dann, wenn wir uns den Vereinigten Staaten anschließen.«
»Ich werde mit Houston reden! Er soll für einen Beitritt die Bedingung stellen, dass du zwei schwere Kaltblüter bekommst.«
Das Gespräch mit Thierry tat Walther gut. Zwar war seine Trauer um Gisela tief, aber er fühlte, dass das Leben weitergehen musste.
Er verabschiedete sich und ritt zu Poulains Farm weiter. Da Cécile bei Gertrude auf seiner eigenen Farm geblieben war, traf er Albert Poulain allein mit einem Knecht an. Der Mann war ein Nordamerikaner und neu in der Gegend. Walther kannte ihn nicht, grüßte aber freundlich und fragte dann seinen Nachbarn, ob er helfen könnte.
»Das wäre nicht schlecht«, erklärte Poulain. »Vielleicht könnten wir gemeinsam den Firstbalken setzen. Ich wollte eigentlich morgen zu Beluzzi reiten und diesen um Hilfe bitten. Aber dessen Leute haben auch viel Arbeit. Du kannst von Glück sagen, dass deine Farm noch steht. Andere Farmen wurden entweder von den Besitzern bei der Flucht an-

gezündet oder später von Indianern oder Mexikanern niedergebrannt.«

Es schwang kein Neid in Poulains Worten, denn er war froh, dass seine Tochter ein Dach über dem Kopf hatte, bis sein eigenes Haus fertig war.

Walther klopfte ihm auf die Schulter und packte dann mit an. Die Arbeit war hart, doch gemeinsam gelang es ihnen, den Firstbalken auf den Dachstuhl zu wuchten und mit acht Zoll langen Nägeln zu befestigen. Darüber wurde es Abend, und Walther beschloss, bei Poulain zu übernachten. Noch hausten dieser und sein Knecht in einem Zelt, doch sie rückten gerne etwas zusammen, um ihm Platz zu machen.

Als sie schließlich im Licht der ersten Sterne zusammensaßen und Poulain an seiner Pfeife sog, wandte er sich nachdenklich Walther zu.

»Wir beide sind in derselben Lage. Unsere Frauen sind gestorben, aber wir haben Kinder, du zwei und ich meine Cécile. Sie ist jetzt gerade in dem Alter, in dem sie eine Mutter braucht. Daher werde ich wohl wieder heiraten müssen, auch wenn es mir ein wenig wie Verrat an meiner Charlotte vorkommt.«

»Es ist vernünftig, wenn du wieder heiratest. Cécile ist zwar ein aufgewecktes Mädchen, aber noch zu jung, um die Mutter zu ersetzen«, stimmte Walther ihm zu.

»Und du? Wirst du auch wieder heiraten?«, fragte Poulain.

Walther atmete tief durch, bevor er Antwort gab. »Es wird wohl sein müssen. Josef und der Kleine brauchen jemanden, der sich um sie kümmert.«

»Du hast zwei Söhne. Ich wünsche mir auch einen!« Jetzt klang Poulain doch ein wenig neidisch, winkte dann aber ab. »Was nicht ist, kann noch kommen. Hast du schon jemanden im Auge?«

»Nein!«
»Thierrys Rachel hat noch acht Schwestern. Wäre nicht eine von denen etwas für dich?«
»Ich glaube nicht, denn die sind alle noch sehr jung«, wich Walther einer direkten Antwort aus.
»Das sind sie. Allerdings sind die meisten von ihnen im heiratsfähigen Alter, und Gillings will sie nur an Männer mit Besitz vermählen. Ich glaube nicht, dass du vergebens an seine Tür klopfen würdest.«
Poulains Drängen wurde Walther fast zu viel. Er fragte sich schon, ob Thierry den Nachbarn gebeten hatte, ihm eine von Rachels Schwestern schmackhaft zu machen. Wenn das auch bei anderen Nachbarn der Fall war, durfte er sich in den nächsten Wochen noch so einiges anhören. Da war es vielleicht besser, bald eine Entscheidung zu treffen. Doch vorher musste er noch etwas anderes erledigen.
»Ich werde in den nächsten Tagen nach Washington-on-the-Brazos reiten und dort alle Landrechte eintragen lassen. Jeder von uns bekommt ein schönes Stück Land für seine Zeit bei der Armee.«
»Viel werden wir nicht damit anfangen können«, wandte Poulain ein. »Keiner von uns besitzt so viel Vieh, um alles beweiden zu können, und so viel Land unter den Pflug zu nehmen ist auch unmöglich.«
»Sie sollten es sich trotzdem überschreiben lassen. Dann könnten Sie es, wenn Sie wollen, an jemanden verkaufen und hätten dann Geld, um die eigene Farm richtig aufzubauen«, wandte Tom, sein Knecht, ein.
»Das ist ein guter Gedanke!«, rief Poulain aus.
Walther musterte Tom und dachte bei sich, dass dieser den Vorschlag sicher nicht ohne Grund gemacht hatte. Das meiste gute Farmland war mittlerweile verteilt, und für Neusied-

ler blieb daher nur die westliche Prärie. Doch dort herrschten die Komantschen und würden jeden bekämpfen, der in ihren Jagdgründen seine Hütte errichten wollte.

»Ich werde dafür sorgen, dass alle Landrechte ordnungsgemäß eingetragen werden«, erklärte er. »Jeder kann damit machen, was er will.« Er selbst würde vorerst keine Teile des neuen Landes verkaufen, denn seine Herde war im Wachsen begriffen und benötigte immer mehr Weideland. Zwar würde er weiter Ackerbau betreiben, aber er sah seine Zukunft in der Zucht von Rindern und Pferden. Irgendwann, so sagte er sich, würden auf all dem Land, das er besaß, seine Tiere grasen. Doch das war weit vorausgegriffen. Jetzt galt es erst einmal, die nahe Zukunft zu bewältigen.

Das Gespräch erlahmte, und die Männer wickelten sich bald in ihre Decken. Walther überlegte, ob sie abwechselnd Wache halten sollten. Doch sowohl Poulain als auch Tom hatten hart gearbeitet und brauchten ihren Schlaf. Außerdem war er sicher, dass sein Hengst die Annäherung Fremder bemerken und ihn durch sein Wiehern warnen würde.

3.

In den nächsten zwei Tagen suchte Walther alle Farmer des French Settlements aus, hörte sich deren Klagen und Wünsche an und half mit Rat und Tat. Die meisten waren zufrieden. Außer Diego Jemelin war keiner seiner Männer am San Jacinto River getötet oder verletzt worden, und die geflohenen Frauen und Kinder waren bis auf wenige Ausnahmen zurückgekehrt. Da man wusste, dass seine Frau während der Flucht gestorben war, erfuhr er viel Anteilnahme. Sowohl Simone Beluzzi wie auch Krzesimir Tobolinski bedauerten, dass alle heiratsfähigen Mädchen unter ihren Leuten bereits an den Mann gebracht worden waren. Auch Father Patrick dachte darüber nach, ob noch eine Irin für ihn frei wäre, schüttelte dann aber den Kopf.

»Es tut mir leid, aber Sie werden entweder eine von Gillings' Töchtern heiraten oder warten müssen, bis eine Frau ins Land kommt, die Ihnen passt.«

»Wir werden sehen. Jetzt bin ich erst einmal auf dem Weg nach Washington-on-the-Brazos, um mich dort mit Sam Houston zu treffen.«

»Warum nicht in San Felipe de Austin? Das ist doch die größere Stadt«, fragte der Priester verwundert.

»Sie war es«, sagte Walther. »Bei der Flucht ist sie zum größten Teil niedergebrannt worden, und den Rest haben Santa Anas Truppen erledigt. Nach Washington-on-the-Brazos sind die Mexikaner jedoch nicht gekommen. Daher wurde es erst mal zur Hauptstadt ernannt. Houston will aber noch weitere Städte am Rio Brazos und am Rio Colorado gründen. Nach unserem Sieg sind bereits viele ins Land gekommen, die sich hier ansiedeln wollen, und es werden immer mehr.«

»Das heißt viele Männer! Daher sollten Sie sich beeilen, eine Frau zu finden«, riet Father Patrick.

Walther seufzte, denn er war das Drängen seiner Freunde und Bekannten leid. Doch ihm war klar, dass es erst aufhören würde, wenn er wieder verheiratet war. So ein Schritt aber musste gut bedacht sein. Er hatte Gisela von ganzem Herzen geliebt und sehnlich gehofft, sein ganzes Leben mit ihr verbringen zu können. Das Schicksal hatte es anders entschieden.

»Vielleicht finde ich in Washington-on-the-Brazos die Passende!« Noch während er es sagte, bedauerte Walther seine Worte schon wieder, denn der Priester und einige andere, die sich bei dessen kleinem Kirchlein eingefunden hatten, nickten eifrig dazu.

»Also dann! Ich mache mich auf den Weg!« Walther hob die rechte Hand zum Abschiedsgruß und trieb seinen Hengst an. Es wäre ihm lieber gewesen, wenn einer ihn begleitet hätte. Doch es lag noch so viel Arbeit vor den Siedlern, dass sie es ihm vertrauensvoll überließen, ihre Interessen zu vertreten.

Noch vor wenigen Jahren hatte man tagelang übers Land reiten können, ohne auf einen Menschen zu treffen. Doch bereits am Abend erreichte Walther eine Farm, die so aussah, als wäre sie erst vor kurzem gegründet worden. Der Besitzer, ein lang aufgeschossener Mann, musterte ihn misstrauisch über den Lauf seiner Büchse hinweg.

»Wer sind Sie und was wollen Sie?«, fragte er.

»Ich bin Colonel Fitchner und reite nach Washington-on-the-Brazos.« Walther hatte gelernt, dass militärische Ränge bei den Nordamerikanern beinahe ebenso angesehen waren wie Adelstitel in der alten Welt. Allerdings musste er seinen Namen so ändern, dass er für angloamerikanische Zungen auch auszusprechen war. So war aus Fichtner Fitchner geworden. Auf jeden Fall beeindruckte er den Farmer.

»Habe von Ihnen gehört! Sie waren am San Jacinto River dabei.«

»Das war ich, und jetzt reite ich zu Sam Houston, um meine Landrechte und die meiner Männer eintragen zu lassen«, sagte Walther freundlich.

»Aber nicht hier! Hier siedle ich!« Der Ton wurde wieder unfreundlich.

»Unsere Farmen liegen am Rio Colorado, und dort soll auch das neue Land liegen.«
Walthers Antwort beruhigte den Mann, und er fragte: »Wollen Sie hier übernachten?«
»Gerne! Immerhin sind wir nach texanischen Verhältnissen enge Nachbarn, auch wenn ich von meiner Farm zu der Ihren anderthalb Tage stramm reiten muss!« Lächelnd stieg Walther vom Pferd, versorgte es und folgte dem Farmer in sein Haus. Dort hatte dessen Frau bereits den Abendbrottisch gedeckt. Ein zwölfjähriger Junge half ihr dabei. Es ist fast wie damals bei Andreas Belcher, fuhr es Walther durch den Kopf. Er musste diesen und dessen Frau Anneliese bald besuchen und ihnen sein Beileid zum Tod ihres jüngeren Sohnes bei Alamo aussprechen. Dieses Schicksal, so hoffte er, blieb diesem Paar hier erspart.
Beim Essen verdichtete sich seine Annahme, dass der Mann sich hier wild angesiedelt hatte. Dies hieß jedoch, dass ein anderer, der das Land hier auf sich eintragen ließ, ihn jederzeit verjagen konnte.
»Sie sollten auch zu Houston gehen und die Sache erledigen«, forderte er den Farmer auf. »Der Staat verkauft das Land billig an die, die es wollen.«
»Kaufen?« Der Mann lachte spöttisch auf. »Warum sollte ich das Land kaufen? Ich fordere mein Recht als Siedler, der diese Wildnis hier urbar gemacht hat. Das kann mir niemand verwehren!«
Walther gab es auf, dem Mann Ratschläge zu erteilen. Dafür war dieser zu sehr in die Ansicht verbohrt, das Land gehöre demjenigen, der es sich als Erster nahm. Andreas Belcher und die Menschen, die Stephen Austin nach Texas gefolgt waren, hatten dies im Rahmen fester Gesetze und Regeln getan. Doch der Mann hier gehörte zu einer neuen Generation von

Siedlern, die sich niemals mit mexikanischen Behörden hatten herumschlagen müssen und die auch nicht gelernt hatten, auf andere Rücksicht zu nehmen.
Daher schied er am nächsten Morgen ohne Bedauern von seinen Gastgebern und ritt weiter auf Washington-on-the-Brazos zu.

4.

Vor dem Krieg war die Stadt weitaus kleiner gewesen als San Felipe de Austin. Nun aber standen hier etliche neue Häuser oder befanden sich im Bau. Die meisten waren schlichte Bretterhütten, die Walthers Ansicht nach keinem einzigen Sturm standhalten würden. Es gab mehrere Stores, Gasthäuser, einen Barbier und andere Geschäfte. Auffallend war eines: Alle Schilder waren in Englisch beschriftet, und auf kaum einem stand auch die spanische Bezeichnung. Besser hätten die Americanos, wie die Mexikaner sie nannten, nicht deutlich machen können, wer nun der Herr in Texas war.
Walther fielen Hernando de Gamuzanas Klagen ein. Dieser hatte die Männer aus dem Norden ein ungeschliffenes, ruppiges Volk genannt, das mit der Büchse in der Hand betete und dabei überlegte, wie es seinen Vorteil mehren konnte. Dann aber zuckte er mit den Schultern. Es brachte nichts, der Vergangenheit nachzutrauern, denn die Gegenwart musste bewältigt und die Zukunft gewonnen werden.
Mit diesem Gedanken hielt er vor einem Mietstall an, übergab einem Knecht seinen Hengst und ging auf die Bretterbu-

de zu, die ein prahlerisches Schild als Country House bezeichnete.

Die dort wartenden Männer erkannten ihn sofort, und er vernahm, wie sein Name umging. Als Colonel Fitchner musste er auch nicht lange warten, sondern wurde bald zu Sam Houston geführt.

Dieser flegelte sich auf einem Stuhl, ein halb volles Glas in der Hand und eine halb volle Flasche vor sich auf dem Tisch, und diktierte gerade seinem Sekretär einen Brief.

Als er Walther eintreten sah, stand er auf und eilte ihm entgegen. »Freut mich, Sie zu sehen, Fitchner! Das mit Ihrer Frau tut mir leid. Es müssen immer die Besten gehen. Kann ich Ihnen etwas anbieten, einen Whisky vielleicht?«

Ohne auf eine Antwort zu warten, nahm Houston ein Glas, füllte es und reichte es Walther.

Dieser nahm es und stieß mit ihm an. »Auf Ihre Gesundheit!«

»Auf Texas!«, antwortete Houston und wies auf einen Stuhl in der Ecke. »Nehmen Sie sich das Ding. Burton, schreiben Sie den Brief fertig, und legen Sie ihn mir anschließend zur Unterzeichnung vor. Und was kann ich für Sie tun, Fitchner?«

Walther holte die Urkunden und Aufzeichnungen aus der Tasche, die seinen Besitz und den seiner Nachbarn beschrieben, und legte sie auf den Tisch.

»Wir wollen unsere Landrechte endgültig eintragen lassen, ebenso wie die, die wir für unsere Zeit bei der Armee bekommen haben.«

»Sie vergessen die Prämie, die der Staat Texas jedem Teilnehmer an der Schlacht am San Jacinto River gewährt. Ach so, die kennen Sie noch nicht! Das wurde von den Abgeordneten beschlossen. Übrigens soll bald ein richtiger Präsident gewählt werden. Ich nehme an, dass ich Chancen auf den Posten habe.«

Houston lächelte etwas selbstverliebt, nahm dann aber Walthers Urkunden zur Hand und sah sie durch. Gelegentlich verglich er die Lage der einzelnen Besitzungen mit der Karte, die noch von Ramón de Gamuzanas Landvermessern stammte, und machte sich ein paar Notizen.

»Der gute Gamuzana war bei seiner Landverteilung ein wenig großzügiger, als Austin es sein konnte. Jeder von euch hat das Fünffache an Land bekommen wie dessen Leute. Bei Ihnen sieht es noch ganz anders aus. Ihnen gehört ein gewaltiges Stück Land am Colorado River. Mit dem, was Ihr mexikanischer Freund Jemelin Ihnen vererbt hat, dürften Sie einer der größten Grundbesitzer in Texas sein. Meinen Glückwunsch!«

Houston reichte Walther die Hand und schob dann die Unterlagen seinem Sekretär zu. »Burton, Sie kümmern sich darum, dass alles seine Ordnung hat!«

»Selbstverständlich, General!«

Während der Mann verschwand, schenkte Houston sich und Walther noch einmal nach und sah dann auf einmal sehr nachdenklich drein. »Die Ratten kriechen wieder aus ihren Löchern.«

»Wie bitte?«

»Entschuldigung, ich habe nur laut gedacht!« Houston verzog kurz das Gesicht und sah dann Walther direkt in die Augen.

»Spencer und Shuddle sind wieder aufgetaucht und fordern ihre Landrechte ein.«

Während der letzten Monate hatte Walther den Mörder von Giselas Mutter und Jakob Schüdle vollkommen vergessen. Nun aber erinnerte er sich wieder an die beiden und zog eine so angewiderte Miene, dass Houston lachen musste.

»Tut mir leid, dass ich Sie damit überfallen muss. Aber die Kerle haben Papiere, die ordnungsgemäß ausgestellt sind. Unsere bisherige Verwaltung war in dieser Beziehung zu leichtfertig und hat ihnen Landrechte übertragen, ohne abzuwarten, ob Spencer und Schüdle ihren Teil der Vereinbarung erfüllen. Ich würde die Kerle ja gerne zum Teufel jagen, aber wir können uns nicht leisten, dass es heißt, texanische Landschenkungen seien das Papier nicht wert, auf dem sie geschrieben stehen!« Houston war ziemlich laut geworden, fasste sich aber rasch wieder und zwinkerte Walther zu.
»Ich habe den beiden erklärt, sie könnten sich zwischen dem Frio und dem Nueces River ansiedeln, aber das war den Herren zu nahe an Mexiko. Sie wollen ihr Land in sicherer Lage haben. Darum schätze ich, dass sie sich entweder Hernando de Gamuzanas Hacienda bei San Felipe de Guzmán unter den Nagel reißen wollen oder aber den südlichen Teil des Gebiets, das Ramón de Gamuzana verteilt hat. Sagen Sie den mexikanischen Siedlern dort, dass die texanische Regierung ihre Landrechte anerkennen wird. Und noch etwas: Sollten Spencer und Shuddle dort auftauchen, dann jagen Sie sie zum Teufel. Mir sind die Mexikaner hier in Texas als Farmer lieber, als wenn sie von solchen Schurken von ihrem Land vertrieben werden und zu Banditen werden, die sich an uns Texanern rächen wollen.«
»Das glaube ich Ihnen gerne!« Walther sah es als eine große Gefahr an, dass die neu hinzuströmenden Nordamerikaner versuchen könnten, die alten mexikanischen Landbesitzer zu verdrängen, anstatt selbst jungfräuliches Land zu besiedeln. Im alten Siedlungsgebiet Ramón de Gamuzanas würde er es auf jeden Fall zu verhindern wissen. Dies sagte er Houston auch und sah diesen nicken.
»Ich wünsche Ihnen Glück!«, erklärte der General. »Und

noch etwas: Kümmern Sie sich bitte im French Settlement um die Präsidentenwahl. Wenn Burton zurückkommt, soll er Ihnen die Listen geben.«
»Das mache ich gerne. Gibt es Gegenkandidaten?«
Houston Miene verdunkelte sich für einen Augenblick. »Ja, einen, nämlich Stephen Austin. Aber er wird nicht gewinnen. Mir tut es leid um ihn, aber ich kann es nicht ändern.«
»Mir tut es auch leid! Er ist ein ehrenhafter Mann, und er hat sehr viel für Texas getan.«
»Ich will versuchen, ihn nach der Wahl in mein Kabinett aufzunehmen. Immerhin ist er der Vater von Texas. Auf ihn!« Damit nahm Houston die Flasche, goss beide Gläser ein und stieß mit Walther an.
»Auf Stephen Austin, ohne den es dieses Texas heute nicht geben würde.«
»Auf Stephen Austin und auf Sam Houston, von dem man dasselbe sagen kann!«
Houston lächelte geschmeichelt, als Walther diesen Trinkspruch ausbrachte, und fragte ihn dann nach der Lage im French Settlement. So gut er es vermochte, gab Walther Auskunft. Die beiden waren so in ihr Gespräch vertieft, dass sie beinahe übersahen, dass Burton zurückkam und Walther eine Reihe gestempelter Urkunden übergab.
»Damit gehört das Land jetzt endgültig Ihnen und Ihren Leuten«, erklärte Houston und wies seinen Sekretär an, Walther die Unterlagen für die Präsidentenwahl zu übergeben. Als dies geschehen war, verabschiedete Walther sich, denn draußen warteten noch etliche Männer, um zu Houston vorgelassen zu werden. Er selbst begab sich in ein Hotel und gönnte sich erst einmal eine richtige Mahlzeit, bevor er darüber nachdachte, was er in dieser Stadt noch erledigen musste.

5.

Die Präsidentenwahl verlief so, wie Sam Houston es vorausgesagt hatte: Er wurde gewählt. Weniger erfolgreich erwiesen sich jedoch die Verhandlungen mit den Vereinigten Staaten über einen Beitritt Texas' zur Union. Es mochten die großen Forderungen der Texaner sein oder auch die Sorge der Vereinigten Staaten, die Aufnahme dieses Landes würde zu einem Krieg mit Mexiko führen. Auf jeden Fall zerschlugen sich die Hoffnungen vieler, rasch ein Bundesstaat der Vereinigten Staaten zu werden.
Im French Settlement interessierte sich kaum jemand für die große Politik. Zwar standen Walther und seine Nachbarn in engerem Kontakt zu den amerikanischen Siedlungen als früher, doch im Grunde ging es den meisten nur darum, in Ruhe ihren Mais pflanzen zu können, wie Andreas Belcher es einst ausgedrückt hatte.
Auch auf Walthers Farm verlief alles in gewohnten Bahnen. Pepe war zurückgekehrt und seinen Worten zufolge sehr froh darüber. Allerdings gefiel es ihm zunächst nicht, dass er nun von Nizhoni Befehle annehmen musste. Aber er merkte rasch, dass diese Giselas Stelle als Hausfrau sehr gut ausfüllte. Sie kümmerte sich auch um Josef, der seit einiger Zeit auf den Namen Joe bestand, mit dem Rachel ihn angesprochen hatte. Diese war inzwischen zu Thierry zurückgekehrt. Auch die anderen Frauen verabschiedeten sich eine nach der anderen, um wieder mit ihren Männern auf deren Farmen zusammenzuleben.
Als Walther aus Washington-on-the-Brazos zurückkehrte, befanden sich nur noch Gertrude und Cécile auf der Farm. Er begrüßte Pepe, der ihm überglücklich entgegeneilte, und reichte ihm die Zügel seines Hengstes.

»Du musst ihn gut abreiben und ihm ein wenig Hafer geben, wenn noch welcher da ist«, sagte er.
»Es ist noch ein wenig Hafer da, aber den sollten wir für die Aussaat verwenden.«
Vor seinem Aufenthalt bei den Vaqueros hätte Pepe es niemals gewagt, seinem Herrn zu widersprechen. Doch bei Julio, Quique und den anderen hatte er gelernt, dass auch seine Meinung etwas galt.
Walther nickte nachdenklich. »Dann lassen wir den Hafer! Wenn ich heute oder morgen wegreiten muss, sattelst du mir einen der Mustangs. Der Gute hier soll sich ein paar Tage ausruhen.«
»Pferde wie dieser Hengst brauchen Hafer, wenn sie kräftig bleiben wollen. Mustangs brauchen das nicht. Denen reicht Gras«, erklärte Pepe und führte das Tier weg.
Walther sah ihm kurz nach und wandte sich dem Haus zu. Im Gegensatz zu seiner Abreise fand er es bedrückend leer. Nur Gertrude werkelte am Herd, während Nizhoni den Kleinen fütterte und Cécile mit Josef spielte.
»Ich bin wieder da«, sagte Walther überflüssigerweise. Es schmerzte ihn, dass Gisela ihn nie mehr willkommen heißen würde.
Seine leiderfüllte Miene rührte Gertrude. Sie füllte einen Becher mit dem Kräutertee, der von Pflanzen stammte, die Nizhoni gesammelt hatte, und stellte ihn auf den Tisch. »Hier ist etwas Heißes zu trinken, Walther. Es wird dir guttun!«
»Danke!« Walther setzte sich und musterte die Frau nachdenklich. Sie war keine Schönheit und auch nicht mehr ganz jung, aber sie wusste, wie es hier im Grenzland zuging, und konnte einen Farmhaushalt ebenso führen wie sich um Stall und Garten kümmern. Allerdings war sie Katholikin, und es mochte sein, dass sie die Scheidung, die ihr Mann erwirkt

hatte, für sich als ungültig ansah und keine andere Ehe eingehen würde. Er beschloss, dieses Problem erst einmal zu verschieben, und holte die Besitzurkunden heraus, zu denen Sam Houston ihm verholfen hatte.
»Es wird dich freuen, Gertrude, dass dein Landbesitz nun endgültig eingetragen ist, und zwar in voller Größe, genauso, wie Hernando de Gamuzana es dir für den Fall versprochen hat, dass dein Mann sich mit dir hier ansiedeln würde.«
Den Hinweis auf Jakob Schüdle hätte er unterlassen sollen, das erkannte Walther sofort an ihrer herben Miene. Dennoch reichte er ihr das Dokument und wog dann die restlichen in der Hand.
»Ich glaube, es ist das Beste, wenn ich morgen zu unseren Freunden reite und ihnen ihre Urkunden vorbeibringe«, sagte er mehr für sich selbst als für die beiden Frauen und Cécile gedacht.
»Sie werden sich darüber gewiss freuen«, erklärte Gertrude, während Nizhoni stumm weiterarbeitete.
Seit Walther aus der Armee zurückgekehrt war, fühlte sich die junge Indianerin unsicher. Schon bald, so sagte sie sich, würde Fahles Haar sich wieder ein Weib nehmen, und sie konnte sich nicht vorstellen, dass sie mit dieser auch nur annähernd so gut auskommen würde wie mit Gisela. Gertrude war ziemlich harsch, würde sie aber nicht schlecht behandeln, doch in den Augen einer Frau wie Rachel würde sie immer eine Sklavin sein, die man nach Belieben beleidigen und verletzen konnte.
Aber was sollte sie tun? Zu ihrem Volk konnte sie nicht mehr zurück, und zu Po'ha-bet'chys Komantschen zog sie nichts. Außerdem durfte sie die Söhne ihrer besten Freundin nicht im Stich zu lassen. Dem Kleinen hatte Walther noch keinen Namen gegeben, und das kränkte sie. Ihn dazu aufzufordern, wagte sie jedoch nicht.

Nach einer Weile hielt Walther es im Haus nicht mehr aus.
»Es ist noch nicht so spät. Daher werde ich sogleich losreiten und entweder bei Thierry oder Albert Poulain übernachten.«
Niemand antwortete ihm. So überkam ihn das Gefühl, in seinem eigenen Hause überflüssig zu sein, und er verließ es ohne Gruß.
Kurz darauf hörten Nizhoni und die anderen, wie er fortritt. Gertrude schüttelte seufzend den Kopf. »Seit Giselas Tod ist er nicht mehr derselbe.«
»Sein Schmerz sitzt tief, denn Gisela war nicht nur sein Weib, sondern ein Teil seiner selbst«, sagte Nizhoni leise.
»Trotzdem muss er seine Trauer überwinden. Er ist kein einfacher Farmer, sondern der Mann, auf den alle Siedler in dieser Gegend schauen«, erklärte Gertrude, wusste jedoch nicht, was sie daran ändern konnte.
Den beiden Frauen blieb nicht die Zeit, länger über Walther nachzudenken, denn erneut klang Hufschlag auf. Als Gertrude zur Tür hinaustrat, entdeckte sie Father Patrick. In dessen Begleitung befand sich Albert Poulain.
»Guten Abend!«, grüßte sie. »Ihr seid zwei seltene, aber willkommene Gäste.«
»Weißt du, Gertrude, ich … äh … mmmh … Hochwürden Patrick ist zufällig bei meiner Farm vorbeigekommen, und da sind wir ins Reden gekommen und … äh … mmmh … haben dann gedacht, wir schauen mal zusammen hier vorbei!« Poulain hatte etwas Mühe mit seiner Rede und sah den Priester bittend an.
Dieser legte ihm den Arm auf die Schulter und lächelte. »Wolltest du nicht mit deiner Tochter sprechen, mein Sohn?«
»Äh … mmmh … Ja, das wollte ich«, brachte Poulain heraus und wandte sich dann an Cécile, die mit Josef im Hof spielte. »Komm, wir beide gehen ein wenig spazieren.«

»Darf Joe auch mit?«, fragte das Mädchen.
»Wer? Äh ... der Junge? Natürlich!« Poulain nahm Cécile und Josef bei der Hand und führte die beiden vom Haus weg.
Gertrude sah ihnen kopfschüttelnd nach. »Der gute Albert hört sich ja fast so an, als hätte er etwas ausgefressen.«
»Aber nein, das hat er nicht!«, beruhigte der Priester sie. »Wir haben uns nur eine Weile unterhalten, und dabei ging es auch um dich, meine Tochter.«
»Um mich?«, fragte Gertrude verwundert.
»Wir alle wissen um dein schweres Schicksal und den Verrat deines Ehemanns.«
»Bleiben Sie mir mit diesem Schuft von Leib!«, brach es aus Gertrude heraus.
»Du wirst dich aber mit ihm beschäftigen müssen, meine Tochter. Er war dein Ehemann und hat dich zuerst in deiner Heimat zurückgelassen, während er selbst nach Louisiana ausgewandert ist. Als du ihm gefolgt bist, hat er die Gemeinschaft mit dir verweigert und eine Scheidung erwirkt.«
»Die nach den Gesetzen unserer heiligen Religion ungültig ist«, antwortete Gertrude herb.
»Die Scheidung ist so, wie sie ausgesprochen wurde, ungültig. Nur habe ich erfahren, dass James Shuddle, wie dein Mann sich hier nennt, mittlerweile ein anderes Weib geheiratet hat, und dies ist nicht nur eine schwere Sünde, sondern auch ein Grund, deine Ehe mit ihm für nichtig erklären zu lassen. Nun kann ich deswegen nicht an Seine Heiligkeit Papst Gregor XVI. schreiben, damit er die Ehe auflöst. Aber ich kann seine Erlaubnis voraussetzen und dies selbst tun. Daher brauchst du dich von diesem Augenblick an nicht mehr an diesen Unwürdigen gebunden fühlen, sondern kannst eine neue Ehe eingehen.«

Gertrude hatte Father Patricks Ausführungen mit wachsendem Erstaunen verfolgt und lachte bitter auf. »Wer sagt Ihnen, dass ich eine neue Ehe eingehen will?«
»Ich würde weniger sagen wollen als müssen. Wir befinden uns hier am Rande der Zivilisation. Hier leben viele Männer, denen es an Frauen fehlt. Wie kannst du ledig bleiben wollen, wenn du als Ehefrau und Mutter gebraucht wirst?«
Father Patrick legte die Hand auf Gertrudes Schulter und sah sie mit einem verschmitzten Lächeln an. »Es gibt einen Mann, der dich gerne zu seinem angetrauten Weibe machen will. Der gute Albert Poulain trägt schwer am Verlust seiner Charlotte. Aber du warst deren beste Freundin, und seine Tochter verehrt dich. Willst du diesen beiden Menschen nicht helfen? Auch bist du noch jung genug, um Kinder zu bekommen. Albert wünscht sich so sehr einen Sohn.«
»Albert Poulain will mich heiraten?« Obwohl Gertrude längere Zeit auf dessen Farm gelebt hatte, um die kranke Charlotte zu unterstützen, hätte sie niemals daran gedacht, deren Nachfolgerin zu werden. Doch als sie jetzt darüber nachdachte, gefiel ihr der Gedanke.
»Wenn Sie mir versichern, dass es keine Sünde gegen unseren Glauben ist, würde ich die Ehe mit Herrn Poulain eingehen«, antwortete sie nachdenklich. »Er muss sich meiner auch nicht schämen, denn ich bin nicht arm, sondern besitze einiges an Land. Herr Fichtner hat mir erst vorhin die Besitzurkunde gegeben.«
Gertrude eilte ins Haus und holte das Dokument, um es dem Priester zu zeigen. Dieser lächelte nur und rief laut zum Pferch hinüber, an dem Poulain stand. »Mein lieber Albert, du darfst jetzt kommen! Die Felsen, die du vor dem Ziel deiner Sehnsucht aufgerichtet sahst, haben sich als Kieselsteine entpuppt.«

So schnell war Poulain wohl schon lange nicht mehr gelaufen. Er stürmte auf Gertrude zu und fasste deren Hände. »Du willst mich wirklich heiraten?«

»Father Patrick hat mir eben erklärt, dass mir keine andere Wahl bleibt«, antwortete Gertrude lachend.

Unterdessen kam auch Cécile heran und schmiegte sich an sie. »Ich bin so froh, dass du meine neue Mama wirst.«

»Das will ich aber auch noch in einem Jahr von dir hören!«, spottete Gertrude, um ihre Rührung zu überspielen.

Doch die anderen merkten, was in ihr vorging, und so konnte Father Patrick mit dem Ergebnis seines Eingreifens zufrieden sein. Dann aber fiel sein Blick durch die Tür. Dort wiegte Nizhoni gerade den Kleinen mit einer Hand, während sie mit der anderen den Kochlöffel schwang, den Gertrude im Stich gelassen hatte.

»Ist das da drinnen Fitchners indianische Dienerin?«, fragte der Priester.

»Das ist Nizhoni«, antwortete Gertrude.

Father Patrick war bislang nur selten auf Walthers Farm gewesen und hatte nie auf die Navajo geachtet. Nun aber musterte er sie, als sähe er sie das erste Mal.

»Ich weiß nicht, ob es gut ist, wenn du jetzt von hier fortgehst und Fitchner mit dieser Frau allein bleibt. Sie ist jung und hübsch genug, um selbst einen Heiligen in Versuchung zu führen.«

»Das würde Nizhoni niemals tun«, tat Gertrude diesen Einwand ab.

Dann aber wandte sie ihren Blick Nizhoni zu. Auf ihren Lippen erschien ein seltsames Lächeln, das weder Father Patrick noch Albert Poulain oder dessen Tochter zu deuten wussten.

6.

Walther hatte die Grenzen seines eigenen Landes noch nicht erreicht, als er einen Reiter in vollem Galopp auf sich zupreschen sah. Sofort nahm er die Büchse zur Hand, senkte sie aber wieder, als er Quique erkannte.

»Señor! Señor! Bitte warten Sie!«, rief dieser schon von weitem.

»Was gibt es?«, fragte Walther, als der Vaquero nahe genug gekommen war.

Quique zügelte sein Pferd mit einem scharfen Ruck und wies nach hinten. »Es sind Leute auf der ehemaligen Hacienda von Señor Jemelin!«

»Was? Welche Leute?«

»Wir wissen es nicht, denn wir haben sie nur aus der Ferne gesehen. Es sind vier Reiter und zwei Mann auf einem leichten Wagen. Sie errichten gerade eine Hütte neben dem alten Wohnhaus.«

Verwirrt schüttelte Walther den Kopf. »Das dürfen die Kerle nicht! Diego Jemelin hat sein Land mir vererbt.«

»Vielleicht denken sie, es ist freies Land, weil niemand dorthin zurückgekommen ist«, meinte Quique.

»Dann werden wir ihnen sagen müssen, dass dies nicht der Fall ist!« Walther überlegte kurz und erinnerte sich an den wilden Siedler, den er auf dem Weg nach Washington-on-the-Brazos getroffen hatte. Wenn die Männer aus dem Norden nicht bereit waren, die Gesetze von Texas zu achten, mussten sie dazu gezwungen werden.

»Es sind sechs Männer, sagst du?«

»*Sí*, Señor. Vier Reiter und zwei auf einem Wagen.«

»Wir werden hinreiten!«

»Zu zweit?«, fragte Quique, der nicht annahm, dass die wilden Siedler freiwillig abziehen würden.
Das glaubte auch Walther nicht, und so schüttelte er den Kopf. »Nein, dafür brauchen wir mehr Männer. Reite zu Julio und sagte ihm, er soll mit allen Vaqueros zu dem kleinen Teich an der Grenze zu Jemelins Gebiet kommen. Sollte die Herde sich in der Zwischenzeit verlaufen, müsst ihr sie eben wieder zusammensuchen! Mit zehn Mann werden wir den Eindringlingen klarmachen können, dass sie sich woanders ansiedeln sollen und nicht auf meinem Land oder dem meiner Freunde!«
»Die Herde wird sich nicht verlaufen, Señor! Wir haben nämlich ein paar weitere Vaqueros bei uns, die gerne für Sie arbeiten würden. Die können die Herde bewachen. Außerdem werden die Tejanos uns helfen, die auf ihrem Land bleiben wollen. Dafür müssen Sie aber versprechen, ihnen gegen gierige Americanos zu helfen.«
»Das verspreche ich gerne. Du und deine Freunde, ihr könnt den Leuten sagen, dass ich das ganze ehemalige Siedlungsland Gamuzanas auf die tatsächlichen Besitzer habe eintragen lassen, und zwar nicht nur das auf dem Teil, für den ich verantwortlich war, sondern auch den Teil im Süden.«
In diesem Augenblick war Walther froh, dass er an die mexikanischen Siedler gedacht hatte. Nun konnte ihm dies zum Vorteil gereichen.
»Sie werden sich freuen, dies zu hören, Señor. Aber jetzt muss ich los!« Damit riss Quique seinen Mustang herum und zwang ihn fast aus dem Stand zum Galopp.
Walther folgte ihm etwas langsamer und überprüfte seine Waffen. Zwar wollte er es nicht auf einen Kampf ankommen lassen, doch er musste auf alles vorbereitet sein.
Als er den Treffpunkt erreichte, warteten dort nicht nur Julio

und Quique mit einem Dutzend Vaqueros auf ihn, sondern noch einmal dieselbe Zahl mexikanischer Siedler. Einer von ihnen, der früher zu Santa Ana gehalten hatte, aber ohne für diesen zu kämpfen, fasste Walthers Arm.

»Ihr Vaquero sagt, Sie hätten unseren Besitz bei den neuen Behörden von Tejas eintragen lassen!« Es klang Verwunderung mit, aber auch die Angst, selbst nicht mit dazuzugehören.

»Das habe ich«, antwortete Walther lächelnd und holte das Bündel Besitzurkunden aus der Tasche. »Hier ist die Ihre, Sanchez!«

Der Mann nahm sie entgegen und starrte auf den englischen Text. »Das kann ich nicht lesen«, bekannte er kleinlaut.

»Gib her!« Einer der Tejanos, der die englische Sprache in Wort und Schrift beherrschte, nahm ihm das Dokument aus der Hand und las es durch.

»Es stimmt!«, rief er seinen Landsleuten zu. »Sanchez' Land ist ordnungsgemäß eingetragen, und er hat damit jedes Recht, einen Americano, der es ihm wegnehmen will, über den Haufen zu schießen!«

Die Männer jubelten. Einige kamen heran, nahmen ihre Urkunden in Empfang und drückten Walther teilweise mit Tränen in den Augen die Hände. Derweil starrte Sanchez immer noch auf das Papier, das seinen Besitzanspruch beurkundete, und drehte sich dann zu Walther um.

»Señor, ich danke Ihnen! Jetzt wissen wir, dass Don Hernando de Gamuzana keinem Unwürdigen vertraut hat. Ein Americano hätte das nicht für uns getan.«

»Für mich war es eine Selbstverständlichkeit!« Walther wurde das Lob allmählich peinlich, denn seine mexikanischen Nachbarn taten fast so, als wäre er ein Heiliger.

Zu seiner Erleichterung kam ihm Julio zu Hilfe. »Wir sollten hier die Nacht über lagern und morgen in aller Frühe aufbre-

chen, um den Leuten bei Jemelins Hacienda klarzumachen, dass dies hier Colonel Fitchners Land ist.«
Jetzt fängt der auch an, mich Fitchner statt Fichtner zu nennen, schoss es Walther durch den Kopf. Er ließ es jedoch gut sein und stieg von seinem Mustang. Die anderen taten es ihm nach. Schon bald prasselte ein Lagerfeuer. Die Vaqueros steckten Fleischstücke an im Wald abgeschnittene Stecken und hielten diese ins Feuer. Zu trinken gab es Wasser, doch damit waren alle zufrieden.
Später, als die ersten Sterne am Himmel strahlten, sang Quique mit samtiger Stimme ein Liebeslied, das Walther seltsam berührte. Er hatte Gisela geliebt, sogar mehr als sein Leben. War er nun dazu verdammt, in Zukunft mit einer Frau zu verbringen, mit der ihn nicht mehr verband als die Tatsache, dass er eine Mutter für seine Söhne brauchte und jemanden, der sich um Haus, Hof und den Gemüsegarten kümmerte?
Er kämpfte gegen die Traurigkeit an, die in ihm aufzusteigen drohte, und richtete seine Gedanken auf die Fremden, auf die sie am nächsten Tag treffen würden. Sam Houstons Warnung kam ihm in den Sinn, Nicodemus Spencer und Jakob Schüdle könnten versuchen, sich zu Unrecht Land anzueignen. In dieser Stunde schwor er sich, dass die beiden Männer keinen Fußbreit Boden im Gamuzana-Gebiet erhalten würden. Mit diesem Entschluss legte er sich schließlich nieder und wachte auch damit auf.

7.

Der Morgen brachte eine Überraschung, denn Thierry erschien mit allen Nachbarn, die zusammen mit ihm und Walther unter Sam Houston gekämpft hatten. Nur Albert Poulain fehlte. Ihn hatten die Freunde nicht auf seiner Farm angetroffen.

»Als wir erfuhren, dass du mit deinen Männern losgeritten bist, um ein paar wilde Siedler zu vertreiben, dachten wir, du könntest ein wenig Hilfe gebrauchen«, erklärte Thierry grinsend.

»Wir sind die ganze Nacht durchgeritten, um nicht zu spät zu der Party zu kommen«, setzte Ean O'Corra fröhlich hinzu.

»Bei Gott, das ist ja eine halbe Armee, und das für ganze sechs Männer!« Walther begrüßte die Männer lachend und war sehr froh, denn zum ersten Mal standen die Tejanos aus dem südlichen Teil und die Siedler aus dem French Settlement offen auf einer Seite. Zwar gab es zunächst noch ein vorsichtiges Abtasten, doch als Thierry und die anderen hörten, dass ihre Landrechte ebenso unverbrüchlich eingetragen worden waren wie die der Mexikaner, begriffen alle, dass sie als Nachbarn zusammenhalten mussten.

»Weißt du, Walther, es hätte mich auch geärgert, wenn unsere südlichen Siedler ihr Land verloren hätten, nur weil es Texaner mexikanischer Abstammung sind«, erklärte Thierry, als sie auf die Jemelin-Hacienda zuritten. »So etwas wirft kein gutes Licht auf die Behörden, und man müsste Angst haben, dass es einem irgendwann genauso ergeht.«

»Das hier ist unser Land«, antwortete Walther nachdenklich. »Wir haben die Erde aufgebrochen und erlebt, wie der erste

Getreidehalm gewachsen ist und das erste Kalb geboren wurde. Solange wir zusammenhalten, wird niemand uns dieses Land wegnehmen.«
»Nein, da hast du recht«, sagte Thierry und deutete nach vorn. »Wir sind gleich da!«
Auf Walthers Zeichen hin zügelte die Gruppe ihre Pferde. Er selbst zog sein Fernrohr aus der Satteltasche und setzte es ans Auge, um sich einen Überblick zu verschaffen. Es waren tatsächlich sechs Männer. Vier von ihnen trugen die derbe Kleidung von Landarbeitern. Sie waren dabei, eine Hütte aus Stangen und Brettern zu errichten. Walther erinnerte sich, dass in einigen Teilen der Vereinigten Staaten ein Gesetz galt, dem zufolge eine auf freiem Land errichtete Hütte den Besitzanspruch dokumentierte. Dies hier war jedoch kein freies Land, und er wollte niemanden hier haben, der ungerufen gekommen war.
Nun richtete er das Fernrohr auf die beiden anderen Männer. Sie trugen braune Röcke, lange Hosen und Hemden mit Schleife sowie Hüte nach städtischer Mode. Einer hielt einen Schreibblock in der Hand und notierte etwas, der andere ... Walther zuckte zusammen. Es war Spencer! Die Wut packte ihn, und im ersten Augenblick war er bereit, den Mann einfach niederzuschießen. Er beherrschte sich jedoch, wies aber seine Begleiter an, ihre Waffen bereitzuhalten. Dann steckte er sein Fernrohr ein und ließ seinen Mustang antraben.
Die Männer auf der Hacienda wurden nun erst auf sie aufmerksam und hielten in ihrer Arbeit inne. Als Walther näher kam, erkannte er in dreien der Arbeiter jene Männer, die schon bei Spencers erstem Versuch, sich in der Gegend anzusiedeln, dabei gewesen waren. Bei einem war das Gesicht von mehreren Narben verunstaltet, und er trug über dem rechten Auge eine schwarze Klappe. Walther erkannte den Kerl, der

damals hinterrücks auf ihn geschossen hatte, und empfand es als gerechten Ausgleich, dass dieser am stärksten von den Schrotkugeln gezeichnet war, mit denen er zurückgeschossen hatte. Allerdings war ihm klar, dass er auf diesen Mann am meisten aufpassen musste, und er winkte Quique zu sich.
»Achte gut auf den Mann mit der Augenklappe!«
»Das ist doch der Kerl, der damals hinterrücks auf Sie geschossen hat! Keine Sorge, Señor! Der Kerl wird kein zweites Mal auf Sie schießen.« Die Augen des jungen Vaqueros blitzten, und er zog seine Pistole, um bereit zu sein.
Spencer starrte aus zusammengekniffenen Lidern auf die Gruppe und wechselte dann einen kurzen Blick mit seinem städtischen Begleiter. Dieser trat Walther einige Schritte entgegen.
»Sie befinden sich auf Privatgrund, Mister!«, erklärte er mit schneidender Stimme.
»Das stimmt«, antwortete Walther gelassen.
»Was wollen Sie hier?«, fragte der andere.
»Nachsehen, was sich hier tut!«
Der Städter plusterte sich auf wie ein gereizter Vogel. »Das geht Sie gar nichts an!«
»Wer sind Sie überhaupt, dass Sie hier das große Wort schwingen?« Diesmal klang Walther scharf.
Der andere zuckte leicht zusammen, sah ihn dann aber mit einem überheblichen Blick an. »Ich bin Everett Mainstone Lionbaker und vermesse in Colonel Spencers Auftrag sein Land!«
»Das hier ist aber nicht Colonel Spencers Land«, antwortete Walther mit einem Lächeln, das nicht seine Augen erreichte.
»Pah, was Sie nicht sagen! Das Land hier gehörte einem Mexikaner, der am San Jacinto River ums Leben gekommen ist. Damit ist es an die Republik Texas gefallen, und die hat es

Colonel Spencer aufgrund seiner Verdienste im Freiheitskampf gegen Mexiko überlassen!«
Lionbaker klang so überheblich, dass es Walther juckte, ihn barfuß und nur mit Hemd und Unterhose bekleidet davonzujagen. Er beherrschte sich aber und beugte sich zu dem anderen herab.
»Sergeant Diego Jemelin ist tatsächlich bei der Schlacht am San Jacinto River gefallen, aber auf unserer Seite! Sein Land hat er mir vererbt, und das Testament wurde von General Sam Houston als Zeuge unterschrieben. Außerdem wurden für mich und alle meine Nachbarn auf dem gesamten ehemaligen Gamuzana-Siedlungsgebiet rechtsgültige Besitzurkunden im Namen der Republik Texas ausgestellt. Wir haben sogar noch das Anrecht auf etliche Quadratmeilen mehr, die wir im Lauf der nächsten Zeit vermessen lassen werden. Und damit sage ich Ihnen, dem sogenannten Colonel Spencer und dessen Leuten *good bye!*« Walthers Worte ließen keinen Zweifel daran, dass er sein Recht auch durchsetzen würde.
Zwar versuchte Lionbaker, noch etwas zu sagen, doch Thierry schnitt ihm das Wort ab.
»Setzen Sie sich auf Ihren Wagen, und verlassen Sie unser Land! Wir könnten sonst sehr ungehalten werden. Was diesen Spencer betrifft, so ist er ein lumpiger Feigling, der sich seine Landrechte in Texas erschwindelt hat. Er sollte sich bei ehrlichen Texanern besser nicht blicken lassen. Wir hingegen haben mit Walther Fitchner einen echten Colonel bei uns, der am San Jacinto River an der Seite von Sam Houston gekämpft hat.«
»Lassen wir uns das bieten?«, fragte einer der vier derben Kerle in Spencers Begleitung. Dieser starrte wütend auf die kleine Armee, die ihm und seinen Männern gegenüberstand, und begriff, dass er keine andere Wahl hatte, als klein beizugeben.

»Wir weichen der Gewalt!«, rief er grollend.
Drei Männer wandten sich ab, um ihre Sachen zu holen. Doch Dyson, der Mann mit der Augenklappe, funkelte Walther hasserfüllt aus seinem einen noch vorhandenen Auge an.
»Das habe ich dir zu verdanken, du Hund!«, brüllte er und wies mit der Linken auf sein Gesicht.
Gleichzeitig riss er mit der anderen Hand seine Pistole aus dem Gürtel, um Walther niederzuschießen. Doch bevor er die Waffe anschlagen konnte, knallte Quiques Pistole. Dyson stolperte zwei Schritte zurück, und seine Pistole entlud sich in der Luft. Dann stürzte er zu Boden und blieb stocksteif liegen.
»Verdammt! Hättest du nicht schneller sein können?«, entfuhr es Spencer, der instinktiv fühlte, dass vor allem Walthers Autorität die Siedler zusammenhielt und er sich nach dessen Tod vielleicht doch hätte durchsetzen können.
»Verschwinden Sie, und lassen Sie sich niemals mehr hier blicken!«, fuhr Walther ihn an.
Mit einer Bewegung, die seine Wut verriet, befahl Spencer seinen drei verbliebenen Knechten, den Wagen anzuspannen, und stieg danach auf den Bock. Nachdem er an Walther vorbeigefahren war, drehte er sich noch einmal zu diesem um.
»Wir beide sind noch nicht fertig miteinander – noch lange nicht!«
Als Walther seine Büchse hob und den Hahn spannte, bekam Spencer es mit der Angst zu tun und peitschte die beiden Pferde, bis diese im Galopp dahinrannten und der Wagen wie ein Ball über jede Bodenwelle hüpfte. Spencers drei Handlanger gaben Fersengeld, ohne sich um ihren toten Kumpan zu scheren. Nur Lionbaker blieb zurück und starrte verständnislos hinter den Fliehenden her.
»Colonel Spencer! Nehmen Sie mich doch mit!«, rief er, obwohl dieser ihn längst nicht mehr hören konnte.

»Sie sollten besser auf den Gaul dieses Kerls dort steigen und Ihren Freunden folgen«, riet Thierry ihm.
»Reiten?« Lionbaker war anzusehen, dass er den Bock eines Wagens einem Sattel jederzeit vorzog. Da er jedoch begriff, dass er sonst zu Fuß würde laufen müssen, quälte er sich damit ab, den Gaul zu satteln.
Schließlich kam Quique ihm zu Hilfe. »So wird das nichts, Señor«, meinte er spöttisch und drehte den Sattel um.
Der junge Tejano zog dem anderen auch noch den Sattelgurt fest. Doch als er ihm auch noch aufs Pferd helfen wollte, wich der vor ihm zurück.
»Sie sind ein Mörder! Ich werde dem Sheriff melden, dass Sie einen ehrlichen Amerikaner hinterrücks erschossen haben.«
»Hier sind genügend ehrliche Texaner, die bezeugen können, dass es Notwehr war. Außerdem gibt es hier noch keinen Sheriff. Aber gut, dass Sie uns darauf aufmerksam machen. Wir werden einen wählen!«
Nach diesen Worten trat Walther auf Lionbaker zu, packte diesen an Kragen und Hosenboden und wuchtete ihn aufs Pferd.
Kaum hielt der Mann die Zügel in der Hand, versetzte Quique dem Gaul einen Schlag und sah mit grimmiger Zufriedenheit zu, wie dieser antrabte und sein Reiter sich verzweifelt bemühte, oben zu bleiben.
»Was meinst du, Julio? Wird er es bis zur nächsten Stadt schaffen, oder wird ihn das Pferd vorher abwerfen?«, fragte Quique seinen Vormann.
»Um das herauszufinden, müssten wir dem Mann folgen – und das ist er wohl nicht wert«, antwortete Julio und lenkte sein Pferd neben das Walthers.
»Was machen wir jetzt, Señor?«
Walther blickte mit brennenden Augen auf die Gräber von Rosita Jemelin und ihrer Kinder. Spencer und dessen Schur-

ken hatten die Kreuze umgetreten und waren darauf herumgetrampelt.

»Bringt die Gräber bitte wieder in Ordnung! Das sind wir unserem Freund Diego Jemelin und seiner Familie schuldig. Was die Hütte betrifft, so baut sie fertig. Wir werden die Rinder und Pferde bald trennen müssen. Eine Herde kann hier weiden, und ihr habt auch gleich ein Dach über dem Kopf. Errichtet einen festen Zaun um die Gräber, damit sie vor den Tieren geschützt sind. Was den Toten dort betrifft«, damit zeigte er auf Dyson, »so begrabt ihn irgendwo an einer einsamen Stelle. Er soll Rositas Totenruhe nicht stören.«

»*Sí*, Señor, das tun wir!«

Während Julio mehrere Vaqueros bestimmte, die unter Quiques Führung hierbleiben sollten, trat Sanchez auf Walther zu.

»Danke, Señor, dass Sie das Andenken von Diego und Rosita Jemelin so in Ehren halten. Wir freuen uns, Sie als unseren Anführer zu haben. Dieser Spencer hat gezeigt, wozu Americanos fähig sind.«

»Spencer ist ein Schurke und ein Mörder! Das sind nur wenige in Texas. Aber wer auch immer hierherkommt – wir werden unser Recht zu verteidigen wissen! Ich danke euch, dass ihr mir heute geholfen habt. Wenn ihr einmal Hilfe braucht, werdet ihr nicht vergeblich an meine Tür klopfen.«

Walther reichte jedem seiner Nachbarn die Hand, ganz gleich, ob mexikanischer, irischer, polnischer, sizilianischer oder französischer Abstammung, und sprach ihnen seinen Dank aus. Zwar wäre er mit Spencer und dessen Leuten auch allein mit seinen Vaqueros fertig geworden, doch nun würde es sich im ganzen Land verbreiten, dass die Siedler des gesamten Gamuzana-Settlements zusammenhielten und etliche Landräuber dazu brachten, ihr Glück anderswo zu suchen.

8.

Auch wenn ein Mann ums Leben gekommen war, so erleichterte es Walther doch, dass die Angelegenheit ohne große Probleme abgelaufen war. Damit würde in dieser Gegend für die nächste Zeit Frieden herrschen. Er nahm sich vor, bald wieder mit Po'ha-bet'chy und dessen Komantschen zu handeln. Vorher jedoch wollte er jene Sache klären, die ihm unaufschiebbar erschien.

Nachdem er sich von seinen Nachbarn verabschiedet hatte, kehrte Walther auf seine Farm zurück und überlegte sich unterwegs die passenden Worte. Leicht würde es ihm nicht fallen, das wusste er. Doch die Umstände zwangen ihn dazu, sich eine neue Frau zu nehmen.

Als er auf den Hof einritt, war er froh, Gertrude im Garten arbeiten zu sehen. Er stieg ab, reichte Pepe die Zügel und ging mit entschlossenen Schritten auf die Frau zu.

»Du bist sehr fleißig!«, lobte er sie.

Gertrude sah auf und lächelte. »Ich helfe nur Nizhoni. Sie hat mir versprochen, dass ich ein Viertel des Samens, den wir ziehen werden, für Alberts Farm verwenden darf.«

Ihr zärtlicher Tonfall hätte Walther verraten können, woher der Wind wehte, doch er achtete nicht darauf.

»Du bist wirklich sehr fleißig«, wiederholte er. »Du kommst mit Josef gut zurecht, bist eine fleißige Farmerin und auch sonst eine sehr angenehme Person. Daher hatte ich mir gedacht, ob wir vielleicht …«

Er brach ab, weil er das Gefühl hatte, mit der Tür ins Haus zu fallen, und suchte einen neuen Ansatz.

»Ich bin Witwer, und deine Ehe wurde geschieden. Zwar bist du Katholikin, aber ich habe mit Father Patrick gesprochen, und er meinte, das wäre hier in Texas kein Hinderungsgrund für eine neue Ehe.«

»Dass ich Katholikin bin?«, fragte Gertrude mit einem kleinen Spottteufelchen in den Augen.

»Nein, ich meine die Scheidung. Das ist doch im Grunde dasselbe, wie wenn die Ehe aufgelöst worden wäre. Du kannst wieder heiraten, und ich brauche eine Frau.«

Jetzt war es ausgesprochen. Noch während Walther Gertrude hoffnungsvoll anblickte, schüttelte diese den Kopf.

»Dein Antrag ehrt mich wirklich. Aber es kann nichts daraus werden. Gestern hat Albert Poulain mich gebeten, seine Frau zu werden, und ich habe ja gesagt.«

»Poulain? Aber ...« Walthers ganze Haltung drückte die Enttäuschung aus, von diesem Mann ausgestochen worden zu sein.

»Ja, Albert Poulain! Er hatte sich Father Patricks Hilfe versichert, und dieser versprach mir, dafür zu sorgen, dass meine Ehe mit Jakob Schüdle aufgelöst wird, so, wie es sich gehört. Jetzt zieh kein solches Gesicht. Du weißt, ich mag dich, aber eine Ehe zwischen uns ginge nicht gut. Du wärst nie mit dem Herzen dabei, während Albert mich wirklich liebt.«

»Nun, wenn es deine Entscheidung ist!« Walther wollte sich abwenden, doch da legte Gertrude ihm die Hand auf die Schulter und hielt ihn zurück.

»Es ist besser für uns beide, glaube mir. Wir würden nebeneinanderher leben und niemals glücklich werden.«

»Wenn du das sagst!« Walther klang beleidigt, denn er hatte sich vorgenommen, Gertrude ein guter Ehemann zu sein.

Die Frau blickte ihn kopfschüttelnd an. »Ja, ich sage es! Ich könnte dir nie die Frau sein, die Gisela für dich war, und deinen Söhnen nicht die Mutter, die sie verdienen. Oh, Walther! Du hast Augen im Kopf, aber du kannst nicht sehen!«

»Wie meinst du das?«, fragte er verwirrt.
»Komm mit!« Gertrude schob ihn in Richtung des Hauses und öffnete dort vorsichtig die Tür.
»Sieh doch!«, sagte sie leise und trat beiseite.
Walther blickte hinein und sah Nizhoni, die eben den Kleinen herzte, während sich gleichzeitig Josef vertrauensvoll an sie schmiegte.
»Wenn du eine Mutter für deine Kinder suchst, dann hast du sie hier. Vergiss nicht, du hast Nizhoni das Leben beider Söhne zu verdanken. Bei Josef war sie selbst die Amme, und für dessen Bruder hat sie alles getan, damit er überleben konnte. Sie war Giselas beste Freundin und ist bei ihr geblieben, während wir anderen sie alle im Stich gelassen haben. Nizhoni liebt die Kinder über alles! Vielleicht lernt sie sogar, dich zu lieben, wenn du dich anstrengst.«
»Aber sie ist eine Indianerin!«, stieß Walther aus.
Gertrudes Blick wurde kalt. »Wenn du sie deswegen nicht heiraten willst oder Angst davor hast, von den amerikanischen Texanern verachtet zu werden, bist du nicht der Mann, für den Gisela und ich dich gehalten haben!«
»Nein, das stört mich nicht, aber ...«
»Was heißt hier aber?«, wies Gertrude ihn zurecht. »Nizhoni ist jung und gesund und hat in den Jahren, die sie bei euch weilt, von Gisela genug gelernt, um die Arbeit auf deiner Farm genauso gut erledigen zu können wie eine weiße Frau.«
»Aber die Religion!«, wandte Walther ein.
»Gisela hat ihr so viel vom Christentum erzählt, dass sie bereit sein dürfte, von Father Patrick die Taufe anzunehmen. Dass sie darüber hinaus an die Geister ihres Volkes glaubt, kannst du ihr nicht übelnehmen. Es gibt auch bei uns Christen genug abergläubische Leute! Außerdem ist sie recht hübsch. Oder bist du so wenig Mann, um das zu bemerken?«

Es machte Gertrude Spaß, Walther abzukanzeln, denn in den letzten Jahren war er ihr arg selbstgefällig geworden. Nun beobachtete sie ihn, während er Nizhoni musterte. In seinem Gesicht arbeitete es zwar noch, doch er schien sich mit ihrem Vorschlag anzufreunden.

»Ihre Haut ist nur wenig dunkler als die deine. Solltet ihr miteinander Kinder haben, werden sie sich kaum von Josef und …, wie heißt eigentlich der Kleine?, unterscheiden.«

»Ich wollte ihn Waldemar nennen – nach meinem Vater«, antwortete Walther.

»Dann sag das Father Patrick, damit er ihn endlich tauft. Und jetzt warte hier! Ich schicke Nizhoni zu dir heraus. Du wirst ihr hoffentlich etwas zu sagen haben.« Damit schob Gertrude Walther beiseite und trat ins Haus.

Bei Nizhoni angekommen, nahm sie ihr den Säugling aus der Hand. »Um Waldemar kümmere ich mich jetzt. Walther hat etwas mit dir zu besprechen!«

Auf Nizhonis Gesicht erschien ein Ausdruck des Schreckens. »Er will heiraten, nicht wahr? Es wird wohl eine Schwester von Rachel sein.«

»Das soll er dir selbst sagen«, erklärte Gertrude und wies mit dem Kinn zur Tür. »Los, geh schon! Oder willst du ihn warten lassen?«

»Nein!«

Nizhoni eilte so rasch aus dem Haus, als wären all ihre Geister hinter ihr her. Als Josef ihr folgen wollte, fing Gertrude ihn mit einer Hand ein.

»Du bleibst bei mir, kleiner Mann, und hilfst mir, auf deinen Bruder achtzugeben.«

»Aber hier im Haus gibt es doch keine Schlangen oder Kojoten, die Ma'iitsoh gefährlich werden können«, protestierte der Junge lautstark.

»Hier ist eine ganz große Schlange, hörst du sie nicht?«, fragte Gertrude und machte »tz, tz, tz«.
Josef lachte. »Aber das bist doch du!«
Zu Gertrudes Erleichterung blieb er nun bei ihr und versuchte nicht, zu seinem Vater zu laufen. Für einen Augenblick lachte sie in sich hinein. Walther würde bei dem, was er jetzt sagen musste, wohl einen größeren Einsatz zeigen müssen als selbst bei der Schlacht von Waterloo.

9.

Nizhoni trat auf Walther zu und blickte an ihm vorbei zu Boden. »Du wolltest mich sprechen, Herr. Habe ich etwas falsch gemacht?«
»Wie kommst du denn darauf? Im Gegenteil, ich bin hochzufrieden mit dir. Du versorgst die beiden Jungen wie deine eigenen Kinder und erledigst alle Arbeit im Haus und im Garten so gut, wie keine andere es könnte!«
Das unerwartete Lob färbte Nizhonis Wangen. »Ich tue doch nur das, was getan werden muss.«
»Andere täten weniger! Ich glaube nicht, dass Rachel oder eine ihrer Schwestern es mit dir aufnehmen könnten. Ich habe auch nicht vergessen, dass ich dir das Leben meiner beiden Söhne verdanke. Josef hast du selbst genährt und bei Waldemar alles getan, damit er nicht seiner Mutter folgen musste.«
Noch während er es sagte, fand Walther, dass er fast die gleichen Worte verwendete wie Gertrude vorhin bei ihrer Gardi-

nenpredigt. Er musterte Nizhoni, die in ihrem Kleid recht apart aussah, und fand sie hübsch genug, um sich auf eine Ehe mit ihr zu freuen. Wünsche, die er lange Zeit unterdrückt hatte, stiegen in ihm hoch, und er hoffte, dass sie sich bald erfüllen würden.
»Wie du weißt, Nizhoni, brauche ich bald eine neue Frau, zum einen als Mutter für meine Söhne und zum anderen auch für mich selbst. Thierry will mir eine seiner Schwägerinnen schmackhaft machen, und ich bin sicher, wenn ich mit Sanchez oder einem anderen Tejano rede, würden die gewiss eine junge Mexikanerin finden, die sie mir andrehen wollen. Aber ich will keine Frau, die ins Haus kommt und mir und den Kindern gleichermaßen fremd ist.«
»Dann solltest du Gertrude heiraten«, schlug Nizhoni vor. Walther lachte leise auf. »Das geht nicht, denn sie will Albert Poulain heiraten!«
»Also deswegen war dieser Mann da! Aber du bist doch ein ganz anderer Mensch als Poulain.«
Geschmeichelt legte Walther den rechten Arm um Nizhonis Schultern.
»Gertrude liebt ihn! Deswegen kann ich ihn doch nicht erschießen.«
»Ein Komantsche würde es tun«, erklärte Nizhoni resolut.
»Ich bin aber kein Komantsche. Außerdem gibt es eine Frau, die besser zu mir und den Kindern passt als Gertrude.«
»Wer?« Nizhoni begriff nicht, dass sie gemeint war, und hatte noch mehr Angst, Walther würde eine Frau ins Haus bringen, die in ihr nur eine Sklavin sah.
»Du! Du warst immerhin Giselas beste Freundin und ...«
Walther brach ab, drehte sie so herum, dass sie ihm in die Augen blicken musste, und sah sie mit einem hilflosen Ausdruck an. »Es gibt keine, die besser zu mir passt als du! Du

müsstest allerdings die christliche Religion annehmen, aber du darfst gerne auch weiterhin an die Geister deines Volkes glauben. Du ...«
Der Rest ging an Nizhoni vorbei. Ihr schwirrte der Kopf, und sie versuchte, die Gedanken einzufangen, die wie Schmetterlinge umherflatterten. Es konnte nicht sein, dachte sie. Fahles Haar wollte sie als Weib? Aber er war ein weißer Mann und sie eine Diné!
Als sie dies einwandte, schüttelte er den Kopf. »Sollte es auch nur ein Einziger wagen, dich zu beleidigen, werde ich ihn zur Rechenschaft ziehen.«
Nizhoni spürte, dass es ihm ernst damit war. Fahles Haar hatte entschieden, dass sie sein Weib werden sollte, und würde keinen Widerspruch gelten lassen. Er war ein großer Häuptling seines Volkes, und es war eine hohe Ehre für jede Frau, wenn er sie aufforderte, sein Weib zu werden. Einen Augenblick lang schrak sie vor der Verantwortung zurück, die dieser Schritt mit sich brachte. Dann aber dachte sie an Gisela und daran, dass sie ihr versprochen hatte, für ihre Söhne zu sorgen. Das konnte sie nicht tun, wenn ein anderes Weib auf die Farm kam. Dieses würde die Kinder nach seinem eigenen Willen erziehen und sie selbst vielleicht ebenso schlecht behandeln, wie es To'sa-woonit bei den Komantschen getan hatte.
»Ja, Herr!«, sagte sie leise. »Ich werde dein Weib.«
Bei ihren Worten erschien ein nachsichtiges Lächeln auf Walthers Gesicht. »Wenn wir heiraten, darfst du mich nicht mehr Herr nennen, sondern musst Walther zu mir sagen.«
»Das werde ich tun, Walther!« Auch Nizhoni lächelte nun. Für sie würde er immer Fahles Haar bleiben, ebenso wie sie Josef für sich Puma nennen würde und den kleinen Waldemar Wolf.

Walther schloss sie in die Arme, und sie spürte, dass es ihr gefiel. Gisela würde sich freuen, dachte sie, dann aber schmiegte sie sich an ihn und ließ es zu, dass er sie küsste. Am Himmel zog die Abenddämmerung auf, und über ihnen leuchtete einsam der weiße Stern, der seinen Brüdern jeden Abend vorausging. Doch einsam, das spürte Nizhoni, würde sie von diesem Augenblick an nie mehr sein.

Historischer Überblick

Anfang des neunzehnten Jahrhunderts war Nordamerika ein noch zu großen Teilen unerforschter Kontinent. Dies hinderte die europäischen Mächte jedoch nicht daran, ihre Ansprüche auf möglichst große Teile dieser Landmasse zu erheben und diese mit Verträgen gegenseitig abzusichern. Großbritannien und die Hudson Bay Company forderten das heutige Kanada für sich, Frankreich das Mississippi-Gebiet und Spanien neben Mittelamerika auch den gesamten Südwesten der späteren USA. An einigen Stellen gab es bereits Siedlungen, doch in großen Teilen des Landes stellten kleine Militärstützpunkte die Ansprüche der einzelnen Reiche sicher.
Die Vereinigten Staaten von Amerika bestanden zu diesem Zeitpunkt nur aus einem Landstreifen an der Atlantikküste, der erst allmählich in Richtung Mississippi erweitert wurde. Dies änderte sich, als Kaiser Napoleon den in seinen Augen militärisch gegen England nicht zu haltenden Gebietsanspruch von der kanadischen Grenze bis zum Golf von Mexiko an die Vereinigten Staaten verkaufte. Damit verdoppelte sich deren Staatsgebiet, und es grenzte nun an die spanische Kolonie Neuspanien.
Zu den vorgeschobenen Gebieten Neuspaniens gehörte die Provinz Tejas, in der es nur wenige Siedlungen, dafür aber

sehr viele feindliche Indianer gab. Um Tejas zu besiedeln, übertrug die spanische Kolonialverwaltung dem Nordamerikaner Moses Austin das Recht, dreihundert katholische Familien aus den Vereinigten Staaten am Rio Brazos anzusiedeln.
Bevor es jedoch dazu kam, rebellierte Mexiko gegen die Kolonialmacht und erreichte seine Unabhängigkeit. Die neue mexikanische Regierung bestätigte Moses Austins Anspruch, den ihm zugewiesenen Landstrich in Tejas zu besiedeln. Zwar starb Moses Austin vorher, doch sein Sohn Stephen Austin führte sein Werk fort und gründete mit San Felipe de Austin die erste nordamerikanische Siedlung am Rio Brazos. Trotz der mexikanischen Bedingungen, den katholischen Glauben anzunehmen, die spanische Sprache zu lernen und ihre Erzeugnisse in Mexiko auf den Markt zu bringen, kamen immer mehr Siedler aus den Vereinigten Staaten nach Texas, so dass ihre Zahl bereits zehn Jahre später die der einheimischen Tejanos um ein Mehrfaches übertraf.
Die ungehemmte Einwanderung der sogenannten Americanos brachte große Probleme mit sich, denn die meisten waren protestantisch und wollten es bleiben. Auch war ihre Bereitschaft, die spanische Sprache zu lernen und sich in die mexikanische Gesellschaft und Kultur zu integrieren, äußerst gering. Stephen Austin versuchte, ausgleichend zu wirken, kämpfte aber gleichermaßen gegen die Willkür und Korruption der mexikanischen Behörden wie gegen den immer lauter werdenden Ruf der amerikanischen Siedler, Texas von Mexiko abzutrennen und den Vereinigten Staaten anzuschließen. Grund dafür waren die ungewohnten Einschränkungen, die Mexiko den Siedlern auferlegte, die in ihrer alten Heimat ein freieres Leben gewohnt waren.
Der Zwist verschärfte sich, als im Jahr 1833 General Antonio

López de Santa Ana die Macht in Mexiko ergriff, die bundesstaatliche Verfassung von 1824 außer Kraft setzte und das Land zentralistisch zu regieren begann. Die weitere Einwanderung von Nordamerikanern nach Tejas wurde verboten, und die wilden Siedler sollten ausgewiesen werden. Stephen Austin versuchte, mit Santa Ana zu verhandeln, wurde aber als Aufrührer ohne Gerichtsurteil eingesperrt und erst zwei Jahre später wieder freigelassen.

Inzwischen hatten sich die Fronten verhärtet. Die texanischen Siedler wollten die Einschränkung der ihnen gewährten Rechte nicht länger hinnehmen, und Santa Ana gab sich mit nichts weniger als ihrer völligen Unterwerfung zufrieden. Nachdem Santa Ana mehrere Aufstände in anderen mexikanischen Bundesstaaten blutig niedergeworfen hatte, führte er im Winter 1835/1836 sein Heer nach Norden. In Texas hatte inzwischen die texanische Miliz unter dem Kommando Stephen Austins die mexikanischen Militärstützpunkte unter ihre Kontrolle gebracht, aber bei Vorstößen nach Mexiko hinein einige Schlappen hinnehmen müssen.

Der eilends gegründete Staat Texas rüstete sich gegen Santa Anas Heer, doch waren seine Voraussetzungen äußerst schlecht. Es gab keine Armee und auch kein Geld, eine solche auszurüsten. Vor die Wahl gestellt, entweder in die Vereinigten Staaten zu fliehen oder den Kampf aufzunehmen, entschlossen die Texaner sich trotzdem für eine bewaffnete Auseinandersetzung. Sam Houston, der ehemalige Gouverneur von Tennessee, wurde zum neuen Oberbefehlshaber ernannt und erhielt den Auftrag, eine Armee aufzubauen.

Die erhoffte Unterstützung durch die Vereinigten Staaten blieb jedoch aus, da Präsident Andrew Jackson zu dem Zeitpunkt keinen Krieg mit Mexiko vom Zaun brechen wollte. Zwar kamen etliche Freiwilligentrupps aus den USA nach

Texas, so der ehemalige Kongressabgeordnete David Crockett mit seinen Männern aus Tennessee, doch die Chancen für die Texaner standen schlecht. Trotzdem schlossen sich ihnen auch viele mexikanische Tejanos an, die Santa Anas Gewaltregime ablehnten, wie Juan N. Seguín und andere. Doch Santa Ana führte eine den Texanern vielfach überlegene Armee ins Feld.

Um dem Übergewicht der Americanos entgegenzuwirken, hatte die frühere mexikanische Regierung vermehrt katholische Siedler aus Europa ins Land geholt. Da diese jedoch ebenso wie die Nordamerikaner unter der Willkür der mexikanischen Behörden litten, stellten sie sich auf die Seite der Texaner.

Santa Anas Heer traf im März 1836 vor Alamo ein, dem am weitesten vorgeschobenen Stützpunkt der Texaner, der von Colonel William Barret Travis, Jim Bowie und David Crockett und etwa zweihundert Mann verteidigt wurde. Anstatt seinen durch den Marsch erschöpften Truppen Erholung zu gönnen und auf seine schwere Artillerie zu warten, befahl Santa Ana den sofortigen Angriff. Travis konnte Alamo elf Tage lang halten, dann wurden er und seine Leute überrannt. Gefangene ließ Santa Ana keine machen, ebenso wenig kurz darauf in der Stadt Goliad, wo Colonel Fannin und fast vierhundert Mann, die sich den Mexikanern ergeben hatten, auf Santa Anas Befehl hin erschossen wurden.

Damit wussten Sam Houston und seine Soldaten, was sie im Fall einer Niederlage zu erwarten hatten. Da die Armee von Texas jedoch zu schwach war, um sich Santa Anas Heer zum Kampf stellen zu können, wich Houston immer weiter zurück. Damit gab er einen großen Teil von Texas dem Feind preis. Die Siedler konnten nur fliehen oder sich Santa Ana auf Gnade oder Ungnade ergeben. Angesichts der Greueltaten, die dessen Truppen in anderen Teilen Mexikos verübt hatten, verließen Tausende Siedler ihre Farmen und die von ihnen erbauten Städte und flohen in Richtung der Vereinigten Staaten. Der *Runaway Scrape,* wie die Flucht der Siedler später genannt wurde, kostete durch Krankheit, Unfälle oder Hunger viele Menschen das Leben.

Zwar konnte Sam Houston dieses Elend nicht verhindern, doch er lauerte auf seine Chance. Diese kam, als Santa Ana seine Truppen aufteilte und die Texaner nur noch mit doppelter Übermacht verfolgte. Am San Jacinto River holte er Houstons Heer schließlich ein. In seiner Verachtung für die texanischen Bauernsoldaten bezog er sein eigenes Lager zu nahe an dem der Texaner. Als der Offizier der Wache am nächsten Tag vergaß, Vorposten aufzustellen, konnten Houstons Soldaten sich an die Mexikaner heranschleichen und diese überraschen. Mit minimalen eigenen Verlusten töteten oder verwundeten die Texaner mehr als achthundert mexikanische Soldaten und nahmen den Rest einschließlich Antonio López de Santa Ana gefangen. Aus Angst, von den Texanern erschossen zu werden, unterschrieb dieser einen Friedensvertrag, der Texas in die Unabhängigkeit entließ.

Zwar wurde Santa Ana umgehend von einer neuen Regierung in Mexiko abgesetzt und der von ihm unterzeichnete Vertrag für ungültig erklärt, doch Mexiko war nicht mehr in der Lage, die abtrünnige Provinz wieder unter seine Kontrolle zu bringen. Da sich die Hoffnung auf einen raschen Beitritt zu den Vereinigten Staaten nicht erfüllte, wurde die unabhängige Republik Texas gegründet und Sam Houston deren erster Präsident.

Iny und Elmar Lorentz

Die Personen

Belcher, Andreas – Siedler in Texas
Belcher, Anneliese – Belchers Frau
Belcher, Friedrich – Belchers jüngster Sohn
Belcher, Michael – Belchers ältester Sohn
Beluzzi, Simone – Siedler in Texas
Calientes – mexikanischer Offizier
Coureur, Rachel – Thierry Coureurs Ehefrau
Coureur, Thierry – Siedler in Texas
de Gamuzana, Elvira – Hernando de Gamuzanas Ehefrau
de Gamuzana, Hernando – Alcalde von San Felipe de Guzmán
de Gamuzana, Mercedes – Hernando de Gamuzanas Tochter
de Gamuzana, Ramón – Empresario
Dyson – einer von Spencers Leuten
Father Patrick – Priester aus Irland
Felipe – Hoteldiener
Fichtner, Gisela – Walther Fichtners Ehefrau
Fichtner, Walther   Siedler in Texas
Fuller, James – texanischer Soldat
Gillings, Moses – Rachels Vater, Siedler in Texas
Jack – Handelsgehilfe
Jemelin, Diego – Siedler in Texas
Jemelin, Rosita – Diego Jemelins Ehefrau

Julio – Vormann von Walthers Vaqueros
Laballe, Arlette – Thomé Laballes Ehefrau
Laballe, Thomé – Siedler in Texas
Lionbaker, Everett Mainstone – Landvermesser
Lope – einer von Walthers Vaqueros
Lucien – Siedler in Texas
Marguerite – Thierry Coureurs Schwester
Nizhoni – Navajo-Frau
O'Corra, Ean – Siedler in Texas
Parker, Silas – Texas Ranger
Pepe – Walthers Knecht
Per'na-pe'ta – Komantschin
Po'ha-bet'chy – Häuptling einer Komantschengruppe
Poulain, Albert – Siedler in Texas
Poulain, Cécile – Tochter der Poulains
Poulain, Charlotte – Albert Poulains Ehefrau
Quique – Walthers jüngster Vaquero
Rudledge, Amos – Soldat in Texas
Ta'by-to'savit – Komantsche
Tobolinski, Krzesimir – Siedler in Texas
Tobolinski, Leszek – Krzesimir Tobolinskis Sohn
Tom – Knecht bei Poulain
To'sa-mocho – Komantschenhäuptling
To'sa-woonit – Komantschin
Sanchez – Siedler in Texas
Scharezzani, Tonino – Siedler in Texas
Schüdle, Gertrude – Siedlerin in Texas
Schüdle, Jakob – Gertrudes Ehemann
Spencer, Nicodemus – Spekulant
Velasquez – mexikanischer Offizier

Historische Personen

Austin, Stephen F. (1793–1836) – Empresario in Texas
Bowie, Jim (1796–1836) – Colonel der texanischen Armee
Fannin, James Walker (1804–1836) – Colonel der texanischen Armee
Houston, Sam (1793–1863) – General der texanischen Armee
Jackson, Andrew (1767–1845) – Präsident der Vereinigten Staaten
Parker, Silas (1802–1836) – Texas Ranger
Roman, André Bienvenu (1795–1866) – Gouverneur von Louisiana
Santa Ana, Antonio López de (1794–1876) – Präsident von Mexiko
Seguín, Juan Nepomuceno (1806–1890) – mexikanischer Texaner, Gegner Santa Anas und Verbündeter Sam Houstons
Smith, Henry (1788–1851) – Gouverneur von Texas
Travis, William Barret (1809–1836) – Colonel der texanischen Armee
White, Edward (1795–1847) – André Romans Nachfolger als Gouverneur von Louisiana

Glossar

Alemán – Deutscher
Amigo – Freund
Bowiemesser – großes Arbeits- und Kampfmesser, nach Plänen von Jim Bowie geschmiedet, gilt heute als Urtyp des Westernmessers
Caballero – Herr, Edelmann
Cantina – Gasthaus
Capitán – Hauptmann
Chicas – Mädchen
Ciudad de Mexico – Mexico City
Dime – Zehncentmünze
Diné – Eigenname der Navajo
Esposa – Ehefrau
Grant – Bezeichnung für Siedlungsland, das einer Gruppe von Siedlern zugestanden wird
Hacienda – mexikanisches Landgut
Karankawa – Indianerstamm in Texas
Kohani   Indianerstamm in Texas
Küchlein – veraltet für Küken
Landlos – wie Grant Bezeichnung für Siedlungsland, das einer Gruppe von Siedlern zugestanden wird
Legua – Meile
Ma'iitsoh – auf Navajo: Wolf

Meile – ca. 1,6 km
Muchacha – Mädchen
Muchacho – Junge; im Plural im Sinne von »Jungs«
Náshdóítsoh – auf Navajo: Puma
Nemene – Eigenname der Komantschen
Nouvelle-Orléans, La – New Orleans
Peon – Knecht
Peso – mexikanische Silbermünze
Rio Brazos – Fluss in Texas
Rio Colorado – Fluss in Texas
Rio San Jacinto – Fluss in Texas
Sargento – Unteroffizier
Señor – Herr
Settlement – festgelegtes Siedlungsgebiet
Soldado – einfacher mexikanischer Fußsoldat
Tamaulipas – mexikanischer Bundesstaat
Tejanos – mexikanische Texaner
Tejas – damalige spanische Form für Texas
Teniente – Leutnant
Tequila – starker Schnaps
Tortillas – mexikanische Maispfannkuchen
Travois – indianische Stangenschleife
Vaqueros – berittene Hirten
Yucatán – mexikanischer Bundesstaat
Zacatecas – mexikanischer Bundesstaat

Wenn Sie wissen wollen, wie es mit Walter
und den anderen Figuren weitergeht, freuen Sie sich
auf den nächsten Band im Frühjahr 2015!

Deutschland Anfang des 19. Jahrhunderts

Iny Lorentz
Das goldene Ufer

Roman

In der Schlacht von Waterloo rettet der junge Walther seinem Kommandeur das Leben. Zum Dank nimmt dieser sich des Waisenjungen an – ebenso wie der kleinen Gisela, deren Vater im Kampf fiel. Beide wachsen von nun an im Schoße der Grafenfamilie auf – sehr zum Unwillen des Grafensohnes, der sie aus tiefstem Herzen verachtet. Jahre später wird aus der Abneigung Hass, denn der Erbe des Grafen will die schöne Gisela für sich. Doch deren Herz schlägt schon lange für Walther – und er erwidert ihre Liebe.
Am Ende scheint es für das Paar nur einen Ausweg zu geben …

Der Beginn der neuen großen Auswanderersaga!

Irland Ende des 16. Jahrhunderts

Iny Lorentz
Feuertochter

Roman

Ciara, die Schwester eines rebellischen Clanoberhaupts, kehrt nach Jahren der Verbannung mit ihrer Familie in ihre Heimat in Ulster zurück. Doch bedeutet dies beileibe nicht Ruhe und Frieden, denn ihr Bruder und seine Männer wollen erneut für die Freiheit Irlands in den Kampf ziehen. Ohne Unterstützung scheint dies ein aussichtsloses Unternehmen zu sein, und so rufen sie dafür den deutschen Söldnerführer Simon von Kirchberg zu Hilfe. Dieser war die erste große Liebe in Ciaras jungem Leben, aber ist er noch der Mann, dem sie einst ihr Herz geschenkt hat?

»Historisches Hollwood-Kino zum Lesen!«
Denglers-buchkritik.de

Eine Frau kämpft in der grausamen Welt des
Mittelalters um ihr Glück

INY LORENTZ

Die Wanderhure
Die Kastellanin
Das Vermächtnis der Wanderhure
Die Tochter der Wanderhure
Töchter der Sünde

Roman

»Mittelalter erwacht zum Leben.«
Bild am Sonntag